Ein Darkover-Roman

»Weit entfernt in der Galaxis
und ungefähr 4000 Jahre in der Zukunft
gibt es einen Planeten
mit einer großen roten Sonne
und vier Monden.
Willst du nicht mitkommen
und ihn mit mir erforschen?«

Marion Zimmer Bradley

Von der Autorin sind außerdem erschienen:

Excalibur – Das Schwert von Avalon
Jenseits von Avalon

Eine Komplettübersicht
aller Darkover-Romane finden Sie
am Ende dieses Buches!

Über die Autorin:

Marion Zimmer Bradley, 1930 in den USA geboren, publizierte anfangs vor allem in Zeitschriften und Anthologien. Der Durchbruch gelang ihr 1962 mit *The Planet Savers – Retter des Planeten*. Mit dieser Geschichte war der Grundstein für die Romane um den Planeten *Darkover* gelegt, die innerhalb weniger Jahre zu einem der beliebtesten Fantasy-Zyklen einer riesigen Fangemeinde avancieren sollten. Seit 1962 hat Marion Zimmer Bradley über zwanzig *Darkover*-Romane und unzählige Kurzgeschichten geschrieben sowie eine Reihe Anthologien herausgegeben. 1983 wurde Marion Zimmer Bradley mit ihrem Roman *Die Nebel von Avalon* schließlich weltberühmt. Sie starb im September 1999 in ihrer Heimatstadt Berkeley, Kalifornien.

Marion Zimmer Bradley

Planet der blutigen Sonne

Ein Darkover-Lesebuch

Aus dem Amerikanischen von
Ronald M. Hahn

Knaur

Die amerikanische Originalausgabe erschien 1993 unter dem Titel
»Marion Zimmer Bradley's Darkover«
bei DAW Books, New York.

Besuchen Sie uns im Internet:
www.droemer-weltbild.de

Vollständige Taschenbuchausgabe 2000
Droemersche Verlagsanstalt Th. Knaur Nachf., München

Redaktion: Angela Troni
Umschlaggestaltung: Agentur Zero, München
Umschlagabbildung: © Richard Hescox
via Agentur Schlück, Garbsen
Satz: Ventura Publisher im Verlag
Druck und Bindung: Clausen & Bosse, Leck
Printed in Germany
ISBN 3-426-60981-9

2 4 5 3 1

Inhalt

Einführung

Zu den merkwürdigsten Ereignissen meines Autorendaseins zählt der Erfolg der Darkover-Bücher – nicht nur der kommerzielle Erfolg, sondern auch die Art, in der sich das geschlossene Darkover-Universum inzwischen verselbständigt und andere Autoren dazu ermutigt hat, eigene Geschichten zu schreiben – anfangs über Darkover, später dann in zunehmendem Maße auch über selbst geschaffene Universen. Obwohl seither auch viele dieser Autorinnen und Autoren – ich brauche nur Mercedes Lackey und Jacqueline Lichtenberg zu erwähnen – andere dazu aufgefordert haben, in ihren privaten Universen zu schreiben, war ich die Erste, die dies tat. Ich glaube, dafür gibt es viele Gründe, und manche sind feministischer als die anderen.

Frauen werden im Allgemeinen nicht dazu ermuntert, eigene Universen zu erschaffen. Dies war auch zu der Zeit nicht anders, als ich auf die Fanszene stieß. Ich habe schon an anderer Stelle von der Zeit in den dreißiger und vierziger Jahren berichtet, in denen Frauen weder zum Schreiben noch zu häufigem Lesen angehalten wurden – und wenn doch, bestand ihre Lektüre höchstens aus Autorinnen wie Nancy Drew, Sue Barton und anderen zuckersüßen Liebesromanen, die den Gedanken transportieren sollten, die einzige Pflicht und Freude der Frau bestünde darin, einen Mann abzubekommen. Ob ihr das auf ehrliche Weise oder mit Hilfe unlauterer Mittel gelang, spielte dabei keine große Rolle, denn diese wurden ihr ohnehin angelastet. Niemand, der nach der TV-Serie *Star Trek* geboren wurde, kann sich genau vorstellen, wie »zugeschnitten« damals alles Geschriebene und sämtliche geistigen Aktivitäten waren. Insgesamt gesehen spielten die Mädchen bei dieser Zuschneiderei mit und beharrten darauf, dass ihre Erzieher

Recht hatten. Der einzige erstrebenswerte Titel war der einer Ehefrau, und Mädchen, die lieber arbeiten wollten, mussten darauf vorbereitet sein, ihre gottgegebenen Pflichten in Sachen Heim und Kinder zu vernachlässigen – und sich dafür jede nur mögliche Beschimpfung einzuhandeln.

Trotzdem gab es in der Science-Fiction- und Fantasy-Literatur von Anfang an Frauen. Das SF-Genre wurde sogar von einer Frau begründet: von Mary Shelley, der Autorin des Romans *Frankenstein.* Die so genannten Schauerromane, die es vor der heutigen Fantasy-Literatur gab, wurden von einer »Mrs. Radcliffe« und ihren Nachahmern kreiert. Der Unterschied war denkbar einfach: Wie ich und die meisten meiner bekannteren Kolleginnen, bei Charlotte Brontë angefangen, mussten Frauen geradezu besessen und darauf vorbereitet sein, die Gehirnwäsche zu überstehen, die man den Mädchen in der Schule angedeihen ließ. Eine Frau, die ich Mitte der siebziger Jahre in einer Frauengruppe kennen lernte, behauptete, kaum ein weibliches Wesen sei dieser Gehirnwäsche entgangen. Ich stand auf und nannte sie öffentlich eine Lügnerin, denn ich war wie alle anderen im Raum Anwesenden der lebendige Beweis dafür, dass es einigen von uns doch gelungen war, sich ihr zu entziehen – sonst wären wir alle gar nicht dort gewesen.

Aber auf gewisse Weise hatte sie doch Recht. Die große Mehrheit der Mädchen in meiner Schule kam mir wirklich wie Opfer einer Gehirnwäsche vor. Ich habe ähnliche Geschichten von allen möglichen Menschen gehört – von Leigh Brackett und Catherine L. Moore, von Joanna Russ und Diana L. Paxson. Viele schreibende Frauen, angefangen bei Charlotte Brontë bis zu mir, waren wirklich Besessene. Sie mussten, um schreiben zu können, alles und jedes ignorieren – angefangen bei ihren strengen viktorianischen Vätern bis zu ihren manipulierten Müttern.

Jeder, der Autorinnen kennt, hat auch von der berühmten Antwort gehört, die William Wordsworth Charlotte Brontë gab, als sie bei ihm um Unterstützung für ihre Werke nachsuchte, aber jeder, der – wie viele heutige Teenager – glaubt, die Vergangenheit sei »irrelevant«, sollte nicht vergessen, dass er antwortete, sie solle zuerst das Essen kochen. Dies ist leider eine Antwort, die wir alle *ad nauseam* gehört haben – von Andre Norton bis hin zu den jungen Mädchen, die für meine Anthologien schreiben. Eins von ihnen ist ungefähr dreizehn Jahre alt.

Ich war die erste Autorin, die andere ermutigt hat, sich schriftstellerisch in ihrem Universum zu betätigen. Nicht alle waren damit einverstanden. Der amerikanische SF-Autor und Kritiker Lester Del Rey meinte, er werde niemals in Betracht ziehen, auch nur ein nicht von mir stammendes Wort über Darkover zu lesen. Dazu kann ich nur sagen, dass wir in einem freien Land leben und er ein Recht auf seine Meinung hat. Es ist aber zugleich auch sein Pech. Die meisten *Darkover*-Geschichten anderer Autorinnen waren nicht besser als all die Manuskripte, die Verlagen unaufgefordert zugeschickt werden – was bedeutet, dass sie zumindest anfangs nicht besonders gut waren. Aber nachdem ich eine Menge dieser Geschichten gelesen hatte, kam ich zu dem Schluss, dass viele der Texte, die von vom Schreiben besessenen Frauen verfasst wurden, durchaus lesbar waren. Gäbe es die Verschwörung innerhalb der Science-Fiction-Szene wirklich, von deren Existenz die lauteren und militanteren Feministinnen überzeugt sind, hätte der amerikanische SF-Autor, Lektor und mein späterer Verleger Don Wollheim, dessen Männlichkeit nie jemand in Frage gestellt hat, wohl nie zugestimmt, mich eine Anthologie mit Fan-Geschichten herausgeben zu lassen.

Er hat aber zugestimmt, na bitte! Zum Jubiläum meiner zehnten Anthologie habe ich zu Gunsten von Mr. Del Rey und seinesgleichen beschlossen, meine eigenen *Darkover*-Kurzgeschichten in einem Band zu veröffentlichen.

Hier sind sie.

Marion Zimmer Bradley

FREIE AMAZONEN

Nichts in meiner ziemlich langen und ereignisreichen Laufbahn als Autorin hat mich so sehr überrascht wie der Erfolg der Freien Amazonen (ausgenommen vielleicht der Erfolg meines Romans *Die Nebel von Avalon*, der mir nie sonderlich gefallen hat, da ich *Die Hüter der Schatten* für ein viel besseres Buch halte) – was nicht nur für das Konzept gilt, sondern auch für die einzelnen Bücher. Ich glaube, ich habe damit eine Art Archetyp erschaffen.

Alles fing damit an, als ich das erste publizierte (nicht das erste geschriebene) kommerzielle *Darkover*-Buch verfasste. Ich gab ihm den Titel *Project Jason*. Der damalige Lektor benannte es in *Expedition der Bittsteller* um, was mir damals ebenso wenig behagte wie heute. Beim Schreiben des Buches plünderte ich einen Schnellhefter mit frühen, erfolglosen *Darkover*-Geschichten, und während ich ihm mit Hilfe eines uralten Autorenratgebers (den meines Wissens der 1986 verstorbene John D. MacDonald geschrieben hatte) Inhalt verlieh, hatte ich einen Traum.

Dieser Traum ist einer der wenigen, an die ich mich nach einem ganzen Leben ziemlich klarer Träume noch erinnern kann. In ihm ging es um eine Gruppe von Heranwachsenden, denen nicht unähnlich, die mit mir zur Schule gegangen waren. Sie beschäftigten sich, wie viele junge Leute um das Jahr 1956 herum, mit verzwickten Kriegsspielen. In diesem Traum gehörte ich einer Gruppe weiblicher Soldaten an. Ich wurde von einer Jungengruppe gefangen genommen und befragt, wer wir seien. Ich gab zur Antwort, viele Mädchen wären gern ein Junge unter Jungen, doch die meisten – ich weiß nicht, wie ich darauf kam, bzw. traf es auf mich überhaupt nicht zu – wären lieber ein Mädchen unter Jungen. Als ich noch im

Halbschlaf über den Traum nachgrübelte, fiel mir der Satz »Ich bin nicht neutralisiert, aber manche von uns sind es doch« ein, den ich später der ersten nicht neutralisierten Freien Amazone Kyla in den Mund legte und dann auf Camilla n'ha Kyria anwandte, eine meiner späteren neutralisierten Freien Amazonen.

Zunächst folgt meine Lieblingsgeschichte über die Freien Amazonen: *Um den Eid zu halten.* Und im sich anschließenden *Amazonen-Fragment* tritt zum ersten Mal Camilla auf. Das Fragment war als Teil des ersten Romans über die Freien Amazonen geplant und sollte von Camilla handeln. Hierfür wurde auch Kindra erfunden. Die darauf folgende *Hausordnung* entstand aus einer Kontroverse über eine dumme und unausgegorene Idee und basiert auf einem örtlichen Feministenhaushalt, der sich in die Vorstellung verrannt hatte (ich habe sie dummerweise für meine Amazonen-Haushalte übernommen), dass kein männliches Wesen, das älter ist als fünf Jahre, in einem Amazonen-Haushalt leben darf. Und zum Schluss kommt eine meiner besten Kurzgeschichten (ich bin keine sehr gute Kurzgeschichtenerzählerin). Meines Erachtens verkörpert *Messer* als erste Erzählung die Idee, dass etwas, das das Leben eines Menschen scheinbar zerstört, auf andere Weise auch ein Segen sein kann. Ich sage oft, dass ich erst immer Jahre später weiß, wovon meine Erzählungen handeln. *Messer* war meine erste Geschichte, von der ich annahm, ihre Botschaft werde sich mir erst in zwanzig Jahren erschließen.

Um den Eid zu halten

Das rote Licht verharrte auf den Bergen. Zwei der vier kleinen Monde standen am Himmel. Idriel, der grüne, würde gleich untergehen; die winzige elfenbeinblasse Sichel Mormallors stand fast im Zenit. Die Welt würde sich bald verdunkeln.

Kindra n'ha Mhari fiel anfangs nicht das Geringste an der kleinen Ortschaft auf. Sie war zu dankbar, das Dorf noch vor Einbruch der Nacht erreicht zu haben. Es bot Obdach vor der regnerischen Kälte der darkovanischen Nacht und Betten, in denen man nach einem viertägigen Ritt schlafen konnte. Und vorher einen Becher Wein.

Langsam jedoch wurde ihr klar, dass irgendetwas nicht stimmte. Normalerweise sah man um diese Zeit Frauen auf den Straßen, die mit den Nachbarinnen tratschten und das Abendessen ankündeten, während ihre Kinder in den Gassen spielten und sich zankten. Aber heute Abend war keine einzige Frau auf der Straße zu sehen. Und auch kein Kind.

Was war hier los? Stirnrunzelnd ritt sie durch die Hauptstraße auf den Gasthof zu. Sie war müde und hungrig.

Sie hatte Dalereuth vor vielen Tagen mit einer Gefährtin verlassen, die zum Gildenhaus von Neskaya unterwegs war. Doch eins hatten beide nicht gewusst: Kindras Gefährtin war schwanger und hatte Fieber bekommen. Sie hatte im Gildenhaus von Thendara eine Frühgeburt erlitten, war schwer erkrankt und hielt sich noch immer dort auf. Kindra war allein nach Neskaya geritten und hatte zudem noch einen dreitägigen Ritt auf sich genommen, um die Eidesmutter der Erkrankten zu benachrichtigen. Sie war in einem Dörfchen in den Bergen auf sie gestoßen, wo sie einer Frauengruppe geholfen hatte, eine kleine Molkerei aufzubauen.

Kindra hatte keine Angst, allein zu reisen. Sie hatte diese Berge schon in allen Jahreszeiten und bei jedem Wetter durchquert. Doch nun wurde ihr Proviant langsam knapp.

Glücklicherweise war der Gastwirt ein alter Bekannter. Sie hatte zwar nur wenig Geld bei sich, da sie nicht darauf vorbereitet gewesen war, die Reise so lange auszudehnen, aber der alte Jorik würde ihr und ihrem Pferd Nahrung und ein Nachtlager geben. Außerdem vertraute er ihr und wusste, dass sie die Bezahlung umgehend nachholen würde. Er wusste auch, das notfalls das Gildenhaus für sie geradestand, wenn sie nicht zahlte oder nicht zahlen konnte. Diese Ehre ließ die Gilde sich nicht nehmen.

Auch den Mann, der ihr Pferd in den Stall brachte, kannte sie seit vielen Jahren. Als sie abstieg, setzte er eine finstere Miene auf. »Ich weiß nicht, wo wir Euer Pferd unterbringen sollen, *Mestra,* denn diesmal sind sehr viele fremde Pferde hier ... Ich nehme doch an, dass ich es zu einem anderen stellen kann, ohne dass es austritt? Oder muss ich es anbinden?«

Kindra fiel auf, dass der Stall voller Pferde war. Es waren zwei Dutzend, wenn nicht gar mehr. Hier sah es nicht gerade nach einem einsamen Landgasthof aus. Es erinnerte sie eher an Neskaya am Markttag!

»Sind Euch unterwegs irgendwelche Reiter begegnet, *Mestra?*«

»Nein, keine«, sagte Kindra und runzelte leicht die Stirn. »Es sieht aus, als wären sämtliche Pferde aus den Kilghardbergen hier im Stall. Was ist denn los? Habt Ihr königlichen Besuch? Was ist denn nur mit Euch los? Ihr schaut Euch ständig um, als rechnetet Ihr damit, dass Euer Herr gleich mit einem Knüppel auf Euch einschlägt. Wo steckt der alte Jorik? Warum ist er nicht da, um seine Gäste zu begrüßen?«

»Ja, aber, *Mestra*«, sagte der Alte, »Jorik ist doch tot. Jetzt betreibt seine Gattin Janella den Gasthof allein mit Marga und der jungen Annelys.«

»Tot?«, wiederholte Kindra. »Die Götter mögen uns beistehen. Was ist denn passiert?«

»Es waren die Banditen, *Mestra*«, sagte der alte Knecht. »Narbengesichts Bande. Sie sind in den Ort gekommen und haben Jorik niedergemetzelt. Er hatte die Schürze noch umgebunden. Sie haben Ärger angezettelt und sämtliche Bierkrüge zerschlagen. Als die Männer sie mit Mistgabeln in die Flucht schlagen konnten, haben sie geschworen, dass sie zurückkommen und das Dorf anzünden! Daraufhin haben Janella und die Ältesten eine Mütze herumgehen lassen und gesammelt, um Brydar aus den Fen-Hügeln und seine Männer anzuwerben. Sie sollen uns verteidigen, wenn Narbengesicht kommt. Seitdem sind Brydar und seine Männer hier, *Mestra*. Sie streiten sich, trinken und werfen den Frauen Blicke zu. Die Leute sagen schon, sie sind schlimmer als die Krätze! Aber geht nur rein, *Mestra*, Janella wird Euch bestimmt willkommen heißen.«

Die feiste Janella sah blasser und dünner aus, als Kindra sie in Erinnerung hatte. Sie begrüßte ihren Gast mit überraschender Herzlichkeit. Unter gewöhnlichen Umständen war sie Kindra gegenüber kalt, wie es einem angesehenen Weib in Gegenwart einer Angehörigen der Amazonengilde geziemte. Nun lernte sie wohl, nahm Kindra an, dass eine Gastwirtin es sich nicht leisten konnte, Kunden zu verprellen. Jorik hatte die Freien Amazonen zwar auch nicht gemocht, aber die Erfahrung hatte ihn gelehrt, dass sie ruhige Gäste waren, sich nie betranken, keine Hocker und Bierkrüge zerschlugen und ihre Rechnung prompt bezahlten. *Der Ruf eines Gastes*, dachte Kindra ironisch, *beschmutzt nicht die Farbe seines Geldes.*

»Habt Ihr es schon gehört, liebe *Mestra*? Narbengesichts Kumpane, diese bösen Kerle, haben meinen Gatten völlig grundlos niedergestochen! Bloß, weil er einen der ihren mit einem Bierkrug beworfen hat. Der hatte nämlich meine kleine Annelys mit seinen groben Pranken angefasst. Sie ist nicht mal fünfzehn! Diese Ungeheuer!«

»Sie haben ihn umgebracht?«, fragte Kindra leise. »Entsetzlich!«

Doch ihr Mitleid galt dem Mädchen. Die junge Annelys würde nie im Leben vergessen, dass ihr Vater gestorben war, als er sie verteidigt hatte, weil sie sich nicht selbst hatte zur Wehr setzen können. Wie alle Frauen der Gilde hatte Kindra geschworen, sich stets allein zu verteidigen und nie einen Mann um Hilfe zu bitten, falls es ihr an den Kragen gehe. Sie war seit einem halben Leben Mitglied der Gilde und empfand es als grauenhaft, dass ein Mensch sterben konnte, wenn er ein Mädchen vor Annäherungsversuchen beschützte, die es eigentlich selbst hätte abwehren können müssen.

»Ach, Ihr wisst ja nicht, wie es ist, *Mestra*, wenn man plötzlich allein und ohne Gatten ist. Wer allein lebt wie Ihr, kann es sich nicht vorstellen!«

»Ihr habt doch Töchter, die Euch helfen können«, sagte Kindra.

Janella schüttelte klagend den Kopf. »Aber sie vermögen doch nichts gegen diese groben Kerle auszurichten. Sie sind doch noch kleine Mädchen!«

»Es wird ihnen gut tun, etwas über die Welt und ihre Methoden zu lernen«, sagte Kindra.

Doch die Wirtin seufzte nur. »Ich möchte aber nicht, dass sie allzu viel davon erfahren.«

»Dann müsst Ihr Euch wohl einen neuen Gatten suchen«, sagte Kindra, die inzwischen wusste, dass es keine Möglichkeit gab, sich mit Janella zu verständigen. »Aber Ihr habt in Eurer Trauer mein vollstes Mitgefühl. Jorik war ein guter Mensch.«

»Ihr könnt Euch gar nicht vorstellen, wie gut er war, *Mestra*«, sagte Janella traurig. »Ihr Frauen von der Gilde nennt euch zwar frei, aber mir ist, als wäre ich bis jetzt auch immer frei gewesen. Heute dagegen muss ich Tag und Nacht auf mich aufpassen. Die Männer haben ja merkwürdige Vorstellungen von allein stehenden Frauen. Erst kürzlich hat einer von Brydars Männern zu mir gesagt ... Ja, Brydars Männer sind auch so eine Sache. Sie fressen uns noch die Haare vom Kopf. Schaut nur, *Mestra* ... Wir haben im Stall keinen Platz mehr für die Pferde unserer zahlenden Gäste. Der halbe Ort stellt Brydars Pferde unter, weil er uns gegen die Banditen helfen soll, aber seine Männer sitzen nur herum und trinken Tag für Tag das Bier meines braven Alten ...«

Urplötzlich erinnerte sie sich an ihre Wirtinnenpflichten. »Aber kommt doch in die Gaststube, *Mestra*. Wärmt Euch auf, dann bringe ich Euch was zu essen. Wir haben heute gebratene *Chervine*-Keulen. Oder hättet Ihr gern etwas Leichteres? Vielleicht Rabbithorneintopf mit Pilzen? Sicher, bei uns ist es ziemlich voll, aber wir haben noch ein Plätzchen ganz oben an der Treppe, das könnt Ihr für Euch allein haben. Ein Zimmer, das zu einer feinen Dame passt. Selbst Lady Hastur hat vor ein paar Jahren in diesem Bett geschlafen. Lilla! Lilla! Wo steckt das dumme Gör nur wieder? Als ich sie aufnahm, hat ihre Mutter behauptet, sie ist etwas zurückgeblieben. Aber sie hat Grips genug, um sich überall herumzutreiben und mit jungen Söldnern zu unterhalten. – Zandru möge sie alle zu sich holen! – Lilla! Beeil dich, zeig der netten Frau ihr Zimmer, bring ihr Waschwasser, kümmere dich um ihre Satteltaschen!«

Später ging Kindra in die Gaststube. Wie alle Gildenfrauen hatte sie gelernt, diskret zu sein, wenn sie allein unterwegs war. Einzelne Frauen mussten sich oft neugierige Fragen gefallen lassen, deswegen reisten sie meist zu zweit. Zwar waren sie auch dann nicht gegen hochgezogene Augenbrauen und gelegentlich schmutzige Spekulationen gefeit, aber es hielt ihnen die weniger akzeptablen Annäherungsversuche vom Leibe, denen allein reisende Frauen auf Darkover ausgesetzt waren. Natürlich konnte sich jede Gildenfrau selbst schützen, falls es um mehr ging als nur rüde Töne, doch dies konnte den Orden als solchen durchaus auch in Schwierigkeiten bringen. Es war besser, sich zurückzuhalten, um jeglichen Auseinandersetzungen aus dem Weg zu gehen.

Deswegen nahm Kindra allein in einem Eckchen am Kamin Platz und behielt die Kapuze auf. Sie war weder jung noch sonderlich hübsch. Sie nippte an ihrem Wein, wärmte sich die Füße und tat nichts, um die Beachtung irgendeines Anwesenden auf sich zu ziehen. Mit einem Mal hatte sie den Eindruck, dass sie, die sich selbst als Freie Amazone bezeichnete, viel ungezwungener war als Janellas umhereilende junge Töchter, die vom Dach ihrer Familie und der Anwesenheit ihrer Mutter beschützt wurden.

Sie beendete ihre Mahlzeit – sie hatte den Rabbithorneintopf gewählt – und bat um ein zweites Glas Wein, denn sie war zu müde, um die Treppe zu ihrer Kammer zu erklimmen. Wenn sie oben ankam, würde sie vor Müdigkeit nicht einschlafen können.

Einige von Brydars Söldnern saßen am anderen Ende des Raumes an einem langen Tisch. Sie tranken und würfelten. Es war eine gemischte Gruppe. Kindra kannte zwar keinen der Männer, aber Brydar war ihr schon mehrmals begegnet. Einmal war sie sogar mit ihm zusammen angeworben worden, um eine Handelskarawane durch die Wüste zu den Trockenstädten zu begleiten. Sie nickte ihm höflich zu. Er winkte, schenkte ihr aber keine weitere Beachtung. Er kannte sie gut genug, um zu wissen, dass sie auch dann keine freundliche Unterhaltung wertschätzte, wenn sie sich in einem Raum voller Fremder aufhielt.

Ein jüngerer Söldner, ein hoch gewachsener, bartloser, schmächtiger Bursche mit kurzem, eng am Schädel anliegendem rotblonden Haar, erhob sich und kam auf sie zu. Kindra wappnete sich für das Unausweichliche. Wäre sie mit zwei oder drei anderen Gildenfrauen zusammen gewesen, hätte sie harmlose Gesellschaft durchaus willkommen geheißen, ein Glas mit dem Burschen getrunken und sich mit ihm über problematische Reitwege unterhalten. Aber allein reisende Amazonen tranken nun mal *nicht* mit Männern in öffentlichen Schänken. Brydar wusste es, verdammt noch mal, ebenso wie sie.

Ein anderer Söldner schaute auf und machte eine Bemerkung, die Kindra nicht verstand. Der Junge knurrte etwas und legte die Hand auf seinen Dolch. »Pass bloß auf, du ...!« Er antwortete mit einer Zote. Dann trat er an Kindras Tisch und sagte mit leiser, heiserer Stimme: »Ich wünsche Euch einen guten Abend, ehrenwerte Dame.«

Kindra war von dieser höfischen Redensart zwar verblüfft, aber sie blieb vorsichtig. »Euch das Gleiche, junger Herr«, erwiderte sie.

»Darf ich Euch einen Becher Wein anbieten?«

»Ich habe schon genug getrunken.«

Irgendetwas an der Stimme des jungen Burschen – sie klang beinahe unmännlich – machte sie wachsam. Er hatte also nicht das Übliche vor. Die meisten Menschen wussten, dass die Freien Amazonen sich einen Liebhaber nahmen, wenn ihnen danach zu Mute war, aber zu viele Männer interpretierten dies so, als gingen sie mit jedem ins Bett. Kindra war eine wahre Expertin in der Abwehr verdeckter Avancen, so dass sie gar nicht erst ausgesprochen werden mussten oder zu einer Zurückweisung führten. Hartnäckigere Jünglinge ließ sie mit kurz angebundener Höflichkeit auflaufen. Aber etwas dieser Art hatte der Bursche nicht im Sinn. Sie wusste, wann ein Mann sie begierig anschaute, ob er sein Trachten dabei nun in Worte kleidete oder nicht; doch obwohl sein junges Gesicht deutliches Interesse bekundete, war es nicht sexueller Natur! Was also wollte er von ihr?

»Darf ich ... Darf ich mich zu Euch setzen und kurz mit Euch reden, ehrenwerte Dame?«

Mit Frechheit wäre sie problemlos fertig geworden. Doch diese übertriebene Höflichkeit war ihr ein Rätsel. Hatten die Männer am Tisch nur eine Wette abgeschlossen, bei der es darum ging, dass ein Frauenhasser nicht den Mut aufbrachte, sie anzusprechen?

»Wir sind in einem öffentlichen Raum«, sagte sie. »Die Stühle gehören nicht mir. Setzt Euch hin, wo es Euch gefällt.«

Der Bursche nahm verlegen Platz. Er war kaum älter als ein Junge. Er hatte zwar noch keinen Bart, aber seine Hände waren schwielig und derb und seine Wange wurde von einer längst verheilten Narbe verunziert. Er war offensichtlich doch nicht so jung, wie sie geglaubt hatte.

»Seid Ihr eine Freie Amazone, *Mestra*?« Er benutzte den gewöhnlichen, eher ungehörigen Begriff, aber sie nahm es ihm nicht übel. Viele Männer kannten keine andere Anrede.

»Ja«, erwiderte sie, »aber wir sagen lieber ›Ich gehöre zu den Eidgebundenen‹ ...« Sie verwendete das Wort *Comhi'Letzii*. »Eine Entsagende der Schwesternschaft Befreiter Frauen.«

»Darf ich fragen ... Ich möchte Euch keinesfalls zu nahe treten ... was die Bezeichnung ›Entsagende‹ bedeutet, *Mestra*?«

Eigentlich hieß Kindra die Gelegenheit willkommen, es ihm zu erklären. »Wir nennen uns so, mein Herr, weil die Frauen der Gilde zum Ausgleich für ihre Freiheit einen Eid schwören, um der Vorrechte zu entsagen, die sie vielleicht genießen würden, wenn sie sich entschlossen hätten, zu einem Mann zu gehören. Wenn wir auf den Nachteil verzichten, Eigentum und bewegliche Habe zu sein, müssen wir auch der daraus entstehenden Vorteile entsagen, damit uns kein Mann vorwerfen kann, dass wir uns nur das Beste heraussuchen.«

»Es scheint mir eine ehrenvolle Wahl zu sein«, begann der junge Mann ernst. »Ich bin bisher noch nie einer ... Entsagenden begegnet. Sagt mir, *Mestra* ...« Seine Stimme klang plötzlich schrill. »Ich denke, Ihr kennt die Verleumdungen, die man gegen Euresgleichen ins Feld führt ... Sagt mir, woher nehmen die Frauen den Mut, in die Gilde einzutreten, obwohl sie genau wissen, was man dann über sie redet?«

»Ich vermute«, sagte Kindra gelassen, »dass für manche Frauen ein Zeitpunkt kommt, an dem es für sie Schlimmeres gibt, als dass man sie verleumdet. Bei mir war es jedenfalls so.«

Der junge Mann runzelte die Stirn, dachte kurz nach. »Ich habe noch nie eine Freie ... ähm ... Entsagende allein reisen sehen. Reist Ihr normalerweise nicht zu zweit, ehrenwerte Dame?«

»Stimmt«, sagte Kindra. »Aber Not kennt kein Gebot.« Sie erklärte ihm, dass ihre Gefährtin in Thendara erkrankt war.

»Und Ihr seid so weit geritten, um eine Botschaft zu überbringen?«, fragte der junge Mann. »Ist sie Eure *Bredhis?«* Er verwendete das höfliche Wort für die Geliebte einer Frau. Und da er keinen Gossenausdruck benutzt hatte, war Kindra auch nicht beleidigt. »Nein, nur eine Gefährtin.«

»Ich ... Ich hätte nicht gewagt, Euch anzusprechen, wenn Ihr nicht allein gewesen wärt.«

Kindra lachte. »Warum denn nicht? Auch zu zweit oder zu dritt sind wir keine Hunde, die Fremdlinge beißen.«

Der junge Mann schaute auf seine Stiefel. »Ich habe einen Grund für meine Angst«, sagte er fast unhörbar. »Frauen ... Aber Ihr habt so freundlich auf mich gewirkt. Und ich nehme an, *Mestra,* immer wenn Ihr in diese Berge kommt, wo das Leben für die Frauen so schwer ist, sucht ihr nach Ehefrauen und

Töchtern, die zu Hause unzufrieden sind, um sie für die Gilde zu rekrutieren?«

Wir sollten es lieber tun!, dachte Kindra mit der alten Verbitterung. Aber sie schüttelte den Kopf. »Das verbieten unsere Regeln«, sagte sie. »Es ist Gesetz, dass die Frauen von allein zu uns kommen und einen formellen Antrag stellen müssen, um in unsere Reihen aufgenommen zu werden. Selbst wenn sie darum bitten, ist es mir nicht gestattet, ihnen die Vorteile des Gildenlebens zu nennen. Ich darf ihnen nur von all dem erzählen, dem sie per Eid entsagen müssen.« Sie presste die Lippen aufeinander und fügte hinzu: »Täten wir, was Ihr sagt ... würden wir tatsächlich die unzufriedenen Ehefrauen und Töchter aufsuchen und zur Gilde locken, würden die Männer kein einziges Gildenhaus in den Domänen stehen lassen, sondern alle über unserem Kopf anzünden.«

Es war die alte Ungerechtigkeit. Die Frauen von Darkover hatten dieses Zugeständnis, die Gildencharta, zwar gewonnen, aber sie war durch so viele Restriktionen eingeschränkt, dass viele Frauen nie eine Gildenschwester zu Gesicht bekamen oder mit ihr sprechen konnten.

»Ich nehme an«, sagte sie, »man weiß längst, dass wir keine Huren sind. Deswegen müssen wir *nun* alle lesbisch sein und den Plan verfolgen, den Männern ihre Gattinnen und Töchter zu stehlen. Es sieht ganz danach aus, als könne man sich uns nur als irgendetwas Böses vorstellen.«

»Dann gibt es also unter Euresgleichen gar keine Frauen, die Frauen lieben?«

Kindra zuckte die Achseln. »Natürlich gibt es sie«, entgegnete sie. »Ihr wisst doch bestimmt auch, dass es Frauen gibt, die lieber sterben als heiraten würden. Trotz aller Restriktionen und Entsagungen des Eides scheint mir dies die bessere Alternative zu sein. Aber ich versichere Euch, dass wir nicht alle so sind. Wir sind freie Frauen – und haben die Freiheit, so zu sein, wie wir es gern möchten.« Nach einem kurzen Moment des Nachdenkens fügte sie vorsichtig hinzu: »Und falls Ihr eine Schwester habt, könnt Ihr ihr ruhig von mir berichten.«

Der junge Mann zuckte zusammen, und Kindra biss sich auf die Lippe. Sie war schon wieder unachtsam gewesen, denn sie hatte deutliche Hinweise aufgefangen. Ihre Gefährtinnen beschuldigten sie manchmal, über die telepathische Gabe der höheren Kasten zu verfügen: *Laran.* Soweit Kindra wusste, war sie eine Bürgerliche. Sie verfügte weder über edles Blut noch über telepathische Fähigkeiten und blockte sich in der Regel ab. Aber sie hatte einen willkürlichen Gedanken aufgefangen; einen verbitterten Gedanken aus dem Nirgendwo. *Meine Schwester würde nicht glauben, dass ...* Der Gedanke hatte sich so schnell wieder aufgelöst, dass sie sich fragte, ob sie ihn sich nur eingebildet hatte.

Der junge Mann auf der anderen Tischseite verzog verbittert das Gesicht. »Es gibt momentan niemanden, den ich meine Schwester nennen könnte.«

»Das tut mir Leid«, sagte Kindra verwirrt. »Es ist nicht schön, wenn man allein ist. Darf ich nach Eurem Namen fragen?«

Der junge Mann zögerte auch diesmal, und Kindra wusste aufgrund ihrer eigenartigen Intuition, dass seinen angespannten Lippen fast sein wahrer Name entschlüpft wäre. Aber er hielt sich im Zaum.

»Brydars Männer nennen mich Marco. Fragt bitte nicht nach meiner Herkunft. Es gibt momentan niemanden, der behauptet, mit mir verwandt zu sein – dank der üblen Banditen, die Narbengesicht kommandiert.« Er verzog den Mund und spuckte aus. »Warum, glaubt Ihr, halte ich mich wohl in dieser Gesellschaft auf? Wegen der paar Kupfermünzen, die die Dörfler bezahlen können? Nein, *Mestra.* Auch ich bin an einen Eid gebunden. An den Eid der Rache.«

Kindra verließ die Gaststube zwar früh, konnte aber lange Zeit nicht einschlafen. Irgendetwas an der Stimme und den Worten des jungen Mannes hatte in ihrem Geist und ihren Erinnerungen etwas zum Klingen gebracht. Warum hatte er sie so beharrlich ausgefragt? Hatte er vielleicht eine Schwester oder Blutsverwandte, die davon gesprochen hatte, Entsagende werden zu wollen? Oder war er – als eindeutig weibischer Mann – etwa neidisch auf sie, weil sie der Rolle entkommen war, die ihr die Gesellschaft aufgrund ihres Geschlechts zugedacht hatte, was ihm wiederum nicht gelang? Ging ihm möglicherweise eine Flucht vor dem im Kopf herum, was die Männerwelt von ihm verlangte? Sicherlich nicht, denn Männer, die ihr Schwert gegen Geld verdingten, führten ein einfacheres Leben! Männer konnten sich das Leben aussuchen, das sie führen wollten. Jedenfalls hatten sie eine größere Wahl als die Frauen. Kindra war bewusst zur Entsagenden geworden. Sie hatte sich für die meisten Menschen in den Domänen zur Ausgestoßenen gemacht. Auch der verstorbene Gastwirt hatte sie nur toleriert, weil sie ein regelmäßiger Gast gewesen war und gut zahlte. Aber er hätte ebenso eine Prostituierte oder eine umherziehende Betrügerin toleriert und gegen beide weniger Vorurteile gehabt.

Sie fragte sich, ob der Junge zu den Spionen gehörte, die der *Cortes*, die regierende Körperschaft Thendaras, angeblich ausschickte. Die Spitzel sollten all jenen Entsagenden eine Falle stellen, die die Regeln der Charta brachen, indem sie Frauen missionierten und für die Gilde zu rekrutieren versuchten. Falls ja, hatte sie wenigstens dieser Verlockung widerstanden. Sie hatte, obwohl sie dazu versucht gewesen war, nicht einmal erwähnt, dass Janella, wäre sie eine Entsagende gewesen, sich kompetent genug gefühlt hätte, den Gasthof mit Hilfe ihrer Töchter auch allein zu betreiben.

Schon mehrmals in der Geschichte der Gilde hatten verkleidete Männer versucht, sie zu unterwandern. Man hatte sie demaskiert und der Gerechtigkeit überantwortet, aber was einmal passiert war, konnte immer wieder vorkommen. Was dies anbetrifft, dachte sie, hätte er mich in Frauenkleidern vielleicht überzeugen können, aber nicht mit der Gesichtsnarbe und den schwieligen Händen. Dann lachte sie im Dunkeln vor sich hin, denn sie spürte die Schwielen ihrer eigenen Hände. Tja, wenn er dumm genug war, es zu versuchen, umso schlimmer für ihn. Sie schlief lächelnd ein.

Stunden später wurde sie von Hufschlag, dem Klirren von Stahl und Geschrei auf der Straße geweckt. Irgendwo schrien Frauen. Kindra schlüpfte in ihre Überkleider und rannte hinunter. Brydar stand auf dem Hof und bellte Befehle. Über der Mauer, die den Hof umgab, erkannte sie einen von Flammen geröteten Himmel. Narbengesicht und seine Banditenhorde nahmen den Ort offenbar auseinander.

»Geh, Renwal!«, befahl Brydar. »Schleich dich hinter ihre Rückendeckung und binde ihre Pferde los! Vertreib sie, damit die Kerle sich uns stellen und kämpfen müssen, statt zuzuschlagen und wieder zu verschwinden! Da unsere besten Pferde hier im Stall stehen, soll einer von euch hier bleiben und sie bewachen, damit sich niemand auf sie stürzt ... Ihr anderen kommt mit! Und haltet eure Schwerter bereit!«

Janella duckte sich unter das überhängende Dach eines Anbaus. Ihre Töchter und weiblichen Bediensteten scharten sich um sie, als wäre sie eine Glucke. »Wollt ihr uns unbewacht hier zurücklassen, nachdem wir euch sieben Tage Kost und Logis gewährt haben? Narbengesicht und seine Männer kommen ganz bestimmt hierher, um eure Pferde zu stehlen, und dann sind wir ihrer Gnade schutzlos ausgeliefert ...«

Brydar winkte dem jungen Marco zu. »Du da! Bleib hier und bewach die Pferde und die Frauen ...«

»Nein!«, fauchte der junge Mann. »Ich habe mich deinen Leuten unter der Bedingung angeschlossen, dass ich Narbengesicht mit dem Schwert in der Hand entgegentreten kann! Es ist eine Frage der Ehre! Glaubst du etwa, ich bin auf dein schmutziges Geld angewiesen?«

Hinter der Mauer nahmen das Geschrei und das Durcheinander zu. »Ich habe keine Zeit zum Streiten«, sagte Brydar schnell. »Kindra – die Sache geht dich zwar nichts an, aber du kennst mich als jemanden, der sein Wort hält! Bleib hier und bewach die Pferde und die Frauen, dann sorge ich dafür, dass du es nicht umsonst tust!«

»Wir sollen uns der Gnade einer Frau ausliefern?«, nörgelte Janella. »Wir sollen uns von einer Frau beschützen lassen? Warum lässt du einen Löwen von einer Maus bewachen?«

»Alles, was man mir für dieses Unternehmen versprochen hat, gehört Euch, *Mestra*«, rief Marco Kindra mit blitzenden Augen zu, »wenn Ihr an meiner Stelle hier bleibt!«

»Geht schon«, sagte Kindra. »Ich kümmere mich um sie.«

Es war zwar unwahrscheinlich, dass Narbengesicht bis hierher vordrang, aber andererseits ging die Sache sie nun wirklich nichts an. Normalerweise kämpfte sie mit den Männern zusammen. Sie wäre ebenso wütend wie der Junge gewesen, wenn man sie auf einen sicheren Posten abgeschoben hätte. Aber Janellas Geschrei hatte sie herausgefordert. Marco hob seine Klinge und eilte zum Tor. Brydar folgte ihm. Kindra schaute ihnen nach und dachte an die Kämpfe der Vergangenheit. Irgendeine merkwürdige Geste oder etwas an Marcos Sprache hatte sie wachsam gemacht.

Er ist ein Edelmann, dachte sie. *Vielleicht ist er ein Comyn; der uneheliche Sohn eines großen Fürsten. Vielleicht ist er sogar ein Hastur. Ich weiß zwar nicht, was er bei Brydars Männern macht, aber er ist kein gewöhnlicher Söldner!*

Janellas Klagen erinnerte sie wieder an ihre Pflicht. »Oje!

Oje!«, heulte die Wirtin. »Er lässt nur eine Frau zurück, die sich um uns kümmern soll ...«

»Kommt her!«, sagte Kindra kurz angebunden. Sie winkte den Frauen. »Helft mir, das Tor zu schließen!«

»Ich nehme keine Befehle von schamlosen, Hosen tragenden Frauen wie Euch an ...«

»Dann lasst das verdammte Tor eben offen«, sagte Kindra, die langsam die Geduld verlor. »Soll Narbengesicht ruhig problemlos hier hereinmarschieren. Möchtet Ihr vielleicht, dass ich zu ihm gehe und ihn einlade, oder sollen wir eine Eurer Töchter zu ihm schicken?«

»Mutter!«, rief ein etwa fünfzehnjähriges Mädchen und riss sich von Janellas Hand los. »So kann man doch nicht sprechen! – Lilla, Marga, helft der braven *Mestra*, das Tor zu schließen!« Sie trat vor und gesellte sich zu Kindra, um mit ihr das schwere Holztor vor den Eingang zu schieben und es mit einem dicken Riegel zu verschließen. Die Frauen klagten bestürzt. Kindra suchte eine aus, ein junges Mädchen, das seit etwa sechs oder sieben Monden schwanger war und sich in eine Decke kuschelte, die sie über dem Nachthemd trug.

»Du«, befahl sie, »bring alle Säuglinge und kleinen Kinder nach oben in die sicherste Kammer und verbarrikadiere die Tür. Öffne erst, wenn du meine oder Janellas Stimme hörst.«

Das Mädchen rührte sich nicht, sie schluchzte vor sich hin.

»Beeil dich!«, fuhr Kindra sie scharf an. »Steh hier nicht rum, als wärst du angefroren!« Sie machte eine drohende Geste, und das Mädchen zuckte zusammen. Dann eilte die junge Frau hinein und trieb die Kinder die Treppe hinauf. Eins der kleinsten hob sie auf den Arm.

Kindra betrachtete den Rest der verängstigten Frauen. Janella war ein hoffnungsloser Fall. Sie war dick und kurzatmig und musterte die Amazone voller Groll. Es ärgerte sie, dass man eine Frau zu ihrer Verteidigung zurückgelassen hatte. Außerdem zitterte sie und stand kurz vor einer Panik, die bald alle anderen anstecken würde. Wenn sie etwas zu tun bekam, beruhigte sie sich vielleicht wieder.

»Janella, Ihr geht in die Küche und setzt Glühwein auf«, sagte sie. »Die Männer werden danach verlangen, wenn sie zurückkehren, und außerdem haben sie ihn verdient. Dann sucht ein paar Laken zusammen, aus denen man Verbände für die Verwundeten zurechtschneiden kann. – Macht Euch keine Sorgen«, fügte sie hinzu, »hier kommt niemand rein, solange wir da sind. Und nehmt die dort mit.« Sie deutete auf die entsetzte einfältige Lilla, die sich an Janellas Rock klammerte. Sie hatte die Augen weit aufgerissen und wimmerte leise. »Sie steht uns sonst nur im Weg herum.«

Als Janella murrend losging und die Tölpelin ihr folgte, musterte Kindra die kräftigen jungen Frauen, die bei ihr zurückgeblieben waren.

»Kommt alle her, in den Stall. Stapelt schwere Heuballen rings um die Pferde auf, damit man sie nicht ins Freie treiben und davonjagen kann. – Nein, lasst die Laterne dort; falls Narbengesicht und seine Männer doch durchbrechen, zünden wir ein paar Ballen an. Das versetzt die Pferde in Angst; vielleicht treten sie dann ein, zwei Banditen tot. Außerdem können wir entwischen, wenn sie die Pferde zusammentreiben. Im Gegensatz zu dem, was ihr vielleicht gehört habt, halten Banditen zuerst immer nach Pferden und wertvoller Beute Ausschau. Frauen sind auf ihrer Liste nicht das Wichtigste. Und keine von euch trägt Schmuck oder teure Gewänder, die man euch abnehmen könnte.«

Kindra wusste, dass jeder Mann, der sie mit der Absicht berührte, sie zu vergewaltigen, sein Vorhaben schnell bedauern würde. Und sollte sie von einer Übermacht überwältigt werden, hatte man sie Methoden gelehrt, mit denen sie eine solche Erfahrung unbeschadet überleben konnte. Die anderen Frauen jedoch wussten nichts dergleichen, und sie sollte ihnen daher ihre Ängste nicht verübeln.

Ich könnte es Ihnen beibringen. Aber die Gesetze der Charta hindern mich daran, und ich bin durch meinen Eid gebunden. Dabei wurden die Gesetze nicht von unseren Gildenmüttern gemacht, sondern von Männern, die befürchten, dass wir ihren Frauen das eine oder andere zu sagen haben!

Vielleicht erfüllt es sie wenigstens mit Stolz, wenn sie ihr Heim gegen Eindringlinge verteidigen können!

Auch Kindra machte sich an die Arbeit, die Heuballen rings um die Pferde zu verteilen. Die Frauen arbeiteten hart und vergaßen bei der schweren Anstrengung ihre Angst. Eine jedoch grollte, gerade so laut, dass Kindra es hören konnte, vor sich hin: »Für *sie* ist das alles nur eine Kleinigkeit! Sie ist als Kriegerin ausgebildet worden und solche Arbeit gewöhnt! Ich aber nicht!«

Kindra hatte keine Zeit, sich nun über die ethischen Grundsätze eines Gildenhauses zu unterhalten, deswegen fragte sie nur milde: »Bist du etwa noch stolz darauf, dass man dir nie beigebracht hat, wie man sich selbst verteidigt, mein Kind?« Doch die junge Frau antwortete nicht, sondern stapelte nur mürrisch weiter Heuballen auf.

Es fiel Kindra nicht schwer, ihrem Gedanken zu folgen: Wäre Brydar nicht gewesen, hätte jeder Mann im Dorf seine Frauen selbst verteidigen können! Voller Empörung dachte sie daran, dass gerade dieses Denken – niemand schuldete einem anderen Solidarität und jeder verteidigte nur den eigenen Besitz – dazu führte, dass Jahr für Jahr ganze Dörfer in Flammen aufgingen! Es hatte erst einer Bedrohung wie Narbengesicht bedurft, um die Männer des Dorfes so weit zu organisieren, dass sie sich die Dienste einiger Söldner erkauft hatten. Doch nun beklagten sich die Frauen darüber, dass ihre Männer nicht vor der eigenen Haustür standen, um ihre Frauen und die Feuerstelle zu beschützen!

Nachdem die Pferde geschützt waren, versammelten sich die Frauen nervös im Hof. Sogar Janella kam an die Küchentür und schaute ihnen zu. Kindra ging zu dem verbarrikadierten Tor; ihr Messer steckte lose in der Scheide. Die anderen Mädchen und Frauen standen unter dem Küchenvordach, doch die junge Frau, die ihr schon geholfen hatte, das Tor zu schließen, bückte sich, zog sich den Rock resolut über die Knie, nahm ein großes Holzbeil in die Hand und baute sich neben Kindra am Tor auf.

»Annelys!«, rief Janella. »Geh sofort da weg! Komm her!«

Das Mädchen warf seiner Mutter einen verächtlichen Blick zu und sagte: »Dem ersten Banditen, der über die Mauer steigt, um mich oder meine kleine Schwester anzufassen, schlage ich den Schädel ein! Es ist zwar kein Schwert, aber ich glaube, auch in der Hand eines Mädchens sorgt dieses Beil dafür, dass er es sich schnell noch einmal überlegt!« Sie maß Kindra mit einem trotzigen Blick und wandte sich an ihre Gefährtinnen: »Ich schäme mich für euch! Dass ihr euch von einer einzelnen Frau beschützen lasst! Sogar ein Rabbithorn verteidigt seine Jungen selbst!«

Kindra lächelte das Mädchen kameradschaftlich an. »Wenn du mit dem Ding auch nur halb so gut umgehen kannst, wie du Schneid hast, Schwesterchen, hätte ich statt eines Mannes lieber dich an meiner Seite. Halt das Beil mit beiden Händen fest, falls du es einsetzen musst. Mach keine komplizierten Dinge damit. Hack deinem Gegenüber einfach in die Beine, als wolltest du einen Baum fällen. Damit wird er nämlich nicht rechnen.«

Die Nacht zog sich dahin. Die Frauen hockten sich auf Heuballen und Kisten und lauschten besorgt und mit einem gelegentlichen Schluchzen dem Klirren der Schwerter, den Rufen und dem Geschrei. Nur Annelys stand neben Kindra und umklammerte ihr Beil. Nach etwa einer Stunde nahm Kindra auf einem Heuballen Platz und sagte: »Du braucht das Beil nicht ständig festzuhalten. So ermüdest du dich nur, bevor es zu einem Angriff kommt. Lehn es an den Ballen dort, dann kannst du es packen, wenn es nötig ist.«

»Woher wisst Ihr so genau, was man in einer solchen Lage tut?«, fragte Annelys mit einem eigenartigen Unterton in der Stimme. »Sind alle Freien Amazonen ... Ihr nennt Euch wohl anders, oder? Wie lernen die Gildenfrauen diese Dinge? Seid Ihr alle Kämpfer und Söldner?«

»Nein, nein, nur wenige von uns«, sagte Kindra. »Ich habe nun mal nicht viele andere Begabungen. Ich bin nicht sehr gut am Webstuhl, und meine Gärtnerkenntnisse bringen nur im Sommer etwas ein. Meine Eidesmutter ist als Hebamme in unserem angesehensten Gewerbe tätig. Selbst jene, die uns Entsagende verachten, geben zu, dass wir im Gegensatz zu den Dorfhebammen Säuglinge oft retten können. Sie hat mich ihr Gewerbe lehren wollen, aber auch dazu fehlte es mir an Talent. Weil ich kein Blut sehen kann ...«

Sie warf einen Blick auf ihr langes Messer, erinnerte sich an ihre zahlreichen Kämpfe und musste lachen. Annelys lachte mit. Das Geräusch klang angesichts des furchtsamen Gestöhns der anderen Frauen seltsam.

»*Ihr* könnt kein Blut sehen?«

»Es ist etwas anderes«, sagte Kindra. »Ich kann Leiden nicht ertragen, wenn ich ihnen hilflos zuschauen muss. Wenn eine Geburt problemlos abläuft, schickt man nur selten nach der Hebamme. Wir kommen nur, wenn Komplikationen auftreten. Ich kämpfe lieber gegen Männer oder Bestien als um das Leben einer hilflosen Frau oder eines Kindes ...«

»Das würde ich auch lieber tun«, sagte Annelys, und Kindra dachte: *Wenn ich nicht an die Gesetze der Gilde gebunden wäre, könnte ich ihr jetzt sagen, wer wir sind. Dieses Mädchen wäre ein echter Gewinn für die Schwesternschaft ...*

Doch ihr Eid ließ sie schweigen. Sie seufzte und schaute Annelys frustriert an.

Als ihr gerade der Gedanke kam, die Vorsichtsmaßnahmen seien sinnlos gewesen und Narbengesichts Männer würden sich wohl niemals zeigen, stieß eine der Frauen einen schrillen Schrei aus, und Kindra sah die Quaste einer grob gestrickten Mütze über der Mauer baumeln. Dann erschienen plötzlich zwei Männer darauf; sie hielten Messer zwischen den Zähnen, um die Hände zum Klettern frei zu haben.

»Also da haben sie die Frauen, Pferde und den ganzen Rest versteckt ...«, knurrte der eine. »Du gehst zu den Pferden, ich kümmere mich um ... He, das wagst du nicht!«, schrie er plötzlich, als Kindra mit gezücktem Messer auf ihn zulief. Er war größer als sie. Als sie kämpften, konnte sie ihn nur abwehren und ging rückwärts Schritt für Schritt auf den Stall zu.

Wo waren die Männer? Wieso war es den Banditen gelungen, so weit vorzurücken? Aus den Augenwinkeln sah sie, dass sich der zweite Bandit ihr von hinten mit einem Schwert näherte. Kindra beschrieb einen Kreis und wich vorsichtig zurück, um die beiden nicht aus den Augen zu verlieren.

Dann stieß Annelys einen Schrei aus. Das Beil blitzte auf, und der zweite Bandit fiel mit einem Heulen zu Boden. Aus seinem Bein spritzte Blut. Kindras Gegenspieler zuckte bei dem Geräusch zusammen. Schnell hob sie das Messer und fuhr damit durch seine Schulter. Dann packte sie seine Klinge, die ihm aus der schlaffen Hand fiel. Als er nach hinten sank, sprang sie auf ihn.

»Annelys!«, schrie sie. »Ihr Frauen! Bringt mir ein Seil, um ihn zu fesseln! Vielleicht sind da noch andere ...«

Janella kam mit einer Wäscheleine und schaute zu, wie Kindra den Mann fesselte. Dann trat sie zurück und musterte den zweiten Banditen, der in einer Pfütze seines eigenen Blutes lag. Sein Bein war am Knie sauber abgetrennt. Er atmete zwar noch, aber er war schon so weit weggetreten, dass er nicht mal mehr stöhnen konnte. Während die Frauen ihn anstarrten, starb er. Janella schaute Annelys so entsetzt an, als sei ihrer jungen Tochter plötzlich ein zweiter Kopf gewachsen.

»Du hast ihn umgebracht«, keuchte sie. »Du hast ihm das Bein abgeschlagen!«

»Wäre es dir lieber gewesen, er hätte *mir* ein Bein abgeschlagen, Mutter?«, fragte Annelys. Sie bückte sich, um den ersten Banditen zu begutachten. »Er hat nur eine Stichwunde in der Schulter, also wird er weiterleben, bis man ihn hängt!«

Kindra richtete sich heftig atmend auf und zog die Wäscheleine fest. Dann schaute sie Annelys an. »Du hast mir das Leben gerettet, Schwesterchen.«

Annelys schenkte ihr ein Lächeln. Sie war aufgeregt, ihr Haar hatte sich gelöst und hing ihr in die Augen. Ein kalter Schneeregen setzte ein. Die Gesichter der Frauen wurden nass. Annelys schlang plötzlich die Arme um Kindra, und Kindra drückte sie trotz der missbilligenden Miene Janellas an sich.

»Keine der unserigen hätte es besser machen können. Ich danke dir, meine Kleine.« Verdammt noch mal, das Mädchen hatte sich wirklich Dank und Anerkennung verdient. Wenn Janella sie anstierte wie eine sündhafte Verführerin junger Frauen, tat sie ihr Leid. Ohne Annelys' Arme von ihren Schultern zu nehmen, sagte sie: »Hört mal, ich glaube, die Männer kommen zurück.«

Eine Minute später vernahmen sie Brydars Ruf und schoben eilig den schweren Riegel vom Tor zurück. Die Männer trieben über ein Dutzend kräftiger Pferde vor sich her.

»Narbengesichts Leute brauchen sie nicht mehr, also sind wir reich entlohnt!«, begrüßte Brydar die Frauen lachend. »Wie ich sehe, habt auch ihr einige Banditen erlegt.« Er schaute sich den Räuber an, der in seinem Blute lag, und dann den anderen, der mit Janellas Wäscheleine gefesselt war. »Gute Arbeit, *Mestra*. Anscheinend habt auch ihr Beute gemacht.«

»Das Mädchen hat mir geholfen«, sagte Kindra. »Ohne sie wäre ich tot.«

»Einer dieser Kerle hat meinen Vater getötet«, sagte Annelys aufgebracht. »Ich habe also nur meine Schulden entrichtet.« Sie wandte sich an ihre Mutter und befahl: »Mutter, bring unseren Verteidigern sofort den Glühwein!«

Brydars Männer verteilten sich in der gesamten Gaststube und tranken dankbar den heißen Wein. Brydar stellte den Krug ab und rieb sich mit einem müden Seufzer die Augen. »Einige meiner Leute sind verletzt, Janella«, sagte er. »Könnten deine Mädchen sich um sie kümmern? Wir brauchen Verbände, vielleicht auch Salben und Kräuter. Ich ...« Er hielt inne, als ein Mann ihm von der Tür her hastig zuwinkte. Er ging sofort zu ihm hin.

Annelys brachte Kindra einen Krug und drückte ihn ihr schüchtern in die Hand. Kindra trank ein Schlückchen; es war nicht das von Janella aufgesetzte Getränk, sondern guter, klarer, goldener Bergwein. Sie trank ihn langsam, weil sie wusste, dass Annelys ihr damit etwas sagen wollte. Das Mädchen nahm ihr gegenüber Platz und trank hin und wieder einen Schluck aus ihrem eigenen Krug. Sie zögerten beide, sich voneinander zu verabschieden.

Verflucht soll das dumme Gesetz sein, das mir verbietet, über die Schwesternschaft zu sprechen! Sie ist viel zu gut für diesen Gasthof und ihre närrische Mutter. So jemanden wie die dämliche Lilla braucht Janella hier viel eher als Hilfe. Ich nehme an, sie wird sie sofort an irgendeinen Tölpel verheiraten, bloß um jemanden zu haben, der diesen Laden weiterführt!

Doch die Ehre verlangte, dass sie schwieg. Als sie Annelys beobachtete, fragte sie sich dennoch besorgt, welches Leben sie hier führte und welche Ehre es sein konnte, ein Mädchen wie sie an einem solchen Ort zurückzulassen.

Doch sie nahm an, das es ein kluges Gesetz war. Schließlich hatten es sich klügere Geister ausgedacht als sie. Hätte es das Gesetz nicht gegeben, wären vielleicht viele junge Mädchen, die ohne groß nachzudenken von einem aufregenden und abenteuerlichen Leben träumten, zur Schwesternschaft gegangen, ohne sich der sie erwartenden Härten und Entbehrungen bewusst zu sein. Der Titel »Entsagende« wurde nicht leichtfertig vergeben, und Entsagende führten auch kein einfaches Dasein. Wenn sie darüber nachdachte, wie Annelys sie anschaute, folgte sie ihr vielleicht nur aus purer Heldenverehrung. Doch das reichte nicht aus. Sie seufzte und sagte: »Ich nehme mal an, die Aufregung ist für heute vorbei. Ich müsste längst wieder im Bett liegen. Morgen habe ich einen langen Weg vor mir. – Hör mal, dieser Lärm! Ich habe gar nicht gewusst, dass unter Brydars Männern auch Schwerverletzte sind ...«

»Es klingt eher nach einem Streit als nach Verletzten«, sagte Annelys und lauschte dem Geschrei und den Protesten. »Streiten Sie sich um die Beute?«

Die Tür würde abrupt aufgestoßen, und Brydar aus den Fen-Hügeln betrat den Raum. »Verzeih, Kindra, du bist sicher müde ...«

»Das kann man wohl sagen«, erwiderte Kindra, »aber bei all dem Radau werde ich ohnehin nicht schlafen können. Was kann ich für dich tun?«

»Ich bitte dich ... Könntest du kurz mitkommen? Es geht um den Jungen ... den jungen Marco. Er ist verletzt, schwer verletzt, aber er will nicht, dass wir uns um seine Wunden kümmern. Er will zuerst mit dir sprechen. Er sagt, er hat eine dringende Botschaft, eine sehr dringende, die er dir übermitteln will, bevor er stirbt ...«

»Gnädige Avarra«, sagte Kindra erschreckt. »Stirbt er wirklich?«

»Ich kann es nicht sagen. Er lässt uns nicht nahe genug heran, um seine Wunden zu verbinden. Wenn er vernünftig wäre, würde er zulassen, dass wir uns um ihn kümmern ... Er blutet wie ein angestochenes *Chervine* und droht, jedem die Kehle aufzuschlitzen, der ihn anfasst. Wir haben versucht, ihn zu packen, um ihn gegen seinen Willen zu behandeln, aber wenn er sich wehrt, blutet er so stark, dass wir uns nicht trauen. Kommst du bitte mit?«

Kindra schaute ihn fragend an. Sie hätte nicht geglaubt, dass ihm die Angehörigen seiner Bande so sehr am Herzen lagen. »Der Bursche bedeutet mir nichts«, sagte Brydar abwehrend. »Er ist weder mein Pflegebruder noch ein Verwandter oder Freund. Aber er hat an meiner Seite gekämpft und Narbengesicht ganz allein getötet. Vielleicht stirbt er nun an den Wunden, die der Bösewicht ihm beigebracht hat.«

»Warum will er gerade mit mir sprechen?«

»Er hat gesagt, es geht um etwas, das seine Schwester betrifft. Und er bittet dich im Namen der gnädigen Avarra, dass du zu ihm kommst. Außerdem ist er mehr oder weniger jung genug, um dein Sohn zu sein.«

»Aha«, sagte Kindra endlich. Sie hatte ihren Sohn nicht mehr gesehen, seit er acht Tage alt gewesen war, aber ihrer Meinung nach war er auch jetzt noch zu jung, um ein Schwert zu tragen. »Ich kann mich niemandem verweigern, der mich im Namen der Göttin anfleht«, sagte sie und stand stirnrunzelnd auf. Marco hatte doch behauptet, er habe keine Schwester. Nein, er hatte nur gesagt, es gebe niemanden, den er Schwester nennen könne. Und das war sehr wohl ein Unterschied.

Auf der Treppe vernahm sie die Stimme von einem von Brydars Männern, der ausrief: »Junge, wir tun dir doch nicht weh! Wenn du uns nicht an die Wunde heranlässt, stirbst du vielleicht! Verstehst du das denn nicht?«

»Fort von mir!«, keuchte der junge Bursche. »Ich schwöre bei Zandrus Höllen und Narbengesichts verstreuten Gedärmen, dass ich mein Messer in den Hals des ersten Mannes ramme, der mich anrührt!«

Im Innern entdeckte Kindra Marco im Fackelschein halb sitzend und halb liegend auf einem Strohsack. Er hatte einen Dolch in der Hand und hielt sich damit die Männer vom Leib. Er war so bleich wie der Tod, und eisige Schweißtropfen klebten ihm auf der Stirn. Der Strohsack rötete sich langsam von seinem Blut. Kindra verstand genug von Wunden, um zu wissen, dass der menschliche Körper mehr Blut verlieren konnte, als die meisten annahmen, ohne in ernsthafte Gefahr zu geraten, aber für einen Laien sah es höchst alarmierend aus.

Als Marco sie sah, stieß er keuchend hervor: »Ich bitte Euch, *Mestra* ... Ich muss mit Euch allein sprechen ...«

»So redet man nicht mit seinen Genossen, Junge«, sagte ein Söldner, der hinter ihm hockte.

Kindra kniete sich neben das Strohlager. Die Wunde begann an Marcos Oberschenkel, in der Nähe des Schritts. Seine Lederhose hatte den Hieb teilweise abgefangen, sonst wäre er dem gleichen Schicksal erlegen wie der Mann, den Annelys mit dem Beil getroffen hatte.

»Du kleiner Dummkopf«, sagte Kindra. »Ich kann nur halb so viel für dich tun wie dein Freund.«

Marco schloss für einen Moment die Augen. Entweder hatte er Schmerzen, oder er war müde. Kindra glaubte, er habe das Bewusstsein verloren und winkte dem Mann hinter ihm zu.

»Los, jetzt, solange er besinnungslos ist ...«, sagte sie rasch, aber sofort schlug der Junge die gequälten Augen wieder auf.

»Würdet auch Ihr mich verraten?« Marco gestikulierte mit dem Dolch, aber so schwach, dass Kindra erschrak. Sie durften jetzt keine Zeit mehr vergeuden. Es war wohl am besten, wenn man ihm gut zuredete.

»Geht jetzt«, wies sie die anderen an. »Ich bringe ihn schon zur Vernunft, und wenn er nicht auf mich hört ... Nun ja, er ist alt genug, um die Folgen seiner Torheit auszubaden.« Sie verzog den Mund, als die Männer hinausgingen. »Ich hoffe, das, was du mir erzählen willst, ist es wert, dass du dein Leben dafür aufs Spiel setzt, du dummer Einfaltspinsel!«

Doch als sie sich neben den blutigen Strohsack kniete, kam ihr plötzlich ein schrecklicher Verdacht. »Weißt du denn nicht, dass du möglicherweise an dieser Wunde sterben kannst, du dummer Kerl? Ich verstehe nur wenig von Heilkunde; deine Genossen könnten viel besser für dich sorgen.«

»Wenn Ihr mir nicht beisteht, werde ich mit Sicherheit sterben«, sagte Marco mit heiserer, geschwächter Stimme. »Keiner der Männer ist mir Genosse genug, um ihm zu trauen ... Helft mir, *Mestra,* ich bitte Euch im Namen der gnädigen Avarra ... Ich bin eine Frau.«

Kindra schnappte erschreckt nach Luft. Sie hatte es schon irgendwie geahnt ... und nun stimmte es. »Und keiner von Brydars Männern weiß ...?«

»Keiner. Ich lebe seit einem halben Jahr mit ihnen zusammen und glaube nicht, dass jemand Verdacht schöpft ... Und Frauen fürchte ich noch mehr. Aber bei Euch habe ich das Gefühl, dass ich Euch trauen kann ...«

»Ich schwöre es«, sagte Kindra rasch. »Ich bin durch einen Eid gebunden, keiner Frau Hilfe zu versagen, die mich im Namen der Göttin darum bittet. Aber jetzt lass mich beginnen, du armes Ding. Und bete zu Avarra, dass du es nicht zu lange hinausgezögert hast.«

»Selbst wenn es so wäre ...«, hauchte die Fremde. »Ich

möchte lieber als Frau sterben anstatt … entehrt und zur Schau gestellt zu werden. Ich habe so viel Schmach erlebt …«

»Pssst! Pssst, mein Kind!«

Doch die Fremde fiel wieder auf den Strohsack zurück, und diesmal, endlich, verlor sie auch die Besinnung. Kindra trennte die Lederhose auf, schaute sich den gefährlichen Schnitt an, der durch den Oberschenkel gedrungen war und sah auch den Schamhügel. Die Wunde blutete zwar stark, war aber nach ihrer Ansicht nicht tödlich. Sie nahm ein sauberes Handtuch, das die Männer zurückgelassen hatten, und drückte es fest gegen die Wunde. Als der Blutfluss sich zu einem Sickern verlangsamte, runzelte sie die Stirn und ging davon aus, dass man die Wunde nun nähen konnte. Sie zögerte jedoch, die Sache in Angriff zu nehmen – sie war nicht sehr geschickt in solchen Dingen. Sie nahm an, dass sich unter Brydars Männern jemand befand, der sich damit besser auskannte. Aber sie wusste auch, dass die junge Frau genau das gefürchtet hatte – von Männern ausgezogen und verarztet zu werden.

Wenn man es hinbekommen könnte, bevor sie wieder zu sich kommt, braucht sie es gar nicht zu erfahren, dachte sie. Aber sie hatte ihr ein Versprechen gegeben und musste es auch halten. Als sie den Korridor verließ, rührte sich die Bewusstlose nicht.

Brydar kam ihr auf der Treppe entgegen. »Wie läuft es?«

»Schick mir Annelys«, sagte Kindra. »Sie soll Zwirn und eine Nadel mitbringen. Außerdem brauche ich Verbandszeug, heißes Wasser und Seife.« Annelys hatte Mut und Kraft, außerdem war Kindra sicher, dass sie auch ein Geheimnis für sich behalten konnte, wenn man sie bat, ihr Wissen nicht preiszugeben.

Mit einer Lautstärke, die nicht weiter reichte als bis zu Kindras Ohr, sagte Brydar: »Er ist ’ne Frau, nicht wahr?«

»Hast du etwa gelauscht?«, fragte Kindra stirnrunzelnd.

»Gelauscht? Unsinn! Ich hab Grips. Ich bin schon damit zur Welt gekommen. Außerdem sind mir ein paar Kleinigkeiten aufgefallen. Kann man sich etwa einen Grund vorstellen, aus dem ein Angehöriger meiner Bande sich weigern würde, die Hosen runterzulassen? Wer sie auch ist, Schneid hat sie jedenfalls für zwei!«

Kindra schüttelte bestürzt den Kopf. Dann waren sämtliche Leiden der Verletzten also umsonst gewesen. Der Skandal stand vor der Tür und würde der Fremden in jedem Fall Schmach eintragen. »Brydar, du hast versprochen, mich zu belohnen. Bist du mir etwas schuldig oder nicht?«

»Ich stehe in deiner Schuld«, sagte Brydar.

»Wenn du bei deinem Schwert schwörst, dass du in dieser Angelegenheit den Mund hältst, fühle ich mich genug entlohnt. Ist das gerecht?«

Brydar grinste. »Deswegen werde ich dich doch nicht um deinen Lohn betrügen«, sagte er. »Glaubst du, ich möchte, dass alle in den Bergen sagen, Brydar aus den Fen-Hügeln kann einen Mann nicht von einer Frau unterscheiden? Der junge Marco ist ein halbes Jahr lang mit meiner Bande geritten und hat bewiesen, dass er ein Mann ist. Wenn seine Pflegeschwester, Verwandte oder Base – oder wer auch sonst – ihn gern selbst pflegen und anschließend mit nach Hause nehmen will, was sollen meine Leute schon dagegen haben? Zandrus Höllen sollen mich verschlingen, wenn ich möchte, dass meine Leute glauben, ein Mädchen hätte Narbengesicht genau vor meiner Nase getötet!« Er legte die Hand auf seinen Schwertgriff. »Zandru soll mir die Hand abfaulen lassen, wenn ich auch nur ein Wort davon verrate. – Und jetzt hol ich Annelys«, versprach er und verschwand.

Kindra kehrte an die Seite der jungen Frau zurück. Sie war noch immer bewusstlos. Als Annelys hereinkam, sagte Kindra knapp: »Halt die Laterne dorthin. Ich möchte die Wunde nähen, bevor sie wieder zu sich kommt. Und fang bloß nicht an zu heulen oder falle in Ohnmacht. Ich möchte es schnell hinter mich bringen, denn wir können sie währenddessen nicht auch noch festhalten.«

Annelys schluckte, als sie die Frau und die klaffende, nun wieder blutende Wunde erblickte. »Eine Frau! Gesegnete Evanda! Kindra, gehört sie zur Schwesternschaft? Habt Ihr es gewusst?«

»Nein. Das gilt für beide Fragen. Hier, halt mal die Laterne …«

»Nein«, entgegnete Annelys. »Ich habe sowas schon oft gemacht. Ich habe eine sichere Hand. Einmal, als mein Bruder sich beim Holzhacken in den Schenkel geschlagen hat, habe ich ihn genäht. Ich habe auch schon der Hebamme geholfen. Haltet Ihr die Laterne.«

Erleichtert reichte ihr Kindra die Nadel. Annelys nahm sich der Arbeit mit so großem Geschick an, als ginge es um eine Kissenstickerei. Als sie halb fertig war, kam die Verletzte wieder zu sich. Sie stieß einen leisen Angstschrei aus, aber als Kindra ihr gut zusprach, beruhigte sie sich, blieb still liegen, biss sich auf die Unterlippe und klammerte sich an Kindras Hand. Irgendwann befeuchtete sie ihre Lippen und hauchte leise: »Ist sie eine der Euren, *Mestra?*«

»Nein. Nicht mehr als du, mein Kind. Aber sie ist eine Freundin und wird dich nicht verraten, das weiß ich.« Kindras Worte klangen zuversichtlich.

Als Annelys fertig war, holte sie ein Glas Wein für die Frau und hielt ihr den Kopf, während sie es leerte. Langsam kehrte ein wenig Farbe in ihre bleichen Wangen zurück, und sie holte etwas leichter Luft. Annelys streckte ihr ein Nachthemd hin und sagte: »Darin hast du es bestimmt bequemer. Ich würde dich zwar gern in mein Bett bringen, aber ich glaube, du solltest dich noch nicht bewegen. – Kindra, helft mir, sie aufzurichten.« Mit einem Kissen und einigen sauberen Laken machte sie es der Verletzten auf dem Strohsack bequem.

Als die beiden anfingen, sie zu entkleiden, stieß die Fremde leise einen protestierenden Laut aus, aber sie war zu schwach, um sich wirkungsvoll zur Wehr zu setzen. Kindra schaute erschreckt hin, als sie ohne Unterhemd war. Sie hätte nie geglaubt, dass eine Frau über vierzehn sich erfolgreich als Mann unter Männern bewegen konnte. Doch dieser Frau war es gelungen, und nun erkannte Kindra auch den Grund. Die enthüllte Gestalt war flach und ohne Brüste. Ihre Schultern hatten die gehärtete Muskulatur eines Fechters. Ihre Arme waren stärker behaart, als die meisten Frauen toleriert hätten, ohne die Haare zu bleichen oder mit Wachs zu entfernen.

Annelys starrte sie verdutzt an. Als die Fremde ihren erschreckten Blick bemerkte, verbarg sie das Gesicht im Kissen.

»Es gibt keinen Grund, sie anzustarren«, fuhr Kindra sie scharf an. »Sie ist eben eine *Emmasca*. Hast du denn noch nie eine gesehen?«

Die Neutralisierungsoperation war auf ganz Darkover verboten und gefährlich. An dieser Frau musste man sie noch vor dem Verbot ausgeführt haben; kurz vor oder nach Eintreten der Pubertät. Kindra war voller Fragen, aber die Höflichkeit verbot ihr, sie zu stellen.

»Aber ... aber ...«, stammelte Annelys leise. »Ist sie so geboren oder so gemacht worden? Es ist doch ungesetzlich. Wer würde es wagen ...«

»Ich bin so gemacht worden«, sagte die Fremde, ohne das Gesicht vom Kissen zu heben. »Wäre ich so geboren worden, hätte ich nichts fürchten müssen ... Aber jetzt bin ich so, damit ich nichts mehr fürchten muss!«

Als sie die Fremde hochhoben und umdrehten, hielt sie den Mund. Annelys keuchte laut auf, als sie die schrecklichen Narben auf ihrem Rücken sah. Sie sahen aus wie Peitschenstriemen. Aber die tapfere Wirtstochter sagte nichts, sie zog nur die gnädige Hülle des Nachthemdes über die Furcht einflößenden Narben. Dann wusch sie das Gesicht und die Hände der Fremden sanft mit Wasser und Seife ab. Das rotblonde Haar war dunkel vom Schweiß, doch an seinen Wurzeln erblickte Kindra noch etwas anderes: Dort wuchs das Haar feuerrot heran.

Eine Comyn. *Sie gehört der rothaarigen Telepathenkaste an ... Diese Frau ist eine Adelige, dazu geboren, in den Domänen Darkovers zu herrschen!*

Im Namen aller Götter, sagte sich Kindra, wer mag sie nur sein, und was ist mit ihr passiert? Wie war sie in dieser Verkleidung hierher gekommen? Sie hatte sogar ihr Haar aufgehellt, damit niemand etwas von ihrer Abstammung erfuhr. Und wer hatte sie so misshandelt? Sie musste wie ein Tier geprügelt worden sein ...

Und dann vernahm sie erschreckt, dass sich in ihrem Geist Worte bildeten. Wie, wusste sie nicht.

Narbengesicht, sagte die Stimme in ihrem Geist. *Aber jetzt bin ich gerächt. Auch wenn es meinen Tod bedeutet ...*

Kindra hatte Angst. Noch nie hatte sie es so deutlich empfangen. Sie hatte ihr rudimentäres telepathisches Talent bisher immer nur für rasche Auffassungsgabe gehalten. Sie hatte eine Nase für bestimmte Dinge; Ahnungen, die meist zutrafen. »Bei der Göttin!«, stieß sie leise und entsetzt hervor. »Wer bist du, mein Kind?«

Das blasse Gesicht verzog sich, und Kindra erkannte bestürzt, dass es ein Lächeln darstellen sollte. »Ich bin – niemand«, sagte die Fremde. »Ich habe mich für die Tochter von Alaric Lindir gehalten. Habt Ihr die Geschichte gehört?«

Alaric Lindir. Die Familie Lindir war stolz und reich und entfernt mit der *Comyn*-Familie Aillard verwandt. Für Kindra gehörte sie einer zu hohen Schicht an, als dass sie hätte behaupten können, jemanden aus diesen Kreisen zu kennen. Sie waren vom uralten Blut der Hasturs.

»Ja, es ist eine stolze Familie«, sagte die Fremde leise. »Meine Mutter hieß Kyria. Sie war eine jüngere Schwester von *Dom* Lewis Ardais – nicht des Fürsten, sondern seines jüngeren Bruders. Aber dennoch war sie so hochwohlgeboren, dass sie, von einem Hastur-Fürsten aus Thendara schwanger, umgehend fortgebracht und in aller Eile mit Alaric Lindir verheiratet wurde. Und mein Vater – der Mann, den ich für meinen Vater hielt –, war stolz auf seine rothaarige Tochter. Während meiner gesamten Kindheit habe ich mir pausenlos angehört, wie stolz er auf mich war, denn ich würde bei den *Comyn* einheiraten oder in einen Turm gehen und eine große und mächtige Zauberin oder Bewahrerin werden. Und dann ... dann kam Narbengesicht mit seinen Kumpanen. Sie haben die Burg ausgeraubt und aus einer Laune heraus einige Frauen verschleppt. Und als Narbengesicht erkannte, wer seine neueste Gefangene war ... Da war der Schaden zwar schon angerichtet, aber er schickte meinem Vater dennoch eine Lösegeldforderung. Und mein Vater, der gleiche *Dom* Alaric, der nicht genug stolze Worte für seine hübsche rothaarige Tochter finden konnte, die ihn in seinem Ehrgeiz weiterbringen sollte, indem sie einen *Comyn* heiratete ... Mein Vater ...« Sie würgte die nächsten Worte fast hervor. »Er schickte Narbengesicht die Botschaft, dass er mich nur dann mit einer großen Summe auslöst, wenn dieser ihm garantiert, dass ich noch unberührt bin – sonst bekommt er gar nichts. Denn vergewaltigt wäre ich für ihn ohne Nutzen, und Narbengesicht könnte mich hängen oder an seine Männer verschenken, ganz wie es ihm beliebt.«

»Heilige Lastenträgerin!«, hauchte Annelys. »Und dieser Mann hat dich als seine eigenes Kind aufgezogen?«

»Ja, und ich hatte geglaubt, er würde mich lieben«, sagte

die Fremde mit zuckendem Gesicht. Kindra schloss entsetzt die Augen. Sie sah den Mann nur allzu deutlich vor sich, der die Tochter seiner Frau willkommen geheißen hatte – doch nur, weil sie ihn irgendwann weiterbringen sollte!

Annelys' Augen füllten sich mit Tränen. »Wie schrecklich! Ach, wie kann man nur ...«

»Ich bin zu dem Glauben gelangt, dass alle Männer so handeln würden«, sagte die Fremde, »denn Narbengesicht war über die Weigerung meines Vaters so wütend, dass er mich einem seiner Männer als Spielzeug schenkte. Und wie der mich behandelt hat, seht ihr ja. *Diesen* Mann habe ich umgebracht, als er eines Nachts schlief – nachdem er endlich zu der Überzeugung gekommen war, er hätte mich zur Unterwürfigkeit geprügelt. Dann bin ich geflohen und zu meiner Mutter zurückgekehrt. Sie hat mich zwar voller Mitleid und mit Tränen in den Augen willkommen geheißen, aber ich sah in ihrem Geist, dass sie nun befürchtete, ich könnte ihr Schande machen, falls Narbengesicht mich geschwängert hatte. Sie hat befürchtet, mein Vater würde sagen: *Der Apfel fällt nicht weit vom Stamm*, und dass meine Schande auch ihre Schande wieder zum Gerede machen könnte. Auch wollte ich meiner Mutter nicht verzeihen, dass sie weiterhin mit dem Mann zusammenlebte, der mich zurückgewiesen und einem solchen Schicksal überlassen hatte. Deswegen bin ich zu einer *Leronis* gegangen, die Mitleid mit mir hatte. Vielleicht wollte sie auch nur dafür sorgen, dass ich mein *Comyn*-Blut nicht entehrte, indem ich zur Hure oder zum Räuberliebchen wurde. Sie hat mich, wie ihr seht, zur *Emmasca* gemacht. Dann bin ich zu Brydars Männern gestoßen und habe Rache genommen ...«

Annelys weinte, doch die Fremde lag mit versteinerter Miene da. Ihre ausgesprochene Gelassenheit war schlimmer als ein hysterischer Anfall. Sie war über die Tränen hinaus, an einem Ort, an dem Trauer und Zufriedenheit eins waren, und dieses eine zeigte das Antlitz des Todes.

»Jetzt bist du sicher«, sagte Kindra. »Niemand wird dir etwas tun. Aber du darfst jetzt nicht mehr reden. Du bist müde und vom Blutverlust geschwächt. Komm, mein Mädchen, trink den Rest des Weins und schlaf.«

Während die Fremde den Wein trank, stützte Kindra ihr den Kopf. Sie war von Grauen erfüllt. Aber auch voller Bewunderung. Diese Frau war zerbrochen, geschlagen, vergewaltigt und dann zurückgewiesen worden, aber sie hatte sich von ihren Peinigern abgesetzt und einen von ihnen getötet. Sie hatte zusätzliche Ablehnung durch ihre Familie erfahren und dann ihre Rache geplant und ausgeführt, wie es einer Adeligen würdig war.

Und die stolzen *Comyn* haben diese Frau abgewiesen? Dabei hat sie doch den Mut von zweien ihrer Art! Stolz und Torheit dieser Art werden die Herrschaft der *Comyn* eines Tages zum Untergang führen!

Kindra schüttelte sich in einer Vorahnung der Furcht und erblickte mittels ihrer erwachenden telepathischen Gabe ein blitzendes Flammenbild über den Hellers; sonderbare Himmelsschiffe und fremdartige Menschen, die in schwarzes Leder gewandet durch die Straßen Thendaras schritten ...

Die Fremde schloss die Augen, und der Griff ihrer Hände um Kindras Arm wurde fester. »Ich habe meine Rache gehabt«, wiederholte sie, »deswegen kann ich sterben. Und mit meinem letzten Atemzug will ich Euch segnen, damit ich als Frau sterbe, statt in dieser mir verhassten Verkleidung unter Männern ...«

»Aber du wirst nicht sterben«, sagte Kindra. »Du wirst leben, mein Kind.«

»Nein.« Das Gesicht der Fremden verzog sich zu einer sturen Miene der Verweigerung. Es war völlig verschlossen. »Was hält das Leben denn schon für eine Frau bereit, die weder Freunde noch Verwandte hat? Ich konnte es ertragen, verstohlen und verkleidet bei den Männern zu leben, um den Gedanken an meine Rache zu nähren, um mich für den täglichen Vorwand zu stärken. Aber ich hasse Männer. Ich verabscheue, wie sie über Frauen reden, wenn sie unter sich sind. Ich würde lieber sterben, als zu Brydars Bande zurückzukehren oder unter anderen Männern zu leben.«

»Nun, da du dich gerächt hast«, schlug Annelys leise vor, »kannst du doch wieder als Frau leben.«

Die Namenlose schüttelte erneut den Kopf. »Als Frau leben, Untertanin von Männern wie meinem Vater sein? Zu meiner Mutter zurückkehren und sie um Obdach bitten, damit sie mir insgeheim Brot zusteckt und ich sie nicht noch mehr entehre, indem ich auf ihrer Schwelle sterbe? Damit sie mich versteckt? Damit ich mich heimlich unter ihresgleichen bewege? Damit ich nähe oder spinne, nachdem ich mit einer ungebundenen Söldnerbande geritten bin? Oder soll ich allein und der Gnade der Männer ausgeliefert leben? Lieber würde ich mich der Gnade eines Schneesturms oder einer Banshee aussetzen!« Ihre Hand schloss sich um Kindras. »Nein«, sagte sie. »Lieber sterbe ich.«

Kindra zog sie in ihre Arme und drückte sie an ihren Busen. »Pssst, meine arme Kleine«, beschwichtigte sie die Fremde. »Sei still, du bist einfach überreizt. So darf man nicht reden. Wenn du geschlafen hast, wirst du anders empfinden.« Doch sie spürte die tiefe Verzweiflung der Frau, die sie in den Armen hielt, und ihr Zorn nahm zu.

Die Gildengesetze verboten ihr, der Frau zu erzählen, dass sie frei und von der Charta beschützt leben konnte und sich nie wieder der Gnade eines Mannes auszuliefern brauchte. Die Gesetze der Gilde, die sie nicht brechen durfte; der Eid, den sie halten musste. Aber war es auf einer anderen Ebene nicht ebenso ein Eidbruch, wenn sie dieser Frau, die so viel riskiert und im Namen ihrer Göttin an sie appelliert hatte, das Wissen vorenthielt, das ihr möglicherweise den Lebenswillen zurückgab?

Was ich auch tue, ich muss abschwören. Entweder breche ich meinen Eid, indem ich mich weigere, dieser Frau zu helfen, oder ich breche ihn, indem ich rede.

Das Gesetz! Männer hatten die Gesetze erlassen, die sie ständig behinderten, obwohl sie die normalen Gesetze längst abgeschüttelt hatten, mit denen Männer Frauen zu leben zwangen! Und sie war doppelt verdammt, wenn sie in Annelys' Beisein über die Gilde sprach, obwohl das Mädchen an ihrer Seite gekämpft hatte. Das rechtmäßige Gesetz der Hellers schützte Annelys vor diesem Wissen; es würde die Schwesternschaft in Schwierigkeiten bringen, wenn sie die Tochter eines angesehenen Gastwirtes fortlockte, deren Mutter sie ebenso brauchte wie die Hilfe, die ihr künftiger Gatte ihr beim Betrieb des Gasthofes sein würde!

Die namenlose Frau an Kindras Brust hatte die Augen geschlossen. Kindra fing den schwachen Strom ihrer Gedanken auf. Sie wusste, dass Angehörige der Telepathenkaste sich mit reiner Willenskraft umbringen konnten ... so wie sich diese Frau trotz allem, was ihr passiert war, mit Willenskraft zum Leben gezwungen hatte, bis der Tag ihrer Rache gekommen war.

Lasst mich einschlafen ... dann kann ich mir einreden, wieder in den Armen meiner Mutter zu liegen. Wie damals, als ich noch ein Kind war und das Grauen mich noch nicht berührt hatte ... Lasst mich so einschlafen und nie wieder aufwachen ...

Sie trieb schon fort, und einen Moment lang war Kindra verlockt, sie sterben zu lassen. *Das Gesetz verbietet mir zu sprechen.* Wenn sie redete, würde Annelys, die sie schon jetzt wie eine Heldin verehrte und gegen das Los der Frau rebellierte, nachdem sie Gefallen daran gefunden hatte, sich selbst zu verteidigen, ihr ebenfalls folgen. Kindra wusste es, und die Vorahnung ließ sie auf eigenartige Weise frösteln.

Sie ließ den Zorn, den sie empfand, einfach heraus. Sie schüttelte die Namenlose wach, denn ihr war längst klar, dass sie im Begriff war, sich willentlich umzubringen. »Hör mir zu! Hör zu! Du brauchst nicht zu sterben«, rief sie aufgebracht. »Nicht, nachdem du so viel erlitten hast! So sterben nur Feiglinge – und du hast mehr als einmal bewiesen, dass du nicht feige bist!«

»O doch, das bin ich«, sagte die Frau. »Ich bin viel zu feige, um auf die einzige Weise zu leben, die eine Frau wie mich möglich ist ... aufgrund der Nächstenliebe von Frauen wie meiner Mutter – oder der bloßen Gnade von Männern wie meinem Vater oder Narbengesicht! Ich habe mir erträumt, ich könnte anders leben, wenn ich einmal Rache geübt habe. Aber es ist unmöglich.«

Kindras Zorn und Entschlossenheit schwappten über. Sie schaute verzweifelt über den Kopf der Namenlosen hinweg – direkt in Annelys' furchtsame Augen. Sie schluckte, denn sie wusste, wie ernsthaft der Schritt ausfiel, den sie nun gehen wollte.

»Es gibt ... vielleicht eine Möglichkeit«, sagte sie, sich noch immer nicht festlegend. »Du ... Ich kenne nicht mal deinen Namen? Wie heißt du?«

»Ich bin namenlos«, entgegnete die Frau, und ihr Gesicht war wie Stein. »Ich habe geschworen, dass ich den Namen, den meine Eltern zurückgewiesen haben, nie mehr aussprechen werde. Hätte ich weitergelebt, hätte ich einen anderen Namen angenommen. Nenn mich, wie du willst.«

Und mit einem großen Aufwallen von Zorn öffnete Kindra ihren Geist. Sie zog die Frau an sich. »Ich werde dich Camilla nennen«, sagte sie, »und schwöre, dass ich dir von nun an Mutter und Schwester sein will, wie die gesegnete Cassilda es für Camilla war. Dies schwöre ich.« Sie zog die Frau hoch und umarmte sie. Dann holte sie tief Luft, nahm Camillas Hand in die ihre, streckte die andere nach Annelys aus und begann: »Kleine Schwestern, ich möchte euch von der Schwesternschaft der freien Frauen erzählen, die die Männer Freie Amazonen nennen. Lasst mich Euch vom Leben der Entsagenden, der Eidgebundenen, der *Comhi'Letzii* berichten ...«

Amazonen-Fragment

Einige Jahre danach wussten weder Camilla noch Rafaella so genau, was ihren Streit eigentlich ausgelöst hatte. Es musste wohl irgendwann eine Bemerkung gefallen sein. Irgendeine kleine, individuelle Episode hatte zu eine Reihe alberner, sinnloser Zwistigkeiten geführt. Keine von beiden konnte den Streit zu seinem Ursprung zurückverfolgen und den Funken ausmachen, der das Strohfeuer entfacht hatte.

Doch in jenem Winter hatte Rafaella den Eindruck, dass Camilla sie aus einem ihr unbekannten Grund nicht mehr mochte, und so ging sie ihr aus dem Weg, statt sich über jede Kleinigkeit mit ihr auseinander zu setzen. Sie erinnerte sich an einen erbitterten Konflikt über einen Stallbesen, den sie an einem Tag beide benutzt hatten – mit dem Ergebnis, dass Camilla Rafaella – versehentlich, wie sie behauptete – auf den Misthaufen stieß. Und an einen anderen, in der Küche, wo sie gestolpert war und einen Haufen Müll verstreut hatte, den Camilla zuvor mühevoll zusammengefegt hatte. Und weil Camilla sie lauthals beschuldigt hatte, es mit Absicht getan zu haben, hatte sie sich nicht daran beteiligt, den Müll mit den anderen Frauen zusammenzufegen – ansonsten, behauptete sie stur, hätte sie es natürlich gern getan.

Camilla – so erschien es Rafaella jedenfalls – machte pausenlos Bemerkungen über Frauen, die mit ihren Geliebten prahlten, und als sie eines Abends im Musikzimmer einer oder zwei der jüngeren Frauen lachend eingestand, sie habe Grund zu der Annahme, schwanger zu sein, hatte Camilla nur »Metze!« gemurmelt und war aufgestanden, um den Raum zu verlassen.

»*Deine* Liebhaber können dir so was natürlich nicht bieten!«, hatte Rafaella erhitzt entgegnet, woraufhin ihr Camilla eine heruntergehauen hatte.

Diese Episode hatte den beiden eine Vorladung vor die Hausversammlung der Gildenmütter eingebracht. Ohne sich anzuhören, was die beiden einander an den Kopf geworfen hatten, verurteilten sie die Mädchen zu einem friedlicheren Miteinander.

Mutter Lauria hatte scharf gesagt, sie kenne sämtliche Beleidigungen, mit denen junge Frauen einander bedachten, und sei nicht daran interessiert, sie sich anzuhören. Danach hatten die sich ihrer Feindschaft bewussten Gildenmütter versucht, ihnen unterschiedliche Aufgabengebiete zuzuweisen. Camilla arbeitete seitdem in der Stadt, und Rafaella wohnte im Haus und arbeitete im Gildenhausgarten, so dass sie sich tatsächlich nicht oft begegneten. Das heißt, sie begegneten sich nicht oft genug, um sich so zu streiten wie vorher. Bald jedoch schien es, dass sie sich ohne Zank nicht mehr im gleichen Raum aufhalten konnten. Dieses Problem wurde gelöst, indem sie im Speisesaal und bei den Hausversammlungen jeweils an den entferntesten Ecken des Tisches Platz nahmen.

Die letzte Episode wurde eines Abends ausgelöst, als die beiden sich zufällig gleichzeitig im Bad im dritten Stock aufhielten und Rafaella (wie sie stets insistierte: rein zufällig), ohne auf den Weg zu achten, mit Camilla zusammenstieß, so dass diese das Gleichgewicht verlor und sich mit Schmutzwasser bespritzte.

Camilla stürzte sich wie eine Furie auf sie. »Schau nur, was du angerichtet hast, du fette Metze!« Ihr dickes Nachthemd klebte klatschnass an ihren Knien.

»Selber Metze«, gab Rafaella zurück. Sie war wütend, weil es in ihren Augen wirklich ein Versehen gewesen war und sie gerade den Mund geöffnet hatte, um sich – mit dem Handtuch für Camilla in der Hand – zu entschuldigen.

Doch Camilla antwortete nicht. Sie nahm eine herumstehende Schüssel und kippte Rafaella etwa drei Liter kaltes, seifiges Badewasser über den Kopf.

Rafaella schob sich erschreckt und wütend mit panischen Bewegungen das eiskalte, eingeseifte Haar aus dem Gesicht, griff geblendet nach einem Henkelkrug und warf ihn nach Camilla. »Ich schlag dir den Schädel ein, du verdammte *Emmasca*-Hexe!«

Der Krug war aus Steingut und ziemlich schwer. Er traf Camilla an der Schulter und hätte sie beinahe zu Boden geworfen. Sie stolperte und fiel hin. Eine Frau, die hinter ihr stand, fing sie auf und half ihr auf die Beine.

Camilla wirbelte herum; ihre Kleider lagen ausgebreitet auf einem Hocker, sie riss den Dolch aus ihrem Gürtel. »Wie kannst du es wagen, du dreckige Hure!« Sie stürzte sich auf Rafaella, die instinktiv nach dem Messer in ihrem Stiefelschaft griff. Es war reine Notwehr, sagte sie später aus. Dann prügelten sie sich wie die Kesselflicker und rutschten dabei über den glitschigen Boden des Bades. Camilla wurde von ihrem langen Nachthemd behindert. Vier Frauen waren nötig, um sie voneinander zu trennen, und anschließend bluteten beide aus langen, schmerzhaften Schnittwunden.

Kindra, die man aus dem Schlaf holte, um sich der Sache anzunehmen, setzte eine ernste Miene auf. »Ihr veranstaltet jetzt seit einem Vierteljahr in diesem Haus einen Tumult nach dem anderen«, sagte sie vorwurfsvoll. »So kann es nicht weitergehen. Solange ihr euch nur beschimpft habt, ging es ja noch, aber jetzt …« Sie musterte erschreckt eine lange Schramme auf Rafaellas nacktem Arm und die beiden Schnittwunden in Camillas Gesicht. »Aber jetzt ist es ernst – und Eidbruch. Wie wir alle habt ihr geschworen, als Verwandte und Schwestern in Frieden miteinander zu leben.«

Camilla ließ den Kopf hängen. Sie sah in dem zerfetzten

und nassen Nachthemd lächerlich aus. Als Rafaella merkte, wie Kindra sie anschaute, hätte sie am liebsten losgeweint.

»Töchter«, sagte Kindra, »ich ersuche euch, dass ihr euch küsst, gegenseitig um Verzeihung bittet und schwört, so miteinander zu leben, wie es sich für Schwestern geziemt. Wenn ihr mir jetzt gehorcht, brauchen wir die Sache nicht weiter zu verfolgen.«

Rafaella musterte Camilla mit kalter Abneigung – als sei sie, wie Camilla später einmal sagte, ein Lebewesen mit hundert Beinen, das jemand im Eintopf gefunden hatte. »Lieber küsse ich einen *Cralmac!*«

»Rafaella, mein Kind, dies ist deiner nicht würdig«, sagte Kindra.

»Sie soll mir nur aus dem Weg gehen«, zischte Camilla und zitterte vor Wut. »Dann verspreche ich, meine Hände von ihrem dreckigen Hals zu lassen. Aber mehr verspreche ich nicht!«

Kindra musterte eine nach der anderen. Sie war wütend und angewidert. »Ein solches Verhalten können wir hier nicht dulden, und das wisst ihr!«

»Dann schick mich fort!«, rief Camilla erhitzt. »Irgendwohin, wo ich mir nicht Tag und Nacht ihren Spott anhören muss! Es gibt auch noch andere Gildenhäuser in den Domänen!«

Rafaellas Blick ruhte auf Camilla. Sie spürte, dass ihre Lippen sich kräuselten, als sie sagte: »Vielleicht wäre es so am besten. Ich bemühe mich zwar, ihr so weit wie möglich aus dem Weg zu gehen, aber dieses Haus ist für uns beide wohl nicht groß genug. Wenn sie fortgehen will, würde dies sämtliche Probleme lösen.«

Kindra schüttelte den Kopf. »Ihr seid meine Eidestöchter. Das wäre keine Lösung. – Kinder«, bat sie flehentlich, »wollt ihr euch nicht mir zuliebe zusammensetzen und euch aussprechen?« Sie streckte beiden eine Hand entgegen.

Camilla senkte den Blick und tat so, als sehe sie die Hand nicht, und Kindra schaute noch verzweifelter drein.

»Lasst ihr mir denn keine andere Wahl, als die Sache vor das Schiedsgericht zu bringen?«

»Ach, Kindra«, stieß Rafaella aus, und ihre Augen füllten sich mit Tränen. »Ich habe es wirklich versucht, aber ich kann nicht mit ihr zusammenleben! Eine von uns muss gehen, selbst wenn ...« Sie hörte, dass ihre Stimme in ein Schluchzen überging. »... selbst wenn ich diejenige sein muss.«

Würde Kindra sie wirklich fortschicken? *Ist ihr diese* Emmasca *wichtiger als ich?*, fragte sie sich unglücklich. Noch vor einem Jahr hätte sie sich in Kindras Arme gestürzt und geweint; dann hätte sie versprochen, alles zu tun, was sie wollte. Sie trat, dem Zusammenbruch nahe, näher an sie heran. Sie sehnte sich danach, dass Kindra sie in die Arme nahm.

Doch die Amazone runzelte nur die Stirn und wich zurück. Dann sagte sie mit fester Stimme: »Du brauchst dich nicht bei mir zu entschuldigen, Rafaella, sondern bei Camilla.«

»Bei *ihr?«* Rafaella empfand Kälte und Unglauben. »Niemals!« Sie hätte am liebsten geschrien *Kindra, liebst du mich denn überhaupt nicht mehr?* Aber sie schluckte die Worte herunter, da sie wusste, dass sie kein Recht hatte, sie auszusprechen.

Kindra nahm Camillas lange Finger in ihre Hand. »Camilla, mein Kind«, begann sie, »du bist die Ältere. Du bist auch länger bei uns. Rafaella ist doch noch ein Kind. Willst du denn nicht nachgeben? Ich dürfte es gar nicht fragen. Aber ich tue es trotzdem.«

Camillas Stimme klang heiser, doch ihre Augen waren ohne Tränen und ihr Gesicht wie Stein. »Es ist ungerecht, mich darum zu bitten, Kindra. Du weißt, dass ich alles für dich tun würde, um dir diese Sache zu ersparen, aber ich habe nichts getan, das ihre Vorwürfe rechtfertigt ...«

»Nichts?«, schrie Rafaella. »Du ...«

»Rafi!« Kindras Stimme war zwar nicht laut, aber sie brachte Rafaella mitten im Satz zum Schweigen.

»Wenn sie sich entschuldigen will«, fuhr Camilla standhaft fort, »werde ich es annehmen und die Sache vergessen. Aber ich werde nicht vor ihr kriechen und um Vergebung dafür bitten, dass sie mich erniedrigt hat!«

Kindra seufzte. »Ihr lasst mir keine Wahl«, sagte sie und rief die Frauen, die die beiden entwaffnet hatten. »Bringt sie in getrennte Zimmer. Ich rufe derweil das Schiedsgericht zusammen.«

Während die Nacht vorankroch, hörte die allein gelassene und verängstigte Rafaella, dass die Worte ihres Eides in ihrem Geist Echos warfen. *Und wenn ich je ein Gesetz der Gilde verrate oder mich des geleisteten Eides unwürdig erweise, werde ich mich freiwillig der von den Gildenmüttern gewählten Bestrafung unterwerfen. Und wenn ich ganz versage, darf sich jede Frauenhand gegen mich richten. Mögen sie mich schlagen wie ein Tier und meinen Körper unbestattet liegen lassen zur Verwesung und meine Seele der Gnade der Göttin überantworten ...*

Eidbruch. Sie hatte ihren Vater einst sagen hören, das abscheulichste Verbrechen bestehe darin, die Klinge gegen eigene Verwandte zu ziehen. Sie war nach der Ballade des gesetzlosen Berserkers erzogen worden, der seine Brüder erschlagen und von seiner letzten überlebenden Schwester in die Verbannung geschickt worden war ... Sie hatte gegen Camilla den Dolch gezogen. Sicher, Camilla hatte den ihren zuerst gezückt. Aber vielleicht hatte sie ihr nur Angst einjagen wollen ... Vielleicht wäre es gar nicht zu einem Kampf gekommen. Ihre Armverletzung schmerzte und pulsierte. Niemand hatte sich die Mühe gemacht, sie zu verbinden.

Durch den Eid ist Camilla meine Schwester ... Mutter,

Schwester und Tochter aller anderen Frauen, die durch den Eid an die Gilde gebunden sind. Und ich habe meinen Dolch gegen eine Verwandte gezogen; es ist sogar noch schlimmer, weil auch sie Kindras Eidestochter ist.

Aber Kindra konnte ihr jetzt nicht helfen.

Sie liebt mich überhaupt nicht! Sie hat sich nicht auf meine Seite gestellt ... Sie liebt Camilla mehr als mich!

Als endlich eine der Frauen kam und sie zusammenrief, sah Rafaella das blasse, wütende Gesicht ihrer Mitangeklagten. Sie standen nebeneinander vor den Gildenmüttern, ihre zerfetzten Kleider und kleinen Verletzungen besagten alles, und Kindra fügte noch hinzu, dass sie sich geweigert hatten, einen Kompromiss einzugehen oder von ihrem Zank abzulassen.

Mutter Callista, die älteste Gildenmutter, die auch zu den Richterinnen gehörte, ergriff endlich das Wort. »Dies ist ein Eidbruch.«

Rafaella zitterte. *Was werden sie mir nur antun?*, fragte sie sich.

»Camilla n'ha Kyria und Rafaella n'ha Doria, ihr steht nun vor uns«, sagte Mutter Lauria. »Dies hier ist kein Spiel. Ich frage euch nun zum letzten Mal, ob ihr bereit seid, euch die Hand zu geben, euch als Schwestern zu küssen und zu versprechen, euren Streit zu begraben, bevor es zu spät ist. Eine weitere Chance wird euch nicht gewährt.«

Camilla ballte die Hände zu Fäusten. »Lieber lasse ich mich von euch umbringen«, stieß sie aus, »als vor ihr zu Kreuze zu kriechen!«

»Rafaella, willst du dich vielleicht entschuldigen?«, fragte Callista.

Rafaella dachte feige: *Wenn ich es tue, bestrafen sie vielleicht nur Camilla ... Wenn ich jetzt aufgebe und mich entschuldige, glauben sie vielleicht, ich tue es nur weil ich Angst vor der Strafe habe. Dann werden sie mich für feige und Ca-*

milla für mutiger und trotziger halten! Ich soll mich in ihrer Gegenwart feige zeigen? Niemals!

»Verprügelt oder tötet mich, wenn ihr wollt«, fauchte sie. »Ist das die Gerechtigkeit der Amazonen?«

»Dich töten?« Mutter Callista lachte zwar, aber sie klang nicht erheitert. »Wir sind keine Gardisten, die deinen Trotz herausfordern und dich für deine Sturheit belohnen, nur weil du sie als Heldentum tarnen kannst. Dann bist du also bereit, dich der Bestrafung zu unterwerfen? Oder willst du dich entschuldigen und schwören, ein Leben in Frieden zu führen?«

Rafaella spürte, dass ihr Magen einen Purzelbaum schlug. Ihre Knie waren so schwach, dass sie sich kaum noch auf den Beinen halten konnte. *Was werden sie uns antun?* Sie hätte am liebsten aufgeschrien und um Gnade gewinselt, doch vor Camillas kalter, trotziger Miene wäre sie lieber gestorben, als ihre Angst zu zeigen.

Da keine ein Wort sagte, zuckte Mutter Lauria schließlich die Achseln. »Dann müsst ihr es eben ausbaden, ihr albernen, dummen Geschöpfe! Ihr habt uns keine Wahl gelassen. Geht und holt die Ketten.«

Ketten!, dachte Rafaella entsetzt. *Es ist schlimmer, als ich befürchtet hatte ...*

Camilla war totenblass. Rafaella fragte sich kurz, ob sie die Besinnung verlieren würde.

»Sorgt dafür, dass sie keine Waffen bei sich tragen«, sagte Mutter Lauria.

Als man sie bis auf die Haut durchsuchte, standen sie nebeneinander, und jede bemühte sich, die Gegenwart der anderen zu übersehen. Rafaella zitterte, doch angesichts der eisernen Beherrschung Camillas beschloss sie, ihren Schrecken mit keinem Anzeichen zu verraten.

Mutter Callista strecke die Hand aus, und eine Frau reichte

ihr ein Handschellenpaar, das mit einer Kette von knapp zehn Zentimetern Länge verbunden war. »Ihr habt euch geweigert, den freiwillig abgelegten Eid zu halten«, sagte sie, »und wollt auch nicht schwören, zusammen in Frieden zu leben. Man wird euch nun an den Handgelenken aneinander ketten. Ihr werdet miteinander essen, miteinander schlafen, miteinander arbeiten und miteinander leben, bis ihr gelernt habt, so in einer Gemeinschaft zu leben, wie es sich für Schwestern geziemt. Wenn euch klar wird, dass keine von euch ohne die Mitarbeit ihrer Schwester auch nur einen Schritt machen kann, werdet ihr die Lektion lernen, dass alles, was wir tun, immer die Mitarbeit anderer erfordert. Die meisten von uns lernen diese Lektion weniger schmerzhaft. Bist du Linkshänderin, Camilla?«

»Ja«, antwortete Camilla zögernd.

»Dann gib mir deine rechte Hand. Rafaella, du bist auch Linkshänderin?«

»Stimmt.«

»Das ist gut so. Sonst hättest du nämlich eine Münze werfen und dich nach dem Ergebnis richten müssen.« Callista verzog leicht angewidert die Lippen, als sie ihnen die Handschellen anlegte.

Einige der zuschauenden Frauen kicherten leise und nervös. »Möget ihr auf ewig eins sein«, sagte jemand. Es war ein spöttischer Hinweis auf die *di Catenas*-Ehe. Als sie Callistas wütenden Blick bemerkte, runzelte die Frau die Stirn.

»Lasst sie nun gehen«, sagte Mutter Callista. »Und ihr anderen geht zu Bett. Die schändliche Episode ist beendet.«

»Was machen wir jetzt?«, fragte Camilla nervös.

»Das müsst ihr selbst entscheiden«, erwiderte Mutter Callista uninteressiert. »Gemeinsam.« Sie stand auf und verließ den Raum, ohne sich umzuschauen.

Kindra musterte die beiden einen Moment lang. Sie schien

etwas sagen zu wollen, doch dann wandte auch sie sich um und ging zu Bett.

Eine der Frauen, die die Auseinandersetzung beobachtet hatten, sagte: »Vielleicht hört ihr albernen Bälger jetzt endlich auf, uns tagtäglich Tumult zu bescheren. Wenn ihr euch jetzt streiten wollt, habt ihr jede Menge Zeit, es dort zu tun, wo es keinen anderen stört.«

Rafaella saß reglos da, ihr liefen die Tränen nur so übers Gesicht. *Wie ungerecht, wie grausam, wie erniedrigend! Wie konnte Kindra nur zulassen, dass sie mir das antun? Warum hat sie mir nicht gesagt, wie es endet? Liebt sie mich denn überhaupt nicht? Alle hassen mich. Alle sind auf Camillas Seite ...*

Als sie sich unbewusst bewegte, um sich die Tränen abzuwischen, spürte sie am Gewicht der eisernen Handschelle, dass sie Camillas Hand ebenfalls hochzog. Camilla riss den Arm zurück und fauchte: »Hör auf damit, verdammt noch mal!«

Rafaella schluchzte nun hilflos und hob die freie Hand an ihr Gesicht.

»Jetzt, wo es zu spät ist, um die Sache in Ordnung zu bringen, kannst du heulen«, sagte Camilla.

»Was hast *du* denn dafür getan?«, fragte Rafaella schniefend.

»Nichts.« Camillas Stimme war eisig. »Du brauchst mich nicht daran zu erinnern, wie dämlich ich bin.«

Lange Zeit bewegten sie sich gar nicht. Das Feuer stand kurz vor dem Erlöschen, und der Raum war sehr dunkel. Rafaella nahm aus dem Augenwinkel wahr, dass Camilla eine Hand an ihr Gesicht hob, als wolle sie sich ebenfalls Tränen abwischen.

Weint sie etwa auch?, dachte sie. *Diese* Emmasca? *Ich glaube nicht mal, dass sie menschlich genug ist, um zu wissen, was Weinen ist.*

Camilla gab tatsächlich weder einen Laut von sich, noch rührte sie sich.

Rafaella fühlte sich müde und zu keinem klaren Gedanken fähig. Sie war in ihrem ganzen Leben noch nie so erschöpft gewesen. Wie sollte sie das nur aushalten? Wie lange würde es dauern? Da die Gildenmutter angekündigt hatte, sie würden zusammen essen, arbeiten und schlafen, fragte sie sich, für wie viele Tage. Wie sollte sie es nur aushalten, wenn ihre Feindin stets neben ihr stand? Sie schüttelte sich, dann bemerkte sie, dass Camilla sie wütend anschaute.

Am liebsten wäre sie jetzt in ihrem Zimmer und im Bett gewesen. Aber wie konnte sie zu Bett gehen, wenn Camilla an ihr Handgelenk gekettet war? Das Ganze war schlimmer als eine Tracht Prügel. Sie würde auf keinen Fall den ersten Schritt machen und fragen, ob sie hinaufgehen sollten.

Aber früher oder später, dachte sie, *werde ich auf die Toilette müssen ... Und da ich schwanger bin, wohl eher früher als später ... Ich werde sie jedenfalls nicht darum bitten.*

Sie hatte das Gefühl, eine Art Sieg errungen zu haben, als Camilla schließlich murmelte: »Wir können wohl kaum die ganze Nacht hier sitzen bleiben. Sollen wir also nach oben gehen?«

»Ich habe nichts dagegen«, sagte Rafaella ungnädig. Aber es fiel ihr schwer, Camillas langen Schritten zu folgen. Sie stolperte, fiel auf der Treppe hin und riss ihre Feindin mit sich.

Camilla fluchte. »Willst du mir die Schienbeine brechen, verdammt noch mal?«

»Glaubst du etwa, dafür breche ich mir aus Boshaftigkeit das eigene Bein, du Biest?«

»Woher soll ich denn wissen, was dir im Kopf herumgeht?«

Rafaella verfiel in ein wütendes Schweigen. Noch Jahre später erinnerte sie sich an die Demütigung, sich erleichtern zu müssen, während Camilla neben ihr gestanden hatte – und an den Kampf, den sie mit sich hatte führen müssen, um dabei nicht in Tränen auszubrechen. *Diesen Triumph gönne ich ihr nicht!* Camilla hingegen verhielt sich völlig gelassen und distanziert, als wäre sie allein. Rafaella fragte sich, wie sie die ganze Sache so ruhig hinnehmen konnte.

(Jahre später gestand Camilla ihr: »Ich hätte am liebsten stundenlang geschrien und dir eine reingehauen. Aber du warst so arrogant, so distanziert, als sei ich gar nicht da. Ich hatte den Eindruck, ich hätte mich nicht schlimmer aufführen können als du. Ich musste so tun, als wäre ich völlig gelassen ... Andererseits hatte ich natürlich mehr Erfahrung im Ertragen von Demütigungen. Du hast damals natürlich nicht gewusst, welche Qualen hinter mir lagen, dass ich auch *das* ertragen konnte ...«)

»Also«, begann Rafaella kühl, »sollen wir etwa im Korridor auf dem Boden schlafen?«

»Damit sie uns morgen früh alle verspotten können? Auf keinen Fall!«

»Mein Bett ist groß genug«, sagte Rafaella zögernd.

»Dann willst du also deine ganzen Freundinnen wecken, damit sie mich verspotten können?«

Rafaella wurde klar, dass die drei anderen Frauen, die in ihrem Zimmer schliefen, noch nichts von den Ereignissen des Abends wussten. »Möchtest du lieber *deine* Freundinnen wecken?«

»*Welche* Freundinnen denn?«, fragte Camilla. »Ich schlafe allein. Das hast du in deinem Leben bestimmt noch nie getan. Und in meinem Bett kann man uns wenigstens nicht sehen.«

Rafaella erklärte sich entmutigt einverstanden. In Camillas Zimmer musste sie sich mit einer Hand schwerfällig von ihren Stiefeln befreien. Camilla war eigentlich schon ausgezogen; sie trug noch immer das zerfetzte, feuchte Nachthemd von vorher. Rafaella beschloss, sich nicht weiter auszuziehen.

Sie schlief schlecht in ihren Kleidern, und dann noch auf einer Seite, die sie nicht gewöhnt war. Jedes Mal wenn sie sich rührte, wurde sie von dem Zerren an den Handschellen wieder wach. Als sie aufwachte, empfand sie jäh den wogenden, quälenden Schwindel, den sie bisher erst wenige Male verspürt hatte, von dem die Gildenmütter jedoch wussten, dass Frauen ihn am Anfang einer Schwangerschaft erlebten. Sie setzte sich hin. Ihr war übel, sie würgte. Camilla schreckte aus dem Schlaf hoch und grollte: »Leg dich hin! Was, im Namen ...«

»Mir ist schlecht«, murmelte Rafaella elend. Sie eilte durch den Korridor und schleifte die vor Wut murrende Camilla hinter sich her. Sie kniete sich vor das Becken und übergab sich in hoffnungslosem Jammer. Devra, die Küchendienst hatte und früh aufgestanden war, kam vorbei und wischte ihr das Gesicht mit einem kalten Lappen ab.

»Arme Rafi, ich habe gehofft, es würde dir erspart bleiben ...« Sie brach ab und schaute Camilla in wütendem Entsetzen an.

»Was ...«

Rafaella war viel zu übel und elend zu Mute, um es zu erklären. »Wir haben uns gestritten«, sagte Camilla. »Und das ist unsere Strafe.«

Devra musterte sie bestürzt. »Das ist ja schrecklich, Rafi. Du bist doch krank. Weiß Kindra davon? Wie kann sie dir das *jetzt* antun?«

Rafaella konnte nicht antworten. Sie konnte nur denken: *Ich hab's mir selbst zuzuschreiben.*

Camilla stand nur da und hatte das Gesicht in wütender Empörung abgewandt. Als Rafaella in ihr Zimmer zurückstolperte, um die Stiefel anzuziehen, brach sie in ein hilfloses Weinen aus.

»Ach, halt die Klappe«, rief Camilla. »Fällt dir denn nichts anderes ein, als immer nur zu heulen?«

»Ich ... Ich kann nichts dagegen tun ...«

»Es ist schon schlimm genug, wenn man die ganze Nacht kein Auge zumachen kann, weil du ständig herumzuckst und dich beim Erwachen gleich übergibst. Muss ich mir auch noch den ganzen Tag über dein Gegreine anhören? Halt endlich die Klappe, sonst schlag ich dich windelweich!«

»Versuch's doch mal!«

Camilla hob die Hand, um ihr einen Schlag zu versetzen, doch dann stellte sie fest, dass sie aufgrund des Kraftaufwandes das Gleichgewicht verlor. Sie fielen beide übereinander auf das Bett. Camilla richtete sich fluchend wieder auf.

»Wohin willst du?«, fragte Rafaella.

»Ich will mich waschen, du schmutziges Ferkel, und anziehen! Wäschst du dich etwa nicht? Soll ich etwa in meinem schmutzigen Nachthemd frühstücken?«

»Ich habe gar keinen Hunger«, sagte Rafaella zittrig. Sie hatte das Gefühl, einen Raum voller Frauen jetzt nicht ertragen zu können.

»Aber ich«, entgegnete Camilla kalt. »Ich bin nämlich nicht schwanger.«

Rafaella hatte keine andere Wahl, als schwerfällig hinter ihr her ins Bad zu humpeln, wo Camilla sich ebenso schwerfällig mit einer Hand wusch. Als sie sich anzog, schaute sie trotzig weg.

Der Speisesaal war voller Frauen, die sie entweder anschauten, kicherten oder miteinander flüsterten. Rafaella nahm an, dass inzwischen sämtliche Bewohnerinnen des Gildenhauses von der Geschichte wussten. Im Speisesaal mussten sie sich wieder darüber streiten, wo sie sich hinsetzen wollten. Schließlich nahmen sie ungelenk am Ende der Bank Platz.

Rafaella konnte zwar nichts essen, aber sie trank etwas heiße Milch. Kindra, die an einem Tisch in der Nähe saß, drehte sich um und schaute sie an, doch obwohl Rafaella den Eindruck hatte, dass ihr Blick Mitleid ausdrückte, sagte sie kein Wort.

»Ah!«, höhnte jemand. »Dann habt ihr beiden also *di Catenas* geheiratet?«

»Wenn Camilla ihre Frau in Ketten legt, ist sie wohl Trockenstädterin!«

Rafaella erkannte allmählich etwas, das ihr nie zuvor aufgefallen war: Camilla war nicht besonders beliebt. Viele der Spötteleien hatten sie zum Ziel. Die wenigen Worte, die Sympathie ausdrückten, waren an Rafaella gerichtet. Doch die meisten Frauen schienen das unfreiwillige Paar einfach zu übersehen. Offensichtlich war es ihnen peinlich.

Es war ein jämmerlicher Tag voller Beleidigungen und gelegentlichen Püffen. Dabei zerrten die beiden Frauen an den Handschellen, die sie aneinander banden und bewegten sich ungelenk durch das Haus, um die ihnen zugewiesenen Aufgaben zu erledigen. Nach einer gewissen Zeit spielte sich beim Gehen ein fester Rhythmus ein, und sie konnten sich bewegen, ohne die jeweils andere aus dem Gleichgewicht zu werfen. Trotzdem stritten sie sich über fast jeden Schritt, und als Rafaella gegen Abend vor Erschöpfung anfing zu weinen, schubste Camilla sie erneut. Rafaella wandte sich um und griff nach ihrer Kehle. Sie gingen zu Boden, rauften sich mit Zähnen und Klauen, zerrten an jedem Körperteil der anderen, das sie erreichen konnten und schluchzten vor Wut und Demütigung. Sie konnten mit aneinander gebundenen Händen einander nicht mal richtig an den Haaren ziehen!

Rafaella fing urplötzlich an zu lachen. Sie blieb liegen, ließ Camilla los und lag hilflos lachend auf dem Teppich.

»Was ist denn so komisch, verdammt?«

»Du«, gurgelte Rafaella. »Und ich. Wir sind komisch. Fällt dir denn nicht auf, wie idiotisch wir uns benehmen? Wir raufen, kriegen uns aber nicht mal richtig zu packen! Und voneinander weg können wir auch nicht!«

Auch Camilla fing nun langsam an zu lachen. »Ich kann nicht mal weglaufen, ohne dich mitzunehmen«, sagte sie. Sie lachten zusammen, bis ihnen die Tränen über das Gesicht liefen und Rafaella sich die schmerzenden Seiten hielt.

»Meine Schulter«, ächzte Camilla. »Ich glaube, sie ist gebrochen …«

»Hab ich das getan? Tut mir Leid … Das wollte ich nicht … Ach, es ist dieses lächerliche …«

»Ich glaube nicht, dass sie gebrochen ist. Wahrscheinlich nur eine Zerrung. – Hab ich dir wehgetan?«, fragte Camilla. »Das wollte ich nicht …«

Sie half Rafaella auf die Beine. Als Rafaella auf der Treppe stolperte, streckte Camilla den Arm aus und hielt sie fest. Rafaella dankte ihr.

»Du brauchst mir nicht zu danken«, sagte Camilla dumpf. »Wenn du hinfällst, breche ich mir bestimmt das Knie!«

Im Bad musterte Rafaella sehnsüchtig die Wannen.

»Ich würde so gern ein Bad nehmen, aber ich weiß nicht, wie …«

Camilla fing an zu lachen. »Ich glaube nicht, dass es hier eine Wanne gibt, in die wir beide reinpassen.«

Aus irgendeinem Grund kam ihnen auch diese Vorstellung komisch vor. Camilla sagte schroff: »Wenn du mir das Gesicht wäschst, wasch ich dir deins.«

Während ihnen die Lachtränen übers Gesicht liefen, wuschen sie einander notdürftig ab. Als sie zum Abendessen hinuntergingen, sagte Rafaella schüchtern: »Bevor wir hineingehen … Lass uns ausmachen, wo wir uns hinsetzen, damit wir uns nicht vor den anderen übereinander hieven müssen …«

Camilla zuckte die Achseln. »Wie du willst. Wo haben wir denn heute Morgen gesessen?«

Nachdem sie einen Platz gefunden hatten, sagte Camilla schroff zu der Bedienung: »Hör mal, wir können das Fleisch nicht wie Hunde essen. Man hat uns zwar die Messer weggenommen, aber mit irgendwas müssen wir das Fleisch schon schneiden können!«

Kindra hatte sie gehört. »Hier«, sie reichte Camilla ihr eigenes Messer und schaute zu, wie sie das Fleisch in kleine Häppchen schnitt. Als Camilla fertig war, steckte Kindra es kommentarlos wieder in die Scheide und ging an ihren Platz zurück. Rafaella schaute hinter ihr her und dachte: *Empfindet sie unseretwegen etwa Schadenfreude?*

Nach dem Abendessen versammelten sich einige Frauen im Musikzimmer und hörten Kindra und Devra beim Singen von Balladen zu.

Rafaella und Camilla saßen auf einem Kissen und lauschten ebenfalls, aber die anderen hatten sich inzwischen längst an ihren Anblick gewöhnt, und niemand schenkte ihnen besondere Beachtung. Als die Frauen aufbrachen, um nach oben zu gehen, blieb Rezi neben Rafaella stehen und versetzte ihr einen Puff.

»Hast du nicht mal damit geprahlt, dass du dein Bett nie mit einer Frau teilen wirst, Rafi?«

Rafaella spürte, wie sie dunkelrot wurde. Sie wusste, dass Kindra sie beobachtete.

»Lass sie in Ruhe!«, fauchte Camilla.

»Was ist denn das, Camilla? Ritterlichkeit? Nach nur *einer* Nacht mit ihr im Bett? Sag mal, was ist das für eine Zauberei, die eine Frau ihrer Art über dich bringt, so dass du sie schon wie eine Geliebte beschützt?«

»Halt die Klappe, verdammt noch mal«, sagte Camilla mit gefährlich leiser Stimme. »Ich werde nicht mein ganzes Leben angekettet sein.«

»Dann sind die geschworenen Feinde jetzt also *Bredhin'y*?«, spottete jemand. »Wie Braut und Bräutigam? Zuerst Fremde, doch dann ...«

»Lass uns rausgehen«, sagte Camilla aufgebracht. »Wir brauchen nicht länger hier zu bleiben und uns das anzuhören.«

Sie eilten schnell aus dem Raum, und hinter ihnen ertönte ein Chor von Buhrufen, Pfiffen und zotigen Scherzen. Als Camilla auf der Treppe die Tränen in Rafaellas Augen sah, sagte sie leise: »Es tut mir wirklich Leid, Rafaella. Ich hätte gern vermieden, dass man dich solchen Witzen aussetzt. Ich weiß, dass die anderen mich nicht mögen, aber ich habe geglaubt, sie wären deine Freundinnen ...«

Rafaella schluckte schwer. »Das habe ich auch geglaubt«, sagte sie.

»Sie ziehen mich nur auf, weil ich dich in diese Lage gebracht habe«, sagte Camilla verbittert und verfiel in Schweigen. »Ich bin älter als du, aber ich habe als Erste den Dolch gezogen. Du hättest es Kindra sagen sollen. Warum hast du es nicht getan?«

Rafaella neigte den Kopf. »Ich weiß nicht«, murmelte sie.

Sie hatte durchaus daran gedacht. Dann fiel ihr ein: *Wenn sie mich unehrenhaft fortschicken, habe ich noch immer Verwandte. Ich bin nicht ganz allein. Aber Camilla ist eine* Emmasca, *und ich habe Kindra einst sagen hören, dass ihre Familie sie verstoßen hat. Sie kann nirgendwo hingehen.*

»Ich muss für morgen frische Kleider haben«, sagte sie, um das Thema zu wechseln. »Kommst du mit in mein Zimmer, damit ich sie holen kann?«

»Natürlich. – Aber ich hoffe, dass deine Mitbewohnerinnen noch nicht da sind«, erwiderte Camilla leise. »Ich fürchte mich vor ihnen ... Sie können mich alle nicht ausstehen, und du bist so beliebt ...«

»Ja, aber, hier im Haus mögen dich doch alle!«, sagte Rafaella ernsthaft erschreckt.

»Nein«, widersprach Camilla verbittert. »Sie sind nur vorsichtig und freundlich zu mir, weil ich eine *Emmasca* bin ... *mutilata* ... Außer Kindra mag mich eigentlich niemand, und jetzt wird auch sie mich hassen, weil ich dich, ihren Liebling, in Schwierigkeiten gebracht und gedemütigt habe ...«

»Kindra liebt mich doch gar nicht«, sagte Rafaella und fing an zu weinen.

Camilla musterte sie bestürzt.

»Sie hat sich doch auf deine Seite gestellt, Camilla ... Und ich habe geglaubt, sie liebt mich ...« Und der alte Schmerz wogte erneut über sie hinweg. Sie bemühte sich, das Schluchzen zurückzuhalten, ging an die Truhe und entnahm ihr ein frisches Hemd, ein Unterhemd, eine Hose und Strümpfe. »Ich möchte nicht noch mal in meinen Kleidern schlafen«, sagte sie.

»Brauchst du auch nicht«, sagte Camilla. Dann lag wieder Verbitterung in ihrer Stimme. »Es sei denn, du hast Angst, dich in meiner Gegenwart auszuziehen, da du weißt, dass ich Frauen liebe ...«

»Sei doch nicht albern«, fuhr Rafaella sie an. »Der Gedanke ist mir nie gekommen. Glaubst du etwa, ich höre den primitiven Witzen der anderen zu?« Dann wurde ihr plötzlich klar, dass Camilla keineswegs scherzte. »Du meinst es ernst! Wirklich, ich habe es nie geglaubt!«

»Falls du es nicht geglaubt hast, warst du bestimmt die Einzige«, sagte Camilla.

Rafaella blieb stehen und rührte sich nicht. Sie musterte Camillas angespanntes Gesicht und ihren schmalen Mund. Sie hatte den Eindruck, ihre Feindin zum ersten Mal zu sehen, und irgendetwas, das bisher nur ein Wort, eine Beleidigung, gewesen war, wurde plötzlich für sie wahr. Ihr kam der Gedanke, dass sie vielleicht Kindras Geliebte war. *Vielleicht wollte Kindra mir ihretwegen nichts versprechen* ... Aber sie fürchtete und schämte sich, die Worte auszusprechen. Schließlich begann sie, obwohl sie sich ungelenk dabei vorkam: »Es war ... unnötig, Camilla. Mir ist egal, was die anderen erzählen.«

Wie soll ich es ihr nur erklären? Ich habe Kindra geliebt und es nie richtig verstanden, und jetzt weiß ich gar nicht, was ich ihr sagen soll. Ich komme mir wie eine Idiotin vor.

Kindra hat mich auch geliebt. Aber wenn sie mich so geliebt hat, wie sie behauptet, warum hat sie mich dann in die Arme der Männer getrieben?

Zitternd wandte sie den Blick von Camilla ab. Ihr waren plötzlich tausend Dinge bewusst, die sie vorher nicht einmal geahnt hatte, und sie kam sich irgendwie kindisch vor. »Machst du mir bitte die Manschetten auf?«, fragte sie. »Ich kann die Knöpfe am Handgelenk nicht erreichen.«

Sie halfen einander beim Ausziehen, doch obwohl Camilla ihr Unterhemd nicht ablegte, als sie sich umdrehte, um aus der Hose zu steigen, sah Rafaella das, was ihr am Morgen beim Ankleiden nicht aufgefallen war: die schrecklichen Narben auf Schultern und Rücken. Sie holte tief und bestürzt Luft.

Deswegen badet sie also nie im Gemeinschaftsraum. Deswegen schläft sie also immer allein. Wer hat ihr nur diese grässlichen Narben zugefügt?

»Nun hast du sie gesehen«, sagte Camilla langsam. »Nun kannst du die Geschichte meiner ... Erniedrigung verbreiten, dass ich doppelt verstümmelt bin ...«

Rafaella wandte sich ab. »Nein, verdammt«, entgegnete sie. »Ich habe selbst genug Probleme, um die ich mir Gedanken machen muss.«

Camilla holte tief Luft. »Ich dachte ... Kindra hätte dir davon erzählt. Soweit ich weiß, redet man in den Gildenhäusern von hier bis Dalereuth davon, dass ich mich vor dem Eid nackt ausziehen musste, weil nichts an mir an eine Frau erinnert. Man hat mir nicht glauben wollen, dass ich eine bin ...«

»Du tust Kindra Unrecht, wenn du ihr zutraust, dass sie eine solche Geschichte verbreiten würde«, sagte Rafaella. »Auch keine andere Frau, die dich je nackt gesehen hat, hat mir davon erzählt. Aber woher stammen all diese Narben, Camilla?«

»Ich ... möchte lieber nicht darüber sprechen«, stammelte Camilla. »Ich war noch sehr jung, aber ich erinnere mich sehr ungern daran ... Vielleicht werde ich es dir eines Tages erzählen. Aber jetzt kann ich nicht darüber sprechen.«

»Wie du möchtest.« Rafaella schwieg, als sie sich ins Bett legten und versuchten, eine bequeme Lage einzunehmen. Irgendwann jedoch erwachte sie mit einem Schlag und hörte ihre Gefährtin laut aufschreien und stöhnen. Dann fuhr Camilla im Schlaf hoch und schlug wild mit den Armen um sich.

»Hör auf. Es ist in Ordnung, Camilla. Ich bin's doch nur. Hier ist niemand, der dir etwas tut.«

Camilla zuckte zusammen und schüttelte sich. Dann schaute sie die Schwangere in der Finsternis an.

»Ach, Rafi ... Tut mir Leid, dass ich dich geweckt habe ...«

»Es tut mir nur Leid, dass du nicht schlafen kannst, ohne Alpträume zu haben.«

Nach einer ganzen Weile begann Camilla: »Ich hatte Angst. Ich ... Es gab einmal eine Zeit, in der ich ... wie ein Tier angebunden war ... und wie ein Tier geprügelt wurde. Zum Glück habe ich viel vergessen, aber manchmal habe ich noch immer Alpträume ...«

»Ja, dann muss das alles hier viel schlimmer für dich sein als für mich«, entgegnete Rafaella mitfühlend. *Angebunden wie ein Tier ... Geprügelt wie ein Tier ... Was hat sie sonst noch alles erduldet?*

»Camilla«, fuhr sie schließlich fort, »es tut mir Leid. Unser Streit war meine Schuld. Ich habe dich mit Schmutzwasser bespritzt und hätte mich entschuldigen sollen. Aber ich habe es nicht getan. Ich gehe morgen zu Kindra und erzähle es ihr. Ich bitte darum, dass ich allein bestraft werde. Dann können sie dich freilassen, und du brauchst keine Alpträume mehr zu haben, in denen du gefesselt bist.«

Camilla neigte den Kopf. »Du beschämst mich«, sagte sie. »Ich wusste, dass du dich entschuldigen würdest, aber ich wollte es nicht, weil es bedeutet hätte, dass du besser bist als ich. Ich glaube, wenn du dich entschuldigt hättest, hätte ich so getan, als hätte ich es nicht gehört, um es nicht anerkennen zu müssen.«

»Dann müssen wir es eben beide auf uns nehmen«, schlug Rafaella zögernd vor. »Willst du ... Wollen wir uns vergeben, Camilla?«

»Nur allzu gern ... Eidesschwester.« Camilla verwendete den rituellen Begriff: *Comhi'Letzii.*

Rafaella beugte sich ein Stück zu ihr hinüber, küsste sie auf den Mund und berührte Camillas Gesicht verwundert mit den Fingerspitzen. Niemand im Gildenhaus hatte Camilla je weinen sehen. Nicht mal damals, als man sie nach der Schlacht in den Bergen mit einer schweren Beinverletzung ins Haus gebracht und ihre Wunde mit Jod behandelt hatte, hatte sie geweint oder geklagt.

»Ich wollte immer deine Freundin sein«, sagte Camilla. »Du bist mit Kindra verwandt, und schon allein deswegen wollte ich dich lieben. Aber es konnte mich trotzdem nicht daran hindern, mit dir zu streiten und dir dies anzulasten ...« Sie brach ab. »Und weil du so schön bist und dich alle gern haben, und weil du schwanger bist.«

»Aber du bist die beste Kämpferin im Haus, und alle bewundern deinen Mut und deine Stärke.«

»Ich bin abnorm«, sagte Camilla mit bebender Stimme. »Ich bin eine *Emmasca* – ich bin überhaupt keine richtige Frau.«

»Aber, Camilla ... Camilla ...«, protestierte Rafaella.

Sie war bestürzt und schlang die Arme um die Ältere. Ihr war nie der Gedanke gekommen, dass Camilla, die sich der Neutralisierungsoperation immerhin freiwillig unterzogen hatte, solche Empfindungen haben könnte. Erst viele Jahre später sollte sie erfahren, warum Camilla gezwungen gewesen war, diesen Weg zu gehen, aber sie spürte die tragischen Umstände und besänftigte sie.

»Ich habe immer geglaubt, du verachtest meine Weiblichkeit. Du hast mich aufgezogen, weil ich schwanger bin ...«

»Aufgezogen? Wenn ich es getan habe, dann nur aus purem Neid«, sagte Camilla mit erstickter Stimme.

»Aus Neid?«, fragte Rafaella ungläubig. »Aus Neid auf die verrückten Schwierigkeiten, in die ich mich gebracht habe? Und ich habe mich gehasst, weil ich eine solche Närrin und so verletzlich war ...«

»Ich bin neidisch, weil du ein Kind bekommst«, gestand Camilla, »während ich nie eins haben werde ... Eigentlich will ich auch gar keins haben, aber manchmal vielleicht doch ... Ich könnte auch nie so verletzlich sein wie du. Ist es die Sache wert, Rafaella? Macht das, was du mit den Männern treibst, dir wirklich solchen Spaß – genug, um die ganzen Risiken auszugleichen?«

»Ich nehme an, du kannst es dir nicht vorstellen«, sagte Rafaella und bemühte sich zu vergessen, dass ihre Gründe ganz andere gewesen waren. »Wo du doch so hartnäckig Frauen liebst.«

»Hartnäckig?« Camilla zuckte die Achseln. »Vielleicht. Mit meinen Erfahrungen würdest du vielleicht weniger von dem halten, was Männer an Frauen begehren.« Sie wandte den Blick ab, doch Rafaella, die sofort an ihre grässlichen Narben dachte, vermutete etwas zu Schreckliches, um es auszusprechen. Sie schlang in stummem Mitgefühl die Arme um die Ältere, aber Camilla blieb starr und rührte sich nicht. »Ich bin damals nicht gestorben«, fuhr sie fort. »Das kann ich mir nicht verzeihen. Ich lebe mit der Erinnerung. Es ist etwas, das meine Verwandten mir nicht vergeben konnten – dass ich weitergelebt habe, während jede anständige Frau gestorben wäre.« Sie befreite sich aus Rafaellas Griff. »Fass mich bitte nicht an, Rafaella, ich bin nicht fürs Leben geeignet.«

»Sag das nicht, Camilla ...« Rafaella hielt sie fest.

Kurz darauf erzitterte Camilla. »Tut mir Leid«, sagte sie. »Manchmal bin ich eben so. Als ich hörte, dass du schwanger bist, war mir, als könne ich meinen Hass nicht mehr ertragen ... dass du jung, schön, liebevoll bist ... Dabei konnte ich mich nur selbst nicht ausstehen ... wegen all der Dinge, die ich niemals haben noch genießen würde ...« Sie lächelte schwach in der Dunkelheit. »Es liegt alles an den Alpträumen. Verzeih mir, Rafaella.«

»Ich glaube«, erwiderte Rafaella gedämpft und drehte ihre Hand in der Kette, so dass sie in der Camillas lag, »ich sollte dich bitten, mir zu verzeihen *Breda*.«

»Dann verzeihen wir uns gegenseitig«, sagte Camilla und drückte die zarte Hand. »Komm, du musst jetzt schlafen. Für eine Frau, die ein Kind erwartet, ist es nicht gut, wenn sie so lange wach bleibt. Liegst du so besser?« Sie glättete das Kissen hinter Rafaellas Rücken. »Leg dich einfach hin, und wenn du morgen wach wirst, ist dir vielleicht nicht übel, und ich kann ein bisschen länger schlafen.«

Sie blieben noch drei weitere Tage angekettet, aber inzwischen hatten sie gelernt, einander zu helfen. So entstand eine Freundschaft, die ein Leben lang halten sollte und in den darauf folgenden Jahren so eng wurde, dass sie sich später nicht mehr daran erinnern konnten, was ihren Streit überhaupt ausgelöst hatte.

Hausordnung

Hier ist mein Buch, Mama«, sagte Loren. »Soll ich dir etwas vorlesen?«

»Gerne.« Als Lora spürte, dass sich der magere kleine Junge an ihre Knie lehnte, kamen ihr die Tränen. Noch zwei Monate, dann musste sie Loren zu seinem Vater schicken. *Damit man einen Mann aus ihm macht, den ich verachte. Einen Mann jener Art, der die Gildenhäuser der Amazonen füllt.*

Grund hierfür war die Gildenhausregel, dass männliche Kinder nicht unter Frauen leben durften. Und Loren war längst kein Säugling mehr.

Janna stürmte herein, das lange Haar wehte ihr unordentlich um die Schultern. »Was gibt's zum Abendessen, Mama?«

»Ich habe noch nicht darüber nachgedacht, Janna«, entgegnete Lora. »Geh doch mal in die Küche und schau nach, ob wir noch Kartoffeln haben. Dann brate ich sie in Gänsefett.«

»Ich kann keine Kartoffeln mehr sehen«, nörgelte Janna. »Wann gibt's denn mal wieder Fleisch?«

»Wenn wir es uns leisten können«, sagte Lora. »Janna, warum trägst du denn deinen Feiertagskittel?«

»Weil er der einzige anständige Kittel ist, den ich habe«, erklärte Janna quengelnd. »Soll ich etwa, wie Marji und du, den ganzen Tag in Hosen herumlaufen?«

»Warum denn nicht?«, erwiderte Lora. »Was ist falsch daran? In Hosen kann man doch viel besser arbeiten.« Natürlich hätte sie ebenso gut auf den Wind einreden können.

Es ist Caras Schuld, dachte sie. *Wir hätten sie niemals aufnehmen dürfen. Sie hat einen schlechten Einfluss auf Janna.*

Sie erkannte ihr braves und gehorsames Kind in diesem mürrischen Balg kaum wieder, das offenbar den ganzen Tag damit zubrachte, sich das Haar zu frisieren und die Nägel anzumalen. Janna wollte auch weder im Stall noch im Geflügelhaus arbeiten, weil sie sich nicht gern die Hände schmutzig machte. Erst letzte Woche hatte sie das kaum zehn Jahre alte Mädchen dabei erwischt, als es am Tor herumgelungert, seine Locken geschüttelt und sich affektiert lachend mit Raul vom Königskopfgut unterhalten hatte. Sie war erst zehn, aber sie machte den Burschen schon schöne Augen. *Was haben Marji und ich nur falsch gemacht?* Janna war auch ein Grund dafür gewesen, dass sie wenige Tage nach Lorens Geburt vor Darren geflohen war ... Ihre Tochter sollte kein affektiertes Dämchen werden, das sich als Kleiderständer missverstand und nur mit den Jungs herumschäkerte.

»Lora?«, rief Marji von der Hintertür her. »Bist du zu Hause?«

Lora schob ihre unwillige Tochter in die Küche. »Schäl die Kartoffeln und schneide sie in Scheiben«, befahl sie.

Janna schmollte. »Ich verbringe meine ganze Zeit in der Küche. Wenn ich bei Papa wohnen würde ... Er hat wenigstens eine Küchenhilfe, die für mich arbeiten würde. Ich bin doch nur eine Küchensklavin. Und alles nur, weil Marji und du ...«

»Das reicht«, unterbrach Lora sie. »In der Gilde gibt es keine Küchensklavinnen. Und bisher hast du noch gar nicht erfahren, was Arbeit ist. Auch Marji und ich erledigen Küchenarbeit, aber ich habe auch andere Dinge zu tun. Vor dem Essen muss ich die Kleine baden. Du bist noch nicht groß genug, um es zu tun. Und Marji ist diese Woche damit beschäftigt, das Heu des Bauern Coll einzufahren.«

»Die Frauen behaupten, sie hätte Coll heiraten können«, sagte Janna grollend. »Dann bräuchte sie nicht immer wie eine Sklavin auf den Feldern zu schuften.«

Und das, dachte Lora, *soll dann ein Vorteil für sie sein?* Coll war neunundvierzig und hatte schon drei Frauen unter die Erde gebracht.

»Irgendwann laufe ich weg, wie Cara«, drohte Janna finster. »Ich habe sie heute getroffen. Sie hat mir versichert, wenn sie mit Ruyval verheiratet ist, kann ich bei ihnen wohnen. Sie ist wenigstens eine Frau, eine normale Frau.«

»Das reicht nun *wirklich,* Janna«, schimpfte Lora und ging in den vorderen Korridor, in dem Marja n'ha Carisse sich gerade die Stiefel auszog. Sie umarmten sich, und Marji fragte: »Schönen Tag gehabt?«

»Nein, Janna treibt es mal wieder auf die Spitze. Sie hat den ganzen Tag mit ihrem Haar gespielt und war unten am Tor, um sich mit dem schrecklichen Raul vom Gut zu unterhalten. Cara hat sie völlig verkorkst. Sie denkt nur noch an Kleider und Jungs.«

»Wir hätten Cara schon vor einem Jahr fortschicken sollen«, stimmte Marji zu. »Mir war nicht klar, welche Schäden sie bei Janna anrichtet. Aber in ihrem Alter war ich nicht anders. Ich habe auch nur an Kleider und Jungs gedacht. Sie wird es überwinden. Haben wir schließlich auch alle geschafft.«

»Das kann aber noch dauern«, sagte Lora klagend. »Jetzt will sie weg und bei ihrem Vater wohnen. Sie droht ständig damit. Es ist schon schlimm genug, dass ich Loren zu ihm schicken muss. Wie soll ich es nur ertragen, auch meine Tochter aufzugeben!«

»Na, na«, entgegnete Marji tröstend. »Du bist durch den Eid geschützt, und das Schiedsgericht hat gesagt, dass Janna bei dir wohnen kann. Wenn sie allerdings gehen möchte, ist es nicht gut, sie zum Bleiben zu zwingen. Wenn sie das nächste Mal damit droht, dass sie zu ihrem Vater gehen will, lass sie nicht nur gehen, sondern *zwinge* sie dazu. Sie wird's schon noch lernen. – Wie geht's meiner Kleinen?«

»Ich habe sie noch nicht gebadet«, antwortete Lora verschüchtert.

Marji nahm sie in die Arme. »Es wird ihr schon nicht wehtun, mal einen Abend nicht gebadet zu werden. Du siehst müde aus, Lori. Es ist zu viel für dich, dass du dich um alle Kinder kümmern musst, während ich den ganzen Tag unter Menschen bin. Wenn die Heuernte vorbei ist, bleibe ich eine Weile zu Hause, damit du dir Arbeit suchen kannst. Es ist nicht gerecht, dass du dich neben deinen beiden das ganze Jahr über auch noch um Callie kümmern musst.«

»Callie macht mir wenigstens keine Sorgen«, sagte Lori. »Solange sie noch so klein ist, will sie nur trocken und satt sein. Und da wir gerade von ihr sprechen ... Ich höre sie ...« Sie eilte ins Nebenzimmer und kehrte kurz darauf mit der zerzaust aussehenden, schläfrigen Zweijährigen zurück.

Marji küsste ihre Tochter, nahm sie auf den Arm und ging in die Küche, wo Janna mit mürrischer Miene kalte gekochte Kartoffeln pellte. »He, Janna, gib sie doch mir. Ich kann eine Rahmtunke für uns machen. Die Bäuerin hat mir etwas Speck geschenkt; ich kann es zum Essen braten.« Sie machte Anstalten, das Essen zuzubereiten. »Nein, Lori, setz du dich hin. Du siehst abgespannt aus. Wo ist Lynifred?«

»Ein Kurier aus Arilinn war hier«, sagte Lora. »Das Pferd von einem der Bewohner ist erkrankt. Sie ist hingefahren, um es zu behandeln. Sie kommt erst morgen zurück.«

»Hast du sie daran erinnert, dass wir Leder für die Stiefel der Kinder brauchen?«

»Ja, sie hat versprochen, sie bringt was mit. Dann kann ich Stiefel für Janna, Callie und Loren machen.« Plötzlich fing Lori an zu weinen. Marji tätschelte ihre Schulter, verteilte die Kartoffeln und den gebratenen Speck, setzte sich mit Callie auf dem Schoß hin und fütterte sie.

Als die kleineren Kinder im Bett waren und Marji und Lora die Küche aufräumten, sagte Marji: »Ich habe Cara auf dem Markt gesehen. Sie hat den Jungen geheiratet ...«

»Möge die Göttin sie beschützen«, entfuhr es Lora. »Sie ist doch noch keine sechzehn!«

»Aber zu früh war es auch nicht«, sagte Marji. »Man sieht es ihr schon an.«

»Nachdem wir sie rausgeworfen haben, konnte sie eben nirgendwo anders hingehen«, warf Lora ein. »Ich glaube, es ist meine Schuld. Wir hätten mehr Geduld mit ihr haben sollen.«

»Aber meine Liebe«, beschwichtigte Marji, »wir hätten sie doch nicht behalten können – nicht, nachdem sie uns bestohlen hat. Wir haben ihr ein Dutzend Mal vergeben, aber im Geiste war sie nie eine echte Entsagende. Sie ist immer mit einem Hemd herumgelaufen, das bis *hierhin* offen war ...« Sie machte eine Handbewegung. »Und sie hat ihre ganze Zeit damit verbracht, Jungs anzugaffen und mit ihnen zu kichern, statt ordentlich im Haus zu bleiben und dir bei den Kindern zu helfen! Wir hätten sie zu einer anständigen Ausbildung nach Neskaya oder Thendara schicken sollen – schließlich haben wir keine Gildenmeisterin hier, die ihr beibringt, wie man sich anständig benimmt. Und als wir dann in ihrer Truhe deine ganzen umgeschneiderten Feiertagsröcke fanden und sie geschworen hat, nichts davon zu wissen ...«

»Ach, ich weiß. Trotzdem habe ich das Gefühl, bei ihr versagt zu haben. Ich habe versucht, sie wie mein eigenes Kind zu behandeln ...«

»Ich ebenfalls, und Lynifred auch«, entgegnete Marji bestimmt. »Aber getan ist getan, und sie macht einen glücklichen Eindruck. Ich hoffe nur, dass Janna ihr nicht nacheifert.«

»Das ist auch meine größte Sorge, stimmte Lora ihr zu. »Aber wenn sie ein, zwei Jahre bei ihrem Vater wohnt, weiß sie das Gildenhaus vielleicht zu schätzen. – Komm, meine Liebe, wir gehen zu Bett.«

Als Lora mit offenen Augen neben ihrer schlafenden Freipartnerin Marji lag, dachte sie an die Zeit zurück, in der sie zu dritt auf dieser Seite des Flusses das erste kleine Gildenhaus errichtet hatten. Sie, ihre fünfjährige Tochter Janna und der kleine Loren, den sie damals noch gestillt hatte, waren vor ihrem Gatten geflohen, denn er hatte sie verprügelt und missbraucht.

Und das Schlimmste von allem: Er hatte ihr verboten zu lesen oder Janna etwas vorzulesen. Bücher, hatte er behauptet, hielten Frauen nur von der Arbeit ab. Als er seine fünfjährige Tochter an den dreißigjährigen Fürsten eines nahen Gutes hatte versprechen wollen, hatte Lora rebelliert und war ins Gildenhaus von Neskaya geflohen, um den Eid abzulegen.

Dann war Marji ihr begegnet, ein Neuzugang der Gilde. Sie war damals mit Callie schwanger gewesen. Da ihr Gatte nicht aufgehört hatte, das Gildenhaus von Neskaya zu belästigen, hatte die Gildenmutter sie zusammen mit Lynifred, einer fast fünfzig Jahre alten Entsagenden, in dieses Dörfchen geschickt, um ein neues zu gründen. Über ein Jahr lang hatten die Dörfler sie wie Ausgestoßene behandelt – vor allem als sie die vierzehnjährige Ausreißerin Cara aufgenommen hatten. Dann war es Lynifred gelungen, ein Dutzend durch Hexengras vergiftete Pferde zu retten, und Lora war in den Ort gegangen und hatte den Frauen angeboten, sie die Hebammenkunst zu lehren, die man ihr im Gildenhaus von Arilinn beigebracht hatte. Inzwischen wurden sie auf eine gewisse Art akzeptiert. Frauen, die eine Hebamme brauchten, riefen Lora nun ebenso oft zu sich wie die schmutzige alte Vettel, die dieses Amt seit Menschengedenken im Dorf ausübte. Lynifred war längst zur örtlichen Pferdeärztin aufgestiegen, und man mochte sie noch mehr, weil sie sich auch nicht zu fein war, auch mal ein Knöchelchen aus der Kehle einer Katze zu entfernen oder den Lauf eines in ein Fangeisen geratenen Hundes zu schienen. »Auch das sind Geschöpfe der Göttin«, sagte sie immer, »auch wenn sie keine Reichtümer darstellen wie Pferde oder Rinder.«

Nach Loras Meinung hatte der Ärger angefangen, als Cara die Jungs entdeckt und in völlig unamazonenhaftem Geist den Beschluss gefasst hatte, mit ihnen herumzuexperimentieren. Janna hatte es ihr trotz Loras Verbot freudig nachgemacht.

Cara war offenbar nur daran interessiert gewesen, sich einen Ehemann zu angeln. Und nun war es ihr auch gelungen. Lora hoffte aufrichtig, dass sie nun glücklich war.

Marji arbeitete als Tagelöhnerin auf den Feldern – eine unangenehme Tätigkeit, da der Bauer Coll sie heiraten wollte und ihr vorwarf, sie wolle ihn mit Zaubersprüchen für sich einnehmen. Glücklicherweise waren die Dörfler aber nicht sehr abergläubisch. Trotzdem befand sie sich in einer misslichen Lage, denn Coll wurde allgemein für eine gute Partie gehalten; die einheimischen Frauen, von denen sich viele gern als seine Gattin gesehen hätten, nahmen es Marji übel, dass sie verschmähte, was andere gern gehabt hätten. Marji hingegen wünschte sich von ganzem Herzen, dass er eine andere heiratete, damit sie ihn endlich los war.

Lora wusste, dass sie den Schlaf dringend brauchte. Es waren nur noch drei Tage, bis Loren zu seinem Vater fuhr. Sie nahm an, dass auch Janna diesen Weg gehen würde. So sehr sie ihre Tochter auch liebte: Sie wusste, dass Janna unglücklich war. Aber sie glaubte nicht, dass sie im Haus ihres Vaters glücklicher werden würde. Der Gedanke, ihre beiden Kinder zu verlieren, machte ihr Angst.

Als sie die Geräusche in der Küche hörte, glaubte sie, noch gar nicht geschlafen zu haben, dennoch raffte sie sich auf und zündete das Feuer an. Lynifred war in der Morgendämmerung zurückgekehrt. Bei ihr war eine andere Frau, sie trug Stiefel und hatte sich aufgrund der Morgenkälte in einen Umhang gehüllt.

»Das ist Ferrika, sie ist Hebamme in Armida«, stellte Lynifred sie vor. Die Fremde trug zwar einen Amazonenohrring, doch anstelle der üblichen Hosen und Lederstiefel einen gewöhnlichen Rock.

»Ich muss unter normalen Menschen arbeiten«, sagte Ferrika. »Da ist es nicht sehr klug, sie gegen mich aufzubringen, bevor sie mich kennen.«

Lora setzte einen Kessel Tee auf und kochte einen großen Topf Haferbrei. Dazu briet sie etwas von dem Speck, den Marji mit nach Hause gebracht hatte.

Die Frauen streckten die Füße ans Feuer und trockneten ihre vom Schnee steifen Umhänge. Ferrika fragte, was es Neues gab.

»Nicht viel«, erwiderte Lora niedergeschlagen. »Ein Mädchen, dem wir die Tür weisen mussten, hat geheiratet und läuft schon umher, um seine Schwangerschaft zu verkünden, obwohl sie nicht einmal zehn Tage unter der Haube ist. – Das wirft nun nicht gerade ein gutes Bild auf das, was sie bei uns gelernt hat.«

»Die Dörfler wissen bestimmt so gut wie wir, wie sie ist«, entgegnete Lynifred. »So etwas besagt doch nichts über unsere Qualitäten als Mütter, Lora.«

»Da bin ich mir nicht so sicher«, widersprach Lora. »Janna fängt schon an, sie nachzuahmen. Sie hat nur Jungs im Kopf und ist ständig unzufrieden mit ihren Kleidern.«

»Mädchen in diesem Alter sind doch alle so«, sagte Ferrika, »es sei denn, sie haben durch eine frühe und schreckliche Lektion erfahren, was Uniformität einem Mädchen in dieser Welt eintragen kann. Wenn Janna sieht, dass Cara sich für ihren Mann abplagt, wird sie sich freuen, dass sie diesem Schicksal entgangen ist.«

»Ich war es doch auch nicht«, warf Lynifred ein, und Ferrika lachte.

»Und ich auch nicht«, sagte Lora. »Ich habe trotzdem geheiratet, als die Zeit dazu reif war. Ich hielt es für besser, mein eigenes Haus und meine eigene Küche zu haben, statt bei meiner Mutter zu arbeiten. Selbst wenn ich einen anständigen Mann geheiratet hätte ... Außerdem habe ich ihn damals natürlich für anständig gehalten.«

»Er wäre es vielleicht auch gewesen«, sagte Ferrika. »Es ist doch nicht seine Schuld, dass er sich so gegeben hat wie sein Vater und sein Großvater vor ihm. Sorge du nur dafür, dass du deinen Sohn besser erziehst, damit er weiß, was Frauen brauchen – dass sie auch Menschen sind und keine Sklaven.«

»Aber wie kann ich meinen Sohn überhaupt erziehen?«, fragte Lora und brach schließlich in Tränen aus, »wenn ich ihn wegschicken muss, damit Aric ihn beeinflusst und zu einem der Männer macht, die ich verachte?«

»Wann geht er denn?«, fragte Ferrika.

»Übermorgen«, antwortete Lora.

»Warum schickst du ihn denn weg? Warum behältst du ihn nicht hier?«

»Weil die Gesetze es verlangen«, stieß Lora aus.

»Wessen Gesetze? Sag mir, in welchem Abschnitt des Eides etwas darüber steht.«

»Seit Lorens Geburt hat man mir erzählt, dass ich darauf vorbereitet sein muss, ihn seinem Vater zu übergeben, wenn er fünf Jahre alt ist ...«

»Ja«, bestätigte Ferrika, »das hat man dir in Neskaya erzählt. Stimmt, in den größeren Amazonenhäusern ist es eine feste Regel. Viele Jungen, die fünfzehn oder älter sind und mit vielen Frauen unter einem Dach leben, wirken tatsächlich zerstörerisch. – Aber sag mir, drängen dich deine beiden Hausgefährtinnen etwa, ihn fortzuschicken? Manche Entsagenden wollen von allen männlichen Lebewesen befreit sein, kleine Jungen eingeschlossen.«

Lynifred wandte sich vom Kamin ab. »Nein, ich habe Lora geraten, dem Schweinehund zu trotzen und den Jungen zu behalten. Marji ist der gleichen Meinung.«

»Mein wirklicher Wunsch«, begann Marji, die nun mit Callie auf dem Arm in die Küche trat, »besteht darin, dass wir Loren, den wir alle lieben, behalten, und stattdessen Jenna fortschicken, die uns das Haus auf den Kopf stellt. – Tut mir Leid, Liebste. Du weißt, dass ich deine Tochter gern habe, aber sie macht uns noch alle verrückt, und wenn sie Cara nachahmt, bringt es einem Entsagenden-Haus alles andere als Ruhm ein.«

»Sie hat ja Recht«, schluchzte Lora. »Warum müssen wir ein harmloses Kerlchen fortschicken, nur weil er männlich ist, und dafür eine andere behalten, bloß weil sie das Glück hatte, als Mädchen auf die Welt zu kommen?«

»Unter den meisten Umständen«, sagte Ferrika, »kann man Jungs – speziell hart gesottene, die auf der Straße groß geworden sind – nicht mit Frauen zusammenwohnen lassen, ohne dass es Ärger gibt. Ich könnte euch da ein paar Geschichten erzählen ... Im Haus in Thendara gab es einmal eine Zeit, in der wir die Jungen behalten haben, bis sie zehn wurden – aber es hat nicht funktioniert. Selbst ihre Mütter waren froh, als sie gingen. Nicht mal die jungen Mädchen im Haus waren vor ihnen sicher, und die Jungs, die nach der Pubertät noch da waren, waren eine wahre Katastrophe. Deswegen wurde in einer allgemeinen Versammlung beschlossen, sie vor dem fünften Lebensjahr fortzuschicken – und auf jeden Fall *vor* dem Einsetzen der Pubertät. Aber in dieser Hinsicht hat jedes Haus seine eigenen Regeln.« Dann zitierte sie einen Absatz aus dem Eid der Entsagenden: »Ich schwöre, dass ich allein bestimme, wo mein Kind aufgezogen wird, wenn es Pflegeeltern erhält, unabhängig von eines Mannes spezieller Position, Stolz oder Platz im Leben. – Wenn du es nicht mit deinem Gewissen vereinbaren kannst, ihn zu seinem Vater zu schicken, Lora, ist es deine Pflicht, einen Pflegevater oder Paten für ihn zu suchen, der ihn nicht – wie du fürchtest – zu einem Mann macht, den du verachtest.«

»Ich dachte, es wäre ein Teil des Entsagenden-Gesetzes, dass mein Sohn nach dem fünften Lebensjahr nicht mehr bei mir bleiben darf.«

Ferrika lächelte. »Nein«, sagte sie. »Du verwechselst das für alle Entsagenden geltende Recht mit der *Hausordnung* einer einzelnen Gruppe. Die größeren Häuser haben festgeschrieben, dass keine Frau gezwungen werden darf, mit Männern oder Jungen zusammenzuleben. Aber hier könnt ihr eure Regeln selbst aufstellen. Ihr müsst nur alle zustimmen. Ihr könnt sie sogar bekannt geben, damit Frauen, die vielleicht mit dem Gedanken spielen, ein größeres Haus zu verlassen, weil sie dort nicht mit ihren kleinen Söhnen zusammen sein können, zu euch wechseln ...«

»Das wäre durchaus eine Überlegung wert«, erwiderte Lynifred. »Wenn junge Männer von Entsagenden aufgezogen werden, wird damit vielleicht etwas von dem, wie Frauen wirklich sind und Männer sein könnten, auch außerhalb der Gildenhäuser verbreitet.« Sie zog an ihren Stiefeln. »Jetzt, da Loren groß genug ist, um auch mal einen Tag von seiner Mutter getrennt zu sein, könnte ich ihn mitnehmen und ihm beibringen, wie man mit Pferden umgeht.«

Lynifred könnte Männer besser erziehen als die meisten Männer, dachte Lora. *Und ganz bestimmt besser als Lorens Vater. Sie wird einen starken, ehrenwerten, hart arbeitenden Menschen aus ihm machen, der versteht, dass Frauen ebenso sein können wie er.*

»Und was wird mein Mann dazu sagen?«, fragte sie.

»Wenn du Wert auf seine Meinung legst«, entgegnete Ferrika, »bist du hier am falschen Platz.«

»Es ist mir eigentlich egal, was er sagt«, erwiderte Lora, »aber wenn er es tut, möchte ich nur ungern dabei sein.«

»So geht es wohl uns allen«, warf Marji ein. »Aber wir können dir den Rücken stärken. Ich glaube nicht, dass ein Richter zu dem Entschluss kommt, dass er besser zum Erzieher geeignet ist als du.«

»Schick Janna zu ihm«, schlug Lynifred vor. »Wenn ein Jahr als Küchenhilfe, Waschfrau und Kindermädchen bei ihrer Stiefmutter – und noch schlimmer: eine Behandlung, als hätte sie kein Hirn – sie nicht fluchtartig zu uns zurücktreibt, hat sie es vielleicht verdient, in dieser Welt zu bleiben.«

»Aber ich könnte es nicht ertragen, wenn Janna zu diesem ... zurückkehrt«, setzte Lora an.

»Wenn es ihr Wunsch ist, kannst du sie nicht daran hindern«, sagte Marji. »Nur weil unser Leben uns gefällt, können wir es ihr nicht aufzwingen.«

Lora neigte den Kopf. Sie wusste, dass Marji Recht hatte. Janna musste ihre Entscheidungen frei treffen können.

»Also«, sagte Lynifred, »wir sind jetzt alle hier. Sollen wir unser Beisammensein zur Hausversammlung erklären und die Regel erlassen, dass auch Jungen bis zur Pubertät bei uns wohnen dürfen, wenn alle Frauen im Haus damit einverstanden sind? Und dass Mädchen ein Jahr außerhalb zubringen müssen, bevor sie den Eid ablegen? Ich bin jedenfalls dafür.«

»Ich auch«, stimmte Marji zu. Lora wischte sich über die Augen und sagte: »Ich weiß noch nicht genau, ob ich dafür bin. Ich bin nur dankbar, weil ich meinen Sohn nicht verliere.«

»Und deine Tochter«, fügte Marji hinzu. »Wäre Cara ein Jahr lang so behandelt worden, wie man die Mädchen im Dorf Neskaya behandelt, wäre sie zu uns zurückgekommen. Und Janna kommt auf jeden Fall zurück.«

»Ich hoffe es«, murmelte Lora, aber sie war sich dessen nicht sicher. Trotzdem – wenn Janna ein solches Leben führen wollte, konnte man es ihr nicht versagen. Und wenn andere Frauen mit ihren Söhnen hierher kamen, war dies vielleicht der Anfang eines Grundstocks an Männern, die dazu erzogen worden waren, Frauen nicht zu verachten. Es war die Sache wert, auch wenn man noch nicht wusste, wie sie ausging.

»Ich bin einverstanden«, sagte sie lächelnd und fing an, das Leder für Lorens Stiefel zurechtzuschneiden. Er würde bald auch eine Scheide für sein erstes Schwert brauchen.

Messer

Marna fröstelte auf der kalten Treppe, als sie die Glocke irgendwo im Hausinneren läuten hörte. Es war das seltsame Haus, von dem sie geglaubt hatte, sie würde sich ihm nie nähern.

Sie wusste, auf dem Schild stand, dass es sich um das Gildenhaus der *Comhi'Letzii* handelte. Aber Marna konnte nur wenige Buchstaben lesen. Ihr Stiefvater hatte ihrer Mutter erzählt, dass es reiche, wenn Frauen nur einen Aushang lesen oder ihren Namen unter einen Ehevertrag setzen konnten. Ihr richtiger Vater hatte eine Gouvernante für sie beschäftigt, die darauf bestanden hatte, dass sie am Unterricht ihres Bruders teilnahm.

Beim Gedanken an ihren Vater schluckte sie schwer und verspürte das Stechen einer Messerklinge am Hals. Im Gegensatz zu ihrer Mutter hätte er sie beschützt.

Nein, redete sie sich ein, sie würde nicht weinen. Sie durfte nicht weinen.

Sie fragte sich, welche der Frauen wohl die Tür öffnete. Vielleicht die Hochgewachsene, die sie aus Heidereben kannte? Sie war breitbeinig geritten wie ein Mann, und hinter ihrem Sattel hatte eine kleine Tasche mit Hebammenutensilien gehangen.

Ich hätte schon in Heidereben mit ihr reden können, dachte Mara.

Aber da war sie zu ängstlich gewesen, zu eingeschüchtert. Ihr Stiefvater hätte sie bestimmt umgebracht, wenn er vermutet hätte ...

Mara zuckte zusammen, als könne sie seine festen Hände noch auf ihrem Körper spüren, das spitze Messer an ihrer Kehle. Er hatte ihr verboten, mit der Hebamme zu reden und seiner Drohung mit festen Kniffen Nachdruck verliehen, so dass ihr Oberarm nun grün und blau war.

Mara schaute sich besorgt um, als könne Ruyvil von Heidereben jeden Moment um die Ecke biegen. Ach, warum öffnete man ihr nicht endlich? Wenn er sie hier fand, brachte er sie diesmal bestimmt um!

Die Tür wurde geöffnet, und eine Frau mit finsterer Miene stand im Rahmen. Sie war groß und trug lange dunkle Gewänder, so dass Mara die Hebamme, die nach Heidereben gekommen war, im ersten Moment nicht wieder erkannte. Doch die Frau auf der Schwelle erkannte das Mädchen. »Ist Eure Mutter wieder krank, *Domna* Marna?«

»Mutter geht es gut.« Marna spürte, dass der Kloß in ihrer Kehle sich wieder in ein Schluchzen verwandelte. *O ja, es geht ihr gut, so gut, dass sie es nicht riskieren kann, den stattlichen jungen Fremdling zu verlieren, den sie ihren Gatten nennt. Eher hält sie ihre älteste Tochter für eine Lügnerin und Metze.*

»Wie kann ich Euch also dienen?«

»Ich möchte reinkommen«, platzte es aus Marna heraus. »Ich möchte bei Euch bleiben. Hier bleiben, als eine der Euren.«

Die Frau hob die Augenbrauen. »Ich glaube, dafür seid Ihr noch zu jung.« Dann fiel ihr auf, dass Marna sich umschaute und einen Blick auf den offenen Platz warf, auf den die Hauptstraße mündete, als fürchte sie sich vor dem Dolch eines Meuchelmörders. Wovor hatte das Mädchen Angst? »Wir brauchen uns nicht an der Tür zu unterhalten«, sagte sie. »Tretet ein.«

Marna hörte mit einem Schauder der Erleichterung, wie das große bronzene Schnappschloss hinter ihr zufiel. Nun erinnerte sie sich auch wieder an den Namen der Hebamme.

»*Mestra* Reva ...«

»Wir nehmen hier keine jungen Frauen auf. Dazu müsstet Ihr nach Neskaya oder Arilinn gehen ...«

Neskaya war vier Tagesritte entfernt. Arilinn lag hinter den Kilghardbergen. Marna war noch nie in diesen Orten gewesen. Die Amazone hätte ihr ebenso sagen können, sie solle zu der Mauer gehen, die die Welt umschloss. Sie schluckte angestrengt und sagte hoffnungslos: »Ich kenne den Weg nicht.«

Außerdem hatte sie kein Pferd, und jeder Reisende, den sie bat, sie mitzunehmen, konnte sich als ebenso schlimm erweisen wie *Dom* Ruyvil. Oder als schlimmer ...

»Wie alt seid Ihr?«, fragte die Frau.

»Ich werde im Mittwinter vierzehn.«

Reva n'ha Melora seufzte und musterte die bebenden Hände des Mädchens. Sie waren sehr schön und nicht von Arbeit gezeichnet. Sie waren ebenso ansehnlich wie ihr Gewand, ihr Schal und ihr Schuhwerk. »Es ist uns nicht gestattet, einer Frau den Eid abzunehmen, die noch nicht fünfzehn ist. Ihr müsst wieder nach Hause gehen, meine Liebe, und erst hierher zurückkehren, wenn Ihr erwachsen seid. Glaubt mir, das Leben bei uns ist nicht einfach. Hier muss man viel schwerer arbeiten als in der Küche Eurer Mutter oder am Webstuhl. Ihr seid allem Anschein nach im Luxus aufgewachsen – den werdet Ihr hier nicht haben. Nein, meine Liebe, geht lieber nach Hause, selbst wenn Eure Mutter grob zu Euch ist.«

Marnas Stimme hing in ihrer Kehle fest. »Ich *kann* nicht nach Hause zurückgehen«, hauchte sie. »Bitte, bitte, schickt mich nicht fort.«

»Wir nehmen keine Ausreißerinnen auf.«

Marna sah, dass Revas Augen förmlich Blitze sprühten. »Wieso kannst du nicht nach Hause? Schau mich an, Kind! Wovor hast du Angst? Warum bist du hergekommen?«

Marna war klar, dass sie es erzählen musste, auch wenn die schroffe alte Frau ihr nicht glaubte. Sie hätte es durchaus auch schlimmer antreffen können. Ihre Mutter hatte ihr auch nicht geglaubt.

»Mein Stiefvater ... Er ...« Sie bekam die Worte nicht heraus. »Meine Mutter hat mir nicht geglaubt. Sie sagt, ich will nur Ärger in ihre Ehe tragen ...« Sie schluckte erneut. Sie wollte nicht vor der Frau weinen, auf keinen Fall!

»So«, sagte Reva endlich und musterte das Mädchen erneut mit einem Stirnrunzeln. Ja, sie hatte Dorilys von Heidereben ihren stattlichen jungen Ehemann umschmeicheln sehen. *Dom* Ruyvil hatte sich in ein schön kuscheliges Nest gesetzt; er hatte die wohlhabendste Witwe der Gegend geheiratet. Aber Reva war auch aufgefallen, dass der großspurige junge Mann recht wenig um seine Gattin gab.

Marna blinzelte hektisch und bemühte sich, nicht in ein Weinen zu verfallen. »Es fing an, als meine Mutter mit der kleinen Rafi schwanger war«, schluchzte sie. »Sie wollte mir nicht glauben, als ich es ihr erzählte! – Ich wollte es nicht. Ich wollte es wirklich nicht! Ich hatte solche Angst ... Er hat mich mit ... einem Messer bedroht. Dann hat er gesagt, er will meiner Mutter erzählen, ich hätte ihn dazu verleitet ... Aber ich habe nie die Metze gespielt ... Ich habe nicht ...« Sie schaute auf den gefliesten Boden und hielt mit aller Kraft die Tränen zurück. Dann war ihr, als spürte sie eine sanfte Hand, die ihr übers Haar streichelte. Als sie aufschaute, ging Reva wütend im Raum auf und ab.

»Wenn es stimmt, was du sagst, Marna ...«

»Ich schwöre es bei der gesegneten Cassilda!«

»Hör zu, mein Kind«, sagte die Frau. »Es gibt eine Ausnahme, unter der wir auch Mädchen unter fünfzehn Jahren Obdach gewähren: Wenn ein Elternteil oder Vormund sein Vertrauen missbraucht hat. Aber wir müssen ganz sicher sein, denn die Gesetze verbieten uns, gewöhnliche Ausreißerinnen aufzunehmen. – Hat er dich geschwängert?«

Marna spürte, dass sie puterrot wurde; sie hatte sich noch nie im Leben so geschämt. »Er hat gesagt, er hätte es nicht getan … Er hätte … irgendetwas getan, um es zu verhindern, aber ich weiß nicht … Ich weiß nicht, woran man es erkennt …«

Mestra Reva sagte etwas Obszönes und stampfte mit dem Fuß auf. Marna zuckte zusammen.

»Ich habe nicht dich gemeint, Kind. Ich habe die Gesetze verwünscht, die besagen, dass ein Mann so sehr der Herr seines Hauses ist, dass sein Weib und das Frauenvolk nicht mehr geschützt sind als Pferde und Hunde. Solche Männer sollte man an einem Kreuzweg aufhängen – mit den eigenen *Cuyones* im Mund!« Sie seufzte. »Du kannst bleiben. Bist du den ganzen Weg von Heidereben gelaufen?«

»N-nein«, sagte Marna. »Er ist zum Markt gefahren … Er trinkt jetzt in der Schänke. Da bin ich fortgeschlichen. Ich habe gesagt, ich will ein paar Bänder kaufen. Er hat mir sogar ein paar Münzen gegeben. Da bin ich losgelaufen. Mutter hat mich mitgeschickt. Ich sollte ein paar Spitzen für sie aussuchen. Als ich sie bat, nicht mit Ruyvil gehen zu müssen, hat sie mich geschlagen und gesagt, sie wäre meine Lügen satt …«

Marna schaute wieder zu Boden. Ruyvil hatte auf dem Ritt hierher damit geprahlt, er werde auf dem Rückweg schon eine Reisehütte finden. Und dass es ihr diesmal gefallen werde. Er hatte es angekündigt. Er hatte auch gesagt, er würde sie nicht mal mit dem Messer zu bedrohen brauchen … Nur deswegen hatte sie den verzweifelten Schritt getan; weil sie es nicht noch einmal ertragen konnte.

Reva bemerkte die zitternden Hände und die Schande in Marnas Gesicht, deswegen stellte sie keine weiteren Fragen. Es war offensichtlich, dass das Mädchen die Wahrheit sprach und sich fürchtete. »Dann bleibst du. Du kannst auch etwas essen. Häng deinen Umhang im Korridor auf.« Sie führte Marna in eine große Küche mit Steinboden, in der vier Frauen um einen runden Holztisch herum saßen.

»Geh, setz dich neben Gwennis, Marna«, wies Reva sie an und deutete in die entsprechende Richtung. »Sie ist die jüngste von uns, Ysabets Tochter.«

Gwennis war etwa zwölf oder dreizehn Jahre alt. Ysabet war eine pummelige, muskulös aussehende Frau um die vierzig. Neben ihr saß eine große, hagere Frau, die wie ein Soldat vernarbt war. Sie wurde ihr als Camilla n'ha Kyria vorgestellt. Die Letzte war eine kleine Grauhaarige, die man Mutter Dio nannte.

»Dies ist Marna n'ha Dorylis«, stellte Reva sie vor. »Sie ist zwar noch zu jung, um den Eid bei uns abzulegen, aber sie bleibt als Pflegetochter bei uns, da ihre leiblichen Erzieher ihr Vertrauen missbraucht haben. Sie darf sich das Haar schneiden und versprechen, nach unseren Regeln zu leben und den Eid abzulegen, sobald sie fünfzehn ist.«

Sie schenkte Marna aus einem über dem Feuer hängenden Kessel eine Kelle Suppe ein. Mutter Dio, die am Kopf des Tisches saß, schnitt ihr einen Kanten des groben Brotes ab und fragte, ob sie Butter oder Honig haben wolle. Die Suppe war gut, aber Marna war zu müde zum essen und zu scheu, um die Fragen zu beantworten, die Gwennis ihr stellte. Nach dem Essen rief man sie ans Kopfende des Tisches, und die alte Frau schnitt ihr das Haar auf Kinnlänge ab.

»Marna n'ha Dorylis«, sagte sie, »du bist eine von uns, doch noch nicht eidgebunden. Von diesem Tag an verbieten dir unsere Regeln, einen Mann um Hilfe zu ersuchen, damit er dich in sein Haus aufnimmt oder du ihn beerbst. Du musst lernen, auf dich allein gestellt zu sein, wenn du in Gefahr gerätst, und dich allein zu verteidigen. Du musst arbeiten wie wir und darfst aufgrund deiner Geburt keine Vorrechte verlangen. Du musst versprechen, jeder Entsagenden der Gilde eine Schwester zu sein, aus welchem Haus sie auch kommt, und ihr in guten wie in schlechten Zeiten Obdach zu gewähren und für sie da zu sein. Versprichst du, nach unseren Gesetzen zu leben, Marna?«

»Ich verspreche es.«

»Wirst du lernen, dich selbst zu verteidigen und keinen anderen um Hilfe zu bitten?«

»Ich werde es erlernen.«

Mutter Dio gab ihr einen Kuss auf die Wange. »Dann bist du bei uns willkommen. Wenn du alt genug bist, legst du den Eid der Entsagenden ab.«

Marnas Hals fühlte sich kalt, nackt und unanständig an. Sie musterte ihr langes rotbraunes Haar, das nun am Boden lag. Am liebsten hätte sie geweint. Ruyvil hatte mit ihrem Haar gespielt und ihren Nacken gestreichelt. Nun würde nie wieder ein Mann sagen können, sie habe ihn mit ihrer Schönheit verlockt! Sie musterte die grobe, männliche Kleidung der Frauen, sah die langen Messer an ihren Gürteln und erschauerte. Sie wirkten alle so stark. Wie sollte sie je lernen, sich mit einem solchen Messer zu verteidigen?

»Komm, Marna«, sagte Gwennis und nahm ihre Hand. »Ich bin so froh, dass du jetzt bei uns wohnst. Hier ist niemand, mit dem ich mich unterhalten kann. Ich freue mich, endlich eine Schwester in meinem Alter zu haben! Die Mädchen im Dorf dürfen nicht mit mir reden, weil die Leute sagen, dass meine Hosen und mein kurzes Haar unanständig sind. Sie sagen, ich wäre vermännlicht, ein Mannweib ... als würde ich sie irgendwelche Bosheiten lehren. Willst du meine Freundin sein? Also, meine Schwester *musst* du sein, so ist es Brauch im Gildenhaus. Aber zur Freundin hätte ich dich auch gern.«

Marna lächelte steif. Gwennis war ganz anders als die Mädchen, die sie kannte. Marnas Mutter hätte ihre neue Freundin zwar gewiss nicht gebilligt, und zu Hause hatte sie die mütterlichen Vorschriften stets befolgt. Doch was hatte sie nun davon? »Ja, ich bin gern deine Freundin.«

»Bring sie nach oben, Gwennis, und zeig ihr das Haus«, bat Reva. »Morgen besorgen wir ihr ein paar Kleider. Dein altes Hemd und deine alten Hosen passen ihr bestimmt, Ysabet. Und morgen, Camilla, bevor du nach Thendara zurückkehrst, kannst du ihr zeigen, wie man mit dem Messer umgeht und sich verteidigt.«

»Du musst zum Schiedsgericht, um die Sache zu melden, Reva«, sagte Camilla. »Denn du warst in Heidereben und kennst ihre Familie. Du kannst erzählen, dass Ruyvil das Mädchen sehr wahrscheinlich missbraucht hat. Ich bin dem Kerl schon mal begegnet, als er noch ein herumziehender Niemand war. Ich kann mir gut vorstellen, dass er seine Stieftochter geschändet hat.«

Später am Abend, bevor Marna in Gwennis' Zimmer in ein Rollbett gesteckt wurde, kam Reva herein und stellte ihr eine Reihe von Fragen. Als Reva sie bat, das Unterhemd auszuziehen, erinnerte Marna sich an die scheußlichen Dinge, die man über die Gildenhäuser erzählte. Doch Reva untersuchte sie nur kurz und sagte: »Ich glaube, du hast Glück gehabt. Du bist wahrscheinlich nicht schwanger. Dio wird dir morgen ein Getränk brauen. Wenn deine Periode sich nur aufgrund deines Schrecks und deiner Angst verzögert, werden wir es bald wissen. Aber ich kann bezeugen, dass man dich übel behandelt hat. Ein Mann, der ein williges Mädchen nimmt, hinterlässt *solche* Spuren nicht. Ich kann vor dem Schiedsgericht beschwören, dass du vergewaltigt worden bist und dich nicht, wie deine Mutter behauptet, wie eine Metze benommen hast. Dann können wir dir gesetzlichen Unterschlupf gewähren. Geh, Kind, schlaf jetzt, und mach dir keine Sorgen.«

Marna schlief ein wie ein Säugling.

Das Gildenhaus von Aderes war nicht besonders groß. Im Haus lebten normalerweise nur vier Frauen, obwohl hin und wieder auch eine reisende Amazone wie Camilla für ein paar Nächte oder ein paar Monate hier wohnte.

Reva, die Hebamme, sorgte für den größten Teil des finanziellen Einkommens; ansonsten lebten sie vom Verkauf feiner Kopftücher, die sie aus der Wolle ihrer Tiere webten. Marna, die die Kunst der Stickerei erlernt hatte, ermutigte sie, die Kopftücher mit hübschen Mustern zu verzieren. Außerdem gab es einen Kräutergarten, und man verkaufte Arzneien. Wenn die Kühe genug Milch lieferten, boten sie auch Butter auf dem Markt feil. Es war ein hartes Leben, wie Reva angekündigt hatte. Sie verbrachten den größten Teil des Tages beim Weben oder bei der Gartenarbeit.

Marna zuckte noch tagelang zusammen, wenn jemand an die Tür klopfte, denn sie fürchtete, *Dom* Ruyvil könne kommen und sie fortschleppen. Doch bald wurde sie ruhiger. Das neue Leben gefiel ihr. Einige der Dinge, die sie lernte, machten ihr großen Spaß. Man lehrte sie Lesen, und bald konnte sie auch schreiben. Kochen und Böden schrubben gefielen ihr weniger, aber alle Frauen im Haus wechselten sich bei der Schwerstarbeit ab, wie auch beim Scheren, Spinnen und Weben der Wolle. Camilla, die alte *Emmasca,* die als Söldner gearbeitet hatte und im Haus von Thendara lebte, gab Marna einige Unterrichtsstunden im Messerwerfen und waffenlosen Kampf, aber darin war sie nicht sehr geschickt. Sie war zu ängstlich und ungelenk, und je mehr Camilla sie anschrie, desto hilfloser kam sie sich vor.

Wenn sie älter war, erzählte man ihr, würde man sie ins Gildenhaus nach Thendara schicken, damit sie dort die übliche halbjährige Ausbildung erfuhr. Bis dahin musste sie die Methoden der Frauen erlernen. Meist wurde sie im Haus und im Garten beschäftigt, doch eines Tages, als Gwennis Übelkeit empfand, schickte man sie mit der Butter zum Markt. Marna war mehrmals mit Mutter Dio oder Ysabet dort gewesen und kannte die grundlegenden Regeln des Amazonenverhaltens in der Öffentlichkeit: Man sprach mit Männern nur aus geschäftlichen Gründen und unterhielt sich auch nicht mit den Mädchen aus dem Ort, da sie vielleicht bestraft wurden, wenn sie sich mit einem einließen. Marna hielt dies für albern. Die Mädchen sollten erfahren, dass es ein besseres Leben gab, als sich für ihre Eltern als Kuli abzurackern, bis ein Mann sie wie irgendein Tier kaufte! Doch Gesetz war Gesetz. Um überhaupt existieren zu können, waren die Amazonen gezwungen, Kompromisse einzugehen. Ein Zugeständnis bestand darin, dass sie keine Frauen rekrutieren durften, die nicht aus eigenem Antrieb zu ihnen kamen. Marna argwöhnte jedoch, dass sie dennoch hier und da insgeheim Rekrutierungen vornahmen. Doch da sie noch zu jung war, um den Eid abzulegen, musste sie die Regeln haargenau befolgen.

Also ging sie auf den Markt und kümmerte sich nur um die geschäftliche Seite ihrer Anwesenheit. Zunächst trat sie an den Stand der Milchfrau und lieferte die Butter ab. Mutter Dio hatte gesagt, dass sie Honig brauchten. Sie hatte auch Päckchen mit Kräuterfärbemitteln in der Tasche und sollte versuchen, sie einzutauschen. Marna verbrachte eine angenehme Stunde auf dem Markt und machte sich schließlich wieder auf den Weg zum Gildenhaus. Den Honigtopf hatte sie in einem Beutel aus Sackleinen verstaut. Sie hatte ihn gegen etwas Färberröte eingetauscht.

Es wurde allmählich dunkel. Als sie an der Schänke vorbeikam, band gerade ein junger Mann sein Pferd von einem Holm los. Er war so betrunken, dass Marna seine Weinfahne sogar aus der Ferne riechen konnte.

»Wie wär's mit uns beiden, Mädchen?«, rief er. »Willst du die Nacht mit mir verbringen? He, sei doch nicht so unfreundlich, verdammt!« Er drehte sich um und wankte ihr entgegen. »Ahhh – es ist eins dieser Luder, die ein Schwert tragen, wie ein Mann!« Er packte sie fest am Arm. »Warum verbringst du dein Leben bei diesen Weibern? Warum willst du keine echte Frau sein, hm?« Er betatschte sie.

Marna riss sich zitternd los und floh, wobei sie sich an den Honigkrug klammerte. »Ach, dann hau doch ab!«, krakeelte der Mann hinter ihr her. »Euch Schlampen will doch ohnehin keiner haben!«

Marnas Herz schlug heftig, es raste geradezu. Ihre Kehle war wie ausgetrocknet, und sie versuchte mit aller Kraft, sich zusammenzureißen. Was war denn nur an ihr, dass er sie für ein *solches* Mädchen gehalten hatte? Auch *Dom* Ruyvil hatte sie beschuldigt, ihn provoziert zu haben, und dabei hatte sie sogar geschrien, damit er aufhörte. Was tat sie denn nur, das die Männer so reagieren ließ? Sie legte die Hand auf den Griff ihres Messers. Wenn der Mann wirklich versucht hätte, sie festzuhalten ... Hätte sie es ziehen können, um ihm damit Angst einzujagen? Hätte sie den Mut gehabt, zuzustoßen?

Halb blind vor Tränen, sah sie erst, als sie auf der gepflasterten Straße mit einem großen, schweren Mann zusammenstieß, wohin sie lief. Sie murmelte eine einstudierte Entschuldigung. Dann spürte sie, dass ihr Arm mit festem Griff gepackt wurde und vernahm eine verhasste Stimme.

»Sieh an, die kleine Marna! Du verlogene Schlampe, du hast mein Leben ja ganz schön durcheinander gebracht! Dori hätte mich beinahe auf die Straße gesetzt! Rennst einfach weg und heulst den dreckigen Ludern etwas vor! Und jetzt gehörst du auch noch zu ihnen!«

Marna wehrte sich. Sie wollte sich aus dem festen Griff befreien. »Ruyvil! Du?«

»Sag gefälligst Stiefvater oder *Dom*, wenn du mich ansprichst«, raunzte er.

»Nein!«, rief sie. »Du bist nicht mein Vater, und ich bin dir nichts schuldig! Weder Respekt noch Gehorsam! Gar nichts!«

Er versetzte ihr eine schallende Ohrfeige. »Genug davon! Du kommst mit nach Hause, wo du hingehörst. Schau dich nur mal an – wie schamlos du aussiehst! Du trägst Hosen und Stiefel, dein Haar ist geschoren, man sieht deine ...« Er verwendete ein zotiges Wort. »Komm mit, du ... Ich habe ein Pferd, ich nehme dich mit zu deiner Mutter. Und wenn du ihr noch mal irgendwelche Geschichten erzählst ... Bei Zandrus Zehennägeln, ich breche dir jeden Knochen im Leib!«

Marna schaute ihn bebend an. Doch das, was ihr die Frauen beigebracht hatten, ließ sie ihren ganzen Mut zusammennehmen. Sie musste lernen, sich selbst zu verteidigen und niemanden um Hilfe zu bitten. »Alles, was ich Mutter und dem Schiedsgericht erzählt habe, stimmt ...«

»Ach, du hast es doch selbst gewollt, du kleine Schlampe! Mir kannst du nicht erzählen, dass du den Stallburschen und Söldnern keine schönen Augen gemacht hast ...«

»Das stimmt nicht!« erwiderte sie. »Meiner Mutter kannst du von mir aus vorlügen, was du willst, aber du weißt selbst ganz genau, wie die Wahrheit aussieht ...«

»Untersteh dich, so mit mir zu reden!« Mit seiner schweren Pranke versetzte er ihr einen Schlag, und sie fiel zu Boden. Marna blieb entsetzt liegen und schaute zu, wie er sein Messer aus der Scheide zog ... Mit letzter Kraft rappelte sie sich auf, packte den erstaunlicherweise nicht zerbrochenen Honigtopf, lief wie ein *Chervine* fort und bog in eine Gasse ein. Zum Glück wurde sie diesmal nicht von einem Rock behindert!

Sie klopfte in Panik an die Tür des Gildenhauses, doch als Gwennis kam und ihr öffnete, atmete sie schon ruhiger. Nein, sie durfte nichts davon erzählen. Man hatte ihr wirklich klar gemacht, dass sie lernen musste, für sich selbst einzustehen.

Aber ich habe mich nicht verteidigen können, dachte sie verzweifelt. *Ich konnte das Messer nicht ziehen. Ich habe nicht mal daran gedacht. Ich bin einfach weggelaufen! Ich hätte ihn umbringen, ihm das Messer in die Rippen jagen sollen. Aber ich hatte Angst ...*

Glaubt er wirklich, ich hätte ihn verführt? Ist etwas an mir, das die Männer dazu bringt, sowas zu glauben? Der andere, der Betrunkene vor der Schänke, hat es auch geglaubt ...

»Du bist ja ganz außer Atem«, stellte Gwennis fest. »Was ist denn los, Marna? Bist du gerannt?«

»Ja«, sagte Marna. »Es ist schon spät, und es ist furchtbar dunkel und kalt. Ich bin gerannt, um mich aufzuwärmen.« Sie war wütend auf sich, weil sie log. Gwennis, dies wusste sie, war ausgebildet worden, sich zu verteidigen. Wie würde die Freundin sie verachten, wenn sie erfuhr, welch ein Schwächling sie war!

Nach diesem Zwischenfall blieb Marna nach Möglichkeit im Haus, und jedes Mal, wenn sie es verlassen musste, hatte sie den Eindruck, *Dom* Ruyvil lauere ihr hinter der nächsten Ecke auf. Doch im Laufe der Zeit nahm ihre Furcht ab, und irgendwann war sie auch wieder bereit, auf den Markt zu gehen. In drei Monaten würde sie fünfzehn werden und konnte den Eid ablegen, wie das Gesetz es vorsah. Dann war sie sicher.

In dieser Jahreszeit hatten sie viele Kräuter geerntet, und die Frauen aus dem Gildenhaus teilten sich einen Stand mit der Milchfrau, die manchmal ihre Butter verkaufte. Ordentlich breitete Marna die kleinen Päckchen aus. Sie war stolz auf die Beschriftungen, mit denen sie die Kräuter versehen hatte. Inzwischen hatte sie die schönste Handschrift von allen im Haus und gestaltete auch sämtliche Stickereien. Als sie fertig war und aufschaute, vernahm sie eine vertraute Stimme.

»Sind die Goldblüten gut getrocknet? Wenn ja, hätte ich gern zwei Päckchen ... Marna!« Die Frau schnappte nach Luft, und Marna starrte ins Gesicht ihrer Mutter.

»Marna! Also dahin bist du gegangen! Ach, Kind, wie konntest du nur? Ach, meine Kleine! Wo ist dein schönes Haar? Was haben diese schrecklichen Weiber dir angetan? Marna, willst du deine Mutter zur Begrüßung nicht wenigstens küssen?«

Marna hätte am liebsten geweint. Und am liebsten hätte sie geschrien: *Es war zwar* Dom *Ruyvil, der mich missbraucht hat, aber du hast es ihm gestattet, weil du deiner eigenen Tochter nicht glauben wolltest* ... Doch angesichts ihrer weinenden Mutter traute sie sich nicht, sie zurückzuweisen. Sie umarmte sie und dachte: *Ich bin jetzt nicht nur größer als sie, sondern auch kräftiger ... Sie wird nie lernen, sich zu verteidigen.*

»Ach, wie groß du geworden bist, und so ... ernst und Ehrfurcht gebietend!«, sagte Dorylis von Heidereben. »Haben sie dich dazu gebracht, all diese abscheulichen Dinge zu schwören, meine arme Kleine? Ach, gesegnete Cassilda, ich werde mir nie verzeihen ...«

»Dann glaubst du mir endlich?«, fragte Marna mit fester Stimme.

»Ach, Marna ...« Ihre Mutter breitete die Arme aus. »Was hätte ich denn tun sollen? Er hat gedroht, mich zu verlassen und seinen Sohn mitzunehmen ... Ich war doch ganz allein. Dein Bruder ist jetzt Kadett in Thendara, und ich bin mit den Kleinen allein ... Was soll ich denn tun, wenn Ruyvil böse auf mich ist? Eine Frau hat doch keine andere Wahl, als bei ihrem Ehemann zu bleiben ... Wenn ich mich beim Schiedsgericht beschwert hätte, hätte er mich verprügelt oder mir noch Schlimmeres angetan ...«

»Ist schon in Ordnung, Mutter, ich verstehe«, entgegnete Marna mit einem würgenden Schmerz in der Kehle. Sie verstand natürlich *nichts*. Sie würde es nie verstehen. Falls sie je eine Tochter hatte und ihr Mann sie dermaßen behandelte, würde sie ihn bestimmt nicht mehr lieben und sein Lager teilen! Sie hätte das Schiedsgericht angerufen und Ruyvil auf die Straße gesetzt! Aber ihre Mutter hatte nicht einmal die Kraft oder die Vernunft, vor ihm davonzulaufen.

»Marna ... Ach, meine Kleine, willst du nicht mit nach Hause kommen? Ich verspreche dir ... Du kannst eine Zofe haben, die in deinem Zimmer schläft ... Er wird dich nie wieder anrühren, das verspreche ich dir! Du fehlst mir so sehr. Es ist niemand da, mit dem ich reden kann. Ich habe niemanden, um den ich mich kümmern kann ...«

»Nein, Mutter«, sagte Marna sanft, doch ohne Mitleid. »Ich werde nie wieder unter eurem Dach wohnen. Ich kann dich mal besuchen, wenn *Dom* Ruyvil nicht daheim ist und du mir eine Nachricht schickst. Oder du kannst mich im Gildenhaus besuchen.«

»Im Gildenhaus? Was sollte ich wohl ... Ruyvil wäre sehr wütend auf mich, wenn ich mich mit solchen Frauen unterhalten würde!«

»Ach, Mutter«, begann Marna ungeduldig, »sie sind Frauen wie du – nur lassen sie sich nicht von Männern verprügeln und missbrauchen! Sie sind ehrliche Frauen, die davon leben, dass sie weben und Kräuter verkaufen!«

»Pah! Welche bösen Dinge haben sie dich nur gelehrt? Welcher Mann wird dich denn jetzt noch heiraten?«

»Keiner, hoffe ich«, erwiderte Marna verärgert. »Glaub, was du willst, Mutter, aber ich wollte mein Leben nicht gegen das deine tauschen! Und wenn du glaubst, dass ich im Gildenhaus ein übles Leben führe ... Dann sei nicht feige, komm mal vorbei und sieh dir an, wie ich meine Zeit verbringe!«

Als ihre Mutter weinend weiterging, lief Marna ihr nach, denn sie hatte die Päckchen mit den Goldblüten vergessen. Ja, die Mutter brauchte sie; sie sah blass aus. Nein, das Geld solle sie stecken lassen. Sie hatte sie selbst gepflückt und getrocknet; sie waren ein Geschenk ... Und als sie bei Sonnenuntergang anfing, die Waren am Stand zu verpacken, fühlte sie sich schon besser. Ja, sie liebte ihre Mutter, trotz ihrer Wut, und sie freute sich zu wissen, dass sie lebte und gesund war.

Es sei denn, Dom *Ruyvil, dieser Lump, bringt sie eines Tages um, verprügelt sie oder schwängert sie so oft, bis sie daran stirbt!*

Sie konnte nun mal nichts dagegen tun. »Wo ist Ysabet mit dem Packpferd, Gwennis?«, fragte sie. »Wir sollten jetzt besser aufladen, damit wir zu Hause sind, bevor es dunkel wird. Viel ist es nicht mehr. Wir haben bis auf jeweils drei Stück alle Stickereien und Kopftücher verkauft.«

»Die Bestickten gehen besser«, stellte Gwennis fest. »Du hattest Recht, Marna. Wer war eigentlich die Frau, mit der du dich unterhalten hast?«

»Meine Mutter«, sagte Marna nur.

Gwennis, voller Fragen, hielt inne, als sie Marnas Gesichtsausdruck bemerkte. Sie bat nur: »Komm, hilf mir, das Zaumzeugseil aufzuknöpfen, damit alles fertig ist, wenn Ysabet kommt.« Sie fluchte, als das Seil sich an der Ecke des Standes verdrehte, irgendwo hängen blieb und die Kräuterpäckchen und Kopftücher zusammen mit den Butterkrügen herunterfielen. Die Mädchen beeilten sich, sie aufzusammeln, doch ein Butterkrug war zersprungen und hatte die Tücher und das Pflaster vor dem Stand verschmiert.

»Dann geh ich mal los und leih mir einen Schrubber, um es aufzuwischen«, sagte Gwennis entschlossen und schaute sich auf dem halb leeren Marktplatz um. Die meisten Stände waren inzwischen leer, und die Schatten fielen rot und dicht über den Platz. »Rinda aus der Schänke leiht mir bestimmt einen. Ich habe ihr mal den Schenkel verbunden, als er verstaucht war.«

»Lass mich bitte nicht allein«, flehte Marna. »Es ist so dunkel. Warte, bis Ysabet mit dem Pferd kommt!«

»Aber jemand könnte auf dem Zeug ausrutschen und sich das Genick brechen!«, rief Gwennis erschreckt. »Sei doch nicht so feige, Marna! Du musst lernen, allein zu sein.«

Gwennis ging, und Marna verstaute zitternd die Kräuter.

Da wurde sie von einer groben Hand gepackt, und eine Stimme, die sie ebenso verabscheute wie fürchtete, knurrte: »Also hier hast du dich versteckt, was? Du dreckige Schlampe, ich werde dich lehren, noch mal so mit deiner Mutter zu sprechen! Sie hat mir erzählt, wo du steckst. Du kommst jetzt sofort mit nach Hause, und keine Sperenzchen, wenn ich bitten darf! – Spürst du das?«

Marna spürte eine Messerschneide an ihrer Kehle.

Ruyvil drückte fest zu. Die Haut platzte und Blut lief an ihrem Hals herab. »Wirst du dich jetzt benehmen?«

Marna nickte in Todesangst, und das Messer wurde von ihrer Kehle zurückgezogen.

Ruyvils Hände umklammerten grob ihren Arm. »Du kommst jetzt mit«, befahl er. »Und wehe, du schreist. Du hast mich lächerlich gemacht und Geschichten über mich erzählt; die anständigen Zofen wollen seitdem nicht mehr bei deiner Mutter bleiben. Und beim Schiedsgericht hast du dich auch über mich beschwert? Ich sag dir, Marna, ich werde dir eine Lehre erteilen, und wenn es das Letzte ist, was ich tue! Du kommst jetzt mit nach Hause, wo du hingehörst, dann werden die Leute sehen, dass ich der Herr im Haus und über mein Weibsvolk bin und dass kein verdammtes Schiedsgericht sich da einzumischen hat! Es ist doch immer das Beste, wenn ein Mann seine Dinge allein regelt, ohne dass ihm die Regierung im Nacken hängt! Schließlich sind wir weder blutsverwandt, noch habe ich dir irgendwie wehgetan!« Er verdrehte ihr boshaft das Handgelenk. »Gib mir deine Hände!«

Sie sah, dass er ein Seil bei sich trug. Er wollte sie fesseln und nach Hause schleifen. Marna zuckte schreiend zurück.

Ruyvil stürzte sich auf sie und warf sie zu Boden. »Dafür bringe ich dich um, Marna!«, rasselte seine Stimme.

Schwerfällig und in heller Panik griff Marna nach ihrem Messer. Ja, er würde sie mit dem Messer töten ... Aber es war besser, als von ihm nach Hause geschleift zu werden, wo er ihr erst recht etwas antun würde ...

Doch plötzlich hatte er auch ihr Messer, und sie verwünschte ihre Schwerfälligkeit.

»Lass sie in Ruhe!« Ein Schrei wurde hinter ihnen laut. Gwennis schwang den schweren Schrubbergriff, Ruyvils Mund platzte auf, und er spuckte Blut. Fluchend stürzte er sich mit dem Schwert auf Gwennis. Marna packte ihre Klinge. Sie wusste kaum, was sie tat, als sie sich zwischen die beiden warf. Ihr Amazonenmesser, das einem Schwert nichts entgegensetzen konnte, war genau auf Ruyvils Bauch gerichtet.

»Keine Bewegung«, schnaubte sie und wunderte sich darüber, wie laut und fest ihre Stimme über den verlassenen Marktplatz hallte, »sonst ramme ich dir das Messer in den Wanst, Stiefvater!«

Ruyvil heulte wütend auf. »Werf das Ding weg! Was, verdammt noch mal ...«

Gwennis war wieder auf den Beinen und hatte nun ihr eigenes Messer gezückt. Sie riss Ruyvil das Schwert aus der Hand und sagte: »Ich sollte ihm die Kehle durchschneiden. Aber wir haben in dieser Gegend schon genug Schwierigkeiten. Ich fessle seine Hände so, dass er sich später selbst befreien kann. Wer weiß schon, ob das Schiedsgericht uns glaubt? – Hier, Marna, binde du ihn fest, deine Knoten sind besser als meine. Den kriegt er erst los, wenn wir sicher im Gildenhaus angelangt sind. Und wenn er gern erzählen möchte, dass zwei kaum fünfzehnjährige Mädchen ihn besiegt haben, soll er ruhig reden und sich lächerlich machen!«

Ysabet kam mit dem Packpferd und musterte den wütenden und fluchenden Ruyvil, dem sie die Hände auf dem Rücken gefesselt hatten.

»Hört zu, *Dom* Ruyvil«, setzte sie an, »Eure Stieftochter, die Ihr missbraucht habt, wird ins Gildenhaus von Neskaya geschickt. Wünscht Ihr eine öffentliche Untersuchung durch eine *Leronis,* damit jedermann im ganzen Land erfährt, dass sie die Wahrheit gesprochen hat?«

Ruyvil beruhigte sich endlich und sagte verlegen: »Nein. Ich werde schwören ...«

»Euer Eid ist zwar nicht mal einen Haufen Pferdeäpfel wert«, wandte Ysabet ein, »aber wenn Ihr versprecht, uns nicht mehr zu belästigen, lassen wir Euch in Ruhe. Ich allerdings würde es vorziehen, dafür zu sorgen, dass Ihr nie wieder einer Frau zu nahe treten könnt.«

Sie machte eine eindeutige Geste mit dem Messer. Ruyvil zuckte zusammen und heulte, flehte, bettelte und weinte. Marna fragte sich, warum sie sich je vor ihm gefürchtet hatte.

Als sie sich in der Abenddämmerung auf den Heimweg machten und Ysabet ihnen mit dem Pferd ein Stück vorausging, sagte Gwennis: »Warum hast du uns nicht erzählt, dass dein Stiefvater dich verfolgt und dir aufgelauert hat?«

»Ich habe mich geschämt«, murmelte Marna. »Ich habe so oft gehört, dass ich lernen muss, mich selbst zu verteidigen und niemanden um Hilfe zu bitten ...«

»Aber trotzdem musst du deine Schwestern beschützen wie sie dich«, schalt Gwennis sie leise und legte ihr einen Arm um die Taille. »Darum geht es doch bei unserem Eid: dass wir schwören, uns umeinander zu kümmern. Hättest du deine Mutter denn nicht beschützt? Du hast doch auch den Mut gefunden, dein Messer zu ziehen, als er *mich* bedroht hat ...«

Marna fing an zu weinen. Sie konnte ihre Mutter nicht vor Ruyvil beschützen. Ihre Mutter wollte gar keinen Schutz. Sie hätte sich auch nicht an ihre Schwestern gewandt. Noch schlimmer: Ihre Mutter hatte so viel von Ruyvil gehalten, dass sie nicht mal die eigene Tochter hatte beschützen wollen.

Zum ersten Mal, seit sie zum Haus der Amazonen gekommen war, schluchzte sie pausenlos, selbst dann noch, als die Tür hinter ihnen geschlossen war. Gwennis machte sich große Sorgen um sie und holte Reva, die ihr erst ein Glas Wein einschenkte und schließlich eine Ohrfeige gab.

»Mit dem, was Ruyvil mir angetan hat, kann ich leben«, sagte Marna, die nun einen Schluckauf hatte, ohne dass ihr Tränenstrom versiegte. »Ich kann mich jetzt auch gegen jeden Mann verteidigen. Aber ich kann nicht ertragen, dass meine Mutter mich nicht beschützen wollte; dass sie ihre Tochter lieber hat missbrauchen lassen, als den Mann zu verlieren, den sie liebt ... dass sie *mich* nicht genug geliebt hat, um gegen ihn anzugehen ...« Sie weinte und weinte und klammerte sich an Reva, die sie nun ebenfalls festhielt und tröstete.

»Aber gerade darum geht es doch im Eid der Amazonen«, wiederholte Gwennis. »Jede von uns wird dich so beschützen, wie deine Mutter es hätte tun sollen; wie Frauen einander immer beschützen sollten. Ich kann deine Mutter nicht dazu bewegen, sich so um dich zu kümmern, wie es sich gehört. Was geschehen ist, ist geschehen, daran ist nichts mehr zu ändern. Aber jetzt hast du eine Eidesmutter und viele Schwestern. Auch wenn du nicht stark genug warst, dich selbst zu verteidigen – *mich* hast du verteidigt!«

»Du hattest es nicht verdient«, schniefte Marna. »Damit will ich sagen, dass du *gar nichts* getan hattest. Ich konnte doch nicht zulassen, dass er dir etwas antut.«

Gwennis umarmte sie nun auch. »Aber *du* hast ebenso wenig getan und dir wäre ebenso wenig Recht geschehen«, entgegnete sie heftig. »Wenn der bösartige Kerl dir eingeredet hat, dir sei Recht geschehen, ist es sogar noch schlimmer als das, was er dir ursprünglich angetan hat!« Sie küsste Marna auf die Wange. »Du wirst mir fehlen, Schwester, wenn du zur Ausbildung nach Thendara gehst«, sagte sie. »Aber du kommst zurück, wenn du gelernt hast, wie man sich selbst verteidigt und mit allem zusammenlebt, mit dem man zusammenleben muss, *Breda.«* Sie nahm schüchtern ihr Messer aus der Scheide. »Du hast mich verteidigt, obwohl du dich selbst nicht verteidigen wolltest. Wollen wir unsere Messer tauschen, Marna?«

Marna schaute sie mit großen Augen an, dann zog auch sie ihr Messer. Sie tauschten sie aus und steckten die Klingen ein. Dann umarmten sie sich, und Marna sagte, nun fast wieder weinend: »Ich möchte nicht fortgehen! Ich liebe euch alle, und ihr wart so gut zu mir ...«

»Aber du hast überall Schwestern«, entgegnete Reva leise. »Du wirst bald den Eid ablegen, und dann bist du eine von uns.«

Marna legte die Hand auf Gwennis' Messer, das nun in ihrer Scheide steckte. Ja, sie hatte das Messer zur Verteidigung ihrer Schwester gezogen. Nun konnte sie es auch allein ziehen. Zwar hatte eine Frau an ihr versagt, aber als sie ihre Schwestern anschaute, wusste Marna, sie würden sich ihr nie entziehen. Ihr wurde staunend klar, dass *Dom* Ruyvil sie nicht vernichtet hatte. Er hatte ihr ein neues Leben verschafft; das wahre Leben. Das, was für sie das Ende der Welt gewesen war, hatte sie an diesen Ort geführt.

Er hatte sie befreit.

HILARY

Sämtliche Hilary-Geschichten entstanden ursprünglich als Skizzen für einen geplanten Darkover-Roman, den ich mit einer anderen Autorin zusammen verfassen wollte: ein Buch über Hilary Castamir. Ich habe Hilary und ihre zahlreichen Probleme erstmals in *Der verbotene Turm* erwähnt. Elisabeth Waters, später meine Sekretärin bzw. unser Kindermädchen, sowie Frau Unverzichtbar, hatte schon ihr erstes eigenes Buch in Angriff genommen, als ich dazu kam, den geplanten Hilary-Roman anzufangen, für den *Unterricht im Gasthof* entstanden war. Inzwischen hatte Elisabeth den ersten Gryphon Award erhalten, den Andre Norton für den besten unveröffentlichten Roman einer neuen Autorin stiftet – deswegen hatte sie nun einen Vertrag für ihr eigenes Werk in der Tasche und keine Zeit mehr, mit mir an einem anderen zusammenzuarbeiten.

Also habe ich, wie schon Jahre zuvor mit der Erzählung *Ein Fürst der Comyn*, aus der später Szenen meines Romans *Sharras Exil* wurden, mehrere Hilary-Geschichten allein geschrieben. *Der Preis der Bewahrerin* und *Feuerfalle* sind die einzigen Erzählungen in diesem Buch, die nicht von mir ganz allein stammen, aber in sie ist so viel von mir hineingeflossen, dass sie doch eher die meinigen sind. Eine andere Geschichte aus dem Hilary-Zyklus, *Playfellow*, hat mehr von Elisabeth als von mir, deswegen erscheint sie nicht hier, sondern in *Rote Sonne*.

Hilarys Heimkehr und *Hilarys Hochzeit* sind die einzigen neuen Geschichten in diesem Band. Beide wurden speziell für dieses Buch geschrieben und zuvor noch nie veröffentlicht – nicht einmal in Fanzeitschriften.

Feuerfalle

(In Zusammenarbeit mit Elisabeth Waters)

Da wir gerade eine Flaute und mithin wenig zu tun haben«, sagte Leonie, »ist es eine gute Übung für euch, an allen Orten, die euch in den Sinn kommen, nach herrenlosen Matrix-Steinen zu suchen. Einige sind seit dem Zeitalter des Chaos in Vergessenheit geraten. Außerdem habe ich das Gerücht gehört, dass Kermiac von Aldaran versucht, Matrix-Arbeiter auf seine Weise auszubilden. Dinge dieser Art sollten zwar nicht erlaubt sein, aber der Rat sagt, dass ich seine Domäne anerkenne, wenn ich mich einmische. Also sind mir im Moment die Hände gebunden. Doch in Zukunft … Nun, genug der Reden.« Sie beendete ihre Ansprache. »Es müsste euch genügen, wenn ihr wisst, dass ihr eurem Volk damit einen Dienst erweist.«

Sie ging hinaus, und das Grüppchen der jungen, in Ausbildung befindlichen Arbeiter versammelte sich, um ihr nachzuschauen. Jeder Einzelne hoffte insgeheim, ihm werde es gelingen, eine verschollene Matrix aus dem Zeitalter des Chaos aufzuspüren. Vielleicht sogar eine der alten und verbotenen Matrix-Waffen dieser Ära.

»Gerüchten zufolge gibt es seit den Anfangstagen in unserer Familie einen uralten Matrix-Stein«, begann Ronal Delleray. »Mir war gar nicht klar, wie wichtig er sein könnte. Ich glaube aber nicht, dass er gefährlich ist. Ich könnte ihn praktisch jederzeit herbeischaffen.«

»Dann solltest du ihn auch holen«, bestärkte ihn die junge Unterbewahrerin Hilary. »Leonie wird sich freuen.«

Hilary Castamir war etwa fünfzehn Jahre alt und so schlank, dass sie fast ausgemergelt wirkte. Ihr lockiges Haar hatte die Farbe stumpfen, dunkelroten Kupfers. Ihr spitzknochiges Gesicht deutete an, dass sie gesundheitlich nicht ganz auf der Höhe war. Hätte sie weniger kränklich ausgesehen, wäre sie durchaus hübsch gewesen. Dennoch verfügte sie über Anmut und fein geschnittene Züge, in denen die Charakteristika der *Comyn* deutlich sichtbar waren. »Und wenn Leonie sich richtig freut ...«

Sie brach ab, aber Ronal wusste, was sie nicht aussprechen wollte. Wie alle Bewahrerinnen hatte Hilary früh gelernt, ihre Gedanken auch vor jenen abzuschirmen, mit denen sie im Turm zusammenarbeitete.

Wenn Leonie sich richtig freut, spricht sie nie wieder davon, mich fortzuschicken.

Alle kannten Hilary als Telepathin mit überragenden Fähigkeiten – aber man wusste auch, dass ihre Gesundheit für die schwere Tätigkeit im Turm nicht robust genug war. Besonders nicht für die einer Bewahrerin.

Callista Lanart-Alton, die ihre Ausbildung gerade begonnen hatte, wirkte zwar noch zerbrechlicher, aber ihr gelang es irgendwie, den verheerenden Schmerzattacken und Krämpfen zu entgehen, die Hilary immer wieder ans Bett fesselten und jeden Mond für zehn Tage von den Übertragungsschirmen fern hielten. Und so wie Callista älter wurde und sich der Zeit näherte, in der sie die Pflichten einer Bewahrerin gänzlich übernehmen konnte, rückte auch für Hilary der Tag immer näher, den sie so sehr fürchtete: der Tag, an dem sie freigestellt und fortgeschickt werden musste.

Ronal konnte Hilary sehr gut leiden. Mit ihr verband ihn etwas mehr als das Band, das die einzelnen Turmarbeiter aneinander kettete. Aber er war nicht im Geringsten der Mann, der seine Aufmerksamkeit einem kranken Mädchen schenkte, das zudem noch Bewahrerin war. Er glaubte, dass die Disziplin, mit der er verbarg, dass er (wenn auch nur platonisch) in sie vernarrt war, eines Tages zu seinem Untergang führen würde. Aber er redete sich fest ein, dass er sehr diszipliniert war – denn wenn Leonie auch nur einen Anflug seiner Gedanken aufgeschnappt hätte, wäre er auf der Stelle fortgeschickt worden. Leonie liebte Hilary. Keinem Arbeiter wäre gestattet worden, ihren Frieden auch nur für eine Sekunde zu stören. Und so schwieg er.

»Bist du bereit, den Matrix-Stein deiner Familie zu suchen?«, fragte Hilary drängend. »Ob wir ihn nun finden oder nicht – Leonie hat Recht. Es wäre eine gute Übung für uns.«

Ronal wiegelte ab. »Ich glaube nicht, dass mein Vater ihn aufgeben will.« Aber er wusste schon jetzt, dass er alles tun würde, was Hilary wollte.

»Ich bin sicher, Leonie kann ihn überzeugen«, sagte sie. »Wann sollen wir anfangen?«

»Heute Abend vielleicht?«

Sie waren einer Meinung. Sie verabredeten sich und gingen auseinander.

Später am Abend trafen sich Hilary und Ronal im verlassenen Turmraum. Sie hatten beschlossen, die anderen nicht zu stören. Einzig Callista, die versprochen hatte, sie zu überwachen, begleitete die beiden. Sie war kaum älter als dreizehn, ein hoch gewachsenes, schlankes Kind, ohne die geringsten Anzeichen, dass sie sich irgendwann zur Frau entwickeln würde.

»Soll ich die Matrix suchen?«, fragte Ronal. »Ich weiß genau, wo sie in all den Jahren aufbewahrt wurde.«

»Wenn du möchtest«, bot Hilary an, »kann Callista dich überwachen.«

»Bis gleich«, sagte er und tauchte in die Überwelt ein. Zehn Minuten später war er wieder da und umklammerte mit beiden Händen eine Matrix. »Ich habe sie in einem hohen Regal in der Bibliothek gefunden«, berichtete er. »Außer meinem

Vater hat nie jemand gewusst, was sie darstellt. Ich habe aber noch von einer anderen gehört. Sie liegt auf einem Altar des Schmiedevolkes. Mein Vater war auch mal in einem Turm, deswegen hatte er davon gehört. Er hat das Schmiedevolk besucht, als er sich dort ein Schwert anfertigen ließ, und da hat er sie gesehen. Sie soll angeblich ein Talisman ihrer Feuergöttin sein. Aber sie ist mindestens ein Stein neunten Grades. Ich weiß nicht, ob ich sie mir schnappen kann ...«

»Nein, das ist eine Aufgabe für eine Bewahrerin«, sagte Hilary. »Ich nehme an, dass Leonie es am liebsten selbst täte, aber natürlich kann ich es auch. Ich muss nur wissen, wo ich suchen muss. Schließlich gibt es beim Schmiedevolk mehr als nur ein Dorf. Lass uns inzwischen mal nachsehen, was du da hast.«

Hilary nahm Ronal die Matrix aus der Hand. Sie war staubbedeckt und stumpfblau. Sie wischte den Staub ab. »Ich kann mir gut vorstellen, dass sie all die Jahre vergessen in einer Bibliothek gelegen hat. Sie muss übersehen worden sein, als man vor einigen Generationen sämtliche Matrix-Steine einberufen hat. Eine wie diese kann man aber auch leicht übersehen. Mal sehen, ob sie überhaupt je verwendet wurde.«

Sie legte die Matrix vorsichtig in einen Schwingtrog und aktivierte einen kleinen Schirm. Sie schwieg eine geraume Weile, das Schirmlicht ging erst an, dann wieder aus und spiegelte sich auf ihrem schmalen Gesicht. Die beiden anderen drängten sich dicht an sie. Endlich schaltete Hilary den Schirm aus, und die Lichter verblassten.

»Ich weiß zwar längst nicht alles darüber«, sagte sie, »und die Matrix ist auch nicht wichtig genug, um eine Zeitsuche zu unternehmen, damit wir es erfahren, aber sie ist sehr alt. Vielleicht hat man sie schon lange vor den Türmen gemacht. – O ja«, fuhr sie fort, als sie Ronals erstaunten Blick sah. »Es ist eine künstliche, vielleicht sogar eine der allerersten. Leider weiß ich nicht, wer sie erschaffen hat. Na ja …« Sie wickelte die Matrix sorgfältig in eine Seidenhülle. »Dein Vater hatte nichts dagegen, sie abzugeben?«

»Nein«, entgegnete Ronal. »Ich glaube nicht. Als ich ihm erschien, glaubte er, von mir zu träumen. Wenn er erfährt, dass ich wirklich zu Hause war, und sei es auch nur geistig, fällt ihm höchstens ein, mich dafür zu schelten, dass ich mich nicht zuerst meiner Mutter gezeigt habe. Dann hat er auf Jahre hinaus keine Zeit mehr, mich für den Verlust der Matrix zu tadeln – falls es ihm überhaupt je einfällt. Sie bedeutet ihm nichts, deswegen ist sie hier auch besser aufgehoben. Vielleicht fällt Leonie ein Verwendungszweck dafür ein. Wenn nicht, wird sie sie vernichten.«

»Was für alle Beteiligten das Sicherste wäre«, stimmte Hilary ihm zu. »Willst du heute Abend noch nach der Matrix suchen, die das Schmiedevolk hat?«

»Nein«, antwortete Ronal etwas zögerlich. Hilary sah müde und krank aus, und er wusste, dass Leonie wütend werden würde, wenn sie sich überanstrengte. So gern er auch mit ihr zusammenarbeitete, die Vorsicht sollte man grundsätzlich nie außer Acht lassen. Und noch etwas: »Vielleicht möchte Leonie selbst nach der Matrix suchen. Immerhin ist sie groß und wichtig. So etwas überlässt man nicht unbedingt den Lehrlingen.«

Als Leonie von der Matrix der neunten Ebene hörte, war sie sofort darauf erpicht, sie selbst zu suchen. Deswegen versammelten sie sich am nächsten Abend in einem Turmraum.

»In welchem Dorf des Schmiedevolkes ist sie also? Ich glaube, ich habe schon mal von einer großen verschollenen Matrix gehört. Das Schmiedevolk wird sich wahrscheinlich nicht sehr über die Vorstellung freuen, dass eine Matrix dieser Art hinter den Mauern eines Turms verschwindet und ihm verloren geht, aber vielleicht kann ich es überzeugen.«

Ronal zweifelte nicht daran. Es bedurfte mutigerer Männer als den ihm bekannten, um sich Leonie Hasturs Wünschen zu widersetzen.

Er nahm an, dass die Bewahrerin einst bemerkenswert schön gewesen war. Bestimmt hatte sie seine Lebzeit, die seiner Eltern und den größten Teil der seiner Großeltern hinter den Turmmauern verbracht. Nun fragte er sich plötzlich, wie alt sie war. Manche Frauen, speziell die der Familie Hastur, konnte man unmöglich einschätzen, wenn sie ein gewisses Alter erreicht hatten, da sie normalerweise nicht auszehrten und man ihnen die Jahre nicht ansah. Die Frauen der Hasturs hatten das gewisse Etwas, das sie sozusagen alterslos machte. Man sah noch immer, dass Leonie einst eine schöne Frau gewesen war, aber dies war vielleicht der einzige Überrest ihrer Menschlichkeit. In den steifen, förmlichen Purpurschleiern einer Bewahrerin sah sie fast unwirklich aus.

»Ich werde mich jetzt auf den Weg machen«, verkündete sie. »Und ihr überwacht mich.«

Nachdem sie dies gesagt hatte, glitt sie aus ihrem Körper. Die zuschauenden jungen Leute bemerkten keinen erkennbaren Unterschied – nur das kaum wahrnehmbare Zusammensacken ihrer Gestalt und den merkwürdig leeren Blick ihrer blauen Augen. Dennoch wussten alle, dass sie nicht mehr da war. Sie hatte sich sonstwohin begeben – in das seltsame und unbekannte Reich der Überwelt, in dem Raum und Zeit nicht mehr greifbar waren und nur Gedanken existierten. In der Überwelt waren die Dinge zwar nicht das, was sie zu sein vorgaben, doch unter bestimmten Voraussetzungen konnte man sie manipulieren, und zwar allein durch Geisteskraft.

Die Nacht zog sich dahin. Nach langer Zeit rührte sich Leonie allmählich wieder, die völlig regungslos in ihrem Sessel geruht hatte. Callista, die sofort wachsam wurde, murmelte: »Sie atmet nicht.« Doch bevor sie eingreifen konnte, stürzte

Leonie aus ihrem Sessel und fiel mit flatternden Gewändern nach vorn. Sie atmete schwer, war aber noch nicht wieder bei Bewusstsein.

Ronal schrie auf und bückte sich, um die Bewahrerin hochzuheben. Bei der Berührung richtete sie sich halb auf und murmelte: »Zu stark für mich ...« Dann verlor sie erneut die Besinnung. Ronal umfasste ihren äußerlich leblosen Körper und trug sie in den abgeschirmten Raum. Dort wartete er, bis die Bediensteten Leonie verschiedene Aufbaumittel verabreicht und festgestellt hatten, dass sie nur an einem Schock und an Erschöpfung litt.

Als er zu den anderen zurückkehrte, hatte sich Hilary bereits in Leonies nun verwaisten Sessel gesetzt.

»Nein, Hilary«, sagte Ronal ungehalten. »Wenn es schon für Leonie zu schwer war ... Wie kannst du dir einbilden, dass du es schaffst?«

»Weißt du eigentlich, wie überarbeitet Leonie seit geraumer Zeit ist?«, erwiderte Hilary. »Nur deswegen ist sie zusammengebrochen. Es wäre ihr auch bei jeder anderen leichten Aufgabe passiert. Ich werde vollenden, was sie angefangen hat. Für mich steht fest, dass es dort etwas zu holen gibt – und dass es gefunden werden muss, bevor das Schmiedevolk Zeit hat, es an einen anderen Ort zu bringen.«

Da Ronal noch immer zögerte, fuhr sie überzeugend fort: »Es macht doch nichts. Morgen bin ich ohnehin wieder zu nichts zu gebrauchen. Wahrscheinlich falle ich auch für die nächsten zehn Tage aus.«

»Aber wenn du dich jetzt ausruhst ...«, setzte Ronal an.

»Nein.« Hilary schüttelte entschlossen den Kopf. »So geht es nicht. Ich reite gerade jetzt auf der Energiewoge, wie immer einen Tag zuvor. Wir können den Vorteil ebenso gut nutzen.«

Ronal zuckte hilflos die Achseln. Schon stärkere Männer

als er hatten erfolglos versucht, eine Bewahrerin von etwas abzuhalten, deren Geist sich auf etwas versteift hatte.

»Außerdem kann ich noch Leonies Spuren folgen, wenn ich jetzt gehe«, sagte Hilary.

»Du musst es ja wissen«, mehr fiel Ronal nicht dazu ein.

Hilary nahm den Platz im Sessel ein und wickelte sich in das lange, wollene Gewand, das sie über der normalen Arbeitskleidung trug. Sie reckte kurz die Schultern, um es sich bequem zu machen, dann verließ sie ihren Körper.

Zuerst fand Hilary sich in einem Gelände wieder, das sie an eine eintönige graue Ebene erinnerte. Wenn man vom riesigen Turm von Arilinn absah, gab es keine sichtbaren Landmarkierungen. Es war aber nicht der Turm, wie er in der Außenwelt erschien, das wusste sie, sondern eine idealisierte Form des Gebäudes. Er stellte seit vielen Generationen eine Landmarkierung in der Überwelt dar. Davor erspähte sie leuchtende Fußabdrücke. Spuren von leicht silbernem Glanz.

Leonies Fußspuren? Hat sie sie für mich hinterlassen?

Da es ihr Hauptgedanke gewesen war, Leonies Fußabdrücken zu folgen, legte sie ein schnelles Tempo vor, denn sie wusste, dass die Spuren bald unsichtbar werden würden. Sie schritt ohne einen konkreten Gedanken aus und war sich ihrer Bewegungen nicht bewusst. Ihr einziges Ziel bestand darin, der kaum wahrnehmbaren Spur nachzugehen, die Leonie hinterlassen hatte. Sie konzentrierte sich dermaßen auf ihre Verfolgung, dass sie im Gegensatz zu den Beobachtern in der Außenwelt glaubte, die Zeit verginge überhaupt nicht.

Plötzlich stand sie vor dem Eingang einer riesigen dunklen Grotte, die zu einem gewaltigen Höhlenlabyrinth gehörte und das gesamte Vorgebirge durchzog. Ihr war nicht klar, woher sie die Information hatte; vielleicht war es eine ungreifbare Spur von Leonies Gedanken. Sie wusste auch, dass dies die

Heimat der seltsamen Wesen war, die man als Schmiedevolk bezeichnete.

Ihr war persönlich kaum etwas über das Volk bekannt, aber Leonie hatte erzählt, es handle sich um die ersten Bewohner Darkovers, die gelernt hatten, Metall zu bearbeiten.

Darkover war seit jeher eine metallarme Welt. Schon in uralten Zeiten hatte das Metall hier daher eine fast heilige Bedeutung gehabt. Die kleine Metallmenge, die man brauchte, um ein Pferd zu beschlagen oder um Waffen und andere Dinge zu schmieden, die die Notwendigkeit diktierte ... Anfangs hatte man dafür sorgen müssen, dass die Metallzuweisung auch den echten Bedürfnissen entsprach und nicht nur Habsucht befriedigte. Trotzdem hat der menschliche Charakter sich kaum verändert, und wirtschaftliche Zwänge schrieben den Menschen Statussymbole vor, die mit ihren tatsächlichen Bedürfnissen nichts zu tun hatten. Deswegen machten verschiedene politische Sachzwänge es für mächtige Menschen – hauptsächlich die Hasturs und die *Comyn* – erstrebenswert, mit dem Schmiedevolk auf gutem Fuß zu stehen. Deswegen hatte man ihnen auch gewisse Vorrechte eingeräumt, und zwar speziell jene, die sich auf den Einsatz von Matrix-Steinen bezogen. Dies ging bis in die Epoche vor dem Zeitalter des Chaos zurück.

Doch selbst mit diesen Privilegien, dachte Hilary, *dürften sie keinen Matrix-Stein der neunten Ebene zurückhalten – auch dann nicht, wenn sie ihn für einen heiligen Gegenstand halten.*

Sie wollte ihn für die *Comyn* und die Türme sichern, damit er nicht von jemandem eingesetzt werden konnte, der vielleicht auf einen Missbrauch aus war. Matrix-Steine dieser Größenordnung bedeuten eine sehr reale Gefahr für die *Comyn* und die Bevölkerung der Domänen. Und wenn es ihr gelang, ihn zu erbeuten, war die Gefahr viel geringer.

Eine gedankenschnelle Bewegung hatte sie an mehreren glühenden Schmiedeöfen vorbeigeführt, und allmählich bemerkte sie in der Finsternis der Höhlen den strahlenden Nexus einer riesigen Matrix. Sie war eher zu spüren als zu sehen. Über ihr, im Dunkeln, erkannte Hilary die undeutliche Gestalt einer knienden Frau. Vielleicht war es gar kein lebendiges Wesen. Sie war über und über mit goldenen Ketten behängt, die im matten Feuerschein leuchteten. Es war Sharra, die Göttin des Schmiedevolkes. Oder vielmehr ihr Abbild. Es stand zwar genau genommen nicht auf dem Altar, war ihm jedoch so nahe, dass es keine Rolle spielte.

Plötzlich verstand Hilary die Zusammenhänge. Im Zeitalter des Chaos, als die Matrix erschaffen worden war, hatte man solche Dinge meist in Waffen eingefügt. Diese hier ruhte im Griff eines Beidhandsäbels. Hilary ging rasch näher heran und nahm den Säbel in beide Hände. Er war überraschend schwer. Sie war daran gewöhnt, in der Überwelt gewichtslos zu sein, aber Gegenstände wie dieser – Matrix-Steine, dies wusste sie, hatten in sämtlichen Bewusstseinsebenen Form und Körper – hatten auch in der Überwelt Gewicht und Substanz.

Nun halte ich ihn in den Händen, dachte sie, *und werde ihn so schnell wie möglich nach Arilinn mitnehmen.* Sie drehte sich um und wollte den Weg zurückgehen, den sie gekommen war, doch als sie den Matrix-Stein vom Altar entfernte, vernahm sie einen lauten Schrei.

Sharra! Beschütze uns, du Goldgekettete!

Der Himmel steh uns bei, dachte Hilary. Das Schmiedevolk und der Altarwächter wussten, dass ein Eindringling die Matrix berührt hatte! Was sollte sie jetzt tun? In der astralen Gestalt konnte sie nicht körperlich kämpfen. Ihre einzige Hoffnung bestand darin, so schnell nach Arilinn zurückzufinden, dass man sie nicht überrumpeln konnte.

Aber in welcher Richtung lag Arilinn? Das Höhlenlabyrinth hatte sie verwirrt. Sie musste irgendwie einen Ausgang finden. Die matt leuchtenden Abdrücke ihrer Fußabdrücke waren noch vorhanden. Sie schnappte nach Luft, in dem dicken Qualm konnte sie nur schwer atmen, und folgte ihnen. Doch es spielte keine Rolle. Callista, die ihre körperlichen Funktionen überwachte, würde schon dafür sorgen, dass sie das Atmen nicht vergaß. Sie redete sich fest ein, dass Hitze und Rauch nur Einbildung waren und kämpfte sich weiter voran.

Während sie weiter eilte und ihren Spuren folgte, nahm sie ein Leuchten wahr. Es lag weder vor noch hinter ihr, sondern schien tatsächlich von der Stelle unter ihren Füßen zu kommen. Tief unter ihr, auf einer Ebene, die ein Stück unter den Astralhöhlen lag, brannte ein Feuer.

Sie haben es angezündet, um mich einzuschüchtern, dachte sie und erhöhte ihre Geschwindigkeit so weit wie möglich, ohne die matte Spur der Schrittmarkierungen aus dem Blickfeld zu verlieren, die sie brauchte, um den Rückweg nach Arilinn zu finden.

Der Boden unter ihren Füßen fing nun an zu brennen. Hilary eilte weiter. Sie trat vorsichtig über die größer werdenden Brandflächen hinweg und redete sich ständig ein, dass die Flammen nur Illusionen waren, die dazu dienen sollten, ihr Angst einzujagen. Sie waren nicht echt.

Sie können mir nicht wehtun.

Schließlich begannen die Sohlen ihrer Hausschuhe zu schwelen. Sie empfand einen stechenden Schmerz in den Fußsohlen. *Es ist nur eine Illusion,* redete sie sich ein, umklammerte mit festem Griff die Matrix, schritt behutsam über den Höhlenboden und durchquerte die leuchtenden Flammen. *Es ist alles nur eine Illusion ...*

Sie empfand Qualen und verspürte ein Schwächegefühl. Plötzlich strauchelte sie und ließ den Matrix-Stein fallen. Bevor sie ihn wieder ergreifen konnte, drehte sie sich würgend im Kreise und trat durch dicke Rauchschwaden in einen ihr bestens bekannten Raum. Sie war urplötzlich wieder in ihrem Körper in Arilinn. Sie war bei Bewusstsein, empfand einen brennenden Schmerz an den Fußsohlen und schaute Ronal und Callista an, die sie ängstlich musterten.

»Warum habt ihr mich zurückgeholt?«, fragte sie keuchend, als sie wieder sprechen konnte. »Ich hatte sie doch schon ...«

»Tut mir Leid, aber es ging nicht anders«, antwortete Callista leise. »Ich konnte dich nicht noch länger dort lassen. Deine Füße haben gebrannt!«

»Aber es war doch nur eine Illusion, oder?«, fragte Hilary.

»Ich weiß nicht«, sagte Callista. Sie bückte sich und zog Hilary mit festen Griffen die Schuhe aus. Dann starrten sie mit offenem Mund die versengten und geschwärzten Schuhe an und erblickten bestürzt die Blasen auf dem geröteten Fleisch.

»In den nächsten Tagen wirst du nicht viel laufen können«, bemerkte Ronal schroff.

Hilary seufzte. Sie spürte schon den heraufziehenden Schmerz in ihrem Bauch. »Na, schön«, sagte sie. »Ich hatte sowieso nicht vor, in den nächsten zehn Tagen viel zu gehen. Callista, bringst du mich bitte in mein Zimmer? Ich hätte auch nichts gegen einen Becher Goldblütentee einzuwenden.«

Einige Stunden später erhielt sie Besuch von Leonie. Als Hilary die zärtliche Besorgnis in den Augen der alten Bewahrerin sah, brach sie in Tränen aus.

»Ich hätte sie fast gehabt, aber Callista und Ronal haben mich zurückgeholt«, schluchzte sie.

»Nein, nein, mein Kind. Sie haben es getan, um deine Füße zu retten – wenn nicht gar dein Leben. Ich habe gehört, dass du schlimm verletzt wurdest.«

Hilary wackelte mit den bandagierten Zehen. »So schlimm nun auch wieder nicht«, sagte sie.

»Ich glaube trotzdem, dass sie richtig gehandelt haben«, erwiderte Leonie. »Wir müssen die große Matrix vergessen – jedenfalls im Moment. Außerdem wird sie vom Schmiedevolk so gut bewacht, dass kein Außenstehender sie einsetzen kann, um uns zu schaden. Und das Schmiedevolk verfügt nicht über das *Laran,* das man als Waffe einsetzen kann.«

Aber sie wirkte dennoch bekümmert, als habe sie eine düstere Ahnung.

Der Preis der Bewahrerin

Die Schmerzen hatten eingesetzt.

Hilary spürte sie sogar im Schlaf, aber da sie wusste, dass ihr Körper noch mindestens zwei Stunden Ruhe brauchte, bemühte sie sich, die Krämpfe zu ignorieren. Doch das nagende Unbehagen tief in ihrem Körper wollte sich nicht ignorieren lassen. Eine Stunde später gab sie die fruchtlosen Bemühungen auf, warf sich ein Gewand über und glitt leise die Treppe zum Destillierraum hinunter, um sich einen Becher Goldblütentee zu machen. Aus Erfahrung wusste sie, dass er den krampfhaften Schmerz wenigstens ein bisschen linderte.

Vielleicht macht er mich auch müde, dachte sie, als sie wieder ins Bett kroch. Das behaupten jedenfalls die anderen Frauen. Bei ihr jedoch schien es nie zu funktionieren. Er betäubte nur ihre Arme und machte sie schwindelig im Kopf. Das Zimmer wirkte dann immer unerträglich warm und verschwommen auf sie. Die Wirkung des Tees verging auch stets zu schnell, und danach wurden die schrecklichen Krämpfe – Leonie nannte sie Kontraktionen –, nur noch schlimmer und arbeiteten sich vom Unterleib über den Magen zum Herzen hinauf, so dass sie sich eingeengt und gepeinigt fühlte und nach Luft schnappte.

Eins jedoch wusste sie: Sie brauchte nur zu rufen, dann würde jemand kommen. In einem Turm voller Telepathen war Hilfe jederzeit möglich, wenn man sie wirklich brauchte. Aber sie wollte niemanden stören, es sei denn, es war wirklich unumgänglich.

Schließlich passiert mir das alle vierzig Tage, dachte sie ironisch. *Die anderen müssten sich inzwischen daran gewöhnt haben. Es ist nur Hilary; sie hat mal wieder ihre übliche Krise und geht uns wie immer auf die Nerven.*

Der Kreis hatte am Abend zuvor Metall abgebaut. Alle waren spät und erschöpft zu Bett gegangen, besonders Leonie. Leonie von Arilinn war schon als kleines Mädchen Bewahrerin gewesen. Jetzt war sie eine alte Frau. Hilary wusste nicht, wie alt sie war. Leonie bildete sie und das neue Kind aus, Callista Lanart. Irgendwann sollten die beiden ihre Stelle einnehmen. Im letzten halben Jahr hatte Hilary an Leonies Seite arbeiten und der alten Frau einen Teil ihrer schweren Lasten abnehmen können. Sie würde sie auf keinen Fall aus dem Bett holen, damit sie ihr das Händchen hielt. Man würde sie schon nicht sterben lassen. Vielleicht waren es in diesem Monat auch nur die Krämpfe, die Schwäche; immerhin gab es in Arilinn keine Frau, die nicht die gleichen Probleme hatte, wenn ihre Periode einsetzte. Es war einfach ein Berufsrisiko. Vielleicht schwoll es diesmal ab, wie bei den anderen Frauen, bevor eine ernste Krise daraus wurde, und sie brauchte das schmerzhafte Reinigen der Kanäle nicht auf sich zu nehmen ...

Aber man durfte es nicht zu lange hinauszögern und darauf hoffen, dass sie sich von selbst reinigten. Beim letzten Mal hatte Leonie zu lange gewartet, um ihr die furchtbare Tortur zu ersparen, und Hilary hatte sich in Krämpfen gewunden. Bis dahin würde es jedoch noch Stunden dauern, wenn nicht gar Tage. Leonie sollte so lange wie möglich schlafen. So lange konnte sie den Schmerz sicher noch ertragen.

Hilary verehrte Leonie zutiefst. Die ältere Frau war seit dem Tag ihrer Ankunft vor fünf Jahren in Arilinn wie eine Mutter zu ihr gewesen. Das ängstliche elfjährige Kind hatte der ersten Überprüfung ihres *Comyn*-Blutes, der Einsamkeit und dem Warten getrotzt, bis sie mit dem Einsetzen der Periode eine ernsthafte Ausbildung als Bewahrerin hatte beginnen können. Sie war stolz darauf gewesen, dazu auserwählt worden zu sein. Die meisten jungen Frauen, die hierher kamen, wurden als Überwacherin, Mechanikerin oder gar Technikerin eingesetzt – aber nur wenige verfügten über die Gabe oder die Leistungsfähigkeit, die man als Bewahrerin brauchte, und hielten die lange und komplizierte Ausbildung nicht durch. Nun stand Hilary kurz vor dem Ziel. Sie hatte es fast erreicht. Hätte es nicht dieses eine Hindernis gegeben: Sobald ihre Periode einsetzte, litt sie an unerträglichen Schmerzen und krampfartigen Kontraktionen, die schnell zu einer Agonie eskalierten und manchmal sogar zu Zuckungen und ernsthaften Krisen.

Sie kannte natürlich den Grund. Wie alle Matrix-Arbeiter hatte sie eine Ausbildung als Überwacherin begonnen und dabei erfahren, dass die Anatomie der Nervenkanäle nicht nur das *Laran,* sondern auch die sexuellen Energien transportierten. Von dem Tag an, an dem sie ihr Einverständnis zu ihrer Ausbildung als Bewahrerin gab, hatte sie gewusst, dass sie dafür auch den Preis der Bewahrerin zahlen musste: Ein Sexualleben kam für sie nicht in Frage. Sie hatte im Alter von dreizehn Jahren feierlich geschworen, ihr ein Leben lang zu entsagen. Man hatte sie auf jede nur denkbare komplizierte und manchmal auch Furcht einflößende Weise gelehrt, auch die geringste sexuelle Erregung in sich zu unterdrücken, damit die unteren Nervenzentren, die diese Energien transportierten, völlig rein und unvergiftet und die Kanäle zwischen den Zentren lahmgelegt blieben.

Allerdings waren ihre Kanäle während ihrer Periode *nicht* rein, was alle verwunderte. Hilary, die unter Leonies direkter Beobachtung stand und nicht einmal Luft holte, ohne dass ihre Vorgesetzte etwas davon erfuhr, wusste, dass niemand ihre Keuschheit beargwöhnte. Der Grund musste also ein anderer sein, vielleicht eine ungeahnte Schwäche der Nervenzentren.

Lediglich ihr Verlangen, Leonie nicht zu enttäuschen, brachte Hilary durch jeden Mond und immer wieder zur Arbeit an die Schirme. Sie konnte nicht zulassen, dass sie die Last allein trug, nicht dann, wenn sie ihrem Ziel so nahe gekommen war. Leonie hatte ihr früher im Kreiszentrum einen Teil der Bewahrerinnenlast abgenommen, und Hilary wusste, ohne eingebildet zu sein, dass sie stark und fähig war und die verbundenen Energien eines Kreises der vierten Ebene handhaben konnte, ohne ihre Energien auszulaugen. Bald würde Leonie wenigstens von einem Teil ihrer Last befreit sein ...

Die kleine Callista war zwar viel versprechend und begabt, aber eben noch ein Kind. Es würde noch gut ein Jahr dauern, ehe sie eine ernsthafte Ausbildung in Angriff nehmen konnte, auch wenn sie schon jetzt das sorgfältig überwachte Leben einer künftigen Bewahrerin führte und man ihr erlaubt hatte, provisorische Eide abzulegen. Es würden noch mehrere Jahre vergehen, bis sie eine ernsthafte Aufgabe übernehmen konnte. Dabei gab es hier so viel zu tun – und so wenige, die die Arbeit erledigen konnten! Arilinn stand in dieser Hinsicht nicht allein; in allen Domänentürmen herrschte ein großer Mangel an Arbeitskräften.

Die letzten Wirkungen des Tees waren verflogen. Draußen ging die Sonne auf, aber niemand rührte sich. Hilary krümmte sich vor Schmerzen. Sie wälzte sich umher und stöhnte vor sich hin.

Sei nicht albern, redete sie sich ein. *Du benimmst dich wie ein Säugling. Wenn es vorbei ist, hast du schnell vergessen, wie weh es getan hat.*

Ja, aber wie lange kann ich es noch aushalten?

So lange, wie du es aushalten musst. Das weißt du doch. Welchen Nutzen hat deine Ausbildung, wenn du nicht mal ein bisschen Schmerz ertragen kannst?

Wieder wurde sie von einer Woge des Schmerzes überwältigt, die ihr Selbstgespräch abrupt beendete. Hilary atmete konzentriert, bemühte sich, zur Ruhe zu kommen und regelmäßig und ruhig Luft zu holen. Sie überprüfte einen Kanal nach dem anderen, um den Strömungsfluss zu lindern. Aber die Schmerzen waren so gewaltig, dass sie sich nicht mehr richtig konzentrieren konnte.

So schlimm war es noch nie! Noch nie!

»Hilary?«

Die Stimme war fast nur ein Flüstern. Callista beugte sich über sie, ein schlankes, langbeiniges Mädchen, dessen rotes Haar lose nach hinten gebunden war. Sie hatte ein schweres Gewand über ihr Nachthemd geworfen und war barfuß. »Hilary, was ist denn?«

Hilary keuchte. Sie atmete schwer.

»Nur ... das Übliche.«

»Ich gehe lieber Leonie holen.«

»Noch nicht«, hauchte Hilary. »Ich kann es noch eine Weile aushalten. Aber bleib bei mir, bitte ...«

»Natürlich«, sagte Callista. »Hilary, dein Nachthemd ist ja klatschnass. Zieh es lieber aus. Mit einem trockenen Gewand geht es dir bestimmt gleich besser.«

Es gelang Hilary, sich aufrecht hinzusetzen und das schweißdurchtränkte Hemd abzustreifen. Callista hatte ein trockenes aus ihrer Truhe geholt und hielt es ihr hin, während Hilary sich das nasse über den Kopf zog. Callista gab sich alle Mühe. Sie war so vorsichtig, dass sie Hilary nicht einmal mit den Fingerspitzen berührte.

Sie lernt dazu, dachte Hilary und musterte mit ironischem Abstand die kleinen, vernarbten Verbrennungen an ihren eigenen Händen. Überbleibsel aus dem ersten Ausbildungsjahr. Damals hatte man sie konditioniert, Berührungen auszuweichen, da selbst der geringste körperliche Kontakt mit lebenden Wesen heftige, Blasen werfende Verbrennungen erzeugte, als sei das Fleisch anderer Menschen lebendige Kohle. Callistas

Narben waren noch rot und roh. Auch jetzt noch würde sie sich schlimme Verbrennungen zuziehen, wenn sie jemanden berührte, und sei es nur zufällig. Später, wenn die Konditionierung abgeschlossen war, würde man den Berührungsbefehl widerrufen. Hilary war es inzwischen nicht mehr untersagt, jemanden anzufassen, denn das Verbot war überflüssig geworden. Sie konnte nun mit großer Vorsicht jemanden berühren oder sich berühren lassen, wenn es unvermeidbar war – aber niemand fasste Bewahrerinnen an. Bewahrerinnen trugen sogar in der Matrix-Kammer ein Purpurgewand, damit niemand sie streifte, wenn sie eine Energonenladung transportierten. Wenn die Konditionierung dann nur noch eine Erinnerung war, berührte man sich eher symbolisch als real sanft mit den Fingerspitzen.

Als Hilary wieder auf dem trockenen, sauberen Kissen lag – Callista hatte es frisch bezogen –, wünschte sie sich ziemlich wehmütig, eine menschliche Hand zu halten. Doch eine solche Geste hätte Callista nur Qualen ausgesetzt, und dann hatte auch sie nichts davon.

»Diesmal ist es besonders schlimm, Hilary, oder?«

Hilary nickte. *Sie ist noch jung genug, um Mitgefühl zu empfinden,* dachte sie. *Sie ist noch nicht entmenschlicht worden ...*

»Du hast Glück«, murmelte sie und krümmte sich erneut unter einer Welle gewaltiger Pein. Callista stand hilflos daneben und fragte sich, warum ihre Quälerei Leonie noch nicht aufgeweckt hatte.

»Sie hat mir gestern Abend versprechen müssen, dass sie in einem isolierten Raum schläft«, erklärte Hilary, als sie die unausgesprochene Frage aus dem Geist des Mädchens auffing.

»Habt ihr das ganze Kupfer abgebaut?«

»Nein. Romilla hat den Kreis früh aufgelöst. Damon musste

Leonie in ihr Zimmer tragen. Sie konnte nicht mehr allein gehen ...«

»Sie hat einfach zu viel gearbeitet«, sagte Callista. »Aber Lord Serrais wird verstimmt sein. Er geht uns wegen des Kupfers schon seit Mittsommer auf die Nerven.«

»Wenn wir Leonie mit zu viel Arbeit umbringen, kriegt er gar nichts«, sagte Hilary. »Und ich falle alle vierzig Tage auch immer für zehn Tage aus.«

»Vielleicht wirst du immer krank, weil du auch überarbeitet bist, Hilary.«

»Ich würde auch ohne Arbeit krank werden«, murmelte Hilary. »Aber zu viel Arbeit macht es nur noch schlimmer. Mir fehlt die Kraft, gegen den Schmerz anzukämpfen.«

»Könnte ich doch nur schneller erwachsen werden!«, sagte Callista. »Dann hätte ich meine Ausbildung abgeschlossen und könnte euch beiden helfen.« Plötzlich wurde sie ängstlich. Stand auch ihr so etwas bevor?

»Lass dir Zeit, Callista, du bist doch erst elf«, besänftigte Hilary sie leise. »Ich freue mich, dass deine Ausbildung so gut vorankommt. Leonie sagt, aus dir wird einmal eine wirklich große Bewahrerin. Du bist besser als ich, viel besser ... Wir brauchen dringend Bewahrerinnen, sehr dringend ...«

»Sei still, Hilary, rede nicht so viel. Du musst regelmäßig atmen.«

»Ich werd's schon überstehen. Ich überstehe es immer. Aber ich freue mich, dass es dir gut geht. Ich habe solche Angst, dass ...«

»... dass du nicht mehr als Bewahrerin arbeiten kannst?«

»Ja, Callista. Aber ich muss doch ... Ich muss doch ...«

»Nein, musst du nicht«, sagte das Mädchen und hockte sich auf den Rand von Hilarys Bett. »Wenn es dir wirklich zu viel ist, gibt Leonie dich frei. Ich habe gehört, wie sie es zu Damon gesagt hat.«

»Natürlich wird sie das tun«, hauchte Hilary, »aber ich möchte nicht, dass sie die Last der ganzen Arbeit wieder allein tragen muss. Ich mag sie, Callista ...«

»Natürlich magst du sie, Hilary. Wir mögen sie doch alle. Ich auch.«

»Sie hat ihr Leben lang hart gearbeitet ... Wir können sie nicht einfach im Stich lassen. Auf keinen Fall!« Hilary richtete sich mühsam auf und schnappte nach Luft. »Die anderen ... sechs andere haben es erfolglos versucht ... Sie hat so oft versucht, Bewahrerinnen auszubilden ... Doch alle sind wieder gegangen, um zu heiraten ... Sie ist nicht mehr jung, Callista, nicht mehr stark genug. Wir sind womöglich ihre letzte Chance. Vielleicht kann sie nach uns keine Bewahrerinnen mehr ausbilden. Wir *müssen* einfach erfolgreich sein, Callista. Sonst könnte es das Ende von Arilinn bedeuten ...«

»Leg dich wieder hin, Hilary. Reg dich nicht so auf. Entspann dich. Du musst dich bemühen, regelmäßiger zu atmen.«

Hilary ließ sich wieder in die Kissen gleiten, und Callista beugte sich über sie. Allmählich drang das erste Tageslicht durch die Fenster des Raumes. Hilary entgegnete nichts, denn ihre Gedanken waren so gequält wie ihr Körper. Es musste Bewahrerinnen geben, denn ohne sie würden sich Finsternis und Unwissenheit über die Domänen herabsenken. Sie durfte nicht versagen. Sie durfte Leonie nicht im Stich lassen.

Callista ließ ihre kleinen Hände über Hilarys Körper gleiten, ohne ihn zu berühren – etwa zweieinhalb Zentimeter über dem Stoff ihres Nachthemdes. Ihre Miene war konzentriert und geistesabwesend. Nach einer Weile bemerkte sie besorgt: »Ich bin zwar noch nicht sehr gut darin, aber es sieht aus, als wären auch die unteren Zentren und der Solarplexus betroffen. – Hilary, ich wecke Leonie jetzt lieber auf.«

Hilary schüttelte stumm den Kopf. »Noch nicht.« Der

krampfartige Schmerz hatte sich inzwischen in ihrem ganzen Körper ausgebreitet, so dass ihr das Atmen zunehmend schwerer fiel.

Callista schaute zutiefst besorgt drein. »Was hast du eigentlich, Hilary?«, fragte sie. »Es ist doch bei den anderen Frauen nicht so. Ich habe sie während ihrer Periode überwacht, und sie ...« Sie hielt inne und wandte den Blick von Hilary ab. Es gab bestimmte Dinge, die Bewahrerinnen weder aussprachen noch dachten – wie sie auch den Blick von einer Obszönität abgewandt hätten –, aber beide wussten, was der schnelle, zweideutige Blick bedeutete: *Dabei sind sie nicht mal Jungfrauen ...*

»Ich weiß es auch nicht, Callista«, entgegnete Hilary. »Ich schwöre es.« Wieder versetzte ihr das schlechte Gewissen einen schmerzhaften Stich.

Welches Verbot kann ich ahnungslos übertreten haben, das meine Kanäle verunreinigt hat? Wodurch kann ich vergiftet worden sein? Was stimmt nicht mit mir? Ich habe meine Eide befolgt, ich habe niemanden angefasst. Ich habe nicht mal etwas Verbotenes gedacht, und doch ... Und dennoch ...

Wieder durchfuhr sie ein quälender Schmerz, so dass sie sich umdrehte und fest auf die Unterlippe biss. Sie spürte, wie die Lippe aufplatzte und Blut an ihrem Kinn hinablief. Sie wollte nicht, dass Callista es sah, doch das Mädchen war aufgrund der Überwachung noch mit ihr verbunden und keuchte auf, als sie die Verletzung mit empfand.

»Ich habe mir so große Mühe gegeben, Callista. Ich weiß nicht, was ich getan habe. Aber ich kann sie nicht im Stich lassen ... Ich kann es nicht.« Hilary keuchte, doch ihre Worte kamen so lallend und zusammenhanglos, dass das junge Mädchen sie nur mit ihrem Geist wahrnahm. Hilary rang nach Luft.

»Schon gut, Hilary. Bleib nur ruhig liegen. Ruh dich aus.«

»Ich kann nicht ... Ich kann nicht. Ich muss einfach wissen, was ich falsch gemacht habe.«

Callista war zwar erst elf, aber sie hatte fast ein Jahr intensiver und spezialisierter Ausbildung im Turm hinter sich. Sie erkannte, dass Hilary jeden Moment in das kritische Delirium des Ersten Stadiums abrutschen konnte. Sie eilte aus dem Raum und jagte über die enge Treppe zu dem isolierten Raum hinauf, in dem Leonie schlief.

Sie klopfte an die Tür und wusste, dass sie die Bewahrerin damit sofort aufweckte. Niemand in Arilinn würde es wagen, sie zu wecken, wenn es sich nicht um einen echten Notfall handelte.

Kurz darauf wurde die Tür geöffnet, und Leonie tauchte auf. Sie war leichenblass. Ihr ergrauendes Haar lag in zwei langen Zöpfen über ihren Schultern.

»Was ist denn? Callista, Kind!« Sie fing die Botschaft auf, bevor das Mädchen auch nur ein Wort sagen konnte.

»Schon wieder Hilary? O gnädige Avarra, ich hatte gehofft, diesmal würde es ihr erspart bleiben ...«

Dann musterte sie Callista mit strengem Blick. Ihr Gewand war schief geknöpft, das Nachthemd lugte darunter hervor, und sie war barfuß.

So sollte sich eine Bewahrerin niemandem zeigen. Der schroffe, unausgesprochene Tadel war wie eine mentale Ohrfeige, doch ihre Worte waren mild. »Angenommen, einer der anderen hätte dich so gesehen, mein Kind. Eine Bewahrerin muss stets ein vollkommenes Bild abgeben. Geh und mach dich zurecht, aber sofort!«

»Aber, Hilary ...« Callista öffnete den Mund zu einem Protest, doch als sie Leonies Blick auffing, schlug sie die grauen Augen nieder und murmelte: »Ja, Mutter.«

»Wenn dein Gewand richtig geknöpft ist, brauchst du dich nicht umzuziehen. Sobald du ordentlich zurechtgemacht bist, geh und schicke Damon zu Hilary. Für Romilla allein ist es zu schwierig. Ich komme, sobald ich kann.«

Callista hätte am liebsten protestiert – *Ich soll meine Zeit damit vergeuden, mich ordentlich anzuziehen, wenn es Hilary so schlecht geht?* –, aber sie wusste, dass all dies ein Bestandteil der Disziplin war, die im Laufe der Jahre eine geschulte, unmenschlich vollkommene Maschine aus ihr machen würde. Wie Leonie. Rasch kämmte sie ihr rotes Haar, band es ordentlich zusammen und schlüpfte in ein frisches Gewand und samtene Hausstiefel, die ihre nackten Schenkel verbargen. Dann klopfte sie an die Tür des jungen Technikers Damon Ridenow und überbrachte ihm die Botschaft.

»Komm mit«, sagte Damon. Callista folgte ihm die Treppe hinunter in Hilarys Zimmer.

Bewahrerinnen müssen stets ein vollkommenes Bild abgeben. Trotzdem war Callista entsetzt über die Mühen, die Hilary auf sich nahm, um ihre Glieder, ihre Stimme und ihr Gesicht in Ordnung zu bringen. Sie baute sich neben Hilary auf, schaute sie mitfühlend an und wünschte sich, sie könne ihr irgendwie helfen.

Damon seufzte und schüttelte den Kopf, als sein Blick auf Hilarys gepeinigten Körper und ihre zerbissenen Lippen fiel. Er war ein schlanker, dunkelhäutiger Mann mit einem empfindsamen, asketischen Gesicht, und das Mitgefühl, das er in Anwesenheit einer Bewahrerin zeigte, war nichts als geschulte Ausdruckslosigkeit. Dennoch drang hinter der gelassen wirkenden Maske ein Anflug von Menschlichkeit hervor.

»Schon wieder, *Chiya?* Ich hatte gehofft, die neue Medizin würde diesmal etwas bewirken. Wie stark ist denn die Blutung?«

»Ich weiß nicht ...« Hilary gab sich alle Mühe, ihre Stimme unter Kontrolle zu halten. Damon runzelte leicht die Stirn und schüttelte den Kopf. »Ich nehme an ...«, sagte er zu Callista.

»Nein, du kannst noch niemanden anfassen, Kind, oder? Leonie wird gleich da sein. Sie weiß bestimmt, wie …«

Als Leonie kam, war sie so ruhig und gefasst, als stünde sie vor dem großen Rat.

»Hier bin ich, mein Kind«, sagte sie und umfasste ganz leicht Hilarys Handgelenk. Schon die Berührung schien sie etwas zu beruhigen. Irgendwie wurde ihr abgehacktes Atmen regelmäßiger.

»Es tut mir so Leid, Leonie«, hauchte Hilary. »Ich wollte nicht … Ich kann dich nicht im Stich lassen … Ich kann es nicht … kann es nicht …«

»Pssst, mein Kind, ganz ruhig«, befahl Leonie. »Verschwende deine Kräfte nicht.« Doch hinter der Schroffheit ihrer Worte verbarg sich auch Zärtlichkeit. »Hast du sie überwacht, Callista?«

Callista biss sich auf die Lippen, riss sich zusammen und gab eine formelle Meldung über das ab, was sie herausgefunden hatte. Die alte Telepathin hörte ihr zu, und Damon prüfte den Überwachungsprozess nach, wobei sein Bewusstsein sich in den gequälten Leib des Mädchens versenkte und Callista klarmachte, was sie alles übersehen hatte.

»Die Knoten in den Armen sind nur eine Spannung, die allerdings sehr schmerzhaft ist. Die Blutung ist zwar stark, aber nicht gefährlich. Hast du auch die unteren Kanäle überprüft?«

Callista schüttelte den Kopf.

»Dann tu es jetzt«, befahl Damon. »Und suche nach Vergiftungen.«

Callista zögerte. Ihre Hände waren ein beträchtliches Stück von Hilary entfernt.

Damons Stimme klang schroff. »Du weißt doch, wie man sie überprüft. Tu es.«

Callista holte tief Luft und setzte eine leidenschaftslose Miene auf. Sie musste unbeteiligt bleiben, sonst folgte die

Strafe auf dem Fuße. Sie wagte nicht einmal, einen Gedanken zu bilden wie: *Tut mir Leid, Hilary, ich möchte dir nicht wehtun.* Sie konzentrierte sich völlig auf ihre Matrix, dann versenkte sie ihren Geist in das elektrische Potenzial der Kanäle.

Hilary schrie auf. Callista zuckte zusammen und fuhr zurück, aber Leonie hatte es schon bemerkt und erzwang rasch einen erneuten Aufbau, so dass Callista, nun reglos gemacht, eine Woge stechenden Schmerzes durch ihren eigenen Körper rasen spürte. Sie kannte die beabsichtigte Lektion – *Ich muss völlig unvoreingenommen bleiben* – und zwang ihr Gesicht und ihre Stimme zu völliger Stille, um den Groll zu verbergen, den sie empfand.

»Beide Kanäle sind vergiftet; der linke etwas mehr als der rechte. Beim rechten sind es nur die Nervenknoten, beim linken alles bis zum Zentralkomplex. Auf der linken spüre ich drei Widerstandsbrennpunkte ...«

Damon seufzte. »Tja, Hilary«, sagte er, »du weißt so gut wie ich, was wir tun müssen. Wenn wir noch länger warten, wirst du wieder in Zuckungen verfallen.«

Hilary fuhr angesichts dieser Drohung innerlich zusammen, aber ihr Gesicht verriet nichts, und irgendwo, in einem fernen Winkel ihrer Existenz, empfand sie Stolz über ihre Beherrschung.

»Geh und hol etwas *Kirian*, Callista«, wies Leonie sie an. »Es hat keinen Sinn, jemanden dafür zu wecken.«

Als Callista mit dem Verlangten zurückkehrte, wirkte sie, als wolle sie davonlaufen.

»Diesmal musst du hier bleiben, Callista«, sagte Leonie jedoch. »Es könnte durchaus sein, dass du es irgendwann allein durchführen musst, und es ist nie zu früh, die einzelnen Schritte des Verfahrens zu erlernen.«

Callista schaute Hilary in die Augen und entdeckte in ihnen ein rebellisches Aufblitzen.

Ich könnte nie jemandem auf diese Weise wehtun, dachte sie, doch trotz ihrer fürchterlichen Angst zwang sie sich dazu, ruhig stehen zu bleiben.

Werden sie mir diesmal befehlen, es in Übereinstimmung mit ihr zu tun?

Damon hielt Hilarys Hand und verabreichte ihr die telepathische Droge, die ihren Widerstand gegen die Berührung ein wenig abschwächen würde, die sie mit Geist und Körper ausführen mussten, um die Kanäle zu reinigen. Hilary war nun nicht mehr bei sich und glitt rasch ins Delirium. Ihre Gedanken verschwammen; Callista konnte sie kaum mehr ausmachen.

Schon wieder still hier liegen, mich in Stücke schneiden und wieder zusammenflicken lassen. So fühlt es sich an ... jetzt bilden sie sogar die kleine Callista zur Helferin eines Folterknechts aus ... damit sie ohne einen Anflug von Mitleid dabeisteht ...

»Sachte, sachte, Liebling«, sagte Leonie. Das Mitgefühl und die Angst würden sich Hilary mitteilen. »Wenn es vorbei ist«, fügte sie hinzu, »geht es dir besser.«

Sie ist so grausam und lieb, woran soll ich erkennen, was von beidem echt ist? Callista wusste nicht, ob sie den Gedanken dachte, oder ob er von Hilary kam. Sie spürte nur, dass sie angespannt und starr vor Angst war, und zwang sich, tief einzuatmen, um sich zu beruhigen. Sie befürchtete, dass sich ihre Verspannung und ihr Entsetzen auf Hilary übertragen und zu ihren Qualen beitragen könnten. Verblüfft und entsetzt sah sie zu, wie Hilarys straffes Gesicht sich entspannte, und wunderte sich über die Disziplin, die sie erschlaffen ließ. Callista zwang sich zu gelassener Distanz und beobachtete jeden Schritt des langen und schmerzhaften Reinigungsprozesses der blockierten Nervenkanäle.

Sobald feststand, dass Hilary nicht sterben würde, jedenfalls nicht diesmal, ließ man sie schlafen. Als Callista spürte, dass Hilary nach dem eingenommenen Beruhigungsmittel in der Schwere des Schlafes versank, wurde ihr vor Erleichterung schwindlig. Endlich verspürte sie keine Schmerzen mehr!

Damon ging hinaus, um sich ein verspätetes Frühstück zu genehmigen, und im Gang vor Hilarys Zimmer sagte Leonie leise: »Tut mir Leid, dass du es ertragen musstest, Kleine, aber es war an der Zeit, dass du es lernst. Außerdem brauchtest du Übung in Distanz. Komm, sie wird jetzt den ganzen Tag und vielleicht auch den größten Teil der Nacht schlafen. Wenn sie aufwacht, geht es ihr besser. Und im nächsten Monat müssen wir dafür sorgen, dass sie sich nicht wieder überarbeitet.«

Als sie in Leonies Räumen waren und einander an dem kleinen Tisch am Fenster gegenübersaßen, schenkte die Bewahrerin Tee aus der schweren Silberkanne ein.

Callista spürte, dass sie weinen musste.

»Wenn es nicht anders geht, kannst du jetzt weinen, Callista«, sagte Leonie. »Aber es wäre besser, wenn du lernen würdest, auch deine Tränen zu bekämpfen.«

Callista neigte den Kopf und kämpfte still dagegen an. Schließlich sagte sie: »Diesmal war es ganz schön schlimm, nicht wahr, Leonie? Es wird immer schlimmer, oder?«

»Das fürchte ich auch. Jedenfalls seit sie angefangen hat, mit den Energonen zu arbeiten. Beim letzten Mal hat sie drei Tage gebraucht, um so viel Energieverlust aufzubauen, dass es zu einer Krise kam.«

»Weiß sie es denn?«

»Nein. Wenn sie Schmerzen hat, vergisst sie das Meiste von dem, was passiert.«

»Aber, Leonie ...« entgegnete Callista. »Sie gibt sich doch *solche* Mühe, dich nicht zu enttäuschen ...« *Genau wie ich*, dachte sie und kämpfte erneut gegen die Tränen an.

»Ich weiß, Callista, aber wenn sie so weitermacht, wird sie

sterben. Sie ist einfach zu zerbrechlich, um die Anspannung zu ertragen. Vielleicht haben ihre Kanäle irgendeine angeborene Schwäche ... Es ist meine Schuld, denn ich habe sie aufgenommen, ohne genau zu wissen, ob derartige körperliche Defizite existieren. Dabei ist sie so begabt und geschickt ...« Leonie schüttelte besorgt den Kopf. »Du wirst es vielleicht nicht glauben, Callista, aber ich würde mir gern ihren gesamten Schmerz aufladen, wenn sie dadurch zu heilen wäre. Ich kann es nicht mehr ertragen, ihr noch einmal so wehzutun!«

Der Nachdruck in der Stimme der alten Frau erschreckte und erstaunte Callista.

Hat sie noch immer Gefühle? Ich dachte, sie hätte sich darauf trainiert, den Leiden anderer gegenüber völlig unbeteiligt zu bleiben, und dass auch ich so werden solle.

»Nein«, erwiderte Leonie mit distanzierter Traurigkeit, »ich bin dem Leiden gegenüber nicht gefühllos, Callista.«

Aber du hast mich heute Morgen so verletzt.

»Ich werde dich auch wieder verletzen, so oft ich muss«, erklärte Leonie. »Aber glaube mir, mein Kind, ich würde viel lieber ...« Sie konnte den Satz zwar nicht beenden, aber Callista erkannte erschreckt, dass sie es ernst meinte. Leonie würde auch bereitwillig für *sie* leiden ... Plötzlich wusste sie, dass in Leonies Stimme keine Gleichgültigkeit, sondern qualvolle Zurückhaltung klang.

»Mutter«, brach es aus ihr hervor, »werde ich auch so leiden, wenn ich zur Frau werde?«

Könnte ich es aushalten, immer wieder von diesem Schmerz zerrissen zu werden? Und die zusätzlichen Qualen beim Reinigungsprozess?

»Ich weiß nicht, Liebchen. Ich hoffe es aber nicht.«

Hast du es denn ertragen? Doch Callista wusste, dass sie nie wagen würde, ihre unausgesprochene Frage in Worte zu kleiden. Leonies Distanz war so tief gewesen, dass sie sich möglicherweise selbst gegen die schmerzlichen Erinnerungen abgeblockt hatte.

»Können wir denn gar nichts tun?«

»Für Hilary? Wahrscheinlich nicht. Wir können uns nur so gut wie möglich um sie kümmern und sie, wenn es wirklich zu viel für sie wird, freistellen.«

Mit einem Mal hatte Callista den Eindruck, dass Leonies Gelassenheit trauriger war als Tränen oder hysterisches Weinen.

»Doch was dich angeht ...« fuhr Leonie fort. »Ich weiß es nicht. Vielleicht. Es würde dir nicht gefallen. Wenn es nach mir ginge, würde jedes Mädchen, das als Bewahrerin in den Turm kommt, neutralisiert, bevor sie zur Frau heranreift!«

Callista zuckte zusammen, als hätte die Bewahrerin eine Obszönität ausgesprochen. Nach dem Verständnis der *Comyn* hatte sie es auch getan. Doch sie sagte nur: »Wenn es dein Wille ist, Mutter ...«

Leonie schüttelte den Kopf. »Die Gesetze verbieten es. Ich frage mich, ob der Rat überhaupt weiß, was er euch mit seiner Fürsorge antut. Aber es gibt da eine andere Möglichkeit. Du weißt, dass wir deine Ausbildung erst in Angriff nehmen können, wenn deine Periode eingesetzt hat ...«

»Die Überwacher sagen, bis dahin dauert es noch über ein Jahr.«

»Das ist noch lang. Und es heißt, dass noch Zeit ist.«

Callista hatte ihre erste Periode bisher ungeduldig erwartet, denn sie bedeutete, dass sie erwachsen war und ihre Ausbildung als Bewahrerin ernsthaft beginnen konnte. Doch nun sah sie in ihr allmählich eine Bedrohung.

»Wenn wir jetzt mit deiner Ausbildung anfingen«, sagte Leonie, »würde sie bestimmte Veränderungen in deinem Körper bewirken. Dein Zyklus würde möglicherweise gar nicht erst einsetzen. Deswegen ist es uns nicht erlaubt, die Ausbildung zu beginnen, solange die neue Bewahrer-Anwärterin noch nicht körperlich reif ist. Aber dann würdest du die Probleme, die Hilary hat, nie bekommen ... Allerdings kann ich es nicht ohne deine Einwilligung tun – auch dann nicht, wenn es dir das Leiden erspart.«

Ich kann mir ersparen, was Hilary erleiden muss? Callista fragte sich, warum Leonie auch nur einen Moment zögerte.

»Weil es dir einmal viel bedeuten würde, wenn du älter bist«, sagte Leonie. »Vielleicht möchtest du dann fortgehen und heiraten.«

Callista machte eine Geste des Abscheus. Man hatte sie gelehrt, ihre Gedanken von derlei Dingen abzuwenden. In ihrer Unschuld empfand sie nur die höchste Geringschätzung für die Beziehungen zwischen Mann und Frau. Sie fühlte sich in ihrer Keuschheit sicher und fragte sich, wieso Leonie glaubte, sie könne den abgelegten Schwur der ewigen Jungfräulichkeit jemals brechen.

»Ich werde mir niemals wünschen zu heiraten«, sagte sie. »Das ist nichts für mich.«

Leonie schüttelte mit einem leisen Seufzer den Kopf. »Es würde bedeuten, dass du im Wesentlichen so bleibst wie jetzt, da dein Zyklus nicht einsetzen würde ...«

»Meinst du damit, ich würde nicht erwachsen werden?« Callista glaubte nicht, dass sie ewig ein Kind bleiben wollte.

»O doch«, entgegnete Leonie. »Du würdest durchaus älter werden, allerdings ohne die Merkmale der Weiblichkeit.«

»Aber als eingeschworene Bewahrerin«, sprach Callista weiter, die sehr viel über Anatomie gelernt hatte und wenigstens in technischer Hinsicht wusste, was Reife bedeutet, »wüsste ich doch ohnehin nichts damit anzufangen.«

Leonie lächelte. »Natürlich hast du Recht. Ich wünschte, es wäre mir in all den Jahren erspart geblieben.«

Callista schaute sie überrascht und verwundert an. Leonie hatte noch nie so mit ihr gesprochen. Sie hatte die kalte Barrikade, die sie vor jeder Art einer persönlichen Offenbarung aufrecht hielt, nie gelockert.

Sie ist kein ... kein Übermensch. Sie ist auch nur eine Frau, wie Hilary und Romilla ... und ich. Sie kann weinen und leiden. Ich dachte immer, wenn ich erwachsen bin, wenn ich meine Aufgaben gut bewältigt habe und Bewahrerin geworden bin, würde auch ich lernen, solche Gefühle nicht zu empfinden, damit ich sie auch nicht erleiden muss ...

Der Gedanke war schrecklich, und er trug zu dem Entsetzen noch bei, das sie hier erfahren hatte: Sie würde diesen Gefühlen also nicht auf sichere Weise entwachsen. Sie hatte geglaubt, dass sie nur deswegen leide, weil sie ein Kind sei, das seinen Lernprozess noch nicht perfektioniert habe.

Ich habe geglaubt, um Bewahrerin zu werden, muss man diese Gefühle überwinden, und ein Grund für meine Unreife ist, dass ich noch nicht gelernt habe, so zu empfinden ...

Leonie schaute sie wortlos an. Ihre Miene war distanziert und traurig.

Sie ist eben noch ein Kind. Erst jetzt begreift sie allmählich, welchen Preis man zahlen muss, wenn man Bewahrerin sein will ...

»Du hast natürlich Recht, Liebchen«, sagte sie. »Da du geschworen hast, Bewahrerin zu sein, brauchst du all diese Merkmale nicht. Ohne sie wird es dir besser ergehen. Wenn wir deine Ausbildung schon jetzt in Angriff nehmen, bleibst du verschont.«

Sie zögerte erneut, dann fuhr sie warnend fort: »Du weißt, dass es gegen den Brauch ist. Man wird dich befragen, ob ich dir genau erklärt habe, was all dies bedeutet und ob du wirklich dazu bereit bist. Denn ich könnte unter den Gesetzen jener, die nie einen Turm von innen gesehen haben und auch nicht eingelassen werden würden, nichts ohne deine Einwilligung tun. Hast du mich genau verstanden, Callista?«

Sie spricht, dachte Callista, *als müsste ich einen unendlich hohen Preis dafür bezahlen, dass ich vielleicht einen Rückzieher mache. Als ginge es um eine Entbehrung, als nähme man mir etwas. Dabei bedeutet es doch nur, dass ich Bewahrerin sein kann, ohne den gleichen schrecklichen Preis zu zahlen wie Hilary.*

»Ich verstehe, Leonie«, entgegnete sie gefasst, »und ich bin dazu bereit. Wann kann ich anfangen?«

»Sobald du möchtest, Callista.«

Aber warum, fragte sich Callista, *sieht Leonie nur so traurig aus?*

Unterricht im Gasthof

Hilary Castamir ritt mit gesenktem Kopf. Sie hatte den grauen Umhang eng um sich gezogen, und die Kapuze verbarg ihr Gesicht. Sie sah nicht zurück, um einen letzten Blick auf Arilinn zu werfen.

Sie hatte versagt ...

Nun würde sie niemals als Hilary von Arilinn bekannt werden und im Dienst des ältesten und angesehensten Turms der Sieben Domänen alt werden. Man verehrte ihn, betete ihn fast sogar an. Bewahrerin von Arilinn. Damit war es nun aus. Sie hatte versagt, versagt ...

Callista würde Leonies Stelle einnehmen, wenn die alte Zauberin ihre Last irgendwann ablegte. *Ich beneide sie nicht,* dachte Hilary. Und dennoch wusste sie paradoxerweise, dass genau das Gegenteil der Fall war.

Callista Lanart. Sie war nun dreizehn Jahre alt und hatte rotes Haar und graue Augen wie alle Altons – wie Hilary, denn auch in ihren Adern floss das Blut der *Comyn.* Warum hatte Callista dort Erfolg gehabt, wo sie versagt hatte?

Leonie hatte sich bemüht, den harten Schlag zu dämpfen. »Mein liebes Kind, du bist weder die Erste noch die Letzte, die erfährt, dass die Tätigkeit einer Bewahrerin ihre Kräfte übersteigt. Wir alle wissen, wie sehr du gelitten hast. Doch nun reicht es. Mehr können wir nicht von dir verlangen.« Dann hatte sie die formellen Worte gesprochen und Hilary so von allen Eiden entbunden, die sie im Alter von elf Jahren abgelegt hatte. Eine Hälfte ihres Ichs hatte vor feiger Erleichterung gebebt. Die Pein nicht mehr ertragen zu müssen; nie wieder in hilflosem Entsetzen auf die Schmerzattacken warten zu müssen, die sie während ihrer Periode stets überfielen; nie wieder das qualvolle Reinigen der Nervenkanäle aushalten zu müssen ... Oder die noch schlimmere, immer wieder auftretende Hoffnung, dass es diesmal nur Krämpfe waren, die Schwäche, die sie krank, erschöpft und ausgelaugt ins Bett trieb. *Das* konnte sie ertragen. Sie hatte es sogar ertragen. Geduldig hatte sie alle Arzneien geschluckt, die ihr angeblich helfen sollten, es aber irgendwie nie getan hatten. Sie hatte die Hoffnung nie aufgegeben, dass der Schmerz diesmal einfach verklang, wie bei den anderen Frauen. Aber das Entsetzen war jeden Monat zurückgekehrt und mit ihm auch das schlechte Gewissen. Was habe ich nur getan, das ich nicht hätte tun dürfen?

Was habe ich angestellt? Warum leide ich so? Ich habe alle Bewahrerinnen-Regeln stets treu befolgt. Ich habe keinen Mann und keine Frau angerührt. Ich habe mir nicht einmal verbotene Gedanken gestattet ... Gnädige Avarra, was mache ich nur falsch, dass meine Kanäle nicht rein und makellos bleiben, wie es sich für eine Jungfrau und Bewahrerin gehört?

Die ganze Ausbildung, die sie über sich hatte ergehen lassen, das ganze Leiden, das Entsetzen und das schlechte Gewissen ... Das schlechte Gewissen ... Alles war für die Katz gewesen. Und dann der ständige Argwohn. Es führte immer zu Argwohn, wenn eine Bewahrerin ihre Kanäle nicht rein halten konnte, auch wenn niemand darüber sprach.

Die Kanäle makelloser Jungfrauen sind rein. Was stimmt mit Hilary nicht, dass ihre Nervenkanäle, die gleichen Kanäle, in denen erwachsene Frauen Sexualität transportieren, für den puren Laran-*Einsatz nicht rein bleiben können?*

Sogar Leonie hatte sie ein-, zweimal mit scharfem, fragendem Blick gemustert. Ihr unausgesprochener Zweifel war dem telepathisch begabten Mädchen so deutlich bewusst gewesen, dass sie in ein hysterisches Weinen ausgebrochen war. Selbst Leonie hatte die völlige Aufrichtigkeit ihrer Verwirrung nicht bezweifeln können.

Ich habe meinen Eid weder gebrochen noch daran gedacht,

ihn zu brechen. Ich habe stets alle Bewahrerinnen-Regeln befolgt. Ich schwöre es. Ich schwöre es bei Evanda, Avarra und der Gesegneten Cassilda, der Mutter aller Domänen …

Und so hatte Leonie schließlich keine andere Wahl gehabt, als Hilary fortzuschicken. Hilary war vor Erleichterung fast hysterisch geworden. Endlich sollte die lange und schmerzhafte Leidenszeit ein Ende haben. Doch ihr war vor Entsetzen und schlechtem Gewissen noch immer ganz übel. Wer würde je an ihre Unschuld glauben? Wer würde ihr abnehmen, dass man sie in allen Ehren entlassen hatte? Dass sie keine Eidbrecherin war? Noch immer in ihrem Elend versunken, hatte sie sich noch nicht einmal umgedreht, um einen letzten Blick auf Arilinn zu werfen.

Die sieben Jahre waren also umsonst gewesen. Sie würde nie wieder das Purpurgewand einer Bewahrerin tragen, nie wieder in der Übertragung arbeiten …

Als sie den Pass überquerten, kamen sie an eine schmale Stelle, an der man absitzen und den Weg vorsichtig zu Fuß weitergehen musste. Man führte die Pferde am Zügel am Rand des Abgrundes vorbei. Als Hilary einen Blick in die schreckliche Tiefe warf, wurde ihr klar, dass es nur eines sorglos ausgeführten Schrittes bedurfte. Es war so einfach. Ein Unfall. Dann brauchte sie sich dem Gedanken des Versagens nie wieder zu stellen. Dann konnte sie niemand mehr anschauen und, wenn sie nicht mehr im Raum war, flüstern, dass sie die Bewahrerin war, die man aus unbekannten Gründen von Arilinn fortgeschickt hatte …

Nur ein einziger falscher Schritt. Und doch konnte sie nicht genügend Entschlusskraft aufbringen, um ihn auch zu tun. *Du bist ein Feigling, Hilary Castamir,* sagte sie sich. Ihr fiel ein, dass Leonie und der junge Techniker Damon Ridenow – er hatte ihr manchmal beim Reinigen der Kanäle geholfen –, ihren Mut höchstpersönlich gelobt hatten. *Eigentlich kennen die beiden mich überhaupt nicht. Sie wissen gar nicht, wie feige ich bin. Ich werde sie wohl nie wieder sehen, also spielt es keine Rolle. Eigentlich spielt nichts eine Rolle. Jetzt nicht mehr.*

In den frühen Nachmittagsstunden erreichten sie das Tal vor dem Gebirgszug, der die Ebene von Arilinn von der Außenwelt abschloss. Sie hielten an einem Gasthof, damit die Pferde sich ausruhen konnten. Hilarys Begleiter sagten, man werde sie in einen Privatsalon des Gasthofes bringen, in dem sie sich wärmen und – falls sie es wünsche – auch etwas essen könne. Hilary war des Reitens müde, denn sie war an diesem Morgen sehr früh aufgestanden. Sie freute sich darauf, endlich abzusitzen, doch als einer ihrer Begleiter ihr automatisch und höflich anbot, ihr zu helfen, rutschte sie aus dem Sattel, ohne ihn zu berühren. Sie war so geschickt, dass sie seine ausgestreckte Hand nicht einmal streifte.

Und als ein Fremder im Türrahmen ihr mit einem freundlichen »Achtet auf die Stufen, *Damisela*, sie sind glatt vom Schnee« die Hand entgegenstreckte, hatte sie sich hastig zurückgezogen, als könne seine Berührung sie über alle Maßen vergiften. Außerdem hatte sie ihm ein paar schroffe Worte gesagt. Dann erst war es ihr mit einem stumpfen Gefühl von Müdigkeit wieder eingefallen: Sie trug doch gar nicht mehr das Purpurgewand, das sie gegen zufällige Berührungen schützte. Ihr grauer Kapuzenumhang entsprach der gewöhnlichen Reisekleidung einer beliebigen Edelfrau. Auch wenn ihr Gesicht tief in der Kapuze verborgen war, sie würde sie nicht gänzlich schützen. Als sie durch den Korridor in die Gaststube ging, hatte sie den Eindruck, dass sämtliche Blicke ihr folgten.

Schauen alle Männer die Frauen so an?, fragte sie sich, obwohl der Blick keines einzigen Mannes länger als eine Sekunde auf ihr gelastet hatte und sie Hilary vielleicht nur wie ein Pferd oder eine Säule ansahen. Das Erstaunliche war vielmehr, dass die Männer sie *überhaupt* anschauten, dass sie den Blick nicht automatisch abwandten wie in Arilinn, wenn sie mit den anderen Turmfrauen ausgeritten war. Hier trat niemand zur Seite, wie sie es gewöhnt war und wartete darauf, dass sie vorbeiging.

In dem Raum, in den der Bedienstete sie führte, öffnete Hilary ihren Umgang und schob die Kapuze in den Nacken. Dann trat sie ans Feuer, um sich aufzuwärmen. Sie rührte den Weinkrug, den man ihr hingestellt hatte, jedoch nicht an.

Nach einer ganzen Weile hörte sie an der Tür ein leises Geräusch. Eine Frau stand davor. Sie war rund und dick und hatte sich eine riesige Schürze umgebunden. Vielleicht war sie die Gattin oder die Tochter des Gastwirtes oder eine Bedienstete.

»Ich werde das Feuer neu für Euch entfachen, *Damisela*«, sagte sie leise und höflich. Dann trat sie vor und legte frische Scheite in die Flammen. Schließlich blinzelte sie überrascht. »Aber Ihr tragt ja noch Euren Umhang. Kommt, ich helfe Euch.«

Als sie vortrat, fuhr Hilary automatisch zurück. Kein Mensch hatte seit Jahren auch nur einen Finger an ihre Kleider gelegt. Dann fiel ihr ein, dass dieses Verbot nun nicht mehr galt. Sie blieb starr wie eine Statue stehen, ließ die unpersönliche Berührung der Frauenhände über sich ergehen und sich den Umhang und den Schal abnehmen, der um ihren Hals gewickelt war.

»Wünscht Ihr auch Eure Schuhe auszuziehen, *Damisela*, um Euch die Füße am Feuer zu wärmen?«

»Nein, nein«, sagte Hilary verlegen. »Nein, das kann ich schon allein ...« Sie bückte sich, um ihre Reisestiefel aufzuschnüren.

»Ach, wirklich, das braucht Ihr doch nicht«, erwiderte die Frau erschreckt und kniete nieder, um sie ihr von den Füßen zu streifen. »Ich bin doch hier, um Euch zu bedienen, *Damisela* … Oh, wie kalt Eure Füße sind. Arme Kleine. Kommt, ich massiere sie mit diesem Handtuch …« Sie bestand darauf, und Hilary, der es wirklich peinlich war, ließ sie gewähren.

Ich habe erst bemerkt, wie kalt meine Füße sind, als sie es gesagt hat. Man hat mich gelehrt, Hitze und Kälte und Feuer und Eis ohne Beschwerde zu ertragen … Ja, sie nicht einmal wahrzunehmen … Doch nun, als sie der Kälte gewahr wurde, fröstelte sie, als könne sie nie wieder aufhören.

Die Frau nahm einen dampfenden Kessel aus der Kochmulde der Feuerstelle und schüttete etwas Heißes in einen Becher. »Nun trinkt, *Damisela*«, sagte sie mitleidig. »Dann packe ich Euch wieder in den Umhang. Er wird Euch aufwärmen. Und haltet die Füße so ans Feuer.« Sie zog einen Hocker heran. Kurz darauf fand Hilary sich in einem Sessel wieder und legte die Füße vor das prasselnde Feuer. »Habt Ihr trockene Strümpfe in der Satteltasche? Ich glaube, Ihr zieht sie lieber an, sonst erkältet Ihr Euch noch.«

Ehe Hilary etwas sagen konnte, steckten ihre Beine kuschelig warm in trockenen Strümpfen, und sie nippte an dem heißen, würzigen Gebräu, von dem sie annahm, dass es weitaus stärker war als Wein. In ihrem Körper breitete sich ein wohliges Behagen aus.

So bequem hatte ich es schon lange nicht mehr, dachte sie fast mit schlechtem Gewissen. *Schon sehr, sehr lange nicht mehr.* Sie nickte vor sich hin und döste in der Wärme. Einige Zeit später wachte sie auf und bemerkte, dass jemand ein Kissen zwischen ihren Kopf und der Sessellehne geschoben hatte. Auch hatte man sie mit einer Decke zugedeckt. Sie hatte schon lange nicht mehr so gut geschlafen.

In ihrem Bewusstsein rührte sich ein matter Gedanke.

Man hat mich gelehrt, all diese Dinge für belanglos zu halten: Schmerz, Kälte, Hunger, Alleinsein. Solche Gedanken sind einer Bewahrerin unwürdig. Ich habe gelernt, all diese Dinge zu ertragen. Aber ich habe dennoch versagt.

Draußen im Gang hörte sie leise Stimmen. Dann klopfte jemand zaghaft an die Tür. Hastig zog Hilary den Rock über ihre dünnen Beine. *Selbst wenn ich keine Bewahrerin mehr bin,* dachte sie, *muss ich mich vorsichtig verhalten, sonst gibt mein Benehmen ihnen noch Grund zu der Annahme, man hätte mich von Arilinn fortgeschickt, weil ich etwas angestellt habe.* Sie stand auf und sagte: »Herein.«

Der Anführer der Eskorte, die ihr Vater geschickt hatte, stand zögernd im Türrahmen und sagte zurückhaltend: »Es schneit so heftig, dass wir nicht weiterreiten können, *Damisela.* Falls es Euch recht ist ... Wir haben dafür gesorgt, dass wir über Nacht hier bleiben können.«

Falls es mir recht ist, dachte Hilary. Aber die Worte waren nur eine höfliche Floskel. *Was könnten sie denn tun, wenn es mir nicht recht wäre? Versuchen, sich durch den Schneesturm zu schlagen, um sich möglicherweise zu verirren oder in der Kälte zu erfrieren?* Sie schaute den Mann nicht an. Sie hielt das Gesicht, wie immer in Gegenwart von Fremden, von ihm abgewandt und sehnte sich nach dem Schutz ihres Kapuzenumhangs, der zum Trocknen am Sessel hing. »Tut, was Ihr für das Beste haltet«, sagte sie mit reservierter Höflichkeit, und der Mann zog sich zurück.

Später vernahm sie erneut Stimmen im Korridor.

»Hör zu, es ist mir egal, wer die *Vai Domna* ist – solange sie nicht die Königin höchstpersönlich oder Lady Hastur ist. Ein für alle Mal: Wir sind hier unten überbelegt und haben bei dem Sturm und den ganzen Reisenden zu wenig Arbeitskräfte. Niemand hat im Moment die Zeit, durch sämtliche Korridore zu gehen und den Gästen irgendwelche Sonderwünsche zu erfüllen. Entweder hievt die ehrwürdige Dame ihren ehrenwerten Hintern wie jeder andere in den Gastraum oder sie bleibt in ihrem kostbaren Privatsalon und schmachtet. Mir ist es schnurz.«

Automatisch war Hilary verärgert. Wie konnte man es wagen, so über sie zu reden? Wenn eine Bewahrerin aus Arilinn diesen elenden Gasthof mit einem Besuch beehrte, wie konnte man ihr da den Schutz der Intimsphäre verweigern? Dann fiel es ihr wieder ein: Sie war keine Bewahrerin mehr, sie war nicht einmal mehr eine *Leronis* von Arilinn. Sie war nichts. Sie war Hilary-Cassilde Castamir, die zweite Tochter Arnad Castamirs, eines kleinen Edelmannes, der im Kilghardgebirge ein bescheidenes Gut besaß. Wie in einem verschwommenen Traum fiel ihr ein, was ihr Vater, ein Jahr bevor sie nach Arilinn gegangen war, gesagt hatte. Sie hatte die Prüfung schon abgelegt gehabt und davon geträumt, einst zu den großartigen Bewahrerinnen zu gehören. Sie war etwa neun Jahre alt gewesen.

»Diener und Knechte müssen den größten Teil ihres Lebens schwerer arbeiten als wir, meine Tochter. Man darf ihnen das Leben nie grundlos erschweren. Es ist einer Edelfrau nicht würdig, nur deswegen Befehle zu geben, um zu sehen, dass sie auch ausgeführt werden.«

Ich brauche nichts, dachte Hilary. *Ich behaupte einfach, dass ich keinen Hunger habe, dann kann ich hier bleiben und meine Ruhe genießen, ohne dass mich jemand stört.*

Aber im Korridor roch es nach schmackhaftem Essen, und ihr wurde klar, dass sie ohnehin in die Schänke gehen musste, um den Leuten Bescheid zu geben. Außerdem hatte sie sehr früh und nur wenig gefrühstückt und außer dem Getränk, das ihr die Frau angeboten hatte, nichts mehr bekommen. Sie zog einen leichten Schleier über den Kopf und ging durch das Treppenhaus in die Gaststube.

Als sie eintrat, kam die Frau, die sie bedient hatte, auf sie zu. Hilary blieb im Türrahmen stehen, von Schüchternheit und dem Eindruck des überfüllten Raumes überwältigt. Hier hielten sich mehr Menschen auf, als sie seit Jahren an einem Ort versammelt gesehen hatte: Männer, Frauen und Kinder; Fremde, allesamt vom Schneesturm überrascht. Die Frau führte sie rasch an einen kleinen, etwas abseits stehenden Ecktisch, wo sie im Schatten des erhabenen Kamins sitzen konnte, ohne gesehen zu werden. Die vier Männer ihrer Eskorte aßen und tranken mit Genuss und lachten beim Essen und beim Wein. Der Anführer kam auf sie zu und erkundigte sich höflich, ob sie alles habe, was sie brauche. Sie murmelte schüchtern und ohne den Blick zu heben, dass sie zufrieden sei.

Die Frau stand noch immer beschützend neben ihr. »Ich heiße Lys, *Damisela*. Wollt Ihr lieber Wein oder heiße Milch? Das Essen wird Euch sofort gebracht. Der Wein stammt aus Dalereuth und ist ganz ordentlich.«

Hilary erwiderte zögerlich, sie trinke lieber heiße Milch. Die Frau ging fort, und bald darauf tauchte eine große, dicke Frau auf, die bis zum Hals in einer riesigen weißen Kittelschürze steckte. Sie schleppte eine große Schüssel, deren Inhalt sie auf jeden Teller klatschte. Sie trag an Hilarys Einzeltisch, bedachte auch sie mit einer üppigen Portion und ging zum nächsten Gast weiter. Hilary starrte den Teller pikiert an. Es handelte sich um irgendeinen Eintopf, große Klumpen gekochten Fleisches mit irgendwelchem dick geschnittenen derben Gemüse, weiß, orange und gelb.

Hilary war unglaublich hungrig. Sie war so oft krank gewesen, dass sie so gut wie nie mit Freude ans Essen gedacht hatte. Nach der schweren und anstrengenden Arbeit in den Matrix-Schirmen war sie immer ausgehungert gewesen und hatte wahllos alles in sich hineingestopft, was man ihr vorsetzte, ohne irgendetwas zu schmecken. Dabei war ihr völlig egal gewesen, woraus das Mahl bestand, solange es ihren ausgehungerten Körper nur mit Energie versorgte. Manchmal hatte sie sich so wenig für ihre Nahrung interessiert, dass die anderen Angehörigen des Kreises sich alle Mühe gaben und besondere, lecker zubereitete Köstlichkeiten ausdachten, die ihren Appetit möglicherweise anregten. Der ihr vorgesetzte Eintopf sah zwar abscheulich aus, roch aber überraschend gut. Er war offensichtlich heiß und lecker, und außerdem konnte sie schlecht hier herumsitzen und verschmähen, was allen anderen mundete. Sie biss leicht zögernd zu, dann noch einmal. Es schmeckte tatsächlich so gut, wie es roch, und sie verzehrte die ganze Portion. Als Lys mit der heißen Milch zurückkehrte, rührte sie etwas Honig hinein und leerte auch den Becher bis auf den Grund. Sie war über sich selbst überrascht.

Während die im Raum anwesenden Erwachsenen aßen und tranken, kamen zwei Kinder herein und knieten sich vor den Kamin. Ihre Tartanröcke bauschten sich um sie auf. Ein Mädchen öffnete einen kleinen Beutel, den es mit sich führte und schüttete mehrere geschnittene Farbkiesel auf den Boden. Hilary kannte das Spiel; sie hatte es schon oft mit Callista gespielt, um sie von ihrer anfänglichen Einsamkeit und dem Heimweh abzulenken. Als die Mädchen die Steinchen warfen, landete eins genau vor Hilarys grünem Rock. Die beiden schauten sie an. Sie waren wohl zu schüchtern, um es zurückzuholen, also bückte Hilary sich und hielt ihnen den geschnitzten Stein entgegen.

»Hier«, sagte sie, »kommt und holt ihn euch.« Es fiel ihr nicht ein, sich in Gegenwart der Kinder schüchtern zu verhalten.

Das größere Mädchen – die beiden waren etwa sechs und acht Jahre alt und hatten das weißblonde Haar zu langen Zöpfen geflochten – fragte: »Wie heißt du?«

»Hilary.«

»Ich heiße Lilla. Das ist meine kleine Schwester Janna. Möchtest du mitspielen?«

Hilary zögerte, dann wurde ihr klar, dass Lilla und Janna sie in der Dunkelheit des Raumes wahrscheinlich ebenfalls für ein Kind hielten. Als sie am Morgen in Arilinn aufgestanden war, hatte sie ihr Haar einfach nur zusammengebunden, statt sich die Mühe zu machen, es aufzustecken.

»Bitte«, drängte die Kleine, »zu zweit macht es keinen richtigen Spaß.«

Ihre Worte erinnerten Hilary an etwas, das Callista einst gesagt hatte. Sie lächelte, setzte sich neben die beiden vor den Kamin und zupfte vorsichtig an ihrem Rock.

»Wenn du willst, hast du den ersten Wurf«, bot Lilla an, »du bist doch unser Gast.«

Die vorsichtige Freundlichkeit der Kleinen hätte Hilary beinahe auflachen lassen. Sie dankte Lilla und warf die Steine auf den Boden.

Nach einiger Zeit kehrte Lys zurück, um das Geschirr abzuräumen. Als sie Hilary mit den Kindern auf dem Boden hocken sah, setzte sie eine verblüffte Miene auf.

Hilary wurde sich ihrer Umgebung wieder bewusst und hielt nach ihrer Eskorte Ausschau. Die Männer stritten mit dem Gastwirt an der Tür. Da richteten die Kinder sich auf, und Lilla sagte freundlich: »Unsere Mutter sucht uns sicher schon. Danke, dass du mit uns gespielt hast. Jetzt muss ich mein Schwesterchen ins Bett bringen.« Die kleine Janna kam auf Hilary zu, streckte die Arme aus, drückte sie an sich und gab ihr einen feuchten Kuss.

Hilary, die zu schüchtern war, um den Kuss zu erwidern, spürte plötzlich Tränen in den Augen. Sie war seit sehr vielen Jahren nicht mehr geküsst worden. *Als ich zum Turm ging, hat mir meine Mutter einen Abschiedskuss gegeben. Es war der letzte. Danach hat sie mich nicht mal mehr dann geküsst, wenn ich zu Besuch kam. Auch meine Schwestern nicht. Man hat ihnen von dem Tabu erzählt; dass ich niemanden berühren darf, nicht mal mit den Fingerspitzen. Auch Callista hat mich nicht geküsst, als ich abgereist bin. Callista, die einmal Herrin von Arilinn sein wird. Callista wird sicher eine gute Bewahrerin werden. Sie ist kalt, es fällt ihr leicht, sich mit den Regeln und Gesetzen des Turms anzufreunden ...* Schon wieder spürte sie das Gewicht des schlechten Gewissens und der Schande, das Gewicht des Versagens. Beim Spiel mit den Kindern hatte sie es für ein paar Minuten vergessen.

Die Eskorte und der Gastwirt stritten sich noch immer, und Lys ließ sie stehen und kehrte zu Hilary zurück.

»Mein Herr kann die Gäste nicht verlegen, die vor Euch ein Zimmer bestellt haben, *Damisela*. Aber ich könnte ... Das Zimmer, in dem ich mit meiner Schwester und ihrem Säugling lebe, ist zwar nur klein und nichts Besonderes, aber es gibt dort zwei Betten. Wenn ich im Bett meiner Schwester schlafe, könnt Ihr das meine haben. Ihr seid herzlich willkommen.«

Als Hilary zögerte, fuhr sie fort: »Es wäre mir lieber, wenn es einen Raum gäbe, der Eurer würdiger ist, *Damisela,* aber leider haben wir keinen. Wir sind vollkommen überbelegt, und die einzige Alternative besteht darin, dass Ihr Eure Decken in der Gaststube bei den Soldaten ausbreitet. Aber das kann eine Dame natürlich nicht tun ...«

»Ihr seid sehr freundlich.« Hilary fühlte sich von den zahlreichen neuen Eindrücken wie benommen. Sie hatte in einem Raum voller Fremder gegessen und mit fremden Kindern gespielt, und nun sollte sie auch noch ein Zimmer mit zwei fremden Frauen teilen und im Bett einer Bediensteten schlafen. Natürlich war das immer noch besser, als bei den Männern ihrer Eskorte zu nächtigen. »Ihr seid wirklich sehr freundlich«, wiederholte sie und ging mit Lys. Den erleichterten Blick, den ihre Begleiter bei dieser Lösung aufsetzten, nahm sie nur halb wahr.

Das Zimmer war dunkel, eng und nicht gerade warm, aber

Boden und Wände waren sauber geschrubbt und die Laken und die auf den Betten liegenden Tagesdecken makellos. Zwischen den beiden Lagern stand eine weiß gestrichene Wiege, und auf einem Bett saß eine Frau, die einen Säugling auf dem Schoß hielt und ihm gerade saubere Kleider anzog.

»Das ist meine Schwester Amalie, *Domna.* Ich muss jetzt gehen, in der Küche wartet noch Arbeit auf mich. Fühlt Euch wie zu Hause. Ihr könnt dort schlafen, in meinem Bett.« Hilarys Satteltaschen waren bereits nach oben gebracht worden. Sie standen in dem kleinen Zwischenraum am Fuß des Bettes. Hilary kramte darin herum und suchte nach ihrem Nachthemd. Die Frau mit dem Säugling musterte sie neugierig, und Hilary murmelte einen schüchternen Gruß. »Es ist sehr freundlich von Euch, dass Ihr Euer Zimmer mit einer Fremden teilt, *Mestra.*«

»Ich hoffe nur, die Kleine wird Euch schlafen lassen, *Domna.* Aber sie ist sehr lieb und schreit nicht sehr viel.« Doch als wollte das Kind sie auf der Stelle Lügen strafen, schwenkte es die Fäustchen und kreischte herzhaft los. Amalie lachte. »Willst du mich etwa zur Lügnerin stempeln, du kleines Biest? Aber sie hat nur Hunger, *Domna.* Sie möchte ihr Abendessen. Nachher schläft sie schon.«

»Ich habe gehört, dass es gut sein soll, wenn Säuglinge schreien«, sagte Hilary schüchtern. »So entwickeln sie eine kräftige Lunge. Wie alt ist sie denn? Und wie heißt sie?«

»Sie ist erst vierzig Tage alt«, erwiderte Amalie. »Und da mein Gatte als Söldner für *Dom* Arnad Castamir arbeitet, habe ich sie nach einer seiner Töchter Hilary genannt.«

Dann ist die Kleine also nach mir benannt. Ist der Frau denn nichts Besseres eingefallen, als ihrem Kind den Namen einer erfolglosen und entehrten Bewahrerin zu geben? Aber das konnte sie natürlich nicht sagen. »Ich heiße auch Hilary«, sagte sie und streckte dem pausbäckigen Säugling die Hand hin. Die kleine Faust schwang hin und her, fand Hilarys Finger und hielt ihn überraschend fest. Amalie knöpfte ihr Kleid auf. Sie war recht dünn, aber Hilary stellte überrascht fest, dass ihre Brüste unnatürlich geschwollen waren und fast schon deformiert wirkten. Die Brustwarzen sonderten etwas Weißes ab. Amalie hob die Kleine mit gurrenden Worten hoch.

»Auf geht's, du gieriger Welpe«, sagte sie, und der kleine rosafarbene Mund schloss sich fest um die geschwollene Warze. Das Geschrei brach mittendrin ab. Die Kleine stieß beim Saugen leise keuchende Laute aus und bewegte die geballten Fäustchen im Rhythmus mit ihren Schlucken. Hilary hatte noch nie einer Frau beim Stillen zugeschaut – das heißt, sie konnte sich zumindest nicht daran erinnern.

»Ich habe die Leute im Gasthof sagen hören, dass Ihr aus Arilinn kommt«, begann Amalie. »Ihr freut Euch sicher, wieder nach Hause zu Eurer Mutter zurückzukehren. Und Eure Mutter ist bestimmt auch sehr glücklich. Ich glaube, es bräche mir das Herz, wenn meine Tochter eines Tages so weit fortgehen würde.« Sie streichelte mit einem zärtlichen Finger über die Stirn des Kindes und strich die farblosen Locken aus dem winzigen Gesicht. »Die armen Damen in den Türmen führen wohl ein trauriges und einsames Leben. Wart Ihr sehr unglücklich dort? Habt Ihr Euch gefreut, dort wegzugehen?«

Kein Wort über die Entehrung. Nicht mal ein Flüstern. Nur: *Ihr freut Euch bestimmt, wieder bei Eurer Mutter zu sein.*

Meine Mutter, dachte Hilary, *ist mir fremd. Sie ist mir fremd geworden. Und doch standen wir uns einst nah ... So nah wie ihr euch beide.* Sie musterte die Frau mit dem Kind an der Brust. *Meine Mutter dürfte mir aber jetzt nicht mehr fremd sein. Wenn sie weiß, wie sehr ich mich angestrengt habe, wird sie mir mein Versagen vielleicht nicht verübeln ...*

Die Fäuste des Kindes öffneten und schlossen sich weiterhin rhythmisch beim Stillen, und es strampelte eifrig mit den Beinen. Die Frau hielt die Augen geschlossen, sie wirkte glücklich und mit sich im Reinen. Hilary verspürte plötzlich einen Schmerz in ihren eigenen Brüsten, einen Krampf, der ihren ganzen Körper durchlief und sie an ihre ständig wiederkehrende Qual erinnerte – nur war er diesmal nicht besonders schmerzhaft oder gar unwillkommen. Das Gefühl war so intensiv, dass sie einen Moment lang glaubte, sie verliere die Besinnung. Sie griff nach dem Bettpfosten. Dann wandte sie sich schnell ab und setzte die Suche nach dem Nachthemd in den Satteltaschen fort.

Sie legte sich ins Bett, schaute den beiden zu und fühlte sich eigenartig ausgelaugt. Der Schmerz war zwar verflogen, aber ihre Brüste fühlten sich merkwürdig an, als nehme sie wahr, dass sich ihre Brustwarzen fest am Stoff des dicken Nachthemdes rieben. Schließlich nahm die Frau das satte und glückselige Kind von der Brust und trug es zu Hilary in dem fremden Bett hinüber.

»Könntet Ihr sie bitte einen Augenblick halten, *Domna?*«

Hilary streckte die Arme aus, und Amalie gab ihr das Kind. Hilary drückte es schwerfällig an ihre eigenen flachen Brüste. Die Kleine war satt und schlief schon langsam ein. Sie kuschelte sich an Hilary und nuckelte an ihrem Nachthemd. Amalie lachte, als sich die herumirrenden Händchen um Hilarys Brüste schlossen.

»Da ist doch noch gar nichts für dich drin, du kleiner Vielfraß«, schalt sie scherzhaft. »Außerdem bist du so voll wie ein gesäugtes Ferkelchen. In einem Jahr hast du bei der jungen Dame vielleicht mehr Glück, oder?«

Hilary errötete, schaute auf das in ihren Armen liegende Kind und strich mit einem Finger über das weiche Köpfchen. Es fühlte sich an wie Seide oder Gefieder. Nichts auf der Welt war ihr je so weich erschienen. Das zarte, schlafende Gewicht an ihrem Körper erfüllte sie mit angenehmer Erschöpfung. Als Amalie die Kleine wieder an sich nahm, um sie in die Wiege zu legen, fühlten sich ihre Arme plötzlich kalt und leer an. Und nachdem das Licht gelöscht war, lag sie da, lauschte dem leisen Atmen von Mutter und Kind und empfand einen eigenartigen Schmerz. Wie fühlte es sich wohl an, wenn man ein Kind stillte und das hungrige Saugen an den Brüsten spürte? Sie bemerkte, dass ihre Brustwarzen schon wieder pulsierten. Sie war sich ihrer früher nie bewusst gewesen. Sie waren bisher einfach nur da gewesen, ein Teil von ihr, wie ihr Haar und ihre Fingernägel. Schwerfällig legte sie die Hände auf ihre Brust und bemühte sich hilflos, den Schmerz zu beruhigen. Sie fror, kam sich vor wie eine leere Hülle. Schließlich zog sie das Kissen an sich und nahm es in dem Versuch fest in die Arme, das fremdartige Gefühl, das sie nicht beruhigen konnte, zu verdrängen. Plötzlich schlief sie ein, von Fremdartigkeit und Erschöpfung übermannt.

Als sie erwachte, war der Raum von Sonnenschein erfüllt. Amalie und der Säugling waren verschwunden, und Lys sagte entschuldigend: »Tut mir Leid, dass ich Euch wecken muss, *Domna,* aber Eure Eskorte lässt Euch bitten, in einer Stunde zum Aufbruch bereit zu sein.«

Hilary setzte sich auf und blinzelte. Sie hatte ungewöhnlich lange geschlafen.

»Ihr könnt Euch hier waschen, *Domna*. Ich habe Euch etwas heißes Wasser gebracht. Wenn Ihr möchtet, kann ich Euch auch das Frühstück bringen.«

»Ich kann zum Frühstück in die Gaststube gehen«, entgegnete Hilary, »aber es wäre sehr nett, wenn Ihr mir helfen könntet, das Gewand zu schnüren.«

Bevor sie abreiste, schenkte sie Lys etwas Geld. Als die Frau protestierte und erwiderte, dass dies nicht nötig sei, sagte

Hilary: »Dann schenkt es Eurer Schwester und sagt ihr, sie soll davon etwas Hübsches für die Kleine kaufen.«

Die Treppe und der Hof des Gasthauses wimmelten nur so von Menschen und Pferden. All die Gäste, die von dem unerwarteten Sturm überrascht worden waren und hier Zuflucht gesucht hatten, bereiteten sich auf den Aufbruch vor. Plötzlich vernahm Hilary gleich um die Ecke die Stimme eines Mannes.

»Wer ist denn die hübsche junge Dame in dem grünen Gewand und dem grauen Umhang? Ich habe sie gestern Abend in der Gaststube und auch heute Morgen gesehen, aber ich weiß nicht, wie sie heißt.«

Ein Mann aus ihrer Eskorte antwortete: »Sie ist Lady Hilary Castamir. Wir haben sie aus Arilinn abgeholt. Ich habe gehört, dass die Arbeit dort zu anstrengend für sie war und ihre Gesundheit nicht ganz mitgespielt hat. Deswegen kehrt sie zu ihrer Familie zurück.«

Gleich geht es los, dachte Hilary und wappnete sich gegen die zotigen Scherze über die Bewahrerin, der es zu schwer gefallen war, ihre Jungfräulichkeit zu erhalten; gegen die rüden Spekulationen und das Gerede über einen gebrochenen Eid und die Schande ...

Doch der Fremde sagte nur: »Wie ich gehört habe, soll die Arbeit dort wirklich unglaublich schwer sein. Es wäre doch auch sehr schade gewesen, wenn eine so junge Frau ihr ganzes Leben abgeschottet in einem Turm verbringen müsste, bis sie ebenso alt und grau ist wie die Zauberin von Arilinn. Derzeit ist sie noch ein hübsches Mädchen; aber wenn mir überhaupt ein Urteil zusteht, wird sie eines Tages zu den reizendsten Frauen gehören, die ich je gesehen habe. Ich hoffe, dass die Braut, die mein Vater eines Tages für mich auswählt, nur halb so schön ist wie sie.«

Hilary hörte erschreckt zu. Wie konnten die beiden es wagen, so über sie zu reden? Doch dann dämmerte ihr allmählich, dass die Männer ihr eigentlich Komplimente machten und es gut mit ihr meinten. Sie fragte sich, ob sie wirklich hübsch war. Es war ihr nie eingefallen, auch nur darüber nachzudenken. Sie wusste freilich irgendwie, dass es den meisten Frauen wichtig war, wenn Männer sie für ansehnlich hielten. Selbst die Frauen in Arilinn, die nicht nach den Regeln einer Bewahrerin lebten – Überwacherinnen, Mechanikerinnen und Technikerinnen –, nahmen große Mühen auf sich, um sich in ihrer freien Zeit hübsch und anziehend zu kleiden. Hilary hatte hingegen immer gewusst, dass ihr derlei Dinge nichts bedeuten. Sie zog sich warm und bescheiden an und trug die Purpurgewänder, von denen alle Männer den Blick instinktiv abwandten. Man hatte sie gelehrt, weder Zeit noch Gedanken an solche Dinge zu verschwenden.

Die Frauen in den Türmen, jene Frauen, die nicht nach den Regeln der Bewahrerinnen zu leben brauchen ... Sie wissen, wie es ist, an Männer zu denken, und wie Männer an sie denken ...

Hilary hatte immer schon gewusst, dass die Männer und Frauen in Arilinn miteinander schliefen, wenn ihnen danach war. Sie hatte auch gewusst, dass Frauen Freude an solchen Dingen empfanden. Aber sie als Bewahrerin hatte geschworen, Jungfrau zu bleiben. Man hatte sie auf ausgeklügelte und anstrengende Weise gelehrt, ihre Gedanken auf andere Dinge zu richten; solche Gedanken gar nicht erst in sich aufkommen zu lassen, nie zu wissen oder zu verstehen, was um sie herum vor sich ging, alle Signale ihres heranreifenden Körpers zu betäuben ...

Nun stand sie wie gelähmt auf der Treppe und regte sich nicht bei der Intensität des Gedankens, der ihr gerade gekommen war. Ihr fiel der eigenartige Schmerz ein, den sie am vergangenen Abend beim Beobachten von Mutter und Kind in ihren Brüsten verspürt hatte.

All dies habe ich mir versagt. Sogar die Freuden der Wärme und des Essens. Ich habe meinen Körper gelehrt, nichts zu empfinden als Schmerz ... den ich nicht abwehren konnte. Aber außer dem Schmerz, den ich nicht ignorieren kann, habe ich mich geweigert zu erkennen, dass ich überhaupt einen Körper habe. Ich habe ihn immer nur als mechanische Vorrichtung angesehen, die in der Übertragung arbeitet, nicht als Fleisch und Blut. Ich habe gelernt, nichts zu empfinden, nicht einmal Hunger und Durst. Vielleicht war der Schmerz die Rache, die mein Körper dafür genommen hat, dass ich ihn nur dies habe spüren lassen ... Weil ich ihm weder Behagen noch Freude gestattet habe ...

Der Anführer der Eskorte kam zu ihr und verbeugte sich. »Euer Pferd ist bereit, *Domna*. Darf ich Euch beim Aufsitzen helfen?«

Hilary wollte gerade auf die alte Weise aufsitzen – ohne Hilfe. Dann dachte sie überrascht: *Aber ja, natürlich darfst du.* Mit einem Lächeln, das sie selbst überraschte, erwiderte sie: »Gerne, vielen Dank.« Als er sie anhob, verspannte sie sich aus reiner Gewohnheit, doch dann gab ihr Körper nach und ließ sich in den Sattel heben.

»Sitzt Ihr bequem, *Domna?*«

Hilary war noch zu ängstlich, um ihn anzusehen, doch sie entgegnete leise: »Ja, vielen Dank. Ich sitze sehr gut.«

Als sie aus dem Hof hinausritten, schob sie die Kapuze in den Nacken und erfreute sich an den wärmenden Sonnenstrahlen auf ihrem Gesicht.

Ich bin hübsch, dachte sie trotzig. *Ich bin hübsch, und ich freue mich.* Sie warf einen Blick auf den Gasthof zurück, und ihr wurde dabei ganz warm ums Herz. Einen Moment lang schien es ihr, als hätte sie in einer einzigen dort verbrachten Nacht mehr gelernt als in allen vorangegangen Jahren.

Ich kann ein Kind küssen. Ich kann einen Säugling in den

Armen halten und mir vorstellen, es wäre mein eigener, dass ich mein eigenes Kind an die Brust nehme. Ich brauche kein schlechtes Gewissen zu haben, wenn die Männer mich anschauen und für hübsch halten. Morgen sehe ich meine Mutter wieder. Ich werde mich in ihre Arme werfen und sie küssen, wie ich es als kleines Mädchen immer getan habe.

Mir steht alles offen.

Die arme Callista. Sie wird eines Tages zwar die Herrin von Arilinn sein, aber all dies wird ihr verwehrt bleiben.

Ich bin frei!

Als sie aus dem Tal hinausritten, sang sie vor sich hin.

Hilarys Heimkehr

1.

Bei Syrtis bogen sie vom Großen Nordweg ab und nahmen die Straße, die sich nach Osten hin in die Ausläufer der Kilghardberge schlängelte. Hilary Castamir hätte nie geglaubt, dass sie des Reitens einmal so müde werden könnte. In ihren besten Zeiten war sie kaum mehr als eine mittelmäßigere Reiterin gewesen, doch momentan konnte davon keine Rede sein. Sie saß nun seit fast drei Tagen im Sattel; die von Arilinn fortführende Straße war für ihr Pferd lang und holperig.

Sie freute sich darauf, nach Hause zu kommen und ihre Mutter und ihren Vater wieder zu sehen, ganz zu schweigen von ihrem Bruder und den kleinen Schwestern. Eine von ihnen war erst nach ihrer Abreise zum Turm geboren worden. Damals war Hilary zehn Jahre alt gewesen. Jetzt war sie siebzehn, auch wenn sie jünger wirkte – ein schlankes, kränklich aussehendes und fürchterlich dünnes Mädchen. Hätte sie etwas gesünder gewirkt, wäre sie vielleicht hübsch gewesen.

Doch nun war ihr aufgrund der Erschöpfung alles egal – selbst der ersehnte Anblick ihrer Eltern. Sie wünschte sich von Herzen, absitzen und irgendwo rasten zu können; doch in der Gesellschaft, in der sie sich befand, musste es geradezu unziemlich wirken, wenn sie Anzeichen von Müdigkeit oder Erschöpfung zeigte. Bewahrerinnen mussten die Etikette des Arilinn-Turms stets perfekt wahren, so redete sie sich ein. Dann fiel ihr schmerzlich ein: *Aber ich bin keine Bewahrerin mehr.* Man hatte sie wie ein Paket unerwünschter Waren fortgeschickt, entehrt ...

Nein, redete sie sich fest ein, *nicht entehrt. Leonie hat letz-*

ten Monat an meine Eltern geschrieben und es ihnen deutlich gemacht.

Hilary hatte fast sieben Jahre im Turm von Arilinn gelebt. Leonie, die sie einst als Bewahrerin ausgewählt hatte, konnte an ihr keinen Makel feststellen. Nur ihre Gesundheit hatte versagt. Man hatte sie entlassen müssen, um einen vollständigen Zusammenbruch zu vermeiden. Aus diesem Grund hatte Leonie auch keine Heirat für sie arrangiert, wie es bei den seltenen Gelegenheiten sonst üblich war, wenn eine Jungfrau den Turm verlassen musste. Sobald sie wieder gesund war, konnten ihre Eltern sich darum kümmern.

Als sie vom Großen Nordweg auf den schmalen Pfad abbogen, der noch tiefer in die Kilghardberge hineinführte, löste sich ein Berittener, dessen grüner Kadettenumhang um seine Schultern wehte, auf einem schönen Rappen von seinem Posten an der Kreuzung und ritt ihnen entgegen. Als er näher kam, erkannte Hilary ihren älteren Bruder Despard.

Er musste nun fast neunzehn sein. Sie hatte ihn seit vielen Jahren nicht gesehen. Wäre sie kräftiger und bei besserer Gesundheit gewesen, hätte sie fast so ausgesehen wie er. Seine Wangen waren rund und rot wie die kleinen Holzäpfel auf den Bäumen in den Gärten, und sie leuchteten vor Kälte und Aufregung.

Er verbeugte sich im Sattel und sagte mit unerwarteter Förmlichkeit: *»Domna?«*

»Hilary genügt, Despard«, erwiderte sie. »Du brauchst mir gegenüber nicht mehr förmlich zu sein. Hat Mutter dir denn nichts erzählt? Es ist alles aus. Ich komme nach Hause zurück.«

Sein Blick umwölkte sich. »Man hat mir nichts erzählt«, sagte er. »Was ist passiert, Schwester? Oder soll ich lieber nicht danach fragen?«

»Du kannst mich alles fragen, was du möchtest«, erwiderte sie, »und ich werde dir alles erzählen. Leonie hat Mutter und

Vater doch geschrieben. Ich war überzeugt davon, sie hätten dir alles erzählt.«

»Nein. Wie gesagt, sie haben mir nur erzählt, dass du nach Hause kommst. Ich habe zuerst gedacht, du besuchst uns nur. Aber so wie Mama geschaut hat, habe ich nicht gewagt, mich nach Einzelheiten zu erkundigen. Was ist denn passiert?«

Hilary lächelte. Sie kannte ihre Mutter. Sie hätte darauf vorbereitet sein müssen. »Eigentlich ist alles in Ordnung«, begann sie. »Ich war leider nur so oft krank, dass es das Leben im Turm gestört hat. Deswegen war man der Meinung, dass ich nicht mehr dort bleiben soll.« Sie empfand eine eigenartige Unruhe. War Leonies Brief etwa verloren gegangen? Doch sie schob den Gedanken beiseite.

»Warst du lange unterwegs?«, fragte Despard.

Hilary lächelte müde. Es ließ sie älter und schrecklich ausgemergelt wirken. Sie bemerkte es an der bestürzten Reaktion ihres Bruders. »Du siehst wirklich nicht gut aus, Hilary. Wir sollten uns beeilen, damit du nach Hause kommst.«

»Danke. Ich kann's kaum erwarten, ein Dach über dem Kopf zu haben und mich auszuruhen.«

»Gut, dann lass uns verschwinden«, entgegnete Despard und gab seinem Pferd die Sporen, damit es an den Wachen vorbeisprengte, die Hilary eskortierten.

Hilary richtete sich mühsam auf und dachte: *Es ist ja nicht mehr weit.*

Ein Holzzaun säumte den Weg, und nach einer kurzen Strecke erblickte sie Gemüsebeete, mehrere Obstbäume und Beeren tragende Büsche. Endlich sah sie auch den vertrauten kleinen Hof, an dessen Ende die Treppe lag, die zu der eindrucksvollen Eingangstür aus dunklem Holz hinaufführte. Auf der obersten Stufe stand ein junges, ihr unbekanntes Mädchen. Als sie Hilary und die Wachen erblickte, schrie sie: »Mama, sie ist da!«

Eine hoch gewachsene Frau trat aus der Tür. Hilary brauchte einen Moment, um ihre Mutter zu erkennen. *Domna* Yllana Castamir war groß und schlank. Als Heranwachsende musste sie in etwa so ausgesehen haben wie Hilary, aber im Gegensatz zu ihrer Tochter war sie nie blass und verhärmt gewesen.

Hilary zügelte dankbar ihr Pferd. Im Moment konnte sie nur daran denken, dass sie sich gleich nicht mehr bewegen musste. »Mutter …«, sagte sie leicht zaghaft.

»Hallo, Hilary, wie geht's dir? Du bist zwar dünner geworden, aber ich kann nicht gerade sagen, dass es dich kleidet. Ich nehme an, du bist müde vom Reiten. Komm rein, unsere Gäste sind schon da. Man erwartet dich zum Abendessen.«

»Also wirklich, Mutter«, unterbrach sie ein kleiner schmächtiger und faltiger Mann, der neben ihr auftauchte. »Lass sie doch erst mal den Reitumhang ablegen, bevor du sie wieder herumkommandierst.«

Hilary erkannte ihren Vater, *Dom* Arnad Castamir. In ihrer Kindheit hatte er riesengroß, beeindruckend und mächtig auf sie gewirkt. Nun jedoch fiel ihr auf, dass er ein alter Mann war, der ganz im Schatten seiner angriffslustigen Gattin stand. Er kam die Treppe hinab auf Hilary zu, breitete die Arme aus und half ihr aus dem Sattel. Dann beugte er sich vor, um sie zu umarmen. Der vertraute Geruch, an den sie sich aus ihrer Kindheit erinnerte, umgab ihn noch immer: Pferde, Schweiß, das Gebräu aus medizinischen Kräutern und Zimt, das er gegen seinen Husten einnahm. Er drückte sie fest an sich und sagte: »Du bist viel zu dünn, Schätzchen. Hat man dir im Turm etwa nichts zu essen gegeben?«

»Doch, doch, sie waren alle sehr lieb zu mir«, entgegnete Hilary. »Aber deswegen bin ich natürlich hier. Meine Gesundheit spielt nicht mehr mit. Hat Leonie euch denn nicht geschrieben?«

»O ja, natürlich hat sie geschrieben«, sagte ihre Mutter.

»Aber sie hat sich so vage ausgedrückt, dass wir uns schon Sorgen gemacht haben.« Sie führte Hilary in den Korridor und nahm ihr den grauen Umhang ab.

»Beeil dich, meine Liebe. Man erwartet dich in Kürze zum Abendessen. Wir haben unsere Nachbarn eingeladen, damit sie sich selbst überzeugen können, dass du nichts zu verbergen hast. Du weißt doch bestimmt, dass es immer zu Gerede führt, wenn eine Bewahrerin so plötzlich entlassen wird.«

»Natürlich habe ich nichts zu verbergen«, erwiderte Hilary aufgebracht. »Ich dachte, Leonie hätte euch alles erklärt. Ich habe fast sieben Jahre in ihrer Obhut gelebt, und jeder, der unter ihren Augen auch nur die kleinste Taktlosigkeit begangen hätte ...«

»Ach, aber das hätte sie schon gesagt, um sich selbst zu schützen«, unterbrach ihre Mutter sie. »Schließlich warst du all die Jahre in ihrer Obhut, und du weißt so gut wie ich, dass keine Bewahrerin kurzfristig entlassen wird, wenn sie sich anständig benommen hat. Gibt es irgendetwas, das du mir erzählen möchtest, Hilary?«

Allmählich dämmerte Hilary, was ihre Mutter vermutete. »Mutter!«, rief sie entsetzt und von Grauen erfasst. »Mutter! Ich habe mal jemanden sagen hören, dass es nichts Schlimmeres gibt als den Verstand einer tugendhaften Frau! Wie kommst du darauf, ich könnte mich daneben benommen haben? Unter Leonies Aufsicht müsste man einen viel stärkeren Willen haben als ich, um sich schlecht zu betragen oder noch Schlimmeres zu tun. Ich bin auch nie verlockt worden, mich ... so zu verhalten.« Sie sprach die Worte mit fester Stimme und voller Überzeugung aus.

Ihre Mutter blickte dennoch skeptisch drein. »Also, hör mal, mein Mädchen, du vergisst wohl, dass ich auch mal jung war.«

»Nun«, fauchte Hilary, »dann kann ich nur annehmen, dass du anders warst als ich!«

»Wie kannst du es wagen, so mit mir zu sprechen?«, entgegnete *Domna* Yllana empört.

Hilary war auf der Stelle zerknirscht. Ein Schluchzen verschnürte ihr die Kehle. »Ach, Mutter, ich wollte doch nicht unverschämt sein. Aber wirklich, Leonie hat nur die Wahrheit gesagt. Und ...« Sie empfand plötzlich Wut. »Und wenn du mir nicht glaubst, dann lass nach der Hebamme von Castamir schicken und es dir von ihr bestätigen.«

»Hm«, machte *Domna* Yllana. »Auch Leonie ist nur ein Mensch.«

Doch *Dom* Arnad unterbrach sie. »Also wirklich, Yllana, so darfst du nicht über *Domna* Leonie reden. Lass Hilary sich hinsetzen und ausruhen. Sie sieht schrecklich müde aus.«

»Bin ich auch«, murmelte Hilary. »Danke, Papa.« Sie sank auf einen der alten, geschwärzten Eichenholzstühle im Korridor.

»Ja, ruh dich ein wenig aus, Schätzchen«, lenkte ihre Mutter ein. »Sicher möchtest du dich vor dem Essen im Salon noch kämmen und fein machen. – Ach, und setz bloß nicht diesen albernen Blick auf, mein Kind! Jetzt kannst du dich nicht mehr hinter den Wänden eines Turms verstecken wie früher. Du bist jetzt ein Teil unserer Familie. Und ob es dir gefällt oder nicht, du solltest dich besser an die Tatsache gewöhnen, dass du bei uns auch Pflichten hast. – Ach, es ist nur die Familie der Gattin deines Bruders. Kennst du Ginevra überhaupt? Kurz nachdem wir dich zum Turm schickten ...«

Dass ihre Eltern zum Ausgleich für ihren Weggang die Eheschließung ihres Bruders mit der Tochter einer niedrigeren Hastur-Familie in die Wege geleitet hatten, war Hilary bekannt.

»Ja, ich kenne Ginevra Di Asturien«, sagte sie müde. »Ich habe sie vor ein paar Jahren bei einem Besuch kennen gelernt. Sie war damals schwanger. Ich habe allerdings nicht erfahren, ob sie einen Jungen oder ein Mädchen bekommen hat.« Das Kind musste ihrer Meinung nach inzwischen drei, wenn nicht gar vier Jahre alt sein.

Die erhoffte Ablenkung war gelungen. Beim Gedanken an ihr Enkelkind vergaß Hilarys Mutter ihre Tochter. »Es ist ein Junge«, sagte sie zärtlich. »Ich glaube, ich habe es dir auch geschrieben. Er ist etwa so alt wie unsere Jüngste. Aber ich habe ganz vergessen, dass du deine kleine Schwester noch gar nicht kennst.«

»Du hast mir von ihr geschrieben«, entgegnete Hilary und empfand Dankbarkeit, weil das Gespräch nun eine andere Wendung nahm. »Maellen heißt sie, nicht wahr? Der Name kommt in unserer Familie aber sonst nicht vor. Ich bin jedenfalls nicht mit ihm vertraut.«

»Maellen«, bestätigte ihre Mutter. »Es gab einmal eine Hastur-Prinzessin, die so hieß. Das habe ich jedenfalls gehört. Dein Vater wollte sie Cassilda nennen, aber in dieser Domäne sitzt praktisch hinter jedem Baum eine, die so heißt.«

»Und wie alt ist Maellen jetzt? Fünf?«

»Du wirst sie beim Essen sehen«, erwiderte ihre Mutter. »Ja, fünf. Etwas älter als unser Enkel, Rafael. Als gäbe es in allen Domänen noch nicht genug Rafaels.« Ihr Ton machte deutlich, dass sie den Namen nicht ausgewählt hatte. »Der Junge hätte nach eurem Vater benannt werden sollen – oder nach *ihrem* Vater. Nun, komm mit zum Essen, meine Liebe. Du bist wirklich viel zu dünn. Du bist doch nicht ernsthaft krank, oder?«

Hilary fragte sich genervt, *worüber* sie nach Ansicht ihrer Mutter bisher geredet hatten. Doch sie verfügte noch immer über die Kraft ihrer frühen Ausbildung. Sie stand unterwürfig auf, griff in den Beutel, der an ihrer Taille hing und entnahm ihm ein Knochenkämmchen, mit dem sie sich mehrmals eilig durchs Haar fuhr. Obwohl sie zuvor hungrig gewesen war – sie hatte seit dem Morgen nichts mehr gegessen –, hatte sie nun das Gefühl, ihr könne vom Geruch jeder Speise übel werden. Sie wollte sich nur noch hinlegen, aber sie wusste, dass ihre Mutter sich nicht von ihrem Plan abbringen ließ, also war es wohl das Zweitbeste, still in einem Winkel des Speisesaals Platz zu nehmen.

»Du verhedderst es ja nur noch mehr«, ihre Mutter nahm den Kamm aus Hilarys zitternden Händen und zog ihn forsch durch die vom Wind zerzausten Locken. »Na, bitte, jetzt siehst du etwas zivilisierter aus. Komm jetzt mit, meine Liebe.« Sie packte Hilarys Arm mit festem Griff und ging in den Salon. Despard und sein Vater schlossen sich an.

»Hier sieht es aus wie immer«, bemerkte Hilary.

Ihre Mutter reagierte auf den Kommentar, indem sie mit gekränkter Stimme sagte: »Siehst du, Arnad? Ich habe doch gesagt, wir hätten neue Teppiche – oder wenigstens neue Vorhänge – anschaffen sollen. Hier sieht es noch genauso aus wie damals, als Hilary und Despard noch kleine Kinder waren.«

Hilary hätte gern erklärt, dass ihre Bemerkung als Kompliment gemeint war, aber sie wusste, dass ihre Mutter ihr ohnehin nicht zuhören würde. Sie hörte nur selten zu.

Am Ende der Tafel, dem Platz, der den Ehrengästen vorbehalten war, saß eine Frau, die Hilary kaum erkannte. Sie war die Mutter von Despards Gattin Ginevra.

»*Domna* Cassilda«, sagte Yllana, »ich möchte Euch meine Tochter Hilary vorstellen. Sie hat Urlaub vom Turm in Arilinn, wo sie zur Bewahrerin ausgebildet wird.«

Hilary fragte sich, warum ihre Mutter so tat, als sei sie noch im Turm. Vielleicht war es natürlich, dass ihre Eltern – zumindest ihre Mutter – sich nicht eingestehen wollten, dass es in ihrer Familie eine Bewahrerin gab, die versagt hatte.

Früher oder später würde die Frau es sowieso erfahren müssen. Aber vielleicht blieb sie dazu nicht lange genug. Cassilda erkundigte sich freundlich nach der Gesundheit Leonies, woraufhin Hilary erwiderte, es gehe ihr gut, obwohl sie zurzeit an Überarbeitung leide. Dabei spürte sie Cassildas unausgesprochene Kritik: *Warum bist du dann hier, statt an ihrer Seite zu sein?* Sie war natürlich viel zu höflich, um diese Worte auszusprechen.

Hilary nahm wortlos Platz und ließ sich von Cassilda Hasturs Missbilligung überfluten. Jemand reichte ihr eine Platte mit gebratenem Rabbithorn und gekochten Weißwurzeln, und sie häufte die Speisen wahllos auf ihren Teller, ohne sich die Mühe zu machen, sie auch nur anzuschauen. Es hätte ebenso gut das gebratene Herz eines Banshee sein können. In Arilinn hatte sie sich den Verzehr von Fleisch abgewöhnt, da die meisten Bewahrerinnen traditionell Vegetarierinnen waren. Sie gab sich Mühe, ein wenig davon zu essen, wurde aber das Gefühl nicht los, dass sie nichts herunterbekam. Ihre Mutter unterhielt sich leise mit Cassilda über irgendwelche Heldentaten ihres Enkels. Hilary kaute und schluckte bemüht, denn ihr war klar, dass sie es nicht wagen durfte, ihre Übelkeit in dieser Runde zu zeigen. Außerdem würde ihre Mutter sie nicht so schnell wieder gehen lassen. In Arilinn hatte sie ihre Mahlzeiten in der Regel allein und in Ruhe eingenommen. Familientreffen waren dort extrem selten. Es fiel ihr schwer, überhaupt etwas zu essen, geschweige denn sich an die passenden Tischsitten und das Protokoll zu erinnern.

Sie konzentrierte sich bemüht auf das, was Despard ihr erzählte – und auf das kleine Mädchen, das den Raum betreten hatte. Sie vermutete, dass die Kleine ihr Schwesterchen war, die sie noch nie gesehen hatte. Maellen hatte zarte, luftige rote Locken, und Hilary ertappte sich bei der Frage, ob die Kleine genügend telepathisch begabt war, um irgendwann einmal für einen Turm ausgesucht zu werden. Es war natürlich noch viel zu früh, in dieser Hinsicht Prognosen abzugeben.

Die Kleine blieb vor Hilarys Knien stehen. »Bist du meine

große Schwester Hilary?«, fragte sie. »Mama hat mir von dir erzählt.«

»Ja, die bin ich.«

»Warum bist du jetzt nicht im Turm?«

Hilary lächelte. »Weil ich krank geworden bin und man mich fortschicken musste.«

»Wenn du krank bist«, sagte das Kind vernünftig, »warum liegst du dann nicht im Bett?«

Eine ausgezeichnete Frage, fand Hilary. Es war eine Schande, dass ihr keine gleichermaßen ausgezeichnete Antwort einfiel. »Mama wollte, dass ich euch heute Abend beim Essen Gesellschaft leiste«, antwortete sie schließlich.

»Ach.« Die Kleine stellte keine Fragen mehr. *Vermutlich weiß sie schon jetzt, so klein sie auch ist, dass man die Entscheidungen einer Mutter nicht hinterfragt,* dachte Hilary. »Darf ich auf deinem Schoß sitzen?«

»Wenn du gern möchtest«, sagte Hilary. Sie hob die Kleine auf ihre Knie. Maellen schmiegte sich an sie.

Cassilda Hastur, die ihnen zugehört hatte, fragte: »Aber, Hilary, wenn du vom Turm hergekommen bist, wieso sitzt du dann heute Abend bei uns?«

»Weil meine Eltern es so gewünscht haben«, erwiderte Hilary.

»Cassilda«, warf Despard ein, »du solltest vielleicht wissen, dass meine Schwester Hilary ...«

»Aber du isst ja gar nichts, Hilary«, warf *Domna* Castamir ein. »Komm, ich gebe dir noch etwas von dem leckeren gebratenen Rabbithorn.« Sie schöpfte eine Riesenportion auf Hilarys Teller. Hilary vergalt es ihr, indem sie sich äußerst gründlich über den gesamten Tisch und ihre Nachbarinnen erbrach.

2.

Kurz darauf, als Hilary längst im Bett lag und die Gäste gegangen waren, stand *Domna* Castamir mit wütend funkelnden Augen vor ihr. »Wie konntest du mir das nur antun? Jetzt wissen nur noch die Götter, was sie von uns halten.«

»Sie denken wahrscheinlich nichts Schlimmeres als *du*«, wandte Hilary ein.

Ihre Mutter blitzte sie an. »Nur nicht frech werden, mein Fräulein. Nachdem du dich in Anwesenheit unserer Nachbarn in diesem Zustand gezeigt hast ... Wie, glaubst du, bringen wir dich je unter die Haube?«

»Mutter«, entgegnete Hilary ruhig, »ich bin nicht in einem Zustand, in dem man heiraten kann. Das war der einzige Grund, aus dem man mich nach Hause geschickt hat. Wenn ich schon nicht gesund genug bin, um in Arilinn zu bleiben ... Wie kannst du dann annehmen, dass es mir gut genug geht, um zu heiraten?«

»Sei nicht albern«, fauchte Yllana Castamir. »Wenn du keine Bewahrerin sein kannst, musst du selbstverständlich heiraten. Und zwar so schnell wie möglich. – Gibt es etwa ein anderes Leben für eine angesehene junge Frau? Außerdem bist du schon siebzehn.«

»Aber noch nicht senil«, erwiderte Hilary. »Außerdem könnte ich mir noch immer das Haar abschneiden und Entsagende werden, wie es eine Tochter der Aillards kürzlich auch getan hat.«

»Bleib ernst«, sagte ihre Mutter verärgert. »Frauen unseres Standes können nicht tun, was sie wollen. Wir haben eine Pflicht zu erfüllen. Wenn man natürlich so viele Jahre in einem Turm verbracht hat, in dem man immer nur tun kann, was einem gefällt ...«

Hilarys Meinung nach war dies das Letzte, was ihr eingefallen wäre, um ihre Zeit in Arilinn zu beschreiben. Sie war Leonies Willen ständig unterworfen gewesen.

»Wenigstens warst du nicht gezwungen, deine Pflicht gegenüber der Sippe und der Familie zu erfüllen«, sagte ihre Mutter schroff. »Doch nun, nachdem man dich fortgeschickt hat, hast du keine andere Wahl mehr. Ich hoffe nur, dass du in Kürze wieder auf den Beinen bist, damit wir eine kleine Feierlichkeit in Angriff nehmen können. Sobald bekannt ist, dass wir eine Tochter im heiratsfähigen Alter haben, wird vermutlich die ganze Verwandtschaft anreisen.«

»Ich kann dich nicht daran hindern, alles zu vermuten, was du vermuten möchtest«, flüsterte Hilary müde. Sie fühlte sich wie von einer terranischen Erdbewegungsmaschine überrollt. Es spielte keine Rolle, was sie sagte. Ihre Mutter würde ihr ohnehin nicht zuhören.

3.

In den nächsten drei oder vier Tagen wurde Hilary von den forschen Kommandos ihrer Mutter umgetrieben. Eine Näherin wurde bestellt und eine Reihe hübscher Kleider geordert. Zu jeder anderen Zeit hätte Hilary sich darüber gefreut, doch es war offensichtlich, dass die Kleider nur dazu dienen sollten, sie auf dem Heiratsmarkt anzupreisen, und das weckte zynische Gefühle in ihr.

Nachdem zehn Tage vergangen waren, veranstalteten ihre Eltern ein kleines Tanzvergnügen, zu dem jedermann aus Syrtis und dem nahen Dorf kam. Hilary, der nicht sehr nach Tanzen zu Mute war, verbrachte den größten Teil des Abends allein und lauschte den Musikanten. Dann führte Despard ihr zwei junge Männer zu.

»Rafael Hastur, der Sohn des Regenten, und Rafael Syrtis, sein Friedensmann«, stellte er die beiden vor.

Der junge Rafael Hastur verbeugte sich. Er war ein stattlicher Mann um die dreißig. »Ich glaube, wir sind uns als Kinder schon mal auf einer solchen Veranstaltung begegnet«, sagte er. »Es war in dem Jahr, bevor du in den Turm gingst.«

»Ich erinnere mich daran«, erwiderte Despard. »Hilary war sogar noch zu jung, um mit ihren Verwandten zu tanzen, deswegen haben wir den Musikanten vom oberen Treppenabsatz zugeschaut. Ihr beide seid mit deiner Schwester Cassilda gekommen, und wir haben eine Runde mit der Gouvernante und dem Fechtmeister getanzt.«

Hilary lächelte. »Jetzt fällt es mir auch wieder ein«, stimmte sie zu. »Aber ich habe in Arilinn so viel Zeit allein verbracht, dass ich noch nie in der Öffentlichkeit getanzt habe.«

»Dann muss ich dich als Verwandter beanspruchen und um diesen Tanz bitten, *Damisela*«, sagte Rafael Hastur. »Oder sollte ich Base sagen? Wenn du mir die Ehre erweisen würdest ...«

Er streckte ihr die Hände entgegen. Hilary war zwar noch immer nicht sehr nach einem Tanz zu Mute, aber sie hatte den Eindruck, ihrer Mutter einen großen Gefallen zu tun, wenn sie mit Hasturs einzigem Sohn übers Parkett glitt. Anschließend meinte Rafael Syrtis, wenn sie mit seinem Fürsten verwandt sei, müsse sie auch ihn als Verwandten akzeptieren. Und so tanzte sie auch mit ihm und mit Despard. Dann musste sie sich mit einem Glas Apfelmost hinsetzen, um wieder zu Kräften zu kommen. Diese Zeit nutzte ihre Mutter aus, um sie zu fragen, ob sie auch recht oft getanzt hätte. Als Hilary ihr von den beiden Rafaels berichtete, schnaubte ihre Mutter. »Das ist reine Zeitverschwendung, Schätzchen«, sagte sie. »Rafael Hastur ist längst seiner Base Alata Elhalyn versprochen. Und was den jungen Syrtis angeht, so ist er nur der Sohn von Lord Danvans Falkner. Angeblich soll er Männer lieben *und* ein *Cristofero* sein. Er wäre sowieso nichts für dich. Wie ich gehört habe, war er einer Pflegetochter der Hasturs versprochen, aber das Mädchen wird Kennard Alton heiraten. Wenn Lord Hastur ihn nicht für seine eigene Pflegetochter haben will, wird er auch nicht zulassen, dass er *dich* heiratet.«

»Mutter«, sagte Hilary protestierend, »denkst du eigentlich nie an etwas anderes?«

»Nicht, solange du nicht anständig verheiratet bist!«, entgegnete *Domna* Yllana und rauschte von dannen. Kurz darauf kam sie mit einem strammen Rothaarigen zurück.

»*Dom* Edric Ridenow«, säuselte sie, »erlaubt mir, Euch meine Tochter Hilary vorzustellen, die bis vor ein paar Tagen noch an den Turm von Arilinn gebunden war.«

Ridenow verbeugte sich. »Ich glaube, Ihr kennt meinen Bruder Damon«, sagte er. »Er hat Euren Namen erwähnt. Er hat auch einmal im Turm gelebt und ist nun Sanitätsoffizier bei der Garde.«

»Ich kenne Damon ziemlich gut«, erwiderte Hilary. »Wir waren viele Jahre befreundet, und ich glaube, er war auch ein enger Freund von Leonie.«

Sofern man überhaupt mit einer an einen Turm gebundenen Bewahrerin befreundet sein kann, dachte sie. Hilary war zu der Ansicht gelangt, dass Leonie – aus welchem Grund sie Damon auch hatte ziehen lassen – möglicherweise etwas in ihm gesehen hatte, das sie sich in ihrer Position nicht erlauben durfte. Und so hatte Damon natürlich gehen müssen. Es freute sie, zu erfahren, dass er nun der Garde angehörte. Sie hoffte auch, dass sie ihm früher oder später wieder begegnen würde. *Tja,* dachte sie, *wenn Mutter je auf die Idee käme, mich mit ihm zu verkuppeln ...* Aber sie wusste genau, dass *Domna* Yllana dieser Gedanke nie kommen würde. Es wäre zu viel des Glücks gewesen.

»Da Ihr von Arilinn seid, *Damisela*«, sagte Ridenow, »kann ich wohl davon ausgehen, dass Ihr gern zur Jagd geht?«

Hilary wollte gerade berichten, dass ihr Gesundheitszustand derzeit leider keine langen Ritte oder Jagden erlaube, als ihre Mutter sich erneut einmischte.

»Hilary ist sogar ganz vernarrt in die Jagd«, bestätigte sie, wobei ihre Hände die Arme ihrer Tochter auf eine Weise packten, die sie daran hinderte, auch nur eins ihrer Worte in Abrede zu stellen.

Edric lächelte, und sein Blick streifte Hilarys Busen auf eine Weise, die sie gar nicht mochte. Ihr fiel ein, dass Damon seinen Bruder abfällig als »den roten Fuchs« bezeichnet hatte.

Aber sie kam nicht gegen die Vorstellung an, dass er als Damons Bruder möglicherweise auch einige von dessen Tugenden aufwies. Wenn es ihre Mutter glücklich machte, konnte sie auch mal mit ihm zur Jagd gehen. Schließlich verstand sie etwas davon. So wurde für den nächsten Tag eine Übereinkunft getroffen.

Bevor sie am Abend zu Bett ging, plapperte ihre Mutter: »Bist du nicht aufgeregt, du albernes Mädchen? Ein *Comyn*-Lord, und es ist nur allzu offensichtlich, dass er nach einer Gattin Ausschau hält! Außerdem ist er der Erbe des Herrn der Domäne! Wärst du denn nicht gern eine *Domna* Ridenow?«

Hilary fühlte sich zwar etwas zittrig – es war ein langer Abend gewesen –, aber sie erwiderte, es hätte auch schlimmer kommen können. Daraufhin ließ ihre Mutter sie allein, damit sie schlafen konnte.

4.

Als Hilary am nächsten Morgen aufwachte, war ihr nicht gerade nach Jagen zu Mute, oder um die Wahrheit zu sagen: Sie hatte nicht die geringste Lust, etwas anderes zu tun, als im Bett zu bleiben und zu schlafen. Sie wusste freilich, was ihre

Mutter dazu sagen würde, also stand sie auf, kleidete sich an, trank etwas Milch und begab sich zu ihrem Pferd.

Dom Edric war bereits eingetroffen, er saß auf einer grauen Stute. Hilary hatte den Eindruck, dass selbst dieses gewaltige Tier Schwierigkeiten haben musste, sein Gewicht zu tragen. *Dom* Edric hatte nicht das Geringste mit Damon gemein. Er war ein fetter Klotz, Damon hingegen war schlank. Er hatte einen schroffen Tonfall, Damon war von makelloser Freundlichkeit. Und er schaute sie an.

Ich muss lernen, damit umzugehen, dachte sie. Sie war nun keine Bewahrerin mehr, die von einem Purpurgewand beschützt wurde. Sie fragte sich, ob alle Männer Frauen so anschauten wie hungrige kleine Jungen ein Ladenschaufenster voller Süßigkeiten. Wenn es so war, würde die Neuanpassung an die Verhältnisse für sie schwieriger werden als erwartet.

Aber vielleicht hatte man ihn nur keine andere Verhaltensweise gelehrt. Sie konnte nicht erwarten, dass er die Höflichkeit eines Turmtechnikers zeigte. Vielleicht wusste er gar nicht, dass sie seinen Blick als ungehörig empfand. »Ich habe Euren Bruder Damon in Arilinn gut gekannt«, sagte sie, als sie nach einer kurzen Begrüßung losritten. »Habt Ihr je Zeit in einem Turm verbracht, *Dom* Edric?«

Sein Lachen war so grob und donnernd wie alles andere an ihm. »Ich? In einem Turm? Bei allen Göttern, *Domna* Hilary. Damon ist ganz anders als ich. Nur die Götter wissen, wie uns das gleiche Muttertier werfen konnte! Ich habe nie sehr viel von ihm gehalten. Als er den Turm verließ, hatte ich eigentlich angenommen, er sei etwas männlicher geworden, aber dem war nicht so. Die Männer im Turm sind eine Bande von Schwächlingen – keiner von denen, die ich kenne, hat Mumm. Bei Frauen rechnet man ja mit sowas.« Er lachte so affektiert, dass man es kaum beschreiben kann. Hilarys Laune sank auf den Nullpunkt.

»Damon hat mir erzählt, dass es den meisten Männern der *Comyn* entweder an Hirn oder an Schneid mangelt«, entgegnete sie. »Und dass man selten beides in einem findet.«

»Genau«, erwiderte Edric. »Damon hat das Hirn, ich habe den Schneid.«

Und du bist auch noch stolz darauf!, dachte Hilary. Ein Mann von Edrics Kaliber konnte zwar damit prahlen, kein Hirn zu haben, aber er war nicht bereit, seinem Bruder Mut zuzugestehen. Es war aber keinesfalls so, dass es Damon gleichermaßen an Mut mangelte wie Edric an Phantasie. Als sie dies sagte, erwiderte Edric: »Klar, und ich bin den Göttern dafür dankbar. Meiner Ansicht nach ist Phantasie ja ganz gut für die Damen. Aber wer will schon einen Mann mit so viel Phantasie haben, dass er im entscheidenden Moment nicht handeln kann?«

Ich, zum Beispiel, dachte Hilary. Sie wusste längst, dass Edric nicht über ausreichend *Laran* verfügte, um ihre Gedanken lesen zu können. *Nun ja*, dachte sie, *vielleicht hat er andere Qualitäten.* Sie verwandte ihre gesamte Energie auf die Aufgabe, im Sattel zu bleiben. Doch sie war im besten Fall eine uninteressierte Reiterin.

Nachdem sie Bewahrerin in Arilinn gewesen war, erschien Hilary die Vorstellung, mit jemandem verheiratet zu werden, der überhaupt kein *Laran* besaß, in etwa so, als paare man sie mit einem dummen Tier. Doch ihre Mutter, die ebenfalls nur über wenig *Laran* gebot, sah darin wohl keinen Grund, eine derartige Hochzeit abzusagen. Hilary wappnete sich gegen den Vorschlag, von dem sie wusste, dass er kommen würde, und gleichzeitig stählte sie sich, um das zu erfüllen, was ihre Familie verlangte.

Niemand entwischt einer solchen Ehe, dachte sie. *Das habe ich schon gewusst, als ich noch jünger war als Maellen ...*

Die kühle Luft hatte ihren Wangen etwas Farbe verliehen

und ihr war gar nicht bewusst, wie hübsch sie in ihrer Reitkleidung wirkte. Sie wusste zwar, dass sie nett aussah, denn die Männer schauten ihr seit dem dreizehnten Lebensjahr nach, aber ihr Bewahrerinnen-Status hatte sie – abgesehen vor den subtilsten und feinsten – vor jeglichen Annäherungsversuchen geschützt. Sie spürte, dass auch *Dom* Edric sie begehrlich musterte. So war es wohl üblich. Doch nicht dies stieß sie ab. Sie hatte einige Frauen gekannt, die an Männer verheiratet worden waren, die sich nicht für Frauen interessierten. Sie wusste, dass diese Frauen unglücklich waren. So schwierig es auch war, in einer Ehe einem Begehren ausgesetzt zu sein, das man sie sorgfältig zu unterdrücken gelehrt hatte – viele Frauen litten darunter, an einen Mann gebunden zu sein, dessen Begehren einem stattlichen Gardisten oder – noch schlimmer – einem garstigen kleinen Pagen galt.

Die Intensität von Edrics Starren beunruhigte sie. Sie mochte ihn nicht besonders, und so stellte sie sich zum ersten Mal vor, wie es wohl wäre, an einen Mann gekettet zu sein, der sein Innerstes nie mit ihr teilen konnte. Sie hatte außer den Telepathen von Arilinn nur wenige Männer kennen gelernt, und nun bot man sie öffentlich diesem primitiven Menschen an, der auch noch mit seinem Mangel an Phantasie und Empfindsamkeit prahlte, als handelte es sich dabei um erstrebenswerte Tugenden. Das ihr bevorstehende Leben wirkte alles andere als verlockend. Aber wenn es ihre Pflicht war, dachte sie und bemühte sich, ihren rebellischen Geist zu zügeln, würde sie Edric heiraten. Außerdem – welche Alternativen hatte sie denn? Sie hatte gehofft, man würde ihr ein paar Monate Zeit geben, damit sie sich anpassen konnte. Sie hätte es besser wissen sollen.

Edric hatte sein Pferd neben das ihre gelenkt. »Ich bin ein einfacher Mensch, Hilary«, sagte er mit einem Lächeln. »Ich will nicht lange um den heißen Brei reden. Sicher wisst Ihr, dass meine und Eure Familie nur darauf warten, uns miteinander zu verheiraten. Seid Ihr damit einverstanden?«

Wenigstens gehört Ehrlichkeit zu seinen Tugenden, dachte Hilary. Sie schaute mit etwas mehr Sympathie als zuvor zu ihm auf. »Es stimmt«, erwiderte sie. »Meine Mutter hat gesagt, Ihr seid hergekommen, weil Ihr eine Frau sucht.«

»Soll ich Euch demnach in aller Förmlichkeit fragen, ob Ihr mich heiraten wollt?«, fragte Edric.

»Wenn es Euer Wunsch ist«, entgegnete sie. *Vielleicht weiß der arme Kerl sich nur nicht zu artikulieren,* dachte sie. Dann lächelte sie.

»Dann tun wir so, als hätte ich es bereits getan«, sagte Edric. »Ich habe Hunger«, fügte er hinzu. »Vielleicht sollten wir deiner Mutter davon erzählen, wenn wir zum Mittagessen Rast machen.«

»Wenn du möchtest«, sagte Hilary. »Ich glaube, es wird sie sehr glücklich machen.« Ihr war zwar weder nach Essen zu Mute, noch wusste sie, ob sie nach dem gewaltigen Frühstück bald wieder Hunger haben würde, aber vielleicht war der arme Kerl auch nur ein Vielfraß, weil ihm nichts anderes einfiel. Sie wusste, dass einige der jüngeren Männer im Turm ihre Mahlzeiten nur deswegen so gierig verschlangen, um ihre Nervosität zu überspielen. Ihr kam auch der Gedanke, dass Edric ihr vielleicht besser gefiel, wenn er noch ein paar weitere Schwächen enthüllte.

»Hm, gejagt haben wir bis jetzt noch nichts«, sagte er, nahm seinem Falken schwungvoll die Haube ab und ließ ihn fliegen.

Hilary hatte in Arilinn nur wenig gejagt. Einige der anderen Frauen waren passionierte Falknerinnen und bildeten ihre Vögel selbst aus. Also schaute sie interessiert zu, als der Falke sich in die Lüfte schwang. Von Damon wusste sie, dass er ein äußerst geschickter Falkner war, und die kleine Callista kannte sich mit ihrem Vogel ebenfalls ganz gut aus. Er war freilich kleiner als Edrics.

Edrics Falke war Damons Lieblingsvogel nicht unähnlich. Als sie es erwähnte, erwiderte Edric ohne großes Interesse: »Es ist möglicherweise der meines Bruders. Ich habe Falknerei schon immer für einen Frauensport gehalten. Kein Mann, den ich kenne, Damon mal ausgenommen, ist darauf erpicht, sich mit Vögeln abzugeben. – Besser er als ich, nehme ich an. Wenn er für die Damen Falken ausbilden will, erspart es mir den Ärger, mir Gedanken über fremde Falkner auf meinem Grund und Boden zu machen. Aber wenn du mit mir verheiratet bist und Damon deine Falken ausbildet, sorge bitte dafür, dass dies *alles* ist, was er für dich tut.«

Hilary errötete. Sie verstand die Bedeutung seiner Worte auch ohne den Einsatz telepathischer Kräfte. Die Bemerkung war fast schon unanständig. Ihr Vater, Despard oder Damon hätten in ihrer Gegenwart niemals so gesprochen – und sie hätten auch nicht so anzüglich gegrinst und gefeixt. Trotzdem klammerte sie sich an die Vorstellung, dass ein Mann, der mit einer ihm versprochenen Frau redete, sich nicht so vieler Höflichkeiten zu befleißigen brauchte.

Edrics Blick folgte dem Falken. Hilary konnte zwar nicht so weit sehen, aber Edric gab seinem Pferd die Sporen und raste an die Stelle, wo der Vogel sich auf irgendein wildes Tier im Gras stürzte. Als sie ihn erreichte, stand Edric in den Steigbügeln und rief verärgert nach einem seiner Hunde. Die Beute war offenbar ein Rabbithorn. Der Falke und die Hunde rissen es in Fetzen, bis nur noch ein paar Streifen blutbefleckten Fells von ihm übrig waren.

Edric setzte eine finstere Miene auf. »Das war zwar kaum der Mühe wert, aber es macht einen Mann hungrig.«

Hunger war das Letzte, das Hilary empfand. Eigentlich hatte sie das Gefühl, für sehr lange Zeit gar nichts mehr essen zu können. Trotzdem riss sie sich zusammen, denn sie wusste, dass ihre Mutter sich äußerst verärgert gab, wenn sie ihre Appetitlosigkeit zu deutlich zeigte.

Die Jagdgesellschaft ritt zurück, und es dauerte nicht lange, bis die gesamte Familie versammelt war.

»Hilary und ich haben Euch etwas mitzuteilen«, wandte sich Edric an ihren Vater, »und ich hoffe, es wird Euch freuen.«

»Soll das heißen, *Dom* Edric«, fragte ihre Mutter, »dass uns eine Hochzeit bevorsteht?«

Edric nickte schroff, und *Domna* Yllana lächelte Hilary zu. Es war lange her, seit sie ihre Tochter so anerkennend angeschaut hatte.

Hilarys Vater warf Edric einen zweifelnden Blick zu. »Ich habe nichts gegen Hilarys Wünsche einzuwenden«, sagte er dann. Er schüttelte Edrics Hand und drückte ihn dann herzlich an sich.

Despard lächelte. »Wie es Hilary beliebt ... Wenn dies deine Wahl ist, Schwester ...«

Ihr Vater öffnete eine Flasche mit hausgemachtem Apfelwein. »Ich habe diesen Wein abgefüllt, bevor Despard zur Welt kam«, sagte er. »Die erste Flasche haben wir bei seiner Vermählung getrunken, und jetzt feiern wir Hilarys anstehende Hochzeit.«

Hilary nahm ein Kelchglas entgegen und trank. Dann wurde sie von Müdigkeit und Erschöpfung überfallen und brach in den Armen ihres Vaters zusammen.

Als sie wieder zu sich kam, wurde sie gerade die Treppe hinaufgetragen. »Es war nur ... der Blutgeruch ...«, erklärte sie mühsam, dann verlor sie erneut das Bewusstsein.

Als sie aufwachte, war Edric gegangen. Ihre Mutter saß neben dem Bett und schaute verärgert drein. »Hoffentlich ist dir klar, was du da getan hast, du dummes Gör«, sagte sie wütend. »*Dom* Edric hat zwar Worte der Entschuldigung gefunden, aber er hat auch gesagt, dass er keine Frau gebrauchen kann, die kränklich und schwach ist. Er ist der Meinung, dass du ihm keinen gesunden Sohn schenkst, Hilary. Die Ridenows sind zwar von der Unfruchtbarkeit verschont geblieben, die so viele Domänen heimgesucht hat, aber er wagt nicht, sich mit einer kränkelnden Frau zu verbinden.«

»Wie gut für ihn«, entgegnete Despard zornig. »Warum heiratet er nicht die Tochter des Schweinehirten, wenn das alles ist, was er von einer Frau wünscht?«

Domna Yllana fehlten die Worte, als sie Hilary anschaute. Doch als sie die Stimme endlich wieder fand, fauchte sie: »Nun, ich habe mein Bestes getan! Ich wasche meine Hände in Unschuld!«

Von wegen, dachte Hilary. Aber vielleicht hatte sie jetzt ein paar Monate, um wieder zu Kräften zu kommen.

»Ja, Mutter«, sagte sie schwach. Ihr Blick fiel auf Despard, der hinter *Domna* Yllana stand, und sie sah, dass er lächelte.

Hilarys Hochzeit

Ich verstehe dich einfach nicht, Hilary«, sagte *Domna* Yllana und setzte eine enttäuschte Miene auf. »Es ist dein Hochzeitskleid, aber es könnte ebenso eine neue Schürze für deine Schwester sein. Seit Despards Geburt habe ich so etwas Schönes nie wieder besessen. Hätte ich so etwas besessen, wäre ich vor Aufregung hysterisch geworden. Man könnte fast glauben, es ginge gar nicht um deine Hochzeit, sondern um die einer anderen.«

Es ist ja auch nicht meine, dachte Hilary. *Es ist die von dir und Papa. Es ist die Hochzeit, die du gern gehabt hättest.* Sie hatte freilich gelernt, ihre Zunge im Zaum zu halten. Also wandte sie sich um und fragte: »Wo ist Maellen?«

In diesem Moment kam ihre jüngste Schwester herein. »Mama, es sind Kuriere aus Armida eingetroffen. Lord Damon führt sie persönlich an. Er hat eine Nachricht für dich.« Maellen war inzwischen ein Küken von elf. Sie bestand nur aus Haut und Knochen. Linkisch zupfte sie an ihrer Schürze. Ihre roten Locken waren völlig zerzaust und hatten sich schon wieder halb aufgelöst.

»Ach, Schätzchen!«, rief ihre Mutter, »ich hoffe doch sehr, er hat dich nicht in *diesem* Zustand gesehen.« Sie brach jedoch ab, als Damon Ridenow höchstpersönlich den Raum betrat und sich über Hilarys Hand beugte.

»Scheltet sie nicht, *Vai Domna*, ich bitte Euch«, sagte er zu Yllana. »Ich bin gekommen, um Euch zu einem Namensfest nach Armida einzuladen – und natürlich hat Callista mich gebeten, zuallererst zu Euch zu gehen.«

»Ah, hat Ellemir ihr Kind schon bekommen?«, rief Hilary laut. »Sie ist bestimmt sehr glücklich!«

»Noch nicht«, sagte Damon. »Es dauert vielleicht noch zehn

Tage. Es zieht sich hin, und sie ist mittlerweile rund genug für zwei. Jedenfalls sieht sie so aus. – Nein, Callista hat Andrew vor zehn Tagen eine Tochter geboren und möchte sie Hilary nennen. – Ich bin nur gekommen, um sicherzugehen, dass du nicht zu denen gehörst, die glauben, es bringt Unglück, wenn man ein Kind nach einem lebenden Menschen benennt.«

»Natürlich nicht«, entgegnete Hilary erfreut. »Dann habe ich der Kleinen sogar schon ein Geschenk gemacht. Es geht Callista also gut? Und Ellemir?«

Damon lächelte – nach Hilarys Ansicht so glücklich, als sei das Kind sein eigenes. »Ich freue mich, sagen zu können, dass beide wohlauf sind, und falls nicht etwas Unvorhergesehenes eintrifft« – er machte eine abergläubische Geste –, »wird, den Göttern sei Dank, diesmal nichts schief gehen.«

»Ich freue mich so für Ellemir«, sagte Hilary. »Ich habe die beiden seit ihrer Hochzeit nicht mehr gesehen.«

Die Heirat der Zwillinge von Armida war im umliegenden Land ein ziemlicher Skandal gewesen. Ellemir hatte Damon geheiratet, und Callista einen Fremden, einen Terraner namens Anndra Carr – und zwar nicht mittels *di Catenas*, sondern in einer schlichten Freipartnererklärung vor Zeugen. Doch soweit sie wusste, verliefen beide Ehen glücklich, und die Leute aus Armida waren so beliebt wie immer. Natürlich ging man davon aus, dass alles, was ein Alton aus Armida tat, grundsätzlich wohl getan war.

Damon berührte Hilarys Hände. Sein Blick fiel auf das Brautkleid am Regal. »Ist das deins? Darf ich fragen, wann die Hochzeit stattfindet?«

»Wir sind gerade dabei, die Einladungen an euch abzuschicken«, sagte Hilary. »Ich darf doch unmöglich heiraten, ohne dass mein ältester Freund unter den Gästen ist.« Ihr fiel ein, dass sie Damon an dem Tag, an dem sie Arilinn verlassen hatte, auf dem Hof begegnet war und er ihr einen Abschiedskuss gegeben hatte. Es war die erste menschliche Berührung nach sieben Jahren gewesen.

»Du heiratest also«, sagte er mit einem Anflug alter Vertrautheit. »Ich hoffe, deine Ehe verläuft ebenso harmonisch wie die meine. Eine Hochzeit sollte immer etwas Fröhliches sein. Kenne ich den Glücklichen?«

Wahrscheinlich besser als ich, dachte Hilary, aber sie sagte nur: »Ich glaube, du kanntest ihn, als du noch Kadettenmeister der Garde warst. Er heißt Farrill Lindir. Er hat vier Kinder von seiner ersten Frau, also braucht es ihn nicht zu scheren, ob ich ihm einen Sohn schenke.«

»Also wirklich, Hilary«, warf *Domna* Yllana verzweifelt ein. »Ist sie nicht schrecklich, Lord Damon? Und dabei hat sich ihr Gesundheitszustand doch so gebessert. Ich bitte Euch, hört ihr nicht zu! In einem Jahr, ich zweifle nicht daran, versenden sie wahrscheinlich Einladungen für ein Namensfest am Mironsee.«

»Ich hoffe nur, er rechnet nicht unbedingt damit«, warf Hilary ein. »Falls er nur ein Kind haben will, schickt er mich ohne Zweifel wie einen Sack Mehl aus der Mühle zurück. Er wünscht sich eine edle Frau unfragwürdiger Abstammung und Stellung. Zweifellos hat er aber auch gehört, dass meine Verlobung mit Edric Ridenow geplatzt ist. Und die ganze Umgebung weiß, dass sich mein Gesundheitszustand so sehr nun auch nicht gebessert hat. Außerdem bin ich auf Kinder nicht gerade erpicht. Ich hätte es lieber gesehen, wenn er mich als Mensch und nicht als Zuchtstute gewollt hätte.«

Domna Yllana unterbrach sie. »Dies ist ganz gewiss nicht die richtige Ausdrucksweise für eine Jungfer, die für die Ehe fast schon zu alt ist!«

Aber Damon lachte nur. »Das hat Callista auch oft gesagt. Doch nun, da ihre Tochter mehr ist als nur eine vage Vorstellung, ist sie nicht nur mit sich im Einklang, sondern auch völlig vernarrt in sie. Und wenn sie es nicht wäre – dafür gibt es in der Domäne mehr Frauen als genug.« Er lächelte Hilary an, ignorierte ihre Mutter und fuhr fort. »Übrigens hat ein Geschenk Arilinns mir das Kind erhalten. Nachdem Ellemirs erstes Kind viel zu früh kam, hat eine Frau vom Hebammenkolleg Callista erzählt, was sie tun muss, damit ihr so etwas erspart bleibt. Deswegen lade ich euch zum Namensfest meines ersten Sohnes ein.«

»Ich freue mich für dich, Damon«, sagte Hilary und versuchte, förmlich zu wirken. »Ich weiß, wie sehr Ellemir sich ein Kind gewünscht hat.« Und sie dachte: *Hättest du statt Edric mir den Hof gemacht ...* Sie ließ den Gedanken rasch fallen, weil sie wusste, dass Damon ihn empfangen würde. *Aber als wir beide im Turm gewohnt haben, war ich noch ein kleines Mädchen – Callista allerdings auch –, und er hat damals nur in Leonie eine Frau gesehen.* Da ihr bewusst war, dass Damon auch dies auffing, wandte sie den Blick plötzlich verschüchtert von ihm ab.

Damon beugte sich über sie und küsste ihre Fingerspitzen. »Mögest du so glücklich werden, wie ich es mit Ellemir bin, *Breda«*, sagte er.

Hilary stellte sich auf die Zehenspitzen und berührte seine Wange kurz mit den Lippen, dann wich sie zurück. Sie errötete leicht, als sie den Blick ihrer Mutter auf sich und Damon ruhen sah.

Nachdem Damon gegangen war, setzte *Domna* Yllana eine finstere Miene auf. »Du dummes Gör! Wenn du schon heiraten willst, warum hast du *Dom* Damon nicht schon vor deiner Abreise aus dem Turm auf dich aufmerksam gemacht?«

»Mutter«, protestierte Hilary, »als Damon den Turm verließ, war ich viel zu jung und habe keinen Gedanken daran verschwendet, etwas anderes zu werden als eine künftige Bewahrerin von Arilinn. Ich habe in Damon nicht mehr gesehen als in den Stallknechten meines Vaters!« Und sie dachte: *Ich fürchte mich, sie zu fragen, wie ich ihn ihrer Meinung nach auf mich hätte aufmerksam machen sollen. Oder wie mir dies etwas anderes hätte einbringen können, als dass man uns beide wegen Fehlverhaltens fortgeschickt hätte.*

Domna Yllanas Wangen wurden dunkelrot, und Hilary mutmaßte – nicht zum ersten Mal –, dass ihre Mutter doch über ein wenig *Laran* verfügte, wenn es auch mangelhaft und unvollständig ausgebildet war. Doch dann sagte ihre Mutter nur mit lauter Stimme: »Auch auf unserem Gut lebt eine in Arilinn ausgebildete Hebamme. Wenn sie Lady Ellemir geholfen hat, sollte sie sich vielleicht auch mal um dich kümmern.«

»Vielleicht«, erwiderte Hilary und hoffte, dass ihre Mutter es bald wieder vergaß.

An diesem Tag kam es auf dem Gut zu nicht viel mehr als zu einer langen Unterhaltung mit den Köchinnen über den Kuchen und den Wein, die bei der Hochzeit aufgetragen werden sollten. Für Hilary selbst war es viel Getue um nichts; man hatte ihre erste Wahl – Apfel-Nuss-Kuchen – abgelehnt.

»Ich weiß beim besten Willen nicht, warum«, sagte sie protestierend. »Schließlich bin ich die Braut, um die sich alles dreht, und außerdem ist es *mein* Lieblingskuchen!«

Doch *Domna* Yllana lachte nur. »Sei nicht albern«, sagte sie. »Sowas passt doch nicht zu einer Hochzeit! Da würde *Dom* Farrill womöglich glauben, dass ich nicht weiß, was sich schickt!«

Als Hilary stur auf einer näheren Erklärung bestand, kniff der Vater ihr in die Wange. »Ich weiß es auch nicht, Schätzchen«, sagte er, »aber deine Mutter versteht nun mal mehr von diesen Dingen als ich. Hör lieber auf sie.«

Hilary wurde klar, dass er möglicherweise Recht hatte, also sagte sie nichts mehr.

Das Hochzeitskleid war fertig und hing in Hilarys Kleiderpresse. Sie hatte es anprobiert, aber als sie es ihrem Vater und Despard hatte zeigen wollen, hatte ihre Mutter schroff behauptet, es bringe Unglück für jedermann außer der Braut und ihren Zofen, wenn man das Kleid vor der Hochzeit an ihrem Körper sehe. Hilary fragte sich, warum es ihrer Mutter kein Unglück bescherte, wenn sie es erblickte – und wie sie es hatte schneidern können, ohne es anzuschauen. Aber auch diesmal wusste sie, dass Fragen nichts fruchten würden.

Einen Tag später trafen Berittene im Hof ein. Der erste der Männer sagte, sie kämen vom Mironsee. »Seid Ihr *Damisela* Hilary, die *Dom* Farrill heiraten sollte?«, fragte er.

»Ja, die bin ich«, erwiderte Hilary mit Selbstvertrauen und Zuversicht, doch das angespannte Gesicht des Mannes kündigte ihr schon an, welche Nachricht er zu überbringen hatte.

Sie hörte ihm zu, als er sie wie ein Echo aussprach. *Dom* Farrill war von einem nicht eingerittenen Pferd abgeworfen worden und hatte sich den Schädel eingeschlagen. Die letzten Einzelheiten wollte der Mann ihr zwar ersparen, indem er nur von einem Reitunfall sprach, aber sie erfuhr sie trotzdem.

Sie empfand zwar keine große persönliche Trauer, da sie ihren Bräutigam kaum gekannt hatte, aber es war immer eine schreckliche Sache, wenn ein junges Leben so früh erlosch.

»Ich kann Euch nicht sagen, wie sehr ich das Unglück bedauere«, sagte sie und schüttelte traurig den Kopf. Innerlich verspürte sie nur Erleichterung, doch sie war zu klug, um sie nach außen hin zu zeigen. Sie bot den Reitern Erfrischungen an und wusste sofort, dass die Trauer ihrer Mutter größer ausfallen würde als ihre eigene.

Und tatsächlich, als *Domna* Yllana die Nachricht vernahm, war sie derart erschüttert, als hätte sie einen Sohn verloren. Sie hielt es sogar für nötig, den Reitern zu erzählen, dass es Hilary wirklich das Herz breche, sie allerdings zu würdevoll und selbstbeherrscht sei, um ihren Kummer öffentlich zu zeigen.

Als Hilary ihrem Vater von ihren wahren Gefühlen berichtete, wirkte er besorgt. »Sag solche Dinge bloß nicht in Gegenwart deiner Mutter. Sie hat sich wirklich sehr auf deine Hochzeit gefreut.«

»Ich weiß«, entgegnete Hilary und verzog das Gesicht. »Unter uns gesagt: Sie hat sich mehr darauf gefreut als ich.«

Ihr Vater schaute sie an, als habe er ein schlechtes Gewissen. »Ich weiß. Und noch mal unter uns gesagt: Es macht mich nicht traurig, meine kleine Hilary noch ein paar Jahre zu behalten. Wie alt bist du jetzt, Liebling?«

»Fast dreiundzwanzig«, antwortete sie und zog eine Schnute. »Ich werde bestimmt als alte Jungfer enden.«

Ihr Vater schaute verlegen drein. »Ach was«, sagte er und nahm sie in die Arme. »Du hast noch Zeit genug.«

Domna Yllana wirkte resigniert. »Ich wette, sogar Maellen ist noch vor dir verheiratet!«, wandte sie sich ärgerlich zu Hilary. »Als du Arnad dein Hochzeitskleid zeigen wolltest, wusste ich, dass daraus nichts Gutes werden kann.« Sie setzte eine grimmige Miene auf, als hätte sie alles vorhergesehen.

Um sie zu trösten, erklärte Hilary sich bereit, die Hebamme der Freien Amazonen auf dem Gut zu konsultieren. Bisher war sie nie bereit gewesen, sich mit der Frau zu unterhalten. Doch nun hielt sie es für eine gute Sache, wieder ganz gesund zu werden.

Einige Tage später führte *Domna* Yllana die Hebamme zu ihr. Zu Hilarys Überraschung trug die Entsagende nicht das Reitgewand, das stets mit ihresgleichen in Verbindung gebracht wurde, sondern einen gewöhnlichen Rock und ein Oberteil. Ihr Haar wurde von einem Netz zusammengehalten. Als Hilary genauer hinschaute, sah sie, dass der Rock etwas kürzer war als die meisten Frauenkleider. Vermutlich wegen des Reitens.

»Es verblüfft mich, dass Ihr nicht wie die Entsagenden des Gildenhauses ausseht – mit kurzem Haar und Reithosen.«

»Ach, ich trage Reithosen nur, wenn ich muss, aber wenn ich in den Dörfern bin, kleide ich mich anders, um die Frauen nicht zu befremden, denen ich behilflich sein muss – oder ihre Gatten«, sagte die Frau. Ihre Augen funkelten.

»Wie ist Euer Name, *Mestra?«*

»Allier n'ha Ferrika, *Damisela.«*

»Und wie alt seid Ihr?« Hilarys Frage entsprang echter Neugier. »Ihr seht nicht älter aus als ich.«

»Bin ich wahrscheinlich auch nicht«, sagte Allier. »Ich bin vor dem Mittsommer zweiundzwanzig geworden. Ich habe diese Arbeit schon gelernt, als ich noch auf den Knien meiner Mutter saß. Ich führe sie aus, seit ich fünfzehn bin. Frauen meiner Art arbeiten von dem Tag an, an dem sie groß genug sind, um Eier zu sammeln.«

»Ich bin auch zweiundzwanzig«, sagte Hilary. »Und auch ich habe schwer gearbeitet, als ich in Arilinn war.« Im gleichen Augenblick dachte sie: *Aber jetzt tue ich nichts! Eine Arbeiterin wie sie muss mich wegen meines Müßigganges geradezu verachten.*

»Ich habe auch ein paar Jahre in Arilinn gewohnt, um die Hebammenkunst zu erlernen«, erklärte Allier. »Ich habe Euch hin und wieder beim Ausritt mit der alten Zauberin gesehen. Ich bezweifle nicht im Geringsten, dass das Leben im Turm schwieriger ist als das meine im Gildenhaus.«

Hilary errötete. Hatte die Frau etwa ihre Gedanken gelesen? Kurz darauf fragte sie die junge Hebamme danach.

»Nein, *Damisela*, ich gehöre nicht zu denen, die mit *Laran* gesegnet sind, aber in Arilinn weiß jeder, wie schwer die Söhne und Töchter der *Comyn* arbeiten müssen und was dies möglicherweise aus ihnen macht. Außerdem arbeitet der Lieblingslehrling meiner Mutter in Armida. Sie ist dort hingegangen, um Lady Ellemir zu helfen. Sie hat auch gesehen, wie schwer es für Lady Callista war, die gleichen Fesseln abzustreifen. In Arilinn hat jeder gewusst, dass Ihr nicht so gesund und stark wart wie Lady Callista.« Sie errötete leicht. »Ich fürchte, in Arilinn – wie überall in den Domänen – haben wir nichts Besseres zu tun, als über die An- und Abreise unserer Herrscher zu sprechen«, sagte sie zu ihrer Verteidigung. »Ihr wisst doch bestimmt, dass Frauen gerne tratschen. Vielleicht sollten sie es besser lassen. Aber sie tun's nun mal, und man kann nichts dagegen machen.«

»Ach, damit bin ich auch vertraut«, wandte Hilary ein. »Man tratscht auch auf dem Gut meines Vaters genügend über mich. Und ich weiß, dass sich in Arilinn nicht mal eine Maus in der Wand rühren kann, ohne dass die Hälfte der Landbewohner Kätzchen vorbeibringen, die sie fangen sollen. Daran habe ich mich schon im ersten Jahr dort gewöhnt.«

Es war zwar nicht sonderlich erfreulich für sie, zu erfahren, dass man auch im dortigen Hebammenkolleg über ihren Gesundheitszustand gesprochen hatte, aber auch dies war nur ein Teil des Lebens in Arilinn, das immerhin genügend Privilegien mit sich brachte, um die Nachteile akzeptabel zu machen. Sie grinste die Frau fast spitzbübisch an. »Aber lassen wir das. Ich nehme an, Ihr habt auch davon gehört, dass meine Ehe mit Lord Edric Ridenow geplatzt ist.«

»Man hat nur über eine mögliche Verbindung gesprochen«, erwiderte Allier schnell, »und darüber, dass aufgrund Eurer schlechten Gesundheit nichts daraus wurde. Wolltet Ihr ihn denn wirklich gern heiraten, *Damisela?*«

Hilary konnte nicht anders, sie musste lachen. »Ich glaube zwar, ich wäre auch gut ohne ihn ausgekommen«, sagte sie, »aber meine Mutter war geradezu wunderbar verärgert. Deswegen hat sie auch nach Euch geschickt – damit meine Gesundheit nicht noch eine wertvolle Verbindung zerstört. Sie meint nämlich, es entehrt sie, wenn ich nicht ordentlich verheiratet bin, bevor meine kleine Schwester Maellen das heiratsfähige Alter erreicht.«

Allier musterte sie eingehend. »Seid Ihr denn bereit, Euch verheiraten zu lassen, *Damisela?«*

Hilary zuckte leicht die Achseln. »Es wird meine Mutter freuen, wenn ich nicht krank bin«, entgegnete sie zweideutig. »Und ansonsten kann ich den Gedanken nicht ertragen, jeweils zehn von vierzig Tagen im Bett zu verbringen. Ich habe genug bestickte Laken für noch ein Dutzend Aussteuertruhen – sogar für Maellen. Ich bin es satt.«

Allier lächelte. »Na, dann wollen wir mal sehen, was ich für Euch tun kann.«

Hilary hatte den Eindruck, dass sie ihr eigentlich gerade eine andere Frage stellte, aber sie wusste nicht genau, welche.

»Welche Heilmittel hat man Euch gegeben?«

»Ich habe so viel Goldblütentee getrunken, um den ganzen Turm darin zu ertränken – sowohl hier als auch in Arilinn. Und ich habe auch eine Menge anderer Arzneien eingenommen. An alle kann ich mich nicht erinnern, nur an Schwarzdorn und Bitterkraut. Und was es sonst noch so gibt.«

»Manche Kräuterweiber würden sogar den Schwarzen Rotz mit einer Dosis Goldblüte behandeln. Habt Ihr ...« Allier zögerte, dann fragte sie: »Verzeiht, *Damisela.* Hattet Ihr eine Fehlgeburt? Oder hat Euch vielleicht jemand einen Trank eingeflößt, um Euch von einem ungewollten Kind zu befreien?«

Hilary kicherte. »Nein«, antwortete sie. »Ich glaube, es würde nicht einmal der Göttin Avarra gelingen, unter Leonies scharfem Blick ein Kind zu empfangen. Ich habe in ihrer Gegenwart nicht einmal gewagt, an solche Dinge zu denken! Ich hatte keine Gelegenheit dazu und bin auch keine Eidbrecherin.«

»Genau, selbst das *Laran* hat seine Nachteile«, stimmte die junge Entsagende zu.

»Außerdem muss ich sagen, dass der Mann noch nicht geboren ist, der mich dazu bringen könnte, meinen Eid zu vergessen«, sagte Hilary. »Nein, nicht mal Damon. Ob Ihr es glaubt oder nicht – meine Mutter tut es nicht –, aber es ist die Wahrheit.«

»Ich besitze zwar kein *Laran*«, erwiderte die Frau, »aber ich weiß, wann jemand die Wahrheit sagt. Ich glaube Euch, *Damisela.*«

Hilary entspannte sich seufzend. »Was könnt Ihr Eurer Meinung nach für mich tun?«

»Versprechen kann ich nichts. Aber wir wissen heute mehr über diese Dinge als die Frauen früherer Zeiten. Zu Leonies Zeiten galt es als schick zu behaupten, dass die Krankheit im Kopf sitzt. Da Krankheiten des Kopfes schwieriger zu heilen sind als die des Körpers, gab es auch solche, die glaubten, wenn sie im Kopf läge, müsste man nur sein Bewusstsein öffnen, um sie loszuwerden.«

Hilary seufzte. »Ich weiß. Ich kann diejenigen, die von einer Erkrankung meines Geistes überzeugt sind, schon nicht mehr zählen. Selbst Leonie, so gütig sie auch war, hat vermutlich nie aufgehört zu glauben, ich mache mich auf irgendeine Weise selbst krank, die weder Ihr noch ich versteht.«

»Heute weiß man mehr«, erwiderte Allier. »Ob wir Euch wieder völlig gesund machen können, weiß ich zwar nicht, aber wir werden es versuchen.«

»Danke, Allier«, sagte Hilary. »Wisst Ihr was? Jetzt, wo ich darüber nachdenke, möchte ich eigentlich gar nicht an jemanden verheiratet werden – weder im Namen meiner Familie noch wegen der Kinder, die ich vielleicht einmal haben werde, auch wenn dies das Schicksal fast aller Frauen der Domänen ist.«

»Ich wäre die Letzte, die Euch dies verübelt«, entgegnete Allier. »Dieses Schicksal braucht eine Entsagende freilich nie zu fürchten.«

Hilary seufzte. »Ach, ich habe weder die Begabung noch den Willen, meiner Familie zu trotzen und als Entsagende zu leben – selbst dann nicht, wenn mir diese Möglichkeit offen stünde. Ich fürchte, ich könnte mich meiner Familie nicht entgegenstellen, um für dieses Recht einzutreten. Jemand wie Ihr wird mich gewiss für feige halten, weil ich so denke.«

Allier lächelte. »Mut hat viele Gesichter«, sagte sie. »Ich habe oft betont, dass Ihr in Arilinn mit mehr Mut gerungen habt, als ich je hätte. Ich hätte gewiss nachgegeben und wäre schon nach drei Monaten zurückgekehrt. Und Ihr wart, glaube ich, sieben Jahre dort. Nein, *Damisela,* das Wort feige hätte ich nie mit Euch in Verbindung gebracht.«

Danach wandten sich die beiden den Dingen zu, von denen Allier glaubte, sie könnten für Hilary getan werden. Sie stimmten bald überein, gemeinsam zu ihrem Haus im Dorf zu reiten, da Hilary gerade eine Phase relativer Gesundheit durchlebte. Es war praktischer, die Kräuter und Arzneien der Entsagende in der Nähe zu haben.

»Zuerst probieren wir ein paar einfachere Mittel aus«, sagte Allier. »Auch wenn sie nichts nützen sollten – Schaden richten sie keinesfalls an. Bei einigen stärkeren Mitteln müsst Ihr Tag und Nacht unter Beobachtung stehen. Ich kann meine anderen Patienten aber in den nächsten zehn Tagen nicht allein lassen und in Eurer Nähe bleiben, für den Fall, dass Komplikationen auftreten.«

»Das freut mich«, sagte Hilary. »Aber die Alte auf dem Gut hat mich schon genug mit ihren Gebräuen versorgt, so dass ich wenig an ihre Wirkung glauben kann.«

»Wir versuchen es trotzdem«, entgegnete Allier. »An Eurer Stelle würde ich die Kraft des Glaubens nicht unterschätzen. Ich nehme jedoch mal an, Ihr seid mit dem Glauben schon an Eure Grenze gegangen.« Sie schwang sich von ihrem Reitpferd und ging in ihre kleine Hütte. Hilary folgte ihr und fand sie wieder, als sie vor einem langen Regal zwischen Flaschen und Phiolen herumkramte.

»Versteht Ihr etwas von Heilkunst, *Damisela?«*, fragte Allier.

»Sehr wenig«, sagte Hilary. »Callista hat viel mehr Ahnung von Kräutern als ich. Aber ich weiß genug, um zu sehen, dass Ihr bestens ausgerüstet seid. Nicht einmal im Turm hatten wir so viel.«

»Das kann schon sein. Ich verstehe nämlich auch einiges von der Heilkunst der Terraner. Ihre Mediziner und Medizinerinnen setzen Arzneien ein, die wesentlich stärker sind als diejenigen, die mir zur Verfügung stehen. Aber ich würde sie nur als letzte Möglichkeit bei Euch anwenden. Und bevor ich es tue, muss ich mich erst mit meinen terranischen Kollegen beraten.«

Hilary schüttelte den Kopf. »Ich glaube, meine Mutter würde sich vor einer solchen Beratung fürchten.«

»Vielleicht kommt es gar nicht erst dazu.«

Obwohl Hilary die übertriebene Angst vor den Terranern nicht teilte, die manche weniger gebildeten Männer und Frauen in den Domänen verspürten, hoffte auch sie inbrünstig, dass es dazu nicht kam. Allier packte einige passende Arzneien in einen Beutel an ihrem Sattel, dann fügte sie noch ein paar mit Süßwurzel gewürzte Kekse hinzu. »Ich habe Eurer kleinen Schwester welche versprochen«, fügte sie erklärend hinzu.

Als sie in den Hof hinaustraten, stießen sie auf einen wartenden jungen Mann. Allier verbeugte sich vor ihm. *»Vai Dom?«*

Der junge Mann verbeugte sich tief vor Hilary. Sie erkannte in ihm einen der jungen Burschen, die während ihrer Anwesenheit im Turm für ein halbes Jahr dort gewesen waren.

»Verzeiht, dass ich störe, *Damisela* Hilary. Ich habe *Mestra* Allier einen der Lieblingshunde meiner Mutter gebracht. Ich glaube, ihm steckt ein Knochen im Hals. Weder ich noch der Tierheiler unseres Gutes sind geschickt genug, ihm zu helfen. Wenn ich bitten dürfte, *Mestra* ...«

»Lasst mich mal schauen«, sagte Allier und stieg vom Pferd. »Du armes Vieh«, säuselte sie. Der Hund war noch klein. Er hatte ein seidiges Fell und jaulte und sabberte vor Furcht.

»Tut bitte, was Ihr könnt, meine Mutter wird sich gewiss sehr erkenntlich zeigen.«

»*Dom* Colin, ich würde für jeden Straßenköter dasselbe tun. Aber Ihr müsst seinen Kopf festhalten.«

Auf Alliers Zeichen, stieg Colin von seinem Pony und hielt den Kopf des kleinen Hundes fest.

»So ... Na, komm ... Na, komm, mein Kleiner ...« Kurz darauf hatte Allier den Knochen aus dem Hals des Hundes entfernt. Sie tätschelte seinen Kopf und ließ ihn zu Boden. Er leckte ihr die Hand und winselte erleichtert.

Der junge Colin lächelte. »Ich bin Euch sehr dankbar, *Mestra*. Er ist der Schoßhund meiner Mutter, und sie hätte ihn um keinen Preis der Welt verlieren wollen. Wie kann ich es Euch vergelten?«

»Indem Ihr ihm keine Geflügelknochen mehr gebt. Hunde können zwar viele Knochen zerkauen, aber solche nicht. Ich brauche nichts für mich, *Vai Dom*. Aber richtet Eurer Mutter aus, sie möge, wenn in ihrer Gegenwart jemand schlecht über die Entsagenden spricht, selbst nichts Böses dazu beitragen, auch wenn ihr Gewissen ihr nicht gestattet, uns zu verteidigen.«

Colin seufzte. »Ich fürchte, es wird ihr nicht leicht abzuringen sein, da sie keine der Euren persönlich kennt. Ich werde ihr die Botschaft dennoch überbringen. Außerdem soll niemand in *meiner* Gegenwart Schlechtes über den Orden sagen; das schwöre ich.« Er kramte in seiner Börse.

Allier schüttelte den Kopf, aber Colin beharrte: »Dann nehmt es eben für jene im Dorf, die nicht für Eure Hilfe zahlen können.«

Allier schob die Goldmünze in ihren Geldbeutel. »Ich danke Euch, *Dom*. Einige der alten Frauen können weder für Verbände noch für Leinen zahlen – noch nicht einmal für ein Leichentuch.«

Colin verbeugte sich und ritt fort.

»Ihr kennt *Dom* Colin von Syrtis?«, fragte Allier, an Hilary gewandt.

»Ja, er war einige Monate in Arilinn.«

»Vielleicht hat er nicht mit Euch gesprochen, weil er sich so sehr um das Hündchen gesorgt hat. Vielleicht hat er aber auch nicht erwartet, Euch hier zu begegnen. Oder er hat Euch nicht erkannt.«

»Ach was, er kannte sogar meinen Namen«, warf Hilary ein. Die Vorstellung, dass Colin nicht mit ihr hatte sprechen wollen, besorgte sie ein wenig. Oder hielt er sie noch immer für sakrosankt? Für eine Bewahrerin, die man nicht einmal dann ansprach, wenn man mit ihr befreundet war? Hielt er sie etwa für eine Eidbrecherin? Hatte er denn nicht gehört, dass man sie vom Turm fortgeschickt hatte? Verachtete er sie vielleicht deswegen?

Einige Tage später ritt Hilary mit ihrer Familie nach Armida zum Namensfest von Callistas Tochter. Ellemir lief ihr nicht sofort über den Weg, doch als sie sich über die Wiege beugte, in der die kleine Hilary lag, betrat Damon den Raum. Er bewunderte das Geschenk, das sie dem Säugling gemacht hatte, ein goldenes Medaillon mit einem in der Mitte befestigten wunderschönen grünen Stein. Er war zwar nicht von großem Wert, aber sehr geschmackvoll und hübsch. Dann wandte er sich zu Hilary um und sagte: »Ellemir liegt noch im Bett. Sie hat mir vor zwei Tagen einen Sohn geboren. Auch ihn möchte ich dir gern zeigen.«

»Ich würde nichts lieber tun, als ihn mir anzusehen, Damon, aber ich kenne Ellemir nicht so gut wie Callista. Es tut mir Leid, dass ich ihm nur mein Wohlwollen als Geschenk mitbringen kann. Ich wusste nichts von seiner Geburt. Es würde mich sehr freuen, Damon, deinen Sohn zu sehen.«

Damon führte sie lächelnd die Treppe hinauf in einen Raum, in dem Callista die Wöchnerin pflegte. Als sie näher kam, richtete sich eine über eine Wiege gebeugte, vertraute Gestalt auf.

»Ich grüße Euch, *Vai Domna*«, empfing Allier sie freudig. »Ich freue mich zu sehen, dass es Euch gut geht. – Wie gefällt Euch der Kleine?«

»Er ist wunderschön, Damon. Ich freue mich sehr für dich.« Nun hatte Damon, was immer Ellemir auch passierte, das Recht, in Armida zu bleiben. Sie hatte ihn noch nie so zufrieden gesehen.

»Gefällt Euch mein Sohn, *Vai Domna?*«, fragte Ellemir.

Hilary beugte sich über das winzige Kerlchen und küsste ihn. Der Säugling verzog das rote Gesicht und kreischte los. Allier legte ihn Ellemir in die Arme.

»Er ist wunderschön, Ellemir«, stellte Hilary fest, »aber offenbar mag er mich noch weniger als ich ihn! Aber nenn mich nicht immer *Vai Domna* – Hilary genügt. Damon ist schließlich mein ältester Freund aus Arilinn.«

Ellemir lächelte, obwohl sie nicht vollkommen glücklich wirkte. Hilary wusste, dass sie ein wenig neidisch auf die Wertschätzung war, die Damon seinen alten Freunden aus Arilinn entgegenbrachte. Trotzdem musste Ellemir früher oder später erfahren, dass sie, soweit es Damon betraf, keine Bedrohung für sie darstellte – nicht mehr als ihr Bruder Despard oder ihre kleine Schwester.

In diesem Moment ging die Tür weit auf, und der junge Colin Syrtis betrat den Raum.

»Ich bringe ein Geschenk für deinen Sohn, Damon«, begann er. Dann brach er ab und schaute Hilary an.

»Ich freue mich, dass Ihr so gesund ausseht, *Vai Domna.* Dann hat Damon Euch unseren neuen kleinen Gardisten schon gezeigt?«

»Ich wusste gar nicht, dass er für die Garde bestimmt ist. Ist dem wirklich so, Damon?«

Damon grinste. »Diesem Schicksal kann kein *Comyn*-Knabe entgehen, wenn er über zwei gesunde Beine und gutes Augenlicht verfügt«, erwiderte er.

Hilary musterte die blauen Augen des Kindes. »Gesunde Beine und Augen hat er, und darüber freue ich mich sehr. Aber es ist doch auch gut möglich, dass er wie sein Vater für den Turm bestimmt ist.«

»Ist er nicht«, erwiderte Damon. »Andere haben zwar mehr Weitblick als ich, aber er wird in keinen Turm eintreten, den ich kenne.«

»Dann gehe ich mal davon aus, dass er ein guter Gardist werden wird«, sagte Hilary.

Colin lächelte. »Das ist doch keine Frage – nicht, wenn er Damon zum Vater hat! Darf ich Euch nach Hause begleiten, *Damisela?* Ich habe eine Botschaft für Eure Eltern.«

»Es wäre mir sehr recht«, antwortete Hilary sittsam.

Sie freute sich über Colins Gesellschaft, denn sie machte den langen Weg weniger ermüdend. Als sie sich Castamir näherten, sagte er plötzlich: »Seid Ihr eigentlich nicht neugierig, was ich Euren Eltern ausrichten möchte, Hilary?«

Hilary seufzte, schon wieder wurde sie damit konfrontiert. »Mir wäre lieber gewesen, die Sache käme nicht zur Sprache. Ich nehme an, Ihr werdet bei meinen Eltern um meine Hand anhalten. Aber es wird meine Mutter enttäuschen, wenn Eure Familie ihr verdeutlicht, dass Ihr eine gesunde Frau braucht, die Euch auch Kinder gebären kann. Ich gestehe Euch ganz ehrlich: Ich werde sehr traurig sein, wenn es dazu kommt. Ich hätte lieber einen Freund als einen Freier.«

Dann fuhr sie beharrlich fort: »Wir waren einst befreundet, und auch jetzt hätte ich dich lieber wieder zum Freund, statt irgendeinen von den Göttern gemachten Mann zu heiraten. Ich habe nämlich nicht viele Freunde.«

Colin schaute sie an und seufzte. »Warum bist du nur so sicher, dass nichts daraus wird, Hilary?«, fragte er. Oder dass wir keine Freunde bleiben können, ob wir nun heiraten oder nicht?«

Hilary seufzte ebenfalls, dann warf sie vorsichtig ein: »Weil du mit den *Comyn* verwandt bist und eine Frau haben musst, die dir gesunde Söhne schenken kann. Du weißt bestimmt, dass ich dreimal versprochen war und der Mann oder seine Eltern den Vertrag ebenso oft gebrochen haben. Es ist nicht gerade wahrscheinlich, dass deine Eltern dir erlauben, mich zu heiraten.«

»Was das angeht«, sagte Colin, »so bin ich der dritte Sohn. Ich weiß, welches Chaos entsteht, wenn eine Familie zu viele Söhne hat. Meine Eltern hatten, ebenso wie die Damons, fünf Söhne, und bis auf einen sind alle bei bester Gesundheit. Ich kann dir zwar keine Domäne anbieten, aber das Schöne ist, dass ich wenigstens heiraten kann, um mir selbst eine Freude zu machen statt meiner Familie. Deswegen habe ich auch nicht die Absicht, sie vorher zu fragen, Hilary.«

»Aber deine Eltern wünschen doch bestimmt, dass du eine Frau aus einer mächtigeren Familie heiratest.«

»Falls es so ist – was ich allerdings nicht glaube –, können sie sich wünschen, was sie wollen. Aber ich bin nicht verpflichtet, auf sie zu hören. Glaube mir, Hilary, ich habe nicht die Absicht, jemanden zu heiraten, der ihnen oder irgendeinem anderen genehm ist.«

Hilary konnte nicht vermeiden, dass sich ein Anflug von Verbitterung in ihre Stimme schlich. »Nun, fragen darfst du natürlich – und ich kann nur hoffen, dass es dir etwas einbringt.«

»Ich würde gern wissen, Hilary«, sagte Colin mit sanfter Stimme, »ob eine solche Anfrage dich verärgern würde.«

Hilary lachte kurz.

»Aber nein«, sagte sie. »Ich dachte, das hätte ich klargestellt. Ich wollte nur keine erneute Enttäuschung erleben, wenn nichts aus deinen Heiratsplänen wird – und davon gehe ich aus.«

»Mehr wollte ich nicht wissen«, entgegnete Colin leise.

Einige Wochen später wurde Hilary von ihrem Vater in dessen Zimmer gerufen. »Jemand hat uns ein Angebot für dich gemacht, Schätzchen. Würde es dich freuen, in die Familie Syrtis einzuheiraten?«

»Es würde mich sogar sehr freuen«, sagte Hilary wahrheitsgemäß. »Colin hat sich schon mit mir darüber unterhalten. – Nein, sei nicht verärgert über ihn, Papa. Er hat mich nur gefragt, ob es mir unangenehm sei, falls er um meine Hand anhielte.«

»Und welche Antwort hast du ihm gegeben?«

»Ich habe ihm gesagt, dass es mir sehr recht wäre«, erwiderte sie. »Ich gestehe aber, dass ich glaube, es wird gar nicht erst zu einer Heirat kommen.«

War es wirklich schon so weit gekommen, dass sie zu einer Ehe bereit war, weil sie selbst verheiratet sein wollte? Ging es nicht in Wahrheit um eine dynastische Allianz? Die Familie Syrtis war seit vielen Jahren mit den Hasturs verbündet, und sie fürchtete auch jetzt noch, dass Colins Familie es nicht gutheiß, wenn sie von ihrem jämmerlichen Gesundheitszustand erfuhr.

Doch als die Monate vergingen und sie *Domna* Camilla kennen lernte, glaubte sie allmählich an ihr Glück; dass sie einen Mann ehelichen würde, den sie wirklich gut kannte und von dem sie einiges hielt. Außerdem gefielen ihr Colins Eltern. Manchmal wünschte sie sich sogar, sie wären die ihren. Deswegen hatte sie auch so ein schlechtes Gewissen. Die Familie Syrtis war reicher als die ihre, und auch das bereitete ihr Sorgen. Vielleicht, so ging es ihr durch den Kopf, scherten sie sich aus diesem Grund weniger um die Äußerlichkeiten der Hochzeit. Vielleicht waren sie inzwischen aber auch nur an Eheschließungen gewöhnt. Schließlich hatten sie fünf Söhne.

Inzwischen hatte die Entsagende verschiedene Arzneien und Tränke an Hilary ausprobiert. Bisher hatte noch kein einziger größere Wirkung gezeigt, manche verschlimmerten ihren Zustand offenbar nur. Eines Tages fühlte Hilary sich ziemlich müde und blieb daher im Bett. Sie spielte lustlos eine Partie Schach mit Maellen, als *Domna* Yllana die Botschaft überbrachte, Colins Mutter sei zu Besuch gekommen und wünsche sie zu sehen.

»Sie darf dich in diesem Zustand unter keinen Umständen sehen!« *Domna* Yllanas Stimme war von Kummer erfüllt. »Was würde sie wohl davon halten?«

Das Nachdenken fiel Hilary zu schwer. Von dem Gebräu,

das Allier ihr verabreicht hatte, wurde sie noch schläfriger als von den Goldblüten, aber soweit sie es beurteilen konnte, hatte es sonst keine Nebenwirkungen.

»Vielleicht glaubt sie, dass ich wirklich krank bin und nicht nur eine Krankheit vortäusche, um der Ehe mit ihrem Sohn zu entgehen?«, fragte sie.

»Hilary, wie kannst du so etwas nur sagen!«

»Aber *du* glaubst es doch, oder etwa nicht?«

»Natürlich nicht, mein Liebling. Aber könntest du dir vielleicht etwas Mühe geben? Stehst du jetzt bitte auf und kommst herunter?«

»Nein, ich kann nicht«, erwiderte Hilary benommen. »Ich dachte, das hättest du schon an dem Abend erfahren, an dem ich ankam. Willst du wirklich, dass ich mich über den Schoß der edlen Dame erbreche?«

Hilary war im Grunde alles egal. Alliers Trank hatte sie unglaublich ermattet. Es war ihr schier unmöglich, sich auf irgendetwas zu konzentrieren. Natürlich konnte ihre Mutter es nicht dabei belassen. Sie nörgelte endlos an ihr herum und bestand darauf, dass sie sich das Haar kämmte und eine frische und hübsche Bettjacke anzog.

Als Lady Syrtis den Raum endlich betrat, war Hilary völlig erschöpft und benommen. Maellen hatte den Ermahnungen ihrer Mutter, sich hinauszuscheren und eine frische Schürze anzuziehen, erfolgreich widerstanden. »Die edle Dame ist doch nicht gekommen, um mich zu sehen«, hatte sie widersprochen und war einfach dort sitzen geblieben, wo sie zuvor schon gewesen war – auf Hilarys Bett.

Lady Syrtis begrüßte Maellen, dann warf sie einen ängstlichen Blick auf Hilarys blasses Gesicht. Hilarys Mutter verließ den Raum, um Erfrischungen zuzubereiten.

»Ich wollte nicht, dass du dir Umstände machst, Mädchen«, sagte Lady Syrtis. »Ich sehe doch, dass es dir nicht gut geht. –

Ich bitte dich«, fügte sie hinzu, »mach dir nicht die Mühe, dich hinzusetzen. Ich wollte eigentlich nur wissen, ob du wegen der Hochzeit irgendwelche besonderen Wünsche hast.«

»Danke, keine«, entgegnete Hilary schwach. »Wenn ich überhaupt einen Wunsch habe, sollte die Hochzeit am liebsten in so kleinem und privatem Rahmen wie nur möglich stattfinden.«

»Hätte ich das doch nur vorher gewusst«, sagte Lady Syrtis fast bedauernd. »Jetzt habe ich die meisten unserer Verwandten schon eingeladen. Ich kann sie natürlich nicht wieder ausladen, sonst glauben sie vielleicht noch, wir hätten etwas zu verbergen. Tut mir Leid. Wenn ich gewusst hätte, dass du so empfindest, hätte ich mich auf den engsten Familienkreis beschränkt. Aber deine Mutter hat mir zu verstehen gegeben, dass du eine große Zeremonie wünschst, und natürlich wollten wir dir diese Ehre erweisen.«

Hilary seufzte. Es gab nicht den geringsten Grund, Zwietracht zwischen ihrer Mutter und den neuen Verwandten zu säen, deswegen sagte sie: »Meine Mutter hat da wohl etwas missverstanden, als ich noch ein Kind und zu jung war, um zu verstehen, wie viele Umstände eine Hochzeit bereitet. Glaube mir, ich bin nicht erpicht auf große Zeremonien. Davon hatte ich in Arilinn so viele, dass sie für ein ganzes Leben ausreichen.«

»Das will ich dir gern glauben, meine Liebe«, sagte Lady Syrtis. »Ach, hätte ich es doch nur gewusst. Aber jetzt ruh dich aus und komm wieder zu Kräften.« Sie beugte sich vor, gab Hilary einen Kuss, tätschelte kurz die Wange der schweigsamen Maellen und ging hinaus.

Hilary war schon fast wieder eingeschlafen, als ihre Mutter ins Zimmer kam. Sie erkannte mit einem Blick, wie wütend sie war. »Was hast du Lady Syrtis da erzählt? Dass du auf eine große Zeremonie keinen Wert legst?«

»Das hat sie gesagt«, bestätigte Maellen, die noch am Fuß des Bettes stand. »Ich habe es genau gehört.«

»Sei still, Fräulein«, befahl Lady Castamir. »Hilary, du hast uns alle zu Narren gemacht.«

Nein, dachte Hilary, *dafür hast du selbst schon auf großartige Weise gesorgt.* Aber natürlich sprach sie es nicht aus. »Mutter, ich habe lediglich geäußert, dass ich damit zufrieden wäre, meinen Eid vor unseren Familien zu sprechen, falls es mir überlassen wäre, aber dass Papa und du es lieber anders wünschst.«

»Was soll der Unsinn, Kind? Wenn du dich an deinem Hochzeitstag von der Welt abkapselst, werden alle glauben, du hättest etwas zu verbergen.«

»Ich weiß, Mutter«, entgegnete Hilary beschwichtigend. »Ich weiß, dass es dafür schon zu weit gediehen ist. Aber ich bitte dich, sprich nicht mehr von Zeremonien! Es kommt mir so vor, als würdest du schon die Hochzeit König Stefans planen.«

»Ich tue es nur für unsere Tochter und unsere engsten Verwandten«, ihr Tonfall verriet, dass sie beleidigt war. »Und es ist alles nur zu deinem Besten, meine Liebe.«

Sie ging hinaus und kehrte kurz darauf zurück, um Hilary mitzuteilen, dass Colin unten sei und seine Braut zu sprechen wünsche. »Erzähle ihm um Himmels willen bloß nichts von der Sache«, schärfte sie ihr ein. Hilary, die sich schon jetzt wie eine Gefangene irgendeiner riesengroßen terranischen Erdbewegungsmaschine fühlte, gab ihr das Versprechen.

Einige Tage später fühlte Hilary sich wieder besser und ritt mit Colin zu Alliers Häuschen. Als Colin in den Hof preschte, bereitete die Frau sich gerade auf einen Ausflug ins Dorf vor.

»Kann ich Euch kurz sprechen, *Mestra?*«

»Wir müssen uns leider hier unterhalten. Wir haben keinen passenden Gästeraum wie im Gildenhaus. Und was glaubt Ihr, für welche Art Haus man das meine im Dorf halten würde, wenn ich fremde Männer hineinließe?«

»Darüber habe ich noch nie nachgedacht«, erwiderte Colin. »Es gibt da ein Sprichwort: ›Es gibt gewiss nichts Boshafteres als den Verstand einer tugendhaften Frau.‹«

»Außer«, warf Allier ein, »dem Verstand eines tugendhaften Mannes. – Trotzdem: Solche Menschen gibt es. Und ich muss mit ihnen auskommen.«

»Meine Verlobte hat mich begleitet«, sagte Colin, als Hilary in den Hof einritt. »Ich glaube, sie ist Anstandsdame genug, um Euch vor bösen Zungen zu schützen.«

»Oh, aber sicher«, bestätigte Allier. »Tretet ein, Lady Hilary. *Dom* Colin kann sich derweil um die Pferde kümmern.«

»Mit Freuden«, sagte Hilary. Sie betrat das Häuschen der Frau, setzte sich hin und berichtete ihr alles.

»Ich habe ein schlechtes Gewissen, weil ich die Dinge so weit habe kommen lassen«, gestand sie. »Jetzt weiß ich nicht mehr, wie ich sie anhalten soll.«

»Nichts leichter als das«, sagte Allier. »Es verlangt nur ein wenig Mut. – Sagt Eurer Mutter einfach, dass Ihr kein großes Fest wünscht.«

»Aber das klingt doch so – oje – undankbar, da sie sich schon so viel Mühe gemacht hat«, wandte Hilary ein. »Ich möchte sie keinesfalls brüskieren.«

»Dann bleibt Euch keine andere Wahl«, sagte Allier. »Natürlich seid Ihr undankbar. Ihr möchtet sie nur nicht verärgern, indem Ihr es ihr sagt.«

»Wie gut Ihr mich kennt«, erwiderte Hilary mit einem Anflug von Reue. »Ich habe eben nicht den Mut der ... Wachhunde meines Vaters. Die bellen wenigstens, um den Nachtwächter zu wecken.«

»Nein, *Damisela*, Ihr seid keine gute Bellerin«, versicherte Allier. »Könnt Ihr denn mit Colin darüber reden?«

»Aber ja«, sagte Hilary. »Ich glaube, mit Colin könnte ich über *alles* sprechen.«

»Es erleichtert mich, das zu hören«, erwiderte Allier. »Denn wenn es irgendetwas gäbe, das Ihr nicht mit ihm bereden könnt, würde ich Euch bestimmt abraten, ihn zu heiraten.«

»Ist das eine Weisheit der Entsagenden?«, fragte Hilary. Zu den ersten Dingen, die sie als kleines Kind von ihrer Mutter gelernt hatte, gehörte natürlich auch, dass Papa nicht unbedingt alles zu wissen brauchte.

»Nein, das ist gesunder Menschenverstand«, erwiderte Allier. »Ich würde ohnehin nur als Freipartnerin heiraten – mein Eid verhindert alles andere. Doch selbst wenn ich frei wäre ... Ich würde keinen Mann heiraten, bei dem ich das Gefühl hätte, ich müsste etwas vor ihm verbergen. Ihr habt bereits einen guten Anfang gemacht, indem Ihr darauf bestanden habt, Colin von Euren gesundheitlichen Problemen zu erzählen. Ich bin mir sicher, dass Eure Mutter es für das Beste hält, nichts dergleichen zu erwähnen.«

»Ihr habt völlig Recht«, gestand Hilary ein.

»Sie hat Euch auch klargemacht, dass es die Pflicht einer Ehefrau ist, so wenig wie möglich über ihren Gesundheitszustand zu reden – und zwar auch nach der Hochzeit.«

Obwohl Hilary wusste, wie langweilig derlei Gespräche waren, hatte sie sich in Arilinn daran gewöhnt, dass sämtliche Anwesenden ihren Gesundheitszustand in aller Ausführlichkeit diskutierten.

»Dann rate ich Euch, dass Ihr Colin ehrlich gesteht, was Ihr empfindet«, fuhr Allier fort. »Wenn er meint, dass Ihr es trotzdem ertragen müsst, schlage ich vor, dass Ihr all Euren Mut zusammennehmt und Euch fügt. Ansonsten bitte ich Euch, nicht zu vergessen, dass eine Heirat im Grunde nur aus *einer Mahlzeit, einem Bett und einer Feuerstelle* besteht.«

Als sie heimwärts ritten, erzählte Hilary Colin von Alliers Vorschlägen. Er wirkte daraufhin so besorgt, dass sie das Gefühl hatte, zusammenbrechen zu müssen. Aber sie fragte nur: »Sag die Wahrheit, Colin: Wie aufwendig wünschst du dir die Zeremonie?«

»Nicht mehr als du«, erwiderte er ziemlich unglücklich. »Du weißt doch, dass das ganze Getue nur dazu dient, die Familie der Braut zu erfreuen. Deine Eltern haben mir erzählt, du müsstest eine Hochzeit haben, die einer ehemaligen Bewahrerin aus Arilinn würdig ist. Aber ich gestehe, dass ich eigentlich nicht weiß, was das alles soll.«

»Dann stimmen wir also völlig überein«, stellte Hilary fest und atmete erleichtert auf. »Mir hat man erzählt, dass nur eine große Feier dich und deine Verwandten erfreut. Ich kam mir so undankbar vor, weil ich sie nicht haben wollte – als hätte es dich und deine edlen Verwandten erniedrigt.«

Colins Miene erhellte sich. »Dann machen wir es doch einfach weniger aufwendig«, schlug er vor. »Ich habe immer gedacht, eine Hochzeit soll die Braut und den Bräutigam erfreuen. Ich bin mit allem einverstanden, was du willst. Aber wenn du all das gar nicht möchtest – und wir beide uns einig sind ...?«

»Einer Sache solltest du dir jedoch bewusst sein«, warf Hilary ein. »Meine Mutter und mein Vater werden furchtbar wütend auf uns sein – meine Mutter auf jeden Fall. Papa wird nichts dagegen haben – er muss nur den Zorn meiner Mutter ertragen.«

Colin seufzte. »Verzeih mir, Liebling, für das, was ich jetzt sage, aber ... Der Zorn deiner Mutter interessiert mich einen feuchten Kehricht.«

Hilary empfand ein außergewöhnlich starkes Gefühl der Erleichterung. Sie lachte nervös und murmelte: »Um der Wahrheit die Ehre zu geben, Colin, ich denke ebenso. Mir fehlt nur der Mut, es auszusprechen!«

Colin wandte sich im Sattel um und schaute sie an. »Dann, meine Liebe, brauchen wir jetzt wohl nur noch zu entscheiden, wann wir wohin gehen wollen.«

Hilary war sich weder darüber im Klaren, was sie gern getan hätte, noch wo sie es tun sollten. Sie wollte den Zorn ihrer Eltern nicht über jene Dörfler bringen, die bereit waren, ihnen ein Quartier zu gewähren. Schließlich machte sie den verzweifelten Vorschlag, Allier um Rat zu fragen.

Vielleicht wusste sie etwas oder war zumindest in der Lage, ihnen irgendetwas zu empfehlen.

Am nächsten Tag trafen sie sich mit Allier und berichteten der jungen Frau von ihrem Dilemma. Sie hörte ihnen aufmerksam zu, dann lächelte sie.

»Ich habe mich schon gefragt, wann Ihr kommen würdet, um mich zu fragen. Ich fürchte den Zorn Eurer Familie nicht. Ich bin, was meinen Lebensunterhalt anbetrifft, auf niemanden aus dem Dorf angewiesen, sondern nur auf meine Gildenmutter. Die Dörfler würden sowieso nicht wagen, mich zu verärgern, denn wer würde dann ihren Frauen zur Seite stehen? Wo blieben sie denn, wenn die Gilde sich weigern würde, ihnen Heilerinnen oder Hebammen zu schicken? Natürlich könnt Ihr mein Häuschen haben.«

Nachdem dies beschlossen war, konzentrierte Hilary sich auf die Frage, wie die erste gemeinsame Mahlzeit an ihrer ersten gemeinsamen Feuerstelle ausfallen sollte. Sie verstand fast nichts von der Kochkunst. Im Turm hatten sich stets Bediensteten um alles gekümmert. Also nahm sie sich vor, fertige

Mahlzeiten mitzunehmen. Sie erzählte ihrer Mutter, sie wolle mit Colin einen Tagesritt unternehmen, und brachte eine Küchenmagd dazu, ihnen ein reichhaltiges Mittagsmahl einzupacken, zu dem auch viele ihrer liebsten Leckerbissen gehörten. Sie überredete die Magd sogar augenzwinkernd dazu, ihr einen Apfel-Nuss-Kuchen einzupacken, von dem auf dem Gut jeder wusste, dass es ihre Lieblingsspeise war. *Nun bekomme ich meinen Hochzeitskuchen doch noch,* dachte sie mit einem listigen Lächeln, *und zwar ohne dass jemand behauptet, er sei bei einer solchen Angelegenheit unpassend.*

Eine Küchenmagd, die früher auch ihr Kindermädchen gewesen war, bemerkte Hilarys Lächeln. »Ihr seid ja so fröhlich, Herrin«, stellte sie fest, als erwarte sie eine Antwort.

»Wenn ich am Vorabend meiner Hochzeit nicht fröhlich sein darf«, erwiderte Hilary, »wann soll ich es sonst sein?« Sie nahm die Frau fest in die Arme. Wenn das Personal erfuhr, dass sie es um ein großes Fest betrogen hatte, wusste wenigstens eine, wie glücklich sie dabei gewesen war.

Doch als sie mit Colin davonritt, wurde sie plötzlich ganz schwermütig. In den letzten zwei bis drei Jahren hatte sie von Damon viel von den Mühen gehört, die Callista ertragen hatte, um die Last des Turms abzulegen. Sie hatte sich geweigert, mit Leonie zusammenzuarbeiten, als sich die Turmbewohner versammelt hatten, um Damon seiner Kräfte zu entkleiden. Sie hatte noch immer Angst, doch vielleicht fiel es ihr aufgrund von Alliers Fürsorge leichter. Sie konnte ihre Ehe möglicherweise gefahrlos vollziehen, aber vielleicht gehörte auch sie zu den ehemaligen Bewahrerinnen, die ihre Ehegatten unabsichtlich umbrachten. Schon die Möglichkeit versetzte sie in Angst und Schrecken.

Auch Colin hatte im Turm gearbeitet. Sie war mit Geschichten aufgewachsen, in denen ein Mann, der eine Bewahrerin zur Frau nahm – selbst wenn sie nichts dagegen hatte –, sein

Leben und seine geistige Gesundheit aufs Spiel setzte. Hatte Colin etwa Angst vor ihr?

»Nicht viel«, sagte er, »aber das Leben ist voller Ungewissheiten. Wäre ich ein ängstlicher Mensch, würde ich mich nie auf ein Pferd setzen, schließlich könnte es mir durchgehen. Ich würde auch nie einen Fuß von meinem Herd entfernen und ins Freie treten – aus Angst, ein Blitz könnte mich aus heiterem Himmel erschlagen. Menschen können nicht ständig in Angst leben, Hilary. Ich riskiere mein Leben jedes Mal, wenn ich einen Fuß aus dem Bett strecke.«

»Dann bist du mutiger als ich«, stellte Hilary fest. »Ich habe vor allem Angst.«

»Wenn du erst einmal mit mir verheiratet bist«, sagte Colin, »brauchst du keine Angst mehr zu haben. Dann gibt es nämlich nichts mehr, wovor du dich fürchten musst.«

»Hoffentlich nicht«, erwiderte Hilary, als sie ihre Pferde vor Alliers Häuschen zum Stehen brachten. Allier war offenbar nicht da, hatte aber die Riegelschnur für sie hängen lassen. Während Colin die Pferde anband und mit Heu versorgte, ging Hilary hinein.

Das Häuschen bestand nur aus einem großen Raum, der als Küche, Wohn- und Schlafzimmer diente. Ein großes Bett mit vier Beinen nahm den größten Teil des Platzes ein. Hilary hatte das Bett bei ihrem ersten Besuch zwar als nicht sonderlich bemerkenswert empfunden, aber nun konnte sie es nicht mehr aus den Augen lassen.

Colin kam herein, und sie machte sich sofort daran, das Feuer zu entfachen. »Lass es uns zusammen anzünden«, bat er und kniete sich neben sie. »Es ist doch unser erstes ...«

Hilary fror trotz des Feuers. Vielleicht ginge es ihr besser, wenn sie etwas Warmes trank, meinte sie. Sie entdeckte einen über der Feuerstelle hängenden Kochtopf und füllte ihn mit Apfelwein. Minuten später dampfte er fröhlich vor sich hin.

Sie packte den Nusskuchen aus und lieh sich Colins Messer, um zwei dicke Stücke von ihm abzuschneiden.

»Unser Hochzeitsmahl ist fertig, Colin«, sagte sie.

Colin drehte sich um und stellte den Kuchen und den Wein auf das große Bett.

»Komm her, Hilary«, bat er nüchtern und reichte ihr die Hand, um ihr auf die Flickendecke zu helfen. Dann nahm er neben ihr Platz und legte den Arm um sie.

»So«, sagte er. »Es ist vollbracht. Wir haben ein Bett, eine Feuerstelle und eine Mahlzeit miteinander geteilt. Du bist nun meine Frau. Für alles andere ist Zeit, wenn wir Muße haben und bereit dazu sind. Glaubst du etwa, ich weiß nicht, welche Sorgen du dir darüber machst, Hilary?«

»Du verstehst wirklich alles, Colin«, murmelte sie. »Lass uns in unser Heim nach Syrtis reiten, wo wir all diese Dinge unter dem Dach deiner Familie miteinander teilen können.«

Der Zorn ihrer Mutter stand ihr noch bevor. Aber nun konnte sie sich auch ihm stellen. Vor ihr lag ein Leben als Colins Gattin. Sie lächelte ihn an und dachte daran, dass sie sich ab sofort nie wieder vor etwas zu fürchten brauchte.

ROHANA

In all meinen Büchern gibt es nur zwei Charaktere, die ich nie bewusst erschaffen habe: Lady Rohana Ardais und Damon Ridenow. Rohana trat erwachsen und reif, wie Athene aus Zeus' Kopf, in meinem ersten Roman über die Freien Amazonen auf, der später den Titel *Die zerbrochene Kette* erhielt. (Der Titel stammt übrigens nicht von mir, sondern von Don Wollheim. Mein ursprüngliches Manuskript hieß *Free Amazons of Darkover.*) Der Roman sollte eigentlich von Kindra handeln, aber Rohana Ardais schob sich, ohne dazu eingeladen zu sein, einfach in den Vordergrund, gestaltete die Handlung und erwies sich schließlich als eine meiner beliebtesten Figuren überhaupt.

Nun folgt *Nur keine Freiheit*, eine meiner wenigen längeren Erzählungen, die es nicht ganz auf den Umfang eines Romans bringen. Wie damals bei *Das Schwert des Aldones* hätte sie fast einen »Titelroman« für das Magazin *Startling Stories* abgeben können – was Ihnen möglicherweise einen Eindruck von dem vermittelt, was alles damals noch als »Roman« durchgehen konnte.

Nur keine Freiheit

»Ich habe nicht gesagt, dass ich kein Bedauern empfinde«, sagte Rohana sehr leise, »sondern, dass in dieser Welt alles seinen Preis hat …«
»Dann glaubst du also wirklich, du hättest einen Preis bezahlt? Hast du mir nicht erzählt, du hättest nun alles, was eine Frau sich ersehnen kann?«
Rohana schaute Jaelle nicht an; sie wollte nicht weinen.
»Nur keine Freiheit, Jaelle.«

Die Amazonen von Darkover

1.

»Schau«, rief Jaelle und lehnte sich über die Balkonbrüstung. »Ich glaube, da kommen sie!«

Lady Rohana Ardais trat hinter ihr hinaus. Sie ging aufgrund ihrer Schwangerschaft etwas langsamer. Sie kam langsam an das Balkongeländer, um sich zu ihrer Pflegetochter zu gesellen und beugte sich vor, um nach unten zu schauen. Sie bemühte sich, hinter die Biegung des von Bäumen umsäumten Wegs zu blicken, der zur Burg Ardais hinaufführte.

»Ich kann nicht so weit sehen«, gestand sie, und Jaelle, die sich Sorgen machte, weil die Ältere sich so weit vorbeugte, umschlang ihre Taille und zog sie vom Geländer zurück.

Rohana machte Anstalten, sich zu befreien.

»Ich fürchte mich noch immer vor diesen Höhen«, erklärte Jaelle. »Es läuft mir eiskalt über den Rücken, wenn ich sehe, dass du so nahe am Geländer stehst. Wenn du nun abstürzt …« Sie brach ab und schüttelte sich.

»Aber das Geländer ist doch hoch genug«, sagte die dritte

Frau, die ihnen aus dem Raum uns Freie gefolgt war. »Sie kann doch gar nicht abstürzen – nicht mal, wenn sie es wollte! Schau, selbst wenn ich hier hinaufklettern würde ...« Lady Alida tat so, als wolle sie auf das Geländer steigen, doch Jaelles Gesicht wurde weißer als ihr Hängekleid, und Rohana schüttelte den Kopf.

»Zieh sie nicht auf, Alida. Sie hat wirklich Angst.«

»Tut mir Leid. Hab ich dich wirklich erschreckt, *Chiya?«*

»Und ob. Zwar nicht so schlimm wie damals, als ich zu euch kam, aber ... Vielleicht ist es auch dumm von mir ...«

»Nein«, sagte Rohana. »Eigentlich nicht. Du bist in der Wüste aufgewachsen und an Berghöhen einfach nicht gewöhnt.«

Jaelle war in den Trockenstädten geboren und aufgewachsen. Ihre Mutter war eine entführte *Comyn*-Frau, ihr Vater ein Wüstenhäuptling gewesen, der bei den *Comyn* kaum mehr zählte als ein Bandit. Vier Jahre zuvor war die Zwölfjährige bei einem wagemutigen Überfall von Söldnern aus den Reihen der Freien Amazonen zusammen mit Melora befreit worden. Melora, von dem Wüstenhäuptling schwanger, war in der Wüste gestorben. Rohana hatte Meloras Kinder adoptieren wollen, doch Jaelle war lieber als Pflegetochter der Amazone Kindra n'ha Mhari ins Gildenhaus gegangen.

Erneut lugte Jaelle neugierig über das Geländer. »Jetzt sind sie hinter der Wegbiegung«, sagte sie. »Man kann sie schon sehen ... Ja, da ist Kindra. Keine Frau reitet wie sie.«

»Alida«, bat Rohana. »Gehst du bitte nach unten und sorgst dafür, dass die Gästezimmer bereit gemacht werden?«

»Gewiss, Schwester.« Die viele Jahre jüngere Alida war die Schwester von Rohanas Ehemann *Dom* Gabriel Ardais. Sie war eine im Turm ausgebildete *Leronis* und beherrschte alle psychischen Künste der *Comyn*, die man *Laran* nannte.

»Freust du dich, deine Pflegemutter wieder zu sehen, Jaelle?«, fragte Alida.

»Natürlich, und ich freue mich auch, wieder nach Hause zurückzukehren«, verkündete Jaelle, ohne den Schmerz zu bemerken, der über Rohanas Gesicht glitt.

»Ich hatte gehofft, in diesem Jahr würde unser Heim auch das deine werden, Jaelle«, sagte Rohana leise.

»Niemals!«, widersprach Jaelle entschieden. Dann wurde sie leiser, trat an Rohana heran und umarmte sie impulsiv. »Ach, bitte, Tante, schau mich nicht so an! Du weißt doch, dass ich dich gern habe. Aber wenn man die Freiheit kennt, ist das hiesige Leben so, als wäre man wieder angekettet – wie in den Trockenstädten!«

»Ist es denn wirklich so schlimm?«, fragte Rohana. »Ich habe nicht das Gefühl, als hätte ich meine Freiheit verloren.«

»Vielleicht hast du im Grunde nichts dagegen, eingesperrt zu sein«, sagte Jaelle. »Ich hingegen schon. Du reitest nicht breitbeinig, sondern belastest dein Pferd mit einem Damensattel ... was für jedes gute Pferd eine Beleidigung ist. Und ...« Sie zögerte. »Schau dich doch mal an! Auch wenn du es nicht aussprichst, ich weiß, dass du eigentlich nicht noch ein Kind haben wolltest, wo Elorie doch schon zwölf Jahre alt und fast eine Frau ist, und Kyril und Rian fast schon erwachsene Männer. Kyril ist jetzt siebzehn, und Rian ist so alt wie ich!«

Rohana zuckte zusammen, denn sie hatte nicht geahnt, dass ihr Pflegekind davon wusste. »In einer Ehe«, erklärte sie leise, »kann man nicht immer alles allein entscheiden. In einer Ehe trifft man Entscheidungen zu zweit. Ich habe jedoch sehr oft meine eigene Wahl getroffen. Gabriel hat sich noch ein Kind gewünscht, und ich hatte nicht das Gefühl, es ihm verwehren zu können.«

»Das weiß ich besser«, sagte Jaelle knapp. Sie mochte ihren Verwandten Gabriel, den Fürsten Ardais, nicht, und es war ihr egal, wer davon wusste. »Onkel Gabriel war wütend auf dich, weil du meinen Bruder Valentin als Pflegekind aufgenommen hast. Ich weiß auch, dass er gesagt hat, wenn du schon ein Kind aufziehst, das nicht mal von deinem Blut ist, gibt es keinen Grund, ihm nicht auch ein eigenes zu schenken.«

»Diese Dinge verstehst du noch nicht, Jaelle«, protestierte Rohana.

»Nein. Und ich hoffe, es bleibt auch dabei.«

»Du verstehst nicht, dass Gabriels Glück mir sehr wichtig ist«, fuhr Rohana fort. »Sein Glück ist es wert, noch ein Kind auszutragen.« Doch insgeheim empfand sie rebellische Gefühle. Jaelle hatte Recht. Sie hatte kein Kind mehr gewollt, da Meloras Sohn sie auslastete. Klein Valentin war nun fast vier Jahre alt. Ihre eigenen Söhne waren nicht sehr glücklich über den Pflegebruder gewesen, auch wenn ihre Tochter den Kleinen wie ein besonderes Haustier behandelte, eine Art lebendige Puppe, mit der man spielen konnte. Rohana war dankbar, dass Elorie ihren Pflegesohn liebte. Für sie selbst stellte ein Kleinkind eine große Belastung dar, nachdem ihre eigenen dem Kindesalter längst entwachsen waren. Und nun musste sie in einem Alter, in dem sie gehofft hatte, das Kinderkriegen und alles damit Zusammenhängende liege hinter ihr, alles noch einmal durchmachen. Doch inzwischen war sie nicht mehr so stark und unermüdlich wie damals in ihrer Jugend.

Sie wollte das Thema wechseln, auch wenn das Neue ebenso mit Spannungen erfüllt war. »Hast du noch immer vor, sobald wie möglich den Eid der Entsagenden abzulegen?«

»Ja, ich hätte ihn nämlich schon vor einem Jahr sprechen sollen«, sagte Jaelle verdrießlich. »Damals hast du mich zurückgehalten, aber jetzt bin ich volljährig und das Gesetz kann mich nicht mehr daran hindern.«

Jaelle wusste, dass nicht nur Rohanas Unwille sie daran gehindert hatte, den Eid abzulegen, der sie zur Freien Amazone und damit zu einer Angehörigen der Schwesternschaft der

Entsagenden machte. Auch Kindra hatte etwas dagegen gehabt. Als sie Kindra nun auf Burg Ardais zureiten sah, fiel ihr ein, dass die beiden diesen Weg vor einem Jahr gemeinsam beschritten hatten. Jaelle war damals mürrisch und wütend gewesen.

»Ich bin alt genug dazu«, hatte sie protestiert. »Ich bin fünfzehn. Ich habe das gesetzliche Recht, den Eid zu sprechen. Ich habe zwei Jahre im Gildenhaus gelebt. Ich weiß, was ich will. Das Gesetz lässt es zu. Warum willst du mich daran hindern?«

»Es hat nichts mit dem Gesetz zu tun«, hatte Kindra geantwortet. »Es ist eine Frage der Ehre. Ich habe Lady Rohana mein Wort gegeben. Ist mein Wort etwa nichts wert? Bedeutet es dir denn gar nichts, Pflegetochter?«

»Du hattest kein Recht, ihr dein Wort zu geben, als es um meine Freiheit ging«, warf Jaelle ihr vor.

»Mein Kind, du wurdest als Tochter der *Comyn* Melora Aillard geboren«, erinnerte Kindra sie. »Du bist die nächste Erbin der Domäne Aillard. Trotzdem hat der Rat dir nicht verboten, Entsagenden zu werden. Er hat nur darauf bestanden, dass du für ein Jahr wie eine *Comyn*-Tochter lebst, damit er genau weiß, dass wir dich weder entführt haben, noch dir auf ungesetzliche Weise dein Erbe vorenthalten.«

»Wer würde so etwas schon glauben?«, fragte Jaelle.

»Viele von denen, die nichts über die Lebensweise der Entsagenden wissen und nicht auf unsere Ehre vertrauen«, sagte Kindra. »Dies musste ich schwören. Es war der Preis dafür, dich als Pflegekind im Gildenhaus aufzunehmen. Sobald du das heiratsfähige Alter erreicht hast, musst du mindestens ein Jahr lang als *Comyn*-Tochter in Ardais leben, damit du nicht als Kind, sondern als Erwachsene erfährst, welchem Erbe du entsagst. Eigentlich sollten es drei Jahre werden. Ihrer Meinung nach sollst du nämlich nicht ablehnen, was du nie gesehen und nie erwartet hast.«

»Das, was ich vom Erbe der *Comyn* weiß, will ich weder haben noch respektieren oder annehmen«, entgegnete Jaelle stürmisch. »Mein Leben ist hier, bei den Gildenschwestern, und ich schwöre, dass ich nie ein anderes führen werde.«

»Ach, sei doch still«, flehte Kindra. »Wie kannst du das nur sagen, wo du doch nichts von dem kennst, dessen du entsagen willst?«

»Was hat es meiner Mutter genützt, dass sie eine *Comyn* war?«, fragte Jaelle. »Man hat sie in die Hände meines Vaters geraten lassen, wo sie nicht besser gelebt hat als eine Konkubine oder Sklavin ...«

»Was hätten die *Comyn* denn tun sollen? Hättest du sie angestiftet, die Domänen in den Krieg gegen die Trockenstädte ziehen zu lassen? Wegen einer einzelnen Frau?«

»Hätte der Trockenstädter Jalak den Erben der Familie Hastur entführt, hätte man bestimmt keinen Augenblick gezögert, deswegen einen Krieg anzufangen, das weiß ich«, sagte Jaelle.

Kindra seufzte, da sie wusste, dass Jaelle die Wahrheit sprach. Sie selbst schätzte die *Comyn* ebenfalls nicht sehr, auch wenn sie Lady Rohana wirklich bewunderte und respektierte. Es hatte viel Überredungskunst erfordert, Jaelle dazu zu bewegen, als Rohanas Pflegekind ein Jahr in Ardais zu verbringen, damit sie lernte, wie man sich als eine geborene Tochter der *Comyn* fühlte.

Nun war das Jahr um. Kindra kam wie versprochen hierher, um sie ins Gildenhaus zurückzuholen, damit sie den Eid ablegte und für immer als freie Frau der Gilde lebte, unabhängig von ihrer Sippe oder ihrem Erbe.

Jaelle huschte schnell an Rohana vorbei und lief die Treppe hinunter. Als sie die große Eingangstür erreichte, ritt Kindra gerade den langen Weg hinauf. Jaelle verfluchte die langen Röcke, die sie in Ardais tragen musste, raffte sie mit beiden

Händen zusammen und lief den vorderen Pfad hinunter, um sich in Kindras Arme zu werfen.

Die Frau war kaum von ihrem Pferd gestiegen, als sie auch schon halb aus dem Sattel gerissen wurde.

»Sachte, mein Kind, sachte!«, tadelte Kindra. Sie saß ab und nahm Jaelle in die Arme. Als sie sah, dass sie weinte, hielt sie das Mädchen auf Armeslänge von sich und musterte sie ernst.

»Was ist denn los?«

»Ach ... Ich ... freue mich nur, dich zu sehen!« Jaelle schluchzte und wischte sich hastig über die Augen.

»Na, hör mal, mein Kind! Ich kann mir kaum vorstellen, dass Rohana dich schlecht behandelt hat oder es dir hier so elend ergangen ist!«

»Nein, nicht Rohana ... Keiner hätte netter zu mir sein können ... Aber ich habe eben die Tage gezählt! Ich kann es nicht erwarten, wieder zu Hause zu sein!«

Kindra drückte sie an sich. »Mir hast du auch gefehlt, meine Pflegetochter«, sagte sie. »Wir freuen uns alle sehr, dass du zurückkommst. Du hast also nicht vor, in den Domänen zu bleiben und zu heiraten, wie deine Sippe es möchte?«

»Niemals!«, rief Jaelle. »Ach, Kindra, du weißt ja gar nicht, wie es hier war! Rohanas Hofdamen sind so dumm. Sie haben nur schicke Kleider und Frisuren im Kopf, und wenn wir am Abend im Saal getanzt haben, unterhielten sie sich anschließend nur darüber, welcher Scherge ihnen zugezwinkert hatte! Sie sind so dumm! Sogar meine Base, Rohanas Tochter ... Sie ist genauso schlimm wie alle anderen!«

»Ich kann mir nur schwer vorstellen, dass Rohanas Tochter eine Närrin ist«, erwiderte Kindra sanft.

»Vielleicht ist Elorie auch keine Närrin«, gab Jaelle missgelaunt zu. »Sie ist ganz schön schlau ... Aber sie hat jetzt schon gelernt, sich nicht beim Denken erwischen zu lassen, wenn ihr

Vater oder ihre Brüder im Raum sind. Sie tut immer so, als wäre sie so einfältig wie die anderen.«

Kindra unterdrückte ein Lächeln. »Dann ist sie vielleicht schlauer als du glaubst ... Denn so kann sie über bestimmte Dinge nachdenken, ohne dafür getadelt zu werden ... Und das musst du erst noch lernen, meine Liebe. Komm, lass uns hinaufgehen. Ich möchte Lady Rohana begrüßen. Ich kann es kaum erwarten, sie wieder zu sehen.«

»Wann gehen wir nach Hause, Kindra?«, fragte Jaelle eifrig. »Morgen?«

»Auf gar keinen Fall«, antwortete Kindra erschreckt. »Man hat mich eingeladen, zehn Tage oder länger hier zu bleiben. Zu große Eile wäre deiner Verwandtschaft gegenüber ungebührlich. Es sähe so aus, als könntest du es nicht erwarten, fortzugehen.«

»Leider ist es so«, murmelte Jaelle. Doch angesichts von Kindras strengem Blick konnte sie den Gedanken nicht laut aussprechen.

Sie rief einen Stallknecht herbei, der Kindras Pferd in den Stall brachte und versorgte, dann führte sie die Frau zur Eingangstreppe, wo Rohana sie erwartete.

Während die Frauen sich mit einer Umarmung begrüßten, blieb Jaelle ein wenig abseits stehen, musterte sie eingehend und studierte den Kontrast.

Rohana, die Herrin von Ardais, war eine Frau von Mitte dreißig. Ihr Haar zeigte das typische vererbte Rot der *Comyn*-Kaste, war prunkvoll im Nacken hoch gesteckt und wurde von einer kupfernen Schmetterlingsspange gehalten, die mit Perlen verziert war. Rohana trug ein prächtiges, langes, elegantes Kleid aus blauem Samt, dessen Farbe fast der ihrer Augen entsprach. Ihr dünner, heller Unterrock war üppig bestickt, und das Gewand darüber am Hals und an den Ärmeln mit dichtem, dunklem Pelz abgesetzt. Zurzeit wirkte die prächtige Bekleidung schwerfällig, denn sie war schwanger und ziemlich aufgedunsen.

Im Gegensatz zu ihr sah Kindra eindeutig wie eine Frau in den mittleren Jahren aus. Sie war hoch gewachsen und dürr und trug die Stiefel und Hosen einer Amazone, in denen ihre Beine länger wirkten, als sie tatsächlich waren. Ihr schmales, fast hageres Gesicht war wettergegerbt, das graue Haar trug sie kurz, außerdem hatte sie kleine Falten um Augen und Mund.

Jaelle fragte sich zum ersten Mal, wie alt Kindra eigentlich war. Sie hatte auf sie immer alterslos gewirkt. Sie war älter als Rohana – oder lag es nur daran, dass Rohanas wohl behütete Existenz ihre jugendliche Erscheinung erhalten hatte?

»Nun, dann kommt mal rein, meine Lieben«, sagte Rohana und hakte sich bei Jaelle und Kindra ein. »Ich hoffe, du kannst eine Weile bleiben. Du bist doch wohl nicht den ganzen Weg von Thendara allein geritten?«

Jaelle fragte sich leicht erzürnt, ob Rohana vielleicht glaubte, Kindra könne sich davor fürchten, eine solche Reise allein zu machen. Rohana fürchtete sich vielleicht davor ... Für sie wäre eine solche Frage beleidigend gewesen, aber Kindra erwiderte heiter, sie habe sich seit der Abzweigung nach Scaravell in Gesellschaft befunden: Sie war einer Gruppe von Bergforschern begegnet, die in die Tiefen der Hellers unterwegs waren. Drei Gildenschwestern hatten sie geführt.

»Rafaella war auch dabei, sie lässt dich übrigens herzlich grüßen, Jaelle. Du fehlst ihr und ihrer kleinen Doria auch. Sie hoffen beide, dass ihr euch irgendwann wieder seht.«

»Ach, wäre Rafi doch nur mitgekommen«, rief Jaelle. »Sie ist doch meine beste Freundin!«

»Vielleicht ist sie ja schon wieder in Thendara, wenn wir dorthin zurückkehren«, sagte Kindra lächelnd. An Rohana gewandt, fügte sie hinzu: »Die Gruppe bestand hauptsächlich aus Terranern vom neuen Raumhafen. Sie wollen eine Karte von den Hellers anlegen – mit allen Wegen und Berggipfeln und so weiter.«

»Doch wohl nicht für militärische Zwecke«, warf Rohana ein.

»Ich glaube nicht«, erwiderte Kindra. »Es geht ihnen nur um die Informationen. Die Terraner hegen, soweit ich weiß, eine Leidenschaft für jede Art nutzlosen Wissens. Es interessiert sie, wie hoch die Berge sind und wo Flüsse entspringen und dergleichen. Ich weiß zwar nicht, warum, aber vielleicht sind solche Dinge auch für uns wichtig, wenn wir durch die Berge reisen müssen.«

Sie befanden sich nun in dem großen Korridor. Jaelle bemerkte Lord Gabriel Ardais, Rohanas Gatten, den Herrn der gleichnamigen Domäne. Er stand in einer Ecke, in der man einen großen Haufen Jagdausrüstungsgegenstände aufgestapelt hatte. Lord Ardais war ein großer Mann mit eleganter militärischer Haltung, sogar seine Jagdkleidung wirkte irgendwie uniformähnlich.

»Hast du Gäste, Rohana?«, fragte er barsch. »Du hast mir nicht gesagt, dass wir Gesellschaft bekommen.«

»Genau genommen ist die Dame Jaelles Gast«, sagte Rohana gelassen. »Sie heißt Kindra n'ha Mhari und stammt aus dem Gildenhaus von Thendara. Aber auch wenn sie gekommen ist, um Jaelle abzuholen – sie ist meine Freundin, und ich habe sie zum Bleiben eingeladen, damit sie mir jetzt, wo ich mich nur noch im Haus und im Garten aufhalten kann, ein wenig Gesellschaft leistet.«

Dom Gabriels lebhafte Miene hatte sich beim Blick auf Kindras Hosen und Stiefel missbilligend verfinstert, doch als Rohana das Wort ergriff, besänftigte es sich wieder, und er antwortete in aller Höflichkeit: »Wie du wünschst, meine Liebe.« Dann sprach er Kindra an. »*Mestra*«, sagte er und benutzte das

Wort, mit dem ein Edelmann die Angehörige einer niedrigeren Klasse ansprach, »ich entbiete Euch mein Willkommen. Jeder Gast meiner Gattin ist in meinem Haus gern gesehen. Möge Euer Aufenthalt vergnüglich ausfallen.«

Er ging ihnen durch den Gang voran. »Habe ich da eben etwas von *Terranern* in den Hellers gehört?«, fuhr er fort. »Von diesen eigenartigen Lebewesen, die behaupten, von anderen Welten zu stammen und angeblich in geschlossenen Eisenkästen durch den Abgrund der Sterne zu uns kommen? Ich habe immer gedacht, das wäre nur eine Kindergeschichte.«

»Was sie auch sein mögen, *Vai Dom,* die Terraner sind bestimmt keine Kindergeschichte«, erwiderte Kindra. »Ich habe die großen Schiffe gesehen, mit denen sie kommen und gehen. Einem Professor aus der Stadt wurde erlaubt, mit ihnen zum Mond Liriel zu reisen, wo sie etwas errichtet haben, das sie Observatorium nennen. Sie studieren damit die Sterne.«

»Und die Hastur-Fürsten erlauben es?«

»Ich glaube, Herr«, erwiderte Kindra respektvoll, »wenn wir wirklich nur eine Welt zwischen den Sternen sind, ist es nicht von großer Wichtigkeit, ob die Hastur-Fürsten es erlauben oder nicht. Eins ist sicher, eine solche Wahrheit wird unsere Welt verändern, und die Dinge werden nie wieder das sein, was sie vor ihrer Ankunft waren.«

»Ich verstehe nicht, warum es so werden soll«, sagte *Dom* Gabriel in der für ihn typisch schroffen Art. »Was haben sie mit mir oder der Domäne zu tun? Ich meine, wenn wir sie in Ruhe lassen, lassen sie uns doch auch in Ruhe, oder?«

»Ihr könntet Recht haben, Herr«, erwiderte Kindra. »Aber ich würde sagen, ein Volk, das so klug ist, dass es von einer Welt zur anderen reisen kann, uns auch viel lehren kann.«

»Nun, sie sollten lieber nicht nach Ardais kommen, um ihre Lehren hier zu verbreiten«, wandte *Dom* Gabriel ein, »denn ich bestimme, was mein Volk lernen soll. Und damit hat es sich.« Er marschierte auf eine hohe Holzanrichte zu, auf der Flaschen und Gläser standen. Er füllte ein Glas. »Ich bin zwar sicher, dass es dir gut tun würde, meine Liebe, aber ich nehme an, dir ist noch zu unwohl, um so früh etwas zu trinken? Und Ihr, *Mestra?«*

»Danke, Herr, es ist noch etwas zu früh für mich«, sagte Kindra kopfschüttelnd.

»Jaelle?«

»Nein, danke, Onkel«, entgegnete Jaelle und bemühte sich, nicht das Gesicht zu verziehen.

Dom Gabriel schenkte sich selbst großzügig ein und leerte sein Glas in einem Zug. Dann füllte er es erneut und nippte entspannt weiter.

Rohana seufzte und trat neben ihn. »Bitte, Gabriel«, sagte sie leise, »der Verwalter ist gleich mit den Zuchtbüchern hier, um die Deckzeit für die Stuten zu planen.«

Dom Gabriel setzte eine finstere Miene auf und wirkte plötzlich stur. »Schäm dich, Rohi, vor einer Jungfer über solche Dinge zu sprechen«, sagte er.

Rohana seufzte erneut und sagte: »Jaelle ist auf dem Land aufgewachsen und mit solchen Dingen ebenso vertraut wie unsere eigenen Kinder, Gabriel. Bemühe dich bitte, nüchtern für ihn zu bleiben, ja?«

»Ich werde meine Pflichten nicht vernachlässigen, meine Liebe«, sagte *Dom* Gabriel. »Sobald du dich um deine Pflichten kümmerst, Verehrteste, kümmere ich mich um die meinen.« Er schenkte sich noch ein Glas ein. »Ich bin sicher, eine Kleinigkeit davon wäre auch gut gegen deine Übelkeit, meine Liebe. Willst du wirklich nichts?«

»Nein, danke, Gabriel. Ich muss mich heute Morgen noch um viele Dinge kümmern.« Rohana stöhnte leise und bedeutete ihren Gästen, ihr die Treppe hinauf zu folgen.

Sobald sie außer Hörweite waren, schimpfte Jaelle los: »Es ist eine Schande! Er ist schon jetzt halb betrunken! Ich zweifle nicht daran, dass er sternhagelvoll irgendwo auf dem Boden liegt, wenn der Verwalter kommt – es sei denn, sein Diener denkt daran und setzt ihn rechtzeitig in einen Sessel. Dann kann er sich ebenso wenig mit den Zuchtbüchern beschäftigen wie ich mit der Steuerung eines terranischen Sternenschiffes!«

Rohanas Gesicht war zwar blass, aber sie sprach mit fester Stimme. »Es steht dir nicht zu, deinen Onkel zu kritisieren, Jaelle. Ich bin schon zufrieden, wenn er allein trinkt und die Jungs nicht noch dazu überredet. Rian ist es jetzt schon unmöglich, sein Glas wie ein Herr zu halten, und bei Kyril ist es noch schlimmer. Ich habe nichts dagegen, beim Gespräch mit dem Verwalter dabei zu sein.«

»Aber warum lässt du zu, dass er ein solches Tier aus sich macht, gerade jetzt?«, fragte Jaelle und warf einen kritischen Blick auf Rohanas sichtlich rundliche Taille.

»Er trinkt, weil er Schmerz empfindet«, sagte Rohana. »Und ich bin nicht in der Position, ihm zu sagen, was er tun oder lassen soll. – Komm, Jaelle, suchen wir für unseren Gast ein Zimmer aus. Dann muss ich nachschauen, ob Valentin ordentlich gewaschen und gefüttert wurde und sein Kindermädchen ihn zum Spielen an die frische Luft gebracht hat.«

»Man sollte annehmen«, merkte Kindra an, »dass Jaelle sich inzwischen um ihren Bruder kümmert. Du bist ein großes Mädchen, Jaelle, fast schon eine Frau. Du müsstest doch wissen, wie man Kinder betreut.«

Jaelle verzog angewidert das Gesicht. »Ich kann einfach keine plärrenden kleinen Bälger um mich ertragen. Wozu sind Kindermädchen denn da?«

»Trotzdem«, sagte Kindra leise und eindringlich. »Du bist Valentins engste Blutsverwandte. Er hat ein Recht auf deine

Obhut und Gesellschaft. – Außerdem könntest du Lady Rohana eine Aufgabe abnehmen, denn sie ist wahrlich belastet genug.«

Rohana lachte. »Lass sie in Ruhe, Kindra«, erwiderte sie. »Ich bin nicht erpicht darauf, dass sie zu früh mit Kindern belastet wird, wenn sie die Kleinen nicht mag. Schließlich wird er nicht vernachlässigt. Elorie sorgt für Valentin wie für ihr eigenes Brüderchen ...«

»Umso mehr Pech für sie«, wandte Jaelle lachend ein.

»Er muss inzwischen ganz schön groß geworden sein«, sagte Kindra. »Ist er nicht schon vier?«

»Ja«, bestätigte Rohana eifrig. »Und er ist ein so lieber und stiller Junge, wirklich. Er ist zuverlässig und sanftmütig. Man würde nie glauben ...«

Sie hielt inne, doch Jaelle nahm den Faden auf. »... dass er mein Bruder ist? Denn ich weiß sehr gut, Tante, dass ich nichts davon bin und auch ganz sicher nicht so werden möchte.«

»Ich wollte eigentlich sagen, Jaelle, man würde kaum vermuten, dass er mit meinen hochtrabenden Söhnen oder einer Trockenstädtersippe verwandt ist.«

Kindra wusste ziemlich genau, was Rohana eigentlich hatte sagen wollen: *Man würde nie glauben, dass sein Vater ein Bandit aus den Trockenstädten war.* Es überraschte sie, dass Jaelle, die schließlich über das telepathische Blut der *Comyn* verfügte, Rohanas Andeutung nicht verstand, aber sie mischte sich nicht ein. Sie mochte Rohana sehr und wünschte sich, sie und ihre Pflegetochter hätten sich besser verstanden. Aber das Wünschen half natürlich auch nicht weiter.

Rohana brachte sie in ein Gästezimmer und ließ sie zum Auspacken allein. Jaelle blieb, setzte sich auf eine der Satteltaschen und zog ihre schlaksigen Knie an. Ihre grauen Augen funkelten wütend und rebellisch.

»Du willst mich noch immer zu einer *Comyn*-Dame wie Rohana machen! Ich soll dies und jenes tun, mich um meinen kleinen Bruder kümmern und was weiß ich sonst noch alles! Warum müssen wir denn noch hier bleiben? Warum können wir nicht morgen nach Thendara aufbrechen? Ich möchte nach Hause! Ich habe gedacht, du bist gekommen, um mich nach Hause zu holen! Du hast versprochen, dass ich den Eid sprechen darf, wenn ich es ein Jahr hier ausgehalten habe! Wie lange soll ich denn noch warten?«

Kindra entschied, dass es an der Zeit war, das verwöhnte Mädchen mit der Wahrheit zu konfrontieren. Sie zog die noch immer maulende Jaelle neben sich nieder. »Jaelle, es ist nicht sicher, ob der Rat der *Comyn* dir überhaupt die Erlaubnis gibt, den Eid abzulegen«, begann sie. »Das Gesetz sieht den Rat noch immer als deinen Vormund an. Man hat dich als Kind in Rohanas Obhut gegeben. Eine Frau aus den Domänen ist keine Bürgerliche. Ich kann es nicht wagen, das Risiko einzugehen und deinen Vormund zu verärgern. Du weißt, dass die Charta des Gildenhauses nur aufgrund des Wohlwollens des Rates existiert. Wenn wir zulassen, dass du den Eid ohne Erlaubnis ablegst, könnte unser Haus seinen Freibrief verlieren ...«

»Das ist ja unerhört! Das kann man einer freien Bürgerin doch nicht antun! Oder etwa doch?«

»Man kann es, Jaelle, aber im Allgemeinen haben sie keinen Grund dazu. Wir bemühen uns seit vielen Jahren, nicht gegen ihre Vorrechte zu verstoßen. Ich fürchte, so einfach ist die Sache.«

»Willst du damit sagen, dass das ganze Eidgerede von der Freiheit ... *Von diesem Tag an weise ich alle Verbundenheit zu jeder Familie zurück, zu jedem Herrn, jedem Hof, zu jedem Clan, und ich schwöre hiermit einen Eid, dass ich mich nur den Landesgesetzen als freie Bürgerin verpflichtet fühle* ... bloß

Heuchelei ist? Du hast mich doch gelehrt, daran zu glauben …« Jaelle war außer sich.

»Es ist keineswegs Heuchelei, Jaelle«, entgegnete Kindra mit fester Stimme. »Es ist ein *Ideal* und kann nicht gänzlich zu allen Zeiten und unter allen Umständen angewandt werden. Unsere Herrscher sind nicht genügend aufgeklärt, um den Eid in seiner Gänze zuzulassen. Eines Tages ist es vielleicht so, aber im Moment verläuft die Welt nach ihrem eigenen Willen und nicht so, wie du und ich es gern hätten.«

»Dann muss ich also noch länger hier in Ardais herumhocken und dem alten Säufer und seiner rückgratlosen Gattin gehorchen, die immer nur lächelnd neben ihm sitzt und sagt, dass ich seinen Willen erfüllen muss, weil sie ihn nicht daran hindert. Das ist ja wirklich sehr edel!«

»Ich kann dich nur bitten, Geduld zu wahren, Jaelle. Lady Rohana steht uns sehr aufgeschlossen gegenüber, und ihre Freundschaft kann uns beim Rat nützlich sein. Aber es wäre nicht klug, *Dom* Gabriel gegen uns aufzubringen.«

»Ich käme mir wie eine Heuchlerin vor, wenn ich um den Adel buhlen müsste …«

»Sie sind deine Verwandten, Jaelle«, sagte Kindra müde. »Es ist kein Verbrechen, sich ihres guten Willens zu versichern.« Sie war der Belastung nicht gewachsen, dem störrischen jungen Mädchen Wörter wie Diplomatie und Kompromiss zu erklären. »Hilfst du mir jetzt, meine Kleidung auszupacken? Wir können später noch mal darüber reden. Ich möchte auch gern deinen Bruder sehen. Meine Hände haben ihn mit auf die Welt geholt, und ich habe deiner Mutter versprochen, bestmöglichst darauf zu achten, dass es ihm gut geht. Ich versuche immer, mein Wort zu halten.«

»Dein Versprechen, dass ich in einem Jahr den Eid ablegen darf, hast du aber nicht gehalten«, sagte Jaelle säuerlich. Doch als sie Kindras zornigen Blick gewahrte, wurde ihr klar, dass sie die Geduld ihrer Pflegemutter erschöpft hatte. Also fing sie an, Kindra zu helfen, ihre Siebensachen aus den Satteltaschen zu holen, und verstaute sie ordentlich in den Truhen.

2.

Eine der wenigen Aufgaben, die Jaelle in Ardais erledigte und die völlig zu ihrem Leben als Entsagenden passte, bestand darin, sich selbst um ihr Pferd zu kümmern.

Dom Gabriel und Rohana hätten es zwar als passender empfunden, wenn sie das Wohlergehen des Tiers den Stallknechten überlassen hätte, aber man hatte ihr nicht verboten, die Stallungen zu betreten. Und so ging sie jeden Morgen vor Sonnenaufgang zum Hauptstall, um nach dem herrlichen, im Tiefland geborenen Pferd zu sehen, das Rohana ihr zum Geburtstag geschenkt hatte. Sie striegelte und fütterte es und hielt es in Bewegung, da sie fast jeden Tag ausritt. Obwohl es ihr noch immer gegen den Strich ging, nicht im Herrensitz reiten zu dürfen, unterwarf sie sich Rohanas Willen, denn sie mutmaßte, dass man ihr das Reiten ganz verbot, wenn sie nicht gehorchte.

Niemand hätte sagen oder andeuten können, dass Lady Rohana keine gute Reiterin war, auch wenn sie rein äußerlich äußerst traditionell wirkte. Jaelle nahm an, Rohana hoffe, sie eines Tages zu dem Eingeständnis zu bringen, dass sie ebenso viel Spaß beim Reiten im Damensattel hatte wie beim Reitstil der Hosen und Stiefel tragenden Amazonen. Aber dies, dazu war sie entschlossen, würde sie niemals von ihr hören.

Vielleicht, so hoffte sie, konnte sie Rohana überreden, sie so reiten zu lassen wie Kindra, denn ihren Gästen würde sie wohl kaum befehlen, den hiesigen Bräuchen zu folgen. Sie wollte es jedenfalls versuchen. Die Entsagendenkleidung, die sie bei ihrer Ankunft getragen hatte, war ihr inzwischen zu klein. Doch auch wenn sie fast acht Zentimeter gewachsen war, richtig groß würde sie nie werden. Vielleicht konnte sie ihre Vettern dazu bringen, ihr eine Hose zu leihen, bis sie über richtige Kleidung für ihre Rückkehr zum Gildenhaus verfügte. Sie hatte auf keinen Fall vor, in dem lächerlichen Zeug nach Thendara zu reiten, das laut Rohana für junge Reiterinnen passend war – jene Art Kleidung, die ihre Base Elorie trug: lange Röcke und elegant geschnittene Jäckchen mit Samtrevers. Sämtliche Entsagende im Gildenhaus würden sie aufziehen!

Jaelle führte das Pferd aus dem Stall und striegelte sein glänzendes Fell. Da sie Rohana und Kindra hatte sagen hören, sie wollten heute vielleicht auf die Falkenjagd gehen, wollte sie die beiden bitten, sie mitzunehmen.

Kurz darauf glänzte das Fell des Pferdes wie poliertes Kupfer. Sie selbst war erhitzt, sie schwitzte trotz der Kälte im Stall heftig. Es war so kalt, dass ihr Atem in kleinen weißen Wölkchen sichtbar wurde. Als sie das Pferd in seine Box zurückführte, spürte sie eine Hand auf ihrer Schulter. Sie runzelte die Stirn, denn die Berührung kannte sie. Ihr erster Impuls bestand darin, die Hand wie einen Krabbelkäfer abzuschütteln und ihr vielleicht auch noch einen Faustschlag zu versetzen. Aber wenn sie Vetter Kyril überreden wollte, ihr Reithosen zu leihen, durfte sie ihn natürlich nicht gänzlich verprellen.

Rohanas ältester Sohn war siebzehn Jahre alt und damit ein Jahr älter als sie. Er hatte ebenso dunkles, lockiges Haar wie sein Vater. Viele Ardais-Männer waren im Gegensatz zu den rothaarigen *Comyn* dunkelhaarig. Sie hatte gehört, dass dies an ihren familiären Verbindungen zu den dunkelhäutigen kleinen Menschen lag, die in den Hellers in Höhlen lebten, in Schächten nach Metall gruben und die Feuergöttin anbeteten. Einige Ardais, sagte man, hatten sogar schwarze Augen wie

Tiere, aber Jaelle war ihnen noch nicht begegnet. Außerdem waren Kyrils Augen nicht dunkel, sondern so blau wie die Rohanas. Er war zwar groß und breitschultrig, ansonsten aber schlank und eher schmal gebaut. Seine Gesichtszüge wirkten plump, und zumindest in Jaelles Augen hatte er den gleichen verdrießlichen Mund und das schwach ausgeprägte Kinn seines Vaters. Ihrer Meinung nach würde Kyril besser aussehen, wenn er alt genug war, um sich einen Bart wachsen zu lassen, der sein Kinn verhüllte.

Sie drehte sich ein wenig, so dass Kyrils Hand von ihr abrutschte. »Wieso bist du schon so früh auf den Beinen, Vetter?«, fragte sie.

»Das könnte ich dich auch fragen«, antwortete Kyril grinsend. »Hast du dich etwa so früh aus dem Haus geschlichen, weil du eine Verabredung mit einem der Stallburschen hast? Wer hat denn dein Herz erobert? Rannart? Er ist der Schwarm aller Mädchen. Wenn er eine Jungfer wäre, würde ich bei seinem Anblick in Ohnmacht fallen. Ich weiß, dass auch Elorie ständig nach seiner Hand greifen will, wenn er ihr in den Sattel hilft.«

Angewidert verzog Jaelle das Gesicht. »Du hast eine schmutzige Phantasie, Kyril. Und außerdem hast du zu dieser frühen Stunde schon getrunken!«

»Du klingst wie meine Mutter, Jaelle. Zu dieser Stunde hilft ein Schlückchen, damit das Frühstücksbrot besser rutscht. Außerdem erwärmt es den Körper. Auch du könntest eine kleine Aufwärmung vertragen.«

Er zwinkerte ihr anzüglich zu und wollte den Arm um ihre Taille schlingen. Jaelle verbarg ihre Verärgerung und entfernte sich so weit von ihm, wie die enge Nische es zuließ. »Mir ist warm genug«, sagte sie. »Ich habe gerade mein Pferd gestriegelt. Außerdem ist mir Bewegung lieber als Trinken. Ich glaube, ein schneller Lauf würde dir gut tun, und glaub mir, er würde dich mehr wärmen als Schnaps. Ich kann das Zeug weder riechen noch trinken, und schon gar nicht zum Frühstück.«

»Wenn du Schnaps nicht magst, fällt mir noch eine bessere Methode ein, um dich in diesem kalten Stall zu erhitzen«, sagte Kyril. Sie registrierte, dass er ihr den Ausgang aus der Nische versperrte. »Komm her, Jaelle, bei mir brauchst du nicht so zu tun. Du hast bei den Entsagenden gelebt, und die ganze Welt weiß, wie sie sich in Anwesenheit von Männern benehmen. Welche Frau reitet schon im Herrensitz und zeigt ihre Beine her, wenn sie keinen Mann einladen will, dafür zu sorgen, dass sie die Schenkel für ihn spreizt?«

Jaelle wollte an ihm vorbeihuschen. Sie war eine Närrin gewesen. Sie hätte dafür sorgen sollen, dass das Pferd zwischen ihnen stand. »Du bist einfach widerwärtig, Kyril. Wenn ich je einen Mann haben wollte, würde ich mich bestimmt nicht für dich entscheiden.«

»Pah. Hab ich's doch gewusst. Diese Männerhasser und Frauenliebchen haben dich verdorben! Aber versuch's mal mit einem richtigen Mann. Ich schwöre, es wird dir besser gefallen.« Er umfasste ihre Taille und versuchte sie an die Stallwand zu drücken.

»Was bist du nur für ein Dummkopf, Vetter! Gerade hast du noch gesagt, alle Entsagenden sind wild auf Männer, und jetzt fällt dir ein, dass wir alle auf Frauen aus sind. Beides zusammen geht doch wirklich nicht.«

»Ach, Jaelle, nun zanke doch nicht mit mir«, bat er. Er drängte sich fester an sie und machte einen Versuch, ihren Hals zu küssen. »Du weißt doch, dass ich nach dir hungere, seit du ein dünnes kleines Ding warst. Und jetzt machst du die Männer verrückt.«

Jaelle vergaß ihr Vorhaben, ihn sich nicht zum Feind zu machen. Sie stieß ihn hart zurück.

»Lass mich gehen, sonst erzähle ich deiner Mutter, wie ungehörig ...«

»Ungehörig?«, wiederholte Kyril. »Eine Frau wie du ist allen Männern gegenüber ungehörig.«

Sie versetzte ihm einen weiteren Stoß und bohrte zwei ausgestreckte Finger in seinen Solarplexus. Er taumelte mit einem dumpfen Schmerzenslaut zurück. »Du kannst es einem Mann doch nicht verübeln, wenn er dich bittet«, rechtfertigte er sich fast selbstgefällig. »Für die meisten Frauen ist es ein Kompliment, wenn ein Mann sie begehrt.«

»Ach, Kyril, dir mangelt es doch bestimmt nicht an Frauen, die dein Bett wärmen«, sagte Jaelle verärgert. »Du willst mich doch nur ärgern! Ich möchte mir keine Schwierigkeiten mit Rohana einhandeln. Du weißt genau, dass sie müde ist und es ihr momentan nicht gut geht! Lass mich jetzt in Ruhe!«

»Es geschähe dir nur Recht, wenn dich kein Mann begehren würde«, fauchte Kyril, »dann müsstest du einen schielenden verwitweten Bauern mit neun Kindern heiraten!«

»Was geht es dich an, selbst wenn ich einen *Cralmac* heirate?«

»Du bist schließlich meine Base«, sagte er. »Es ist eine Frage der Familienehre, dass eine richtige Frau aus dir wird ...«

»Ach, hau ab!«, fauchte Jaelle aufgebracht. »Es ist Zeit fürs Frühstück. Wenn ich deinetwegen zu spät komme ... Ich schwöre, ich werde Rohana den Grund dafür nennen, selbst wenn ich dabei das Risiko eingehe, dass ihr so übel wird wie mir, wenn ich dich sehe und deinen Schnapsatem rieche!« Sie schob sich durch die Stalltür, und Kyril rieb seine gequetschte Rippe.

Als die beiden jungen Leute zum großen Salon eilten, sah Jaelle *Dom* Gabriel, der gerade auf den Torweg zuritt. Er war nicht allein, aber sie empfand nur vage Überraschung, den Herrn von Ardais zu so früher Stunde auf den Beinen zu sehen. Sie ging auch nicht davon aus, dass er vielleicht nur frische Luft hatte schnappen wollen oder von einem morgendlichen Ausritt zurückkehrte.

Wieso wundert es mich eigentlich, dass Kyril so verdorben ist?, dachte sie, als sie den Salon betrat. *Bei einem solchen Vater käme es einem Wunder gleich, wenn er anders wäre. Ich hoffe nur, Gabriels früher Aufbruch hat Rohana nicht geweckt.*

Rohana begrüßte sie mit einem Lächeln. Sie trug ein langes, loses Gewand mit weißer Schürze, die der einer Haushälterin ähnlich war.

»Du warst früh auf, mein Kind. Bist du ausgeritten?«

»Nein, Tante, ich habe nur mein Pferd versorgt«, entgegnete sie. Kyril ließ sich am Tisch auf seinen Stuhl fallen und Jaelle hörte mit halbem Ohr, dass er einer Bediensteten auftrug, ihm Wein zu bringen.

Pah, dachte sie, *in spätestens einem Jahr wird er genauso ein Säufer sein wie sein Vater!* Dann wandte sie sich ihren jüngeren Verwandten zu und begrüßte sie. Elorie und Rian nahmen mit der Gouvernante ihre Plätze ein und stürzten sich in kindischer Gier auf die Hafergrütze mit Honig. Auf Rohanas Teller lag etwas Obstkompott, aber Jaelle fiel auf, dass ihre Tante sehr blass war und nur so tat, als esse sie.

Dann kam *Dom* Gabriels Auftritt. Anders konnte man es nach Jaelles Ansicht nicht beschreiben. Ihm folgte ein zierlich gebautes, hübsches Mädchen von etwa siebzehn Jahren. Es warf Gabriel einen fast flehentlichen Blick zu, doch er ignorierte ihn, und das Mädchen setzte eine trotzige Miene auf.

Jaelle verstand sofort. Sie war nicht die erste junge Frau, die Lord Ardais unter solchen Umständen ins Haus holte. *Immerhin ist sie nicht jünger als seine Söhne*, dachte sie.

»Gabriel, möchtest du uns nicht unseren Gast vorstellen?«, fragte Rohana mit vollkommener Höflichkeit.

Gabriel trat neben das Mädchen und sagte: »Sie heißt Tessa Haldar.« Dass das junge Ding einen Nachnamen hatte, bewies zumindest, dass sie von niedrigem Adel war.

»Wird sie bleiben?«, fragte Rohana freundlich.

»Gewiss«, sagte Gabriel, ohne das Mädchen anzuschauen.

Rohana begriff sofort. Jaelles telepathische Kräfte waren zwar nicht sehr stark, aber sie fing ihre Empfindungen am Rande auf.

Glaubt er etwa, es kümmert mich, mit wem er schläft?

Gabriel musterte sie finster, und Jaelle vernahm auch das, was er vor der versammelten Familie nicht aussprechen konnte: *Nun ja, du bist mir doch jetzt nicht mehr dienlich, oder?*

Rohana erblasste vor Verärgerung.

Und wessen Schuld ist es? Du wolltest schließlich noch ein Kind haben!

Jaelle kämpfte darum, ihre Wahrnehmungen auszuschließen. Ihr war vor Verlegenheit übel. Als sie wieder aufschaute, half Rohana Tessa gerade aus dem Umhang. *Armes Kind. Sie kann schließlich nichts dafür.* »Komm, meine Liebe«, sagte Rohana, »du musst ja von dem langen Ritt ganz durchgefroren sein. Setz dich neben *Dom* Gabriel.« Sie winkte dem Salondiener. »Hallart, leg noch ein Gedeck auf und nimm ihren Umhang. Bring etwas heißen Tee. Der Kessel ist kalt.«

»Vergiss dieses Gesöff«, sagte *Dom* Gabriel geringschätzig. »Nach einem solchen Ritt braucht ein Mann etwas Wärmendes.«

Rohana verlor nicht eine Sekunde ihre damenhafte Haltung.

»Scharf gewürzten Apfelsaft für *Dom* Gabriel und seinen Gast.«

»Scharf gewürzten Wein, du Schwachkopf«, korrigierte *Dom* Gabriel sie unhöflich. Rohanas sorgfältig aufrecht erhaltenes Lächeln flackerte, aber sie gab die Anweisung weiter.

Sie presste die Lippen fest aufeinander, und auf ihren Wangen zeigten sich zwei rote Flecke.

Als Kindra den Raum betrat, begrüßte Rohana sie. Die Entsagende ging zu Jaelle, um ihr einen guten Morgen zu wünschen und nahm zwischen den Kindern Platz.

Dom Gabriel setzte eine finstere Miene auf und sagte über den geneigten Kopf der neben ihm sitzenden Tessa hinweg leise zu Rohana: »Was soll das bedeuten? Muss ich an meiner eigenen Tafel eine Frau in Hosen dulden?«

»Gabriel«, entgegnete Rohana mit zusammengebissenen Zähnen, »ich war höflich zu *deinem* Gast!«

Seine Miene änderte sich zwar nicht, aber er senkte den Blick und sagte nichts mehr. Jaelle begutachtete ausgiebig ihren Teller und hatte das Gefühl, an Brot und Butter ersticken zu müssen. Wie konnte Rohana nur so ruhig dasitzen und Gabriel erlauben, mit seiner neuen *Barragana* an ihrem Frühstückstisch Platz zu nehmen? Und das auch noch, wenn sie schwanger war! Sie saß nur da und schaute ihrem Gatten freundlich zu, als er das Mädchen von seinem eigenen Teller mit Brotstückchen fütterte, die er zuvor in den Kelch mit dem Gewürzwein getaucht hatte.

»Mutter«, fragte Rian, »darf ich statt Tee auch Wein haben?«

»Nein, Rian, wenn man Wein getrunken hat, kann man dem Unterricht nicht mehr folgen. Ich lasse dir gewürzten Apfelsaft bringen. Er wärmt besser als Wein.«

»Mach keinen Weichling aus dem Jungen, Rohana«, sagte Gabriel grollend. »Wenn er Wein trinken will, lass ihn doch.«

Rohana schüttelte in Richtung des Salondieners den Kopf. »Gabriel, du hast mir dein Wort gegeben, dass ich allein über die Kinder bestimme, bis sie erwachsen sind.«

»Na schön, dann mach doch, was du willst.« Er wandte sich mit einem ekelhaften Lächeln an seinen Sohn. »Hör auf deine Mutter, Rian. Ich tu's jedenfalls immer.«

»Wenn ich Rohana wäre«, sagte Jaelle zu Kindra, als sie den Salon verließen, »würde ich ... würde ich dem Mädchen einen ordentlichen Tritt versetzen und ihr das selbstgefällige Grinsen schon austreiben.«

Als Kyril ihre Worte hörte, sagte er höhnisch: »Was weißt du denn schon von den Vorrechten eines Mannes?«

»Genug, um zu wissen, dass ich keinen Anteil daran haben will«, sagte Jaelle. »Ich dachte, das hätte ich dir heute Morgen schon zu deiner Zufriedenheit bewiesen, Vetter.«

Rian, Rohanas jüngerer Sohn, ein schlanker, rothaariger Bursche von sechzehn Jahren, auf dessen Gesicht fortwährend ein besorgter Ausdruck lag, sagte: »Dass Mutter sich nicht gerade darüber freut, sehe ich auch. Aber es ist doch nicht das erste Mal. Vater tut eben, was er will. Und was er auch macht, vor der Familie wird meine Mutter immer sagen, dass es richtig ist. Auch wenn sie insgeheim vielleicht anders denkt. Ich bin ganz deiner Meinung, Jaelle. Es ist entwürdigend. Aber wenn sie nicht dagegen protestiert, können weder du noch ich, noch irgendein anderer etwas dagegen tun.«

Nachdem Dom Gabriel vom Tisch aufgestanden war, hatte Jaelle Rian in einem unbeobachteten Moment den Kelch seines Vaters leeren sehen. Sie schaute den Jungen verächtlich an, sagte aber nichts.

»Komm mit in mein Zimmer, Jaelle«, bat Kindra. »Ich glaube, wir müssen mal darüber reden.«

Als sie allein in ihrem Zimmer waren, sagte sie: »Mit welchem Recht kritisierst du Lady Rohana? Habe ich dich etwa gelehrt, dass du in Freiheit deine eigene Wahl treffen sollst, damit du es Lady Rohana nun verweigerst?«

»Du kannst mich nicht davon überzeugen, dass sie ihm aus freien Stücken erlaubt, seine Geliebte unter ihr Dach und an ihren Tisch zu bringen!«

»Vielleicht möchte sie lieber wissen, wo er die Hurerei betreibt, statt sich stets fragen zu müssen, wo er sich aufhält, wenn er nicht hier ist? Ich weiß, dass sie sich Sorgen um seine Gesundheit macht und fürchtet, dass ihm etwas passieren könnte, wenn er von zu Hause fort ist. Immerhin sieht sie so genau, was er tut – und mit wem.«

»Ich halte es dennoch für widerlich«, entgegnete Jaelle.

»Es spielt keine Rolle, wofür du es hältst«, sagte Kindra jäh, »und du hast nicht das Recht, dich darüber zu beschweren, wenn sie anders empfindet. Wenn sie sich bei mir beklagt oder mich in Sachen seines Verhaltens um Rat bittet, werde ich ihr meine Gefühle nicht verschweigen. Und du brauchst es auch nicht zu tun. Aber solange sie dich nicht zur Hüterin ihres Gewissens macht, Jaelle, tu nicht so, als ob du es wärst!«

»Ach, du bist genauso schlecht wie Rian«, entgegnete Jaelle frustriert. »Rohana kann gar nichts falsch machen.«

»Also, das würde ich nun nicht behaupten«, sagte Rohana fröhlich, denn sie hatte gerade den Raum betreten und Jaelles letzte Worte gehört. »Aber ich freue mich, dass du es glaubst, Jaelle.«

»Aber ich *glaube* es doch gar nicht«, widersprach Jaelle aufgebracht. Sie wandte den Blick von Rohana ab und eilte aus dem Zimmer.

Rohana hob den Kopf. »Um was ging es denn gerade, Kindra?«

»Um einen schlimmen Fall von pubertärem Gehabe«, erklärte Kindra ironisch. »In diesem Alter weiß man ja bekanntlich ganz genau, wie sich sämtliche Probleme der Welt lösen lassen. – Sie liebt dich, Rohana. Man kann nicht von ihr erwarten, dass sie sich freut, wenn sie sieht, wie du an deiner eigenen Tafel gedemütigt wirst.«

»Nein, wahrscheinlich nicht«, stimmte Rohana zu. »Aber erwartet sie, dass ich meine Gefühle an einem naiven jungen Mädchen austobe, das glaubt, ein Edelmann wäre in es verliebt? Tessa wird noch früh genug erfahren, dass es sich anders verhält. Sie hat mein vollstes Verständnis. Sie ist doch kaum älter als Jaelle.«

»Ich glaube, gerade das macht Jaelle so sehr zu schaffen, auch wenn sie es nicht genau weiß«, sagte Kindra.

»Sie hat Zeit genug, um unter den Männern zu wählen«, sagte Rohana. »Aber es würde mir sehr zu schaffen machen, wenn sie zu dem Schluss käme, dass alle Männer so sind wie ihr Trockenstadt-Vater oder Gabriel – und sich für immer von ihnen abwendet.«

»Glaubst du wirklich, sie wird hier etwas anderes lernen?«, fragte Kindra.

Rohana seufzte. »Nein, wahrscheinlich nicht. Kyril ist nicht viel besser als sein Vater. Ich habe mein Bestes getan, um ihm ein gutes Beispiel zu geben, aber für einen Jungen ist es nur natürlich, den Vater nachzuahmen. Vielleicht sollte ich Jaelle zu einer Verwandten schicken, die mit ihrem Gatten glücklich ist. Aber sie hat so viele kleine Kinder – allein sechs unter acht Jahren –, und unter ihrem Dach ist wirklich kein Platz für noch ein erwachsenes Mädchen. Aber irgendwie müsste ich dafür sorgen, dass sie erfährt, dass Männer auch gut und anständig sein können. Vielleicht sollte sie für eine Weile zu Meloras Basen ins Tiefland gehen.«

»Ich hatte schon genug Schwierigkeiten, sie dazu zu bringen, hierher zu kommen«, erinnerte Kindra sie. »Ich habe es nur geschafft, weil sie dich liebt und respektiert. Außerdem bezweifle ich, dass sie noch mehr über die Männer erfahren möchte.«

Rohana seufzte erneut. »Es ist schon schlimm genug, dass ich Probleme mit meiner eigenen Tochter habe«, begann sie, »aber ich wollte Jaelle unbedingt hier haben, weil sie alles ist, was mir noch von der armen Melora geblieben ist. Vielleicht hätte ich sie zu Jerana gehen lassen sollen, die dafür sorgen wollte, dass sie die passende Ausbildung einer *Comyn*-Tochter erhält. Trotzdem, ich möchte sie mir nicht als Frau vorstellen, die völlig gegen die Männer eingestellt ist, wie angeblich die Amazonen.«

Kindra runzelte die Stirn. »Rohana«, sagte sie dann ernst, »würde es dir wirklich so viel ausmachen, wenn sie Frauen lieben würde? Hast du etwa Vorurteile?«

»Vorurteile?«, fragte Rohana. »Ach so! Nein, es würde mir keinen großen Kummer bereiten. Aber ich möchte, dass sie glücklich ist, und ich bin noch nicht davon überzeugt, dass es für Frauen auch ein Glück außerhalb der Ehe gibt.«

»Mir würde es schwer fallen zu glauben, dass *verheiratete* Frauen Glück finden können«, erwiderte Kindra. »Bei mir war es jedenfalls nicht so. Ich habe dir die Geschichte vor Jalaks Haus in den Trockenstädten doch erzählt.«

Die Jahre glitten an Rohana vorbei, und sie erinnerte sich an Kindras Worte. Ihr Ehemann hatte sich unzulänglich gefühlt, weil sie ihm nur zwei Töchter geboren hatte. Sie hatte ihr Leben aufs Spiel gesetzt, um ein drittes Kind zu bekommen und dem ersehnten Knaben das Leben geschenkt. Daraufhin hatte er sie mit Edelsteinen überhäuft.

Ich hatte überhaupt keinen eigenen Wert, hatte Kindra gesagt. *Und die Töchter, die ich unter Einsatz meines Lebens geboren hatte, waren ebenso wertlos. Ich war nur ein Instrument, das ihm Söhne schenken sollte. Deswegen habe ich mir, als ich wieder gehen konnte, auch das Haar abgeschnitten, meine schlafenden Kinder geküsst und mich auf den Weg zum Gildenhaus gemacht, wo mein Leben dann angefangen hat.*

Rohana wusste, dass sie sich diesen Entschluss nicht leicht gemacht hatte. Aber sie war sehr zornig gewesen.

Nun war sie stark genug, die Frage zu stellen, die sie sich trotz ihrer Freundschaft nie zu stellen getraut hatte.

»Aber was ist mit deinen Kindern, Kindra? Wenn er deiner

Meinung nach so böse war, wie konntest du sie nur bei ihm zurücklassen?«

Jegliche Farbe wich aus Kindras Gesicht. Sogar ihre schmalen Lippen wurden weiß. »Eine gute Frage. Bevor ich meinen Entschluss endgültig fasste, habe ich viele Nächte geweint. Ich habe sogar daran gedacht, sie mitzunehmen oder sie ihm zu stehlen, sobald sie alt genug wären. Avarra möge mir vergeben ... Eines Abends stand ich sogar mit einem Dolch in der Hand vor ihnen, um sie vor dem Leben zu bewahren, das ich nicht mehr ertragen konnte. Aber mir wurde klar, dass ich ihn eher gegen mich selbst gerichtet hätte.«

Ihre Stimme klang flach, aber die Worte sprudelten in einem automatischen Strom hervor, der Rohanas schweigende Aufmerksamkeit erzwang. »Doch er ... mein Gatte ... war kein böser Mensch. Es war nun mal so, dass er mich nicht wahrnehmen *konnte*. Ich existierte gar nicht für ihn. Ich war nur ein Instrument, dazu bestimmt, seinen Willen zu erfüllen. Ich habe mit vielen Ehefrauen gesprochen, doch keine konnte verstehen, warum ich zornig oder bestürzt war. Sie schienen alle mit ihrem Los zufrieden zu sein. Blieb mir also etwas anderes übrig als zu glauben, dass sie *wirklich* zufrieden waren? Viele verstanden gar nicht, worüber ich mich beklagte. ›Er verprügelt dich doch nicht, oder?‹, fragten sie, als hätte ich mich darüber freuen sollen, dass er es nicht tat. So kam ich zu der Ansicht, dass mit *mir* etwas nicht stimmte, dass *ich* unter den gegebenen Umständen nie zufrieden sein würde, dass ich lieber sterben sollte, wenn ich bloß die Mutter seiner Kinder war; dass es sogar von Vorteil für ihn wäre, mich los zu sein und sich eine wirklich zufriedene Frau suchen zu können, die meinen Platz in seinem Leben einnahm. Sie hätte meine Töchter aufziehen können, damit sie so glücklich wurden wie all die anderen angeblich glücklichen Frauen ... um sich dann einen Ehemann zu suchen und seine Zuchtstute zu werden. Und so habe ich ihn verlassen, damit er und sie – und ich – es besser hatten. Ich habe gehört, dass er wieder geheiratet hat. Auch meine Töchter sind gut verheiratet und offenbar glücklich. Ich habe drei Enkelsöhne, die ich noch nie im Arm gehalten habe. Ich bin sicher, meine Töchter würden die Flucht ergreifen, als hätte ich die Pest, sollte ich je bei ihnen vorstellig werden.«

Sie schluckte, und Rohana bemerkte Tränen in ihren Augen.

»Aber ich habe es nie bereut. Und wenn ich es noch einmal entscheiden müsste, würde ich es wieder tun.«

Rohana umarmte sie schweigend und sagte eine ganze Weile nichts. Kindras Vertrauen rührte sie, denn sie wusste, dass es ihr nicht leicht fiel, darüber zu reden, nicht mal mit ihren Schwestern im Gildenhaus. Außerdem war ihr *Laran* stark genug, um zu wissen, dass sie die Geschichte nicht einmal den Gildenmüttern so ausführlich erzählt hatte.

»Ich kann zwar nicht beschwören, dass ich an deiner Stelle anders gehandelt hätte«, sagte Rohana, »aber ich habe auch nie vor dieser Wahl gestanden. Ich habe meine beiden Söhne geboren, *bevor* meine Tochter zur Welt kam, und über sie hat Gabriel sich sehr gefreut. Er hatte schon eine Tochter aus erster Ehe, und auch sie hat er sehr geliebt. Sie lebt im Turm von Dalereuth. Man sagt, sie hat die Gabe der Ardais. Sie hat bis zum fünfzehnten Lebensjahr bei uns gewohnt und uns erst spät verlassen – als ich von Meloras Notlage erfuhr.«

Aber du warst reich und hattest genug Bedienstete und dir unterstehende Hofdamen, so dass du deine Kinder der Obhut anderer überlassen konntest, um eine solche Suche zu unternehmen, dachte Kindra.

Rohana fing den Gedanken auf. »So einfach war es nun auch nicht, Kindra. Gabriel hat es mir noch nicht verziehen.«

»So ist dieses Kind, das du nicht haben wolltest, der Preis für sein Verzeihen?«, fragte Kindra. »Ihr zahlt einen stolzen Preis für den guten Willen Eures Gatten, *Domna.*«

Rohana umarmte sie impulsiv. »Ach, meine Liebe, nenn mich bloß nicht *Domna!* Wir sind doch Freundinnen, oder nicht? Mein Haus ist zwar voller Frauen, aber keine von ihnen ist meine Freundin! Nicht mal Jaelle – dazu missbilligt sie meine Art zu sehr!«

»Nicht mal *Domna* Alida? Nicht mal *Dom* Gabriels Schwester?«

»Sie am wenigsten«, sagte Rohana. Sie hielt Kindra noch immer umklammert und schaute zu ihr auf. »Es macht ihr zu schaffen, dass ich die gesamte Domäne beherrsche. Sie weiß zwar sehr wohl, dass Gabriel nicht in der Lage ist, seinen Geschäften selbst nachzugehen, aber sie ist der Meinung, da sie nun mal eine Ardais und eine *Leronis* ist, müssten alle Dinge, um die er sich nicht selbst kümmert, von ihr erledigt werden. Ich glaube, sie würde mich umbringen, wenn sie wüsste, wie sie es bewerkstelligen kann, ohne bestraft zu werden. Sie lässt mich nicht einen Moment aus den Augen ...« Rohana hielt schlagartig inne. Ihr wurde bewusst, dass sie klang, als stünde sie am Rand der Hysterie.

»Du siehst also, dass ich eine Freundin brauche. Bleib bei mir, Kindra! Bleib wenigstens so lange, bis das Kind geboren ist!«

Kindra nahm sie impulsiv in die Arme. »Ich bleibe so lange, wie du mich brauchst, Rohana, das verspreche ich. Und wenn ich Jaelle vor dem Wintereinbruch mit einer Karawane nach Süden schicken müsste!«

»Das wird ihr sicher nicht gefallen«, mutmaßte Rohana mit einem matten Lächeln. »Man braucht ebenso wenig *Laran*, um zu prophezeien, dass es im Mittwinter auf dem Scaravel-Pass schneit.« Bei diesen Worten fragte sie sich, ob

Kindra überhaupt *Laran* besaß. Es war ihr völlig neu, sich bei jemandem außerhalb ihrer eigenen Kaste so entspannt zu fühlen.

Kindra grinste. »In der Wüste«, begann sie, »habe ich gesagt, du würdest eine prächtige Amazone abgeben, Rohana. Du hast den Geist, den man dazu braucht. Komm doch mit, wenn Jaelle und ich nach Süden reiten. Wenn dir das Reisen während der Schwangerschaft zu schwer fällt, bleib hier, bis dein Kind geboren ist. Bekommst du eine Tochter, können wir sie mitnehmen und im Gildenhaus von Thendara aufziehen. Wenn es ein Sohn ist, lässt du ihn bei *Dom* Gabriel, da er auch andere Frauen hat und jetzt von dir nur noch einen Sohn haben will. Ich glaube, als eidgebundene *Comhi'Letzii* wärst du glücklich.«

Sie lächelte, und Rohana wusste, dass sie ihr Angebot nur teilweise scherzhaft meinte. Doch plötzlich wurde sie von dem heftigen Verlangen gepackt, wie damals bei ihrer Suche in den Trockenstädten, mit Kindra nach Süden zu reiten. Sie wollte alles hinter sich lassen und ihr irgendwohin folgen, und wenn es ans Ende der Welt war.

»Welch verrückter Gedanke!«, stieß sie atemlos aus. »Aber wenn du es sagst, klingt es wirklich verlockend, Kindra. Ich ...« Zu ihrem Entsetzen und ihrer Überraschung geriet ihre Stimme ins Wanken. »Ich wünsche mir fast, ich könnte es wirklich tun.«

3.

Kurz nachdem Kindra gegangen war, Rohana sich vom Wohlergehen der jüngeren Kinder überzeugt und Valentin bei der Kinderfrau besucht hatte, um sich zu vergewissern, dass ihr Pflegekind wohlauf war, kam Gabriel zu ihr in den Wintergarten hinaus. Er wirkte krank und müde, und wie immer litt sie mit ihm.

»Wie fühlst du dich, Rohana? Bei dieser Schwangerschaft geht es dir schlechter als bei allen anderen. Wenn ich es gewusst hätte, ich hätte es nicht dazu kommen lassen.«

»Dazu ist es jetzt ein bisschen spät«, erwiderte sie gereizt. Als sie seinen niedergeschlagenen Blick bemerkte, bereute sie ihren verärgerten Tonfall und sagte: »Trotzdem danke, dass du es jetzt erwähnst.«

»Ich danke dir, dass du heute Morgen so freundlich zu der armen kleinen Tessa warst«, begann er schüchtern. »Glaube mir, ich habe dich nicht beleidigen wollen. Ich wollte nicht, dass es so ausgeht. Aber sie hat Schwierigkeiten zu Hause und ich hielt es für falsch, sie dort zu lassen, damit sie leidet. Immerhin ist alles nur meine Schuld.«

Rohana zuckte die Achseln. »Du weißt sehr gut, dass es mir nichts ausmacht, mit wem – oder was – du dein Bett teilst. Du hast mir ja heute Morgen verdeutlicht, dass ich dir im Moment nichts wert bin.« Sie hörte die Verbitterung in ihrer Stimme erst, als sie zu Ende gesprochen hatte. Doch nun war es zu spät.

Gabriel griff impulsiv nach ihren Händen und küsste sie. »Rohana«, sagte er atemlos, »du weißt sehr gut, dass du die einzige Frau bist, die ich je geliebt habe!«

Sie lächelte kurz und nahm seine Hände in die ihren. »Ja, mein Lieber, so ist es wohl.«

»Rohana«, wiederholte er jäh und noch immer außer Atem. »Was ist nur mit uns passiert? Wir haben uns doch so geliebt!«

Sie drückte seine Hände. »Ich weiß es nicht, Gabriel«, entgegnete sie. »Vielleicht liegt es nur daran, dass wir älter werden.« Sie berührte seine Wange mit seltener Zärtlichkeit. »Du siehst krank aus, mein Lieber. Vielleicht ist es nicht gut für dich, wenn du so früh ausreitest. Nimmst du noch die Medizin, die man dir aus Nevarsin geschickt hat?«

Er schüttelte stirnrunzelnd den Kopf. »Sie tut mir nicht gut«, wehrte er ab, »und wenn ich danach Wein trinke, wird mir übel.«

Sie zuckte die Achseln. »Tu, was du für das Beste hältst«, sagte sie. »Wenn du lieber epileptische Anfälle hast als das Trinken aufzugeben, kann ich dir auch nicht helfen.«

Er sah sie wieder mit dem ungeduldigen Blick an, den sie so fürchtete. Wie immer, wenn sie von seiner Trunksucht sprach, wurde er wütend. »Ich bin nur gekommen, um dir für deine Freundlichkeit gegenüber Tessa zu danken«, entgegnete er steif und stürmte hinaus.

Rohana seufzte und ging in den kleinen Raum, in dem sie sich täglich mit dem Verwalter den landwirtschaftlichen Geschäften widmete. Sie ließ sich Valentin von der Kinderfrau bringen, damit er auf dem Boden mit seinen Klötzen spielte. Ihr eigenes, noch ungeborenes Kind hatte kürzlich angefangen, sich in ihrem Bauch zu bewegen, und sie dachte darüber nach, wie es wohl wäre, noch ein Kind aufzuziehen. Vielleicht konnte sie ihren jüngsten Sohn ein wenig vor Gabriels Einfluss abschirmen, damit er ihr eines Tages auf dem Gut eine Hilfe war. Ihrer Meinung nach war von ihren anderen Söhnen in dieser Hinsicht nicht viel zu erwarten. Und Elorie war noch zu jung, um sich für solche Dinge zu interessieren.

Sie verbrachte den Morgen damit, mit dem Verwalter darüber zu sprechen, ob es klug war, in dieser Jahreszeit neue Harzbäume anzupflanzen, da es eigentlich nur den Waldbränden in die Hände arbeitete, wenn es zu viele gab. Außerdem war es nötig, mit dem Schmiedevolk über Metall zu verhandeln, damit ihre besten Reitpferde beschlagen werden konnten. Aus Gründen der Notwendigkeit hatte sie eine Menge über die Harzproduktion gelernt. Sie brauchten Harz zur Veredlung von Farben und Holzversieglern, damit die Zäune und Gebäude nicht verrotteten. Harz von hoher Qualität konnte man nur aus den Bäumen gewinnen, deren hoher Bestand wiederum die Gefahr von Waldbränden erhöhte.

Erst am späten Nachmittag – Valentin hatte eine Mahlzeit aus gekochten Eiern und Zwieback zu sich genommen und befand sich wieder im Kinderzimmer – fand Rohana die Zeit für einen Ausritt. Sie ließ Kindra eine Nachricht überbringen und fragte bei ihr an, ob sie mitkommen wolle. Dann ging sie schnell in ihr Zimmer und zog ein schäbiges altes Reitkleid an. Als Kindra zu ihr stieß, musste sie sich eingestehen, dass sie die andere beneidete, weil sie Hosen und Stiefel tragen durfte. Ihr fiel ein, dass sie sich während der Suche nach Melora ebenso gekleidet hatte.

Sie wollten gerade durch das Stalltor ins Freie reiten, als Jaelle in Reitkleidung eintrat.

»Ach, bitte ... darf ich mitkommen?«

Sie hatte die Frage an Kindra gerichtet. Die drehte sich zu Rohana um: »Das musst du schon deinen Vormund fragen.«

»Du bist mein Vormund«, sagte Jaelle verdrießlich, doch dann wandte sie sich freundlich Rohana zu. »Darf ich?«

»Da du ja schon Reitkleidung trägst«, entgegnete Rohana. »Aber wir werden keine Zeit für eine Falkenjagd haben. Wir wollen nur zum Gebirgskamm reiten, um die Harzbaumpflanzung zu inspizieren. Also gut – falls du uns einholen kannst.«

Jaelle lief los, um ihr Pferd aus der Box zu holen.

»Ob ich euch einholen kann?«, rief sie und legte ihm rasch den Sattel auf. »Ich garantiere euch, dass ich schneller, härter und weiter reiten kann als ihr – als beide zusammen!«

»Oh, bestimmt kannst du zurzeit härter und weiter reiten als ich oder jede andere Schwangere, Jaelle«, sagte Rohana und tat so, als sähe sie die Schnute nicht, die ihr Mündel zog.

»Macht es dich nicht wütend, so behindert zu sein?«

»Nicht im Geringsten«, gab Rohana ausgeglichen zurück. »Vergiss nicht, dass ich mein viertes Kind bekomme und weiß, was mir bevorsteht. Kommt, lasst uns zum Gebirgskamm hinauf reiten. Ich muss selbst sehen, was der Winter mit unseren Harzbäumen angestellt hat.«

»Warum kümmert sich *Dom* Gabriel nicht darum?«, fragte Jaelle.

»Weil er noch nie einen ausgeprägten Geschäftssinn hatte, Jaelle. Hältst du es etwa für falsch, wenn sich eine Frau um die Angelegenheiten einer Domäne kümmert?«

»Nein, ganz bestimmt nicht. Aber er überlässt alles dir – auch sämtliche anderen Dinge, von denen jeder meint, du müsstest dich sowieso darum kümmern: das Haus, die Küche und die Kinder. Du tust die Arbeit eines Mannes *und* die einer Frau ...«

»Weil ich schon immer stärker war als Gabriel. Überließe ich es ihm, käme nichts dabei heraus, und dann wäre das Gut in denkbar schlechtem finanziellen Zustand. Oder glaubst du vielleicht, ich sollte Gabriel die Kinder wickeln, die Laken zählen und Brot und Kuchen backen lassen?«

Das Bild, das sich in Rohanas Geist aufbaute, war so komisch, dass sogar Jaelle lachen musste.

»Ich finde, er sollte ruhig seinen Teil dazu beitragen«, sagte Jaelle. »Wenn er es nicht tut ... Wozu ist ein Mann dann überhaupt gut?«

Rohana lächelte. »Tja, meine Liebe, so ist nun mal der Lauf der Welt.«

»Aber nicht für mich«, erwiderte Jaelle.

»Würde es dich überraschen, Jaelle, wenn ich dir sage, dass Gabriel, als er noch jünger und gesünder war, die Kinder tatsächlich gewiegt und ihnen Lieder vorgesungen hat? Und dass er nachts ihretwegen aufgestanden ist, damit ich weiterschlafen konnte? Nach der Hochzeit war er der liebste und zärtlichste Väter überhaupt. Er hat damals auch weniger getrunken …«

Jaelle fand diese Neuigkeiten so verwirrend, dass sie das Thema wechselte. »Wann reiten wir nach Süden, Kindra, damit ich den Eid ablegen kann?«

Kindra öffnete den Mund, um etwas zu erwidert, doch Rohana kam ihr zuvor. »Dazu besteht doch keine Eile. Ich hatte gehofft, du würdest mir so viel Zeit lassen, wie du dem Gildenhaus gegeben hast. Drei Jahre, damit du etwas vom Leben lernst.«

Jaelles Augen blitzten auf. »Nein! Du hast mir versprochen, Kindra, dass es keine weiteren Verzögerungen gibt, wenn ich ein Jahr bei meinen *Comyn*-Verwandten lebe! Und ich habe, wie du es verlangt hast, einem Jahr zugestimmt.« Sie setzte eine finstere Miene auf. »Damals hast du mir ein paar schöne Worte über die Ehre und den Wert deines Wortes erzählt.«

Kindra seufzte. »Ich habe nicht vor, es zu verschieben, Jaelle. Aber ich habe deiner Tante – meiner Freundin – geschworen, dass ich hier bleibe, bis ihr Kind geboren ist. Und hier kannst du den Eid wohl kaum leisten.«

Jaelle schaute drein wie ein Gewitter. »Kindra …«, setzte sie an.

»Ich weiß, ich hatte vielleicht kein Recht, angesichts des dir gegebenen Versprechens einen solchen Schwur zu leisten«, sagte Kindra.

Rohana mischte sich ein. »Es ist meine Schuld, Jaelle. Ich habe sie darum gebeten. Willst du mir ihre Gesellschaft entziehen, solange es mir alles andere als gut geht?«

Jaelle stierte den Boden an, der unter den Beinen ihres Pferdes dahinzog. Schließlich sagte sie verdrossen: »Wenn es dein Wille ist, Rohana, kannst du keine bessere Gefährtin als Kindra finden.« Sie meinte es aber nicht ernst. Ihre Miene wurde noch finsterer. Ihr fiel auf, dass Erwachsene stets Entscheidungen fällten, ohne auch nur den geringsten Gedanken daran zu verschwenden, wonach jungen Leuten der Sinn stand.

Rohana verstand all dies, als hätte Jaelle es ausgesprochen, aber das konnte sie ihr natürlich nicht sagen. Als sie den Gebirgskamm hinaufritten, dirigierte sie ihr Pferd neben Jaelles und sagte: »Ich verspreche, dass ich dir keine weiteren Hindernisse in den Weg lege, damit du deinen Eid leisten kannst, wenn du es noch immer willst.«

»Gab es je einen Grund, der dich daran hat zweifeln lassen?«, fragte Jaelle. »Hältst du dein Leben für so schön, dass du ernsthaft glaubst, ich würde es auch gern führen?«

»Trotzdem möchte ich nicht, dass du den Eid zu früh ablegst«, sagte Kindra. »Es wird dir nicht schaden, ihn ein wenig aufzuschieben. Vielleicht hast du später doch einmal den Wunsch, zu heiraten.«

Jaelle schaute ihr in die Augen. »Warum denn? Damit ich Kinder bekomme – und sie dann abgebe, so wie du?«

»Jaelle!«, schrie Rohana. Noch bevor die Worte ganz ausgesprochen waren, spürte sie, dass Kindra schmerzhaft zusammenzuckte. »Wie kannst du nur ...«

Kindra versetzte Jaelle eine schallende Ohrfeige. »Du bist anmaßend«, sagte sie. »Natürlich sollte man es gar nicht erst so weit kommen lassen, aber ich habe es gewiss nicht willentlich getan, und man sollte immer zuerst nachdenken. Oder wäre es etwa besser, den Eid zu brechen, falls man es sich später anders überlegt und doch heiratet?«

»So etwas wie hier passiert nur dann, wenn der Scaravel-Pass statt zu vereisen in Flammen steht«, sagte Jaelle wütend und schaute an den Strünken der Harzbäume vorbei, die die letzten Winterstürme abgebrochen hatten.

»Kann man sie noch retten oder müssen sie aufgeforstet

werden?«, fragte Kindra. »Ich verstehe nichts von diesen Dingen.«

»Jetzt, da ich sie gesehen habe, kann ich es mir zu Hause in aller Ruhe überlegen«, antwortete Rohana und wendete ihr Pferd auf dem Weg. »Wenn man in Eile ist, soll man nie Beschlüsse fassen, und solche schon gar nicht.«

Schweigend ritten sie zur Burg zurück.

4.

Einige Tage später wachte Kindra sehr früh auf und fragte sich, was sie wohl geweckt hatte. Jaelle lag im Nebenzimmer. Sie schlief noch. Kindra hörte ihre ruhigen Atemzüge durch die offene Tür. Draußen auf den Gängen waren ein Bellen, ein Klopfen und ein fürchterlicher Lärm zu hören. War etwa Feuer ausgebrochen? Oder griffen Banditen an? Vor den Fensterläden sah sie das matte, rosagraue Licht des heraufdämmernden Tages.

Kindra schlüpfte in die Pelzhausschuhe, legte ein Gewand um ihre Schultern und trat in den Korridor hinaus. Nun erkannte sie, dass die bellende Stimme *Dom* Gabriel gehörte. Sie klang heiser, aufgebracht und ziemlich zusammenhanglos. Kindra fragte sich automatisch, ob er zu dieser ungewöhnlichen Stunde wohl schon betrunken war und sie sich taktvoll zurückziehen sollte, um Rohana nicht in Verlegenheit zu bringen. Andererseits aber konnte ihre Anwesenheit vielleicht auch eine Gewalttat verhindern.

Dom Gabriel kam am Ende des Korridors in ihr Blickfeld. Der junge Kyril schien damit beschäftigt zu sein, seinen Vater festzuhalten, der irgendetwas schwang und mit lauter Stimme etwas von »Auspeitschen« brüllte.

»Ich würde dir davon abraten, es zu versuchen, Vater«, sagte Kyril deutlich. »Sonst bemerkst du vielleicht noch, dass nicht *ich* eine Tracht Prügel beziehe. Es ist doch nicht meine Schuld, wenn deine Frauen mich für männlicher halten als dich.«

Nun erblickte Kindra auch die junge Tessa. Ihr spärliches Gewand war sogar für ein Nachthemd zu enthüllend. Sie klammerte sich an Kyrils Schulter und wollte die beiden Männer voneinander trennen. Rian kam hinzu. Er riss seinen Vater mit einem geschickten Griff von seinem Bruder los. Offenbar verstand er etwas vom Ringen. Dann stieß er seinen schlagartig verstummenden Vater in einen der Sessel, die in bestimmten Abständen auf dem Korridor standen. Lady Rohana näherte sich ihnen halb angezogen. Ihr Gesicht kündete von Übelkeit, als sie die vielen Zeugen der Szene erblickte.

»Danke, Rian«, sagte sie. »Geh bitte und rufe sofort seinen Leibdiener, bevor er sich noch übergibt. – Gabriel, kommst du bitte wieder ins Bett?« Sie beugte sich über den zitternden Mann. »Nein, natürlich kommst du nicht mit – Tessa geht mit dir. Nicht wahr, meine Liebe?«

»Verdammte kleine Schlampe«, nuschelte Gabriel mit schwerer Zunge. »Hast du nicht gehört? Man sollte dich auspeitschen, und genau das werde ich ...« Er machte einen halbherzigen Versuch, aus dem Sessel aufzustehen, doch seine Beine wollten ihn nicht tragen. Er sank zurück.

Kyril trat vor und legte einen Arm um Tessa. »Wenn du sie auch nur anfasst, Vater ... Ich schwöre, du wirst der Leidtragende sein!«

Gabriel kämpfte sich hoch. »Du Schwein! Komm doch her! Willst du dich prügeln? Dann heb deine Fäuste wie ein Mann!« Er stürzte sich auf Kyril, der zu einem Schlag ausholte. Doch Rohana, die sich zwischen die beiden warf, fing ihn ab. Kyrils Faust knallte seitlich gegen ihren Schädel.

»Mutter!«, schrie Kyril entsetzt auf und streckte die Arme

aus, um zu verhindern, dass sie stürzte. Gabriels Reaktion fiel fast ebenso aus, doch als er Rohana von Schwindel ergriffen und halb betäubt in den Armen seines ältesten Sohnes sah, wankte er zurück und ließ sich wieder in den Sessel fallen.

»Rohana«, murmelte er. »Bist du in Ordnung, Rohana?«

»Daran bist nur du schuld«, sagte Kyril wütend und ließ seine Mutter sanft auf die Lehne eines alten Sofas nieder.

Rian war inzwischen mit Gabriels Leibdiener zurückgekehrt, der sich zuerst mit einem Stärkungsmittel um Rohana kümmerte.

»Kyril ...«, begann sie und hob den Kopf.

»Ja, schieb es nur mir in die Schuhe, wie üblich!«, zischte der junge Mann und legte einen Arm um Tessa. »Wenn es einen Ort gegeben hätte, an den ich sie hätte bringen können, wäre all dies nie passiert.«

»Ich ... sollte ...«, murmelte *Dom* Gabriel, »die kleine ... Schlampe ... sofort rauswerfen ...«

Kyril wirkte mit dem Arm um das zurückweichende Mädchen fast heldenhaft. »Wenn sie geht, Vater, gehe ich mit! Merk dir das! Und von jetzt an fasst du *meine* Frauen nie wieder an, verstanden?«

Dom Gabriel hob sein geschwollenes Gesicht. Er setzte eine finstere Miene auf, schwenkte die Fäuste und wollte etwas sagen. Dann fing sein Körper auf beängstigende Weise an zu zucken, er fiel um, schlug mit dem Kopf auf und blieb besinnungslos liegen.

Rohana sprang entsetzt auf ihn zu, aber sein Leibdiener wusste, was zu tun war. Er schob seinem Herrn ein zusammengedrehtes Halstuch in den Mund, damit er sich nicht auf die Zunge biss, richtete seine Gliedmaßen ein wenig, bis die Zuckungen abnahmen, kniete sich neben ihn und murmelte beruhigende Worte. Gabriel öffnete die Augen und stierte Kyril ausdruckslos an. Der junge Mann fuhr zusammen.

»Ist schon in Ordnung, Kyril«, sagte Rohana müde. »Wenn er zu sich kommt, hat er alles vergessen.«

»Hör zu, Mutter, das kannst du mir nicht ...«

»Nicht dir allein. Aber du hättest wissen müssen, dass so etwas passieren kann, wenn er tagelang getrunken hat – dass ihn dann alles leicht explodieren lässt.« Sie wandte sich an den Leibdiener. »Ruf einen oder zwei Lakaien und schafft ihn ins Bett. Er wird heute nicht aufstehen, und morgen vielleicht auch nicht. Sorg dafür, dass man ihm eine Suppe oder Brühe vorsetzt, wenn er erwacht. Aber er bekommt keinen Tropfen Wein – egal, wie sehr er auch schimpft oder tobt. Wenn du es ihm nicht verweigern kannst, komm zu mir, dann sage ich es ihm selbst.«

Als *Dom* Gabriel in seinem Zimmer verschwunden war, musterte Rohana die im Korridor versammelte Familie. »Es hat wohl keinen Sinn, den Leuten zu sagen, sie sollen wieder ins Bett gehen und weiterschlafen«, stellte sie fest und ging zu ihrer Tochter. »Weine nicht, Elorie. Vater ist nicht zum ersten Mal so krank. Wir müssen uns einfach mehr bemühen, ihn vom Trinken abzuhalten und ihn vor zu großer Aufregung schützen.« Sie wandte sich Kyril zu, der den Arm noch immer um Tessa geschlungen hatte. »Du bist deinem Herrn nicht sehr treu, mein Kind«, sagte sie bestimmt.

»Nein, Mutter«, entgegnete Kyril protestierend. »Es ist genau umgekehrt. Vater hat genau gewusst, dass Tessa mein Mädchen ist. Er hat sie nur geholt, um Ärger heraufzubeschwören. Er wollte den Leuten ganz sicher weismachen, das Kind wäre von *ihm!* Aber wer würde schon glauben, dass ein alter Bock wie er ...«

Er hielt jäh inne, und seine Stimme versagte, als er seine Mutter ansah. Rohanas leichtes Gewand zeigte mehr als deutlich, wie weit ihre Schwangerschaft fortgeschritten war. Kyril blickte murmelnd zu Boden. Jaelle kicherte boshaft, doch sie hielt sich eine Hand vor den Mund, so dass man nur gedämpfte Laute hörte. Als Kindra sie finster und wütend anschaute, senkte Jaelle den Blick.

»Das Mädchen sollte von einer *Leronis* untersucht werden«, verfügte Rohana müde. »Wenn das Kind ein Ardais ist, spielt es keine Rolle, wer das arme Ding gezeugt hat. Tessa hat natürlich ein Recht auf unseren Schutz und darf hier wohnen bleiben. Es ist meine Aufgabe, mich darum zu kümmern. – Alida, kannst du sie noch heute untersuchen?« Sie verbeugte sich vor der *Leronis*.

»Gewiss«, sagte Alida. »Gabriel hat mir schon von dem Kind erzählt ...«

»Dann wusste er also nicht ...«, hauchte Rohana. »Dann hat er gedacht ...« Sie wankte plötzlich, und Kindra stützte sie mit festem Arm.

»Das ist zu viel für dich«, sagte sie eindringlich.

»Wenn ihr jetzt bitte alle ... gehen und euch anziehen würdet«, bat Rohana bebend. »Ich kümmere mich um das Frühstück im Saal ...«

»Nein, Tante«, widersprach Jaelle mit fester Stimme. »Du bist krank. Um *Dom* Gabriel sorgen sich die Diener. Du gehst jetzt wieder ins Bett. Elorie und ich kümmern uns schon um das Frühstück. – Kindra, bring sie bitte in ihr Zimmer. Ruf eine Zofe. Tragt sie, lasst sie nicht gehen! Tante, um deines Kindes willen ...«

»Ja, danke, Jaelle«, sagte Rohana überrascht. Als eine Woge der Übelkeit sie zu übermannen drohte, ließ sie sich nach hinten in Kindras Arme sinken. Sie bekam nicht mit, wer sie in ihr Zimmer und zum Bett trug.

Als sie wieder erwachte, war es beträchtlich heller geworden, und Kindra saß an ihrem Lager.

Jaelle öffnete gerade die Tür. »Wie geht es ihr, Kindra?«, fragte sie im Flüsterton.

»Du brauchst nicht zu flüstern, Jaelle, ich bin wach«, antwortete Rohana und empfand gelinde Überraschung, weil ihre Stimme so zittrig klang. »Ist unten alles in Ordnung?«

»Aber ja. Alle haben gefrühstückt. Elorie hat die Küche angewiesen, Gewürzbrot zu backen, und den Arbeitern heißen Apfelsaft serviert. Rian hat allen erzählt, dass der Herr krank ist und die Neuanpflanzung der Harzbäume um die Mittagsstunde beginnt. Er wird die Arbeit persönlich beaufsichtigen ...«

»Rian ist ein braver Junge«, sagte Rohana leise.

»Ja, er kennt sich gut hier aus, und wenn Kyril ihn ließe, könnte er seinem Vater viel Ärger ersparen«, fügte Jaelle hinzu. »Leider ist er aber eifersüchtig und glaubt, Rian könne irgendeinen Einfluss auf seinen Vater ausüben.« Sie zuckte die Achseln. »Kyril ist nach oben gegangen, um *Dom* Gabriel mit etwas Brühe zu füttern. Es war wirklich ein rührender Anblick, aber ich habe *Dom* Gabriel so laut brüllen hören, wie er nur konnte – was momentan nicht sehr laut ist –, er solle das Zeug auf der Stelle fortschaffen und ihm Wein bringen.«

»Oje«, entgegnete Rohana und kämpfte sich hoch. »Ich muss zu ihm. Ich muss ihm erklären ...«

»Auf gar keinen Fall«, sagte Kindra eindringlich. »Ihr müsst im Bett bleiben, Lady ... Rohana, meine ich ... sonst hast du vielleicht noch eine Fehlgeburt. Wäre *Dom* Gabriel Herr seiner Sinne, würde er es ebenso missbilligen, wie er die Lakaien missbilligt, die seine Befehle nicht ausführen wollen.«

Rohana legte sich seufzend wieder hin, denn sie wusste, dass Kindra die Wahrheit sprach. Gabriel würde einfach einmal auf seine Rechte verzichten müssen. Obwohl er nach seinen Anfällen tagelang gereizt war, fürchtete er sie doch so sehr, dass es ihm diesmal vielleicht eine Warnung war. »Aber erklärt ihm, warum ich nicht bei ihm am Bett sitzen und ihm Gesellschaft leisten kann«, sagte sie.

»Ich habe die Heilerin schon mit einer Nachricht zu ihm gebeten, Tante. Außerdem habe ich nach der Hebamme geschickt. Sie wird wissen, ob Gefahr für dich besteht.«

Dermaßen beruhigt, machte Rohana es sich unter der Decke bequem und blieb schläfrig liegen. Sie war an diesem Morgen weder wach, noch schlief sie. Sie nahm den Besuch der Gutshebamme kaum wahr, die sie kurz untersuchte und ihr dann mitteilte, dass momentan keine Gefahr für eine Fehlgeburt bestehe. Ein bis zwei Tage Ruhe, so sagte sie, könnten ihr aber nur gut tun; sie arbeite überhaupt immer zu viel.

Als Rohana am späten Nachmittag erwachte, saß Kindra erneut an ihrem Bett. Eine Nadel fuhr blitzend durch ein Stück Stoff.

»Was machst du denn da? Jaella tut so was fast nie. Ich hätte nie gedacht, dass Amazonen ... Entsagende ... sich mit so was beschäftigen.«

»Ich finde es entspannend«, sagte Kindra. »Es wird ein Kragen. Ich habe nur selten Zeit, um mich hinzusetzen und mit Handarbeiten dieser Art zu beschäftigen. Wenn du möchtest, mache ich dir eine Stickerei für ein Säuglingsgewand. Wenn dein Kind ein Mädchen ist ...«

»Ach, nein«, sagte Rohana. »Ich hätte zwar gern ein Mädchen, aber es ist ein Sohn. Gabriel wird sich endlich freuen.«

»Ich nehme an, das sagt dir dein *Laran*«, vermutete Kindra.

Rohana schaute sie überrascht an. »Ja, ich glaube schon. Ich habe nie darüber nachgedacht. Ich kann mir gar nicht vorstellen, wie es wäre, schwanger zu sein und nicht zu wissen, ob es ein Junge oder ein Mädchen ist. Gibt es wirklich Frauen, die so etwas nicht wissen?«

»Aber ja doch«, sagte Kindra. »Auch wenn ich mir des Geschlechts meiner Kinder selbst immer sicher war ... Vielleicht habe ich es mir aber auch nur eingebildet.«

Ein gedämpftes Klopfen erklang an der Tür. Dann trat Lady

Alida ein. »Geht es dir besser, Rohana?«, fragte sie lächelnd. »Du brauchst dir keinerlei Sorgen zu machen, meine Liebe. Überhaupt keine. Ich kann mich um alles kümmern. Um absolut alles.«

Auf Kindra wirkte ihr Lächeln wie das eines pummeligen Kätzchens, das in die Milchkanne gefallen war.

»Dessen bin ich mir ganz sicher«, murmelte Rohana.

»Aber es gibt da ein paar Dinge, die sofort geklärt werden müssen«, fuhr Alida fort. »Kyril muss umgehend weggeschickt werden. Die Feindseligkeit, die er seinem Vater entgegenbringt, ist für beide sehr schlecht. Er sollte nach Nevarsin gehen. Er muss Disziplin und einiges andere mehr lernen. Es ist nicht gut für ihn, wenn er hier bleibt und du dich mit Gabriel streitest. Immerhin ist er fast erwachsen.«

»Ich habe es schon vor einem Jahr vorgeschlagen«, sagte Rohana, »aber Gabriel war dagegen.«

Alida lächelte schon wieder wie ein Kätzchen. »Dann hatte die Auseinandersetzung heute Morgen vielleicht doch etwas Gutes. Ich glaube, Gabriel wird sich freuen, wenn der Junge aus dem Haus ist. Und noch etwas: Ich habe Tessa untersucht. Sie ist tatsächlich von Kyril schwanger.« Sie verzog das Gesicht zu einer angewiderten Grimasse. »Willst du sie wirklich unter diesem Dach behalten?«

»Welche Wahl habe ich denn?«, entgegnete Rohana. »Wenn das Kind ein Ardais ist ... Selbst ein *Nedestro* hat das Recht, Obdach im Haus seines Vaters zu finden.«

Alida verzog erneut das Gesicht. »Ich habe den Überwachereid selten so verabscheut«, sagte sie. »Ich war verlockt, Tessa zu sagen, dass sie lügt ... was natürlich nicht stimmt ... und sie hinauszuwerfen. Ich muss gestehen, dass mir dein Großmut fehlt, Rohana.«

»Es macht mir keine Schwierigkeiten, einen *Nedestro*-Enkel zu haben«, erwiderte Rohana.

Alida schüttelte den Kopf. »Es ist nur ein Mädchen. Tut mir Leid, wenn es nicht das ist, was du dir gewünscht hast.«

»Ich heiße auch eine Enkelin willkommen, wenn sie nur gesund und kräftig ist«, sagte Rohana. »Zu Hause wird Tessa vielleicht schlecht behandelt und nicht richtig ernährt. Kümmere dich bitte darum, Alida. Besorge ihr ein eigenes Zimmer und teile jemanden ein, der nach ihr sieht. Und noch etwas: Halte sie nicht zu knapp, nur weil Kyril nicht hier ist und es nicht bemerkt. Ist sonst noch was?«

»Ja.« Alida war bisher im Raum umhergegangen, doch nun kam sie näher und setzte sich auf einen kleinen Lehnstuhl. »Rohana, hast du gewusst, dass Rian ein ausgewachsener Telepath in beide Richtungen ist, und wahrscheinlich auch Empath? Nur die Götter wissen, woher er diese Gaben hat – von den Ardais jedenfalls nicht.«

»Ach, das weiß ich nicht so genau«, sagte Rohana. »Bevor Gabriel erkrankte, verstand auch er allerhand von Empathie. Das hat mir damals am besten an ihm gefallen.« Sie hielt inne und dachte nach. »Rian hat es also auch? Kein Wunder, dass er so zerrissen ist ...«

»... zwischen seiner Sympathie für dich und seinen Vater«, sagte Alida offen heraus. »Der Zwist reißt ihn noch auseinander. Er sollte in einen Turm gehen.«

»Ich würde ihn lieber ein, zwei Jahre zur Weiterbildung nach Nevarsin schicken«, protestierte Rohana.

»Auf gar keinen Fall«, sagte Alida fest. »Er ist zu empfindlich und gewissenhaft. Er würde alles beherzigen, das man ihm erzählt. Du weißt doch sicher, dass die meisten Jungen fast alles ignorieren, was ihre Eltern sagen – Kyril ignoriert sogar alles –, aber Rian würde sich jedes einzelne Wort zu Herzen nehmen und sein ganzes Leben als Gefangener des *Cristofero*-Gewissens verbringen. Nein, Rohana, für ihn ist ein Turm der einzig sichere Ort. Ich war schon in der Übertragung.

Arilinn nimmt ihn auf. Mach dir keine Sorgen. Dort erzieht man ihn ebenso gut wie in Nevarsin, darauf kannst du dich verlassen.«

Ich müsste ihr wohl dankbar sein, dachte Rohana, *weil sie sich für meine Söhne so einsetzt, aber ihr Übereifer bringt mich noch in Rage. Sie will im Grunde nur alles selbst bestimmen. Es freut sie eindeutig, dass sie, während ich krank hier liege, alles ebenso gut oder besser erledigt hat als ich.*

Doch sie schirmte ihre Gedanken vor Alida ab und dankte ihr liebenswürdig. »Du hast alles so gut arrangiert, Schwägerin, dass meine Kinder nun alle fort sind – außer Elorie, und sie ist schon versprochen. Und ich bin nur noch eine untätige alte Frau.«

»Untätig? Du?«, widersprach Kindra protestierend. »Außerdem hast du auch noch Valentin und Jaelle.«

»Jaelle macht kein Geheimnis daraus, dass sie von hier fort will«, bemerkte Rohana.

»Das kann keinesfalls gestattet werden, Kindra«, sagte Alida. »Sie muss die Stelle ihrer Mutter in einem Turm einnehmen. Ich weiß genau, dass wir einen finden können, der sie nur zu gern aufnimmt.«

»Ist dir auch nur das geringste Anzeichen dafür aufgefallen, dass sie genügend *Laran* besitzt? Ich glaube, in einem Turm wäre sie miserabel aufgehoben.«

»Du weißt so gut wie ich, dass sie ihr *Laran* abschirmt«, entgegnete Alida schroff. »Und du kennst auch den Grund. Du hast mir selbst erzählt, dass ihre Mutter bei Valentins Geburt gestorben ist. Sie ist nicht das erste Mädchen, deren *Laran* durch ein Ereignis blockiert wurde, dem sie nicht ausweichen und sie aufgrund mangelnder Reife nicht ertragen konnte ... Etwa eine traumatische Geburt, die in zu großer Nähe stattfand und deswegen nicht abschirmbar war. Oder der Tod eines geliebten Menschen.«

Nach Rohanas Ansicht konnte man Meloras Tod in der Wüste durchaus so beschreiben.

»Aber sie kann dem *Laran* nicht für immer ausweichen«, fuhr Alida fort. »Irgendwann kehrt es mit voller Kraft zurück, und auf diesen Tag sollte sie in einem Turm vorbereitet werden. Natürlich spricht ihre Abstammung – das heißt, die ihres Vaters – gegen sie, aber vielleicht kann man eine Turmbesatzung bewegen, darüber hinwegzusehen. In Arilinn würde es bestimmt nicht funktionieren. Die Leute dort bestehen auf *Comyn*-Herkunft. Rian kann dort hingehen. Ich glaube aber, einer der niederen Türme würde Jaelle sicher aufnehmen. Vielleicht Margwenn in Thendara oder Leominda in Neskaya. Soll ich versuchen, eine Übereinkunft zu treffen? Ich würde es gern tun ...«

»Dessen bin ich mir sicher, Alida«, sagte Rohana müde, »aber diesmal wird dein Verhandlungsgeschick nicht gebraucht. Ich habe Jaelle versprochen, dass ich nichts dagegen habe, wenn sie den Eid der Entsagenden ablegt, nachdem sie ein Jahr hier verbracht hat.«

Alidas Kinnlade sank herab. Mit ihren großen und blauen Augen musterte sie Rohana ungläubig. »Ich weiß zwar, dass du es ihr zugesichert hast, als sie noch ein Kind war«, begann sie, »aber willst du dein Versprechen wirklich halten? Auch dann, wenn sie *Laran* besitzt?«

»Ich habe ihr mein Wort gegeben«, sagte Rohana. »Und ich halte es auch. Ich belüge nicht mal Kinder.«

»Aber ...« Alida schaute naiver und verwirrter drein als je zuvor. »Der Rat ... Es wird ihn nicht gerade freuen, Rohana. Es gibt doch nur noch so wenige lebende Aillard-Frauen.«

»Ich glaube, ich kann den Rat überzeugen«, versicherte Rohana.

Alida seufzte. »Dazu wirst du schon bald Gelegenheit haben«, sagte sie. »Man hat uns die Botschaft geschickt, dass

Gabriel in dieser Periode einen Sitz im Rat einnimmt, und da du dich Aillard statt Ardais nennst und auch als Aillard im Rat sitzt, betrifft sie auch dich. Doch nun, da Jaelle erwachsen ist … und du schwanger bist … Ich war mir so sicher …«

»Du warst dir so sicher, dass du ihnen erzählt hast, Meloras Tochter würde ihren Sitz in dieser Periode einnehmen, nicht wahr, Alida?«, sagte Rohana leise. »Tja, dann wirst du ihnen eben berichten müssen, dass du gelogen oder phantasiert hast.«

Alidas blaue Augen blitzten beleidigt auf. »Gelogen? Wie kannst du es wagen? Wie hätte ich mir vorstellen können, dass du Meloras Tochter gestattest, sich aufgrund einer ungesetzlichen Abmachung ihrer Pflicht zu entziehen?«

»Von ungesetzlich kann hier keine Rede sein«, sagte Rohana. »Die Entsagenden-Charta gestattet, dass frei geborene Frauen beantragen dürfen, den Eid zu sprechen. Es stimmt freilich, dass es einst eine Zeit gegeben hat, in der ich *Comyn*-Töchter für weniger frei hielt als die Kinder von Kleinbauern. Ich hätte nie geglaubt, dass du mit mir einer Meinung bist, Schwägerin.«

»Du willst mich wohl zum Narren halten, Rohana!«

»Keineswegs, meine Liebe, das machst du auf bewundernswerte Weise schon selbst. Als du dem Rat angekündigt hast, Meloras Tochter wäre für den Sitz bereit, bist du eine Verpflichtung eingegangen, zu der du kein Recht hattest. Du hast dich in etwas eingemischt, das dich nichts angeht. Ich habe dich nicht gebeten, im Rat über dieses Thema zu sprechen. Die Suppe, die du dir damit eingebrockt hast, musst du nun allein auslöffeln.« Rohana lehnte sich in ihr Kissen zurück und schloss die Augen. Kindra spürte allerdings, dass sie hinter der sorgfältig aufgesetzten ausdruckslosen Miene lächelte.

»Rohana«, flehte Alida, »das kannst du doch nicht machen. Der Rat wird es niemals erlauben.«

Rohana setzte sich jäh auf. »Glaubst du wirklich, er kann mich aufhalten?«

»Es gibt bestimmt eine andere Möglichkeit ...«

»O ja, gewiss«, entgegnete Rohana müde. »Ich könnte die Bitte äußern, den Eid selbst abzulegen.«

»Das würdest du nicht!«, rief Alida. »Du scherzt.«

»Nicht im Geringsten«, sagte Rohana. »Aber du hast Recht. Ich würde es wahrscheinlich nicht tun. Doch um Jaelles Freiheit durchzusetzen, könnte ich dem Rat vielleicht vortragen, dass Gabriel kein gutes Vorbild für junge Mädchen ist. Ich könnte bezeugen, dass er mich vor der ganzen Familie gedemütigt und beleidigt hat. Ich könnte den Antrag stellen, unsere Ehe aufzulösen und ihn als geistesgestört einsperren zu lassen, damit er seine Stellung im Rat und seine Position als Kopf und Verwalter von Ardais verliert. Wenn Kyril nicht noch schlimmer wäre als er, täte ich es bestimmt.«

»Ach, Rohana ...« Alida schluchzte nun. »Bei der Ehre der *Comyn* – dies wäre *der* Skandal in allen sieben Domänen! Du würdest doch die Ehre der Ardais nicht in den Schmutz ziehen, oder?«

»Ich bin es müde, mir dein Gewäsch über die Ehre der Ardais anzuhören«, erwiderte Rohana. »Was hast du denn getan, um sie zu bewahren? Es passt dir ausgezeichnet in den Kram, dass Gabriel seinen Geschäften nicht mehr nachgehen kann, weil *du* sie nun betreiben kannst und er keine Chance hat, es dir zu verbieten. Ist dir schon mal der Gedanke gekommen, dass Gabriel, wenn er noch länger so weitermacht, sich eines Tages zu Tode trinken oder einen Skandal entfachen wird, wenn es uns nicht gelingt, ihn in diesem Hause festzuhalten? Er ist mein Gatte, und ich habe ihn einst geliebt. Er müsste um seiner selbst willen jemandem unterstellt werden, der ihn davon abhalten kann, sich ein für alle Mal selbst umzubringen. Ich kann es nicht.«

»Glaubst du etwa, dass ich seinen Tod will?«, fragte Alida.

»Auf jeden Fall tust du nichts, um ihn zu verhindern, und ich habe den Eindruck, dass du alles bekämpfst, was ich in der Sache tue«, erwiderte Rohana. »Warum gibst du nicht zu, dass ich für die Domäne und Gabriel mein Bestes gebe, Alida? Auch wenn du mich nicht magst ...«

»Bitte, sag das nicht«, warf Alida ein. »Es ist nicht wahr. Ich verehre und respektiere dich ...«

Rohana schloss seufzend die Augen. »Sind die Vertreter des Rates eingetroffen?«, sagte sie, ohne den Versuch zu machen, Alida eine Antwort zu geben.

»Sie warten auf eine Audienz mit Gabriel ... oder dir, falls er sie nicht empfangen kann.«

»Vielleicht sollten sie sich lieber mit ihm unterhalten«, sagte Rohana müde, »damit sie nicht glauben, ich versuche nur, zu vermeiden ...«

»Aber wie entwürdigend wäre es für sie, ihn in diesem Zustand zu sehen!«, protestierte Alida.

»Ich habe ihn nicht gebeten, sich bis zur Besinnungslosigkeit zu betrinken oder sich in einen Anfall hineinzusteigern«, entgegnete Rohana. »Sie müssen ihn sehen, Alida, sonst glauben sie noch ... wie Kyril vermutlich auch ... dass ich die Herrschaft über die Domäne an mich reißen will. Der Salondiener soll sie hochbringen.«

Alida ging unter lautem Protest hinaus, und Kindra, die schweigend im Schatten der Bettvorhänge gestanden hatte, trat an Rohanas Seite. »Kannst du mit all diesen Dingen überhaupt fertig werden, Rohana?«, fragte sie.

»Irgendwie muss man damit fertig werden«, erwiderte Rohana, »und wenn ich es nicht tue, tut es niemand. Aber man sollte nicht ... Niemand sollte seiner Familie untertan sein.«

»Du solltest deiner Familie nicht untertan sein«, sagte Kindra und empfand eine Woge der Zärtlichkeit für Rohana.

Wenn ich sie doch nur gegen all diese Aufregung schützen könnte.

Rohana lag schweigend und mit geschlossenen Augen da und sammelte ihre Kräfte. Nach beträchtlicher Zeit klopfte jemand leise an die Tür, und sie setzte sich hin. »Lass sie herein«, bat sie. »Ich muss mit ihnen sprechen.«

Drei junge Männer betraten den Raum und verbeugten sich vor ihr. Alle drei hatten die flammendroten Haarschöpfe der *Comyn*. Der Anführer verbeugte sich noch einmal vor Rohana und sagte: »Lady Ardais, ich bedauere die Krankheit Eures Herrn. Es ist nur allzu offensichtlich, dass er seinen Platz im Rat in dieser Periode nicht einnehmen kann. Werdet Ihr wie üblich seinen Posten übernehmen?«

»Wie Ihr seht, kann ich es diesmal nicht«, erwiderte Rohana. »Diesmal spricht auch meine Gesundheit dagegen. Falls mein Kind stark und gesund geboren wird, könnte ich das Amt wohl gegen Ende der Sitzungsperiode übernehmen.«

»Und was ist mit Eurem Mündel, der Tochter von Melora Aillard?«, fragte der junge Mann. »Dürfen wir mit ihr sprechen und sie fragen, ob sie bereit ist, als Erbin von Aillard vom Rat eingeschworen zu werden?«

»Das müsst Ihr mit Jaelle selbst ausmachen«, sagte Rohana. Nachdem die Herren gegangen waren, schickte sie nach Jaelle, die mürrisch in ihr Zimmer kam.

»Jaelle, die Vertreter des Rates sind im Haus. Du musst mit ihnen nach Süden gehen und dem Rat der *Comyn* persönlich erklären, dass du deiner durch Melora ererbten Rechte entsagst.«

Jaelle widersprach protestierend: »Du hast versprochen, dass ich den Eid ...«

»So wird es auch sein, wenn du es wünschst«, sagte Rohana. »Aber ich kann es dir nicht abnehmen, auf deine Rechte zu verzichten. Das musst du schon allein tun.«

»Aber wie ...«

»Man wird dich bitten, vor dem Rat zu erscheinen«, erklärte Kindra. »Dann wird man dich fragen, ob du bereit bist, deinen Sitz im Rat anzunehmen. Du brauchst nur *Nein* zu sagen. Das ist alles.« Dann fügte sie hinzu: »Wenn du alt genug bist, den Eid der Entsagenden zu schwören, bist du auch alt genug, dem Ratsprivileg zu entsagen.«

»Und was tue ich dann?«

»Was immer du willst«, sagte Kindra. »Wenn du möchtest, kannst du sofort zum Gildenhaus reiten und dort warten, bis ich zurückkehre, um deinen Eid zu sprechen.«

»Ich habe gedacht, wir reiten zusammen nach Süden«, sagte Jaelle verdrossen.

»Nun, das geht nicht«, entgegnete Kindra knapp. »Im Moment bin ich hier verpflichtet – und du in Thendara, beim Rat.«

»Na schön«, sagte Jaelle verärgert. »Wenn dir das hier mehr bedeutet, als mit mir zu kommen und Zeugin meines Eides zu sein ...« Wütend verließ sie den Raum, und Rohana hörte, dass sie auf dem Gang mit den jungen Männern des Rates sprach.

»Ob sie mir je verzeiht, Kindra?«

»Ach, sicher«, sagte Kindra. »Abgesehen von ihrem Alter ist alles mit ihr in Ordnung. Gerade ist sie sowieso viel wütender auf mich als auf dich. Gib ihr ein, zwei Jahre. Es wäre sogar noch weniger, wenn auch sie damit zu tun hätte, eine Domäne zu regieren, aber sie verzeiht dir auch so. Sie wird mir selbst meine Treue zu dir vergeben. Irgendwann.«

An diesem Tag stand nur noch eine Konfrontation an. Gegen Sonnenuntergang erbat Kyril Zutritt zu Rohanas Zimmer. Er kam leise hinein und küsste auf respektvolle Weise die Hand seiner Mutter. »Es tut mir Leid, dass du krank bist, Mutter. Als Vater davon hörte, wollte er sofort aufstehen und nach dir sehen, aber sein Diener wollte ihn nicht aus dem Bett lassen.«

»Ich freue mich, dass sich ein vernünftiger Mensch um ihn kümmert«, sagte Rohana. »Was möchtest du, Kyril? Du bist doch bestimmt nicht gekommen, um mir gute Besserung zu wünschen.«

»Wieso denn nicht, Mutter? Du bist völlig ausgelaugt, weil du dich um Vaters Pflichten gekümmert hast. Warum lässt du nicht zu, dass er sich selbst …«

»Schon wieder, Kyril?«

»Du machst meinen Vater zu einem Nichts. Du machst ihn in der ganzen Domäne lächerlich.«

»Nein, mein Lieber, dafür sind die Götter zuständig. Ich erspare ihm nur den Druck von Entscheidungen, die er ohnehin nicht fällen kann, und bemühe mich, seine Ehre vor den anderen intakt zu halten.«

Dann fügte sie hinzu: »Wäre es etwa besser, wenn niemand Getreide säen und sich niemand um die Zuchtpläne und Harzbäume kümmern würde? Kannst du diese Arbeit denn übernehmen? Wenn du damit fertig wirst, werde ich dir all diese Aufgaben gern übertragen.«

»Du verhöhnst meine Unkenntnis, Mutter? Meine Schuld ist es doch auch nicht. Aber wenn ich jetzt nach Nevarsin gehe, kann ich all diese Dinge vielleicht lernen.«

»Das garantieren die Götter, Kyril«, sagte sie.

Er kniete sich hin, damit sie ihn segnete. Rohana war nur zu gern dazu bereit und streichelte ihm den Schopf.

Dann stand er auf und schaute sie stirnrunzelnd an. »Stimmt es, was Jaelle sagt – dass sie eine Freie Amazone werden will?«

»Das Gesetz erlaubt es jeder frei geborenen Frau, Kyril. Sie hat ihre Wahl getroffen.«

»Dann ist es ein untragbares Gesetz und sollte verboten

werden«, sagte Kyril. »Sie sollte heiraten, falls man jemanden findet, der über ihre Abstammung hinwegsieht.«

»Dies erspart uns das Problem, einen solchen Gatten für sie ausfindig zu machen«, erwiderte Rohana. »Lass die Sache auf sich beruhen, Kyril. Du kannst sowieso nichts daran ändern.«

»Ich wollte ...«, begann Kyril wütend, doch er brach ab.

Rohana wusste, was er hatte sagen wollen. Kyril errötete über das ganze Gesicht.

»Du hast also versucht, ihr zu verdeutlichen, was ihr entgeht, wenn sie sich einer Ehe verweigert?«, fragte Rohana bissig. »Du kannst ihr nicht verzeihen, dass sie dir nicht sofort in die Arme gesunken ist? Schäm dich, Kyril. Es war ein Bruch der Gastfreundschaft. Sie ist mein Mündel. Du hättest sie unter diesem Dach wie deine eigene Schwester respektieren müssen! Aber sie geht heute Abend nach Thendara, deswegen ist es nicht weiter schlimm.« Dann fügte sie noch hinzu: »Kyril, wir werden uns heute Abend trennen. Du gehst nach Nevarsin. Lass uns ohne Feindseligkeiten auseinander gehen. Wünsch mir jetzt Gesundheit, dann verabschiede dich in Frieden von deinem Vater.«

Kyril warf sich auf die Knie und küsste erneut ihre Hände. Dann sagte er leise: »Ich schulde dir Dankbarkeit, weil du dich um Tessa kümmerst. Ich habe mir große Sorgen um sie gemacht. Schickst du mich wegen der Szene heute Morgen fort – weil ich meinen Vater zum Narren gemacht habe?«

»Nein, mein Lieber«, versicherte Rohana ihm sanft. »Es wird höchste Zeit, dass du fortgehst, um dich auf deine Stellung im Leben und in der Domäne vorzubereiten. Du hättest schon vor Jahren gehen sollen. Nun geh, verabschiede dich von deinem Vater und vermeide nach Möglichkeit, dich mit ihm zu streiten. Du kannst im Morgengrauen aufbrechen.«

»Und Rian geht in einen Turm?«, fragte Kyril. »Ich freue

mich für ihn. Er wird ein guter *Laranzu* werden. Wenigstens wird er nicht mit mir um das Erbe der Domäne konkurrieren.«

»Das hast du doch ohnehin nicht geglaubt, Kyril«, sagte Rohana. Sie schlang die Arme um seinen Hals und drückte ihn zum Abschied an sich. »Lebe wohl, mein lieber Sohn. Lerne etwas und mache aus jeder Chance das Beste. Wenn du zurückkommst ...«

»Wenn ich zurückkomme, wird die Domäne nicht mehr auf die Herrschaft einer Frau angewiesen sein«, sagte Kyril. »Und du, Mutter, kannst dich endlich ausruhen und dich auf die Arbeiten einer Frau beschränken.«

»Es würde mich freuen«, entgegnete Rohana leise. Nachdem Kyril gegangen war, sagte sie seufzend zu Kindra: »Er war trotz allem ein sehr lieber kleiner Junge. Was habe ich bei seiner Erziehung nur falsch gemacht, dass er so geworden ist?«

»Du warst nicht die Einzige, die ihn erzogen hat«, wandte Kindra ein. »Die Welt bestimmt ihren Lauf selbst, Rohana, nicht wir. Und ich fürchte, so ist es auch bei unseren Kindern.«

5.

Nach der Abreise der jungen Leute war es in Ardais sehr still. Rohanas wegen begrüßte Kindra die Ruhe. *Dom* Gabriel war wieder mehr oder weniger auf den Beinen. Er wirkte zwar noch zittrig und schwach, doch mit Hilfe seiner Diener gelang es ihm sogar dann und wann, die Anpflanzung der Harzbäume zu beaufsichtigen.

Obwohl Rohana nun nicht mehr ans Bett gefesselt war, fühlte sie sich nicht oft in der Lage, das Haus zu verlassen oder gar auszureiten. Sie erlaubte dem Verwalter, Gabriel bei der Anpflanzung zu helfen, bewegte sich nicht mehr als nötig und ging meist im Garten spazieren. Kindra fühlte sich dadurch zwar eingeengt, aber sie wollte Rohana weder allein lassen noch *Dom* Gabriel vor den Kopf stoßen, indem sie ungefragt in seiner Gegenwart auftauchte. Was Jaelle anging, so fehlte sie ihr zwar, aber die Abwesenheit ihrer spitzen Zunge und kritischen Präsenz erleichterte allen das Leben, Rohana eingeschlossen.

Tessa, neben Elorie die einzige verbliebene junge Frau, machte sich in Kyrils Abwesenheit äußerst rar und tauchte nur selten im Salon auf. Rohana hatte nichts dagegen, dass sie die Mahlzeiten in ihrem Gemach einnahm und grollte ihr auch nicht wegen des dazu nötigen Aufwandes. Es gab keinen Grund, Gabriel an die Demütigung durch seinen Sohn zu erinnern. Manchmal, wenn Rohana Tessa einlud, gesellte sie sich zu den Frauen, die im Wintergarten nähten. Soweit Kindra es beurteilen konnte, war sie ein harmloses, kleines, oberflächliches Mädchen, das nicht viel zu sagen hatte – auch nicht über sich selbst. Sie schien Kyril nicht zu vermissen und bemühte sich auch nicht, *Dom* Gabriels Interesse zurückzugewinnen.

Den größten Teil der nächsten zehn Tage nahm das Leben in Ardais einen stillen Verlauf. Eines Morgens erwachte Kindra vom Geräusch eines gewaltigen Sturmes, der brüllend und heulend an den Burgmauern entlangjagte, als wolle er den größten Teil der Gespräche der Menschen ersticken. Als sie aus dem Fenster schaute, sah sie nur eine weite Fläche abgerissener Aste und Bäume, die sich fast bis zum Boden bogen und kurz vor dem Brechen wieder in ihre alte Lage zurückschnellten.

In ihren fast vierzig Lebensjahren hatte Kindra noch nie ein Unwetter gesehen, das diesem nahe kam. Nur die stärksten Gutsarbeiter wagten sich ins Freie, um das Vieh zu versorgen; alle anderen wurden sofort von den Beinen gerissen. Kindra trat auf einen Balkon hinaus und musste sich am Geländer festhalten, um vom Wind nicht gegen die Steinwand geworfen zu werden. Die Luft schien mit bizarrer Energie zu knistern, doch sie hörte keinen Donner.

Rohana schaute besorgt drein; sie wollte sich dem Balkon nicht einmal nähern.

»Hast du Angst vor dem Wind?«, fragte Kindra. »Ich habe so etwas noch nie erlebt. Ich bin zwar kräftig, aber er hätte mich fast umgeworfen. Pass auf, dass du nicht hinfällst – in deiner jetzigen Lage könnte es gefährlich werden.«

»Es ist mir so was von egal«, antwortete Rohana. »Ich bin das Herumsitzen und Nichtstun so leid! Mir ist gleich, was passiert ...« Dann brach sie ab und setzte eine schuldbewusste Miene auf. »Aber die Schwangerschaft ist schon so weit fortgeschritten, und mein Kind ist so stark, dass ich spüre, wie es um sein Leben kämpft. Sein Leben kann ich gar nicht in Gefahr bringen.«

Kindra war entsetzt. Ihr wäre nicht eingefallen, dass Rohana solche Dinge durch den Kopf gingen. Sie machte sich größte Sorgen um ihre Freundin.

»Der Wind bereitet mir weniger Sorgen als die Energie in der Luft«, sagte Rohana. »Wenn die Harzbäume ausgetrocknet sind, kann schon ein Funke sie entzünden. Im letzten Winter hat es zu wenig geschneit. Wenn es nicht anfängt zu regnen, bevor der Wind sich legt, müssen wir beim ersten Tageslicht eine Feuerwache hinausschicken.«

Kindra hatte von derlei Dingen noch nie gehört. Obwohl sie wusste, dass Blitzschläge zu den Hauptursachen der Waldbrände zählten, war ihr der eigenartige Sturm, der ohne sichtbares Licht oder Donner daherkam, völlig neu.

Die Sonne war nicht zu sehen. In dem wirbelnden Wind verdeckten Blätterwolken, von den Felsspitzen gewehter Schnee und loses Gestein ihr Licht.

Ein geheimnisvolles gelbes Zwielicht deckte stufenweise den Himmel ab, bis er gegen Einbruch der Nacht eine geisterhafte Grünfärbung annahm. Es gab keinen wahrnehmbaren Sonnenuntergang. Das Licht verblasste einfach allmählich vor der Finsternis, bis es völlig verschwand. In der Dunkelheit heulte der Wind wie ein wahnsinniger Dämonenchor weiter. Lampen, Fackeln und Kerzen, die man anzündete, wurden in dem Luftzug, der in den Korridoren herrschte, sofort wieder ausgeblasen. Es war sogar schwierig, Feuer in den Hauptkaminen zu entfachen, denn die Saugwirkung der hohen Winde in den Schornsteinen blies zurück und erstickte sie sofort wieder.

Elorie hüllte Valentin in Decken und brachte ihn aus dem Kinderzimmer zu den anderen in den großen Salon an das unbeständige Feuer, das pausenlos den Anschein erweckte, es werde gleich erlöschen. Valentin quengelte herum, bis *Dom* Gabriel ihn zu Kindras Überraschung auf den Schoß nahm und ihm vor der qualmenden Feuerstelle mit krächzender Stimme alte Militärballaden vorsang, um ihn abzulenken.

»Es muss schrecklich sein, bei diesem Wetter draußen zu sein, Papa«, begann Elorie. »Glaubst du, dass Rian und Kyril inzwischen sicher in Nevarsin oder sonst wo angekommen sind?«

»Ach, sicher, inzwischen sind sie längst da«, sagte Gabriel. Er rechnete mit den Fingern. »Was ist mit dem Feuer, verdammt? Rohana?«

»Der Wind im Schornstein bläst es immer wieder aus«, entgegnete Rohana. »Ich werde mein Bestes tun, um es mit einem Zauberspruch zum Brennen zu bringen.«

Sie griff in den Ausschnitt ihres Kleides, zog ihren Matrix-Stein heraus, enthüllte ihn und blickte hinein. Langsam flammte das Feuer mit einem kräftigeren blauen Licht auf und brannte eine ganze Weile gleichmäßig vor sich hin.

Rohana hatte eine Kerze in ein hohes Glas gestellt, die kräftig und problemlos brannte. Vor dem fürchterlichen Lärm des

Windes erzeugte das Feuer im Kamin die eigenartige Illusion, alles sei völlig normal. Doch nach einer gewissen Zeit riss die Saugkraft des Windes das Feuer in den Schornstein zurück, so dass es anfing, unruhig mit langen, zuckenden Flammen zu schlagen. Hinter ihnen, an den Wänden, blähten sich die Wandgobelins mit klatschenden Geräuschen wie riesige Segel auf.

Rohana kam es vor, als flöge jeder einzelne der vielen hundert Menschen, der je hier gelebt hatte und gestorben war, draußen in dem schrecklich heulenden Wind kreischend umher. Es wirkte wie ein ganzer Bansheechor, doch es war nur der Wind. Das Personal trug allmählich das Abendessen auf. Rohana ließ es direkt ans Feuer bringen und einige Tischchen und Bänke aufstellen.

»Das hast du gut gemacht«, lobte sie den Koch. »Brennt das Feuer in der Küche richtig?«

»Wir haben eine umschlossene Feuerstelle«, sagte der Leiter der Küche. »Deswegen ist es uns gelungen, für Euch und den Herrn etwas Fleisch zu braten. Aber es gibt kein Brot, da der Ofen nicht ziehen will. Euer Feuer ist das einzige Gute im ganzen Haus. Vielleicht können wir aber einen Kessel Tee aufsetzen.«

»Wollen wir nicht lieber etwas Glühwein trinken?«, fragte *Dom* Gabriel mit heiserer Stimme.

»Ja, heute Abend wohl doch«, sagte Rohana. Bei diesem Wetter war alles gut, das ihn zufrieden stellte. Er trank und ließ auch das Kind auf seinem Schoß etwas kosten. Valentine hustete und spuckte den Wein wieder aus, genoss aber die Beachtung, die man ihm dafür entgegenbrachte. Als Elorie protestierte, schüttelte Rohana den Kopf: »Davon wird er müde, dann wird er besser schlafen«, sagte sie und zerteilte das Geflügel. Sie aßen vor dem Feuer und balancierten die Teller auf den Knien.

Doch trotz aller Bemühungen Rohanas sank das Feuer allmählich wieder in sich zusammen, bis es nur noch ein blasses und zuckendes Etwas war. Als sie die karge Mahlzeit verzehrt hatten, ließ sie es ausglimmen. Es strengte sie einfach zu sehr an, ein natürliches Feuer aufrechtzuerhalten.

»Bring *Dom* Gabriel in sein Zimmer, Hallart«, wies sie den Lakaien an. Man konnte ihre Stimme angesichts des draußen und drinnen wütenden Windes kaum hören. Er brüllte ohrenbetäubend, die Baumäste knirschten, und die Fensterläden schlugen hämmernd gegen das Haus.

Als der Lakai Gabriel auf die Beine zog, klammerte Valentin sich an Rohana fest und sagte: »Es hört sich an, als würde die ganze Burg einstürzen. Muss ich allein im Kinderzimmer schlafen, wenn der Wind so heult? Kann ich eine Kerze haben?«

»Kerzen brennen heute nicht, *Chiyu*«, antwortete Elorie und hob ihn hoch. »Du kannst in meinem Zimmer schlafen – im Rollbett.«

»Warum packst du ihn nicht einfach in die Wiege?«, fragte *Dom* Gabriel knurrig. »Er ist doch jetzt schon groß, oder etwa nicht, Valentin? Du bist doch kein Muttersöhnchen, oder? Du brauchst doch kein Licht und kein Kindermädchen mehr, was, alter Knabe?«

»O doch«, erwiderte der Junge zitternd und klammerte sich an Elories Kleid. Sie drückte ihn an sich.

»Es ist besser, als wenn er sich allein zu Tode fürchtet, Papa.«

»Na ja ... Wenigstens ist er nicht mein Sohn«, knurrte *Dom* Gabriel. »Mir kann es schließlich egal sein, wenn kein richtiger Mann aus ihm wird.«

Lieber kein richtiger Mann als einer wie du, dachte Rohana, aber sie war sich nicht mehr sicher, ob Gabriel den Gedanken noch lesen konnte. Es hatte Zeiten gegeben, in denen er ihre

Gedanken sofort aufgefangen hatte. Aber nun spielte es keine Rolle mehr. Sie wünschte ihm mit lauter Stimme eine Gute Nacht, dann hängte sie sich bei Kindra ein und begab sich durch die finsteren und heulenden Korridore zu ihrem eigenen Zimmer.

Ihre Zofen hatten sich in einer Ecke des Raumes versammelt und jammerten vor Entsetzen. Ihr Wehklagen wurde vom Kreischen des Sturms übertönt. Als sie den Raum betrat, riss sich ein Fensterladen los und fegte scheppernd durch das Zimmer. Dabei krachte er in den Anmachholzstapel und wirbelte alles durcheinander. Ein Scheit traf Kindra, die unwillkürlich einen Schmerzensschrei ausstieß. Die anderen Frauen schrien ebenfalls auf. »Es war doch nur ein Stück Holz!«, beruhigte Kindra sie schnell.

»Aber es hat dich an der Stirn verletzt, Kindra«, sagte Rohana und tauchte ein Handtuch in den Wasserkrug auf der Anrichte. Sie tupfte das über Kindras Stirn rinnende Blut ab. Die Frauen bemühten sich derweil, das Fenster wieder zu verschließen. Das Klopfen hörte sich an, als sei irgendein klauenbewehrtes Lebewesen im Begriff, in die Burg einzudringen, doch irgendetwas an dem Laden war abgebrochen, so dass er sich nicht schließen lassen wollte. Der Wind toste in den Raum hinein.

»So kannst du hier nicht schlafen«, stellte Kindra fest, denn das Zimmer war nun von einer riesigen Schicht aus Staub, Schnee und abgerissenen Blättern erfüllt, die der heulende Sturm hereingewirbelt hatte. Die Tür zum Korridor hatte sich außerdem aus den Angeln gelöst und schlug laut hin und her. »Ich bin froh, dass ich nicht diejenige bin, die morgen all diese Räume säubern muss.«

»Jaelles Zimmer ist sicher«, sagte Rohana und geleitete Kindra durch den Korridor dorthin. Erleichtert betraten sie den kleinen Raum, der sich in einer geschützteren Ecke der Burg befand. Hier war es ruhiger, und die Frauen konnten ihre Stimmen besser hören. Als Kindra Rohana ins Nachthemd half, spürte sie, dass ihre Freundin noch immer angespannt war. Sie strengte sich an, dem Wind zu lauschen, um das Schlimmste zu erfahren.

»Ich bin so dumm wie Valentin«, sagte Rohana. »Ich habe Angst davor, an einem Ort zu sein, an dem keine Kerze brennen will und an dem ich nicht weiß, ob die Wände über mir zusammenstürzen.«

»Ich bleibe bei dir«, versicherte Kindra und glitt neben ihr ins Bett. Die Frauen klammerten sich in der Dunkelheit aneinander und lauschten dem Schlagen der Fensterläden und dem Scheuern der Äste an den Mauern und wenigen Glasfenstern der Burg.

Nach einem dieser Lärmausbrüche murmelte Rohana, die angespannt in der Dunkelheit lag: »Gabriel ist vor Verzweiflung bestimmt außer sich. Wir haben so wenige Fenster, Glas ist eben kostbar und schwer anzupassen. Er hat sich seit Jahren bemüht, die Burg wasserdicht zu machen, aber ein Unwetter wie dieses ...« Dann verfiel sie in Schweigen. »Noch vor ein paar Monaten wäre ich zu ihm gegangen, um ihn zu beruhigen, aber jetzt würde er mich gewiss verspotten ... Vielleicht ist auch jemand bei ihm, der mich verspotten würde ... Ich wäre sogar dankbar, wenn Tessa zu ihm ginge, um ihn zu trösten ...« Ihre Stimme verklang erneut in der Dunkelheit.

»Pssst«, machte Kindra. »Du musst jetzt schlafen.«

»Ja, muss ich ... Nach der ganzen Sache haben wir morgen alle Hände voll zu tun.« Rohana schloss die Augen und kuschelte sich an Kindra.

Ein Schlaggeräusch in der Ferne erweckte in ihr die Frage, was sich jetzt schon wieder beim heftigen Kampf gegen das Unwetter losgerissen hatte.

»Regen«, sagte sie dann. »Bei diesem Wetter wird er wie eine Woge gegen die Mauern geworfen. Immerhin brauchen wir jetzt vor dem Morgengrauen keinen Brand zu befürchten.«

Das Geräusch klang zwar wie ein heranstürmender Fluss, doch Rohana hatte sich nun entspannt. Kindra hielt sie noch immer fest. Sie war erneut besorgt um ihre Freundin, denn sie wusste, dass das Gewicht der ganzen Domäne nur auf ihrem Körper lastete, der zwar zerbrechlich wirkte, aber auch sehr stark war.

Das gesamte Gewicht lastet auf ihr. Und jetzt, wo es sich so anhört, als bräche die ganze Welt unter dem Wind und dem Chaos zusammen, trägt sie alles auf ihren Schultern – oder wie das Gewicht des Kindes im Leib. Sie drückte Rohana an sich und wünschte sich, ihr die Last abnehmen zu können. *Es ist einfach zu viel für eine Frau. Ich habe immer geglaubt, dass die Frauen der Reichen dem Müßiggang frönen; dass die Männer ihnen überlassen, was sie tun wollen, aber Rohana ist so stark und selbstbewusst wie eine Entsagende. Nicht mal fünf starke Männer könnten diese Domäne besser verwalten!* Sie hielt Rohana zärtlich in den Armen und dachte: *Trotzdem ist sie schwach, sie ist eine zerbrechliche Frau, und nicht mal bei guter Gesundheit.*

Der ferne Klang des brüllenden Windes schien nach und nach in ein Lied zu verschmelzen, ein Schlaflied, zu dessen Melodie sie die Frau in ihren Armen langsam wiegte.

Als Rohana endlich eingenickt war, schlief auch sie – ungeachtet des schrecklichen Heulens des Windes.

6.

Rohana erwachte in der Stille. Irgendwann vor Sonnenaufgang war der Wind erstorben. Sie lag noch immer in Kindras Armen und kam sich für einen Augenblick irgendwie unselbständig vor.

Ich habe mich im Schlaf an sie geklammert wie ein Kind.

Dies erinnerte sie ein wenig an die Zeit, in der sie Gabriel noch für stark gehalten und geglaubt hatte, er habe sämtliche Dinge unter Kontrolle. Damals hatte sie sich sicher gefühlt. Sie hatte außerdem geglaubt, sie könne sich in allen Dingen, die ihre Kräfte überstiegen, an ihn wenden, damit er ihr half. In diesen vielen Jahren hatte er ihr jedoch nicht nur nie helfen können, er war nicht einmal stark genug gewesen, seine eigene Last zu tragen. Sie hatte sich auch um sein Wohlergehen kümmern müssen, als wäre er eins der Kinder.

Sie dankte den Göttern, dass sie stets stark genug gewesen war, um für sich und Gabriel zu sorgen, aber es war auch schön gewesen, seine Stärke zu spüren und sich seines Schutzes und seiner Liebe zu erfreuen. Es war lange her, seit sie zum letzten Mal die Kraft gespürt hatte, auf die sie sich stützen konnte.

Liebe. Sie hatte nicht im Geringsten vergessen, dass es wirklich eine Zeit gegeben hatte, in der sie in Gabriel verliebt gewesen war. Und damals hatte auch er sie wahrhaftig geliebt. Jedoch hatte sie sich auch dann noch daran geklammert, als seine Liebe zu ihr längst erloschen war; selbst als ihre Liebe zu ihm erstorben war – ausgehungert aufgrund mangelnder Reaktionen. Die Illusion, dass, wenn sie sich nur an ihre eigene Liebe klammerte, die seine eines Tages zurückkehren würde.

War Liebe also immer nur Einbildung? Sie nahm an, dass Gabriel sie auf seine Weise liebte – dass er sie mochte, weil sie so lange zusammen waren –, vorausgesetzt, sie verlangte nichts von ihm und bat ihn um nichts. Sie sorgte sich noch immer um ihn, denn sie hatte nicht vergessen, was einst gewesen war. *Ich liebe meine Erinnerung an die Illusion, die einst Gabriels Liebe war,* dachte sie. Sie drehte sich im Bett um und dachte daran, das Personal zu wecken. Nach dem schrecklichen Sturm würde es viel zu reparieren geben.

Dann jedoch erstarrte sie, denn über ihr, im hohen Turm, fing eine Glocke mit beharrlicher Regelmäßigkeit an zu läuten. Es waren immer drei Töne: Dong-DONG-Dong, Dong-DONG-Dong. Sie setzte sich aufrecht hin und atmete rasch ein und aus.

»Was ist denn?«, murmelte Kindra neben ihr.

»Es ist die Glocke der Feuerwache«, sagte Rohana. »Man hat wohl irgendwo auf dem Gut einen Brand gesichtet. Wahrscheinlich hat sich während des Sturms ein Feuer entzündet, das unbemerkt vor sich hin geschmort hat, weil der Regen es nicht hat erreichen und löschen können. Es ist aber noch nicht das Gefahrensignal.«

Sie schwang die Füße auf den Boden und setzte sich hin. Da der Raum leicht um sie herum zu schwanken schien, stützte sie sich mit den Händen ab. Es gelang ihr aufzustehen, und sie suchte mit den Füßen nach ihren Halbschuhen, wobei sie es vermied, auf den kalten Steinboden zu treten. Kindra stand auf und nahm ihr Gewand, dann folgte sie Rohana in den Salon. Der Boden war von Staub, Blättern, kleinen Erdhaufen und Kieselhäufchen bedeckt. *Hier muss wirklich aufgeräumt werden!* Die Glocke bimmelte weiter vor sich hin.

Im großen Salon wimmelte es von Menschen, die sich aufgrund des Geläuts versammelt hatten. Die Versammlung war vorgeschrieben, denn es ging darum, sich der größten einzelnen Gefahr zu stellen, die es in den Bergen beziehungsweise den Domänen gab: dem Feuer. Klein Valentin, den der plötzliche Ausbruch aus der Routine wie alle anderen Kinder aufregte, lief schreiend umher. Rohana versuchte ein-, zweimal, ihn zu packen, doch es gelang ihr nicht. Dann setzte sie sich hin und sagte laut: »Komm her, Valentin.«

Der Junge blieb mit einem unguten Gefühl ein paar Schritte vor ihr stehen. Rohana streckte einen Arm aus, erwischte ihn am Hemd und winkte Elorie. »Such die Kinderfrau Morna und sag ihr, dass sie heute nur eine Pflicht hat: Sie soll Valentin oben in Sicherheit bringen und aus allen Gefahren heraushalten, damit die Leute nicht über ihn stolpern.«

»Ich kann mich doch um ihn kümmern, Mutter«, bot Elorie ihr an.

»Ich weiß, dass du es kannst, aber heute musst du andere Dinge erledigen. Du musst mich vertreten, Lori. Zuerst ...« Rohana fand einen Platz auf einer Bank und setzte sich hin. Eine Frau brachte ihr einen Becher Tee. Die Kinderfrau kam und schleppte Valentin mit sich fort, der wütend herumschrie, weil ihm nun all die Aufregung entging.

»Als Erstes«, wies sie Elorie an, indem sich an alles zu erinnern versuchte, was getan werden musste, »gehst du zur Köchin. Sag ihr, dass wir mindestens ein Dutzend Brote und ebenso viele Nusskuchen brauchen – vorausgesetzt, die Backöfen können entzündet werden. Und falls jemand geschlachtet hat, brauchen wir mindestens drei *Chervine*-Schinken, die für die Arbeiter gebraten werden müssen. Außerdem soll man drei Vögel schlachten und eine Suppe davon kochen. Dann gehst du in den Westkeller und holst die Fässer herauf. Für dich sind sie allerdings zu schwer. Nimm zwei Lakaien zum Tragen mit – und ein paar Frauen, die dir helfen, sie auszupacken. Jedes Fass enthält hundert Tonschalen und Becher. Außerdem mindestens vier Dutzend Decken, drei oder vier Sack Bohnen, Trockenpilze, Gerste und so weiter, für den Lagerplatz. Hallart soll den großen Wagen anschirren lassen, damit die Männer zum Gebirgskamm hinauf kommen.«

Elorie eilte in die Küche, und Rohana winkte einem Lakaien. »Einer von euch muss heute ständig beim Herrn bleiben«, wies sie Hallart an. »Entweder du oder Darren. Bemüht euch, dafür zu sorgen, dass er sich nicht zu sehr aufregt.« Es gab keine Möglichkeit, ihn am Trinken zu hindern, wenn Gesetz und Brauch verlangten, dass jeder, der das Feuer bekämpfte, ein Glas Bier oder Wein erhielt. Doch wenn Gabriel wie schon zuvor an der Feuerfront zusammenbrach oder einen Anfall hatte, konnte sie nur dafür sorgen, dass davon das ernsthafte Bemühen der anderen Löscher nicht behindert wurde.

»Ich kümmere mich um den Herrn«, versprach Hallart. Er arbeitete seit dem Tod von *Dom* Gabriels Vater für die Familie.

»Danke«, erwiderte Rohana inbrünstig. Man hörte, dass der alte Wagen rumpelnd draußen vorfuhr. Die Männer und die jüngeren, kräftigeren Frauen gingen hinaus, um einzusteigen.

Rohana wollte sich gerade zu ihnen gesellen, als Lady Alida vor ihr stehen blieb. »Du weißt doch, dass eine Fahrt in dem holprigen Karren jetzt sehr gefährlich für dich wäre«, sagte sie mit leisem Tadel in der Stimme.

Rohana seufzte. Sie wusste es längst. Sie kam sich schwerfällig vor, und ihr war übel. Sie war sich des Gewichts der Schwangerschaft ständig und schmerzlich bewusst. Sie empfand zwar panische Angst um die Gesundheit ihres Kindes, aber sie nahm auch ihre Pflichten sehr ernst.

»Habe ich denn eine andere Wahl, Alida? Können wir den Gebirgskamm etwa abbrennen lassen?«

»Falls du mir vertraust, Rohana ...«, mischte sich Kindra ein. »Es wäre nicht der erste Waldbrand, den ich gelöscht habe.«

Rohana empfand ein überwältigendes Gefühl von Wärme und Dankbarkeit. Kindra war da, ja, sie war fähig, vertrauenswürdig und durchaus in der Lage, das zu tun, was ihr selbst aufgrund mangelnder Kraft nicht möglich war.

»Ach, Kindra, würdest du es wirklich tun?«, sagte sie voller Herzlichkeit. »Ich wäre dir unendlich dankbar. – Dann überlasse ich alles dir.«

»Ich kümmere mich darum«, versprach Kindra, nahm Rohanas Hände in die ihren und ließ sie wieder in einem Sessel Platz nehmen. »Es kommt schon alles wieder in Ordnung, glaube mir. Wir gehen sofort los, und wir werden das Feuer eindämmen.«

Alida setzte eine finstere Miene auf. »Die Leute werden einer Amazone nicht gehorchen«, wandte sie sich an Rohana. »Sie ist keine Ardais.«

»Sie müssen ihr gehorchen wie mir oder *dir*«, entgegnete Rohana. »Mach es ihnen klar, Alida. Wenn du es nicht schaffst, muss ich doch selbst mitgehen.«

Sie wusste, dass Alida durchaus in der Lage war, Kindras Bemühungen aus purem Trotz zu hintertreiben. Sie kannte Kindra nicht gut genug, um ihr das Wohlergehen der Domäne anzuvertrauen. »Versprich es mir, Alida: zum Nutzen der Domäne. Gabriel ist zu schwach, um sich darum zu kümmern, und ich auch – jedenfalls im Moment. Und erzähle mir jetzt bloß nicht, dass du die Leute bei der Brandbekämpfung anleiten kannst.«

»Nein, gewiss nicht«, erwiderte Alida eingeschnappt. »Wie hätte ich solche Kenntnisse denn erwerben sollen?«

»Auf die gleiche Weise wie ich«, sagte Rohana. »Aber zum Glück ist Kindra n'ha Mhari heute zur Sicherheit der Ardais bereit, die Angelegenheit zu übernehmen. Wenn *du* ihr den Rücken stärkst.«

Alida funkelte sie wütend an, und Rohana wusste, dass es ihr unglaublich schwer fiel, sich der Autorität der fremden Amazone zu beugen. Doch schließlich sagte sie: »Ich werde es tun – zum Nutzen der Domäne.«

Rohana hörte jedoch auch, was sie nicht laut auszusprechen wagte: *Irgendwann wirst du für all dies bezahlen, Rohana.*

»Daran zweifle ich nicht«, sagte sie. »Wenn der Tag kommt, Alida, ziehe mich ruhig zur Rechenschaft. Doch jetzt tue ich nur, was ich tun muss. Versprich es mir, bei der Ehre der Ardais.«

»Ich verspreche es«, sagte Alida, und an Kindra gewandt fügte sie hinzu: »Jeder, der Euch nicht so gehorcht wie mir, *Mestra*, wird als Verräter behandelt werden.«

»Danke, *Domna*«, entgegnete Kindra feierlich. Sie stieg über die Deichsel auf den Wagen, bewegte sich behände zwischen den Tieren und nahm den Platz an der Spitze der Arbeiter ein. Der Kutscher setzte die Tiere in Bewegung, und der Wagen rumpelte vom Hof.

Alida, die neben Rohana stand, sagte mit einem vorwurfsvollen Blick: »Warum hörst du nie auf das, was ich sage? Dieser Amazone hingegen vertraust du sofort ...«

»Weil ich Kindra schon seit langem kenne«, erwiderte Rohana freundlicher als beabsichtigt, »und weiß, wie tüchtig sie ist. Was sie auch unternimmt, sie wird es so gut machen, als hätte ich es selbst getan.« Sie ging ins Haus zurück und beriet sich mit dem Küchenpersonal. Etwa eine Stunde später brach der kleinere Wagen mit Proviant und Feldöfen beladen zu einer flachen Stelle hin auf, die kurz vor dem Brandherd lag. Von dort aus wollte man die dort schuftenden Männer mit allem Nötigen versorgen.

Dann gab es für sie eigentlich nichts mehr zu tun außer irgendwie die Zeit totzuschlagen. Sie konnte Säuglingskleider nähen, ein bisher vernachlässigter Zeitvertreib. Bei allen vorherigen Schwangerschaften hatte Rohana mindestens einen Monat vor der Geburt des Neuankömmlings alles fertig gehabt. Ihre weiblichen Bediensteten, die wenigen, die aus Altersgründen oder mangelnder Erfahrung nicht bei der

Brandbekämpfung eingesetzt waren, freuten sich, als sie sahen, dass sie endlich die Vorbereitungen für ihr Kind in Angriff nahm, und waren überglücklich, ihr dabei helfen zu können. Gegen Mittag hatten sie einen ganzen Korb voller Wäsche gesammelt: Deckchen, Windeln und sogar eine Reihe hübsch bestickter Kleidchen und Unterröcke aus der Säuglingsphase ihrer anderen Kinder. Rohanas Geist war jedoch, so sehr sie es auch verbarg, nicht ganz bei der Sache, und irgendwann brach sie mit den Worten »Ah, das habe ich befürchtet« alles ab. Schwerfällig eilte sie auf den Hof hinaus. Es war jedoch nicht der kleine Wagen, wie sie anhand der Geräusche geglaubt hatte, sondern eine Schubkarre, das einzige verfügbare Transportmittel, in das Gabriels Lakai seinen besinnungslosen Herrn geladen hatte, um ihn vom Gebirgskamm zurückzubringen.

Rohana dankte dem Mann, verabreichte Gabriel mit Alidas Hilfe die nötigen Stärkungsmittel und ließ den Kranken zu Bett bringen. Sie zeigte ihm mit beruhigenden Worten die Säuglingskleider und Deckchen, die sie für das Kind zusammengestellt hatte, denn sie wusste, dass er gern an seinen Sohn dachte. Immerhin hatte er ihn haben wollen.

Als Gabriel endlich in den Schlaf sank, begab sich Rohana in ihr Zimmer und legte sich hin. Sie schlief jedoch sehr unruhig und warf sich pausenlos von einer Seite auf die andere. Zweimal träumte sie, dass sie bei der Brandbekämpfung mithalf und wachte jedes Mal mit einem ängstlichen Schrei auf. Es würde diesmal länger dauern als ein paar Tage, das wusste sie, vielleicht sogar einen vollen Mond. Kinder kamen am ehesten ohne Komplikationen zur Welt, wenn Liriel, der größte Mond, voll am Himmel stand, doch er zeigte sich gerade erst als schmale Sichel am Abendhimmel.

Sie hatte keine Eile. Jetzt, da der Haushalt dermaßen in Unordnung war, fürchtete sie sich sogar vor der Vorstellung. Ihre

Söhne waren fort. Man hatte sich noch nicht von dem schrecklichen Unwetter erholt. Außerdem hatte sie die Zeit nicht sehr genau berechnet. Irgendwie kam es ihr zu früh vor. Das Kind war noch nicht so weit, um gesund und kräftig zur Welt zu kommen.

Aber die wiederkehrenden Träume ... Sie wusste aus Erfahrung, dass sie anzeigten, wie sich das *Laran* des Ungeborenen in ihr ausdehnte.

Wenn sie schon ein Kind bekommen musste, wollte sie eins haben, das stark und kräftig war, keine schwache Frühgeburt, die viel Betreuung brauchte. Der Gedanke erinnerte sie daran, dass sie die Lakaien oder die Gutshebamme eine andere Schwangere suchen lassen musste, die etwa zur gleichen Zeit gebar, falls sie den Kleinen nicht selbst stillen wollte, wonach ihr nicht der Sinn stand. *Wenn ich meinen Platz im Rat einnehme, kann ich mich nicht damit abgeben, ein Kind zu stillen. Ich muss es einer Kinderfrau geben.*

Sie nahm sich vor, eine gesunde Amme suchen zu lassen, damit sie weiterhin ihren Pflichten im *Comyn*-Rat nachkommen konnte. Sie wollte ihrem unerwünschten Sohn, den sie so spät in ihrem Leben bekam, weder schaden noch ihn vernachlässigen.

Verzeih mir, mein Kind, dass ich mich nicht über dich freue. Es ist nicht so, dass ich dich nicht will. Ich kann nur gut und gerne auf die Probleme verzichten, die eine Geburt in meinem Alter so mit sich bringt.

Sie fragte sich, ob es wohl jemanden gab, der Verständnis dafür aufbrachte. Andere Frauen, mit denen sie sich unterhielt, waren offenbar der Meinung, sie sei außergewöhnlich gesegnet, wenn sie über das normale Alter hinaus noch ein Kind bekam. Die anderen hatten die Hoffnung längst begraben. Empfanden sie wirklich so, oder lag es nur daran, dass sie glaubten, so empfinden zu müssen? Kindra hatte ihr von

Frauen erzählt, die stets den Eindruck erweckten, mit ihrem Los zufrieden zu sein.

Bin ich etwa wie Jaelle, einfach nur ständig rebellisch, und stelle alles nur in Frage? Ich habe mich bisher für recht angepasst gehalten. Sind die Entsagenden für zufriedene, glücklich verheiratete Frauen am Ende wirklich so gefährlich, wie Gabriel und Alida glauben?

Kindra war bestimmt der einzige Mensch, der je den Eindruck erweckt hatte, ihre Empfindungen zu verstehen. *Und das könnte wirklich gefährlich sein,* dachte sie, ohne sich die Mühe zu machen, nach den Gründen zu fragen.

Am Nachmittag des nächsten Tages konnte man den Rauch noch immer riechen. Gabriel war zwar auf den Beinen und lief herum, aber er sah erschöpft und müde aus. Den größten Teil des Tages gab er sich damit zufrieden, auf dem Balkon zu liegen und zum Gebirgskamm hinüberzuschauen, wo er den Qualm des fernen Brandes sehen und riechen konnte. Aber er war zu träge und zu müde, um sich ernsthafte Sorgen zu machen.

Rohana, die sich genug Sorgen für zwei machte, stellte irgendwann fest, dass ihre meisten diesbezüglichen Gedanken Kindra galten.

Ob sie sich Gefahren aussetzte? Oder war sie schlau genug, sich vor dem Schlimmsten zu schützen?

7.

Die Sonne war noch immer unsichtbar, aber der Himmel verfinsterte sich, und endlich kam der Abend.

Rohana zuckte hoch, als hätte sie jemand schmerzhaft mit einer Nadel gestochen. Irgendwo in ihrem Geist hatte ein Signal ein blitzendes Zeichen gesetzt. Eine Warnung. Doch mit wessen *Laran* hatte sie unwissentlich Kontakt aufgenommen? Feuer ... Furcht ...

Unter den Brandbekämpfern befand sich niemand, dessen *Laran* stark genug war, um sie zu erreichen. Außer Alida. Alida, die selbst eine *Leronis* und wie Rohana mehrere Jahre in einem Turm ausgebildet worden war. Doch der allgemeine Mangel an Sympathie zwischen Alida und ihr verhinderte eine *zufällige* Verständigung dieser Art. Diesmal war es offensichtlich, dass Alida aus irgendeinem Grund ganz bewusst zu ihr hinausgegriffen hatte.

Von dem stummen Signal gewarnt, wandte Rohana ihr Bewusstsein von den rings um sie herum geschehenden Dingen ab und konzentrierte sich auf den Matrix-Stein in ihrem Kleid.

Was ist? Bist du es, Alida?

Du musst unbedingt kommen, Rohana. Der Wind beginnt von neuem. Wir brauchen dringend Regen. Oder halte den Wind wenigstens davon ab, eine Feuerwalze zu erzeugen, denn sie steht uns zweifellos bevor.

Rohana wurde von plötzlicher Furcht gepackt. Es war eine deutliche Warnung. In diesem Schwangerschaftsstadium war es nicht gut, wenn man *Laran* einsetzte – außer auf einfachste und minimalste Weise. Doch wenn die Alternative eine Feuerwalze war, die die gesamte Ardais-Domäne verwüsten und jegliches Leben auf dem Land bedrohen konnte ... Welche Alternativen blieben ihr dann noch?

Ich kann nicht zu euch hinauskommen. Ich kann jetzt nicht mehr reiten, und ich darf auch Gabriel nicht allein lassen. Du musst zu mir kommen. Dann können wir unser Bestes geben.

Ein schweigendes Gefühl der Zustimmung, dann wurde der Kontakt abgebrochen. Rohana saß stumm und mit geschlossenen Augen da. Auch wenn Gabriel über zu wenig *Laran* verfügte, um genau zu wissen, was passiert war, war er dennoch empfindlich genug, um nicht ahnungslos etwas an sich vorübergehen zu lassen, daher drehte er sich um und fragte leise: »Stimmt irgendetwas nicht, Rohana?«

»Ein *Laran*-Signal vom Brandherd«, murmelte sie und freute sich über die Gelegenheit, von ihren Empfindungen sprechen zu können. »Wir brauchen dringend Regen, aber wir haben keine Gelegenheit, einen *Laran*-Kreis zu bilden. Alida kommt zurück. Sie und ich wollen versuchen, was wir können, damit wenigstens der Wind nicht wieder auffrischt.«

Gabriel lag reglos da. Nur seine Augen bewegten sich. Er war zu erschöpft und zu träge, um viel zu sagen. »In Zeiten wie diesen«, murmelte er, »bedauere ich, dass ich mich nie richtig bemüht habe zu lernen, wie ich mein *Laran* am besten einsetze. Ein wenig beherrsche ich es aber schon.«

»Das weiß ich«, sagte sie beruhigend. »Aber du warst eigentlich nie gesund genug, um die Gabe voll einzusetzen.«

»Trotzdem wünsche ich mir, ich hätte mehr daraus gemacht«, beharrte er. »Dann wäre ich für die Domäne jetzt nicht völlig nutzlos. Wenn das Feuer näher kommt, fühle ich mich so hilflos ... hilfloser als jede Frau ... denn nun müsst ihr Frauen alles tun, um die Domäne zu retten. Ich bin nutzlos. Oder noch schlimmer: Ich bin nur jemand, der beschützt werden muss. Vielleicht haben wir die Jungen übereilt fortgeschickt, Rohana. Sie verfügen beide über ein wenig *Laran*.«

»Es wäre nicht gut gewesen, sie hier zu behalten, Gabriel. Ich könnte auch nicht mit meinen eigenen Söhnen in einem *Laran*-Kreis arbeiten.«

»Nicht? Warum denn nicht?«

»Dafür gibt es viele Gründe. Und aus mancherlei Gründen tut man so etwas eben nicht.« Rohana wollte nicht in die Einzelheiten gehen, warum man Eltern und ihre erwachsenen Kinder daran hinderte, zusammen in einem Matrix-Kreis zu arbeiten. »Es besteht kein Grund, dass du dir jetzt Gedanken darüber machst, mein Lieber«, sagte sie friedlich. »Alida und ich werden alles tun, was in unserer Macht steht. Mehr kann man sowieso nicht tun. Du brauchst dir auch keine Sorgen zu machen, dass deine Ängste und Befürchtungen den Kreis blockieren.«

Sie fragte sich schwach, ob sie dafür sorgen sollte, dass er sich betrank oder unter Drogen stand, wenn sie das Bevorstehende in Angriff nahmen. Ihr Bewusstsein empfing nun die Bewegungen eines Pferdes, das in halsbrecherischem Galopp unterwegs war. Alida war in der Regel eine vorsichtige, wenn nicht gar übervorsichtige Reiterin. Doch nun hatte sie Angst und näherte sich Burg Ardais in einem fast gefährlichen Tempo. Rohana empfing einen Ausbruch von Furcht. Wenn Furcht Alidas Vorsicht ausschaltete, musste die Gefahr tatsächlich groß sein. Sie widerstand der Versuchung, einen Blick durch Alidas Augen auf das hinter ihr heranrasende Feuer zu werfen. Doch es hätte nur ihre persönlichen Ängste gesteigert. Sie musste nun ruhig und zuversichtlich sein.

Jetzt hörte sie den Hufschlag im Hof, genau unter dem Balkon, auf dem sie saß. Sie legte die Handarbeit beiseite, maß die Stickerei mit einem verächtlichen Blick und empfand Dankbarkeit, dass sie über etwas mehr verfügte, das sie der Domäne und dem Volk schenken konnte.

Wie musste Gabriel unter diesen Umständen zu Mute sein? Nun, sie wusste zumindest, wie er sich fühlte. Hilflos, hatte er gesagt. *Hilflos wie eine Frau.*

Aber ich bin eine Frau, und ich bin nicht hilflos. Ich nehme an, nur er ist hilflos. Er verbindet Hilflosigkeit mit Frauen, obwohl ich, eine Frau, der stärkste Mensch in seinem Leben bin.

Alida saß im Hof ab, und zu Rohanas Erleichterung war Kindra bei ihr. »Wir müssen es schnell in Angriff nehmen«, sagte sie zur Begrüßung. Die Frauen gingen in den Wintergarten hinauf. Rohana und Alida nahmen Knie an Knie auf zwei gegenüberstehenden Stühlen Platz.

»Kann ich euch irgendwie helfen?«, fragte Kindra besorgt.

»Nicht viel, fürchte ich«, antwortete Rohana. »Aber guter Wille kann uns zumindest nicht schaden.«

Mit instinktivem Taktgefühl, da sie nun wusste, wie Rohana zu Mute war, fügte Alida hinzu: »Setzt Euch zu uns und sorgt dafür, dass wir nicht gestört werden. Niemand darf hier hereinkommen.«

Sie nahm ihre Matrix in die Hand. »Schaut den Stein nicht an«, warnte sie Kindra und machte eine rasche Handbewegung. »Ihr seid nicht ausgebildet. Es könnte Euch ernstlich desorientieren oder krank machen.«

Hilflos wie wir, aber im Gegensatz zu uns, ohne es zu wissen. Rohana wusste, dass sie die Angelegenheit verzögerte, daher warf sie das Feld ihrer konzentrierten Aufmerksamkeit rasch ins Innere des Steins und trat aus ihrem Körper, um wie aus großer Höhe das Feuer zu suchen, das oberhalb der Burg auf dem Gebirgskamm tobte. Ihre gewaltig ausgedehnten Sinne nahmen die Luftströmungen wahr, die das Feuer speisten ... Ihr war, als ritte sie darauf und als hungerten sie danach, den wirbelnden Brandauftrieb zu nähren. Für einen Sekundenbruchteil strömte ein Hochgefühl unter ihr hindurch und hob sie an, damit sie ein Teil des Ganzen wurde, doch da sie von der Verbindung wusste, mit der Alida sie am Boden hielt, beherrschte sie sich und hielt nach Mitteln gegen die unerbittliche Kraft des Feuers Ausschau.

Enthielten die Wolken dort genug Feuchtigkeit, um heftigen Regen zu erzeugen ...

Sie enthielten nicht genug. Sie waren zwar vorhanden und mit ausreichend Feuchtigkeit beladen, um Regen zu erzeugen – doch sie konnten die drohende Feuerwalze nicht ertränken. Sie spürte, dass auch Alida hinausgriff und rasch durch die Überwelt schritt. Als sie so dahinflogen, war ihr, als würden ihre Hände von anderen ergriffen, als schlügen unter ihnen Schwingen.

Womit können wir euch helfen, Schwestern?

Mit Regen. Vor uns brennt es. Sendet uns Regenwolken.

Die gesichtslosen Stimmen – Rohana spürte, dass sie vom Tramontana-Turm kamen – nahmen rasch von ihr Besitz und stellten die Berge unter ihnen wie Teile eine riesigen Gemäldes dar. Doch es waren nur ein paar karge Wolken, die auf Ardais zugeschoben wurden, und sie reichten in dieser Jahreszeit nur aus, um mehr Wind zu erzeugen. Das Beste, was man derzeit gegen das Feuer tun konnte, war also schlimmer als gar nichts.

Die Stimmen aus Tramontana verstummten, und von einem Gefühl der Hilflosigkeit übermannt, wurde Rohana klar, dass sie nichts gegen das Feuer unternehmen konnten. Sie mussten es seinem Willen gemäß den Gebirgskamm hinab und der Burg entgegen brennen lassen, bis der Streifen aus tief gepflügten Feldern und das Gestein des Gebäudes es aufhielten.

Sie öffnete die Augen und lehnte sich erschöpft an das Stuhlkissen.

»Ich habe mich noch nie so hilflos gefühlt«, gestand Alida.

»Es ist nicht deine Schuld, Alida. Manchmal kann man eben wirklich nichts tun.« Rohana wurde plötzlich von einem Schwächeanfall übermannt, einem nagenden Schmerz, der sie daran erinnerte, dass die Matrix-Tätigkeit ihr in diesem Schwangerschaftsstadium eine Frühgeburt bescheren konnte. Mit großer Verbitterung dachte sie daran, dass sie das Leben ihres ungeborenen Kindes aufs Spiel gesetzt hatte – und sie ließ noch nicht einmal ihren Versuch, Ardais zu retten, als Rechtfertigung gelten. Sie krümmte sich vor Schmerzen und keuchte auf. »Warne sie, Alida«, bat sie. »Das Feuer kommt direkt auf uns zu. Womöglich müssen die Leute es genau vor der

Haustür bekämpfen ...« Sie spürte, dass eine tiefe Schwärze sie überkam.

Als sie erwachte, lag sie in ihrem Zimmer im Bett, und Kindra war bei ihr.

»Das Feuer ...«

»Alida versammelt das Personal mit nassen Decken und Teppichen«, sagte Kindra. »Ich wusste gar nicht, dass sie in Krisen so stark sein kann.«

»Ich wollte ihr keine Zeit geben, damit sie ihre Kräfte entwickelt«, sagte Rohana leichtfertig, »doch nun bin ich froh, dass sie welche hat.« Sie wollte aufstehen, doch der Schmerz hielt sie in Schach. Kindra schob sie zurück.

»Die Frauen sind gleich hier«, sagte sie. »Auch *Dom* Gabriel hat sich Sorgen gemacht. Er musste zu Bett gebracht werden.«

Rohana lag still da. Sie spürte, dass starke Kräfte in ihrem Körper tätig waren. Sie hatte die Sache nun unausweichlich nicht mehr in der Hand und empfand das übliche widerstandslose Entsetzen. Jetzt konnte sie nicht mehr entkommen. Fast fieberhaft umklammerte sie Kindras Hände, doch die Entsagende, deren Kleider rußfleckig waren und noch immer nach Brand rochen, ließ mit keinem Zeichen erkennen, dass sie sie allein lassen wollte.

Die Frauen trafen endlich ein und untersuchten Rohana. Keine konnte sagen, ob sie tatsächlich in den Wehen lag. Man musste es einfach abwarten. Rohana, die sich darüber im Klaren war, dass nichts, was sie sagen oder tun konnte, irgendetwas bewirken würde, versuchte ruhig zu bleiben und Kräfte zu sammeln. Sie aß und trank, was man ihr brachte, und versuchte zu schlafen. In weiter Ferne hörte sie Stimmen und Rufe, aber eigentlich war es unmöglich, dass selbst das schlimmste Feuer das breite Band gepflügten Landes rings um die Burg überhaupt überwinden konnte.

Man musste den Göttern danken, dass die Ernte eingefahren und das Gelände nicht von trockenen, leicht brennbaren Pflanzen umgeben war. Natürlich würden die steinernen Wälle der Burg den Flammen widerstehen. Rohana war froh, dass man Gabriel ins Bett gebracht hatte; sobald der Kampf gegen die Flammen vor der Küchentür stattfand, hätte er sich nur entsetzlich aufgeregt. Sie hoffte, dass Alida die Anweisung gegeben hatte, ihm irgendein Schlafmittel zu verabreichen.

Bei dem abgebrochenen Versuch, mit Alida eine Verbindung einzugehen und das Feuer mit *Laran* zu bekämpfen, waren ihre Kräfte zum ersten Mal gescheitert. Sie konnte es zwar nicht ausstehen, wenn sie versagte, aber natürlich wusste sie, dass in diesem Fall selbst eine ausgebildete Turmmannschaft nicht mehr erreicht hätte. Das Küchenpersonal, das sich den Flammen mit nassen Teppichläufern entgegenstellte, war da schon erfolgreicher. Eine Köchin war auf heiße Kohlen getreten und hatte sich durch die Schuhsohlen verbrannt, aber sie war nicht ernsthaft verletzt. Es war alles in Ordnung, der Burg drohte keine Gefahr. Nur Rohana empfand das unbestimmte Gefühl vollkommenen Versagens.

Früher oder später stößt jeder auf etwas, das ihm nicht gelingt, redete sie sich ein, ohne daran zu glauben. Es war ihr nicht gestattet, in irgendeiner Hinsicht zu versagen.

Sie zuckte immer wieder aus dem Schlaf hoch. Als sie erwachte, wusste sie, dass ein neuer Tag angebrochen war. Die Sonne schien durch einen rauchverhangenen Himmel, und ihr wurde klar, dass sie der Konsequenz ihres voreiligen Bedauerns entkommen war. Die Wehen hatten noch nicht eingesetzt. Wenigstens kam das Kind nicht heute zur Welt.

Als die Bediensteten kamen, um nach ihr zu schauen, trat auch Kindra ein. Rohana streckte den Arm aus, um sie willkommen zu heißen. »Wie kann ich dir nur danken? Du hast so viel für mich – für uns – getan ...«

»Nein«, schalt Kindra sie, »ich habe nur das Notwendige getan. Hilfe dieser Art hätte ich niemandem versagen können, egal wo ich zu Gast gewesen wäre.« Aber sie lächelte und beugte sich vor, um Rohana zu umarmen. »Ich bin froh, dass es nicht schlimmer gekommen ist. Außerdem siehst du heute Morgen richtig gut aus!«

»Ich habe großes Glück«, erwiderte Rohana. Sie meinte es ernst und aus vollstem Herzen. »Nicht zuletzt deswegen, weil ich eine Freundin wie dich habe, Kindra.«

Kindra senkte den Blick, aber sie lächelte.

»Setz dich neben mich«, bat Rohana. »Die Frauen haben angeordnet, dass ich noch im Bett bleiben muss und nicht mehr tun darf als ein blühender Kohlkopf, denn sonst rege ich mein ungezogenes Kind wieder so sehr auf, dass es früher kommen will. – Mir ist so langweilig! Ich bin schließlich nicht als Gemüse auf die Welt gekommen! Die Frauen meinen, ich soll mir eine hübsche, zufriedene Kuh zum Vorbild nehmen!«

Kindra musste über diesen Vergleich lachen. »Gemüse? Du? Niemals! Aber vielleicht kannst du so tun, als wärst du gelassen. Vielleicht wie eine dahintreibende Wolke ...«

»Als ich noch ein junges Mädchen war, hatte ich einen Vetter, der in den Süden ans Meer reiste. Er hat mir von Geschöpfen berichtet, die sich zwar im Wasser sehr elegant bewegen, aber wenn sie an Land kommen wollen, so schwer sind, dass sie ihr eigenes Gewicht nicht tragen können. Sie watscheln und robben nur herum.« Rohana machte einen Versuch, sich aufrecht hinzusetzen und im Bett zu drehen, um Kindra zu demonstrieren, was sie meinte. »Siehst du? Ich bin wie ein an Land gespültes Meerestier. Mein Kind ist offensichtlich ganz schön groß. So schwer war ich nicht mal zehn Tage vor Rians Geburt, und er war wirklich ein dicker Brocken.«

Kindra setzte sich auf den Bettrand und tätschelte tröstend Rohanas Hand. »Ich glaube mich daran zu erinnern, dass reifere Frauen, wenn sie Kinder bekommen, sich immer schwerfällig fühlen und auch mehr klagen. Man vergisst, wie schwer das letzte Kind war. Was wahrscheinlich auch gut ist, denn wer würde sonst das Wagnis eingehen, ein zweites Kind zu kriegen? Von einem dritten ganz zu schweigen.«

»Mit neunzehn, als Kyril geboren wurde, war ich bestimmt geduldiger«, sagte Rohana. »Ich war auf einem Erntefest und habe Nüsse gesammelt, bis es so dunkel war, dass man nichts mehr sehen konnte. Als ich in der Nacht wach wurde, glaubte ich, ich hätte zu viele Nüsse gegessen oder mir den Magen an dem Eintopf verdorben, den es am Abend zuvor gegeben hatte. Es dauerte eine Stunde, bis sogar Gabriel meinte, wir sollten besser die Hebamme rufen ... Er war nicht völlig ahnungslos, denn auch seine erste Frau hatte ihm schon ein Kind geboren. Die Hebamme hat mich ausgelacht und gesagt, vor dem nächsten Mittag würde es nichts werden. Aber Kyril kam eine Stunde vor Morgengrauen auf die Welt. Nicht mal meine Mutter konnte glauben, wie schnell es vorüber war!«

»Dann gehörst du zu den Glücklichen, die schnell gebären?«, fragte Kindra.

Rohana verzog das Gesicht. »Es war nur dieses eine Mal so. Nachdem Rian seine Bereitschaft angekündigt hatte, brauchte er zwei Tage, um auf die Welt zu kommen. Seitdem verspätet er sich immer, egal ob beim Mittagessen oder bei Geburtstagsfeiern. Und was Elorie betrifft ... Ich werde nie etwas über ihre Geburt erzählen, es sei denn, um jungen Frauen, die mir zuhören, Angst einzujagen. Aber ich hoffe, bei diesem Kind wird es nicht wieder so schlimm.« Sie schüttelte sich, und Kindra drückte ihre Hand.

»Vielleicht hast du diesmal mehr Glück.«

Eine Zofe trat ein. Sie brachte Rohana das Frühstück auf einem geschnitzten Holztablett. »*Domna* Alida hat gesagt, Ihr steht heute nicht auf, Herrin.«

»Zum ersten Mal«, entgegnete Rohana, »bin ich dankbar

über Alidas Wunsch, allen zu zeigen, dass sie die Dinge ebenso organisieren kann wie ich. Ich wüsste gern, was eine werdende Mutter ihrer Meinung nach essen darf. Vielleicht etwas Toast mit Honig? Oder hatte sie genug Grips, um sich bei der Hebamme danach zu erkundigen?«

Sie deckte das Tablett auf. Hafergrütze und Honig, dazu ein großzügiges Kännchen Milch, ein Teller mit gekochten Eiern und ein Stück frisch aufgeschnittenes Obst. Alida hatte allem Anschein nach *wirklich* die Hebamme konsultiert – oder Gabriel, der wusste, das die Schwangerschaften seiner Gattin niemals den Appetit raubten. Als sie an Gabriel dachte, fragte sie: »Was ist mit dem Herrn? Ich habe gehört, gestern Abend war ihm wieder übel ...«

»Ja«, sagte die Zofe. »*Domna* Alida hat ihm ein Schlafmittel verordnet. Er hat heute Morgen lange geschlafen. Jetzt streift er mit geschwollenen Augen unten herum und knurrt, als wäre er auf eine Rauferei aus.«

Oje. Momentan konnte sie nicht aufstehen und sich damit beschäftigen. Vielleicht war Alida so vernünftig und bot ihm wegen der Nachwirkungen des Schlaftrunks irgendein Gegenmittel an. Rohana verzehrte mit großem Appetit ihr Frühstück. Der Genuss wurde nur leicht von dem Gedanken an den herumstromernden Gabriel getrübt, der jemanden suchte, den er anraunzen oder zusammenstauchen konnte. Doch hier oben war sie sicher und ungestört.

»Du hast behauptet, ich wäre wie eine Amazone«, sagte sie zu Kindra, während sie das letzte Ei ihrer Mahlzeit verspeiste. »Aber dazu fehlt mir noch einiges. Ich glaube, du bist mutiger als ich. Du würdest dich nicht verstecken, um eine unliebsame Begegnung zu vermeiden. Ich hingegen würde am liebsten im Bett bleiben, bis das Kind geboren ist. Dann könnte Gabriel sich nicht über mich beschweren.«

»Bei uns gibt es ein Sprichwort«, sagte Kindra und nahm

eine Obstscheibe aus Rohanas Hand entgegen. »Überleg dir gut, was du dir wünschst – es könnte sein, dass du es auch bekommst. – Aber wenn du im Bett bleiben möchtest, wer könnte dich daran hindern?«

»Nur mein Pflichtbewusstsein für all das, was getan werden muss«, entgegnete Rohana. »Wenn ich bedenke, wie gut es mir geht, kann ich mir nicht mehr als zwei Tage bewilligen. Dann muss ich mich wieder allem stellen. Gabriel wird es nicht besser gehen, und seine Trinkerei wird ihn, fürchte ich, noch mal ins Grab bringen.«

Als die Zofe das Tablett wieder mitnahm, fragte Kindra: »Wie kam es dazu, dass du Lord Ardais geheiratet hast, Rohana? Haben eure Familien es abgesprochen? Er wirkt nämlich nicht ganz so wie der Mann, von dem ich erwartet hätte, dass du ihn ehelichst.«

»Ich könnte mich jetzt verteidigen und es abstreiten«, sagte Rohana, »aber natürlich waren meine Eltern mehr auf diese Ehe bedacht als ich. Und doch stimmt es nicht ganz. Ich habe Gabriel einst gern gehabt. Nein, ich habe ihn geliebt.« Sie fügte schnell hinzu: »Es ist wohl nur gerecht, wenn ich sage, dass er damals ganz anders war. Seine Krankheit hat sich früher nur dann und wann bemerkbar gemacht, sie folgte ihm wie ein Schatten: Er war hin und wieder geistesabwesend und vergesslich und konnte sich manchmal nicht mehr an ein Versprechen oder eine Unterredung erinnern. Außerdem hat er damals auch weniger getrunken. Ich habe seine Trinkerei immer für einen Versuch gehalten, mit irgendwelchen rabaukenhaften Freunden Schritt zu halten. Ich wusste nicht, das sie aus ihm selbst heraus kommt.«

»Ich habe trotzdem das Gefühl, du bist von der Natur weniger für den heimischen Herd als für etwas anderes ausersehen worden«, sagte Kindra.

Rohana lächelte. Nach Kindras Ansicht stand ihr spitzbübisches Lächeln im Widerspruch zu ihrem schweren Leib und ihren geschwollenen Gesichtszügen.

»Kindra, ist das etwa eine freundliche Art, mir zu sagen, dass ich nicht ganz würdig bin, die schwangere Mutter dreier fast erwachsener Kindern zu sein, die ein mittleres Alter schon erreicht hat?«

Kindra bemerkte, dass hinter ihren schelmischen Worten eine äußerst reale Unsicherheit lag. Sie beeilte sich, Rohana zu beruhigen. »Keinesfalls. Ich habe nur gemeint ... Du wirkst geistig viel zu aktiv, um dich auf die Trivialitäten von Haus und Hof zu begrenzen. Aus dir hätte eine *Leronis* werden sollen, eine kluge Frau, eine ... Ich habe eine Freundin im Gildenhaus, die Richterin ist. Du könntest diesen Posten ebenso ausfüllen wie sie.«

»Kurz gesagt«, sagte Rohana, »eine Amazone.«

»Ich komme nicht gegen meine Gefühle an«, rechtfertigte sich Kindra. »Ich wünsche mir noch immer, es wäre möglich.«

Rohana schüttelte den Kopf. »Seit ich damals mit dir unterwegs war«, sagte sie, »habe ich mir gewünscht, es könnte so sein. Hätte ich eine echte Wahl gehabt, wäre ich vielleicht als *Leronis* im Turm geblieben. Melora und ich haben es uns beide gewünscht. Aber du weißt, was aus Melora geworden ist – und als ich heiratete, wie meine Familie es wünschte, hatte ich das Gefühl, sie für das zu trösten, was Melora nicht konnte ...« Sie verfiel in Schweigen. Dann nahm sie Kindras Hand und fuhr leise fort: »Manchmal glaube ich, Melora hat mir mehr bedeutet als mein Leben. Deswegen habe ich auch Jaelle so lieb.«

Es gibt Zeiten, in denen ich spüre, dass du mich fast ebenso verstehst wie sie ...

Die Frauen schwiegen, dann beugte Kindra sich vor und legte den Arm um Rohana. Sie umarmten sich stumm, als jäh die Tür aufflog und *Dom* Gabriel im Rahmen stand.

»Rohana!«, schrie er. »Was soll das, verdammt? Zuerst erwische ich deine verhurte Tochter in den Armen eines Stallknechts, und nun sehe ich dich ...« Er brach ab und stierte beleidigt vor sich hin.

»Nun verstehe ich allmählich, warum du mein Bett seit Monaten meidest«, sagte er aufgebracht. »Aber wenn du dich schon trösten musst ... Hättest du dir statt einer Frau in Hosen nicht einen Mann suchen können?«

Rohana kam sich vor, als hätte ihr jemand mit aller Kraft in den Solarplexus getreten. Sie schnappte erfolglos nach Luft. Kindra wäre am liebsten zurückgewichen, aber Rohana umklammerte ihre Handgelenke.

»Gabriel«, entgegnete Rohana, »ich habe schon seit vielen Jahren vermutet, dass du nicht nur krank, sondern auch verrückt bist. Jetzt bin ich mir dessen sicher.« Dann fügte sie mit scharfer Stimme hinzu: »Verlass sofort mein Zimmer, bis du dich vor unserem Gast wieder anständig aufführst, sonst lasse ich dich von der Dienerschaft hinausschleifen!«

Gabriels rot umrandete Augen wurden schmal, und Rohana, nun sehr empfänglich, las in seinem Geist Spekulationen von solcher Obszönität, dass sie glaubte, ihr Herz werde stehen bleiben. Bei seinen Vorstellungen wurde ihr übel. Sie hätte am liebsten aufgeschrien, ihm eine Schale mit Hafergrütze an den Kopf geworfen und ihn mit Flüchen bedacht, die sie selbst nur halb verstand.

Kindra löste ihren Griff. Sie erhob sich von der Bettkante, so dass Rohana aufs Kissen sank, und sagte rasch zur Kammerzofe: »Deiner Herrin ist übel. Kümmere dich um sie. Hol die Hebamme!«

Rohana hatte die Augen geschlossen. Ihre Hand ließ Kindra los; sie brach halb besinnungslos zusammen. Die Zofe eilte hinaus.

»Ein Wort von mir«, fauchte *Dom* Gabriel, »und drei Dutzend Frauen auf diesem Gut tun alles, was mir gefällt! Hört hier denn überhaupt niemand mehr auf mich?«

Die Hebamme, die genau in diesem Augenblick eintrat und seine Worte hörte – Kindra nahm an, dass sie in einem Nebenraum gewartet hatte –, beugte sich besorgt über Rohana. Dann hob sie den Kopf und sagte: »Lord Ardais, dies hier ist der einzige Raum, in dem Ihr keine Befehle gebt. Ich bitte Euch, geht hinaus und erteilt sie dort, wo man auf Euch hört. Soll ich Eure Lakaien rufen?«

»Rohana ist doch gar nicht so krank«, grollte *Dom* Gabriel. »Es ist an der Zeit, dass ich ihr ein paar Dinge klarmache, die ich mir nicht bieten lasse. – Du willst mich aus dem Schlafzimmer meiner Gattin vertreiben? Dann wirf gefälligst auch das verdammte Hosen tragende Mannweib hinaus!«

»Ich bitte Euch, Herr!«, erwiderte die Hebamme. »Wenn Ihr unbedingt bleiben *wollt,* seid wenigstens leise.«

Rohana vernahm all dies wie aus weiter Ferne, durch Wind und Wasser. Als sie sich aufrichten wollte, hörte sie ein anderes Geräusch: den fernen Klang wilden, hysterischen Schluchzens. Oder nahm sie es nur mit ihrem *Laran* wahr? Da stürmte auch schon die weinende Elorie ins Zimmer. Sie lief auf ihre Mutter zu und warf sich auf den Rand ihres Bettes.

»Ihr dürft Eure Mutter jetzt nicht stören«, sagte die Hebamme, doch Rohana hatte sich schon hingesetzt.

»Elorie, Liebling, was ist denn?«

»Papa ...«, schluchzte sie. Dabei stolperte sie sogar über das eine Wort. »Er hat gesagt, ich bin eine ... eine ...« Ihr Gesicht war vom Weinen gerötet, ihre Wange blutete aus einer langen Schramme. Eins ihrer Augen verfärbte sich schon blau und schwoll an.

»Gabriel«, sagte Rohana fest, »was hat das zu bedeuten? Ich dachte, wir hätten uns geeinigt, dass du die Kinder nicht schlägst, wenn du nicht nüchtern bist.«

Gabriel ließ den Kopf hängen und schaute unglücklich drein. »Soll ich etwa dabei sitzen und zuschauen, wie sie bei den Stallburschen die Metze spielt?«

»Nein!«, heulte Elorie auf. »Das habe ich nicht getan! Papa ist *verrückt,* wenn er es *wirklich* glaubt!«

»Was hattest du denn vor mit diesem Jungen ...?«

»Mutter«, flehte Elorie schluchzend. »Es war Shann. Du kennst ihn doch. Wir spielen seit unserem vierten Lebensjahr zusammen! Ich habe ihn getadelt, weil er mein Pony nicht ordentlich gestriegelt hat. Ich habe die Bürste in die Hand genommen und ihm gezeigt, wie es geht, damit er sieht, wie ich es haben will! Und als wir fertig waren, haben wir in eine der Nischen geschaut ...«

»Ihr habt den Hengst beobachtet und allerlei schmutzige Witze über ihn gerissen«, knurrte *Dom* Gabriel. »Ich habe es nämlich *gehört!«*

»Aber, Gabriel, die Kinder sind auf dem Land aufgewachsen«, warf Rohana ein. »Du kannst doch nicht erwarten, dass sie nie über solche Dinge sprechen! Das ist doch nicht der Rede wert! – Elorie?« Sie schaute ihre Tochter an.

Elorie wischte sich die Augen ab. »Nun ja, wir haben über Graufuß' Fohlen gesprochen«, sagte sie. »Aber Shann hat nichts getan, und als Papa anfing, ihn mit der Reitpeitsche zu schlagen, wollte ich sie festhalten ... Mama, ist er wirklich *verrückt?«*

»Natürlich, Liebling, ich dachte, du wüsstest es«, entgegnete Rohana müde. »Man darf ihn eben nicht auf diese Weise provozieren. Es wäre mir lieb, wenn du lernen würdest, sensibler zu sein, oder zumindest so taktvoll, dass er nicht gleich explodiert.«

»Aber ich habe doch gar nichts Böses getan«, protestierte Elorie.

»Das weiß ich«, sagte Rohana ermattet, »aber du kennst doch deinen Vater. Du weißt genau, was ihn aufregt.«

»Elorie«, wandte Kindra ein, »deiner Mutter geht es auch nicht gut, siehst du das denn nicht? Wenn du unbedingt einen Trotzanfall wie eine Achtjährige bekommen musst, geh lieber zu deiner Kinderfrau oder einer anderen, vor der du ihn zelebrieren kannst, statt ihr Kummer zu bereiten. Wenn sie sich noch mehr aufregt, könnten ihre Wehen zu früh einsetzen, und das wäre gefährlich für sie und deinen kleinen Bruder.«

Elorie rieb sich die Augen und zog die Nase hoch. »Ich weiß überhaupt nicht, warum sie in diesem Alter noch ein Kind bekommen muss«, murrte sie. »Andere Damen wollen es doch auch nicht.«

Der Leibdiener Gabriels trat ein. Er reichte seinem Herrn den Arm und sagte mit leiser und missbilligender Stimme: »Es ist Zeit, Herr.«

Doch Gabriel schüttelte ihn ab und trat ans Bett. »Du lässt mich allen Ernstes hinauswerfen, Rohana?«

»Gabriel, ich bitte dich«, entgegnete Rohana mit erstickter Stimme. »Mir geht es wirklich zu schlecht, als dass ich mich mit all diesen Dingen abgeben könnte. Wir können uns morgen unterhalten, wenn es mir besser geht. Ich verspreche es dir. Aber jetzt geh bitte.«

»Wie du willst, meine Liebe«, murmelte er und ging hinaus. An der Tür blieb er stehen und sagte: »Auch du, Elorie. Geh deiner Mutter nicht auf die Nerven.« Die Tür schlug zu.

Rohana hätte am liebsten losgeheult, bis sie nur noch aus einem einzigen Tränensee bestand. Sie riss sich mit aller Kraft zusammen, doch ihr Herz schlug heftig. Sie streckte die Arme nach Elorie aus, die nun noch lauter heulte als zuvor.

»Mutter«, flehte Elorie sie schluchzend an. »Sei nicht krank, bitte stirb nicht.«

Rohana spürte, dass ihre schmalen Schultern trotz der Umarmung bebten. »Sei nicht albern, Liebchen«, sagte sie.

»Ich brauche jetzt ein wenig Ruhe, das ist alles. Dein Vater hat mich schrecklich aufgeregt. Bitte, geh jetzt.«

Die Hebamme erhob sich am Fuß des Bettes und verkündete: »Ich brauche Ruhe hier!« Elorie eilte hinaus. Sie schluchzte noch immer und wischte sich übers Gesicht.

Rohana hielt Kindras Hand weiterhin fest. Nachdem alle anderen Frauen hinausgegangen waren, hauchte sie Kindra zu: »Lass mich bitte nicht allein. Ich verüble es dir zwar nicht, wenn du es keine Minute länger hier aushältst, aber ich bitte dich, lass mich nicht allein mit ...« Sie brach würgend ab. »Aber warum solltest du schon bleiben? Ich hätte dich diesen ... diesen unaussprechlichen Vorwürfen niemals aussetzen dürfen ... Es ist meine Schuld ...«

Kindra drückte ihre Hand. »Es ist nicht gerade ehrenvoll, sich mit einem Irren oder Trunkenbold zu streiten. Aber ich habe schon Schlimmeres gehört. Und ... Ich habe es dich schon in anderer Form gefragt ... Beleidigt es dich wirklich so sehr? Ist der Vorwurf denn tatsächlich so schlimm?«

Erschreckt und überrascht, denn dies war nun wirklich das Letzte, was sie zu hören erwartet hatte, erwiderte Rohana: »Ach, *das.* Jetzt verstehe ich. Nein. Ich habe Melora geliebt und ihr einen Eid geschworen. Es hat daran gelegen, *wie* Gabriel es gesagt hat. Als fiele ihm nichts Schmutzigeres ein, das er über dich *oder* mich sagen könnte ...«

»In einer schmutzigen Phantasie erscheint einem alles schmutzig«, sagte Kindra. »Mir ist aufgefallen, dass er nicht mal seine eigene Tochter davon ausnimmt, und zwar unter einem noch fadenscheinigeren Vorwand. Die Wahrheit ist, dass ich dich ernsthaft liebe, Rohana, und ich empfinde deswegen keine Scham, ob es nun so Sitte ist oder nicht. Ich hätte nicht darüber gesprochen, solange es dir schlecht geht oder du mit anderen Dingen beschäftigt bist. Aber er hat es herausgefordert. Ich finde nichts Schlechtes daran, eine Frau zu lieben.

Selbst wenn er das Musterbeispiel eines liebenswürdigen Mannes wäre, würde ich dennoch Abscheu vor jeder Frau empfinden, der Männer lieber sind.«

»Das kann ich natürlich verstehen«, sagte Rohana leise. »Damals in den Trockenstädten habe ich dir erzählt, dass zwei junge Männer, die in den Domänen den *Bredin*-Eid schwören, ihr Leben lang Freunde bleiben und nicht einmal eine Frau oder Kinder sie jemals entzweien können. Sie gelten als absolut ehrenwert. Doch wenn zwei Frauen einen solchen Eid ablegen, nimmt ihn niemand ernst. Man hält diesen Eid im besten Fall für eine Formel wie *Ich werde dich lieben, bis ein Mann zwischen uns kommt*. Warum sollte dieser Eid so anders sein?«

»Ich nehme mal an ... auch wenn ich nicht weiß, ob du mir zustimmst«, sagte Kindra, »es liegt daran, dass Männer nie etwas ernst nehmen, was Frauen tun – es sei denn, es geht um einen Mann. Deswegen bin ich auch Entsagende, und du keine. Aber mit dir würde ich sehr gern einen Eid ablegen, Rohana.«

Wenn du Entsagende wärst, könnte ich dich lieben, ohne mich um das Gerede der Menschen zu scheren. Meine primären Gelübde und Verpflichtungen betreffen meine Schwestern.

Nicht zum ersten Mal argwöhnte Rohana, dass Kindra über mehr als nur ein bisschen *Laran* verfügte. Sie war gerührt. Die Vorstellung, dass Kindra sie liebte, überwältigte sie. Zuvor hatte sie stets angenommen, sie sei die Einzige, die sie wirklich verstand, doch wie es schien, hatte Gabriels Vorwurf nur eine Sache schlecht gemacht, die für sie völlig unverdorben war. *Nein, das versteht sie nicht an mir. Ich liebe sie zwar auch, aber nicht so.* Und ohne recht darüber nachzudenken, entzog sie Kindra die Hand.

Die Amazone blickte traurig drein, aber wie sie gerade gesagt hatte: Sie war genau deswegen Entsagende, und Rohana war keine. Sie hatte nicht erwartet, dass Rohana es verstand – schon gar nicht in ihrem gegenwärtig aufgewühlten Zustand. »Du brauchst dir jetzt keinerlei Sorgen zu machen«, sagte sie freundlich. »Wenn du wieder bei Kräften bist, haben wir genug Zeit, um über alles zu reden.«

Rohana empfand fast Erleichterung, als sie spürte, dass Müdigkeit und Erschöpfung sie überkamen. Sie hob die Arme und zog Kindra wie ein Kind an sich. Sie war dankbar für ihre Freundlichkeit und Stärke. »Du bist so gut zu mir«, hauchte sie. »Du bist meine beste Freundin.«

Die Szene mit Dom *Gabriel hätte ich ihr gern erspart,* dachte Kindra. *Doch sie hat nur gezeigt, wer er ist – und dem musste sie sich früher oder später sowieso stellen.*

Sie küsste Rohana noch einmal auf die Stirn und verließ leise den Raum.

Hoffentlich setzen ihre Wehen nicht zu früh ein.

8.

Rohana erwachte aus einem Alptraum, in dem sie allein in den Wehen lag – unvorbereitet, in der vor den Trockenstädten gelegenen Wüste. Als sie erwachte, stellte sie mit großer Erleichterung fest, dass die Wehen noch nicht eingesetzt hatten und das Kind in ihrem Leib bis auf die üblichen Traumbewegungen friedlich dalag. Trotzdem wusste sie aus Erfahrung – schließlich hatte sie dergleichen schon dreimal mitgemacht –, dass solche Träume eine Warnung waren. Die Wehen waren nah, standen aber nicht unmittelbar bevor. Schwerfällig erhob sie sich und legte ein schlichtes altes Hauskleid an. Sie konnte den Gedanken nicht ertragen, im Großen Salon zu frühstücken, aber Alida würde sich ohnehin freuen, sie vertreten zu können. Sie schickte nach etwas Obst und Tee.

Als sie fertig war, erschien eine Zofe an der Tür. »Der Herr möchte Euch sprechen, *Domna.*«

Wenigstens drang er nicht unangekündigt bei ihr ein. Rohana seufzte. »Betrunken, nehme ich an.«

»Nein, *Domna.* Er wirkt zwar krank, aber er ist nüchtern.«

»Na schön, dann soll er eintreten.« Schließlich konnte sie ihm in Ardais nicht für alle Ewigkeit aus dem Weg gehen.

Sobald sein Kind geboren ist, gehe ich nach Thendara zum Rat oder zu meiner Schwester Sabrina oder nach Hause, nach Valeron ...

Gabriel wirkte klein. Er schien fast in den schlampigen alten Gutsherrenkleidern zu versinken. Sein Gesicht wies zwar die rote Gesichtsfarbe des Gewohnheitstrinkers auf, aber er schien tatsächlich nüchtern zu sein. Seine Hände zitterten. Er versuchte sie in den Ärmeln zu verbergen. Obwohl er sich sorgfältig rasiert hatte, war sein Gesicht von mehreren verräterischen Schnitten verunziert.

»Mein Lieber«, sagte sie impulsiv, »du solltest dich von deinem Diener rasieren lassen, wenn es dir nicht gut geht.«

»Ach ... nun ja ... weißt du, meine Liebe, man fragt halt nicht so gern ...«

»Unsinn«, entgegnete sie scharf. »Es ist doch seine Pflicht.« Sie bemerkte den schroffen Ton in ihrer Stimme. »Du brauchst nicht darum zu bitten. Ich werde mich mal mit ihm unterhalten.«

»Nein, nein, meine Liebe, lass nur. Deswegen bin ich nicht hier. Ich bin froh, dass du nun besser aussiehst. Der kleine Bursche in dir ... Ist er noch ruhig?«

»Ich glaube nicht, dass er heute kommt«, sagte sie. »Und vielleicht auch noch nicht morgen. Aber es dauert nicht mehr lange. Wir haben Glück gehabt ... mit dem Brand ...«

Und mit der schrecklichen Szene gestern. Sie ersparte sich, dies auszusprechen, aber er hörte es trotzdem und legte schwerfällig einen Arm um ihre Taille. Da er diesmal nicht nach Wein roch, gelang es ihr nicht, sich abzuwenden, als er ihre Wange küsste. Dennoch spürte sie bei der Berührung die Verwirrung in ihm. Es stieß sie ab.

»Ich weiß doch, dass ich nüchtern bleiben muss, falls du bald in den Wehen liegst«, sagte er und griff auf mentale Weise zu ihr hinaus, um sich mit ihr zu verbinden. Rohana zuckte instinktiv zurück, ohne dass er es ihr verübelte. »Ich weiß, dass du wütend auf mich bist«, fuhr er fort. »Ich verstehe es auch. Ich war sternhagelvoll. Ich hätte nicht so rüde sein dürfen. – Was *sie* auch ist, Rohana, *dich* kenne ich. Verzeihst du mir?«

Habe ich dir nicht immer verziehen? fragte sie wortlos, doch sie scheute sich vor dem Gedanken an die langen Stunden der Wehen, denn dem Brauch gemäß mussten sie die Geburt in direkter telepathischer Verbindung zusammen erleben.

In geistiger Gefangenschaft vereint ... Sie konnte es nicht ertragen. Als Kyril zur Welt gekommen war, war Gabriel noch ganz anders gewesen, und bei Rians Geburt, die extrem lang und voller Komplikationen gewesen war, hatte sie sich an seine Kraft geklammert wie eine Ertrinkende an einen riesigen Felsen während einer Überschwemmung. Seine Hände, seine Stimme und seine Berührung hatten ihren Kopf über Wasser gehalten und sie von der Schwelle des Todes zurückgezogen. Diesmal würden sie zum vierten Mal zusammen in die unerbittlichen Gezeiten der Geburt eintauchen.

Doch wie konnte sie es nach den dazwischen liegenden Jahren des Streits und der Demütigung noch ertragen? Nach seinen widerlichen Vorwürfen? Er hatte es gut gemeint. Sie war gerührt über die schreckliche Mühe, die es ihn gekostet haben musste, so zu ihr zu kommen – nüchtern und rasiert, nach einem heftigen Besäufnis. *Seine armen zitternden Hände, das arme zerschnittene Gesicht,* dachte sie in einer Woge gewohnheitsmäßiger Zärtlichkeit. Doch sie verschanzte sich heftig hinter ihrem Stolz und ihrem Zorn. Falls er vorhatte, seine Sichtweise als starker, unterstützender Vater neu zu beleben, sollte er gefälligst zu Tessa gehen, wenn *sie* kurz vor der Geburt ihres Kindes stand!

Dann fiel ihr ein, dass er Tessas Kind gar nicht gezeugt hatte. Dabei hatte er freilich Grund, es anzunehmen. Skandalös! Er sollte bloß nicht glauben, dass ein einzelner Tag Nüchternheit und Aufmerksamkeit ein Jahrzehnt der Vernachlässigung, Qual und Demütigung ausradieren konnte.

Und doch gab es keine Alternative. Nach eisenharter Sitte ertrug der Vater eine Geburt gemeinsam mit der Mutter, und man würde ihr keine andere Wahl lassen. Irgendwie musste sie sich wappnen, um die Stunden der Geburt in seiner Gegenwart ertragen zu können, und den Göttern danken, wenn er in dieser Stunde nicht betrunken ankam.

Rohana fragte bedächtig und war erschreckt über den grausamen Klang ihrer Stimme: »Warst du heute Morgen schon bei Tessa? Ich bin ganz sicher, dass auch sie erleichtert wäre, dich gesund und nüchtern zu sehen.«

Er verzog das Gesicht. Er wirkte halb verärgert und halb gedemütigt. »Kyrils Freundin? Wenn du möchtest, schicke ich sie fort, meine Liebe. Wir könnten sie mit irgendeinem anständigen Mann verheiraten ...«

»Nein«, entgegnete sie bedächtig. »Alida sagt, es besteht kein Zweifel daran, dass sie ein Ardais-Mädchen bekommt. Das Kind hat ein Recht auf das Heim seines Vaters. Tessa stört mich nicht.«

»Eine so gute Frau wie dich habe ich gar nicht verdient«, murmelte er. »Ich hätte sie nie herbringen sollen.«

»Es spielt doch keine Rolle«, erwiderte sie. »Ich bin sehr müde, Gabriel. Ich möchte mich ausruhen – und du solltest es auch tun. Danke, dass du gekommen bist ...« *Und danke, dass du nüchtern und sanftmütig bist. Noch eine Szene könnte ich nicht ertragen ...*

Schwerfällig küsste er sie auf die Wange und wünschte ihr murmelnd Gesundheit, dann ging er still hinaus.

Rohana musterte die hinter ihm zugefallene Tür und empfand irgendwie Entsetzen. Wenn er sich wie ein betrunkenes Vieh aufführte, konnte sie sich wenigstens vor ihm schützen, indem sie ihn verachtete. Aber wie konnte man sich gegen diese wohlmeinende Stimmung und Ergebenheit schützen?

Nicht heute und nicht morgen, hatte sie Gabriel erklärt. Als dieser und der nächste Tag sich dem Sonnenuntergang entgegenneigten, sagte Rohana sich, als sie sich vom Korridor in den Wintergarten und vom Wintergarten in die Küche schleppte, sie werde wohl auch dann noch dafür sorgen, dass im Haus alles klappte, wenn sie todmüde im Bett lag und ihr speiübel war. Vergeblich redete sie sich ein, was sie anderen schwangeren Frauen immer wieder erzählt hatte: dass die letzten zehn Tage schlimmer seien als alle vorhergehenden Monate zusammen. Sie konnte sich auf nichts konzentrieren. Kein Buch, keine Handarbeit, keine einfache Naht, weder auf ihre Harfe noch auf ihre *rryl.* Sie nahm eins nach dem anderen ruhelos in die Hand und kam sich vor, als sei sie ihr Leben lang schwanger gewesen und werde es auch für den Rest ihres Lebens bleiben. Wenn nicht gar in alle Ewigkeit.

Als der Nachmittag des dritten Tages müde dem Einbruch der Nacht entgegenging, beobachtete Rohana angewidert den Sonnenuntergang. Wieder ein Tag vorbei. Erneut stand ihr eine Nacht bevor, in der sie nicht würde schlafen können, in der sie nur im Dunkeln lag, sich ruhelos umherwälzte und der Uhr lauschte, wenn sie die Stunde schlug. Sie wusste nicht mehr, wann sie zuletzt richtig tief geschlafen hatte.

Die Küche und das Gut waren wieder auf Vordermann. Sie

hatte sogar die Zuchtbücher auf den neuesten Stand gebracht und Notizen über einige Verkäufe angelegt, über die man sich auf dem letzten Pferdemarkt verständigt hatte. Zwei ihrer besseren Zuchtstuten sollten ins Tiefland verkauft werden, eine weitere in die Kilghardberge. Der Herr von MacAran würde zu Besuch kommen, um sie abzuholen. Die Bezahlung hatte sie schon erhalten. Auch brauchten sie ein neues Reitpferd. Elorie wurde zu groß für ihr Pony, und auf dem Gut gab es kein Pferd, das zu ihr passte. Sie hatte schon an Rians Pferd gedacht, aber das war ein großer, hässlicher, starkknochiger Wallach. Nichts für ein Mädchen ... Zumindest nichts für Elorie, die in Sachen Reitkleidung und Reittier stets auf Schönheit und Eleganz bedacht war. Warum Elorie so großen Wert auf Äußerlichkeiten legte, war Rohana schleierhaft. Irgendwie hatte sie versagt, ihrer Tochter das wirklich Wichtige beizubringen. Aber sie konnte es in den nächsten paar Tagen wohl kaum mehr korrigieren.

»Es ist wirklich schade«, sagte sie murrend zu Kindra, »dass die Gildenhäuser keine Mädchen erziehen wie die *Cristoferos* von Nevarsin Jungen. Ich wette, ein Jahr bei den Entsagenden würde Elorie nur gut tun.«

»Das kann schon sein«, sagte Kindra. »Wir sollten die Aufnahme von Mädchen in Betracht ziehen. Aber leider würden ihre Väter nur glauben, dass wir ihnen Dinge beibringen, die sie nicht wissen sollen. Außerdem fürchte ich, dass ihre Väter und viele ihrer Mütter nicht gerade erfreut wären über das, was wir sie lehren können.«

»Es sollte aber dennoch einen Ort geben, an dem man die Mädchen etwas lehren kann ... und sei es nur Nächstenliebe, damit der Wahnsinn unter den Müttern nicht weiter zunimmt«, sagte Rohana. »Du hast erzählt, du hast deine Töchter verlassen, als sie noch klein waren.«

»Und seither«, sagte Kindra, »ziehe ich ständig halb erwachsene Töchter anderer Mütter auf … Was auf gewisse Weise einfacher ist, da sie nicht mein Fleisch und Blut sind. Wenn sie sich nämlich wie störrische Esel aufführen, ist es kein Schlag gegen *meinen* Stolz und *meine* Selbstachtung. Früher oder später werden sie erwachsen und machen einem doch Ehre. Bei Lori wird es nicht anders sein, wart's nur ab.«

»Das ist mir im Moment nur ein geringer Trost«, erwiderte Rohana. »Wenn ich sie so anschaue, kommt es mir so vor als hätte ich eine affektierte Schwachsinnige aufgezogen, der nichts wichtiger ist als die Farbe der Bändchen an ihrem Ballkleid – oder ob sie bei bestimmter Gelegenheit ihr Haar zu Locken oder Zöpfen frisieren soll.«

»Warst du denn nie so?«, fragte Kindra.

»Nie. In ihrem Alter war ich eine *Leronis* und hatte für solche Dinge keine Zeit«, sagte Rohana verärgert und ging auf den Hof hinaus, zu den Stallungen. Das lange Gewand schleifte hinter ihr her.

»Wo gehst du hin?«, fragte Kindra.

»Nirgendwohin. Ich weiß nicht. Ich bin es leid, im Haus zu sein. Ich denke mir was aus.« Rohanas Stimme klang geistesabwesend und gereizt. Sie trat ins Innere des Stalles und hielt ihrer Lieblingsstute ein Stückchen Zucker hin. »Tut mir Leid, Kleine, ich kann heute nicht ausreiten«, murmelte sie und streichelte dem Tier über die Nüstern. Dann schritt sie durch die Reihen der Pferde, streichelte sie, verteilte Leckerbissen, trat zurück und musterte sie eingehend.

Als Kindra sich ihr fragend näherte, sagte sie: »Ich müsste mich auf den Pferdemarkt vorbereiten. Er ist nicht mehr fern … In diesem Jahr müssen wir für alle, denen die Sonne zu heiß ist, einen Pavillon bauen, damit wir unsere Geschäfte im Schatten besprechen können.«

Kindra konnte kaum glauben, dass Rohana in diesem Moment an den Pferdemarkt dachte. Es war ihr zweifellos in

Fleisch und Blut übergegangen, zuerst immer an die Verwaltung der Domäne zu denken.

Rohana schlenderte hinaus, an eine Stelle, an der zwei Männer Zaumzeug reparierten. »Spannt den kleinen Wagen an«, befahl sie.

»Was hast du vor?«, fragte Kindra. »Du willst doch wohl jetzt nicht ...«

»Nur zum Gebirgskamm hinauf«, erwiderte Rohana. »Ich muss wissen, wie viel der Brand beschädigt hat und wie die Neubepflanzung vorankommt.«

»Das brauchst du doch wirklich nicht zu tun. Nein, Rohana, es ist unmöglich. Stell dir vor, unterwegs setzen die Wehen ein ...«

»Mach dir keine Sorgen«, sagte Rohana. »Ich bin ganz sicher, dass es nicht dazu kommt. Selbst, wenn es so wäre ... Dann hätte ich es wenigstens hinter mir.«

Mehr konnte Kindra nicht einwenden. Obwohl Rohana sehr höflich war, fiel ihr jäh ein, dass sie dem Kreis der *Comyn* entstammte und Herrscherin einer großen Domäne war. Außerdem war sie ihre Gastgeberin. Es stand ihr wirklich nicht zu, Rohana vorzuschreiben, was sie tun und lassen sollte. Und so schaute sie ihr nur hilflos zu.

Rohanas Tun war wirklich alles andere als klug. Im Gildenhaus hätte man einer hochschwangeren Frau, die zudem schon mehr als einen falschen Wehenalarm hinter sich hatte, mit Sicherheit untersagt, sich weiter als bis zum Garten zu entfernen.

Als der Wagen angespannt war, stieg Rohana ein. »Komm mit, Kindra. Dies ist unser sanftmütigstes Pferd. Es könnte den Wagen wahrscheinlich sogar ohne Kutscher zum Gebirgskamm ziehen. Elorie ist schon mit ihm ausgefahren, als sie elf war. Und davor hat das gute Tier die Kinder mit den Kinderfrauen überall hingebracht.«

Kindra, die Rohana nicht allein fahren lassen wollte, stieg auf und ergriff die Zügel. Rohana protestierte nicht.

Sie hatte Recht. Die alte Stute zockelte äußerst bedächtig los. Am Gebirgskamm entlang war der Boden noch von der Feuerwalze versengt, doch schon am Hügelrand, wo eine lange Reihe immergrüner Gewächse das Feld ein wenig abschirmte, pflanzte eine Gruppe von Männern eine unregelmäßige Reihe von Harzbaumsämlingen ein.

Etwas weiter entfernt, vom Himmel scharf umrissen, ragte eine kleine Steinhütte auf – offenbar ein Schutzhäuschen für Reisende und Feldarbeiter, die von einem Unwetter überrascht wurden. Rohana entstieg dem Wagen und richtete ihre Schritte auf die Hütte zu. Kindra folgte ihr hilflos.

»Was hast du vor, Rohana?«

»Ich muss die Hütte überprüfen. Das Gesetz verlangt, dass sie ausgerüstet und stets gut in Schuss ist. Gabriel könnte hundertmal hier heraufkommen, es würde ihm niemals einfallen, seine Nase ins Innere zu stecken.« Sie verschwand in der Dunkelheit, und Kindra folgte ihr.

»Abscheulich«, explodierte Rohana. »Die Ratten haben die Matratzen angefressen, die Decken sind gestohlen worden, das Kochgeschirr ist zerbrochen. Ich werde gleich heute Abend jemanden heraufschicken, der alles wieder in Ordnung bringt. Ich könnte die Lumpen, die diesen Ort so hinterlassen haben, mit bloßen Händen erwürgen und in Stücke reißen! Wie kann man nur so etwas tun! Es ist nicht nur rücksichtslos! Reisende, die so etwas hinterlassen, sollte man hängen! Sie verdammen jeden, der bei einem Unwetter hier Schutz sucht, zu einem möglichen Tod durch Erfrieren!« Sie wankte leicht und nahm unerwartet auf einer Bank Platz.

Kindra hatte nicht damit gerechnet, sie so wütend zu sehen. Einen so heftigen Zorn hatte sie nicht einmal verraten, als Gabriel Tessa mitgebracht hatte. Doch Rohana war noch immer außer sich, als sie die Faust in Richtung der beschädigten Einrichtung der Reisehütte schwenkte. Kindra trat zu ihr und richtete sie auf. Sie spürte, dass Rohana tatsächlich zitterte und bemerkte das Pulsieren der blauen Adern an ihren Schläfen.

»Bitte, Rohana, reg dich nicht so auf«, flehte sie. »Es ist doch bestimmt jemand in der Nähe. Wenn du willst, gehe ich hinaus und richte einem der Männer deine Befehle aus, so dass er runtergehen und sie für dich weitergeben kann.« Sie bemühte sich, in einem beruhigenden Tonfall zu sprechen.

»Und schau mal«, sagte Rohana. »Jemand hat eine Ladung frisches Heu hier verstreut. Wie ärgerlich! Ich nehme an, der Wärme wegen, aber in dieser Jahreszeit ist die Brandgefahr einfach zu groß! Das hätte man nicht tun dürfen.« Sie ging aufgebracht und mit finsterer Miene umher. Dann blieb sie stehen und setzte sich plötzlich wieder auf die Bank. Auf ihrem Gesicht lag ein überraschter Ausdruck.

»Was ist denn, Rohana?«, fragte Kindra. Doch bevor Rohana antworten konnte, kannte sie die Antwort schon.

»Kommt das Kind?«

Rohana blinzelte und schaute überrascht drein. »Ja ... Ja, ich glaube schon«, sagte sie. »Ich habe es eigentlich gar nicht gemerkt, aber ... ja.«

Kindra stöhnte auf. »O nein! Du kannst dich doch jetzt nicht wieder von dem Wagen durchschütteln lassen!«

»Nein«, sagte Rohana und lächelte fast. »Ich bin jetzt hier und muss wahrscheinlich auch hier bleiben, bis alles vorbei ist. Schau mich nicht so an, Kindra, ich bin bestimmt nicht die Erste, die ein Kind in einem Stall zur Welt bringt. Ich werde auch nicht die Letzte sein. Du kannst jemanden runterschicken, damit er die Hebamme und eine oder zwei Zofen holt – jene, die ich ausgesucht habe, damit sie mir helfen.«

»Soll ich nicht lieber selbst hinunterreiten?«

»Nein, bitte ...« Rohanas Stimme wankte plötzlich. »Lass mich nicht allein, Kindra. Bleib bei mir.«

Kindra war zwar über die plötzliche Entwicklung verärgert, aber sie empfand auch Rührung und wollte sich nicht von Rohana trennen. »Natürlich bleibe ich bei dir«, sagte sie beruhigend. »Aber lass mich jetzt rausgehen und den Wagen zur Burg schicken, damit die Hebamme und die Zofen Bescheid wissen.«

Rohana ließ ihre Hand zögernd los, und Kindra ging zum wartenden Wagen hinaus.

»Fahrt schnell zurück«, sagte sie zu dem Mann auf dem Kutschbock. »Bei Lady Rohana setzen die Wehen ein. Sie kann jetzt nicht mehr fahren. Sagt der Hebamme und den Zofen Bescheid, sie sollen saubere Decken und alles andere mitbringen – und natürlich auch *Dom* Gabriel und Lady Alida.« Sie wusste zwar nicht, ob Rohana die beiden hier oben sehen wollte, aber sie konnte es natürlich nicht auf sich nehmen, sie fern zu halten.

»Ich mache mich sofort auf den Weg«, erwiderte der Mann. »Ehrlich gesagt, *Mestra,* ich hab mich schon gewundert, als ich sie hier raufkommen sah. Ihr Gesichtsausdruck war irgendwie ... Wenn meine Frau so weit ist, wird sie auch immer so ruhelos.«

»Ihr hättet lieber *mich* warnen sollen«, murmelte Kindra, allerdings nicht sehr laut.

9.

Rohana ruhte auf dem frischen Heu und grübelte schwach über den glücklichen Zufall nach, dass es überhaupt hier lag, da doch der Allgemeinzustand der Hütte so beklagenswert war. Mit der automatischen Zuversicht einer ausgebildeten und als Überwacherin tätig gewesenen *Leronis* richtete sie ihre Sinne auf ihren Körper aus und hielt mit dem Schritt, was nun passierte.

Die Wehen, die erst vor kurzem eingesetzt hatten, kamen immer häufiger. Die Kontraktionen erfolgten nun schon in Abständen von einer Minute. Mit dem Kind schien alles in Ordnung zu sein. Es befand sich schon in der tiefen, bei manchen Kindern üblichen Vorgeburtstrance. Die Alternative war ein aufgeregter Zustand, in dem sich Erschrecken und Wut mischten. Rohana empfand Dankbarkeit, dass sie – wie es oft vorkam und wenigstens bei Rian der Fall gewesen war – nicht ihre ganze Kraft einzusetzen brauchte, um das erschrockene Kind zu besänftigen.

Sie hatte zwar bei den *Laranzu'in* von Arilinn vielen Diskussionen über die Frage gelauscht, welcher Zustand für das Wohlergehen eines Kindes am besten sei, aber sie wusste nicht genau, ob die anderen mehr von diesen Dinge verstanden als sie, und im Moment empfand sie es persönlich als einfacher, dass ihr Kind sich im Zustand der Trance befand.

Sie hätte zwar ein hellwaches, wütendes Kind nicht in Trance versetzt, nur damit es für sie leichter wurde, wie manche Diskutantinnen es für besser gehalten hatten, aber sie ertappte sich dabei, dass sie ihrem Sohn zuflüsterte: *Schlaf einfach, ruh dich aus, Kleiner. Lass mich die Sache erledigen. Du kannst aufwachen, wenn alles vorüber ist.*

Die heftigen Kontraktionen waren sehr schmerzhaft, doch Rohana war so erleichtert, dass das Warten nun vorbei war, dass es sie nicht scherte, wie schnell sie auftraten. Sie hoffte freilich, dass sie bis zum Eintreffen der Hebamme aushielt, denn sie war eigentlich nicht darauf aus, das Kind allein zur Welt zu bringen. Eine Geburt ohne Zeugen, so geregelt die Umstände oder wie sicher die Herkunft der Eltern auch waren, ließ die Abstammung eines Kindes – außer bei den großzügigsten Menschen – ein Leben lang unweigerlich fragwürdig erscheinen. Rohana legte sich flach auf den Rücken und versuchte sich zu entspannen. Ihr stand, wie sie wusste, auch wenn alles schnell und gut verlief, noch ein weiter Weg bevor.

Er kam ihr unendlich lang vor, denn sie war allein. In der Hütte herrschte schon beträchtlich weniger Helligkeit, als sie das schwere Knirschen der Wagenräder hörte und Annina, die Gutshebamme von Ardais, zu ihr hineinstürzte. Sie hatte eine Laterne, einen Arm voller Decken und eine Kiste mit anderen Dingen mitgebracht und machte sich sofort an die Arbeit.

»Marga und Yllana, hebt sie dort an ... Vorsichtig ... Breitet die Decken und das Laken auf dem Heu aus ... Lasst sie nun wieder herunter. – Wie geht's uns, *Domna?* Fühlen wir uns wohl?«

Im Vergleich zum Liegen auf dem pieksenden Heu war es eine beträchtliche Verbesserung, und als man sie in ein warmes Nachthemd hüllte, fühlte sie sich gut. Es gelang der Hebamme, am anderen Ende des Raumes in einem kleinen Kamin ein Feuerchen anzuzünden. Rohana roch den beruhigenden Duft von Teekräutern. Sie hoffte, dass das Wasser bald kochte, denn sie wollte eine Tasse trinken.

Alida kniete sich neben sie. »Rohana! Herrje, wir haben uns alle solche Sorgen um dich gemacht, Liebste! Du hättest nicht hier hinauffahren sollen. Es ist einfach unverzeihlich, dass diese Amazone dich hierher mitgenommen hat! Wie konntest du nur auf sie hören? Aber jetzt bist du wenigstens in Sicherheit und hast es warm ... Es sieht so aus, als würde es heute Abend schneien ...«

Rohana hatte bereits ein Stadium erreicht, in dem sie sich nicht mehr auf Alidas Geschnatter konzentrieren konnte.

»Geh weg, Alida«, sagte sie in dem Bemühen, Worte zwischen den vorsichtigen Atemzügen hervorzustoßen, die ihr allein erlaubten, sich wenigstens geistig über den Schmerz zu erheben. »Ich muss jetzt die Geburt einleiten. – Schieb es nicht auf Kindra. Ich habe es ganz allein gewollt. Sie war sogar dagegen ... Ohne sie wäre ich allein gefahren, und da sie es wusste, ist sie mitgekommen.« Sie hielt inne, konzentrierte sich auf ihre Atmung, griff nach Kindras Hand und drückte sie so fest, dass es wehtat. Es war ein gutes Gefühl, sich auf Kindras Kraft zu konzentrieren, die in ihrem erhöhten, sehr empfänglichen Zustand so spürbar war wie die Wärme der Feuerstelle oder das Plätschern des Regens vor den Fensterläden.

Eine vertraute, doch unerwünschte geistige Berührung schob den Trost von Kindras Berührung beiseite. Die Berührung strahlte ein verdrießliches, argwöhnisches Glühen aus, und Gabriels Blick fiel auf ihre Hände, die noch immer in Kindras lagen.

»Du hast uns Angst eingejagt, meine Liebe«, sagte er, doch in Rohanas Ohren klangen seine zärtlichen Worte glatt und trügerisch. »Aber jetzt bist du sicher. Sollen wir alle hinausschicken, um den Geburtsvorgang einzuleiten? Annina kann natürlich bleiben. Es ist ja schließlich ihre Aufgabe. Aber die anderen ...? Meinst du nicht auch, meine Liebe?«

Rohana tauchte mit einem schmerzhaften Schock aus ihrer angestrengten Konzentration auf die einzelnen Wehen auf. Eine ließ sie urplötzlich zusammenzucken und galoppierte so durch ihr Bewusstsein, dass es ihre gesamten Bemühungen kostete, um nicht laut aufzuschreien.

Sie holte tief Luft und wappnete sich gegen die nächste. »Nein!«, rief sie. »Nein! Geh weg, Gabriel! Ich will dich hier nicht haben!« Und mit letzter Kraft, einem gewaltigen Sturm stimmloser Ablehnung: *Geh weg!*

»Aber, aber, so darfst du nicht reden«, säuselte Alida. »Gabriel, sie weiß doch gar nicht, was sie *sagt!* Er nimmt es dir auch nicht übel, stimmt's, Gabriel? Natürlich nicht. Doch nicht zu einem Zeitpunkt wie diesem ...«

»'türlich nicht«, nuschelte Gabriel. Er hob den Weinbecher hoch, aus dem er bereits einen kräftigen Schluck genommen hatte, und hielt ihn ihr an die Lippen. »Komm, Liebes, trink 'n Schluck, dann fühlst du dich gleich besser ...«

Mit bedrücktem Erstaunen fiel ihr ein, dass sie dieses Ritual bei der Geburt Kyrils und Rians willkommen geheißen hatte. Doch nun erfüllte es sie dermaßen mit Abscheu, dass sie glaubte, sich übergeben zu müssen. *Es geschähe ihm recht, wenn ich es täte und alles über sein bestes Hemd spucke,* dachte sie. Sie wusste nicht, ob sie kichern oder weinen sollte. Sie stieß den Becher von sich, so dass der Wein über seine Hand schwappte.

»Nein. Ich möchte etwas Tee. Tee, hast du verstanden? Gabriel, verschwinde! Geh raus, raus, *raus!«* Nun schrie sie wirklich und wusste, dass sie hysterisch klang. Der Ansturm ihres Ekels, der sie rein automatisch und ohne Absicht überkam, traf Gabriel und Alida mit voller Wucht, und beide erbleichten. Alida lief ins Freie. Rohana hörte, dass sie sich vor der Hütte übergab.

Jetzt hat sie es verstanden, dachte Rohana. *Wenn Gabriel doch nur halb so empfänglich wäre. Es hätte mir eine Menge Ärger erspart.*

»Keine Sorge, meine Liebe«, sagte Gabriel. »Mir ist doch klar«, sagte er dann der Hebamme zugewandt, »dass sie nicht weiß, was sie sagt. Wegen so was werd' ich doch nicht gehen ...«

»Wenn du es nicht tust«, erwiderte Rohana und richtete nun all ihren Zorn und ihren Abscheu gegen ihn allein, »werde ich ...«

Dann werde ich ohnmächtig. Dann sterbe ich. Dann erbreche ich mich mitten in sein Gesicht. Dann stehe ich auf, renne schreiend hinaus und bekomme mein Kind ganz allein im Dunkeln, mitten im Wald. Dann werden uns die Banshees fressen ...

Sie bemerkte mit unendlicher Befriedigung, dass Gabriels Gesicht eine schmutzig weiße Färbung annahm und er aus der Hütte stürzte. Diese Geschichte würde zwar in der ganzen Domäne und den Kilghardbergen einen Skandal entfachen, aber Rohana war hundertprozentig der Meinung, seine Gegenwart nicht ertragen zu können. Ihre Finger schlossen sich um Kindras Hand. Kindra tätschelte sie beruhigend.

Das hätten wir hinter uns, dachte Rohana ohne das geringste Triumphgefühl, einfach nur deswegen, weil sie ohne den Druck seiner Gegenwart freier atmen konnte. *Nehmen wir nun den Rest in Angriff ...*

10.

Der Abend zog sich endlos dahin. Die Laterne brannte herunter und wurde neu gefüllt. Rohana hatte das Gefühl, außerhalb ihres Körpers zu schweben. Sie war sich nur Kindras Anwesenheit bewusst, als seien sie durch eine Rettungsleine miteinander verbunden.

Warum möchte ich es überhaupt überleben? Gabriel wird mir niemals verzeihen. Ich habe lange genug gelebt. Meine großen Kinder brauchen mich nicht mehr. Der Tod ist besser als der Beschluss, Ardais und Gabriel für immer zu verlassen. Doch wenn ich weiterlebe, kann ich nie mehr das Leben führen, das ich in den letzten Jahren geführt habe. Auch will ich nie wieder ein Kind zur Welt bringen, damit Gabriel sich der Domäne als stolzer Vater präsentieren kann ...

Dies erinnerte sie an eine Stelle des Eides, den die Entsagenden sprachen, *niemals ein Kind auszutragen für eines Mannes Haus oder Erbnachfolge, Clan oder Stolz und Wohlstand ...*

Ich hätte nie zu Gabriel zurückkehren sollen. Als ich aus den Trockenstädten zurückkam, hätte ich bei den Freien Ama-

zonen bleiben sollen. Wenigstens Kindra hätte mich willkommen geheißen ... Dann wäre ich jetzt nicht hier, um für das Leben eines Kindes zu kämpfen, das ich gar nicht hätte empfangen sollen. Ein Kind, das ich nicht haben will ...

Plötzlich wurde ihr eines klar: *Ich kämpfe nicht nur um das Leben eines Kindes. Es ist auch meins. Mein eigenes Leben. Doch was nützt es mir jetzt?* Sie konnte die Frage nicht beantworten. *Warum soll ich weiterleben, um einen Trunkenbold aufzuziehen? Mein eigener Sohn ist ein schlimmeres Ungeheuer als sein Vater, also ist es Unsinn, wenn ich sage, dass ich die Domäne für Kyril in Ordnung halte. Und wer nach ihm kommt, ist vielleicht noch schlimmer. Warum lasse ich die Domäne nicht einfach zusammenbrechen? Genau das passiert doch, wenn ich jetzt sterbe. Es wäre schon vor einem Dutzend Jahren geschehen, wenn ich Gabriel nicht geheiratet hätte. Die Domänen werden überleben, wie sie auch ohne die Aldarans überlebt haben. Oder sie fallen den Terranern zu, die so erpicht darauf sind, sie zu übernehmen ... damit sie alles kartografieren können, damit sie alles darüber wissen.*

Mein Leben ist ohnehin vorbei ...

Als sie zwischen zwei schmerzhaften Augenblicken die Augen öffnete, war Kindras ermutigender Blick genau auf sie gerichtet.

Auch wenn ich das hier überlebe, dachte sie, *braucht dies nicht das Ende meiner Existenz zu sein. Doch wenn ich sterbe, gibt es nichts mehr, und ich werde nie erfahren, was hätte passieren können.*

Sie lauschte wieder den beharrlichen Vorschlägen und gemurmelten Anweisungen der Hebamme. Nein, sie würde nicht sterben. Sie würde um ihr Leben kämpfen. Auch um das des Kindes. Draußen vor den Fensterläden nahm die Helligkeit nun zu, und der Wind hatte nachgelassen, so dass sie das Knirschen des Schnees hören konnte.

Später erfuhr sie, dass Gabriel während der ganzen Nacht im Schnee gestanden hatte – für den Fall, dass man ihn rief, weil er geglaubt hatte, dass sie sterben würde und dafür gebetet hatte, sie noch einmal sprechen zu können, bevor es dazu kam, weil er hoffte, sie werde ihm vergeben. Doch das war erst viel später, und im Augenblick wollte sie nichts davon wissen.

Sie war sich nur eines endlosen Schmerzes und Kampfes bewusst, einer Mühe, die offenbar mehr Einsatz verlangte als der Todeskampf. Man verlangte offenbar immer mehr von ihr. »Ich kann nicht ...«, hauchte sie vor sich hin, und wortlos kam die Antwort: *Du musst ...*

Und dann, am Ende des Leidens gab es einen Augenblick des Einhaltens, des Ausruhens, und sie wusste aus Erfahrung, dass sie sich nun erleichtert und siegreich fühlen sollte.

Dann hörte sie die Hebamme rufen: »Ein Junge! Ein Sohn für die Ardais!«

Nicht für mich?, fragte Rohana sich verwundert. Sie wünschte sich, nun einschlafen zu können, aber da stand schon Gabriel mit gerötetem Gesicht und – den Göttern sei Dank – noch immer nüchtern vor ihr. Seine zitternden Hände hielten den Knaben, und er beugte sich über ihn, um ihn vorsichtig und schwerfällig zu küssen. Er trug den kleinen, runzligen Säugling in einer alten Decke, die Rohana vor zwölf Jahren für Elorie gestrickt hatte. Es kam ihr vor, als hätte Elorie erst vor kurzem noch ihre Puppen darin eingewickelt.

»Möchtest du dir deinen Sohn nicht anschauen, Rohana? Unser dritter Sohn. Jetzt, wo alles vorbei ist ... Freust du dich nicht doch, dass ich ihn haben wollte?«

»Für dich ist es vorbei«, sagte sie. »Für mich ist es erst der Anfang, Gabriel. Fünfzehn Jahre Schwierigkeiten – oder mehr. Muss ich auch ihn aufziehen, damit er seinen Vater fürchtet und verachtet?«

»Nein«, entgegnete er zittrig. »Ich schwöre es, Rohana – bei allen Göttern, die dir lieb sind. Heute Nacht ... heute Nacht ist mir klar geworden ... Wenn ich dich verloren hätte, ich hätte das Einzige verloren, was es je an Gutem in meinem Leben gegeben hat.«

Ja, aber du hast mir schon früher ... so viele Eide geschworen, dachte sie, ohne sich die Mühe zu machen, die Worte auszusprechen. Sie nahm den eingewickelten Säugling in die Arme, drückte ihn an sich und legte ihn an ihren nackten Busen. Fast gleichzeitig, mit der zielstrebigen Besessenheit, an die sie sich aufgrund anderer Niederkunften erinnerte, bemühte sie sich, die Decke aufzuschlagen, um jeden einzelnen Finger und Zeh des Knaben zu zählen, die Zahl zu behalten und sie dann noch einmal zu zählen, für den Fall, dass sie einen übersehen hatte. Liebevoll strich sie über den weichen kleinen runden Schädel. Ihr fiel eine alte Geschichte ein, die sie in Arilinn gehört hatte – dass Säuglinge sich in der ersten Stunde nach der Geburt an ihre früheren Leben erinnern, bevor der Schleier des Vergessens sich wieder über sie senkt. Der Kleine war wach und schaute sie mit wässrigen blauen Augen an.

»Er ist ein hübsches Kind, Rohana«, sagte Gabriel. »Aber wenn du deiner Mutter noch einmal so große Schwierigkeiten machst, Kleiner, muss ich dir die Ohren lang ziehen ...«

»Pfui, Gabriel, welch eine Art, den armen Kleinen zu begrüßen – ihm Prügel anzudrohen«, murmelte Rohana schwach und konzentrierte sich wieder auf das Kind. Sie murmelte ihm etwas zu und versah die Worte mit der stärksten telepathischen Kraft, die sie sich anzuwenden wagte. *Hallo, mein Kleiner, ich bin deine Mutter. Deinen Vater wirst du später kennen lernen ... Er hat dich auf dem Arm getragen, aber ich fürchte, du hast ihn gar nicht wahrgenommen.*

Macht aber nichts, dachte sie und bemühte sich, den Gedanken abzuschirmen. Er war noch nicht alt genug, um sich Feindseligkeiten anzuhören.

Du hast zwei Brüder ... Ich fürchte, sie werden dir keine große Hilfe sein ... und eine Schwester. Sie wird dich aber wenigstens lieben, denn sie liebt alle Säuglinge. Ich habe beschlossen, dich Keith zu nennen ... Ich hoffe, der Name gefällt dir. Es ist ein sehr alter Name in meiner Familie, wird aber, soweit ich weiß, in Gabriels Familie nicht verwendet ...

Ihr fiel nichts ein, was sie ihm sonst noch hätte erzählen können, deswegen ging sie wieder dazu über, seinen kleinen Körper zu streicheln, um ihn sich einzuprägen. Sie empfand eine solche Flut hilfloser Liebe, dass sie glaubte, es nicht länger ertragen zu können. *Wenn ich mir vorstelle, dass ich dich gar nicht haben wollte!* Es war wie die Überwacherinnen-Berührung, die sie vor langer Zeit erlernt hatte ...

Ihre liebevollen Hände berührten seinen winzigen Körper überall, als könne sie ihn für alle Zeiten mit zärtlichster Liebe einhüllen, damit er immer sicher war. Doch kannte sie die Wahrheit schon jetzt, und auch den genauen Augenblick, in dem ihr jüngstes und letztes Kind sich ihrem Griff entzog, so dass sie schließlich nur noch ein lebloses Bündel erkaltenden Fleisches festhielt.

Rohana warf sich in Kindras Arme und weinte. Sie bekam kaum mit, dass man sie in den Wagen hob, durch den fallenden Schnee nach Ardais fuhr, sie in ihr Zimmer brachte und ins Bett legte, wo sie das eingewickelte Bündel weiter festhielt und den Ort suchte, an den der einsame Säugling allein im Schneesturm gegangen war ... Als man ihn ihr wegnahm, ließ sie es ohne Protest geschehen und hörte auch Gabriel weinen. Doch warum weinte er? Er hatte den Knaben in der einzigen Stunde seines Lebens noch weniger gekannt als sie.

»Nein, Herr«, sagte die Hebamme mit fester Stimme. »Es wäre auch passiert, wenn das Kind hier im Bett zur Welt gekommen wäre, auf den Kissen Eurer Gattin. Es hat weder etwas mit ihr noch mit *Mestra* Kindra zu tun. Auch kein anderer hätte etwas dagegen unternehmen können. Sein Herz war nicht dazu ausgebildet, richtig zu schlagen.«

Rohana weinte stumm. Sie wusste, sie würde bis zu ihrem Tod nie wieder damit aufhören ...

Sie weinte zwei Tage lang. Am Ende des zweiten Tages kam Elorie zu ihr. Sie schluchzte ebenfalls, und Rohana nahm sie heftig in die Arme und dachte: *Dann ist sie also mein Säugling, das jüngste Kind, das ich je haben werde.*

»Hast du etwas dagegen, wenn er in deiner Puppendecke beerdigt wird, Elorie? Ich hatte keine Zeit, ihm eine eigene zu stricken. Er war in sie eingeschlagen, als er noch lebte. Mehr konnte ich ihm nicht geben ...«

»Nein, ich habe nichts dagegen«, sagte Elorie unterdrückt. »Er kann sie haben. Es tut mir Leid, Mutter. Es tut mir wirklich Leid.« Ihre Augen waren gerötet. Hatte auch sie geweint? Welchen Grund hatte sie dazu?

Ja, es *tut ihr wirklich Leid. Sie hätte gern noch einen Säugling zum Spielen gehabt. Tut mir Leid, dass sie ihn nicht bekommen hat.*

Nachdem Elorie gegangen war, lag Rohana schläfrig da und döste vor sich hin. Sie wollte sich nicht bewegen. Es schmerzte zu sehr. Sie wollte auch nichts tun. Sie wollte nur hier liegen und an die wenigen Minuten denken, in denen sie das Kind lebend in den Armen gehalten hatte. Doch der flüchtige Augenblick verblasste schon in ihrem Bewusstsein. Keith war nur noch ein schwächer werdender Traum. Er war zu den Toten gegangen, und sie konnte ihm nicht dahin folgen.

Das Leben geht weiter, dachte sie düster. *Ich weiß zwar nicht, warum es so sein muss, aber so ist es nun mal.* Nun fielen ihr die nebelhaften Pläne ein, die sie vor seiner Geburt geschmiedet hatte: *Wenn alles vorbei ist, gehe ich nach Süden. Weit weg von hier.* Ihr wurde schmerzlich bewusst, dass sie, obwohl sie aufrichtig trauerte und ihr Körper und ihre Seele nach dem von ihr gegangenen Kind hungerten, nun frei war, Pläne zu verwirklichen. Und die nicht davon geprägt waren, dass sie für mindestens ein Jahr an ein anfälliges Neugeborenes gefesselt war. Diese Erkenntnis kam langsam und verschaffte ihr ein schlechtes Gewissen, als hätte sie aufgrund der Erkenntnis, dass die Freiheit ihr willkommen war, die Situation irgendwie hervorgerufen. Sie fühlte sich schuldig, weil sie die Freiheit herbeisehnte.

Ich habe das Kind nicht gewollt. Jetzt, da ich es los bin, müsste ich doch eigentlich frohlocken, dachte sie. Doch ihre Trauer war zu neu, zu frisch, zu echt, um diesen Gedanken schon zu akzeptieren. Trotzdem freundete sie sich allmählich mit der Vorstellung an, dass sie tatsächlich dankbar sein würde, wenn der Schock der Geburt und des Verlustes erst einmal verblasst war; und dass ihr momentaner Zustand ein rein körperlicher Schockzustand war.

Nachdem sie dies akzeptiert hatte, unternahm sie beim nächsten Mal, als eine Zofe auf Zehenspitzen hereinkam, um sich zu erkundigen, ob ihr irgendetwas fehle, die verzweifelte Anstrengung, sich aufrecht hinzusetzen.

»Ja«, antwortete sie, »ich möchte mich waschen und etwas Suppe essen.«

Die Zofen brachten alles Nötige, und mit Kindras Hilfe gelang es ihr, sich frisch zu machen und einen Teller Suppe zu löffeln. Sie registrierte, dass Kindra sie seit der Geburt des Kindes kaum ein paar Sekunden allein gelassen und sie dies für selbstverständlich gehalten hatte. Nun war sie sich dessen bewusst und empfand wieder tiefe Dankbarkeit, denn nun konnte sie wieder einen kurzen Blick außerhalb des Kreises der quälenden Schmerzen und der Hauptsorge der letzten

Tage werfen. Ihr war, als tauche sie aus einem sehr tiefen See auf und leere endlich ihre Lunge und ihren Verstand vom Wasser ...

»Sobald es mir besser geht, muss ich nach Süden reisen«, sagte sie. »Vielleicht zur Ratsversammlung, aber dort bleiben kann ich auf keinen Fall. Soll ich dann mit dir weiterreisen, Kindra? Ich nehme an, es wird dir nicht Leid tun, von hier wegzugehen.«

»Wird es nicht«, gab Kindra zu. »Was natürlich nicht heißen soll, dass ich deine Gastfreundschaft nicht zu schätzen wüsste ...«

Rohana lachte trocken. »Auf der Gastfreundschaft dieses Hauses lastet möglicherweise ein Fluch«, sagte sie. »Aber ich schwöre, dass ich ihn nie einem anderen auferlegen werde.«

Kindra lächelte sie an. »Ich habe schon einmal gesagt, dass du den rechten Geist hast, aus dem eine bemerkenswerte Amazone entstehen könnte, Rohana. Ich wünschte, du könntest mit mir zum Gildenhaus zurückkehren und dort den Eid der unseren ablegen ...«

»Ich versuche gerade herauszufinden, ob es irgendeine Möglichkeit gibt, genau dies in Ehren zu tun, Kindra«, erwiderte Rohana mit trockenem Mund. »Mir ist klar, dass ich hier weder erwünscht bin noch gebraucht werde.«

Kindras Augen leuchteten auf. »Ich habe seit Tagen dafür gebetet, dass du einsiehst, wie richtig dieser Entschluss ist. Wenn dich hier niemand haben will – bei uns wärst du immer willkommen.« Und dann fügte sie, fast flüsternd hinzu: »Mehr als das ... Ich würde dir einen Eid schwören.«

»Und ich dir«, erwiderte Rohana fast lautlos. Doch Kindra hatte es gehört und küsste sie impulsiv. Rohana fiel der Moment ein, in dem Gabriel mit lächerlichen Vorwürfen in den Raum gestürmt war. Er schien plötzlich ein ganzes Leben zurückzuliegen. Nun war ihr egal, was er sagte oder dachte.

Wem wären Kindras Zuneigung und Gesellschaft nicht lieber als die *seine?* Und wenn er der Meinung war, aus dieser Wahl etwas Böses oder Perverses machen zu müssen, war dies nur ein weiterer Beweis für seinen schlechten Charakter.

Aber ich darf Kindra nicht aus Eigennutz hier festhalten. Sie hat eigene Arbeit und Pflichten, die sie großzügig aufgeschoben hat, um bei mir zu bleiben, als ich sie so dringend brauchte. Sie wollte Kindra mitteilen, was sie empfand, aber Kindra sagte nur: »Es gibt nichts, das nicht warten könnte, bis du reisebereit bist, und dann gehen wir zusammen.«

»Zusammen.« Rohana wiederholte das Wort wie einen Schwur. Ach, frei zu sein von der Last und dem Gewicht der Domäne, von dem Wissen, dass das Wohlergehen jeder Seele von Scaravel bis Nevarsin ihrer Aufsicht unterlag; der Erledigung aller Arbeiten von der Pflanzung bis zu den Zuchtbüchern. Nun würde Alida all dies übernehmen. Und sie würde sich über die Chance freuen.

Sie dachte zum ersten Mal seit vielen Jahren darüber nach, was sie mitnehmen würde, als ginge sie nicht nur wegen der Ratsversammlung für ein paar Wochen nach Süden, sondern auf unbegrenzte Zeit: Vielleicht für immer, nach Valeron, in die Domäne ihrer Familie – es gab bestimmt einen Ort, an den sie gehen konnte –, oder in ein Gildenhaus, in dem sie nicht mehr Lady Rohana von Aillard und Ardais war, sondern einfach nur Rohana, Lianes Tochter.

Sie würde es nicht bedauern, die höhere Identität aufzugeben. Sie hatte sie lange genug innegehabt. Es gab nicht viele Besitztümer: ihre Kleider (es waren nicht allzu viele, denn die meisten wären für das Leben einer Entsagenden unpassend – ein paar Reitkleider und einige Garnituren Unterwäsche), ihren Matrix-Stein, Locken aus dem Haar ihrer Kinder ... Nein, nicht. Keine Andenken. Sie musste Rohana, die Herrin von Ardais, vergessen. Die Herrin von Ardais sollte völlig verschwinden. Würde es je irgendjemanden kümmern, was aus ihr geworden war? Auf den Gedanken, sie in einem Gildenhaus zu suchen, würde nie jemand kommen ...

Und wer wird, nachdem ich vier Jahre im Rat gesessen und über die Gesetze dieses Landes bestimmt habe, meinen Platz einnehmen und für Ardais sprechen? Wird überhaupt jemand für mein Volk das Wort ergreifen? Wird man alles Gabriels Launen oder Kyrils Egoismus überlassen? Oder Alidas kaltem, ichbezogenem Stolz?

Es ist mir egal. Ich habe achtzehn Jahre lang die Last getragen, die die meine gar nicht ist, nur weil Gabriel sie nicht tragen wollte oder konnte. Aber auch das spielt jetzt keine Rolle mehr. Nun muss er die Arbeit tun, für die er bestimmt ist, sonst wird sie eben niemand tun. Er kann seine Last nicht mehr auf meine Schultern legen. Ich habe lange genug gedient. Ich werde nicht mehr dienen.

Am Nachmittag fühlte sie sich stärker, und als Gabriel kam, um sie zu besuchen, wies sie die Zofen an, ihn hereinzulassen. Er war zu ihrer leichten Überraschung noch immer nüchtern. Seit Jahren hatte er sich nicht mehr über eine so lange Zeit hinweg beherrscht. Nun interessierte es sie leider nicht mehr, ob er betrunken oder nüchtern war. Dennoch fragte sie sich insgeheim, warum er dies nie versucht hatte, als es ihr wichtig gewesen war, als sie sich abgerackert hatte, um ihn so nüchtern und stark zu machen, damit er sich zumindest um die Kleinigkeiten kümmern konnte, die auf einem Gut so anfielen. Als seine Nüchternheit ihr so viel bedeutet hatte. Als sie ihn geliebt hatte.

Seine Hände zitterten, aber er sah schon ein wenig mehr wie der stattliche junge *Dom* Gabriel aus, den sie achtzehn Jahre zuvor geheiratet hatte. Sein Blick klärte sich allmählich. Sie hatte ganz vergessen, wie blau seine Augen waren.

»Du siehst besser aus, Rohana.«

»Danke, mein Lieber. Es geht mir auch besser. Jedenfalls körperlich.«

»Zu schade«, sagte er unverblümt. »Ich hatte mich schon so darauf gefreut, wieder einen kleinen Burschen um mich zu haben.« Dann fügte er mit großer Bitterkeit hinzu: »Jemanden, für den man versuchen kann, nüchtern zu bleiben. Dir ist es nun egal, oder?«

Die Direktheit seiner Frage ließ sie zusammenzucken. Doch der neue, nüchterne Gabriel hatte Ehrlichkeit verdient. »Ich fürchte, ja, Gabriel, so ist es. Tut mir Leid. Obwohl es mir anders herum lieber wäre.« Nach einer Weile fügte sie hinzu: »Aber Elorie ist es nicht egal, mein Lieber. Ihr Vater bedeutet ihr sehr viel.«

»Ich nehme an, dass ein neuer Versuch sinnlos ist. Früher oder später ...«

Früher oder später würde er wieder Anfälle haben, dann konnte nur der Alkohol den Schmerz und seine formlosen Ängste lindern. Aber es bestand kein Grund, sich darüber Gedanken zu machen. Es war zu spät für einen Neuanfang. Wenn das Kind überlebt hätte ... Vielleicht hätte es dann einen Grund gegeben, gemeinsam ein neues Leben aufzubauen. Mit einem Kind hätten sie es vielleicht geschafft. Doch für Gabriel war es nun zu spät. Er konnte die Qualen der Rückkehr in die Nüchternheit nicht ertragen. Die Rückkehr in den Anstand konnte er nur als Entzug betrachten. Das Kind wäre ein Grund gewesen. Diesen Grund gab es nun nicht mehr, und sie war frei. Der Schmerz, den sie empfand, war lediglich der einer sich schließenden Tür.

Als Gabriel sie und Kindra musterte, vermutete sie, dass er ihr das Undenkbare vorwarf. Nun, da er wusste, dass sie mit Kindra gehen würde, konnte ihn nichts mehr davon überzeugen, dass er sich geirrt hatte. Vielleicht hatte sie bei Gabriel nur deswegen versagt, weil sie tief im Inneren nichts von dem brauchte, was er ihr geben konnte. Vielleicht hatte sie immer nur die weibliche Zärtlichkeit und Kraft gesucht, die Kindra ihr entgegenbrachte. Also hatte Gabriel in seinen betrunkenen Vorwürfen eigentlich deutlicher die Wahrheit gesagt, als ihm klar gewesen war.

Ist es denn so? Und wenn, ist es dann meine Schuld? Und wenn es meine Schuld ist, ist es ein Verbrechen? Hat man mich je danach gefragt, ob ich überhaupt einen Ehemann will? Und ob ich Gabriel jemals wollte? Ich habe bestimmt nie darüber nachgedacht, jemanden zu heiraten. Auch habe ich während der achtzehn Jahre der Comyn-*Versammlungen der Männer meines eigenen Standes und meiner Kaste niemanden begehrlich oder sehnend angeschaut, damit das Schicksal mich in die Arme eines anderen hätte treiben können. Unglücklich verheiratete Frauen schauen sich nach anderen Männern um ... Ich bin nicht so naiv, dass ich es nicht wüsste. Aber wenn es einfach nur daran liegt, dass ich den falschen Mann geheiratet habe, warum, in Evandas Namen, die schließlich die Göttin der gesetzlich angetrauten und weltlichen Liebe ist, träume ich dann nicht von einem stattlichen jungen Mann aus meiner* Comyn-*Verwandtschaft? Warum kreisen dann all meine Träume von der Freiheit um eine Frau – um eine Freie Amazone? Um Kindra, wenn man es genau nimmt? Warum?*

Ich wurde Gabriel geschenkt und habe meine Pflicht getan. Und seine auch. Ohne es bereut zu haben. Achtzehn Jahre lang. Stehen mir nach all dieser Zeit nicht etwas Freiheit und Glück für mich selbst zu? Warum muss ich das, was mir vom Leben noch bleibt, ebenso verschenken wie das, was ich schon verschenkt habe?

Gabriel hatte sich umgedreht und wanderte ziellos im Raum umher – und zwar auf eine Weise, die sie schon immer unruhig gemacht hatte. Sie fragte sich dann stets, was er wohl von ihr wollte. Was es auch war, sie hätte es ihm nie zu geben brauchen. Sie fragte sich, ob er die Entscheidung kannte, die sie gerade traf. Es hatte eine Zeit gegeben, in der er immer gewusst hatte, was sie dachte. Falls nicht, hatte er auch keine Erklärung verdient. Sie würde tun, was sie tun musste; sie würde sich ihre Freiheit nehmen. Mehr als das, was sie bereits gegeben hatte, konnte niemand von ihr verlangen. Die Frauen ihrer Domäne, die Aillards, würden es verstehen. Und wenn nicht ... Immerhin hatte sie dann ihre Freiheit.

Die Worte des Entsagenden-Eides, den Kindra ihr vor vielen Jahren erläutert hatte, hallten in ihrem Geist wider: *Von diesem Tage an weise ich alle Verbundenheit zu jeder Familie zurück, zu jedem Herrn, jedem Hof, zu jedem Clan, und ich schwöre hiermit einen Eid, dass ich mich nur den Landesgesetzen als freie Bürgerin verpflichtet fühle, dem Königtum, der Krone und den Göttern.*

Kein Symbol der großartigen Domäne mehr, nur noch sie selbst. Ich habe all diese Jahre nur für die anderen gelebt, nie für mich selbst.

Sie schaute zu, als Gabriel den Raum verließ und in den Großen Salon hinunterging. Sie nahm an, dass er die nächste Flasche ansteuerte. Es wäre Wahnsinn, es noch einmal zu versuchen. Doch was würde der Rat sagen, wenn bekannt wurde, dass man Rohana, die Herrin der Aillard-Domäne und anstelle ihres erkrankten Mannes Gabriel Verwalterin von Ardais, an ein Gildenhaus verloren hatte?

Die Entsagenden verteidigten ihren Freibrief aufgrund des Wahlrechtes. Kindra hatte ihr einst erklärt, dass es ihnen verboten war, in eigener Sache zu werben. Sie durften nur jene Frauen aufnehmen, die sich von selbst an sie wandten.

Es spielte dabei keine Rolle, wenn die Frauen einiger Handwerker oder Bauerntöchter, geprügelte Ehefrauen oder ausgenutzte Töchter von zu Hause fortliefen und in den Gildenhäusern Unterschlupf suchten. Aber würde man sie auch dann noch tolerieren, wenn ein Gildenhaus die Hand nach der Herrin einer Domäne ausstreckte? Würde der Rat dann Wiedergutmachung verlangen? Konnte der Freibrief der Amazonen auch dann gültig bleiben, wenn sie beispielsweise die Bewahrerin von Arilinn zur Verletzung ihrer einst geschworenen Pflicht verleiteten? So haarsträubend es auch war, sich Leonie Hastur mit wehenden Purpurschleiern aus dem Turm von Arilinn entfliehend und den Eid der Entsagenden sprechend vorzustellen – man durfte es als Möglichkeit nicht ausschließen. Wenn sie, Rohana, schon verlockt werden konnte, ihrer eindeutigen Pflicht zu entsagen, waren dann noch alle Domänenfrauen über jeden Verdacht erhaben? Konnte dies den Untergang der *Comyn* bedeuten? War die Sache es überhaupt wert, die *Comyn* zu diesem Preis zu erhalten – indem man sämtliche Frauen versklavte und ihnen keine Wahl mehr ließ?

Nein, keinesfalls. Es stand ihr frei, zu tun, was sie wollte. Doch dann musste sie sich dazu entscheiden, für sich selbst zu leben, ohne an die Pflicht zu denken, die sie allen anderen schuldete. Sollte sie die Domäne, die Familie, das Wohlergehen aller Männer und Frauen der Domäne opfern, um das tun zu können, was sie wollte und um allein zu leben?

Für Kindra war es offensichtlich kein hoher Preis. Sie hatte sich die Pflicht selbst auferlegt. Aber andererseits hatte Kindra nie jemandem eine Pflicht geschuldet, noch sie sich erwählt. Kindra hatte man – zweifellos ohne innere Zustimmung – verheiratet, während sie, Rohana, sich lange Zeit der Vorrechte einer *Comyn*-Lady erfreut hatte. Durfte man diese Rechte genießen, solange sie nichts von einem verlangten? Durfte man die Last einfach abwerfen, wenn sie einem zu schwer wurde? Würde der Rat, wenn sie beschloss, ihr eigenes Leben zu leben, sich an den Gildenhäusern rächen – den für die Entsagenden ausgestellten Freibrief vielleicht gar ein für alle Mal kündigen?

Das könnte auch Kindra vernichten ... Nein. Ich werde mit meinem ganzen Ansehen für dieses Recht kämpfen. Solange ich lebe, soll niemand die Rechte der Gildenhäuser antasten. Ich bin eine Comyn. *Wer könnte mir verweigern, was selbst die Tochter eines jeden Kleinbauern haben kann? Meine Freiheit?*

Gabriel war im Großen Salon. Rohana, noch immer zittrig auf den Beinen, folgte ihm nach unten und sah, dass er sich aus einer auf der Anrichte stehenden Karaffe etwas einschenkte. Sie seufzte. Sie brauchte nur still zu sein, dann gab es keinen Grund für eine Konfrontation oder Wahl. Würde er je bemerken, dass sie gegangen war? Würde es ihn stören? Würde es ihn nicht vielmehr erleichtern, wenn er wusste, dass er mit seiner Flasche allein war, dass er darin den Tod finden konnte, den er gewiss auch suchte? Hatte sie ihm gegenüber irgendwelche Pflichten?

Schnell leerte er den Becher und deutete einem Lakaien mit erhobener Hand an, er solle ihm nachfüllen.

»Nein«, sagte Rohana. »Nicht mehr.« Sie stand vor dem Lakaien und stützte sich schwach mit beiden Händen ab.

»Hör zu, Hallart«, sagte sie. »Von heute an bist du nicht mehr dem Ärger deines Herrn ausgesetzt, wenn du ihm mehr zu trinken gibst, als sein Durst vertragen kann, sondern dem meinen. Verstehst du? Dem *meinen*. Der Herr muss für die Zeiten, die bald auf Ardais zukommen, gesund und stark sein.«

Sie bemerkte Gabriels finstere Miene und sagte eindringlich: »Ich werde dir helfen, aber du musst mit mir zusammen arbeiten. Kyril ist noch nicht reif für die Domäne, Gabriel. Du musst irgendwie so stark bleiben, dass er sie dir – uns –nicht wegnehmen kann, denn er würde es nur allzu gern tun.«

Einen Moment lang flackerte die alte Entschlossenheit in seinen Augen auf. Es musste für den Augenblick reichen. Vor ihm lag ein heftiger Kampf. Er würde sich in dieser Sache weiter mit ihr auseinander setzen, aber irgendwie würde sie die

Domäne für Gabriel erhalten. Wenn Kyril die Reife erlangte, war er vielleicht ausreichend entwickelt, damit man sie ihm anvertrauen konnte. Und wenn nicht ... Dann mussten sie sich eben darum kümmern, wenn die Zeit dazu gekommen war. Zumindest kam sie nicht dieses oder nächstes Jahr.

»Du hast Recht«, sagte Gabriel. »Der kleine Emporkömmling ... noch nicht reif für die Domäne. Wir werden sie noch eine Weile behalten.«

Rohana wurde schlagartig klar, dass sie, ohne bewusst darüber nachzudenken, bereits eine Entscheidung gefällt hatte. Sie hatte gehandelt, ohne zu denken. Deswegen konnte es für sie keine andere Wahl geben. Dies war das ihr zugewiesene Schicksal, der Weg, den sie gehen musste, ob sie wollte oder nicht. Die Welt bewegte sich nach ihrem eigenen Willen, und nicht so, wie sie es gern gehabt hätte.

Sie empfand ein großes und schreckliches Gefühl des Verlustes. Alles andere hatte sie schon vor langer Zeit verloren. Nun wusste sie, dass sie, ohne eine bewusste Wahl oder Entsagung getroffen zu haben, auch Kindra verloren hatte – und alle Hoffnungen auf ein neues Leben.

»Bring dem Herrn etwas Apfelsaft«, wies sie den Lakaien an. »Er hat Durst.« Der Mann eilte hinaus. Rohana seufzte. Sie stellte sich Kindras bestürztes Gesicht vor, wenn sie von der Entscheidung erfuhr, die sie schon getroffen hatte, und zuckte vor dem langen und einsamen Weg zurück, den sie nun allein gehen musste.

Kindra war die Freiheit und – ja – die Liebe, aber diese Liebe und Freiheit konnten nicht die ihre sein.

Sie war nicht einmal so frei, um nach Freiheit zu streben.

DYAN ARDAIS

Nur wenige Dinge in der Geschichte der Darkover-Romane haben mich mehr überrascht als ... Nein, ist gar nicht wahr. Alles an Darkover hat mich überrascht. Aber nur wenige Dinge haben mich mehr überrascht als die Beliebtheit der Figur Dyan Ardais. Er wurde für die Neufassung meines Romans *Das Schwert der Aldones* erfunden. Ich erschuf ihn, als ich das gesamte Manuskript noch mal in aller Eile auf meiner Schreibmaschine abtippte, wobei ich drei feige, bereits existierende Schurken zu einem einzigen verschmelzen ließ. Ich weiß nicht mehr, wie die beiden anderen aussahen oder hießen. Ich kann mir nur vorstellen, dass meine Leser der Ansicht waren, Dyan sei Schurke genug für drei.

Sein Geist wollte einfach nicht verschwinden. Er tauchte schließlich wieder in der Geschichte *Der Sohn des Falkners* auf, die ich noch immer für besser halte als das gesamte Buch, in dem sie erstmals erschien. Die Geschichte entstand, nachdem Dyan einen kleinen, doch unvergesslichen Auftritt in der Neufassung meines Romans *Die blutige Sonne* gehabt hatte.

Eidbrecher verdankt seine Entstehung der unbeantworteten Frage, warum Dyan Ardais aus einem Turm entlassen wurde. *Ein impulsiver Mensch* ergab sich aus einem Satz in *Sharras Exil*, in dem Dyan, als er Danilo über die Existenz seines Sohnes informiert, sich rechtfertigt und behauptet, Danilo habe schon immer gewusst, dass er ein »impulsiver Mensch« sei.

Der Schatten schließlich ist meines Erachtens meine beste Kurzgeschichte überhaupt. Ich bin im Allgemeinen nicht sehr vernarrt in meine Fähigkeiten als Autorin von Kurzgeschichten. Ich habe die Geschichte geschrieben, um mir zu erklären, wie es dazu kam, dass Danilo und Regis von der liebevollen, doch mehrdeutigen Beziehung, die *Hasturs Erbe* beschreibt, zu der in *Sharras Exil* kamen. Deswegen kann ich der Verlockung nicht widerstehen, sie hier vorzustellen.

Dyan ist der bei weitem beliebteste Charakter, den ich je erfand. Wie bei Mr. Spock in *Star Trek* konnten die Fans dem Impuls nicht widerstehen, Geschichten zu schreiben, in denen er mit jedermann außer dem irdischen Legationsrat ins Bett geht. Ich weiß nicht genau, ob die eine oder andere dieser Erzählungen nicht auch in dem Stapel von Geschichten lag, die man mir zusandte. Die Beliebtheit der »Beziehungs«-Geschichte im *Star-Trek*-Fandom hat mir einst mit bezwingender Logik Diana L. Paxson als die Verlockung erläutert, »ein perfekter Mensch zu sein und einen perfekten Menschen zu lieben«. Was ist aber dann die Erklärung für die vielen Dyan-Ardais-Geschichten? Der böseste Mensch zu sein und den bösesten Menschen zu lieben? Was aber noch lange nicht besagt, dass Dyan – oder gar *Dom* Gabriel Ardais – der Böseste ist.

Eidbrecher

Fiora von Arilinn ging in der Kühle des Abends schweigend durch den Garten der Bewahrerinnen, den Garten des Wohlgeruchs. Sie war hierher gekommen, um allein zu sein, um die heranwehenden Düfte der Kräuter und Gewächse zu genießen, die irgendeine ehemalige Bewahrerin angepflanzt hatte. Sie fragte sich, wer diese Bewahrerin wohl gewesen war, die in einer Zeit gelebt hatte, über die man heute nichts mehr wusste.

Hatte sie diesen Ort erschaffen, um sich an ihn zurückzuziehen? War auch sie blind gewesen? Oder vielleicht *er?* Fiora wusste, dass in den uralten Zeiten auch einige Männer Bewahrer gewesen waren – sogar in Arilinn. Irgendwann, wenn weniger Arbeit anstand, konnte sie vielleicht ein wenig Geschichtsforschung betreiben und versuchen, etwas über die längst vergessenen Bewahrer herauszufinden.

Fiora lächelte leicht wehmütig. Wenn weniger Arbeit anstand ... Der Satz war gleichbedeutend mit der Redensart, »wenn auf den vereisten Wänden Nevarsins gleichzeitig Orangen und Äpfel wachsen!« Das Leben einer Bewahrerin – und ganz gewiss das einer aus Arilinn – war zu reichhaltig, als dass sie sich hätte gestatten können, in rein intellektuelle Neugier einzutauchen. Die Novizinnen mussten ausgebildet werden, man musste junge Menschen auf *Laran* prüfen, und nach Möglichkeit für eine Dienstperiode in Arilinn oder einem der wenigen noch verbliebenen anderen Türme gewinnen. Außerdem gab es zahllose Turmarbeiten zu erledigen, die der endlose Dienst in der Übertragung noch komplizierte. Davon war Fiora allerdings freigestellt, denn Bewahrerinnen hatten wichtigere Dinge zu tun.

Im Moment besaß Fiora die Freiheit, die Privatheit des besonderen Gartens zu genießen, ihrer eigenen Domäne. Jedoch nicht für lange. Sie hörte den Klang des Gartentors, und noch bevor ihr Geist ihn erspüren konnte, wusste sie aufgrund seiner tastenden Schritte und des ihn stets umgebenden schwachen Kiriangeruchs, dass Rian Ardais sich ihr näherte, der alternde Techniker, den sie schon seit ihrer Kindheit kannte.

Er war schon wieder trunken vom Kirian. Fiora seufzte. Sie konnte ihn in diesem Zustand nicht ausstehen. Aber wie konnte sie es ihm verbieten, wenn sie wusste, dass es ihn irgendwann umbringen würde? Ihr fiel ein, dass Janine, die alte Bewahrerin, die sie ausgebildet hatte, als sie neu nach Arilinn gekommen war, Rians fortwährenden Rausch erwähnt hatte.

»Es ist das geringere von zwei Übeln. Es steht mir nicht zu, ihm zu verweigern, was er braucht, um seine Stabilität aufrechtzuerhalten. Während der Übertragungen und im Kreis ist er immer stocknüchtern.« Mehr hatte Janine zwar nicht gesagt, doch Fiora hatte die unausgesprochenen Worte deutlich vernommen: Wie kann ich ihn davon abhalten oder ihm diese Pause verwehren, wenn die Alternative darin besteht, dass er seine hiesige Arbeit nicht mehr ertragen kann?

»*Domna* Fiora«, sprach der alte Mann sie unsicher an, »ich würde Euch unter diesen Umständen nicht grundlos behelligen. Ihr habt Eure Ruhe verdient, und ...«

»Schon gut«, sagte sie. Sie hatte ihn einmal gesehen, bevor die Krankheit ihr das Augenlicht genommen hatte. Sie sah ihn noch immer als stattlich und aufgerichtet vor sich, obwohl sie wusste, dass er inzwischen sehr mager war und seine alten Hände zitterten. Ausgenommen natürlich, wenn er an den Gittern arbeitete; dann waren sie immer absolut ruhig. Wie eigenartig, dass er in einem Matrix-Gitter absolut stabil sein, doch sich andererseits nicht rasieren konnte, ohne sich zu schneiden.

»Was ist denn, Rian?«

»Im äußeren Hofgarten wartet ein Kurier aus Ardais«, sagte er. »Der junge Dyan wird zu Hause gebraucht, und wenn es möglich ist, muss ich ebenfalls gehen.«

»Unmöglich«, entgegnete Fiora. »Ihr könnt natürlich gehen. Ihr habt Euch gewiss einen Urlaub verdient. Aber dass Dyan nicht gehen kann, wisst Ihr sehr genau.« Es erschreckte sie, dass er sie auch nur gefragt hatte. Die strengste Regel besagte, dass in den ersten vier Monaten nach der Ankunft eines Novizen in Arilinn nichts dessen Ausbildung stören durfte. Ob Rian nun betrunken war oder nicht, er hätte in der Lage sein müssen, dies zu regeln, ohne an eine Bewahrerin zu appellieren.

»Schickt den Kurier fort und sagt ihm, dass Dyan sich in Isolation befindet.«

Dann bemerkte sie, dass der alte Mann zitterte. Fiora griff mit ihrem Geist hinaus, der ihr besser diente als das Augenlicht. Sie hätte es wissen müssen. Er hätte sie schließlich nicht ohne Grund gestört, und es war in der Tat viel dringender, als sie angenommen hatte. Als sie erkannte, wie sehr er sich bemüht hatte, jeden Hinweis auf seinen Kummer zu verschleiern, seufzte sie.

»Erzählt mir mehr«, forderte sie ihn auf.

Sorgfältig disziplinierte Rian seine Gedanken und sprach sie so aus, dass Fiora nicht mehr empfing als seine Worte.

»Jemand ist gestorben.«

»Lord Kyril?« Laut Fioras Meinung bedeutete dies für niemanden einen großen Verlust. Selbst in der Abgeschiedenheit Arilinns hatte die junge Bewahrerin vom Herrn von Ardais gehört – von seinem ausschweifenden Leben, seinen Wahnanfällen. Viele Angehörige der Ardais-Sippe waren gefährlich instabil. Kyril war irrsinnig. Rian war, auch wenn er sein Bestes gab, vom Kirian abhängig. Was den jungen Dyan anging, so war es noch zu früh, etwas über ihn zu sagen, obwohl sie durchaus Hoffnungen für ihn hegte.

»Auch bei einem Todesfall in der Familie darf Dyan nicht vorzeitig entlassen werden.« Wenn es wirklich Kyril war, würde Dyan freilich Herr über Ardais werden. Dann war es fraglich, ob man ihm erlaubte, in Arilinn den Eid abzulegen, um den Türmen zu dienen.

»Kyril ist es nicht.« Rians Stimme zitterte, und obwohl er sich bemühte, seine Gedanken zu zügeln, vernahm sie es deutlich. Er wünschte sich, es wäre so gewesen! »Es ist schlimmer. Die Götter sind mein Zeuge, dass ich meinen Bruder liebe und ihm die Herrschaft über unser Haus nie geneidet habe. Ich war immer damit zufrieden, mein Leben hier zu verbringen.«

Ja, dachte Fiora, *so zufrieden, dass du nicht eine Woche durchstehen kannst, ohne dich mit Kirian oder einer anderen Droge zu betäuben.* Aber stand es ihr zu, die Rechtfertigung des Mannes zu verspotten? Sie hatte ihre eigene. Also wiederholte sie: »Erzählt mir mehr.«

Doch er zögerte. Sie spürte, dass er nachdachte. Fiora war eine Bewahrerin, eine eingeschworene Jungfrau. Solche Dinge sollten in ihrer Anwesenheit nicht besprochen werden.

Endlich sagte er, und sie spürte die Verzweiflung in seiner Stimme: »Es geht um *Dom* Kyrils Gattin, Lady Valentina. Sie ist seit Jahren krank, und seine jüngste Tochter ... Dyan ist natürlich sein Ältester, der Sohn seiner ersten Frau ... Seine Tochter Elorie hat in seinem Haus als Gastgeberin agiert. Einige von Kyrils Festlichkeiten sind ... zügellos«, sagte er und wählte vorsichtig das neutralste Wort, das ihm in den Sinn kam.

Davon hatte Fiora auch schon gehört. Sie nickte, damit er weitersprach.

»Lady Valentina hat es nicht gern gesehen, dass Elorie an diesen Festlichkeiten teilnahm«, fuhr Rian fort, »aber Kyril wollte es so haben. Also ist *Domna* Valentina trotz ihrer Krankheit dort erschienen, um den Charakter des Mädchens zu beschützen. Kyril hat sie in einem Anfall von Trunkenheit – oder noch schlimmer – niedergeschlagen.«

Er hielt inne, doch Fiora wusste das Schlimmste schon.

»Er hat sie umgebracht.«

Es war tatsächlich schlimmer als Fiora erwartet hatte.

Kyril war schon immer ein lasterhafter Mensch gewesen – die Liste seiner unehelichen Kinder, so behauptete man nicht nur im Scherz, kam den legendären Eroberungen des berüchtigten Lustmolchs *Dom* Hilario aus den alten Volksmärchen gleich –, außerdem gab es Geschichten über ihn, laut denen er mehr als einmal teuer dafür bezahlt hatte, damit niemand von seinen brutalen Prügeleien erfuhr. Fiora war zu naiv, um sich der sexuellen Implikationen dieser Dinge bewusst zu sein. Sie ging davon aus, dass es sich nur um gewöhnliche Brutalität im Alkoholrausch handelte. Doch Totschlag, und zwar an einer gesetzlich *di Catenas* angetrauten Gattin, war etwas völlig anderes und konnte vermutlich nicht vertuscht werden.

Trotzdem zögerte sie. »Bis Dyan volljährig ist, seid Ihr nun der Regent von Ardais«, sagte sie nach kurzem Nachdenken. »Ich zögere, seine Ausbildung zu unterbrechen. Wir wissen zwar, dass er nicht die Gabe der Ardais hat, aber er ist ein potenziell starker Telepath. – Ein unausgebildeter Telepath stellt eine Bedrohung für sich selbst und seine Umwelt dar«, fügte sie hinzu und zitierte eine der ältesten Maximen der hiesigen Ausbildung. »Ich weiß, dass dies für Ardais und wahrscheinlich für alle *Comyn* eine ernsthafte Krise darstellt, *Dom* Rian.

Möglicherweise verlangt sie sogar nach einer Handlung des Rates. Aber muss Dyan unbedingt einbezogen werden? Ihr seid *Dom* Kyrils Bruder und Regent. Ihr könnt gehen, sobald Ihr es wünscht. Ich kann Euch jederzeit die Erlaubnis erteilen. Aber warum muss Dyan Euch begleiten? *Domna* Valentina ist nicht einmal seine Mutter. Sie war nur seine Stiefmutter. Ich glaube, Ihr solltet sofort aufbrechen, aber Dyan muss hier bleiben.«

Rian rang die Hände. Fiora spürte die Verzweiflung des Mannes, ohne ihn zu sehen. Und wieder wurde sie sich des starken Geruchs der Droge bewusst, der ihn umgab. Sie blockte alle Wohlgerüche des Gartens ab. Die Bewahrerin spürte irritiert, dass er den Ort entweiht hatte, an den sie sich am liebsten zurückzog. Sie fragte sich, ob sie den Garten je wieder würde betreten können, ohne den überwältigenden Geruch der Droge und das Elend wahrzunehmen, das sie in der abendlichen Brise fast ertasten konnte. Schweigen. Die Blinde nahm die schmerzliche Anspannung des ihr gegenüberstehenden Mannes deutlich war.

Rian war Fioras Meinung zufolge eigentlich kein alter Mann. Die Sorgen und möglicherweise die Nebenwirkungen der Drogen ließen ihn nur so wirken. Er war ein Mann in den besten Jahren und über ein Jahr jünger als sein Bruder. Dennoch wirkte er altersschwach, und so hatte sie ihn in den Augen aller anderen in Arilinn gesehen.

Er stand noch immer stumm vor ihr, und nach einer Weile vernahm sie das leise Geräusch eines erstickten Schluchzens.

»Was ist denn, *Dom* Rian? Ist noch etwas anderes?«

Er antwortete zwar nichts, aber die für das Elend des vor ihr stehenden Mannes empfängliche Bewahrerin wurde von seiner Verzweiflung überwältigt. In diesem Moment wusste sie, warum Rian sich mit Drogen betäubte, wieso er wie ein alter

Mann wirkte, obwohl er jünger war als Kyril. Und sie vernahm seine ersten, gestammelten Worte.

»Ich habe ... Ich habe mich immer vor Kyril gefürchtet. Ich wage es nicht ... Ich habe mich seinem Zorn und seiner Brutalität nie stellen können. Schon als junger Mann war ich immer bemüht, ihm aus dem Weg zu gehen. Dyan hat keine Angst vor seinem Vater. Ich wage es nicht, nach Hause zu gehen, und schon gar nicht jetzt. Es sei denn, Dyan begleitet mich.«

Fiora versuchte ihr Erschrecken und ihr Mitleid zu verbergen, als sie feststellte, dass es nicht ganz frei von Geringschätzung war. Dafür musste sie sich schämen. Rian konnte schließlich nichts für seine Schwächen. Trotzdem wusste sie, dass es zwischen ihnen nie wieder so sein würde wie zuvor. Sie war die Bewahrerin; sie war durch Leistungen, harte Arbeit und Entsagungen in dieses hohe Amt gelangt, das neun von zehn Frauen nicht ertragen hätten. Sie war Rians Vorgesetzte, aber der Mann war um einiges älter als sie, und sie hatte ihn immer gut leiden können und sogar bewundert. Sie mochte ihn zwar noch immer, aber sie war erschreckt und betrübt über die Veränderung ihrer eigenen Gefühle. Trotzdem ließ die junge Bewahrerin ihre Stimme sanft und vorurteilslos klingen. »Nun gut, Rian, dann geht es wohl nicht anders. Ich werde mit Dyan sprechen. Falls es sich einrichten lässt, ohne dass seine bisherige Ausbildung völlig umsonst war, werde ich ihm die Erlaubnis erteilen, Euch nach Ardais zu begleiten. Schickt ihn zu mir ...« Sie zögerte. »Aber nicht in den Garten.« Sie wollte diesen Ort nicht noch mehr entweihen. »Ich erwarte ihn in einer Stunde im Kaminzimmer.«

In dieser Periode seines Lebens war Dyan Ardais – er musste ihres Wissens nach nun um die neunzehn sein – noch immer so schmächtig wie ein Junge.

Fiora, die ihn natürlich nicht sehen konnte, kannte ihn jedoch durch die Augen der anderen im Kreis von Arilinn. Er war ein stattlicher junger Mann, ein dunkler Typ, und hatte dunkles, zerzaustes lockiges Haar und ein schmales, fein geschnittenes Gesicht. Seine Augen waren von dem farblosen Stahlgrau, das die meisten Telepathen auszeichnete, wie sie wusste. Falls Dyan ein Telepath war, hatte er jedoch gelernt, seine Gedanken perfekt abzuschirmen. Sogar vor ihr.

Während ihrer Ausbildung zur Bewahrerin hatte sie gelernt, allen Männern gegenüber unempfänglich zu sein. Dyan war da keine Ausnahme. Doch trotz ihrer Arglosigkeit war Fiora bei Dyans Ankunft im Turm schon Bewahrerin und Telepathin gewesen. Sie hatte viele Dinge über ihn erfahren, zum Beispiel, dass er nicht nur ihr, sondern auch jeder anderen Frau gegenüber unempfänglich war. Es störte sie nicht. Er war weder der erste noch der letzte Homosexuelle, der sich in den Türmen einen Namen machte. Sie sorgte sich jedoch darüber, dass der junge Bursche – Fiora selbst war nicht älter als zwanzig, doch die Bewahrerinnenausbildung ließ Körper und Geist schneller altern – so ausgeglichen, leidenschaftslos und unverletzlich war. Ein Novize seines Alters hätte sich seiner Bewahrerin öffnen müssen. War es etwa ein Frühwarnzeichen der Ardais-Instabilität, die sich später einmal darin zeigte, dass er wie Rian von irgendeiner Droge abhängig werden würde? Oder – ihr fiel ein, was sie über *Dom* Kyril wusste – war es nur eine Auswirkung seines Heranwachsens in Gegenwart eines Irren? Soweit sie wusste, und sie musste es schließlich wissen, setzte Dyan Kirian nur für notwendige Arbeiten im Turm und zu Zwecken der Ausbildung ein. Obwohl manche Ardais' eher zu viel tranken, war ihr aufgefallen, dass er sich während des Essens mit Getränken sehr zurückhielt. Ihrer Ansicht nach besaß er keine eklatanten Charaktermängel. Manche Bewahrerinnen hätten seine Homosexualität möglicherweise für einen Makel gehalten, aber Fiora störte sich nicht weiter daran, solange es nicht zu Konflikten innerhalb des Kreises kam, und bisher war ihr noch nicht zu Ohren gekommen, dass sie zu irgendeinem Dissens geführt hatte. Die restlichen Angehörigen des Kreises waren tolerant und schienen ihn zu mögen. Er wirkte zwar wie ein stiller, harmloser junger Bursche, doch irgendetwas Unterschwelliges an ihm, das sie nicht genau identifizieren konnte, beunruhigte sie. Wieso konnte ein junger Bursche seines Alters sich von ihr abkapseln, wo er doch für sie hätte transparent sein müssen?

Dyan verbeugte sich und sagte mit der melodiösen Stimme, die ihrer Meinung nach zu seinen hervorragendsten Eigenschaften gehörte: »Mein Onkel sagt, Ihr wollt mich sprechen, *Domna?«*

»Hat er dir ausgerichtet, worum es geht?«

»Er hat erwähnt, dass es zu Hause Probleme gibt und ich dort gebraucht werde. Sonst nichts, nein. Er hat aber auch betont, wie wichtig es ist, dass ich nach Hause fahre, obwohl ich die erste Periode der Probezeit noch nicht abgeschlossen habe.« Er hielt erwartungsvoll inne.

»Möchtest du denn nach Hause gehen, Dyan?«, fragte Fiora.

Zum ersten Mal spürte sie einen Anflug von Gefühl in seiner Stimme. »Warum? War meine bisherige Arbeit etwa nicht zufrieden stellend? Ich habe ... habe mich immer bemüht. Sehr bemüht.«

»Es hat nichts damit zu tun, Dyan«, erwiderte Fiora schnell. »Nichts würde mich mehr freuen als der Abschluss deiner hiesigen Ausbildung – und dass du uns anschließend vielleicht noch ein paar Jahre erhalten bleibst. Aber als Erbe von Ardais kannst du natürlich nicht dein ganzes Leben bei uns verbringen. Wie Rian schon sagte, gibt es bei euch zu Hause Probleme, von denen er meint, dass sie seine alleinigen Kräfte übersteigen. Er hat die Bitte geäußert, dass wir dir erlauben, ihn zu begleiten. Dies ist jedoch in deinem momentanen Ausbildungsstadium äußerst ungewöhnlich. Ich muss zunächst bewerten, ob es schädlich sein kann, wenn wir deine Ausbildung zu diesem Zeitpunkt unterbrechen.« Dann fügte sie hinzu: »Wenn du allerdings nur hier bist, weil du dich zu Hause unglücklich fühlst, müssen wir deine Hingabe an Arilinn natürlich in Frage stellen.«

Sie spürte, dass er lächelte. »Es stimmt, dass ich von der Vorstellung, in Ardais zu leben, nicht gerade begeistert bin«, entgegnete er. »Ich weiß nicht, wie viel Ihr über meinen Vater wisst, *Domna,* aber ich versichere Euch, dass mein Verlangen, dem Chaos des Lebens in Ardais zu entkommen, auf einen gesunden Geist hinweist. Und dass meine hiesige Arbeit mir Freude bereitet – ist das denn ein schlechtes Zeichen?«

»Natürlich nicht«, sagte Fiora. »Ich kann an dieser Ansicht nichts Negatives finden. Wer hat dich eigentlich ausgebildet?«

»Hauptsächlich Rian. Er hat behauptet, aus mir könnte einmal ein guter Techniker werden. Und *Domna* Angelica hat gesagt, ihrer Meinung nach hätte ich die Arbeit eines Überwachers gemeistert. Sie glaubt, ich kann den Überwachereid bald ablegen.«

»Ich werde die Erlaubnis dafür gewisss erteilen«, sagte Fiora. »Es ist, wenn du willst, sogar dein gutes Recht, sie aus meinen Händen zu empfangen. Trotzdem muss dir klar sein, dass du meine Frage nicht beantwortet hast, Dyan. Möchtest du nach Hause zurückkehren?«

Er seufzte, und die Schwere seines Seufzers beantwortete ihre Frage. Fiora war keine mütterliche Frau, doch einen Moment lang verspürte sie große Lust, den jungen Mann in die Arme zu nehmen. Es war jedoch nur ein flüchtiges Gefühl, von dem sie wusste, dass es Dyan ebenso betrübt hätte wie sie selbst. Ihr fiel wieder ein, dass sie die Pflicht hatte, ihn zu befragen, und zwar nicht nur mit Worten. Also griff sie zu ihm hinaus, spürte die Spannung in seinen Schultern und das Gewicht der Linien in seinem Gesicht. All dies sagte ihr besser als jedes Augenlicht, wie seine Antwort auf ihre Frage ausgefallen wäre.

»Ich möchte es nicht. Aber wenn man mich braucht, wie kann ich mich da verweigern? Rian meint es gut, aber er ist nicht ...« Er hielt inne, und sie spürte, dass er nach den Worten suchte, die seinen Onkel passend beschrieben. »... nicht von dieser Welt.«

Sie wies ihn nicht darauf hin, dass er ihrer Frage freundlich ausgewichen war. Sie wurde jedoch den betrübten Eindruck nicht los, dass er sich seiner Bewahrerin gegenüber ruhig ein wenig aufrichtiger hätte zeigen können.

»Dyan, du bist doch ein pflichtbewusster junger Mann. Was glaubst du? Wird es deiner Ausbildung schaden? Ich überlasse es dir.«

Der Seufzer, den er diesmal ausstieß, schien aus seinem tiefsten Inneren zu kommen. »Ich danke Euch, *Domna,* dass Ihr mir diese Frage stellt. Ich kann jedoch nur antworten, dass ich, wenn die Domäne meine Anwesenheit verlangt, an nichts anderes denken darf.«

Auch diesmal empfand Fiora, ohne den Grund dafür zu kennen, starkes Mitgefühl für den jungen Mann. »So spricht ein Ehrenmann, Dyan.«

Sie spürte, dass Dyans Schultern herabsackten, als lastete das Gewicht der ganzen Welt darauf. Nein, nicht das der ganzen Welt. Nur das einer Domäne. »Dann bleibt uns nur noch, dass du den Überwachereid ablegst, Dyan. Ohne ihn darfst du nicht von hier fort. Doch anschließend kannst du tun, wozu dein Gewissen dich zwingt.«

Sie erteilte ihnen die Erlaubnis ein paar Stunden später vor dem Toreingang von Arilinn.

Rian saß schon im Sattel. Er wirkte eingefallen und älter als er wirklich war. Dyan stand neben seinem Pferd, sein ansehnliches Gesicht war angespannt, was Fiora auch ohne es zu sehen spürte. Sie stand einige Schritte von ihm entfernt. Er beugte sich respektvoll über ihre Hand, und sie ertastete die Linien, die sich in sein Gesicht eingegraben hatten.

»Lebt wohl, *Domna*. Ich hoffe, ich kann bald zurückkehren.«

»Ich wünsche euch eine angenehme Reise.«

»Das ist schier unmöglich«, sagte Dyan mit einem Anflug von Erheiterung. »Der Weg nach Ardais führt durch einige der schlimmsten Berge der Domänen – und über den Scaravel-Pass.«

»Dann wünsche ich euch eine *sichere* Reise. Ich hoffe weiterhin, dass du bald zu uns zurückkehren kannst und die Probleme, die dich zu Hause erwarten, geringer sind, als du annimmst«, sagte Fiora.

Dann saß Dyan auf und ritt mit seinem Onkel davon. Als sie sich entfernten, verspürte Fiora einen gewaltigen Zorn. *Nein*, dachte sie, *ich hätte ihn nie gehen lassen dürfen!*

Die beiden Männer ritten eine Weile schweigend dahin. Endlich ergriff Dyan das Wort: »Wie du weißt, hat Fiora darauf bestanden, dass ich vor der Abreise den Überwachereid ablege. Ist eine solche Hast eigentlich üblich, Onkel Rian?«

Rian seufzte. »Ja, es ist Sitte, dass sogar Kinder ihn ablegen, sobald sie seine Bedeutung verstehen können«, erwiderte er.

»Dann war es also nicht persönlich gemeint? Dass *Domna* Fiora mir misstraut und mich deswegen so schnell an den Eid binden wollte?«, fragte Dyan.

Rian antwortete stirnrunzelnd: »Natürlich nicht. Es ist so Sitte.«

»Ach, wirklich?«

»Du kannst eigentlich kaum ein schlechtes Gewissen haben, weil du den Überwachereid abgelegt hast«, sagte Rian, dem im gleichen Moment der Eidtext einfiel: ... *dass ich in keinen Geist eindringe, außer zu helfen und zu heilen, und den Verstand keines Menschen zu etwas zwinge.*

»Vielleicht nicht«, sagte Dyan einen Augenblick später. »Aber trotzdem habe ich irgendwie das Gefühl, als hätte ich irgendein beliebiges Recht über mein Gewissen gestellt. Ich habe nicht geglaubt, dass ich jemanden brauche, um mein Gewissen zu bewahren – oder einen Eid, der mich ethisch an den Einsatz von *Laran* bindet.«

»Den Eid brauchen hauptsächlich jene, die am meisten zögern, ihn abzulegen«, sagte Rian. »Wer meint, er braucht ihn nicht, der muss auch keine Bedenken gegen ihn haben.«

Er wurde den Eindruck nicht los, dass Dyan etwas auf der Seele lag. Aber er sagte nichts mehr.

Die Reise dauerte vier Tage, und sie legten das Höchsttempo vor, dessen man sich befleißigen konnte, um die Berge zu überqueren. Als sie in Sichtweite von Burg Ardais kamen, fiel Dyan auf, dass der purpurgraue Stander wehte, der besagte, dass der Herr der Domäne anwesend war.

»Er ist da«, sagte Dyan. »Es wäre mir fast lieber gewesen, wenn er sich abgesetzt hätte. Die Domäne trauert. Das ist doch pure Arroganz.«

»Ich halte es für wahrscheinlicher«, entgegnete Rian, »dass

er seine Tat für absolut begründet hält und es ihm nicht in den Sinn kommt, vor der Gerechtigkeit zu fliehen.«

»Ich weiß noch, wie er *früher* war«, sagte Dyan seufzend. »Als ich ein kleiner Junge war. Ich habe ihn sehr gern gehabt. Jetzt kann ich mich kaum noch erinnern, wann er sich nicht wie eine Bestie aufgeführt hat. Ich weiß, dass ich mich in einem Schrank versteckt habe, als er betrunken war, durch die Burg tobte und uns alle bedrohte ... Ich glaube, das Traurigste ist, dass Elorie ihn gar nicht mehr anders kennt; dass sie keine Erinnerung an einen liebenswerten Vater hat. Trotz allem, was er angerichtet hat, Rian, glaube mir: Ich liebe meinen Vater noch immer.«

»Daran habe ich nie gezweifelt, mein Junge«, sagte Rian sanft. »Einst habe auch ich ihn geliebt.«

Als sie fast auf der Schwelle standen, kam Elorie herbei. Sie war totenbleich und wirkte auf die beiden Männer, als habe sie seit dem Tod ihrer Mutter weder gegessen noch geschlafen. Weinend warf sie sich in Dyans Arme. »Ach, Bruder! Du hast es gehört ... Meine Mutter ...«

»Pssst, Schwesterchen«, sagte Dyan und strich ihr übers Haar. »Ich bin aufgebrochen, sobald ich davon hörte. Ich habe sie doch auch geliebt. Wo ist Vater?«

»Er hat sich im Turmzimmer verbarrikadiert und will niemanden zu sich lassen – nicht mal seine Leibdiener. Den ganzen Tag danach war er betrunken. Er hat nur in der Burg herumgeschrien und jedermann Prügel angedroht ...«

Elorie schüttelte sich, und Dyan fielen ähnliche Episoden aus seiner Kindheit ein. Er tätschelte sie wie ein kleines Mädchen.

»Dann hat er sich im Turmzimmer versteckt und wollte nicht mehr herauskommen ... Ich habe mich, was Mutter angeht, um alles gekümmert ...«

»Es tut mir Leid, Schwesterchen«, sagte Dyan. »Aber jetzt bin ich hier. Du brauchst dich ab sofort vor nichts mehr zu fürchten. Geh jetzt, ruh dich aus, schlaf ein wenig. Sag deiner Zofe, sie soll dich zu Bett bringen und dir ein Schlafmittel geben. Ich kümmere mich um alles, wie es sich für den Aufseher der Domäne gehört. – Sobald deine Mutter beerdigt ist, kannst du allerdings nicht mehr allein hier bleiben. Jetzt nicht mehr.«

»Aber wohin soll ich denn nur gehen?«, fragte sie.

»Ich werde schon einen Ort für dich finden«, beruhigte Dyan sie. »Vielleicht kannst du in Armida oder gar in einem Turm unterkommen. Du bist eine *Comyn*, von hoher Geburt. – Aber jetzt musst du erst einmal schlafen, essen und dich ausruhen. Wenn deine Mutter zur letzten Ruhe gebettet wird, musst du anständig und damenhaft wirken. Du willst doch nicht so aussehen, als hättest du hier unter einer Belagerung gelebt – auch wenn du es vermutlich so empfunden hast.«

»Aber was wird aus Vater? Willst du zulassen, dass er sich im Turm versteckt und Bösartigkeiten ausspricht? Dass Mutter ihn dazu getrieben hat, sie zu erschlagen?«

»Vater kannst du ruhig mir überlassen, Lori-Kind«, sagte Dyan leise.

Als er ihren erleichterten Blick bemerkte, streichelte er ihr noch mal übers Haar und sagte zu Rian: »Läute bitte nach ihrer Zofe. Sage ihr, sie soll Lori zu ihren Räumen bringen und sich ihrer ordentlich annehmen.«

»Ach«, sagte Elorie seufzend, und ihm fiel auf, dass sie kurz vor einem Zusammenbruch stand, »ich bin so müde und freue mich wahnsinnig, dass du zu Hause bist, Dyan. Jetzt, da du hier bist, wird alles wieder gut.«

Nachdem Elorie in ihre Räume gebracht worden war, ging Dyan in den großen Saal und rief den *Coridom*.

»Lord Dyan, wie schön, Euch zu sehen«, begrüßte ihn der

Mann und wiederholte merkwürdigerweise Elories Worte. »Nun, da Ihr hier seid, wird alles wieder gut.«

Dyan empfand eine leicht schwelende Wut. Er kam sich vor, als schleppe er ein enormes Gewicht mit sich herum. Statt ihm die Sache zu erleichtern, hatten alle nur auf sein Eintreffen gewartet, um ihm die ganze Last aufzubürden. Er war noch nicht bereit, das Gewicht der Domäne zu tragen. Hätte man ihn nicht wenigstens die Ausbildung beenden lassen können? Da man ihn ein Jahr früher berufen hatte als in Nevarsin beschlossen, hätte er wissen müssen, dass er irgendwann die Position des Domänenaufsehers übernehmen musste. Sein Vater hatte damals am Herbstfieber gelitten. Man hatte befürchtet, er habe vielleicht nicht mehr die Zeit, Dyan zum Aufseher zu bestellen. *Das Fieber ist an allem schuld,* dachte Dyan. *Es muss irgendwie sein Gehirn geschädigt haben. Davor hat er sich zwar auch betrunken und lasterhaft aufgeführt, aber er war nur selten grausam.*

Man hat sich auch nie die Frage gestellt, dachte er leidenschaftslos, ob man Rian zu Kyrils Nachfolger ernennen sollte. Nicht einmal die optimistischsten Familienangehörigen der Ardais hatten geglaubt, dass er für dieses Amt geeignet sei. Sie alle wollten es auf die Schultern eines neunzehnjährigen Burschen abladen.

Der *Coridom* berichtete, wie das unter keinem guten Stern stehende Fest begonnen hatte, doch Dyan brachte ihn mit einer Handbewegung zum Schweigen. »Das spielt jetzt alles keine Rolle mehr. Wieso hat er meine Stiefmutter erschlagen?«

»Ich weiß nicht genau, ob ihm überhaupt aufgefallen ist, dass er jemanden geschlagen hat. Er war völlig betrunken.«

»Und warum, im Namen aller Götter«, schrie Dyan enttäuscht, »habt ihr ihn nicht am Trinken gehindert, wo ihr doch alle wisst, dass er unter diesen Wutanfällen leidet?«

»Lord Dyan, wenn Ihr, der Ihr doch sein Sohn seid, oder die *Domna,* die seine Gattin war, es nicht unterbinden konnten, wie sollen wir bloße Lakaien es dann tun?«

Dyan nahm an, dass die Frage durchaus gerechtfertigt war. Aber jetzt war es zu spät, solche Dinge den Lakaien oder dem Zufall zu überlassen.

»Man kann nun mal nichts daran ändern«, sagte er. »Der Mann ist verrückt. Er muss bewacht und vielleicht sogar eingesperrt werden, damit er weder sich noch anderen etwas antun kann.«

»Und was wird aus der Domäne, da die Herrin tot ist und Ihr fern von hier in einem Turm lebt?«, fragte der *Coridom.*

Dyan seufzte schwer. »Überlass es mir. Ich gehe jetzt zu meinem Vater.«

Dom Kyril hatte sich im obersten Zimmer des Nordturms verbarrikadiert.

Dyan klopfte erfolglos an die schwere Tür. Schließlich brüllte er sie sogar an und trat dagegen. Endlich vernahm er aus dem Raum dahinter eine zittrige Stimme.

»Wer ist da?«

»Ich bin's, Vater, Dyan. Dein Sohn.«

»O nein«, entgegnete die Stimme. »So kriegt ihr mich auch nicht. Mein Sohn Dyan ist in Arilinn. Wenn er hier wäre, würde all das nicht passieren. Er würde schon dafür sorgen, dass meine rebellischen Diener tun, was ich sage.«

»Ich bin vor vier Tagen von Arilinn aufgebrochen, Vater«, sagte Dyan und spürte, dass sein Mut angesichts des deutlich wahrnehmbaren Wahnsinns in der Stimme seines Vaters abnahm. War er echt oder nur vorgetäuscht? *Wenn ich hier gewesen wäre, dann wäre all dies gar nicht erst passiert, das stimmt. Ich hätte ihn nämlich in Ketten legen lassen.*

»Verdammt, Vater, mach endlich die Tür auf, oder ich trete

sie ein!« Dyan verlieh seiner Drohung mit einem heftigen Tritt Nachdruck, der die Scharniere wackeln ließ.

»Ich mache auf, ich mache ja schon auf«, sagte die Stimme bockig. »Hat keinen Sinn, sie kaputtzumachen.«

Das schwere Schloss knirschte. Kurz darauf öffnete die Tür sich einen Spalt, und Dyan erblickte das Gesicht seines Vaters.

Dom Kyril war einst ein stattlicher Mann gewesen und hatte so gut ausgesehen wie alle Ardais-Männer. Nun waren seine Augen stark gerötet, das Gesicht aufgequollen, die Züge vom Alkohol verwüstet, und seine Kleider schmutzig und ungepflegt. Er musterte Dyan mit feindlicher Miene und murmelte: »Was machst du denn hier? Du konntest doch nicht schnell genug in deinem Turm verschwinden. Wieso bist du zurückgekommen?«

Sollte das etwa seine Verteidigungsstrategie sein? Dass er seinen Sohn anblaffte, um ihn in die Defensive zu drängen?

»Ich bin mit deiner Erlaubnis gegangen, Vater. Hätte ich denn annehmen sollen, dass man die Domäne ihrem Herrscher nicht anvertrauen kann? Also wirklich, Vater, tu doch nicht so, als wärst du verrückter oder betrunkener als sonst.«

Dom Kyril schloss die blutunterlaufenen Augen und zog eine Grimasse. »Bist du es, Dyan?«, sagte er. »Bist du es wirklich? Warum sind nur alle gegen mich? Was habe ich denn diesmal angerichtet? Ich brauche etwas zu trinken, Junge. Aber man will mir keinen Wein bringen ...«

Dyan empfand keine Überraschung. Aber nun verstand er das Toben seines Vaters. Ein langjähriger Trinker, der plötzlich auf dem Trockenen saß ... In diesem Stadium hatte er zweifellos Halluzinationen.

Er konnte die Dienerschaft zwar verstehen, aber wenn man

wirklich ein vernünftiges Gespräch mit seinem Vater führen wollte, musste man ihm in diesem Zustand wenigstens so viel von seinem Gift verabreichen, dass er normal wurde. Sein Gehirn war nicht mehr daran gewöhnt, ohne Alkohol zu funktionieren. Dyan bemerkte seine zitternden Hände, den schwankenden Gang.

Man hätte nie zulassen dürfen, dass es soweit kam. Zweifellos hatte man es für einfacher gehalten, den Mann sich selbst zu überlassen, damit er sich zu Tode trank, statt ihn zu seinem Besten zu bekämpfen. *Wäre ich doch nur hier gewesen* ... dachte Dyan schmerzhaft und musterte das Wrack, das einst sein Vater gewesen war. *Aber wie er schon gesagt hat: Ich konnte nicht schnell genug von diesem Problem fortkommen, und deswegen ist es ebenso meine Schuld wie seine. Ich bin auch nicht besser als Rian.*

»Ich hole dir was zu trinken, Vater«, sagte er.

Er kehrte an den Fuß der Treppe zurück, organisierte Wein und wies den *Coridom* an, etwas zu essen zu bringen. Sein Vater trank hastig und voller Gier. Der Wein lief ihm übers Hemd, und später, als das Zittern schwächer geworden war, konnte Dyan ihn überreden, etwas Suppe zu essen.

Das Zittern und Beben des Mannes hörte allmählich ganz auf. Nachdem er etwas getrunken hatte, wirkte er nüchterner als ohne Alkohol im Blut. Es stimmte wirklich: Er konnte ohne Alkohol nicht mehr funktionieren.

»Lass uns jetzt vernünftig reden«, bat Dyan, als der Mann, der ihm gegenüber stand, wieder einige Ähnlichkeit mit dem Menschen aufwies, den er einst gekannt hatte. »Weißt du überhaupt, was du getan hast?«

»Sie waren sehr wütend auf mich«, sagte *Dom* Kyril. »Elorie und ihre Mutter ... Verwünscht sei das ganze nörgelnde Weibervolk ... Ich hab sie zum Schweigen gebracht, mehr nicht«, sagte er listig. »Es hat noch nie eine Frau gegeben, die *keine*

Ohrfeige verdient hätte. Tut ihnen nicht mal weh. Es tut ihnen sogar gut. Es gefällt ihnen. Hat sie sich bei dir ausgeheult, weil ich sie verdroschen habe?«

Dyan hörte freilich die List in der Stimme seines Vaters. Er gab sich noch immer betrunkener als er tatsächlich war – und verrückter.

»Du hast sie umgebracht, du Bestie«, explodierte er. »Deine eigene Gattin!«

»Tja«, murmelte der Betrunkene und starrte auf seine Knöchel. »Das hab ich natürlich nicht gewollt. Ich wollte ihr nicht wehtun.«

»Trotzdem ... Nein, Vater, schau mich an, hör mir zu ...«, sagte Dyan beharrlich. »Trotzdem bist du nicht mehr in der Lage, über die Domäne zu herrschen. Und nachdem du ...«

»Dyan ...« Kyril zupfte an Dyans Ärmel. »Ich war betrunken. Ich habe nicht gewusst, was ich tat. Sie sollen mich bloß nicht aufhängen!«

Dyan schüttelte die Hand angewidert ab. »Das steht doch gar nicht zur Debatte«, sagte er. »Die Frage ist vielmehr, was machen wir mit dir, damit du nicht auch noch den nächsten Menschen umbringst, der dir über den Weg läuft? Ich halte es für das Beste, wenn du die Domäne offiziell an mich oder Rian übergibst und in deinen Räumen bleibst. Es sei denn, du bist bei Sinnen.«

»Also darum geht es«, entgegnete sein Vater hektisch. »Schon wieder ein Versuch, mir die Domäne wegzunehmen! Das habe ich mir schon gedacht. Niemals, hast du verstanden? Die Domäne gehört mir! Hier herrsche ich! Ich soll sie an einen jungen Emporkömmling abgeben?«

»Vater, ich bitte dich! Niemand wird dir etwas tun, aber wenn du geschäftsunfähig bist, kann ich mich an deiner Stelle bestimmt um die Domäne kümmern!«

»Niemals!«

»Wenn du mir nicht traust, übergib sie an Rian, dann werde ich an seiner Seite ...«

»Rian!« Sein Vater stieß ein abfälliges Knurren aus. »O nein, ich weiß genau, worauf ihr aus seid. Schaut mich an, ihr Götter ...« Er breitete die Arme aus und fing trunken an zu weinen. »Mein Bruder, meine Kinder ... All meine Gegner wollen mir die Domäne entreißen ... mich einsperren ...«

Dyan fand nie heraus, wann er den Beschluss gefasst hatte, den er nun in die Tat umsetzte, aber vielleicht war es anfangs nur das Verlangen, das betrunkene Gewinsel zum Verstummen zu bringen. Er griff mit der neuen Kraft seines *Laran* hinaus – es war das erste Mal, dass er es seit Beginn seiner Ausbildung in Arilinn einsetzte – und packte seinen Vater mit ganzer Kraft. Kyrils Worte wurden zusammenhanglos. Dyan griff immer fester zu. Er wusste genau, was er tun musste, wenn diese Angelegenheit je geklärt und Ardais von der Herrschaft dieses Irren befreit werden sollte.

Als er aufhörte, war er totenblass und zitterte. Er musste sich zum Aufhören zwingen, um den Mann nicht zu töten. Ihm wurde beschämt klar, dass er genau dies gewollt hatte. Sein Vater war auf dem Boden zusammengesunken, denn er war während der monströsen Schlacht aus dem Sessel geglitten.

»Natürlich ...«, murmelte *Dom* Kyril. »Es ist das einzig Vernünftige ... Ruf die Aufseher, dann bringen wir es hinter uns.«

Dyan ging leise und ohne ein Wort hinaus und ließ den *Coridom* kommen. Zu ihm sagte er nur: »Ruf die Domänenaufseher. Er ist jetzt bei sich und das zu tun bereit, was getan werden muss.«

Sie trafen in weniger als einer Stunde ein: der Rat der alten Männer der Domäne, die man schon vor Tagen über die Notsituation unterrichtet hatte. Aufgrund ihrer Beratung und Billigung erhielt der Herrscher von Ardais seine Macht.

»Verwandte«, sagte Dyan und schaute sie an. Er war in sein Zimmer gegangen und hatte sich in den nüchternen Anzug in den offiziellen Farben der Domäne gekleidet. Außerdem hatte er den Leibdiener seines Vaters gerufen, der den Herrscher gewaschen, rasiert und vorzeigbar gemacht hatte. »Ihr wisst, welch traurige Angelegenheit uns hier zusammengeführt hat. Noch bevor Lady Ardais zur Ruhe gebettet wird, muss die Domäne gesichert werden.«

»Hat er eingewilligt, die Domäne an dich abzutreten? Wir haben schon mehrfach versucht, ihn dazu zu bewegen, aber ... Dankt er tatsächlich aus freiem Willen ab?«

»Er dankt aus freiem Willen ab«, sagte Dyan. *Selbst wenn er es nicht getan hätte,* dachte er, *welche Wahl hätten wir denn gehabt?* Aber er sprach diese Frage nicht aus.

»Dann«, willigte der Älteste ein, »sind wir bereit, es zu bezeugen.«

Und so standen sie alle auf, als Kyril, nun ruhiger und allem Anschein nach bei Sinnen, die kurze Zeremonie durchlief, in der er die Herrschaft über die Domäne offiziell und unwiderruflich in die Hände seines ältesten Sohnes Dyan-Valentin legte.

Als alles vorüber war und der Rat von Ardais Dyan seine Loyalität versichert hatte, lockerte er den festen Griff, mit dem er seinen Vater während der Zeremonie festgehalten hatte. Kyril fiel zu Boden, winselte zusammenhanglos und übergab sich. Dyan redete sich zwar ein, dass es keine andere Möglichkeit gegeben hatte, aber er hatte dennoch einen üblen Geschmack im Mund. Er wusste, dass er seine Gabe missbraucht hatte. Man hätte ihn nicht aus Arilinn fortlassen dürfen ...

Doch was wäre die Alternative gewesen?, fragte er sich

grimmig. Hätte er seinen Vater vielleicht ein Jahr lang den Heilern überlassen sollen, bis er wieder ganz zu Sinnen kam? Dafür war keine Zeit. Nein, er hatte getan, was er hatte tun müssen. Kein Mensch konnte das Gewissen eines anderen hüten. Auch keine Frau, wurde ihm klar, als ihm die Erinnerung an Fiora und den Überwachereid kam. Zweifellos hatte er ihn nur deswegen so zögerlich abgelegt. Nun, er konnte das, was sein Gewissen ihm auferlegte, an niemanden abtreten, auch nicht für noch so viele Eide. Aber es hätte nie passieren dürfen. Er wollte nicht einmal Elorie sehen. Schließlich hatte sie ihn mit dazu gezwungen.

Man hatte Fiora von Arilinn über die Ankunft der Männer aus Ardais informiert. Sie spürte in beiden eine gewisse Anspannung, die nicht nur auf die bloße Klärung von Familienangelegenheiten zurückzuführen war.

Rian wirkte ruhig, doch als sie aus seinen Gedanken erfuhr, wie es um ihn stand, empfand sie tiefen Zorn.

Nein, oberflächlich betrachtet war Rian kein Mensch, der eine Domäne beherrschen konnte. Aber es war auch nicht richtig, dass man ihn übergangen hatte. Hätte man ihm die Verpflichtung übertragen, wäre er vielleicht an ihr gewachsen. Nun musste er seine Schwäche und mangelnde Eignung auf ewig hinnehmen. Eigentlich war es falsch, ihm zu gestatten, sich hier zu verstecken; so würde er seine Stärken nie erkennen und auf ewig unreif bleiben. Sie streckte ihm impulsiv die Hände entgegen.

»Willkommen daheim, alter Freund«, begrüßte sie ihn und umfasste seine Hände. »Ich hatte schon befürchtet, wir würden Euch verlieren.«

Befürchtet? Sie hatte *gehofft*, dass er die Kraft aufbrachte, die Stelle seines Bruders einzunehmen, aber er hatte die Prüfung nicht bestanden.

Als sie ihre Aufmerksamkeit auf Dyan richtete, erkannte sie, dass er zwar müde, aber gelassen wirkte und seine Barriere zusammengebrochen war. Er war nun nicht mehr undurchdringlich für sie. Er wollte nicht einmal verbergen, was er getan hatte und warum. Und in diesem Moment war sie entsetzt. »Es tut mir Leid zu sehen, was aus dir geworden ist, Dyan«, begann sie.

»Ich habe getan, was ich tun musste, und wenn Ihr wisst, was ich getan habe, kennt Ihr auch den Grund. Ich war von Heuchlern umgeben. Niemand hatte den Mut, die notwendigen Maßnahmen zu ergreifen. Ich habe es getan. Werdet Ihr mich nun auch tadeln?«

»Tadeln? Nein. Ich bin zwar die Bewahrerin von Arilinn, aber nicht die Hüterin des Gewissens der Menschheit«, erwiderte Fiora in dem Wissen, dass es nicht stimmte. Sie hatte den Versuch gemacht, sein Gewissen zu binden. Und sie hatte versagt. »Ich sage nur, dass du jetzt nicht mehr zu uns zurückkehren kannst. Du kennst den Grund. Erinnere dich an die Worte des Überwachereides: *Nie in einen Geist einzudringen, es sei denn, um zu helfen und zu heilen, und die Gewissensfreiheit der Menschen niemals zu zwingen ...«*

»Wenn Ihr wisst, wie ich die Zustimmung meines Vaters erzwungen habe, kennt Ihr auch den Grund und die mir zur Verfügung stehenden Alternativen.« Dyans Gesicht war völlig teilnahmslos, er wies ihre Berührung zurück.

Fiora neigte den Kopf. Was sie jetzt tun musste, war falsch. Jetzt hatte sie keine Kontrolle mehr über ihn, keine Verbindung, um das zu richten, was geschehen war. Er war inzwischen sogar für die Hilfe oder Berührung einer Bewahrerin unzugänglich.

»Ich verurteile dich nicht. Ich sage nur, dass du den Eid verletzt hast und deswegen hier kein Platz mehr für dich ist.« Aber wohin konnte er jetzt gehen, fragte sie sich aufgeregt, nachdem er sich ihrem Urteil entzogen hatte und weiter gegangen war, als er je hatte gehen wollen? Schon jetzt würde er ein Leben führen müssen, das außerhalb aller für sie geltenden Regeln stattfand. Musste er zu einem Gesetzlosen werden, bevor er das Mannesalter erreicht hatte? Ihr wurde verzweifelt klar, dass er sich trotz ihrer Hilfe ins Abseits manövriert hatte. »Willst du meinen Segen annehmen, Dyan?«, fragte sie langsam.

»Ich bin dazu bereit, *Domna.*« Seine Stimme bebte, und sie dachte voller Mitleid: *Er ist doch noch ein Junge, er braucht unsere Hilfe mehr denn je. Unsere Gesetze und Regeln sollen verflucht sein! Er hat den Mut gehabt, sie zu brechen. Er hat getan, was er tun musste. Ach, hätte ich diesen Mut doch nur auch.*

Sie hielt ihm die Fingerspitzen entgegen und sagte: »Du hast Mut. Wenn du immer in Übereinstimmung mit deinem Gewissen handelst, selbst wenn es den Maßstab der anderen verletzt, tadle ich dich nicht. Doch wenn du einen Rat von mir annehmen willst: Du hast dich auf einen gefährlichen Weg begeben. Vielleicht ist er für dich der richtige. Ich kann es nicht sagen.«

»Ich habe in meinem Leben einen Punkt erreicht, *Domna,* an dem ich nicht über Recht oder etwas anderes nachdenken kann, sondern nur über die Notwendigkeit.«

»Dann mögen die Götter mit dir sein, Dyan, denn du wirst ihre Hilfe mehr brauchen als die unserige.« Ihre Stimme brach, und er schaute sie – was sie spürte – voller Schmerz und Mitleid an. *Zum ersten und vielleicht letzten Mal in seinem Leben bittet er um Hilfe, doch ich bin durch meine eigenen Eide gebunden und kann sie ihm nicht gewähren.* »Wenn du möchtest«, fuhr sie leise fort, »kannst du Elorie zu uns schicken.«

Dyan beugte sich über Fioras Hand und berührte ihre leichenblassen Finger mit den Lippen. »Falls es überhaupt irgendwelche Götter gibt«, sagte er, »bitte ich um ihre Hilfe und ihr Verständnis. Aber warum haben sie sich mir nicht gezeigt, als ich sie am dringendsten brauchte?«

Mit einem düsteren Lächeln richtete er sich auf, und Fiora wusste, dass er sich wieder abgeschirmt hatte. Er war nun für immer außerhalb ihrer Reichweite.

Dann ritt er von Arilinn fort, ohne einen Blick zurückzuwerfen.

Der Sohn des Falkners

Dyan Ardais legte sein Gepäck auf die schmale Koje, deckte es mit der einzelnen groben Decke zu, die ihm in der Kadettenkaserne zur Verfügung stand, und fing an, seine Ausrüstung in der hölzernen Truhe am Fußende des Lagers zu verstauen.

Es war sein drittes Jahr, das letzte als Kadett. Er war ein wenig älter als die anderen in seinem Jahrgang. Vor dem unerklärlichen Beschluss seines Vaters – und ihm waren alle Beschlüsse seines Vaters unerklärlich –, er solle einige Jahre im Kloster von Nevarsin verbringen, hatte er schon einmal zwei Jahre hier gedient. Nun hatte ihn eine gleichermaßen unerklärliche Laune hierher zurückgebracht.

Mit einer Resignation, die so tief greifend war, dass er nicht einmal genau wusste, wie sehr sie ihn traf, dachte er darüber nach, dass es seine Familie offenbar nicht scherte, ob er sich in Nevarsin, der Kadettenschule oder in einer von Zandrus neun Höllen aufhielt – Hauptsache, er war nicht in Ardais.

Er hatte Nevarsin jedoch gern verlassen. Er hatte dort viel gelernt, einschließlich der Steuerung seines *Laran,* das die Bewahrerin des Turms von Dalereuth ihm ebenso verwehrt hatte wie seine Aufnahme in den Turmkreis. Er hatte die Kunst der Heilkunde und Medizin ernsthaft studieren wollen, und in Nevarsin hatte man ihm außerdem umfassend Gelegenheit gegeben, Dinge zu erlernen, die *Comyn*-Söhnen normalerweise verwehrt blieben. Und sogar noch mehr: Er hatte sich dort völlig vergessen und seiner größten Liebe hingeben können: der Musik und dem Gesang im großartigen Nevarsin-Chor. Der Pater Kantor hatte seinen klaren Sopran gelobt und sich einiges auferlegt, um ihn auszubilden. Der Tag des Stimmbruchs war für Dyan der traurigste seines Lebens gewesen, doch zum Glück war seine erwachsene Singstimme ein klarer, melodischer Bariton.

Doch es war eigentlich unpassend, dass ein *Comyn*-Erbe bei den *Cristoferos* lebte. Er hatte ihre Disziplin zwar mit ruhigem, zynischem Gehorsam akzeptiert, doch nur als Mittel, das ihn weiterbrachte, denn er hatte nicht die geringste Absicht, sein Leben von ihren Regeln und ihrer persönlichen Weltsicht beeinflussen zu lassen. Als die Zeit dann gekommen war, war er ohne großes Bedauern gegangen. So verlockend es vielleicht auch schien, sein Leben der Musik und der Medizin zu widmen, er hatte stets gewusst, dass seine wahre Berufung, der für jeden *Comyn*-Sohn vorbereitete Weg, sein jetziger war: der Herrscherkaste zu dienen und später an ihrer Seite zu regieren. Auf ihn wartete ein Sitz im Rat, und sobald er alt genug war, würde er ihn einnehmen.

Wenn er das dritte Pflichtjahr der Kadettenschule beendet hatte, stand ihm eine Offiziersstelle bei der Garde zu. Valdir Alton, der Kommandant der Stadtgarde von Thendara, hatte nur einen Sohn, der alt genug war, das Kommando führen zu dürfen. Lewis-Valentin Lanart war neunzehn. Kennard, Valdirs jüngerer Sohn, war als Austauschstudent für den jungen Terraner Lerrys Montray vor einigen Jahren nach Terra geschickt worden. Dyan hatte Lerrys im zweiten Kadettenjahr kurz kennen gelernt. Man hatte ihm gestattet, ein Jahr bei den Kadetten zu dienen, als Anerkennung für seine Bereitschaft, die Pflichten eines *Comyn*-Sohnes auszuüben. Dyan hatte seine Vorgesetzten zwar sagen hören, der junge Terraner mache seinem Volk alle Ehre, doch er selbst hatte nur zynische Gefühle empfunden. Da man einen politischen Gast kaum hinauswerfen oder behelligen konnte, musste man wohl taktvoll das loben, das er richtig machte und seine Missgeschicke tunlichst übersehen. So entstanden ausgezeichnete diplomatische Beziehungen.

Dyan fragte sich, warum sich die *Comyn* überhaupt diese Mühe machten. Es wäre viel besser gewesen, die verdammten Terraner allesamt heulend in die gottverdammte Welt zurückzujagen, die sie hervorgebracht hatte!

Er erinnerte sich an Lerrys Montray als einen gut aussehenden, umgänglichen jungen Niemand, doch auch wenn er ein Dutzend Mal fähiger und kompetenter gewesen wäre, hätte er ihn verabscheut. Denn Larry, wie er bei den Terranern hieß, hatte Kennard Altons Stelle eingenommen – und für Dyan hätte kein lebender Mensch, nicht einmal der legendäre Sohn des Aldones, dies tun dürfen. Er hatte sich fest vorgenommen, dem terranischen Eindringling die Freude an seiner usurpierten Position zu vergällen. Er schmeichelte sich sogar damit, dass er es dem überheblichen Terraner, der glaubte, Kennard Alton das Wasser reichen zu können, so verdammt schwer gemacht hatte!

Als hätte irgendein Anflug von Hellsichtigkeit den Gedanken an Kennard Sekunden vor der Wirklichkeit durch sein Bewusstsein gesandt, sagte eine leise Stimme hinter ihm: »Du bist vor mir hier, Vetter? Ich hatte gehofft, dich hier zu finden, *Janu* ...«

Nur ein lebender Mensch hatte es je gewagt, ihn mit diesem kindischen Kosenamen anzusprechen – abgesehen von seiner vor zehn Jahren verstorbenen Mutter. Dyan verschluckte sich fast beim Luftholen, dann wurde er auch schon von einem nahen Verwandten umarmt.

»Kennard!«

Kennard drückte ihn fest an seine Brust, dann schob er ihn auf Armeslänge von sich. »Jetzt weiß ich, dass ich wirklich wieder zu Hause bin, *Bredu* ... Du hast die Kadettenausbildung also auch unterbrochen? Bist du jetzt im dritten Jahr?«

»Ja. Und du?«

»Ich habe sie beendet, bevor ich ging, hast du es denn

schon vergessen? Aber Lewis ist in den Arilinn-Turm gegangen, deswegen möchte mein Vater, dass ich ihm dieses Jahr als *Seconde* zur Seite stehe. Ich bin dein vorgesetzter Offizier, Dyan. Wie alt bist du jetzt?«

»Siebzehn. Nur ein Jahr jünger als du, Kennard. Hast du etwa vergessen, dass wir am gleichen Tag Geburtstag haben?«

Kennard lachte leise. »Ja, stimmt. Du hast es nicht vergessen?«

»Ich weiß noch fast alles über dich, Kennard«, sagte Dyan mit einer Intensität, die den älteren Burschen die Stirn runzeln ließ. Dyan bemerkte es und wechselte schnell das Thema. »Wann bist du zurückgekehrt?«

»Erst vor ein paar Tagen. Ich hatte gerade mal genug Zeit, um meiner Pflegeschwester und meiner Mutter meinen Respekt zu erweisen. Cleindori ist jetzt in Arilinn, und natürlich spricht man schon davon, dass wir alle heiraten oder wenigstens ein Eheversprechen abgeben. Und du, Dyan? Du bist doch auch in dem Alter, in dem man anfängt, über solche Dinge zu reden.«

Dyan zuckte die Achseln. »Es wurde darüber nachgedacht, mich mit Maellen Castamir zu verheiraten«, antwortete er, »aber dazu ist noch jede Menge Zeit. Sie spielt noch mit Püppchen. Vielleicht kommt es zu einem Eheversprechen, aber zu einer Hochzeit bestimmt erst in zehn Jahren, wenn nicht gar noch später. Was mir nur recht ist. Und bei dir?«

»Alles Gerede«, sagte Kennard. »Geredet wird natürlich immer. Es reicht mir, den Tratsch zu verfolgen, wenn er ernsthaft wird. Bis dahin frische ich meine alten Freundschaften auf – und da wir gerade darüber reden ...« Er brach ab, als zwei junge Männer die Unterkunft betraten.

»Rafael!«, rief er. Dann lachte er und schaute den zweiten Burschen an. »Ich meine euch natürlich beide.«

Rafael Hastur, der Hastur-Erbe, ein schlanker, gut aussehender junger Kerl, dessen Augen eher blau als vom *comyn*typischen Grau waren, lächelte fröhlich und streckte Kennard beide Hände entgegen.

»Wie schön, dich wieder zu sehen, Vetter! Auch dich, Dyan. – Kennt ihr Rafael-Felix Syrtis, meinen Friedensmann und Untertanen?«

Kennard lächelte ihn an. »Wir sind uns wahrscheinlich mal als Kinder begegnet, bevor ich nach Terra geschickt wurde. Aber ich kenne natürlich deine Familie. Die Syrtis-Falken sind berühmt.«

»So berühmt wie die Armida-Pferde«, erwiderte der junge Syrtis lächelnd. »Ich habe gehört, Ihr seid einer unserer Offiziere, Hauptmann Alton.«

»Kennard reicht«, sagte Kennard freundlich. »Wir sind doch verwandt, da können wir uns die Formalitäten ruhig sparen. Du kennst doch meinen Vetter Dyan, oder?«

Dyan runzelte die Stirn und nickte Rafael Syrtis kurz und distanziert zu. Diese abwehrende Geste tadelte Kennards überschwängliche Freundlichkeit.

Ein Syrtis, der Sohn eines Falkners und außerdem – wie seine Familie seit Generationen – ein *Cristofero*, war kein passender Friedensmann oder Gefährte für einen Hastur-Erben. Als Dyan die beiden musterte, spürte er, dass sie nicht nur Friedensmann und Herr waren, sondern auch *Bredin!* Der junge Syrtis sprach seinen Herrn an wie einen Vertrauten. Außerdem fiel ihm auf, dass er, obwohl er von niedrigem Adel war, einen mit dem edlen Hastur-Emblem verzierten Dolch in der Scheide trug.

Auch wenn Rafael Hastur nichts gegen niedrige Gesellschaft hatte – er konnte seinen bürgerlichen Freund doch nicht einfach anderen *Comyn* aufzwingen!

Dann unterhielt auch Dyan sich mit Rafael Hastur, wobei er bewusst die speichelleckerischen Versuche des jungen Syrtis ignorierte, freundlich zu sein. Der junge Hastur bemühte sich zwar, seinen Freund in das Gespräch einzubeziehen, aber Dyan speiste ihn nur mit kurzen, kalten, höflichen Antworten ab.

Später machte Kennard sich auf, seinen Vater zu besuchen. Ein Waffenmeister schickte nach Dyan. Rafael Hastur und Rafael Syrtis blieben in der Unterkunft zurück und halfen einander, ihren Besitz zu verstauen.

»Nimm es meinem Freund Dyan nicht krumm«, sagte Rafael Hastur entschuldigend. »Die Ardais sind sehr stolz ... Er war schrecklich unhöflich zu dir. Ich habe es als persönliche Beleidigung empfunden, und das werde ich ihm auch noch sagen!«

Rafael Syrtis lachte achselzuckend. »Er ist noch sehr jung für sein Alter«, wandte er ein. »Irgendwie war er schon immer so. Er benimmt sich wie jemand, der glaubt, dass er über allen anderen steht. Wahrscheinlich ist er nur unsicher ... wegen seines Vaters. Ich dürfte zwar nicht so über einen *Comyn*-Fürsten reden, aber der alte Lord Kyril ist ein abscheulicher Trunkenbold. Der unsympathischste Säufer, der mir je begegnet ist.«

»Ich bin der Letzte, der dies bestreiten würde«, sagte Rafael Hastur. »Ich liebe meinen Onkel auch nicht gerade. Aber Dyan war immer ein netter Kerl.«

Rafael Syrtis zuckte die Achseln. »Tja, ich kann auch ohne seine Sympathie leben. Aber er tut mir Leid. Er hat nicht viele Freunde. Er könnte durchaus mehr haben. Niemand würde Dyan die Fehler seines alten Herrn verübeln, aber er ist so empfindlich, geht immer gleich in die Offensive und schlägt verbal auf andere ein, *bevor* sie ihn brüskieren. – Soll ich mal einen Blick auf den Dienstplan werfen und nachschauen, wo und wann wir eingeteilt sind?«

»Auf jeden Fall«, entgegnete Rafael Hastur. »Sag mir, wo ich Dienst habe, und vergiss nicht, dir zu merken, wann wir dienstfrei haben, damit wir meine Schwester Alisa und ihre Gesellschafterin besuchen können ... Ha, Rafael, ich spüre es nämlich, wenn der Wind aus der richtigen Ecke weht. Dafür brauche ich keinen Wetterhahn!«

Rafael Syrtis machte lachend eine Handbewegung, die symbolisierte, dass er sich ergab. »Du kennst mich doch, *Vai Dom Caryu* ... Ich bin wirklich sehr darauf erpicht, *Damisela* Caitlin meinen Respekt zu erweisen ...«

»Ich hoffe, du bist nicht allzu respektvoll«, ulkte Rafael Hastur. Dann wurde er wieder ernst. »Nein, *Bredu*, ich habe nicht vor, dich auf den Arm zu nehmen. Ich freue mich wirklich, dass du jemanden gefunden hast, den du lieben kannst, und meine Pflegeschwester Caitlin ist dir in jeder Hinsicht würdig.«

»Aber ich bin ihrer nicht würdig ...« Rafael Syrtis' Stimme zitterte. »Wie konnte ich meinen Blick nur so in die Höhe richten ...«

Rafael Hastur legte eine Hand auf die Schulter seines Freundes. »Nein«, widersprach er ihm heftig, »sag das nicht. Mein Vater ... wir alle ... kennen deinen Wert und deine Qualitäten. Außerdem schätzt mein Vater den deinen als einen seiner treuesten Männer. Für mich ist Caitlin freilich nur eine aus Augen und Zähnen bestehende Base, so dass ich mich frage, was du an dieser langzahnigen Schnepfe überhaupt findest ...«

»Schnepfe? Caitlin soll eine Schnepfe sein?«, rief Rafael Syrtis beleidigt aus. »Sie ist von göttlicher Schlankheit, und ihre Augen ... Diese Augen ...«

»Als sie noch ein kleines Mädchen war«, ulkte Rafael Hastur, »haben Alisa und ich sie immer *Glubschauge* genannt. Und ich kann nicht erkennen, dass sie seither hübscher geworden ist. Aber mach dir keine Sorgen. Sie ist das Mündel meines Vaters, und Alisa liebt sie sehr. Außerdem ist sie nicht wohlhabend, so dass sie in dieser Hinsicht nicht über dir steht.

Sie stammt zwar aus guter Familie, aber das gilt auch für dich. Mein Vater wird sie dir sicher gern zur Frau geben. Ich glaube nicht, dass schon jemand auf sie geboten hat, aber selbst wenn es so wäre, würde ich bei Vater für dich sprechen. Wenn du willst, trete ich auch beim Eheversprechen für dich ein. So bleibt Caitlin in der Familie und meiner Schwester so nah, wie sie es immer war.«

Rafael Syrtis' Stimme bebte. »Ich weiß nicht, wie ich dir danken soll ...«

»Mir danken?«, sagte Rafael Hastur. »Du kannst es tun, indem du bleibst, was du immer schon warst: mein treuester Friedensmann und Blutsbruder. Ich hoffe nur, dass mein Vater, wenn es an der Zeit ist, mir eine Braut zu suchen, eine Frau für mich findet, die ich nur halb so gern heiraten möchte. Bis jetzt habe ich in Thendara noch keine Jungfrau gesehen, die mir besser erscheint als die anderen. Mein Vater hat von der Tochter Lord Elhalyns gesprochen, aber sie ist noch ein Kind.«

Schüchtern legte er eine Hand auf den Arm seines Freundes. »Aber vielleicht springt ein wenig von deinem Glück auf mich über, und auch ich bin bald verliebt. Versprich mir, Rafael, dass diese neue Verbindung unsere Freundschaft nie belasten wird.«

»Niemals«, schwor Rafael Syrtis. »Ich verspreche es.«

Die ersten zehn Tage der Kadettenzeit – die Teilnahme an Ehrengarden, die Begleitung von *Comyn*-Fürsten und ihren Damen, die Bewertung der Ausbildung neuer Kadetten und die Erteilung von Aufträgen an die älteren – hielten alle davon ab, ihre alten Freundschaften aufzufrischen. Am Morgen der Festnacht trafen sich Kennard und Dyan in einem kleinen Büro neben dem Gardesaal, in dem Kennard die Dienstpläne aufstellte. Anschließend wollte er sich um die zeremoniellen Pflichten für den abendlichen Ball kümmern.

»Kommst du auch, Dyan? Natürlich kommst du, weil sonst nämlich kein Vertreter der Ardais-Domäne dabei ist.«

Er musterte den jüngeren Burschen voller Sympathie. Von Dyans Vater *Dom* Kyril war bekannt, dass er an ständig wiederkehrenden Anfällen von Geistesgestörtheit litt, die dazu führten, dass er nicht mehr wusste, was sich gehörte. In einem seiner lichten Momente hatte er Dyan die zeremoniellen Pflichten der Domäne übertragen, damit er in Augenblicken der Zerstreutheit oder des Wahnsinns keine Unehre über sie brachte.

»Ich habe das große Glück, dass mein Vater und mein Bruder Lewis beide in der Lage sind, den öffentlichen Pflichten der Domäne nachzukommen«, sagte Kennard. »Ich bin kein Freund von Zeremonien. Die wichtigen Ratsgeschäfte würden mich zwar stolz machen, aber öffentlich aufzutreten und aufgrund meines Stammbaums wie ein Rennpferd bewundert zu werden ... Nein, das finde ich langweilig.«

»Ich hoffe«, entgegnete Dyan steif, »dass ich nie bei einer *Comyn*-Pflicht versage, und möge sie auch noch so langweilig sein.«

Kennard legte kurz einen Arm um die Schulter seines Freundes. »Das gefällt mir an dir, *Bredu*«, sagte er. »Aber mal ehrlich, Dyan – langweilig ist es doch, oder?«

Dyan lachte leise. »Ich würde es zwar nicht in der Öffentlichkeit zugeben, aber du hast schon Recht. Ich frage mich, ob auch preisgekrönte Gäule es als langweilig empfinden, wenn man sie schmückt und durch die Straßen führt.«

»Gut, dass wir es nicht wissen, nicht wahr?«, erwiderte Kennard. »Sonst würden wir es nie wieder wagen, eine Parade abzuhalten. – Nein, wirklich, ein wenig weiß ich doch. In meiner Freizeit dressiere ich gern Pferde und richte sie ab. Und dabei spüre ich mit meinem *Laran,* wie sie sich mit Gebissstange und Sattel fühlen. Sie haben gelernt, es zu ertragen, so wie wir es akzeptieren, lange Wache zu stehen, Berichte zu schreiben und all die anderen Dinge zu tun, die wir tun müssen. – Da wir gerade von langweiligen Pflichten sprechen ... Lewis behauptet, Vater hat eine Frau für mich ausgesucht, irgendeine langweilige Tochter aus einer niedrigeren Hastur-Sippe. Hast du schon irgendwelchen Tratsch gehört?«

Dyan schüttelte den Kopf. »Ich bin an Frauen nicht besonders interessiert. Ich höre nur sehr wenig über Eheschließungen.«

»Frauen sind eine tolle Sache«, sagte Kennard achselzuckend. »Das habe ich inzwischen herausgefunden. Aber zum heiraten ... Ach, ich nehme an, es hat wohl sein Für und Wider, wenn man ein Heim hat und Kinder für die Sippe kriegt ... Ich habe die Alton-Gabe; Lewis dagegen nicht. Deswegen werde ich wohl eher heiraten und Söhne kriegen müssen.«

»Was das angeht«, wandte Dyan ein, »glaube ich zwar, dass ich alle meine Pflichten gegenüber der Domäne erfüllen werde, aber als ich jünger war, haben die Frauen meines Vaters mich regelrecht krank gemacht ...« Er schaute ihn zwar nicht an, änderte auch nicht die Tonhöhe seiner ruhigen, melodiösen Stimme, aber Kennard, der ebenfalls über eine beträchtliche Menge des empathischen Talents der Ridenows verfügte, spürte, dass Dyan sich zwingen musste, die Worte zwischen Lagen von Schmerz und Scham auszusprechen.

»Du weißt es wahrscheinlich nicht ... aber es gab Zeiten, in denen er sie nach Ardais geholt, vor den Augen meiner Mutter zur Schau gestellt und Witze über die alten Zeiten gerissen hat, als Ehefrauen noch ihre Pflichten kannten ... Wenn sie ihre Gatten im Bett nicht mehr erfreuten, haben sie für ihn eine andere Frau ausgewählt, die ihre Stelle einnahm ... Er hat sie gezwungen, seine sämtlichen unehelichen Söhne – sogar die Töchter – von Rayna Di Asturien als Pflegekinder anzunehmen, obwohl sie meiner Mutter gegenüber stets grausam arrogant war. Aber das ist noch nicht alles ... Er hat sogar vor ihren Augen den Zofen nachgestellt und sie gezwungen, dabei zuzuschauen ... Die Vorstellung, dass ich mich je so ehrlos aufführen könnte, verursacht mir Übelkeit! Und doch konnte er ... konnte er nichts dagegen tun. Wenn ich mir vorstelle, ich könnte je zum Sklaven einer solchen ... Männlichkeit ... einer solchen Manneskraft werden ... dass ich einer guten Frau, die mir nie etwas getan hat, der ich meine Ehre schulde, derart wehtun, sie, so verletzen könnte ... Irgendwann werde ich wohl, wie es sich gehört, heiraten und meine Pflicht gegenüber der Domäne erfüllen, aber die Vorstellung, ich könnte so ... so an meine Gelüste versklavt sein ... Bevor ich mich derart benehme, habe ich hoffentlich genug Ehre, um so *emmasca* zu werden wie die weinerlichen *Cristoferos!*«

Kennard war von seiner Heftigkeit abgestoßen. Zwar drückte er Dyans Hand mit stummer Zuneigung, aber ihm fiel nichts ein, was er zu den Enthüllungen des Jüngeren anmerken konnte. Nach langer Zeit sagte er endlich zaghaft: »Dein Vater ... ist nicht recht bei Sinnen, *Bredhyu*. Du darfst nicht zulassen, dass seine Bösartigkeit dein Leben zerstört.«

»Das lasse ich auch nicht zu«, sagte Dyan. Er hatte sich wieder gefangen und war nun trotzig. »Aber ich kann es durchaus erwarten, dass man das Glück einer Frau und ihre Ehre in meine Hände legt. Es wäre eine ... eine Verpflichtung, die mir Angst einjagt. Angenommen, ich fände mich so von einem Verlangen nach Frauen versklavt ...«

»Ach«, sagte Kennard halb im Spaß und halb ernst, »ich glaube nicht, dass es gefährlich ist. Frauen sind zwar sehr nett, aber ich habe nicht vor, meine Gunst nur auf eine zu beschränken. Ich würde lieber alle glücklich machen, damit keine das Recht auf Eifersucht und Vorwürfe hat.«

»Wie kannst du nur so zynisch sein!«, rief Dyan entsetzt aus.

»Dyan, es war ein Scherz! Aber mal ehrlich, Bruder, ich bin noch nicht besonders an einer Eheschließung interessiert. Ich bin nicht mal lange genug zu Hause, um meine alten Verbindungen und Freundschaften zu erneuern. Deswegen warte ich lieber, bevor ich neue anfange. Und da wir gerade von alten Verbindungen und Freundschaften sprechen: Wir beide haben uns auch kaum gesehen! Sollen wir mal wieder jagen gehen? Oder ... Rafael Hastur hat davon gesprochen, einige Zeit in Syrtis zu verbringen ... *Dom* Felix weiß mehr über Falken als jeder andere zwischen Dalereuth und Kadarin. Er hat mir sogar einen eigenen versprochen. Die beiden wären – da bin ich ganz sicher – sehr erfreut, wenn du mitkommen würdest!«

»Ich bin auf Falkenjagden nicht besonders erpicht«, sagte Dyan steif. Rafael Hastur nahm also an, er könne seinen Freund, den Sohn des Falkners, Kennard Alton aufzwingen, indem er ihn sich mit einer Aufmerksamkeit besonderer Art verpflichtete. Er wollte ihn bestechen!

»Wie du willst«, sagte Kennard. »Wenn es dir lieber ist, reiten wir beide eben allein ins Gebirge. Ein paar Tage nach dem Festabend kann ich drei Tage Urlaub nehmen, und du auch.«

Ein oder zwei Tage später erreichte ihn tatsächlich die Einladung Rafael Hasturs, mit nach Syrtis zu kommen. Auch seine Schwester und seine Pflegeschwester gehörten der Gruppe an. Doch Dyan lehnte ab und gab als Grund an, dass Kennard und er andere Pläne hatten.

Als er neben Kennard über die niedrigeren Hügel der Venza-Berge ritt, fühlte er sich überglücklich, als seien sie nach vielen Jahren in eine fröhliche Kindheit zurückgekehrt. Auch Kennard wirkte so. Er erzählte Dyan ein wenig – es war wirklich nicht viel – über die Jahre, die er auf Terra verbracht hatte, von seinem Kampf gegen die schwere Luft und das Zerren der Schwerkraft, über die langen Reisen von einem Planeten zum anderen und den komischen Sitten, die man auf der anderen Welt pflegte. Er sprach auch von der Einsamkeit unter den Menschen, von denen fast keiner über die Gabe des *Laran* verfügte.

»Nur einmal habe ich wirkliche Freunde getroffen«, fuhr er fort. »Ausgerechnet auf Terra, es waren Verwandte der Montrays, die einmal auf Darkover gelebt haben. Sie wussten, dass mir das Licht in den Augen brannte ... Das Licht war das Schlimmste, es war so hell, und selbst wenn die Sonne nicht am Himmel stand, habe ich manchmal geglaubt, ich würde unter dem Furcht einflößend kalten Licht des schrecklichen weißen Mondes verrückt werden ... Weißt du eigentlich, dass in einer ihrer Sprachen das Wort für Wahnsinn das gleiche bedeutet wie Mondanbeter? Es gab da ein Mädchen ... Sie hieß Elaine, was in unserer Sprache Yllana bedeutet ... Aber sie war auch mit den Aldarans verwandt. Ich glaube nicht, dass ich sie je wieder sehe ... Aber sie hat irgendwie verstanden ... wie unheimlich mir der schreckliche Mond war.«

»Mondverrücktheit ist auch leicht zu verstehen. Bei uns gibt es den Spruch *Was unter den vier Monden getan wird, braucht nie erinnert oder bedauert zu werden ...*

»Stimmt«, sagte Kennard lachend. »Jetzt sehe ich drei Monde am Himmel, und etwas später wird auch Idriel aufgehen. Dann erleben wir hier vielleicht auch ein verrücktes Abenteuer!«

Als sie ihr Lager aufschlugen und sich eine Mahlzeit zubereiteten, standen tatsächlich alle Monde am Himmel. Dyan briet einen Vogel, den er mit seinem *Courvee* erlegt hatte, einem gekrümmten Wurfstock, den man bei der Jagd in den Hellers verwendete. »Ich bin völlig aus der Übung«, hatte Kennard geklagt. »Es ist viel zu lange her!«

Sie saßen lange vor den Kohlen ihres Feuers. Die vier Monde schienen auf sie hinab, und sie unterhielten sich über ihre Kindheit und die erste Zeit bei den Kadetten.

»Auf Terra war ich kreuzunglücklich«, erinnerte sich Kennard. »Ich habe mich oft gefragt, ob Larry es ebenso empfunden hat. Seine Verwandten waren stets sehr freundlich zu mir und haben sich bemüht, mir Verständnis entgegenzubringen. Ich weiß zwar, dass mein Vater freundlich zu Larry war, aber wie haben sich die anderen verhalten, Dyan? War er glücklich bei den Kadetten? Hat sich jemand mit ihm angefreundet? Ich hätte es gern gesehen, wenn du dich als mein bester Freund ein wenig um ihn gekümmert hättest.«

»Glaubst du denn, irgendjemand könnte deine Stelle einnehmen?«, erwiderte Dyan steif. »Ich glaube, wir haben ihm alle klargemacht, wie sehr wir ihn bei diesem Versuch als Eindringling empfunden haben!«

Kennard schüttelte bestürzt den Kopf. »Aber wir waren doch Freunde, Dyan. Ich hätte es lieber gesehen, wenn ihr ihn behandelt hättet wie mich – als guten Freund und Bruder ... Nun ist es zu spät, und ich will dich nicht tadeln«, fuhr er fort, »aber es wäre mir lieber gewesen, wenn du ihn so gut kennen gelernt hättest wie ich. Glaub mir, er ist es wert, *Janu.*«

Da er den alten Kosenamen aus ihrer Kindheit benutzte, wusste Dyan, dass er ihm nicht böse war. Natürlich nicht, Kennard würde sich doch nicht wegen eines *Terraners* mit ihm streiten!

Das Feuer war heruntergebrannt. Kennard gähnte und sagte: »Legen wir uns lieber hin. Die vier Monde sind auch noch da ... Welche Verrücktheit sollen wir denn begehen?«

Mit einer Schüchternheit, die ihn selbst überraschte, sagte Dyan: »Besonders verrückt ist es wohl nicht. Aber sollen wir nach den vielen Jahren nicht unseren alten Eid erneuern, *Bredhyu?*«

Kennard war einen Augenblick völlig reglos und erschreckt. Dann sagte er sehr leise: »Wenn du möchtest, *Bredhu.*« Er wiederholte das Wort mit dem besonderen Tonfall, mit dem auch Dyan es ausgesprochen hatte; so wie nur Eidesbrüder miteinander umgingen, zwischen denen keine Schranke existierte. »Er braucht aber keine Erneuerung, um so stark zu sein wie immer. Ich vergesse nicht, was ich einmal geschworen habe. Und du bist alt genug. Es wäre mir nicht eingefallen, dich wie einen Jungen zu behandeln, der für Frauen noch zu jung ist ... Aber wenn du es wünschst, mein liebster Bruder, soll es so sein.«

Er zog Dyan an sich. Ihre Lippen trafen einander, und alle Schranken fielen bei den intimsten Berührungen, bis ihre Geister voreinander so entblößt waren, wie ihre jungen Leiber ... und in diesem Moment zerbrach etwas tief in Dyan Ardais und heilte nie wieder.

Kennard hatte nicht aufgehört, ihn zu lieben. Und er würde ebenfalls nie aufhören, ihn zu lieben. Er begrüßte ihre erneute Vereinigung, und nun hatte er sich auch vollständig der Wärme und Zärtlichkeit der erneuten körperlichen Bestätigung ergeben und hielt nichts mehr zurück. Und doch ... gab es einen grundlegenden Unterschied – einen Unterschied, der Dyan das Herz brach. Was für ihn die benötigte und verzweifelt ersehnte Quelle seiner Existenz war, der Kern und die Erneuerung seines Daseins, bedeutete Kennard nichts. Kennard liebte ihn zwar, hielt ihn wie einen Bruder, Freund und Blutsverwandten in Ehren und hatte zahllose gute Erinnerungen an ihn, aber der Mittelpunkt ihrer Liebe, die gegenseitige Zuneigung, die der einzige Grund für Dyans Existenz war, war für Kennard nur angenehme Liebenswürdigkeit. Er wäre ebenso zufrieden gewesen, wenn sie einander die Hand gegeben und getrennt geschlafen hätten ... und vor der Agonie dieses Wissens spürte Dyan Ardais, dass der gesamte Kern seines Ichs brach, zerriss und in Fragmenten auseinander stob.

Selbst als er Kennard zärtlich in den Armen hielt und in dem beiderseitige Geben und Nehmen gänzlich aufging, spürte er, dass er vom Eis des Todes umgeben war, wie in den eisigen Sälen von Nevarsin, kalt, allein ... Selbst die Auflösung in der beiderseitigen Freude wurde zur Qual. Er wusste, dass er unbeherrscht schluchzte und spürte trotz der eigenen Verzweiflung Kennards verwirrte Trauer und sein Bedauern. Er konnte nicht einmal wütend auf ihn sein. Kennards Gedanken waren seine eigenen: *Was kann ich nur tun? Er kann nicht aus seiner Haut, und ich ebenso wenig. Ich liebe ihn, ich liebe ihn sehr, aber Liebe ist nicht genug ...*

»Dyan, Dyan ... *Janu, Bredhyu,* mein geliebter Bruder, trauere doch nicht so, du brichst mir das Herz«, bettelte Kennard. »Was soll ich denn nur sagen, Bruder? Du wirst mir immer lieber sein als jeder andere lebende Mensch, ich schwöre es. Ich bitte dich, sei doch nicht so traurig ... Die Welt nimmt ihren Lauf so, wie sie will, und nicht, wie wir es gern hätten ... Es gibt niemanden, niemanden, den ich mehr liebe als dich, Dyan ... Es ist nun mal so, dass ich kein Knabe mehr bin ... Dyan, ich schwöre, es wird eine Zeit kommen, in der dir dies nicht mehr so schrecklich viel ausmacht ... Alle Dinge ändern sich doch ...«

Innerlich tobte Dyan. *Ich werde mich nicht ändern. Niemals.* Sein ganzes Ich schrie in wütender Rebellion auf, aber allmählich gelang es ihm, sein Weinen zu beherrschen, und er zog sich hinter eine undurchdringliche Barrikade aus Gelassenheit, gutem Benehmen, ja, fast sogar Heiterkeit zurück. Er griff erneut nach Kennard, mit geschickten, verführerischen Berührungen, und ließ ihn ebenso seine Gedanken spüren: *Immerhin das bleibt mir, und Kennard kann nicht so tun, als empfände er keine Lust dabei ...*

Kennard, noch immer besorgt, aber dankbar wegen Dyans zurückgekehrter Ruhe, griff mit sanfter Dringlichkeit nach ihm und sagte, da er die tiefer gehende Berührung ihrer Geister nicht länger ertragen konnte: »Ich werde niemals versuchen, es nur vorzutäuschen, Bruder.«

Der Sommer zog sich dahin. Als Kennard sich eines Tages – er hatte einigen jüngeren Kadetten gerade Fechtunterricht erteilt – in dem kleinen Raum neben dem Gardesaal umzog, sagte er zu Dyan: »Es ist so weit. Vater hat eine Frau für mich gefunden.«

Ironisch zog Dyan eine Braue hoch. »Glückwunsch. Bin ich mit der glücklichen jungen Dame bekannt?«

»Ich weiß es nicht! Ich kenne das Mädchen überhaupt nicht. Vater behauptet, sie passt zu mir. Sie stammt aus einer Nebenlinie der Hasturs. Er sagt, dass sie zwar nicht besonders hübsch, aber auch nicht hässlich ist. Sie ist umgänglich, nicht gerade dumm und verfügt über *Laran* – und das ist für mich sehr wichtig. Er hat keine Bedenken, dass wir uns mögen und gut miteinander auskommen werden. Schönheit ist vielleicht wichtig bei der Geliebten eines Mannes, aber ein sanfter Charakter und eine freundliche Art sind bedeutender, wenn man Heim und Leben teilt. Ich bezweifle nicht, dass wir miteinander glücklich werden. Sie ist die Pflegeschwester von Rafael und Alisa Hastur. Bist du ihr schon mal begegnet? Sie heißt Catriona, Catrine oder so.«

»Caitlin?«, fragte Dyan.

Kennard nickte. »Ich glaube, ja. Kennst du sie?«

»Nein«, sagte Dyan, »aber ich weiß, wer sie ist.«

Innerlich lachte er triumphierend. Dies würde Rafael Syrtis lehren, noch einmal den Blick zu einem Mädchen zu erheben, das mit den Hasturs verwandt war! Nun, da man einen passenden Gatten für sie gefunden hatte, würde Rafael Syrtis endlich erfahren, dass dem Ehrgeiz eines Bürgerlichen Grenzen gesetzt waren.

»Ich wünsche euch beiden alles Glück der Welt«, sagte er zu

Kennard. Er fühlte sich sogar noch besser, als Kennard erwiderte: »Das Mädchen bedeutet mir nichts, lieber Bruder. Ich bin noch keiner Frau begegnet, die mehr für mich ist als ein Eidesbruder, und ich bete inbrünstig darum, dass es sich auch niemals ändern wird.«

Dyan war neugierig, wie die beiden Rafaels auf diese Neuigkeit reagierten, und es dauerte nicht lange, bis er es erfuhr. Zwar befand er sich außer Hörweite, als er im Quartier gerade irgendeiner unwichtigen Beschäftigung nachging, während die beiden am anderen Ende des Raumes so taten, als spielten sie Karten, doch er hörte, dass sie Kennard erwähnten und empfand nicht das Geringste ethisch bedingte Zögern, seine Sinne ausschweifen zu lassen, um ihr Gespräch telepathisch zu belauschen.

Ich konnte es kaum fassen, begann Rafael Syrtis. *Ich wusste natürlich, dass sie erfreut war, mich zu sehen, als ich sie besuchte, aber ich hätte nie geglaubt, dass sie nach mir schicken und mich bitten würde ... Rafael, ich konnte es nicht ertragen. Sie hat so geweint. Ihr armes kleines Gesicht war von den vielen Tränen ganz verschwollen. Ich glaube, sogar die härtesten Steine des Gipfels von Nevarsin wären vor Mitleid geschmolzen! Und natürlich denkt ihr Vater nur daran, was es ihr bedeuten könnte, einen* Comyn-*Erben zu heiraten ... Was soll ich nur tun, Rafael? Ich kann sie nicht verlieren. Nicht jetzt, wo ich weiß, dass ich ihr ebenso viel bedeute wie sie mir ...*

Dyan empfand tiefe Befriedigung. Nun begriff dieser verdammte Bürgerliche endlich, dass er sich nicht in die Kreise der *Comyn* einschleichen konnte, indem er eine Pflegeschwester Rafael Hasturs ehelichte! Sollte er doch leiden! Es sollte ihm eine Lehre sein! Dann vernahm er voller Empörung das, was Rafael Hastur seinem Freund antwortete. War es tatsächlich möglich, dass ein Hastur so sprach? Wie entwürdigend!

Wenn Caitlin und du den Mut habt ... stehe ich zu euch. Eine Freipartner-Ehe kann nicht angefochten werden, wenn sie einmal vollzogen ist. Würdest du mit meinem Vater sprechen, würde er es als eine Knabenphantasie abtun, aber wenn ihr ein Bett, eine Mahlzeit und eine Feuerstelle miteinander geteilt habt ... Ich weiß nicht, ob das Mädchen die Kraft hat, sich den Wünschen der alten Leute zu widersetzen, aber falls doch – und du auch –, braucht ihr Zeugen. Auch Alisa hat versprochen, dass sie zu euch hält ...

Und dann sprachen sie über Pferde und Richtungen, und Dyan stellte das Lauschen ein, als Rafael Syrtis sich umdrehte und ihm einen nervösen Blick zuwarf ... Verfügte der verdammte Bürgerliche etwa doch über *Laran?* Aber er fing noch den Ort der Begegnung auf, *die Reisehütte auf der Straße zu Callistas Brunnen ...*

Von Dyan hast du nichts zu befürchten, sagte Rafael Hastur ruhig. *Auch er hat unter den Launen eines überstrengen Vaters gelitten. Er würde uns sicher nicht verraten.*

Von wegen, dachte Dyan voller Zorn. Selbst wenn ihn Rafael Syrtis' Vermessenheit, seinen Blick ehrgeizig auf ein Hastur-Mündel zu richten, nicht ausreichend wütend gemacht hätte, er war außer sich, weil die Sache Kennard betraf. Wer war diese Caitlin überhaupt, dass sie es wagte, einen unverschämten Niemand Kennard Alton vorzuziehen? Was wäre es für eine Ohrfeige für Kennard, wenn man im Rat darüber tratschte, dass die ihm versprochene Braut fortgelaufen war, um einen anderen zu heiraten? Und wen? Etwa einen Prinzen, eine noch höher stehende Persönlichkeit? Keineswegs. Es ging um den Falknerssohn ihres Vormundes. *Welch eine Beleidigung für Kennard!,* dachte Dyan aufgebracht. Hätte Caitlin jetzt vor ihm gestanden, hätte er sie angespuckt!

Kennard musste sofort erfahren, dass Rafael Hastur und sein überheblicher und anmaßender Günstling sich verschworen, um ihn um seine Braut zu betrügen!

Während er Kennard suchte, übte er schon mal in Gedanken seine Worte, damit seinem Freund auch bewusst wurde, wie sehr der Hastur-Erbe ihn beleidigte! Diese falschen Freunde und Verräter verschworen sich, um Kennard zu betrügen, damit er vor der Garde und dem Rat das Gesicht verlor.

Doch sein geistiges Auge führte ihm unaufhörlich einen Kennard vor, der ihm nicht dankbar war, weil er ihn vor der geplanten Demütigung warnte. Er war vielmehr böse auf ihn, weil er sich in die Angelegenheit einmischte. Ihm war, als könne er Kennard sagen hören: *Bei Zandrus Höllen, Dyan, glaubst du denn, das Mädchen ist mir wichtig? Momentan ist mir ein Mädchen so egal wie jedes andere. Mir ist nur wichtig, dass sie zu mir passt, auch wenn ich sie noch nie gesehen habe.* Und je mehr Dyan nach Argumenten suchte, um Kennard davon zu überzeugen, dass er es nicht zulassen konnte, wenn die ihm versprochene Braut an einen Bürgerlichen fiel, desto mehr führte sein Verstand ihm Kennards logische Antwort vor:

Welches Vergnügen könnte es wohl für mich sein, ein Mädchen zu heiraten, das hoffnungslos in einen anderen verliebt ist? Es gibt jede Menge Frauen, die mich gern zum Mann nähmen. Warum soll ich sie dem jungen Syrtis nicht gönnen und den beiden Glück wünschen, wenn es ihnen so viel bedeutet? Wer weiß, vielleicht habe auch ich eines Tages so viel Glück, eine Frau zu finden, die so vernarrt in mich ist wie Caitlin in Rafael?

Von den vielen Stimmen in seinem Kopf verwirrt, empfand Dyan plötzlich ernsthafte Bedenken. Sollte er einfach Frieden bewahren? Wenn Caitlin Lindir-Hastur so viel an Rafael

Syrtis lag, warum sollte er sie dann entzweien, nur damit sie in die Hände eines Mannes gelangte, den es nicht kümmerte, ob er sie oder eine andere bekam? Doch im letzten Moment seiner quälenden Gedanken und noch immer an der unbeabsichtigten Zurückweisung Kennards leidend, wusste er, dass er gar nicht wollte, dass sein Freund eine Frau heiratete, die ihm das bedeutete, was Caitlin für Rafael Syrtis war.

... was keine Frau, das weiß ich jetzt, mir je bedeuten wird ...

Er verwarf seine Gewissensbisse. Treue zu den *Comyn* bedeutete, dass er den jungen Hastur daran hinderte, dem Rat zu trotzen, der wollte, dass Kennard Alton Caitlin zur Frau bekam. Kennard durfte nicht gedemütigt werden, indem herauskam, dass die ihm versprochene Braut lieber Gattin eines Bürgerlichen sein mochte, eines Trittbrettfahrers, des Sohnes eines Falkners!

Kennard wird erfahren, dass ich seine Ehre als Comyn-*Lord ebenso hoch halte wie meine eigene. Er wird mir dankbar sein. Ich werde ihm immer mehr bedeuten als irgendeine Frau ...*

Dyans Hände zitterten. Er stellte fest, dass er sich vor den Wohnräumen der Hasturs befand, und als er dem ernsten Diener sagte, Dyan-Gabriel, der Regent von Ardais, wünsche Lord Danvan Hastur zu sprechen – oder, falls dieser nicht zugegen sei, den alten Lord Lorill –, übte er noch einmal die Worte, die er zu sprechen gedachte.

Mein Fürst, ist Euch bekannt, was Euer Sohn und sein schamloser Friedensmann, der Sohn Eures Falkners, vorhaben? Sie beabsichtigen, Kennard, den Erben des Hauses Alton, um die vom Rat beschlossene Ehe mit seiner Braut zu betrügen ...

Sie waren eine kleine Gruppe. Alle hatten sie *Comyn*-Blut in sich oder waren altvertraute Gardisten, von denen man genau wusste, dass sie keinen Skandal heraufbeschwören würden.

Danvan Hastur ritt persönlich an ihrer Seite, und Dyan war der jüngste Angehörige der Einheit, die nach Norden zu Callistas Brunnen aufbrach. Der alte Hastur hatte diskrete Erkundigungen eingezogen. Als er erfahren hatte, dass Lord Rafael und Alisa zusammen mit Rafaels Friedensmann, dem jungen Syrtis, und Alisas Pflegeschwester unter Mitnahme von Falken, als ginge es um einen ganz normalen Jagdausflug, am Vormittag ausgeritten waren, hatte er die Gruppe versammelt und sich rasch auf den Weg gemacht. Nun lag die kleine Reisehütte unmittelbar vor ihnen. Daneben standen vier Pferde. Eins davon war der Schimmel Rafael Hasturs.

Danvan Hasturs Stimme klang leise und verbittert. »Schwärmt aus, umstellt das Haus. Wer weiß, was diese ungestümen jungen Leute gerade tun? Ungehorsam sind sie ohnehin, vielleicht entehren sie uns gar noch.« Er ritt neben seinem Friedensmann bis zur Tür und schlug mit dem Knauf seines Schwertes fest dagegen. Dyan bemerkte, dass der alte Ratsfürst auf alles vorbereitet war, sogar auf kindischen Trotz.

Doch es kam zu keinem Kampf. Dyan konnte nichts sehen und von seiner Stellung aus hörte er auch nicht, was im Inneren der Hütte gesprochen wurden. Nach langer Zeit trat Danvan Hastur wieder ins Freie. Sein Gesicht war kalt und unbewegt, und er hielt die weinende Caitlin an der Hand. Er signalisierte zwei berittenen Gardisten, sie sollten Rafael Syrtis zwischen sich nehmen, der so weiß war wie sein Hemd.

»Bewacht ihn, damit er sich nichts antut«, befahl Hastur nicht unfreundlich. »Er ist verstört. Jene, die es besser hätten wissen sollen, haben ihm einen schlechten Rat erteilt.« Sein Blick ruhte auf seinem Sohn Rafael, und sein Gesicht wirkte wie aus Stein.

»Und was dich angeht«, fuhr er fort, so weiß ich, wem ich die Schuld an dieser ehrlosen Affäre zuweisen soll. Du hast

Glück, dass dein Vetter Alton dich nicht zum Duell herausfordert, da die *Comyn*-Immunität euch beide schützt. – Nein, ich will nichts hören …« Herrisch hob er die Hand. »Du hast schon genug gesagt und getan, aber dank unseres Glücks und unserer schnellen Pferde ist nichts daraus geworden. Wir sprechen uns später. Geh jetzt zu deinem Pferd und reite los, und maße dir bloß nicht an, mich heute Abend anzusprechen.«

Rafaels Lippen bewegten sich in lautlosem Protest, aber sein Vater hatte sich bereits umgedreht. Er half Caitlin persönlich auf ihr Pferd und sagte: »Komm, mein Kind, es ist ja nichts passiert, auch wenn du dich wie eine Närrin verhalten hast. Ich verpfände meine Ehre, dass Kennard nie von dieser Sache erfahren wird, und glücklicherweise braucht er dir nichts zu verzeihen. – Alisa!« Seine Stimme klang plötzlich wie ein Peitschenhieb. »Sitz auf, Mädchen, sonst lass ich dich in den Sattel heben! – Nein, kein Wort!«

Alisa zog sich den grünen Umhang vors Gesicht. Auch sie erweckte in Dyan den Eindruck, als weine sie. Doch sein Blick haftete auf dem eingesackten Rücken Rafael Syrtis'. Nun war dem verabscheuenswerten Bürgerlichen wirklich eine Lehre erteilt worden!

Am Ende kam dann alles ganz anders. Alisa wurde in Unehren fortgeschickt – nach Neskaya, wie es hieß. Es gab jedoch erstaunlich wenig Tratsch. Im Gardesaal war es zwar völlig anders, aber Dyan beantwortete keine Fragen. Seine Ehre verlangte natürlich, dass er schwieg. Einige Tage später fand dann pünktlich das Eheversprechen statt, und Caitlin Hastur-Lindir gelobte, Kennard Alton *di Catenas* zu heiraten. Dyan, der Braut und Bräutigam während der Feier mit höflicher Distanziertheit beim Tanz beobachtete, empfand eine eigenartig hohle Leere.

Als er Kennard beglückwünschte, begrüßte dieser ihn voller Zuneigung. »Ich möchte dich meiner zukünftigen Gattin vorstellen, Dyan ... *Damisela,* dies ist mein Verwandter und Eidesbruder Dyan.«

Im leblosen Gesicht der jungen Frau flackerten einen Augenblick lang Zorn und Groll auf, und Dyan wurde klar, dass sie ihn im Kreis der höflich abgewandten Gesichter vor der Hütte an der Straße nach Callistas Brunnen gesehen hatte ... Dann war es vorbei, und Dyan wusste, dass es ihr nun egal war.

»Ich wünsche euch alles Glück der Welt«, sagte er förmlich. Kennard erwiderte etwas ebenso Förmliches und Bedeutungsloses. Nur Dyan bemerkte sein kaum wahrnehmbares Achselzucken.

»Da ist dein Pflegebruder, Caitlin, tanz doch mal mit ihm«, forderte Kennard seine Braut auf und lieferte sie bei Rafael Hastur ab. »Aber lass mich nicht allzu lange allein.« Als die beiden fortgingen, musterte er sie jedoch mit einem fast hörbaren Seufzer der Erleichterung.

»Ich glaube nicht, dass Caitlin mich allzu sehr mag«, begann er. »Aber ich nehme an, sie wird sich an den Gedanken gewöhnen. Ich werde mich bemühen, sie so nett und höflich zu behandeln, wie es mir möglich ist, und wahrscheinlich kommen wir ebenso gut miteinander aus wie jedes andere Ehepaar. – Sie ist zwar keine Schönheit«, fügte er ehrlich hinzu und schenkte dem Mädchen einen Blick, »aber auch wenn sie jetzt schmollt, scheint sie einen lieben Charakter zu haben. Sie kann sich artikulieren und ist sanftmütig, und intelligent wirkt sie auch! Ich könnte es nicht ertragen, mit einem Dummkopf verheiratet zu sein. Eigentlich bin ich ganz zufrieden.« Er wirkte allerdings nicht sehr davon überzeugt.

»Wahrscheinlich hätte mein Vater mir auch etwas Schlimmeres bescheren können. Wenn sie mir einen Sohn schenkt, der über *Laran* verfügt, will ich nicht allzu viel von ihr verlangen.« Er zuckte fast sichtbar die Achseln. »Na ja, immerhin ist es ein Grund für ein Fest und einen Umtrunk. Wollen wir uns einen genehmigen? Dyan – hör mal zu. Von all meinen Bekannten und Kollegen ist nur Rafael Syrtis nicht gekommen, um mir zu gratulieren oder Glück zu wünschen. Was habe ich denn getan, um ihn zu brüskieren, dass er mir so wenig Sympathie entgegenbringt, Bruder?«

Dyan spürte, wie sich seine Kehle zusammenzog. Es war noch nicht zu spät ... Doch stattdessen hörte er sich sagen: »Wieso spielt es, verdammt noch mal, eine Rolle, was er von dir hält, Kennard? Wer ist dieser Rafael Syrtis überhaupt, dass er dir die kalte Schulter zeigen könnte? Ein Niemand – der Sohn eines Falkners!«

»Wir haben deinen Vater an jemanden verheiratet, den wir für passend hielten«, sagte der alte Hastur, »und sie haben in vollkommener Harmonie und völliger Distanziertheit viele Jahre zusammen gelebt.«

Hasturs Erbe

Ein impulsiver Mensch

Du befindest dich in guter Gesellschaft, *Chiyu*«, verkündete Marilla Lindir ihrem Bruder. »Du bist in jeglicher Hinsicht genau so, wie es Lord Ardais gefällt. Du bist ein Junge, aber noch kein Mann, alt genug, um ein Gefährte zu sein, jung genug, dass du seinen Willen nie in Frage stellen wirst, und so hübsch wie ein Mädchen. Hat er dir schon seine ...«

Merryl hörte das Wort in seinem Geist und errötete, noch bevor sie es aussprach, doch dann sagte er stur: »Du kennst Lord Dyan nicht so gut wie ich, Marilla.«

»Nein, und ich danke allen Göttern dafür! Nicht nur, dass dich unsere ganze Aillard-Verwandtschaft für einen Sandalenträger hält, weil du dich der Zeit bei den Kadetten entzogen hast ...«

»Das ist ungerecht«, sagte Merryl leise. »Auf was bist du nur aus, Rilla? Bist du wütend, weil es einmal etwas gibt, das wir nicht gemeinsam haben? Du hast doch deine Freundinnen, und die mache ich dir auch nicht mies. Außerdem weißt du genau, warum ich nicht bei den Kadetten war. Nach dem Tod unseres Bruders Samuel hat Mutter immer geglaubt, ich würde im Winterregen schmelzen oder mir im Sommer das Fieber holen. Ich habe doch nun wirklich nicht darum gebeten, wie ein Haustier verzärtelt und an ihre Schürze gebunden zu werden, als ich schon fast ein Mann war. Nun gibt es mal einen Menschen in unserer Verwandtschaft, der mich so akzeptiert, wie ich bin – als Mann und Telepath –, und schon werde ich wegen etwas verspottet, das ich nicht ändern kann: dass ich ohne die Gesellschaft von Meinesgleichen zum Manne herangewachsen bin. – Er *akzeptiert* mich«, wiederholte Merryl, und Marilla spürte den Schmerz in der Stimme ihres Bruders, auch wenn sie gelassen klang.

Sie schluckte schwer. Vielleicht hatte er Recht. Vielleicht war ihre Verärgerung nur Neid ... Merryl und sie waren Zwillinge und im Gegensatz zu den meisten erwachsen werdenden Geschwistern nie getrennt gewesen. War sie etwa neidisch darauf, dass er sich nun in der großen weiten Welt bewegte, in die sie ihm nicht folgen konnte? Sie griff nach ihm, und er drückte sie fest an sich. Die beiden waren noch immer fast gleich groß, und während sie ihr Haar in einem flammend roten, auf ihren Rücken baumelnden Zopf trug, hing das seine ihm in Strähnen ins sommersprossige Gesicht. Ihre Schultern waren fast so breit wie die seinen.

Vor Jahren hat Vater einmal gesagt: ich wäre die männlichere von uns beiden. Ich kann genauso schnell und weit reiten wie Merryl, meine Falken sind besser ausgebildet als die seinen, und ich habe sogar nach seiner Waffenausbildung mit ihm geübt ... weil Mutter immer der Meinung war, die rauen Burschen im Stall und in der Kaserne könnten ihr hübsches Kerlchen verderben. Aber jetzt lebt sie nicht mehr, und niemand kann Merryl daran hindern, ein Mann zu werden. Und ich ...

Marilla scheute vor den unerbittlichen Implikationen zurück. *Und ich darf nur eine Frau sein? Weil mir erlaubt war, das Wenige mitzuerleben, was Merryl von der Männlichkeit erfahren hat, bin ich für das einzige Leben verdorben, das mir gehören muss?*

Sie holte tief Luft. »Natürlich kenne ich Lord Dyan nicht so gut wie du«, sagte sie. »Trotzdem meine ich, dass er die ...« Sie suchte nach einem Begriff, der ihn nicht beleidigte, dachte nach, verwarf *Heldenverehrung* und fuhr schließlich fort: »... Verehrung ausnutzt, die du ihm gegenüber an den Tag legst. Ich weiß, dass ich nicht dumm bin, Merryl. Ich weiß, dass ... dass junge Männer, Knaben, so miteinander umgehen, und ich würde dir nie missgönnen, dass ...«

»Wirklich nicht?«, warf er aufgebracht ein.

Sie schüttelte den Kopf und gab ihm mit einer Handbewegung zu verstehen, er solle schweigen. »Wirklich, hättest du einen solchen Freund gehabt ... Kameradschaft habe ich dir vermittelt, und eine Freundschaft, wie du sie hattest ...«

»Marilla, Marilla ...« Er drückte sie erneut an sich. »Glaubst du etwa, ich tadle dich, weil ...«

»Nein, nein, warte ... Das meine ich nicht. Ich bin deine Schwester. Es gibt einige Dinge, die dir ein Freund oder eine Freundin geben könnten, und nicht ich, deine Schwester und dein Zwilling, aber ich ... ich hätte nicht versucht, es dir zu missgönnen«, gab sie ehrlich zu. »Die Welt funktioniert nach ihrem Willen, nicht so, wie wir es gern hätten ... Männer haben die Freiheit, die Dinge auf ihre Weise zu erforschen, Frauen dagegen nicht ...«

»So ist es nun auch wieder nicht, Rilla ...«

Marilla lächelte ihn an. »Vielleicht nicht. Ich hätte sagen sollen, Männer sind etwas freier als Frauen, da sie keine Schande zu befürchten brauchen ...«

»Ich habe keine Absicht, irgendeiner Frau Schande zu bereiten«, entgegnete Merryl leise. »Aber *Bredini* hatte ich auch noch nicht.«

»Bis jetzt?«

Ein Aufblitzen von Verärgerung. Die Barrieren zwischen ihnen waren offen gewesen, doch nun spürte sie, wie sie herunterkrachten. Merryl hatte sie noch nie zuvor aus seinem Geist ausgeschlossen. »Hör zu, Merryl«, sagte sie eindringlich. »Für dich ist es vielleicht gut so. Es ist bestimmt der richtige Zeitpunkt für solche Dinge. Aber im Namen aller Höllen und im Namen der gnädigen Avarra – ich kann zwar nachvollziehen, wieso du Dyan liebst, aber was will *er* von dir? Er ist so alt, dass er schon vor unserer Geburt über diese Dinge hinausgewachsen gewesen sein müsste. Er könnte dein Großvater sein ...«

»So alt ist er nun auch wieder nicht«, warf Merryl ein. »Wenn er Großvater wäre, hätte er schon sehr jung heiraten müssen. Was soll das überhaupt? Beurteilst du Menschen nach ihren Lebensjahren oder nach dem, was sie *sind?«*

»Ich weiß nur, dass er zumindest als Mensch über seine ersten Jugendjahre lange hinaus ist und sich Liebhaber unter noch nicht erwachsenen Knaben sucht«, verkündete Marilla. »Was er für ein Mensch ist? Falls du es noch nicht weißt: Ich habe von dem Skandal gehört, als er vor sechs Jahren einen Kadetten verführt hat, der noch so jung war, dass man ihn zu seiner Familie zurückschicken musste, weil ...«

»Ich hätte mir denken können, dass du mir die Geschichte mit Octavien vorhältst«, sagte Merryl mit einem eigenartig selbstgefälligen Lächeln. »Dyan hat mir davon erzählt, bevor es jemand gegen ihn verwenden konnte. Er hat Octavien in sein Quartier aufgenommen, *weil* er noch so jung und kindlich war und die anderen, wesentlich reiferen Jungen, ihn verprügelt haben. Auch Dyan war als junger Bursche klein und schmächtig. Auch er wurde verprügelt. Er hat geglaubt, er könne einen Mann aus ihm machen, wenn er ihn wie einen Mann behandelt. Er hat ihn unterrichtet, geprüft und war ihm ein Freund. Aber die Wahrheit sah nun mal so aus: Octavien war ein weinerliches Kind und hätte niemals zur Garde gehen dürfen. Er ist unter der doppelten Anspannung zusammengebrochen und hat eine fixe Idee entwickelt ... Er war fest davon überzeugt, dass die anderen sich wegen seiner Freundschaft zu Dyan und dessen Beachtung für ihn Tag und Nacht das Maul zerrissen und mit ihrer Zeit nichts Besseres anzufangen wussten, als ihn zu triezen und Feigling, Sandalenträger und Lustknabe zu nennen. Schließlich hat er nur noch Tag und Nacht geheult. Wie es bei Geisteskrankheiten dieser Art üblich ist, hat er sich schließlich gegen seinen einzigen Freund und Helfer gewendet. Er hat Dyan beschuldigt, unaussprechliche

Dinge mit ihm angestellt zu haben ... Da hat man den armen, geistig verwirrten Jungen schnell fortgebracht, bevor es noch schlimmer wurde.«

»Ich nehme an, das ist Dyans Version«, sagte Marilla.

»Ich bin Telepath genug, um zu erkennen, wenn man mich belügt«, erwiderte Merryl. »Dyan hat die Wahrheit gesagt – er hätte sich gar nicht so weit zu erniedrigen brauchen, mich zu belügen. Hätte er gewusst, wie zerbrechlich Octaviens Halt an der Realität war, hätte er ihn schon viel früher nach Hause geschickt. Aber er mochte den Jungen nun mal, und Octavien wollte damals nicht von ihm getrennt werden. Er hat gesagt, Dyan wäre der Einzige, der sich um ihn gekümmert und ihn verstanden hat. Deswegen hatte Dyan auch den Eindruck, es könnte ihn nur noch mehr verletzen, wenn er ihn fortschickt.«

Merryl schwieg, aber Marilla wusste auch so, was er nicht laut aussprechen wollte. *Dyan hat wie ein Kind geweint, als er begriff, was mit Octavien los war. Er hat es mir zwar nicht erzählt, aber ich habe es in seinem Geist gelesen ...*

Dyan hätte auch sein Freund bleiben können, ohne ihn zu sich ins Bett zu holen und zu verführen. Und es passt zu ihm, dass er die Regeln des Anstandes nicht eingehalten hat.

Zu den stärksten Tabus in den Hellers gehörte jenes, das derlei Beziehungen zwischen verschiedenen Generationen untersagte. Es stammte noch aus einer Zeit, in der Angehörige der Mütter- und Vätergeneration durchaus auch die Mütter oder Väter ihrer jüngeren Partner hätten sein können, da Ehen damals Gruppenangelegenheiten und die wahren Eltern eines Kindes oft unbekannt gewesen waren.

»Hat Dyan denn keine Männer seines Alters als Günstlinge und Freunde gefunden?«

»Du hast Vorurteile, Marilla. Wie alle Frauen hältst du homosexuelle Männer für eine Beleidigung eurer gesamten Sexualität ...«

»Das ist nicht wahr«, widersprach sie. »Aber dann hat auch er Vorurteile, wie ein Mann, der seine Gattin, mit der er dreißig Jahre zusammen gelebt und die ihm viele Kinder geboren hat, wegen ihrer Falten und ihres grauen Haars verlässt, um sich ein jüngeres und hübscheres Mädchen zu nehmen. Glaubt er denn, wenn er nur junge Liebhaber hat, sieht niemand die Falten in seinem Gesicht?«

Merryl errötete, dann entgegnete er stur: »Er ist trotzdem mein Freund, und solange du meinen Haushalt führst, wirst du freundlich zu ihm sein und ihn höflich empfangen.«

»Ach, wirklich?« Sie funkelte ihn an. »Wenn ich deinen Wünschen jederzeit nachgebe, sind wir gleichgestellt, aber wenn ich anderer Meinung bin, sagst du nur *Ich bin der Herr im Haus, und du bist nur eine Frau.*«

Merryl senkte den Kopf. »Das sage ich nicht, Marilla – Evanda möge es verhüten. Aber soll das etwa bedeuten, Schwester, dass du nicht höflich zu meinem Freund sein wirst, den ich liebe?«

»Ich würde ihm am liebsten die Tür weisen, weil ich dich liebe«, entgegnete Marilla verärgert. Doch wenn ihr Bruder in diesem Ton mit ihr sprach, konnte sie einfach nicht anders; dann musste sie seine Wünsche erfüllen. »Der Mann gefällt mir zwar nicht«, fuhr sie fort, »aber schließlich musst du mit ihm auskommen.«

Und sie wandte sich von ihm ab.

Ihrer Ansicht nach glich Lord Dyan einem Falken: Er trug den Kopf stolz erhoben, war so hager, dass er beinahe dürr wirkte, und hatte eine spitze Nase. Sein Lachen hatte etwas Wildes und Ungestümes. Ihr gegenüber verhielt er sich jedoch peinlich korrekt. Er nannte sie nicht *Damisela,* sondern *Domna* Marilla, da sie die Burgherrin von Lindirsholm war. Wenn sie abends im Saal saßen oder zur den Klängen der Hausmusikanten tanzten, war er stets der Erste, der sie zum Tanz aufforderte.

Sogar ihre Gesellschafterin behandelte er höflich, ebenso wie die ältliche Anstandsdame, die ihr und Merryl früher als Gouvernante gedient hatte. Tagsüber war er mit Merryl auf der Jagd, in der Falknerei, oder sie durchritten einfach die weitläufigen Ländereien. Abends lieh er sich schon mal von einer Sängerin eine Harfe aus und sang ihnen etwas vor – eigenartig schwermütige Balladen, die älter waren als das Bergland. Er hatte zwar eine bestens ausgebildete und melodiöse Stimme, doch sie trug nicht sehr weit. Einmal hatte er mit einem schwachen, wehmütigen Achselzucken bemerkt: »Die Tragödie eines Knaben ist doch immer die gleiche: So schön seine Stimme vor dem Stimmbruch auch ist, niemand weiß, ob sein erwachsenes Organ mehr ist als ein gut ausgebildetes Krächzen.«

»Trotzdem sind die Lieder wunderschön«, sagte Marilla wahrheitsgemäß, und er nickte.

»Ich kenne sie von meiner Mutter ... Sie hat sie jahrelang bei den größten Musikanten der Berge studiert. Natürlich konnte mein Vater Musik nicht ausstehen, deswegen hat sie sie nur mir vorgesungen. In Nevarsin habe ich noch mehr gelernt.«

»Wolltet Ihr etwa Mönch werden, Lord Dyan?«, fragte sie.

Er war amüsiert, und sein Lachen klang krächzend. »Aber nein! Ich bin nicht erpicht auf Fasten und Gebete, und mir steht der Sinn auch gewiss nicht nach Askese ... Ich schätze gutes Essen, ein warmes Bett und die Gesellschaft von Menschen, die tanzen und singen können ... Nur die Musik hat mich dort gehalten. Ich hätte sogar noch mehr ertragen, um sie zu erlernen. Nein, ich sollte eigentlich Heiler werden, aber jetzt ...« Er zuckte die Achseln. »Meine Fähigkeiten reichen kaum aus, um einen gebrochenen Hundeknochen zu richten.«

Er musterte seine langen, schlanken Finger, die geschickt über die Harfe glitten. Sie wirkten noch immer sehr gepflegt, aber an den Gliedern waren Beulen, Knoten und Schwielen zu sehen, die vom Umgang mit Schwertern und Zügeln kündeten. »Für Männer unserer Art, sagt man, sei keine Aufgabe würdiger als die des Schwertes, und so habe ich getan, was die Ehre von mir verlangte. Wie glücklich du dich schätzen kannst ...« Sein Blick fiel auf Merryl. »... dass dir all dies erspart geblieben ist.«

»Auf Kosten der Männlichkeit«, sagte Merryl verbittert.

»Pah!« Dyan stieß einen schroffen, kehligen Laut aus. »Wenn *das* Männlichkeit sein soll ... Wir würden höchstwahrscheinlich in einer geistig gesünderen Welt leben, wenn wir alle Röcke trügen, mein Junge!«

»Glaubt Ihr wirklich, dass Frauen besser dran sind als Männer?«, fragte Marilla.

Dyan schüttelte den Kopf. »Vielleicht nicht, *Domna* Marilla. Ich kann es nicht beurteilen. Meine Großmutter Rohana hat die Ländereien der Ardais besser beherrscht als jeder Mann. Und mein Vater ...« Er zuckte die Achseln. »Ich habe ihn seit meinem dreizehnten Geburtstag nicht mehr nüchtern oder geistig gesund erlebt. Meine Schwester war Bewahrerin – *Leronis* – in Arilinn. Kein Mann konnte sie beherrschen, und dennoch gab sie ihre Position auf, um schließlich bei dem dritten Versuch zu sterben, ein Kind ihres auf Terra aufgewachsenen Liebhabers zu bekommen. Meine Mutter hat den Wahnsinn und die Launen meines Vaters ertragen, bis sie daran starb. Meine Großmutter hat ihr ganzes Leben als Gattin eines Mannes verbracht, der ihr kaum ebenbürtig war, und doch hat sie ihn stets so behandelt, als wäre er der Bessere. Könnt Ihr es mir da verübeln, wenn ich sage, dass ich die Frauen nicht verstehe? Männer allerdings auch nicht ... Auch du, mein Junge ...« Er schenkte Merryl ein so aufrichtiges, herzliches und zärtliches Lächeln, dass Marilla zusammenzuckte. »... bist dem Schlimmsten entgangen, das deine Sippe von dir verlangt hat, doch du gebärdest dich, als hätte man dir eine herrliche Freude verwehrt! Ich hätte eine Menge für ein Unvermögen wie das deine gegeben, dann hätte ich meine Wahl vielleicht selbst treffen können ...«

Er seufzte. »Aber was soll's. Die Welt dreht sich nach ihrem Willen ...« Er beugte den Kopf über die Harfe und spielte ein fröhliches und nicht gerade schickliches Trinklied über eine äußerst alberne Truppe von Räubern aus den Bergen.

»Immer wieder muss ich ihnen sagen,
Weibern geht man an die Wäsche,
Männern an den Kragen,
Sie lernen's nicht; dabei ist's gar nicht so schwer,
Plündern kommt zuerst, Feuerlegen hinterher.«

Kurz darauf standen Marilla, die Anstandsdame und ihre Gesellschafterin auf und zogen sich zurück. Merryl umarmte seine Schwester, Dyan beugte sich über ihre Hand. Einen Augenblick lang war sie erschreckt und wunderte sich über sich selbst. *Wäre mir seine Umarmung etwa auch lieb gewesen?*

Spät in der Nacht wachte sie auf. Sie war verstört, denn sie hatte etwas geträumt, das sie nur selten träumte. Jemand hatte sie in den Armen gehalten und zärtlich gestreichelt. Zwei Geister und Körper hatten sich so intensiv berührt, dass ihr gesamter Leib zu einer einzigen verzückten Masse dahingeschmolzen war ... Beim Erwachen war sie völlig verblüfft. Sie spürte die Arme noch auf ihrer Haut, und die beglückende Berührung hallte in ihrem Körper nach ... Aber sie war allein. Als sie dann bestürzt nach Luft schnappte, schlug sie eine Barriere nieder. Aber in dem Traum waren es Dyans Hände, Dyans

Arme gewesen ... Hatte sie überhaupt geträumt? Langsam, beschämt, wurde ihr klar, was sie miterlebt hatte ... Sie hatte natürlich vermutet, dass Dyan im Bett ihres Bruders lag. Das Band der Zwillinge war stärker als jede andere telepathische Verbindung ...

Ich habe nicht gewusst, dass es so ist ... Merryl hat es, und ich, gnädige Evanda, bin Jungfrau und liege allein hier ... bis meine Familie ohne meine Einwilligung irgendeinem Mann Rechte über meinen Körper erteilt ... und Dyan ... Dyan will keine Frau. Er würde sich voller Verachtung von mir ab- und meinem Bruder zuwenden ...

Die Barriere war wieder da. Marilla weinte sich in ihrem kalten und einsamen Bett in den Schlaf. Am nächsten Morgen ließ sie den anderen von ihrer Anstandsdame ausrichten, sie läge krank im Bett. Sie konnte Merryl nicht gegenübertreten ... Er musste zweifellos wissen, dass er und Dyan auch sie berührt hatten ...

Ich will ihn nie wieder sehen. Ich bleibe im Bett, bis er gegangen ist. Verflucht soll er sein. Er kann Merryl ruhig mitnehmen. Ich will sie alle beide nicht mehr sehen!

Aber sie wusste, dass sie sich etwas vorlog. Am übernächsten Tag gelang es ihr mit neuer Selbstbeherrschung und abweisender Ironie hinunterzugehen und sich zusammenzureißen. Sie ließ Merryls und Dyans Fragen wegen ihrer Unpässlichkeit über sich ergehen. Aber sie hielt sich furchtsam zurück und beobachtete – was ihr nun bewusst war – eifersüchtig, wie Merryl und Dyan Arm in Arm gingen. Einmal, als sie bei den Frauen saß und nähte, hörte sie eine der Damen kichernd spekulieren. »Was können zwei Männer eigentlich miteinander anfangen, verdammt? Das ist doch albern, oder nicht? Und was für eine Verschwendung! Ich habe gehört, dass die *Comhi'Letzii* wie Paare miteinander ins Bett gehen, aber was sie dort miteinander treiben, ist mir nie klar geworden … Vielleicht wissen sie gar nicht, was sie versäumen …«

»Vielleicht«, wandte Marilla kühl ein, »haben sie mehr Phantasie als du, Margalys.« Sie verließ den Raum und hörte, dass hinter ihr neugierige und tratschende Stimmen laut wurden.

Als sie an diesem Abend der Musik lauschten, nahm Merryl eine Harfe und fing an zu singen. Er brach jedoch ab, als ein Hustenanfall ihn schüttelte. Marilla griff nach seiner Hand. Sie war so heiß wie Feuer.

»Du hast ja Fieber«, sagte sie vorwurfsvoll.

»Im Dorf herrscht eine Epidemie«, erklärte Merryl seufzend. »Ich war dort, um mir anzusehen, wie viele Erntehelfer ausfallen. An dem alten Sprichwort ist wohl doch etwas dran: Schläfst du bei den Hunden, fängst du dir Flöhe ein … Es ist aber nicht so schlimm, Schwester.« Er schob ihre Hand beiseite. »Du bist nicht meine Mutter, also brauchst du mich auch nicht zu verhätscheln.«

Dyan tastete fachmännisch Merryls Stirn ab. »Nein, nein, mein Lieber«, sagte er. »Marsch ins Bett. Habt ihr Fieberborke? Wenn es dir morgen früh nicht besser geht, reiten wir ein anderes Mal aus. Du darfst dich keinesfalls in Gefahr bringen.«

Merryl verfärbte sich, aber er stand auf, gab seinem Leibwächter ein Zeichen und verabschiedete sich mit einer Umarmung von Dyan. Er sah krank und erhitzt aus.

»Dann sehen wir uns morgen früh«, sagte er verärgert. »Dann geht es mir bestimmt besser. Marilla ist wie alle Frauen – es gefällt ihnen, wenn Männer krank sind. Dann haben sie sie unter Kontrolle.«

»Doch nur deswegen, weil Männer zu große Narren sind, um zuzugeben, dass sie Pflege brauchen«, entgegnete Marilla ebenso verärgert und runzelte die Stirn. Doch als sie die Treppe hinaufging und im Destillierraum nach Fieberborke suchte, um den protestierenden Merryl anschließend mit einer Dosis zu versorgen, hatte sie in ihrem Verstand bereits einen Plan entwickelt.

Sie besaß noch immer Merryls Reithosen, die ihre Mutter ihr vor vier Jahren zu tragen verboten hatte. Merryls Uniformjacke war ihr an den Schultern etwas zu weit. Sie schlich in das Zimmer, in dem ihr Bruder sich ruhelos im Fieber wälzte, nahm sein Schwert aus dem Ständer und befestigte es an ihrem Gurt. Sie hatte genügend Training absolviert, um damit gehen zu können, ohne an die Möbel zu stoßen, und so nahm sie seinen Umhang und zog seine Stiefel an. Sie waren ihr zu groß, deswegen streifte sie ein zweites Paar Socken über, damit sie sich beim Laufen keine Blasen holte.

Dyan saß im Stall bereits im Sattel und wartete.

»Du siehst ja bestens erholt aus«, begrüßte er sie fröhlich. »Ist deine Schwester nicht vor Freude gesprungen, als sie die Chance hatte, dich wie ein kleines Kind ins Bett zu packen?«

»Glaubst du denn, das ließe ich zu?« Marilla segnete ihre tiefe Altstimme. Sie hätte dieses Unternehmen niemals durchführen können, wenn ihre Stimme so hoch und hell gewesen wäre wie die ihrer Gesellschafterin. Sie freute sich, als sie bemerkte, dass sie sich in Hosen und Stiefeln ebenso leicht wie Merryl in den Sattel schwingen konnte. Dyan hatte sie bisher nur einmal reiten sehen, aber damals hatte sie ein Reitkleid getragen und im Damensattel gesessen, was ihrer Meinung nach für ein Pferd mit Selbstachtung eine Beleidigung war.

»Du hast gesagt, ich könnte Hallah reiten«, begann Dyan. »Hast du schon einen Falken ausgewählt?«

Marilla nickte. Dann entgegnete sie, wobei ihre Gelassenheit sie verwunderte: »Meine Schwester behauptet, Winddämon ist in letzter Zeit wenig geflogen. Außerdem ist sie zu beschäftigt, um mitzureiten. Sie hat mich gebeten, heute ihren Falken mitzunehmen.«

So mutig sie auch war, sie hätte nicht gewagt, Merryls Falken Raser mitzunehmen. Raser war extrem nervös und ausgezehrt und ließ sich nur von seinem Herrn anfassen.

Doch mit Winddämon auf dem Sattelknauf fühlte sie sich kompetent genug, um es Dyan gleichzutun. Als sie in den purpurnen Sonnenaufgang hineinritten, spürte sie den Wind der Dämmerung auf den Wangen und empfand Erregung und ein Gefühl herrlicher Freiheit. Wie lange war es her, seit sie so geritten war, ohne einen Gedanken an die hinter ihr liegenden Haushaltspflichten zu verschwenden? Natürlich, man würde sie vermissen. Aber spielte es eine Rolle? Zu Hause waren genug Leute, die sich um Merryl kümmern konnten, und wenn sie sich nicht mal einen Tag absoluter Freiheit gönnen durfte – welchen Vorteil hatte es dann, Herrin von Lindirsholm zu sein?

Die Sonne hatte den Zenit bereits überschritten, und die Mittagsstunde lag weit hinter ihnen.

Dyan löste seinen Falken wieder vom Sattel, dann zuckte er die Achseln. »Wir brauchen keine Beute mehr«, sagte er, »und auch die Falken sind satt. Sollen wir noch etwas fangen? Du hast mir versprochen, dass wir irgendwann einmal zum Wasserfall reiten. Bleibt uns noch Zeit dazu, bevor die Sonne untergeht?«

»Ich glaube schon«, entgegnete Marilla und winkte dem Falkner zu, der so weit hinter ihnen ritt, dass er sich nicht einmischen konnte. Er war freilich nahe genug, um sich um die Vögel zu kümmern, falls sie ihn brauchten. »Bring sie zur Burg zurück, Rannan. Und die Beute auch.«

»Gewiss, *Vai Dom*«, sagte Rannan. »Aber Ihr wollt doch heute nicht noch weiter reiten, oder? – Lord Ardais, Ihr werdet den jungen Herrn doch nicht weiter mitnehmen, wo er doch gerade erst Fieber hatte und ein Gewitter sich zusammenbraut?«

»Gewitter?«, sagte Dyan. »Ich sehe nichts von einem Gewitter. Aber wenn Merryl umkehren möchte ...«

Marilla hielt die Nase in den Wind. Auch sie hatte nicht das Gefühl, dass ein Gewitter nahte. Rannan hatte Merryl schon immer sehr verhätschelt.

»Du wirst doch nicht von meiner Mutter bezahlt, dass du mich ans Haus kettest«, entgegnete sie kühl. »Nimm die Vögel und geh.«

Der Mann zog den Kopf ein und ritt davon. Dyan lachte leise. »Als ich noch ein junger Bursche war, gab es ein Sprichwort über Heranwachsende: *Tja, Bursche, du wirst 'n Mann sein, bevor deine Mutter einer ist.«* Er imitierte den örtlichen Dialekt und verzog dabei auf drollige Weise den Mund. »Man mag dich zwar einen Großteil deines Lebens von Männlichkeit fern gehalten haben, aber du hast sicher eine Menge aufgeholt. Bist du wirklich nicht müde vom Reiten? Es stimmt, wir haben eine große Strecke hinter uns gebracht, und der Wasserfall wird uns zweifellos nicht davonlaufen.«

Marilla war nicht daran gewöhnt, so lange zu reiten. Allmählich tat ihr alles weh. Aber sie wollte nicht vor Dyan aufgeben! Sie wusste plötzlich gar nicht mehr, warum sie eigentlich mitgekommen war. *Vielleicht wollte ich nur wissen, was Merryl an ihm findet* ..., dachte sie.

Nun wusste sie es. Dyan war ein entzückender Gefährte. Er hatte Humor und jagte gern, und hin und wieder hatte er ihr einen taktvollen Hinweis gegeben, wie man besser mit einem Falken umging ... Andererseits hatte er irgendwann auch gesagt: »Du wirst wirklich immer besser. Als wir das letzte Mal jagen waren, bist du mit Raser nicht so gut umgegangen wie mit diesem Vogel ...«

Marilla hatte flink geantwortet: »Ich habe es anhand Eures Beispiels und Eurer Gesellschaft gelernt, mein Fürst.«

Dyan hatte gelächelt und sich herübergebeugt. »Ich dachte, wir sind übereingekommen, das mit dem Fürsten zu lassen. Aber wenn du unbedingt willst, – *Bredhyu ...*«

Sie hatte die fragende Berührung seines Geistes gespürt, doch die Barriere aufrechterhalten. Sie konnte jetzt nicht so tun, als sei sie ihr Bruder. Nicht jetzt ... Trotzdem war es ihr möglich, ein wenig in Dyans Geist zu lesen.

Es gefällt mir, dass er noch immer schüchtern ist und nicht vorgibt, an Mut gewonnen zu haben ...

»Der Wasserfall liegt hinter dem Gebirgskamm da«, sagte sie, biss die Zähne zusammen und ritt voraus. Wie konnte Merryl es wagen, Dyan davon zu erzählen? Es war ihr privates Ziel gewesen, ihr Treffpunkt, der Ort, an dem sie sich die Vertraulichkeiten ihrer Kindheit mitgeteilt hatten. Und Merryl hatte diesem Mann versprochen, ihn hierher zu bringen? Sie empfand siedend heißen Groll, und doch ...

Jetzt verstehe ich, warum Merryl ihn so liebt, dachte sie.

Eine Wolke verdunkelte den Himmel, als sie in Sichtweite des Wasserfalls kamen. Ein paar Regentropfen fielen. Doch der sprudelnde Katarakt ertränkte alle Gedanken, sämtliche Geräusche und jegliche Rede.

Dyan, der entzückt die großen, schartigen Klippen musterte, über die das Wasser strömte, schwieg ebenfalls. Er stand nur wortlos da und schaute auf die Fluten. Erst nach einer Weile konnte sie seine Gedanken wieder lesen.

Jetzt weiß ich, warum du mich hergebracht hast. Nicht viele gestehen ihre Liebe zu solchen Schönheiten ein. Auch ich nicht, solange ich nicht allein bin. Es ist das Zweit... nein, das Drittschönste, was ich in Lindirsholm gesehen habe.

Sie waren einander so nahe und genossen die Stille so sehr, dass Marilla einen Moment lang verlockt war, ihm ihren Geist zu öffnen. Sie wollte ihn nicht täuschen; sie wollte nur, dass er die Zärtlichkeit offenbarte, die er für Merryl empfand. Doch sie dachte auch an den Zorn, den er zeigen würde, wenn er von der Täuschung erfuhr, deswegen schirmte sie sich fest ab. Nach einer Weile seufzte Dyan und drehte sich um. Erneut konnte sie seine Gedanken lesen: *Er schirmt seine Gedanken noch immer vor mir ab. Aber wenn wir heute Nacht zusammen sind, tut er es vielleicht nicht mehr ...*

In einer wilden Verwirrung von Gefühlen, Furcht, Scham und etwas anderem, Unidentifizierbarem, fuhr sie rasch herum und eilte zu ihrem Pferd. Dyan drehte sich überrascht um und schaute verwirrt auf, aber sie sagte schnell: »Hör zu, hier können wir nicht bleiben ... Schau dir mal den Himmel an. Rannan hatte Recht, es wird ein Gewitter geben.«

Sie wusste, dass es in wenigen Minuten losgehen und sie bis auf die Haut durchnässen würde. Dyan sprang in den Sattel und galoppierte hinter ihr her. Als er sie einholte, sagte er: »Du bist wirklich noch ein Kind. Wenn du wusstest, dass es ein Unwetter gibt und du bis auf die Haut nass wirst ... Du wirst noch schlimmeres Fieber kriegen. Willst du dich denn immer wie ein Kind oder ein albernes Mädchen aufführen? Auf so eine Idee hätte eigentlich nur deine Schwester kommen können! Gibt es hier irgendwo einen Unterstand, der uns eine Weile vor dem Regen schützen kann?«

»Du bist wie meine Mutter«, fauchte Marilla mit Merryls Stimme. »Glaubst du etwa, dass ich im Regen schmelze?«

»Nein, aber ich habe schon in diesen Bergen gejagt, als dein Vater noch nicht mal an dich gedacht hat«, sagte Dyan.

Erneut fing Marilla ein Bild aus seinem Geist auf: zwei Burschen, die in rasendem Tempo auf ihren Pferden über die Hügel ritten ... Wer war der andere Junge? Er war jünger als Merryl. Sie wusste es nicht, und eigentlich war es ihr auch egal.

»Ich weiß, wie schnell sich in diesen Breitengraden normaler Regen in Schnee- oder Eisregen verwandeln kann«, fuhr Dyan fort. »Sogar jetzt, fühl mal ...«

Marilla spürte das Stechen des Schneeregens auf ihren Wangen.

»Bis wir Lindirsholm erreichen, werden wir ordentlich frieren. Soll ich eine Höhle oder einen Graben für uns suchen? In Nevarsin hat man mir beigebracht, wie man ein Unwetter übersteht.«

»Es gibt da eine ... Schäferhütte«, erwiderte Marilla und fröstelte gegen ihren Willen. Sie stand seit Jahren leer, da ihr Vater die Schafe verkauft, als er sich der Zucht von Leynier-Rappen zugewandt hatte. Sie und Merryl hatten bei ihren Ausritten zum Wasserfall kindische Schätze dort versteckt. Sie hatten auch Proviant mitgenommen, um ihn fern von den Gouvernanten und Tutoren zu verzehren.

Auch davon hätte Merryl ihm zweifellos erzählt. Unsere alten Geheimnisse sind ihm heute völlig egal. Nur Dyan ist ihm wichtig. Na ja, von mir aus.

Als sie die klemmende Hüttentür aufstemmten, war sogar Dyan blau gefroren. Er kniete sich sofort hin, um ein Feuer zu entfachen. Als es aufgeflammt war, sattelte er die Pferde ab und erteilte Marillas Hilfeangebot eine Abfuhr.

»Bleib am Feuer, mein Junge, du frierst schon genug. Ich bin nicht gerade erst aus dem Fieberbett aufgestanden!« Er breitete seinen Umhang über den Satteldecken aus und hieß Marilla darauf Platz zu nehmen. »Wir brauchen nicht mal ohne Essen zu Bett zu gehen. Den letzten Vogel habe ich behalten. Ich hatte vor, ihn heute Abend im Freien zu braten.«

Marilla kniete aufrecht auf den Decken. »Dann lass ihn mich schon mal rupfen«, sagte sie, »solange du mit den Pferden beschäftigt bist.«

Ihre Hände waren kalt und steif, und das Rupfen fiel ihr nicht gerade leicht. Schließlich hielt sie den Vogel ans Feuer und sengte ihm das Gefieder vom Leib. Als sie halb fertig war, kam Dyan herein und nahm ihn ihr aus der Hand.

»Dir fehlen wohl einige der hausfraulichen Eigenschaften deiner Schwester«, stellte er lachend fest. »Schlag ihn einfach in Lehm und Asche ein, mein Junge, dann brechen die Federn beim Braten ab. Hast du Marilla etwa das Reiten und die Falkenjagd beigebracht, ohne dass sie dir etwas gezeigt hat?«

Marilla blitzte ihn an. »Möchtest du etwa, dass ich Kochen und Nähen lerne? Ich bin doch schon weibisch genug, oder nicht?« Im gleichen Moment fiel ihr ein, dass Merryl sich ebenso ausdrückte, wenn er wütend war und grollte, da er das Leben eines Mannes nie hatte führen dürfen ... Seine Erfahrungen hatten zwar gereicht, um sie mit der Männerwelt bekannt zu machen, aber hätte er versucht, in die der Frauen vorzustoßen, hätte man ihn aufgezogen. Oder Schlimmeres mit ihm angestellt ...

»Bei den Kadetten«, entgegnete Dyan, noch immer lachend, »hieß es entweder Kochen oder Hungern. Aber auch ich habe kaum mehr gelernt als das, was man im Feld zubereiten kann. Auf dem Schlachtfeld gibt es nämlich keine Köchinnen, mein Junge. Mein Friedensmann stopft meine Socken und plättet meinen Umhang. Das ist der Preis dafür, dass ich keine Frau um mich habe.«

Während er sprach, packte er den Vogel in eine Schicht aus Lehm und Asche ein, dann warf er ihn auf die Kohlen. »So, jetzt kann er braten. Leg deinen nassen Umhang ab, Junge.« Er zog ihn Marilla von den Schultern, und dabei blieb seine Hand auf ihrem Nacken liegen. »Wie schön dein Haar ist ... Es ist eine Schande, dass du es nicht so wachsen lassen kannst wie deine Schwester ...«

Marilla senkte den Kopf. Auch ihr stand dies irgendwann bevor. Sie dachte mit einem Gefühl des Bedauerns an den langen Zopf, der nun in ihrem Zimmer auf dem Boden lag. Sie zwang sich, vor Dyans intimer Berührung nicht zurückzuschrecken.

Die beiden haben schon mehr getan als nur dies; er hat ein Recht, es zu erwarten ...

»Ich nehme an, du fragst dich, warum ich keine Frau um mich haben will«, sagte Dyan leise. »Ich hielt es nicht für gerecht, so viele Frauen zu heiraten, wie es bei den *Comyn* üblich ist. Die *Comyn* leben mit Frauen zusammen, mit denen sie nicht mehr Gemeinsamkeiten haben als mit Pferden oder Hunden. Sie dienen ihnen nur als Zuchtstuten. Ich habe einst ein Jahr mit einer Frau zusammengelebt. Sie hat mir einen Sohn geboren. Ich habe ihn zwar anerkannt, aber er ist vor Jahren gestorben. Ich habe meinen Erben adoptiert. Ich glaube, du hast ihn in Thendara gesehen. Es ist der junge Syrtis, Hasturs Friedensmann. Aber man kann nicht behaupten, dass ich Frauen nicht leiden kann.« Er hob den Blick und musterte sie eingehend. »Was hast du mit mir vor, Marilla?«, fragte er.

Marilla beugte den Kopf noch tiefer. Wie lange wusste er es schon?

»Seit wir zusammen am Wasserfall standen«, sagte Dyan leise. »Ich bin zwar kein *Laranzu,* aber Telepath genug, um einige von deinen Empfindungen aufzufangen. Kannst du verstehen, wie sehr ich deinen Bruder liebe, Marilla? Ich weiß, dass du mich nicht leiden konntest, aber ich habe gewiss nichts Böses mit ihm vor. Er wird mich irgendwann verlassen, wie junge Burschen es immer tun. Dann habe ich keine andere Wahl, als mir einen anderen zu suchen. Meine ... Freunde werden irgendwie immer erwachsen, aber ich ... Vielleicht liegt es auch an mir ...« Er zuckte die Achseln. »Warum erkläre ich dir das alles überhaupt?«

Marilla drehte sich weg und neigte den Kopf. Ihre Stimme klang erstickt. »Ihr schuldet mir nichts, mein Fürst.«

Es wäre ihr lieber gewesen, er hätte sie nicht angeschaut.

Und als wolle er ihrem Wunsch nachgeben, stand er auf und beschäftigte sich am anderen Ende der Hütte, wo die Pferde standen. Er gab ihnen Hafer aus einem Sack, schleppte etwas von dem Futter heran, das dort gestapelt war und streute es vor ihnen aus. Marilla ging zu ihm hin, blieb neben ihm stehen und zerriss den Futterballen, damit die Pferde fressen konnten.

Dyan lächelte. »Was ist? – Jetzt weiß ich doch, dass du eine Frau bist. Du überlässt es nicht mir, die Männerarbeit zu tun?«

»Wenn ich mit Merryl ausreite, bin ich ebenso ein Junge wie er. Soll ich bei Euch vielleicht weniger sein, *Vai Dom?«*

»Ja, du bist ihm ebenbürtig«, sagte Dyan leise. »Es wäre mir lieber, du wärst sein Zwillingsbruder, nicht seine Schwester ...«

Marilla senkte den Blick, als sie die plötzliche Hitze in seinen Augen bemerkte. Er streckte die Arme aus und nahm ihre Hände in die seinen, so dass sie ihm genau gegenüber stand.

»Du bist mit mir hierher gekommen, Marilla. Was willst du wirklich von mir?«

Sie wandte sich zur Seite, schwor sich, dass sie nicht weinen würde. Wie sollte sie es nur ausdrücken ... *Ich möchte das, was du mit Merryl, doch nie mit mir erlebt hast. Das, was du keiner Frau geben kannst ... Ach, was bin ich doch dumm, ich habe mich in meiner eigenen Falle verfangen ...*

Er zog sie an sich und streichelte ihr über das Haar und den Nacken. Nach einer gewissen Zeit berührten seine Lippen die ihren, und noch etwas später trug er sie zu dem Lager, das er aus den Satteldecken bereitet hatte.

»Aber du bist doch noch ein Kind ...«, sagte er schließlich zögerlich, »und wenn ich mich nicht irre, sogar noch Jungfrau. Soll ich eure Gastfreundschaft etwa vergelten, indem ich mich an der Schwester meines Gastgebers vergreife?«

Marilla setzte sich aufrecht hin; ihre Arme waren noch immer um seinen Hals geschlungen. »Du hast mich doch auch nicht um Erlaubnis gebeten, als du mit meinem Bruder ins Bett gegangen bist«, erwiderte sie heftig. »Für wen hältst du mich eigentlich, dass du seine Erlaubnis brauchst, um mich zu nehmen, wenn *ich* es dir gestatte? Ich gehöre mir allein. Ich bin meine eigene Frau. Ich gehöre nicht meinem Bruder, sondern mir! Ich gehöre auch nicht dir, Dyan! Ich verschenke mich, wenn ich es will, nicht wenn irgendein Mann es will!«

Dyan lachte leise. Einen Moment lang glaubte sie, er lache sie aus, aber sein Lachen war reine Freude.

»Du hast noch etwas aus der Welt deines Bruders gelernt, Marilla. Wären alle Frauen so wie du, wäre ich bestimmt nicht der Mann, der ich heute bin ...« Seine Lippen suchten erneut die ihren, und er flüsterte ihr leise *»Bredhya« zu*. Dann zog er sie erneut auf das Deckenlager.

»Wenn du noch Jungfrau bist, muss ich sehr vorsichtig sein, denn ich möchte dich nicht mit Schmerz dafür belohnen«, sagte er und fasste sie zärtlicher an, als sie es für möglich gehalten hatte. Marilla seufzte und öffnete ihren Geist für ihn. Dann öffneten sich ihre Lippen den seinen und sie empfand seine Freude, Überraschung und Verwunderung.

Ich dachte, Frauen sind dir egal, Dyan ...

Ich bin ein impulsiver Mensch ... Wenn du auch sonst nichts von mir weißt, das weißt du jetzt ...

Und dann verlor sich auch dieser Gedanke.

Im Licht des frühen Morgens ritten sie nach Hause. Sie hielten sich an den Händen. Als sie in Sichtweite von Lindirsholm kamen, zügelte Marilla ihr Pferd und musterte Dyan mit einer gewissen Bestürzung.

»Merryl wird es herausbekommen ... Ich habe schon wieder etwas gestohlen, was er haben wollte. Als wir kleine Kinder waren, hat mein Vater immer gesagt, ich wäre die Stärkere von uns beiden, dass eigentlich aus mir der Mann hätte werden sollen. Beim Reiten und Jagen habe ich Merryl immer geschlagen. Und jetzt habe ich ihm auch noch das gestohlen, was er sich am meisten wünscht ...«

Dyan umschloss ihre Hand und drückte sie fest.

»Du hast Merryl nichts genommen, was ihm gehört«, sagte er sanft. »Und glaube mir, ich werde ihm sagen, dass es aus Liebe zu ihm geschehen ist ... Ich werde dich in Ehren halten, *Bredhya,* aber ohne die Liebe, die ich für Merryl empfinde, wärst du für mich nicht mehr gewesen als die vielen hundert anderen Frauen, die gern einen *Comyn*-Lord in ihr Bett locken möchten ... Glaubst du, sie hätten es nicht versucht? Wärst du älter und listiger gewesen, hätte ich genau das auch von dir angenommen. Ich hätte dich nicht beachtet. Aber die Schwester meines Freundes ist etwas anderes ...« Er senkte den Blick und schwieg. »Nun hat er seinen liebsten Besitz mit mir geteilt«, sagte er schließlich. »Die Liebe seiner Schwester. Ist es nicht so, Marilla?«

Sie hielt sich an seiner Hand fest. »So ist es, Dyan.«

Merryl kam ihnen am Tor entgegen, und als sie absaßen, streckte er ihnen die Hände entgegen.

»Als ich erfuhr, was du getan hast, hatte ich Angst«, sagte er. »Das Unwetter war so heftig. Aber du hast ihn mit an unseren alten Platz genommen. Ich bin so froh, Marilla!«

Und als sie in seine Augen schaute, erkannte sie, dass er wusste, was geschehen war; dass sie in Dyans Armen die gleichen Freuden genossen hatte wie er.

Dyan zog beide an sich. Er küsste Marillas weiche und Merryls flaumige Wange, und einen Moment lang überkam sie eine Erkenntnis, die sie nie wieder verlor: dass Dyan eigentlich kein bärtiger, vernarbter, alternder Mann war, sondern in seinem Inneren ein lachender Junge in ihrem und Merryls Alter ...

Sie nahm Dyans und Merryls Hand und ging zwischen ihnen her durch das Tor von Lindirsholm.

Zehn Tage später ritt Dyan mit Merryl fort.

»Ich würde nur zu gern mit euch nach Thendara gehen«, sagte Marilla beim Abschied leicht rebellisch.

»Ich möchte es auch«, sagte Dyan leise, »aber du weißt, warum es nicht geht.«

Ihr *Laran* hatte ihr schon gesagt, dass die miteinander verbrachte Nacht Früchte tragen würde. Sie war von Dyan schwanger und vermutete, dass es der Sohn war, den er brauchte und nach dem er sich so sehr sehnte. Er nahm ihr Gesicht in beide Hände und sagte: »Du hast mir das Einzige geschenkt, das Merryl mir nicht geben kann, Marilla. In dieser Hinsicht kann niemand je deinen Platz einnehmen. – Wenn du willst, werde ich dich heiraten«, fügte er zögernd hinzu, doch sie schüttelte schnell den Kopf.

»Würde ich dich so an mich binden ... Würde ich von dir ersehnen, was du nicht geben kannst ... was das Band der Ehe verlangt«, erwiderte sie, »würdest du mich nur hassen ...« Und als sie seinen schmerzlichen Blick bemerkte, fügte sie schnell hinzu: »Vielleicht nicht hassen, aber du würdest mir grollen, weil jemand deiner Freiheit Zügel angelegt hat ... Ich habe *das.*«

Mit einer erwartungsvollen Geste legte sie schützend die Hände über den Bauch, in dem das Kind ruhte. »Und damit bin ich zufrieden ...« Sie hielt ihm die Lippen zum Abschiedskuss hin.

Als Dyan sich umwandte, um an Merryls Seite davonzureiten, flüsterte sie vor sich hin: »Du hast mich *Bredhya* genannt. Auch wenn du mich nicht *Bredhyu* genannt hast, so hast du es doch so gemeint. Ich weiß es.«

Bevor die beiden außer Sichtweite waren, drehte sie sich

um und ging durch das Tor zurück. Es gab bestimmt Menschen, die nun glaubten, Dyan habe ihr genommen, was sie zu geben hatte, ohne etwas zu hinterlassen. Aber sie wusste, dass dem nicht so war.

Sie war die Mutter des Sohnes von Lord Ardais; die Mutter eines *Comyn*-Erben. Nun konnte kein Verwandter sie mehr zwingen, jemanden wegen seiner Herkunft und seines Namens zu heiraten. Nun hatte sie einen eigenen Status, ob sie verheiratet war oder nicht. Von nun an bis in alle Ewigkeit war sie eine unabhängige Frau. Das hatte Dyan ihr hinterlassen. Es war besser als eine Ehe.

Irgendwann kam vielleicht ein anderer Mann, vielleicht aber auch nicht. Möglicherweise war sie gar nicht für die Ehe geschaffen. Aber irgendeines Tages würde sie bestimmt jemanden finden, der sie in Freiheit akzeptierte. Wenn dieser Mensch – egal ob Mann oder Frau – ihren Weg kreuzte, würde sie es wissen. Dieses Geschenk hatte Dyan ihr gemacht.

Der Schatten

1.

Danilo Syrtis unterzeichnete die Gutsbücher und gab sie dem Verwalter zurück. »Sag den Leuten im Herrenhaus, sie sollen dir etwas zu essen machen, bevor du abreist«, sagte er. »Und danke, dass du bei diesem schrecklichen Wetter hergekommen bist!«

»Es war doch nur meine Pflicht, *Vai Dom«*, entgegnete der Mann. Als er ging, schaute Danilo ihm nach und fragte sich, ob er nun ebenfalls zum Essen gehen oder sich etwas Brot und Käse in das kleine Arbeitszimmer bringen lassen sollte, in dem er die Gutsgeschäfte betrieb. Ihm war jedoch nicht nach einem höflichen Gespräch mit dem Verwalter über Geschäfte oder das Wetter zu Mute. Außerdem ging er davon aus, dass der Mann sich schon bald wieder auf den Weg machen wollte, um bei seiner Frau und den Kindern zu sein, bevor es dunkel wurde. Heute Abend würde es sicher wieder schneien. Er erkannte es an den dicken Wolken, die über Ardais schwebten.

Schneefall steht an, und es ist kalt hier im Raum. Bei Einbruch der Nacht bin ich wieder unterwegs ...

Danilo zuckte zusammen und fragte sich, ob er für den Bruchteil einer Sekunde eingeschlafen war. Er hatte nicht das Glück, bei Einbruch der Nacht von hier fortgehen zu können. Er rieb sich die Hände. Seine Füße wurden von einem kleinen Kohlebecken unter dem Schreibtisch gewärmt, doch die Finger schmerzten, und er sah die Atemwolken zwischen seinem Mund und den Büchern, die vor ihm auf dem Schreibtisch lagen. Er hatte sich nie an die Kälte in den Hellers gewöhnen können.

Ich wäre viel lieber im Tiefland, dachte er. *Regis, Regis, mein Bruder und* Bredu, *ich tue hier in Ardais meine Pflicht, wie du in Thendara, doch obwohl ich in Ardais Regent bin, wäre ich lieber als dein Untertan und Friedensmann bei dir. Ich werde meine Heimat nie wieder sehen, jedenfalls nicht für Jahre, aber man kann nichts daran ändern. Schließlich habe ich einen Eid geleistet.*

Er streckte die Hand nach der Klingel aus, doch bevor er sie betätigen konnte, ging die Tür auf und einer der höheren Lakaien betrat das Arbeitszimmer.

»Verzeiht, *Vai Dom*. Der Herr möchte Euch sprechen. Wenn möglich, sofort. Falls Ihr noch mit dem Verwalter beschäftigt seid, möchtet Ihr ihm die Zeit nennen, zu der Ihr ihn aufsuchen könnt.«

»Ich gehe sofort hin«, entgegnete Danilo verwirrt. »Wo kann ich ihn finden?«

»Im Musikzimmer, Lord Danilo.«

Wo auch sonst? Schließlich verbrachte Dyan dort den größten Teil seiner Zeit. *Wie eine riesige Spinne in der Mitte ihres Netzes. Und wir stehen alle in seinem Schatten.*

Dyan – Lord Ardais – war Danilos Onkel. Danilos Mutter war die uneheliche Tochter seines Vaters gewesen. Sein Vater hatte viele uneheliche Kinder gehabt. Dyans einziger Sohn war bei einem Erdrutsch am Kloster Nevarsin ums Leben gekommen. Nach dem Beweis, dass Danilo über das *Laran* der Ardais-Domäne verfügte – man hatte die Gabe der Katalysatorentelepathie für ausgestorben gehalten –, hatte der kinderlose Dyan ihn als Erben adoptiert.

Er hielt sich nun seit über einem Jahr in Ardais auf, und Dyan Ardais hatte sich als großzügig, aber streng erwiesen. Er hatte Danilo alles gegeben, was er für seine Position als Erbe des Hauses Ardais brauchte – passende Kleider, Pferde und Falken. Er hatte ihn zur Grundausbildung in einen Turm geschickt, damit er lernte, sein *Laran* einzusetzen, und man hatte ihm dort mehr gezeigt, als Dyan selbst erfahren hatte. Er hatte ihn auch in allen Künsten unterrichten lassen, die ein Edelmann beherrschen musste: Kalligrafie, Arithmetik, Musik, Zeichnen, Tanzen, Degen- und Schwertfechten. Er hatte Danilo persönlich Musikunterricht erteilt und ihm einiges in Sachen Kartenzeichnen, Heilkunst und Medizin beigebracht.

Außerdem war er auch großzügig zu Danilos Vater gewesen. Er hatte ihm Zuchtrinder, Erntehelfer, sonstige Bedienstete und einen fähigen Verwalter geschickt, der sich um sein Gut kümmerte und dem alten *Dom* Felix das Leben im Alter behaglich machte. »Dein Platz ist in Ardais«, hatte Dyan gesagt. »Bereite dich darauf vor, es eines Tages zu übernehmen. Denn selbst wenn es mir gelingt, noch einen Sohn zu bekommen – was zwar nicht unmöglich, aber ziemlich unwahrscheinlich ist –, so ist es noch unwahrscheinlicher, dass ich ihn als Erwachsener noch erlebe. Möglicherweise musst du viele Jahre sein Regent sein. – Doch dein väterliches Erbe darf nicht vernachlässigt werden«, hatte er hinzugefügt. Er hatte dafür gesorgt, dass es dem Gut der Syrtis an nichts mangelte, was er bereitstellen konnte.

Als Danilo an die Tür des Musikzimmers kam, eilte ein schlanker junger Mann mit hellem Haar und geradezu weiblicher Eleganz an ihm vorbei. Er musterte Danilo freilich mit einem boshaften Blick.

Was ist wohl jetzt passiert, frage ich mich, *das ihm den Spaß vergällt? Ist der Herr etwa böse auf seinen Günstling?*

Danilo konnte Julian, Dyans Haus-*Laranzu*, nicht ausstehen. Aber die Favoriten seines Onkels gingen ihn nichts an. Auch Dyans Liebesaffären hatten ihn nicht zu interessieren. Wenn schon, sagte er sich, musste er Julian dankbar sein. Die Anwesenheit des jungen *Laranzu* hatte allen im Haus klargemacht, dass ein großer Unterschied darin bestand, wie Dyan seinen Pflegesohn und seinen Günstling behandelte. Danilo hatte keinen Grund, sich zu beschweren. Bevor Dyan gewusst hatte, wer er war oder dass er die Gabe der Ardais besaß – Danilo war damals einer der ärmsten und machtlosesten Kadetten im Gardekorps gewesen –, hatte er versucht, ihn zu verführen.

Danilo hatte sich ihm angewidert verweigert, doch Dyan hatte ihm weiterhin nachgestellt. Danilo war ein *Cristofero*, deren Glaube Liebe unter Männern für schändlich hielt. Seit dem Jahr, in dem Dyan ihn als Erben adoptiert hatte, hatte er kein Wort mehr geäußert und keine Geste gemacht, die zwischen Vormund und Mündel unschicklich gewesen wäre. Trotzdem lastete der Schatten des einst zwischen ihnen Gewesenen noch immer schwer auf Danilo. Er war zwar der Meinung, Dyan vergeben zu haben, dennoch hielt er sich nie ohne ein gewisses Maß der Gezwungenheit in seiner Gegenwart auf.

Soweit er wusste, hatte er nichts getan, um seinen Vormund zu verärgern. Aber es war auch noch nie vorgekommen, dass Dyan ihn um diese Zeit zu sich bat. Normalerweise trafen sie sich nur zum Abendessen und verbrachten im Anschluss daran eine formelle Stunde im Musikzimmer. Manchmal spielte Dyan für ihn auf einem der zahlreichen Instrumente, die er beherrschte, oder ließ Musikanten und Unterhalter auftreten. Manchmal bestand er zu Danilos Kummer auch darauf, dass der Junge ihm etwas vorspielte. Er beharrte darauf, dass sein Pflegesohn sich musikalisch betätigte, da die Bildung eines Mannes ohne Musik seiner Meinung nach mangelhaft war.

Dyan stand am Kamin. Er war groß und mager und trug ernste, schwarze Kleidung. Trotz des Feuers war es so kalt, dass man seinen Atem sah. Als er Danilo eintreten hörte, wandte er sich um und schaute ihn an. »Guten Tag, mein Pflegesohn. Hast du schon zu Mittag gegessen?«

»Nein, Herr. Ich wollte gerade gehen, als Euer Ruf mich erreichte. Ich bin sofort gekommen.«

»Soll ich dir etwas bringen lassen? Es steht aber auch Obst und Wein auf dem Tisch. Bediene dich doch.«

»Danke, Herr. Eigentlich habe ich gar keinen Hunger.«

Danilo bemerkte, dass Dyans Mund verkniffen war. Sein Onkel wirkte ergrimmt. Sofort verspürte er eine leichte innerliche Verkrampfung. Irgendwie fürchtete er sich noch immer ein wenig von Dyan. Er hatte keine Ahnung, was er getan haben konnte, um diesen Ausdruck des Missfallens ins Gesicht seines Vormundes zu bringen. Sein Geist ließ die Ereignisse der letzten zehn Tage Revue passieren. Die Gutskonten, die man ihm vor vier Monden anvertraut hatte, waren völlig in Ordnung – es sei denn, alle anderen hatten sich gegen ihn verschworen und ihn belogen. Soweit er wusste, hatten seine Tutoren ausnahmslos Gutes über ihn berichtet. Er war zwar kein brillanter Schüler, aber man konnte ihm weder Fleiß noch Gehorsam absprechen.

Dann merkte er, dass Dyans Blick in seine Richtung fiel, und er empfand plötzlich Zorn.

Er will mir schon wieder Angst einjagen. Ich hätte nicht vergessen sollen, dass meine Furcht ihm Vergnügen bereitet. Er sieht es gern, wenn ich zusammenzucke.

Danilo riss sich zusammen. »Darf ich fragen, warum Ihr so unverhofft zu dieser Stunde nach mir schickt, Herr?«, erkundigte er sich. »Habe ich irgendetwas getan, das Euch erzürnt?«

Dyan schien sich zu schütteln, als wolle er aus einem Tagtraum erwachen. »Nein, nein«, entgegnete er schnell, »aber ich habe eine schlechte Nachricht erhalten, die mir deinetwegen Kummer macht. Ich will dich nicht länger auf die Folter spannen und um den heißen Brei reden. Gerade war ein Kurier aus Syrtis hier. Dein Vater ist tot.«

Danilo schnappte zwar erschreckt nach Luft, aber er wusste auch, dass Dyans Direktheit etwas Gnädiges hatte. Da er ihm die Nachricht nicht häppchenweise überbrachte, konnte sich immerhin keine schrittweise Besorgnis in ihm aufbauen.

»Aber es ging ihm doch bestens, als ich Syrtis nach meinem letzten Besuch an seinem Geburtstag verließ ...«

»Keinem Menschen seines Alters geht es je *bestens*«, sagte Dyan. »Ich kenne zwar die medizinischen Einzelheiten nicht, aber für mich klang es so, als hätte ein plötzlicher Herzschlag ihn dahingerafft. Der Kurier berichtet, er hätte noch sein Frühstück verzehrt und sich bei der Köchin bedankt. Dann wollte er ausreiten und ist plötzlich hingefallen. Als man ihn aufhob, war er schon tot. In seinem Alter muss man mit derlei rechnen. Soweit ich weiß, war er bei deiner Geburt in einem Alter, in dem die meisten Männer schon Enkel auf den Knien schaukeln. Ich weiß, dass er mit seinem ersten Sohn Pech gehabt hat.«

Danilo nickte benommen. Sein älterer Bruder war vor seiner Geburt bei einer Schlacht ums Leben gekommen; er war der Friedensmann von Regis Hasturs Vater gewesen.

»Ich bin froh, dass er nicht leiden musste«, sagte er und spürte, dass ihm die Tränen kamen. *Mein armer Vater. Er wollte, dass ich die Bildung eines Edelmannes erhalte und hat sich mir nie in den Weg gestellt. Ich habe mir immer gewünscht, ihn eines Tages besser kennen zu lernen; als Mann zu ihm zurückzukehren, frei von allen Problemen der Jugend – und ihn dann als den Menschen zu erleben, der er war, nicht nur als Vater.*

Er schluckte. Er konnte die Tränen nicht länger zurückhalten. Kurz darauf spürte er Dyans Hand auf seiner Schulter. Sie war sehr sanft, aber in dem Griff lag auch eine gewisse Zärtlichkeit. Er schüttelte sich innerlich vor Widerwillen.

Er glaubt, dass er mich anfassen kann, weil ich trauere, weil ich mich dann seinem Griff nicht entziehe ... Er versucht es einfach immer wieder ...

Dyan zog die Hand plötzlich zurück. Seine Stimme klang fern, doch beherrscht. »Ich würde dich gern trösten. Aber du bist nicht auf meinen Trost aus. Bevor ich nach dir schickte, habe ich durch die *Laranzu* meines Haushaltes einige Erkundigungen eingeholt.«

Nun verstand Danilo den bösartigen Blick, den Julian ihm zugeworfen hatte.

»Ich habe durch die Türme erfahren, dass Regis Hastur in Thendara weilte und heute nach Syrtis reitet. Er hat seinem Großvater mitgeteilt, er sei es dir als Eidesbruder schuldig, deinem Vater gegenüber die Verwandtenpflicht zu erfüllen. Er erwartet dich dort. Du kannst gehen, sobald du das Nötigste gepackt hast, es sei denn, du willst lieber warten, bis das Wetter sich bessert ... Nur Verrückte und Verzweifelte reiten im Winter durch die Hellers, dennoch glaube ich kaum, dass du warten willst.«

»Das Wetter macht mir keine Angst«, versicherte Danilo. Er fühlte sich noch immer wie betäubt. Er wollte seine Heimat und Regis zwar gern wieder sehen, aber nicht unter diesen Umständen.

»Ich habe mir die Freiheit genommen, meinen Leibdiener anzuweisen, deine Reit- und Trauerkleidung herauszulegen. Aber bevor du reitest, solltest du noch etwas essen, mein Sohn.«

Von seinem Tonfall überrascht – Dyan brachte ihm tatsächlich ungewöhnliche Freundlichkeit entgegen –, hob Danilo den Blick zum Gesicht seines Vormundes.

»Dein Freund wird dich erwarten, wenn du in Syrtis ankommst, mein Pflegesohn. Du brauchst dich der Beerdigung nicht allein auszusetzen. Dafür habe ich gesorgt. Ich würde gern selbst gehen, um ihm diese Ehre zu erweisen, aber ...« Dyan nahm Danilos Hände förmlich in die seinen. Danilo war zwar vollkommen abgeschirmt, doch er spürte den Anflug eines Gefühls, das er nicht identifizieren konnte. Bedauern? Trauer?

»Dein Vater«, fuhr Dyan leise fort, »war einer der wenigen Menschen, die es wagten, im Namen der Ehre mein Missfallen auf sich zu ziehen. Ich habe vor seinem Angedenken großen Respekt. Bleib so lange du willst, mein Junge, um alles zu regeln. Und richte Regis Hastur meine besten Empfehlungen aus.«

Er ließ den Trauernden los und trat zurück, um ihn förmlich zu entlassen. Danilo verbeugte sich; seine Gefühlswelt war zu durcheinander, als dass er etwas hätte entgegnen können. Regis Hastur wartete in Syrtis schon auf ihn? Langsam ging er in sein Zimmer, wo er auf Dyans Leibdiener stieß, der schon seine Satteltaschen packte. Dyan hatte ihm auch eine Geldbörse zukommen lassen, damit er die Reisekosten begleichen und den Dienern seines Vaters Geschenke machen konnte. Außerdem hatte er drei Mann abgestellt, die ihn begleiten sollten.

Als Danilo in den Salon trat, fand er eine warme, dampfende Mahlzeit vor, die er schnell am Tisch hätte verzehren können. Doch er war zwar zu müde und zu durcheinander, um etwas herunterzukriegen, und nahm nur am Rande wahr, dass der *Coridom*, der Salondiener, einen Korb mit Nahrung herantrug und dem Packpferd zusammen mit den Satteltaschen auflud. Auf dem Weg nach Syrtis gab es kaum Gasthöfe und Rastplätze.

2.

Schneeflocken fielen in das offene Grab und vermischten sich mit der Erde, die die Männer und Frauen aus *Dom* Felix' Haushalt, die nacheinander an die Grube traten, auf den Sarg fallen ließen.

»... und zu mir hat der Herr gesagt ›Deine Tochter ist ein gutes und schlaues Mädchen. Sie ist zu schade dafür, ihr ganzes Leben damit zu verbringen, Kühe zu melken und Töpfe zu spülen.‹ Und obwohl wir damals knapp an Küchenpersonal waren, hat er sie mit einem Brief zu Lady Caitlin nach Burg Hastur geschickt, und die Lady hat sie als Näherin in ihren Haushalt aufgenommen. Später wurde sie dann ihre Haushälterin und hat den Verwalter geheiratet. Er fragt ... Er hat mich immer gefragt, wie es ihr geht.«

Die alte Köchin beendete mit zittriger Stimme ihre Erzählung. Sie zerbröselte den Erdklumpen zwischen ihren Fingern und ließ ihn in das Grab fallen. »Diese Erinnerung soll meine Trauer mildern.«

Jeder Angehörige des Hauspersonals hatte eine kleine Anekdote erzählt oder eine freundliche Bemerkung über den Toten gemacht. Nun stand der Verwalter vor dem Grab, den Dyan dem Verstorbenen im letzten Jahr geschickt hatte, doch Danilo hörte kaum, was er sagte. Regis stand hinter ihm, aber sie hatten bisher gerade mal Zeit gehabt, einander kurz zu begrüßen. Nun trat Regis ans Grab. Er schaute auf. Zum ersten Mal seit sie sich an diesem Morgen begrüßt hatten, traf sein Blick den Danilos. Dank Dyans tüchtigem Verwalter und *Dom* Felix' Männern hatte es für ihn nur wenig zu tun gegeben. Danilo glaubte allmählich, dass er ebenso gut in Ardais hätte bleiben können – sie hatten ihm kaum eine Aufgabe übrig gelassen.

»Als ich *Dom* Felix erstmals begegnete«, setzte Regis an,

während die Schneeflocken auf den eleganten blauen Hastur-Umhang und sein kupferfarbenes Haar fielen – niedergeschlagen dachte Danilo daran, dass er beträchtliche Schwierigkeiten auf sich genommen hatte, um sich diesen Männern als Prinz und Erbe Hasturs zu zeigen –, »knurrte er mich an wie einen kleinen verdorbenen Knaben, der seinen Obstgarten plündern will. Er glaubte, ich wäre gekommen, um den Frieden seines Sohnes zu stören und wollte mich schon wütend fortschicken und mir den Zorn der *Comyn* an den Hals wünschen, um ihn zu schützen. Möge diese Erinnerung meine Trauer mildern.«

Doch das war fast identisch mit dem, was Dyan gesagt hatte, fiel Danilo wie betäubt auf. Er hätte es zweifellos ebenso formuliert, wenn er mitgekommen wäre: dass sein Vater auch den Mächtigen die Zähne gezeigt hatte, wenn es um seinen Sohn ging.

Ich hätte ihm ein besserer Sohn sein müssen, dachte er. Er nahm den bröckelnden Erdklumpen, den Regis ihm in die Hand schob. Ihm fiel ein, dass Regis ihn auf Syrtis besucht hatte. *Wir haben dort drüben gesessen,* dachte er. *Im Obstgarten, auf dem abgestorbenen Baum.* Damals war er nur der Sohn eines kleinen Lehnsherren gewesen. Er hatte nicht mal ein Hemd besessen, das diesen Namen verdiente, und niemand hatte gewusst, dass er die Gabe der Ardais besaß.

Doch Regis hatte gesagt: *Dein Vater gefällt mir, Dani.* Er war hergekommen, nachdem Dyan Mittel und Wege gefunden hatte, ihn unehrenhaft aus dem Kadettenkorps entfernen zu lassen. Und *Dom* Felix war grob zu ihm gewesen.

Blind vor Schmerz und unfähig, seine Worte genau zu wählen, sagte Danilo: »Mein Vater hat nie etwas um den Hof gegeben. Auch Reichtum und Macht waren ihm unwichtig. Sein ältester Sohn wurde ihm genommen ...« *Er wurde ihm sogar zweimal genommen. Einmal, als mein Bruder Rafael sich einem Hastur anschloss, und dann, als er diesem Hastur in den Tod folgte. Und ich habe auch noch in der alten Wunde gestochert. Trotzdem ...* »Obwohl die meisten Väter mich bei sich behalten hätten, hat er mich bereitwillig ziehen lassen, damit ich ihm in der Unauffälligkeit diene, die ihm lieber war. Er hat mich erst zu den Kadetten und dann nach Ardais gehen lassen. Nie hat er versucht, mich zu seiner eigenen Bequemlichkeit zu Hause zu behalten. Möge diese Erinnerung ...« Seine Stimme versagte, er konnte den Satz kaum beenden. »... meine Trauer lindern.«

Seine Finger krampften sich zuckend zusammen und zerdrückten den Erdklumpen. Er spürte Regis' Hand auf der seinen und kam sich plötzlich wie gelähmt vor. Bald war alles vorbei, dann würden die Leute gehen und er konnte ins Haus zurück und eine heiße Suppe essen ... oder Glühwein trinken, was jetzt wohl angebrachter war ... sich aufwärmen und schlafen. Der Leichenschmaus lag hinter ihnen, das Begräbnis ebenfalls, nun konnte er sich endlich ausruhen.

Bruder Estefan, ein *Cristofero*-Mönch, der aus dem Dorf gekommen war, sprach ebenfalls noch ein paar freundliche Worte am Grab.

»... und so wie der Lastenträger das Weltenkind über den angeschwollenen Fluss des Lebens brachte, so strebte unser verstorbener Bruder sein Leben lang danach, seinen Mitmenschen beim Tragen ihrer Last so gut wie möglich zu helfen. *Dom* Felix war kein reicher Mann. Er verbrachte den größten Teil seines Lebens in großer Armut, doch viele, die hier auf dem Lande leben, können berichten, dass sie in seiner Küche genährt wurden, wenn der Winter hart war, oder dass er seine Leute mit Feuerholz in die kalten Hütten schickte, wenn er nicht mehr geben konnte. Einst kam ich nach einem Krankenbesuch auf sein Gut. Seine Köchin und sein Verwalter waren schon zu Bett gegangen, also hieß er mich eigenhändig willkommen und bot mir einen Platz an der Wärme seines Feuers. Und da er sagte, seine Köchin hätte ihm zu viel Suppe hinterlassen, schüttete er die Hälfte davon in meine Schale und schnitt eine Scheibe von seinem Brot ab. Und da niemand mehr da war, der mir ein Zimmer herrichten konnte, legte er vor dem Feuer einige Satteldecken aus und richtete mir ein Lager. Möge diese Erinnerung die Trauer lindern, und möge der Herr aller Welten ihn in seinem gesegneten Reich willkommen heißen, in der er für ihn die gleiche Güte bereithält, die *Dom* Felix zu Lebzeiten für seine Mitmenschen bereitgehalten hat.« Er machte das heilige Zeichen über dem Grab und signalisierte den Arbeitern, es zuzuschütten. »Damit wir auf Erden nicht mehr trauern und unserem Bruder gestatten, in das Gesegnete Reich zu reisen, das von dem Gedanken unserer Trauer unbehelligt ist. Lebewohl.«

»Er hat seine Last abgelegt, Lebewohl«, sagten die Trauernden, die das Grab umringten im Chor und wandten sich um.

Hier wird er nun also liegen, dachte Danilo, *in einem anonymen Grab auf seinem eigenen Land, und ruhen neben meinen Ururgroßvätern, die vor ihm dahingeschieden sind, und wohin ihm meine Söhne und Enkel folgen werden. Ob er wirklich heute Abend im Gesegneten Reich im Angesicht seines Gottes feiert – mit meiner Mutter an der einen und meinem älteren Bruder an der anderen Seite? Ich weiß es nicht.*

Nur Bruder Estefan kehrte mit ihnen zum Haus zurück. Danilo ging, um einen Teil des Geldes zu holen, das Dyan ihm für die Männer seines Vaters mitgegeben hatte. Dann kehrte er in den Korridor zurück, denn der Geistliche hatte sich geweigert, den Hauptsalon zu betreten, da er wusste, dass Danilo nach der langen Reise, dem Leichenschmaus und der Beerdigung Ruhe brauchte. Danilo wusste, dass er erpicht darauf war, ins Langhaus im Dorf zurückzukehren.

»Heute Abend wird es heftige Schneestürme geben«, sagte Bruder Estefan. »Wie gut, dass es nicht schon angefangen hat, als die Beerdigung stattfand.«

»Ja, ja, wirklich gut«, erwiderte Danilo und dachte: *Er hat doch hoffentlich nicht vor, hier stehen zu bleiben und sich mit mir über das Wetter zu unterhalten!*

»Werdet Ihr nun in Syrtis bleiben, Herr, in Eurer wahren Heimat, statt nach Ardais zurückzukehren? Man weiß in sämtlichen Domänen, dass Lord Ardais ein verdorbener Mensch ist, der die Götter nicht fürchtet. Und man weiß von seiner Zügellosigkeit und Boshaftigkeit ...«

»Er hat sich mir gegenüber stets ehrenhaft verhalten«, sagte Danilo. »Und er ist der Bruder meiner Mutter. Ich bin als sein Erbe eingeschworen. Es ist meine Pflicht dem Blut meiner Mutter und den *Comyn* gegenüber.«

Der Geistliche presste die Lippen aufeinander und stieß bei dem Wort *Comyn* ein ausdrucksvolles Geräusch aus. »Euer Vater war eigentlich nie sonderlich erbaut darüber, dass Ihr Euch dort aufhaltet. Gerüchten zufolge gehört Lord Regis zum gleichen verderbten Schlag. Er ist weder verheiratet noch versprochen, und ist doch schon achtzehn. Warum ist er überhaupt hergekommen?«

»Ich bin sein Eidesbruder und Friedensmann...«, begann Danilo, doch hinter ihm, im finsteren Korridor, ertönte Regis Hasturs Stimme: »Lieber Bruder ...« Danilo fiel zum ersten Mal auf, dass Regis' Stimme sich zu einem volltönenden Bass vertieft hatte.

»Lieber Bruder ... sollte sich jemand, den du kennst, bei dir über mein Betragen beschwert haben, bin ich gerne bereit, dir oder ihm mein Verhalten zu erklären. Falls nicht, habe ich dich weder zum Hüter meines Gewissens eingesetzt, noch ist dieses Amt derzeit vakant. Darf ich einen Diener schicken, der deinen Esel durch das Unwetter geleitet? Nein? Ganz bestimmt nicht? Nun, dann Gute Nacht, und mögen die Götter mit dir reiten.«

Und die Tür schloss sich vor dem Geistlichen, der gerade noch die Worte hörte: »... oder wer immer bereit ist, deine Gesellschaft zu ertragen!«

Danilo spürte, dass ein fast hysterisches Gelächter in seiner Kehle aufwallte, und er wandte sich schnell dem Hauptsalon zu. Regis erwischte ihn am Ärmel. Bei der Berührung flammte zwischen ihnen eine Erinnerung auf, und Regis, weniger von seinem Rückzug als über die verweigerte Übereinstimmung erschreckt, sagte heftig: »Naotalba möge mir die Füße verdrehen ... Ich bin ein Narr, Dani! Ich weiß, du willst nicht, dass darüber getratscht wird, besonders nicht bei denen, die nur allzu gern einen Skandal bei den *Comyn* wittern!« Er lachte verlegen. »Vielleicht ist es meine Schuld, dass ich mich über jeden Verdacht erhaben gefühlt habe. Ich hatte befürchtet, man würde dich nur primitiven Witzeleien aussetzen, aber nicht Bruder Estefans nassforscher Besorgnis über den Zustand deiner Seele und die Art deiner Sünden!«

»Ist mir doch egal, was sie reden«, stieß Danilo hervor. »Aber ich kann nicht ertragen, dass sie solche Dinge über dich verbreiten ...«

»Meine Position ist zwar mein bester Schutz«, sagte Regis leise, »aber andererseits schützt sie mich nicht vor Tratsch. Nicht viele würden es wagen, einen Hastur zu verleumden. Ich schäme mich der Wahrheit jedoch keinesfalls. Von allen Übeln kann ich die Lüge am wenigsten ausstehen ...«

Sie verweilten noch immer an der Tür. Die alte Köchin, die damit beschäftigt war, im Salon eine einfache Mahlzeit aufzutragen – gekochten Haferbrei mit kaltem, geschnittenem Speck, gebackenen, nach Trockenfrüchten riechenden Klößen und dampfende Suppenschalen –, hob den Blick ihrer noch immer geröteten Augen, um die beiden zu Tisch zu rufen. Mit der Freiheit einer alten Bediensteten – als Danilo klein gewesen war, hatte sie ihm Mehlkuchen gebacken und die Knie seiner ersten zerrissenen Reithosen geflickt – sagte sie: »Sie hätt'n den Bruder bitt'n soll'n, mit uns zu essen.« Dann fügte sie schnell hinzu: »*Dom* Danilo.«

»Stimmt«, entgegnete Regis mit träger Stimme. »Ich glaube, eine Stunde hätten wir es nötigenfalls noch in seiner Gesellschaft ausgehalten. Es ist eine Schande, den armen Kerl mit leerem Magen in den Schnee hinauszuschicken. Was wird man wohl in Nevarsin dazu sagen, Dani?«

»Im Langhaus wird er besser speisen, Nanny«, sagte Danilo zu der alten Frau. »Wahrscheinlich hätte er ohnehin nicht gern im Haus eines Sünders gegessen. Ich habe ihm gerade verdeutlicht, dass ich nicht zu seinen Schäfchen gehöre.«

»Und ich bin ebenso froh, dass mir seine Gesellschaft erspart bleibt«, pflichtete Regis ihm bei. »Als wir damals zusammen in Nevarsin gelebt haben, war in mir noch alle Pietät der Welt, Dani. Der feierliche Unsinn der Mönche reicht für ein ganzes Leben, wenn nicht gar länger. Ich nehme zwar an, dass einige von ihnen brave und fromme Männer sind, aber ich kann ihren Glauben nicht teilen, und irgendwann muss alles ein Ende haben. Ich möchte keine Gemeinheiten über die Religion deines Vaters verbreiten, aber sie ist eben nicht die meine, und ich fühle mich diesem Geistlichen nicht sonderlich verpflichtet. Tja ...« Sein Gesicht nahm einen ernüchterten Ausdruck an. »Wir haben uns noch gar nicht unterhalten können. Ich wollte dich zwar gern wieder sehen, *Bredu*, allerdings nicht unter solchen Umständen.«

Auf dem Tisch stand auch ein steinerner Weinkrug. Regis schenkte einen Becher voll und reichte ihn Danilo. »Trink zuerst, Bruder, dann iss. Du bist erschöpft, kein Wunder, und beim Leichenschmaus ist mir aufgefallen, dass du nur wenig essen konntest.«

Danilo leerte den Becher in einem Zug und spürte, wie sich schlagartig eine wohlige Wärme in ihm ausbreitete. Dann schob er den Löffel in die Suppe. Er spürte, dass Regis ihn verdutzt beobachtete.

Der Priester soll verflucht sein, dachte er. *Nun dreht sich wieder alles um uns. Dabei hatte ich doch nicht daran denken wollen. Es reicht schon, dass ich in Dyans Haus wohne und gezwungen bin, meinen Blick von dem verfluchten Julian abzuwenden, der sich in seiner Gunst wiegt – und dem Wissen, dass Dyans Personal eine Zeit geglaubt hat, ich wollte seine Position einnehmen: als Dyans Liebling, Günstling oder Lustknabe ... Ich bin Regis angeschworen. Aber was zwischen uns ist, ist viel ehrenwerter.*

Seine Gedanken kreisten für einen Augenblick um die kleine Reisehütte in den Hellers, in der Regis und er den Bund geschlossen hatten. Sie waren aufgrund ihres *Laran* offener zueinander gewesen als Liebende. Bestimmt wurde von ihm nichts weiter gewünscht oder erwartet.

Ich halte Regis in Ehren und liebe ihn von ganzem Herzen. Aber mehr würde er nie von mir verlangen. Wenn wir uns als kleine Jungs begegnet wären, vielleicht doch ... Aber das wurde für immer verdorben, als Dyan etwas bei mir suchte, das ich ihm einfach nicht geben kann, weil es nicht meiner Natur entspricht ... Und heute Abend, im Korridor, hatte es Regis sogar Leid getan, ihn diesem Vorwurf ausgesetzt zu haben.

Danilo griff nach der Obstschale und schaute Regis dabei in die Augen. Dieser musterte ihn lächelnd und sagte: »Was geht dir gerade durch den Kopf, Bruder?«

»Die Nacht in der Reisehütte ...«, antwortete Danilo impulsiv.

»Ich habe sie auch nicht vergessen«, sagte Regis, ergriff über den Tisch hinweg Danilos Hand und drückte sie. Und bei dieser Berührung waren sie wieder zusammen dort, einander völlig offen. Und wieder erlebte er den Moment, in dem Regis sich zurückgezogen und leise gesagt hatte: »*Nein.* Das willst du nicht wecken, Dani, oder?«

Sie hatten sich beide zurückgezogen ... Sie waren zwar einer Meinung gewesen, aber sie hatten sich zurückgezogen. *Dyans Schatten lastet schwer auf uns beiden ... Keiner von uns hat sich damals zuzugeben getraut, was er sich wirklich gewünscht hat. Es hat gereicht, dass wir es wussten ...*

Die alte Köchin stand schon wieder vor ihnen. »Ich habe gestern Abend das erste Gästezimmer für Lord Regis bereitgemacht, Herr«, sagte sie zu Danilo. »Und das Herrenzimmer für Euch selbst. Ist es recht?«

Nicht recht, dachte Danilo, *aber den Bräuchen entsprechend und erträglich.* Er nickte der alten Frau zu und stand mit einer Kerze in der Hand auf.

»Ich bin müde, Nanny. Ich ziehe mich jetzt zurück. Geh jetzt auch zu Bett. Und danke für alles.«

Als sie auf ihn zutrat und seine Hand küsste, sah er, dass sie heftig blinzelte, als wolle sie erneut in Tränen ausbrechen. »Na, na, Nanny«, sagte er, »geh und leg dich jetzt hin.« Er tätschelte ihr die Wange. Sie ging hinaus und presste sich die Schürze vors Gesicht. Regis nahm einen Apfel aus der Schale auf dem Tisch und schloss sich ihr an. »Könnte dein Verwalter mir vielleicht eine Kiste dieser Äpfel nach Thendara schicken?«, sagte er.

»Nichts leichter als das«, entgegnete Danilo. »Erinnere mich morgen daran, dass ich es ihm auftrage.« Dann gingen sie zusammen die Treppe hinauf.

3.

Im oberen Gang, vor der schweren geschnitzten Tür zum Zimmer seines Vaters zögerte Danilo. Er hatte den Raum in seinem ganzen Leben kaum ein Dutzend Mal betreten.

»Ich ... Ich kann da nicht allein reingehen ...«

Regis' Hand legte sich fest auf seine Schulter. »Natürlich kannst du es nicht. Sie hätte es auch nicht von dir erwarten sollen. Wärst du zurückgekommen, um hier zu wohnen, wäre es sicher anders gewesen.« Er schob die Tür auf, und sie traten gemeinsam ein.

Danilo zündete die Kerze in dem Kerzenständer an, der auf dem alten geschnitzten Schreibtisch stand. Helligkeit breitete sich aus und beschien verblasste Gobelins und einen schäbigen Teppich. Die alten Möbel waren freilich gepflegt und gut in Schuss; sie wurden regelmäßig poliert. An der Seite, auf der sein Vater viele Jahre lang allein geschlafen hatte, war das große Bett leicht eingesunken. Die andere Matratze, da unbenutzt, war noch hoch und fest. Sie bildete einen merkwürdigen Kontrast zu dem platten und abgelegenen alten Ding, auf dem all die Jahre das Gewicht des ergrauenden Schopfes seines Vaters gelegen hatte.

Es ist nun siebzehn Jahre her, seit ich in diesem Bett geboren wurde. Meine Mutter ist am gleichen Tag darin gestorben. Das auf einer Seite herabsackende Lager kam ihm unsagbar jämmerlich vor. *Er hat die ganze Zeit allein hier gelebt, und ich habe ihn noch mehr allein gelassen.*

»Aber du bist nicht allein hier«, sagte Regis leise. »Ich bleibe bei dir, Dani.«

»Aber ich ... du ...« Danilo schaute Regis hilflos an, und sein Freund lächelte kurz.

»Nein, Dani«, sagte er, »wir müssen jetzt darüber reden. Ich weiß, *damals* konnten wir es beide nicht ertragen. Aber wir sind Eidesbrüder. Und du weißt so gut wie ich, was dies bedeutet ...«

Danilo musterte den fadenscheinigen Teppich. Dann sagte er in plötzlichem Protest: »Ich habe geglaubt ... du wärst von dem ... was Dyan von mir wollte, ebenso ... erschreckt und *angewidert* gewesen wie ich ...«

Regis' lebhafte Gesichtszüge verzogen sich im Schein der Kerzen, und seine Brauen trafen sich fast.

»Ich bin es noch immer«, sagte er. »Wenn es durch Zwang oder widerwillig erfolgt. Aber es war Dyans Drängen, das mich krank gemacht hat – nicht seine Vorliebe, falls du verstehst, was ich meine. Seine Vorliebe ... ist mir kein Geheimnis. Im Gegenteil. Aber ... Es muss aus freien Stücken und im Bund der Freundschaft gegeben werden. Nicht anders. Ich dachte ...«

Wie aus sehr weiter Ferne erkannte Danilo, dass die Stimme seines Freundes bebte, und er wappnete sich gegen den offenen emotionalen Ansturm.

»Ich dachte, du hättest wirklich begriffen, dass wir ... wie eins sind, dass wir es einfach nur auf eine andere Gelegenheit verschoben haben. Dass wir es in eine Zeit verschoben haben, in der wir nicht angewidert, verängstigt oder in Todesgefahr sind – und auch nicht unter dem Schatten stehen ... dem Schatten deiner Angst vor Dyan. Ich habe geglaubt, keine Zeit sei besser als jetzt ... um zu bestätigen, was wir uns einst geschworen haben. Dass wir zusammenkommen ...«

Danilo, der eine brennende Verlegenheit durchlebte, gelang es, die Hände nach Regis auszustrecken und ihn in eine verwandtschaftliche Umarmung zu ziehen. Er küsste ihn schüchtern auf die Wange. Ihm fiel ein, wann er es schon einmal getan hatte – damals, an dem Tag im Obstgarten. »Du bist«, sagte er und suchte nach den passenden Worten, »du bist mein geliebter Bruder und Herr. Alles, was ich bin, alles, was ich in Ehren geben kann ... Ich halte dich in Ehren. Ich würde mein Leben für dich opfern. Doch was den Rest angeht ... *Das*, glaube ich, ist nicht in mir. Ich kann es dir nicht geben ...« Er konnte nicht weitersprechen.

Regis hielt ihn fest, seine Hände ergriffen Danilos Ellbogen. Er schaute ihm in die Augen und sagte leise: »Du weißt, dass ich nichts von dir will, das du nicht bereitwillig geben kannst. Niemals. Ich verstehe aber nicht, warum du nicht dazu bereit bist. Dani, glaubst du denn noch immer, dass das, was ich von dir will ... schändlich ist, oder dass ich möchte, dass du ...«

Regis tastete sich ebenso wie Danilo, der jüngere, blind durch einen Wald heranstürmender Worte, um eine tiefergehende Berührung durch das *Laran* zu vermeiden. »Glaubst du, ich möchte dich um meines Stolzes willen, um dir meine Macht über dich zu zeigen ... oder dergleichen? Du hast einmal gesagt, du weißt, dass ich nicht wie Dyan bin und du keine Angst vor mir hast ...« Doch er seufzte und ließ Danilo los.

»Sein Schatten lastet wirklich schwer auf uns beiden. Aber ich kann es nicht ertragen, dass er noch immer auf diese Weise zwischen uns steht.« Er drehte sich leicht zur Seite.

Danilo wurde kalt, er empfand die schmerzhafte Distanz zwischen ihnen. Aber so war es besser.

»Du solltest dich jetzt besser ausruhen, Danilo«, sagte Regis leise. »Aber wenn du hier nicht allein sein möchtest, kann ich bei dir bleiben. Du könntest auch bei mir im Gästezimmer schlafen. – Schau mal, dein Vater hat ein Bild von dir ... Ist das daneben deine Mutter?«

Danilo nahm die beiden kleinen Gemälde an sich. Sie hatten, soweit er sich erinnerte, immer neben dem Bett gestanden. »Dies ist meine Mutter«, erklärte er, »aber das da kann nicht ich sein. Das Bild hat schon dort gestanden, als ich noch ganz klein war.«

»Aber natürlich bist du es«, widersprach Regis und musterte

das Gemälde. Es zeigte zwei junge Männer, die sich anschauten. Sie hielten sich an den Händen. Danilo wurde schlagartig klar, wen er dort sah.

»Es ist mein Bruder Rafael«, sagte er. »Er wurde Rakhal genannt.«

»Dann muss der andere *mein* Vater sein«, hauchte Regis. »Auch er hieß Rafael. Und wenn sie sich so zusammen haben malen lassen, müssen auch sie den *Bredin*-Eid abgelegt haben ...«

Sie hießen beide Rafael. Sie waren einander verschworen und starben, als sie sich gegenseitig schützen wollten. Man hat sie in einem Grab auf dem Feld von Kilghairlie beigesetzt.

Die alte Geschichte hatte sie als Kinder zusammengebracht. Sie waren für einen Moment unter den flackernden alten Lampen der Gardekaserne stehen geblieben; Kinder im ersten Kadettenjahr, eine Weile in der alten Tragödie gefangen. Die Zeit hatte sich irgendwie umgekehrt und war rückwärts gelaufen. In dem Augenblick, in dem Danilo ihn irgendwie *berührt* und das *Laran* in ihm erweckt hatte, das er angeblich nicht besaß, musste Regis an seinen Vater denken, dessen Gesicht ihm völlig unbekannt war ...

»Ich habe meinen Vater nie gesehen«, sagte er endlich. »Mein Großvater besaß zwar ein Bild ... Ich wäre nie darauf gekommen. Es muss eine Kopie von diesem hier gewesen sein. Aber er hat es nie über sich gebracht, es mir zu zeigen. Meine Schwester dagegen kannte es. Sie kann sich natürlich an unsere Eltern erinnern. Einmal hat sie gesagt, *Dom* Rakhal Syrtis wäre sehr nett zu ihr gewesen ...«

»Eigenartig«, entgegnete Danilo leise und drehte das kleine Bild in der Hand, »dass mein Vater, der den Hasturs immer grollte, da sie ihm zuerst meinen Bruder und dann mich nahmen, es hier all die Jahre neben sich stehen hatte, so dass beide Gesichter ihn stets anschauten ...«

»So überraschend ist es nicht«, entgegnete Regis sanft. »Am Ende hat er sich zweifellos nur noch daran erinnert, dass sie sich liebten. Es könnte sogar sein, dass er sich irgendwann auch darüber freute, dass du einen Freund gefunden hattest ...«

Mit einem geistesabwesenden Lächeln warf er einen erneuten Blick auf das Porträt seines Vaters. »Nein, ich bin eigentlich kaum wie er, aber eine gewisse Ähnlichkeit besteht doch. Ich frage mich, ob das der Grund war, warum mein Großvater es so viele Jahre kaum ertragen konnte, mir ins Gesicht zu schauen.« Er stellte das Bild vorsichtig auf den Tisch zurück. »Wenn es einige Jahre neben einem steht, versteht man es vielleicht, Danilo ... Komm, Bruder, ruh dich aus. Es ist spät, und du bist müde. Du hast mich bedient wie ein Leibdiener in Aldaran. Lass mich für dich nun das Gleiche tun.«

Er schob Danilo in einen Sessel und bückte sich, um ihm die Stiefel auszuziehen. Danilo machte eine verlegene Geste, um ihn davon abzuhalten. »Es ist unpassend, mein Fürst!«

»Der Eid eines Friedensmannes geht in beide Richtungen, Bruder«, sagte Regis. Er kniete sich hin und schaute Danilo an. Er bewegte leicht den Kopf, um auf das Bild hinzuweisen, und Danilo konnte das Gesicht des ersten Regis-Rafael in den Augen von Rafael-Felix Syrtis lächeln sehen. »Ich bezweifle es nicht ... Hätte dein Bruder weitergelebt, wäre er sicher auch mir ein zweiter Vater gewesen ... und ich hätte ein völlig anderes Leben geführt, auch wenn mein Vater gestorben wäre.«

»Hätte er weitergelebt«, wiederholte Danilo mit einer ihm bisher unbekannten Bitterkeit, »wäre ich nie geboren worden. Mein Vater hat sich in einer Zeit, in der die meisten Männer schon Enkel auf den Knien schaukeln, eine zweite Frau genommen, weil er sein Haus nicht ohne Erben zurücklassen wollte.«

»Da bin ich mir aber nicht so sicher.« Regis' Hände legten sich wieder auf die seinen. »Vielleicht hätten die Götter dich deinem Bruder als Sohn geschickt, damit er neben dem Sohn meines Vaters hätte aufwachsen können ... Dann wären wir *Bredin* gewesen, wie vorherbestimmt. Erkennst du denn nicht die Hand des Schicksals in dieser Sache, Dani? Dass wir *Bredin* werden sollten, wie sie zuvor?«

»Ich weiß nicht, ob ich es glauben kann«, erwiderte Danilo, doch er ließ seine Hände in denen seines Freundes ruhen.

»Mir scheint, als lächelten sie uns zu«, sagte Regis, dann streckte er Danilo die Arme entgegen. »Ach, Dani«, brach es aus ihm hervor, »mögen alle Götter verhüten, dass ich versuche, dich zu irgendwas zu überreden, das du für falsch hältst, aber müssen wir für immer in Dyans Schatten leben? Ich weiß, dass er dir Unrecht getan hat, aber das ist Vergangenheit. Willst du mich ewig für das leiden lassen, was er wollte? Deine Angst vor ihm ist offensichtlich stärker als der Eid, den du mir geschworen hast ...«

Danilo hätte am liebsten losgeweint. »Ich bin ein *Cristofero*«, sagte er zitternd. »Du kennst unseren Glauben. Mein Vater war gläubig, und das reicht mir. Du wolltest mich hier haben, bevor sein Grab erkaltet, sogar in dem Bett, in dem er all die Jahre allein geschlafen hat ...«

»Ich glaube nicht, das es ihn stören würde«, wandte Regis leise ein. »Weil er in all diesen Jahren das Bild seines Sohnes und des Mannes aufbewahrt hat, dem sein Herz gehörte. Hätte er es denn auch getan, wenn ihm schon der Anblick eines Hastur verhasst gewesen wäre? Es gibt genügend Porträtmaler, die das Bild seines Sohnes hätten kopieren können. Er hätte das Gesicht des Hastur-Prinzen, der ihm seinen Sohn genommen hat, in den Kamin oder ins Höllenfeuer werfen können! Was seinen Glauben angeht ... Ich lege keinen Wert auf einen Gott, der seine Macht dazu benutzt, einer Welt Freude und Liebe zu entziehen, der es ohnehin schon an beidem mangelt. Von meinem gottbegnadeten Ahnen weiß ich nur, dass er gelebt und wie jeder andere Mensch geliebt hat. Und es steht geschrieben, dass er ebenso getrauert hat wie andere Menschen, als er denjenigen verlor, den er liebte. Aber in meinen frommen Büchern steht nirgendwo, dass er sich vor der Liebe fürchtete ...«

Ich habe selbst behauptet, ich würde Regis nie fürchten. Was aber hat dann diesen langen Schatten zwischen uns geworfen? War es doch Dyan? Unsere Herzen gehören einander. Ich habe Dyan damals gehasst, weil er danach trachtete, mir seinen Willen aufzuzwingen. Doch habe ich Regis nicht auf die gleiche Weise verletzt? Bin ich also frei von Dyans Verderbnis?

Oder möchte ich nur glauben, dass das, was ich für Regis empfinde, rein und makellos ist? Dass ich irgendwie besser bin als Dyan? Dass das, was ich für Regis empfinde, nicht den Schatten dessen hat, was er mit Julian zur Schau stellt?

Ich habe Regis verletzt. Und noch schlimmer ... Plötzlich wurde ihm alles klar. *Ich habe Dyan verletzt, weil ich ihm nicht vertraue. Er hat mich als Sohn angenommen und einen anderen Liebhaber gefunden, doch ich war noch nicht bereit, seine väterliche Güte anzunehmen. Ich habe mich ihm fortwährend überlegen gefühlt und nur das genommen, was Dyan widerwillig gibt, als wäre ich ein besserer Mensch und würde ihm einen Gefallen tun, indem ich es annehme. Als wäre ich darauf aus, dass er sich meine Gunst erkauft ...*

Ich kann Dyan nicht akzeptieren, wenn er den Wunsch hat, mir väterliche Liebe zu zeigen, und deswegen habe ich mich geweigert, Regis so zu nehmen, wie er ist. Ich habe sein Bedürfnis nach Liebe nicht akzeptiert ... Er gehört nicht zu den Männern, die eine solche Liebe beiläufig suchen. Seine Liebe erfordert Vertrauen und Zuneigung ... wie das, das meinem

Herzen entsprang, als ich ihn berührt und sein Laran *erweckt habe. Aber ich habe es mit einer Hand gegeben und mit der anderen wieder genommen. Ich habe seine Hingabe und Liebe angenommen, doch aus Angst vor spitzen Zungen war ich nicht bereit, auch etwas von mir zu geben.*

Regis hielt noch immer seine Hand. Danilo beugte sich vor und umarmte ihn erneut; diesmal jedoch weniger förmlich. Er kam sich ungeheuer klein vor. *Man hat mir so viel geschenkt, doch ich bin nur bereit, vergleichbar wenig zu geben.*

»Wenn ihr Bild all diese Jahre neben meinem Vater gestanden hat«, sagte er, »und er mich aus seinen Händen in die deinen gegeben hat, Bruder ... Dann ist das Gesetz des Lebens so, dass wir die Last des jeweils anderen tragen sollen. Alles, was ich bin, und alles, was ich habe, gehört auf ewig dir, Bruder. Bleib heute Nacht bei mir ...« Er lächelte Regis bewusst an und sprach das Wort zum ersten Mal in dem Tonfall aus, den nur Liebende verwendeten.

»... *Bredu.*«

Regis griff nach ihm und hauchte: »Wer weiß? Vielleicht sind die beiden wirklich in uns zurückgekehrt, damit wir eines Tages ihren Eid erneuern ...«

Als er Danilo an sich zog, kippte das Bild um und fiel scheppernd zu Boden. Regis und Danilo griffen gleichzeitig danach, so dass sich ihre Hände auf dem Rahmen trafen. Danilo hatte den Eindruck, dass Regis' Lächeln an seinem Herzen zerrte. In ihm lag so viel Zustimmung und Frohlocken. Als beide versuchten, das Bild an sich zu nehmen, um es beiseite zu stellen, brach eine Sekunde lang fast ein Kampf darum aus. Dann lachte Regis und ließ Danilo es auf das Tischchen neben dem Bett stellen.

»Morgen«, sagte Danilo, »muss ich die persönlichen Dinge meines Vaters ordnen. Wer weiß, was wir noch alles finden?«

»Auch wenn wir nichts mehr finden«, entgegnete Regis

atemlos und drückte fest Danilos Hände, »wir haben den größten Schatz schon entdeckt, *Bredhyu.*«

4.

»Der Herr hat Eure Nachricht erhalten«, sagte Dyans Verwalter, »und bittet darum, dass Ihr Euch zu ihm ins Musikzimmer gesellt, falls die Reise nicht zu anstrengend war.«

Na so was, auch er freut sich, dass ich wieder zu Hause bin. Ich scheine nun wirklich dazuzugehören.

Danilo dankte dem Mann, reichte ihm seinen Reiseumhang und begab sich in Richtung Musikzimmer. Im Inneren des Raumes hörte er die leisen Töne einer *rryl*, dann Dyans tiefe, melodische Stimme. »Nein, mein Lieber, du musst die Finger so halten ...« Als er eintrat, erblickte er Lord Ardais. Seine Hände lagen auf denen Julians und zeigten ihm, wie er in die Saiten greifen sollte. »Pass auf, du kannst den Akkord anschlagen und dann gleich weitergehen, um die Melodie ...« Er brach ab, und die beiden schauten auf. Das Licht schien in Dyans Gesicht, Julians Miene lag noch im Schatten.

Er ist damit zufrieden, sich in Dyans Schatten aufzuhalten, dachte Danilo. *Das habe ich nie verstanden. Ich habe gedacht, dass er bei Dyan Vorteile sucht, wie auch eine* Barragana *ihren Körper für üppige Geschenke hergibt ... aber jetzt weiß ich, dass es mehr ist als das.*

Dyan nickte Danilo zwar zu, doch seine Aufmerksamkeit war noch auf Julian gerichtet. »Spiel es noch mal, aber diesmal richtig«, forderte er ihn auf. Der Junge tat ihm den Gefallen. Dyan lächelte, was selten vorkam. »Siehst du?«, sagte er. »So ist es besser. So hört man sowohl die Melodie als auch die Harmonie. Und beides ist gleichermaßen wichtig.« Er stand auf und ging auf Danilo zu, der im Türrahmen verweilte.

Mit einer merkwürdigen Intuition dachte Danilo: *Er weiß es.* Allerdings war es kein Geheimnis, und er dachte auch nicht daran, jetzt beschämt oder furchtsam einen Rückzieher zu machen. Was Regis und er erlebt hatten, und was sie – das wusste er jetzt – auch für den Rest ihres Lebens erfahren würden, unterschied sich nicht allzu sehr von dem, was Dyan und Julian miteinander teilten. Doch er schämte sich nicht für die Ähnlichkeit.

Wenn ich schon nicht besser bin als er, bin ich auch nicht schlechter. Und das ist ... Ihm fiel Dyans Hand ein, die Julians Hände auf der Harfe geleitet hatten ... *ganz und gar nicht schlecht. Ich habe immer geglaubt, wenn ich mir diese Ähnlichkeit nie eingestehe, bin ich irgendwie besser als Dyan. Oder als Julian. Uns ist ein merkwürdiges brüderliches Verhältnis zu eigen. Aber brüderlich ist es trotzdem.*

Er umarmte Dyan, wie man einen Verwandten umarmt. »Ich grüße Euch, Pflegevater«, sagte er, und es gelang ihm sogar, Julian ein zögerndes Lächeln zu schenken. »Guten Abend, Verwandter.«

»Ich nehme an, du hast zu Hause alles geregelt?«

»Ja«, entgegnete Danilo. »Ich habe tatsächlich alles in Ordnung gebracht. Es mussten noch ... viele Dinge erledigt werden. Lord Hastur schickt Euch seine besten Grüße und Empfehlungen.«

Dyan verbeugte sich, um sich förmlich für die Worte zu bedanken. »Ich bin sehr dankbar. Und ich freue mich, dass du gesund zurückgekehrt bist, Pflegesohn.«

»Ich freue mich, hier zu sein, Pflegevater«, sagte Danilo. Und zum ersten Mal sprach er die Worte aus, ohne sich abzuschirmen. *Ich habe meinen Vater zwar verloren, aber dabei erkannte ich, dass ich einen anderen gefunden habe, der es gut mit mir meint. Ich habe es zuvor nur nie geglaubt und ihm nicht vertraut.*

»Julian«, sagte Dyan, »schenk unserem Verwandten ein Glas ein. Dort steht Glühwein. Er wird dir nach dem langen Ritt durch die Kälte gut tun.«

Danilo nahm den Becher entgegen, wärmte sich die Hände daran und trank einen Schluck. »Danke.«

»Chiyu«, wandte sich Dyan in einem halb missbilligenden, halb liebevollen Tonfall an Julian, »spiel uns etwas auf der *rryl* vor, während ich mich mit Danilo unterhalte ...«

Julian setzte eine mürrische Miene auf. »Dani spielt viel besser als ich ...«

»Aber meine Hände sind eiskalt«, entgegnete Danilo. »Ich könnte sie jetzt überhaupt nicht richtig bewegen. Spiel du lieber.« Er schenkte Julian ein Lächeln. Sie waren beide jung. Jeder hatte seinen eigenen Platz in Dyans Heim und in seinem Herzen. *Und es gibt noch eine andere Bruderschaft. Mein Herz gehört ganz und gar meinem Herrn. Und das seine mir.* »Es wäre wirklich sehr nett von dir, Julian, wenn du etwas für uns spielen würdest.«

Als die Musik der *rryl* im Raum erklang, nahm Danilo neben seinem Pflegevater Platz und bereitete sich darauf vor, ihn über die Pflichten zu informieren, die er versäumt hatte. Morgen wollte er Dyan vielleicht das Gemälde zeigen, das er aus Syrtis mitgebracht hatte. Dyan und Regis' Vater hatten sich bereits als Jungen gekannt. Möglicherweise hatte er auch Danilos älteren Bruder gekannt und konnte im Gegensatz zu seinem Vater sogar ohne Schmerzen über ihn reden.

In der Hitze des Feuers entspannte er sich. Er wusste, dass er aus Dyans Schatten herausgetreten war und dass er seinen rechtmäßigen Platz neben ihm eingenommen hatte.

Darkover – Die Romane

Eine Liste aller Darkover-Romane
in chronologischer Reihenfolge

Die Entdeckung des Planeten: Ein vom Kurs abgekommenes und in einen noch unbekannten Sektor des Weltraums verschlagenes terranisches Siedlerschiff muss auf dem Planeten Cottman IV notlanden; die Besatzung nennt ihre neue Heimat Darkover.

Die Landung

Das Zeitalter des Chaos: 1000 Jahre sind seit der Landung auf dem Planeten vergangen. Die Nachfahren der Siedler haben jedes Wissen über ihre Herkunft verloren und leben in einer mittelalterlichen Welt.

Herrin der Stürme
Herrin der Falken

Knaur

Ein Darkover-Roman

Die Zeit der hundert Königreiche: Das Land ist in unzählige kleine Königreiche geteilt, deren Herrscher sich erbittert bekämpfen. Furchtbare Waffen verwüsten den Planeten – und nur ein Mann kann Darkover den Frieden bringen ...

Die Zeit der hundert Königreiche
Die Erben von Hammerfell

Die Entsagenden: Frauen haben auf Darkover nur wenig Rechte – es sei denn, sie werden zu Entsagenden, zu Frauen, die bewusst auf den Schutz durch einen Mann verzichten und selbstbewusst ihr eigenes Leben führen.

Die zerbrochene Kette
Gildenhaus Thendara
Die schwarze Schwesternschaft

Die Wiederentdeckung: Das Terranische Imperium entdeckt den Planeten Darkover wieder und meldet Rechte auf ihn als ehemalige Kolonie an. Gleichzeitig wächst auf Darkover aber auch die Unzufriedenheit mit den althergebrachten Traditionen. Ein Bürgerkrieg scheint unausweichlich, als sich eine der Domänen mit den Terranern verbünden will ...

An den Feuern von Hastur
Das Zauberschwert
Der verbotene Turm
Die Kräfte der Comyn
Sturmwind

Knaur

Ein Darkover-Roman

Nach den Comyn: Obwohl die Terraner mittlerweile einen festen Raumhafen auf dem Planeten eingerichtet haben, bleibt Darkover weitestgehend vom restlichen Universum abgeschnitten. Der Kampf zwischen Alt und Neu, zwischen Tradition und Aufbruch führt zu immer neuen Kämpfen und Auseinandersetzungen ...

Die blutige Sonne
Hasturs Erbe
Retter des Planeten
Sharras Exil
Die Weltenzerstörer

Der Marguerida-Alton-Zyklus: Eigentlich denkt Margaret Alton, sie würde den Planeten ihrer Eltern zum ersten Mal betreten, als sie nach Darkover kommt. Bald schon aber häufen sich die Beweise dafür, dass ihre Erinnerungen manipuliert wurden – und schneller, als es Margaret lieb ist, wird sie nicht nur in das Machtspiel der herrschenden Familien verwickelt, sondern muss sich auch einer unheimlichen Bedrohung aus Darkovers tiefster Vergangenheit stellen ...

Asharas Rückkehr
Die Schattenmatrix
Der Sohn des Verräters

Anthologien: Die Darkover-Anthologien wurden von Marion Zimmer Bradley gemeinsam mit dem amerikanischen Fanclub, den »Friends of Darkover«, herausgegeben. Die Kurzgeschichten beschäftigen sich mit neuen oder auch bekannten (Neben-)Figuren des Zyklus, schlagen Brücken zwischen den einzelnen Romanen oder vertiefen die große Geschichte des Planeten und seiner Bewohner weiter.

Der Preis des Bewahrers
Schwert des Chaos
Rote Sonne
Die vier Monde
Die freien Amazonen
Die Schwesternschaft des Schwertes
Planet der blutigen Sonne
Die Domänen
Die andere Seite des Spiegels
Die Türme

Knaur

Ein Darkover-Roman